唐诗修辞史研究

段曹林 著

重庆大学出版社

图书在版编目(CIP)数据

唐诗修辞史研究／段曹林著. -- 重庆：重庆大学
出版社，2023.12
ISBN 978-7-5689-4023-8

Ⅰ.①唐… Ⅱ.①段… Ⅲ.①唐诗—修辞学 Ⅳ.
①I207.227.42

中国国家版本馆 CIP 数据核字（2023）第 130311 号

唐诗修辞史研究
TANGSHI XIUCISHI YANJIU
段曹林 著

责任编辑:张慧梓　　版式设计:陈筱萌
责任校对:谢　芳　　责任印制:张　策
*
重庆大学出版社出版发行
出版人:陈晓阳
社址:重庆市沙坪坝区大学城西路 21 号
邮编:401331
电话:(023)88617190　88617185(中小学)
传真:(023)88617186　88617166
网址:http://www.cqup.com.cn
邮箱:fxk@cqup.com.cn(营销中心)
全国新华书店经销
重庆升光电力印务有限公司印刷
*
开本:720mm×1020mm　1/16　印张:29.75　字数:504 千
2023 年 12 月第 1 版　　2023 年 12 月第 1 次印刷
ISBN 978-7-5689-4023-8　定价:88.00 元

　　本著的研究和出版得到国家社科基金项目"唐诗修辞史研究"（15XYY013）
和海南师范大学中国语言文学学科经费资助,特此致谢!

作者简介

段曹林,湖南炎陵人,海南师范大学三级教授,博士生导师,海南师范大学汉语言文字学暨博士点学科带头人、语言学及应用语言学硕士点负责人、海南语言研究中心主任,兼任台湾省学术期刊《中文》栏目主编。2002年博士毕业于复旦大学,2008年博士后出站于武汉大学。

主要从事唐诗修辞、修辞史、修辞学史、修辞方法、语言应用等领域的研究和教学。主持国家社会科学基金项目2项、省级重大项目1项。在《光明日报·理论版》《当代修辞学》等报刊发表学术论文90余篇,出版专著4部,主编大学教材3部、教学指导用书1部,合著、参编12部。《中国修辞史》(三卷本,合著,独立撰写第三编)获第五届中国高校人文社会科学研究优秀成果一等奖,"创新人才培养模式,彰显汉语言文学专业特色——省级品牌专业建设理论与实践"(主持)获湖北省高等学校教学成果一等奖。主编的《语言学纲要同步辅导与习题集》多次修订再版,服务大学语言学概论的课程研修,受到广泛欢迎和好评。

序

宗廷虎

段曹林教授是国内唐诗修辞研究的领先者。从 1999 年来复旦跟我读博士到今天,他已经在这一领域拓荒、深耕二十余载,收获颇丰,影响较大。一个多月前,他来电告知我他的国家社会科学基金课题"唐诗修辞史研究"已于前年顺利结题,作为该课题主要成果的专著书稿《唐诗修辞史研究》经过近两年的修改、充实和完善,拟出版,希望我为之作序。为此,专门给我寄来了打印好的书稿和结项时评审专家的鉴定意见。我虽然年纪大了,手头又正忙于其他的写作任务,但面对这 33 万余字的心血之作和 5 份中肯负责的专家意见,作为一个兼治修辞学理论、中国修辞学史和中国修辞史,并热望中国修辞学薪火相传、生生不息的老人,还是非常高兴有这个机会,谈谈我读完这部新著的几点感受和希望,为这本即将面世的迄今为止我国第一部断代文体(语体)修辞史研究专著做点力所能及的评介工作。

段曹林教授的《唐诗修辞史研究》(以下简称"段著")不仅是国内系统研究唐诗修辞史的第一部专著,更是第一部把断代修辞史和文体(语体)修辞史有机结合在一起的中国修辞史拓荒之作,兼具理论意义和应用价值。无论是在课题、材料和方法的选择上,还是在内容考察、史料分析、观点提炼上都做出了成功的探索,具有重要的开创性和借鉴性。

一、唐诗修辞史研究的学科意义和文化贡献

段曹林教授对修辞学研究现状谙熟于心,对唐诗修辞和修辞史研究更是颇有心得,因而选择了以唐诗修辞史研究为题,具有从断代修辞和文体(语体)史角度填补中国修辞史研究空白的意义,同时也能从修辞研究角度为中华优秀传统文化的传承贡献一份力量。这一选题能成功获批国家社会科学基金年度项

目,结题成果受到专家们的肯定和好评,也从侧面印证了它的研究价值和意义。

对于修辞学、修辞史及社会文化发展而言,唐诗都是一笔宝贵的精神财富。诗歌和修辞都是特定社会历史文化背景下主客体共同作用的产物,主题、题材、风格、体制、表现手段等其他要素既制约和影响修辞的运作,又都要通过修辞在诗歌作品中得以落实和实现。唐代是世所公认的中国诗歌发展的繁荣期和鼎盛期,诗歌创作量大质优,诗人团体群星闪耀,为后世留下了丰硕的文化遗产。作为唐诗要素之一的修辞,既是这一文化遗产的有机组成部分,又是其得以创造、传承、传播和革新的重要途径和方式。唐诗中蕴藏着丰富的修辞资源和深厚的社会文化根源。

从历史演变的角度研究唐诗修辞,具有独特的学术意义和贡献。我国的修辞史研究起步晚,虽然有了《中国修辞史》《中国辞格审美史》两部分量较大的通史和其他一些专题研究成果,但还存在不少"缺项"和"弱环"。加强修辞史研究不但可为修辞学研究和学科建设添砖加瓦,也是从修辞角度对唐诗珍贵文化价值进行发掘整理的应有之义。"断代研究是通史研究的基础和细化,语体(文体)修辞史是修辞手法史之外的另一大分支,二者的结合是当前和今后修辞史研究的一个重点方向。"[1]唐诗修辞史研究,将断代研究和语体(文体)修辞史相结合,以唐诗修辞史作为典型案例进行深入探讨,这样做,既可以填补断代诗歌修辞史的空白,又可为修辞史同类领域、修辞学及邻近学科的研究提供理论、方法和材料上的借鉴和参考。

唐诗修辞史的研究,还具有十分重要的社会文化价值。现有的唐诗研究,更多的是着眼于还原其历史背景,疏解其语言疑难,发掘其史料价值、思想价值、文学价值等,但对其修辞价值、修辞经验的爬罗剔抉、审视评判则显得很不够。修辞史,不仅是创造性运用语言的历史,也是以语言为载体和标记的审美文化史、民族心灵史。唐诗修辞史的研究,对于拓展和深化唐诗及以唐诗为核心的传统优秀文化在当代社会认知和认同的深广度,发掘造就唐诗巅峰地位和深远影响的社会文化基础和语言艺术规律,对于提升民族的文化自信自强,优化广大民众的精神生活,推进汉语和汉文化在当代的传承、发展、弘扬、创新、交流和推广,都

---

[1] 段曹林:《唐诗修辞史研究·绪论》。

是很有必要的。

二、《唐诗修辞史研究》的特色和新意

（一）重视修辞理论的应用和建设

一方面，段著继承并发展了陈望道及其后继者创建的以"两大分野"为纲的修辞手法理论体系。依据作者多年来修辞方法体系研究的理论成果及唐诗修辞史研究的实际需要，将消极修辞手法进一步细分为语音修辞、词语修辞、句法修辞和篇章修辞，分别作出明确界定和区分；对积极修辞手法的门类进行增删、对辞格的内涵和外延加以调整。在对具体作品进行修辞批评和修辞分析时，则有意识地将修辞手法与写作手法（或文学手法）、将传统诗学中的"炼字""炼句""句法""章法"和现代修辞学中的词语修辞、句法修辞、篇章修辞等概念严格区分开来，对赋、比、兴、抑扬、用对（对仗）、风格等诗学基本概念与修辞手法、言语风格之间的对应和实现关系，加以比照、梳理和诠释。

另一方面，段著借鉴、吸收了修辞史及相关研究的理论成果，并有新的突破。该著在"绪论"部分对我和陈光磊教授主持编撰的中国第一部修辞通史著作《中国修辞史》（三卷本）在修辞史理论方面的建树做出了肯定性的评价，认为《中国修辞史》对后来者的研究具有"纲领性、示范性、启发性"。曹林本人曾是《中国修辞史》课题组的骨干成员，独立承担了"句法修辞史"一编的写作任务。《唐诗修辞史研究》在论述中贯穿了"史论结合"的主线，坚持"论从史出"，立足文本分析，追本溯源；在研究方法上对实证法、重点考察法、多维比较法高度重视，并做了创造性的解读和运用。这些，都不难发现该著对《中国修辞史·导论》等关于修辞史及其研究相关论述的遵循和创新。

再一方面，段著还将作者本人关于语境和修辞方法等的创新性研究成果融汇、移植到唐诗修辞史的研究中。语境是修辞研究的一个核心变量，段曹林教授在这方面颇有研究心得，曾参与了国内最早的语境学研究著作之一《汉语语境学概论》的撰写，并发表了系列论文。在修辞方法及其体系建构方面，他同样思考很深，发表了不少成果。在唐诗修辞史研究中，他有意识地引入了推陈出新后的修辞分析框架，尽力还原和利用诗歌修辞的语境，将唐诗文本置于特定社会文化背景和上下文中去考察，突出唐诗修辞与语境的互动关系及其独特性、动态性

和传承性。理论上的自觉和创新,为段著增添了理论价值和研究深度。

(二)重视梳理四个历史时期唐诗修辞运用的变化与进展

段著在考察唐诗修辞的演变时,有意识地将四个历史时期的唐诗修辞区分开来,关注其修辞手法运用的变化与进展。通过对不同阶段、不同诗体、不同流派、不同题旨等方面的代表性作品进行修辞批评,完成对四个时期彼此关联而又各具侧重的考察。这种处理有其合理性和针对性,因为如果单从修辞手法本身(形式、结构、功能等)的演变看,在三百年间的唐诗中总体看并不算突出,变化和创造更多地体现在对修辞手法的选择和运用中,体现在修辞为了顺应诗歌体制、主旨内容、审美取向、诗人禀赋等特点和要求及其改变所做的应对应变中。

初唐是唐诗修辞伴随律体成型、风格承转的成长期。段著紧扣这一特点,着重从这一时期语音修辞的继承和新变、句法修辞的娴熟和丰富、篇章修辞的定型和突破这三个方面展开论析,兼及诗体修辞的探索和风格修辞的开启。

盛唐是唐诗修辞的全面成熟期。最能反映这种成熟的是这一时期主要诗体、两大派别代表性诗人诗作的修辞特色和创造,段著因而转从五绝、七绝、五古、歌行、五律、七律等最能反映盛唐修辞演变和成就的几种诗体出发,分别进行描述和评判。

中唐是唐诗修辞的重要变革期。变革突出体现在元白、韩孟两大诗派的修辞创新和贡献中,以及作为革新先导的过渡时期的两类诗歌修辞,中唐后期以刘禹锡、柳宗元等为重点诗人的修辞特色和成就中。段著在这一部分选择的是紧扣两大诗派修辞的表现及其影响,兼顾其他诗作的修辞探索。

晚唐是唐诗修辞的唯美绝唱期。成就主要表现在七绝、七律为主的诗歌中,修辞主体十分重视形式美的开拓,在咏史怀古、艳情、写实、闲适等类主题和内容的表现中各擅胜场,营造开拓新的审美意境。这一特点,也许是段著选择主要按照诗歌题材内容分别展示这一时期修辞特色和成就的初衷吧。

难能可贵的是,段著对各个时期的诗歌修辞分析,无论是著名诗派还是著名诗人的具体诗作,都采取先根据语音、词语、句法、篇章、辞格和言语风格概要介绍其修辞总体面貌、修辞运用与风格表现,然后加以具体分析和描写,力求以点显面,论从史出;同时,又透过各时期唐诗修辞的实际表现和变革演化,揭示其背后的社会现实与诗人感受、认知等诸多因素的建构作用。

（三）多维比较和跨朝代比较相结合，在比较中体现联系和动态

比较法是修辞史研究的核心方法之一，为了更好地揭示唐诗修辞诸方面的个性特点、演变轨迹以及与语言、作者、诗体等因素的关系，段著依据需要，在共时和历时、内部和外部、整体和局部等不同角度、不同范围、不同层面上较多地运用了比较法。大量用到的是对唐朝内部不同时期、不同诗体、不同诗人、不同诗作的修辞表现进行比较，对比喻等重点修辞手法及其小类在不同时期和不同诗体中的使用状况进行比较，以此呈现研究对象的演变、特色和成就。部分用到的是对同一历史时期不同诗体、不同诗派、不同题材、不同诗人等在修辞手法及其小类运用和言语风格营造方面的比较，以此展示唐诗修辞风貌的丰富性和创造性。跨朝代比较主要见于该著第七章第二节"唐诗句法修辞的历史传承"，该章节概要地呈现了对偶句法、虚词运用、议论入诗、句法变奏、省略、错位、名词句、紧缩句、连贯句等句法修辞手法在唐前、唐代及宋代的使用，以此彰显唐诗句法修辞的成熟和影响，表明唐诗及其修辞的伟大成就和创新很大程度上正是建立在诗歌句法高度诗化的基础之上的。

（四）整体研究与专题研究相结合，完整体现唐诗修辞的演变

从史的角度来审视唐诗修辞，面临诸多难题：唐诗作品范围广，修辞把握难度大，修辞演变及其根源复杂度高。作为一部筚路蓝缕的开拓之作，段著采取的对策是：一方面着眼于唐诗修辞演变的全局，将其区分为初唐、盛唐、中唐、晚唐四个阶段，考察、描述唐诗修辞在每个阶段所呈现的面貌、特色、成就、贡献和发展，揭示其动因；另一方面，着眼于唐诗重点修辞手法运用的变化和传承、唐诗言语风格的变化和创新，设置了两个专题，分别探讨它们的表现、演变以及背后的根源。应该说这一策略是比较成功的，值得借鉴的。整体研究和专题研究相结合，不仅有利于从总体面貌和风格上，把握唐诗修辞演变的线索和根源，也有利于从众多代表性作品的修辞分析入手，深入发掘唐诗修辞的特点、变化和影响。

（五）对典型诗人诗作的修辞分析很精彩，独具修辞特色和历史眼光

对某一诗人诗作的修辞分析，实际上包括先总后分的两个有机组成部分：对诗人某类作品修辞特色的总体评论；对其具体作品的修辞分析。以王昌龄的七绝为例，段著中先是概要指出："其突出的修辞特色表现在精巧的篇章修辞和含蓄的言语风格。跟李白、王维等人相比，王昌龄的七绝善于用典，多托古论今和

借人借事抒情,重视整体构思的巧妙和意境的营造,多采用平淡质朴的语言形式,少用夸张和对偶,语约义丰,意蕴深刻。"继而选取代表作加以具体分析,如对《春宫曲》的分析:

这首诗以汉喻唐,讥讽为人君者沉溺声色、喜新厌旧,言近而旨远。明写汉武帝宠幸卫子夫、遗弃陈皇后的陈年情事,暗写当朝的杨玉环受宠和旧人的"失宠"。首二句写景,兼含起兴和比喻,喻指新人得宠,后两句直叙新人因善歌舞而"承宠","帘外春寒赐锦袍",以夸张的细节描写突出新人的极度宠幸。

再如对李白《蜀道难》的分析:

李白的《蜀道难》袭用了乐府古题,但比以往简短单薄的形制,有明显的创新和发展。篇幅大为扩充,采取以时空为序列展开描述、反复咏叹以强化主题的谋篇方法;句式长短参差,七言为主,穿插三言、四言、五言、八言、九言等;句类选择以陈述句为主,借感叹句、疑问句来实现起承转合;押韵,也突破了一韵到底的旧程式,在最后一部分,多次换韵。殷璠《河岳英灵集》即认为该诗"奇之又奇,自骚人以还,鲜有此体调"。

除以上消极修辞方面的特点外,该诗在积极修辞方面的突出特色是将示现、夸张、用典、映衬、反复、比拟(拟人)、比喻、对偶等辞格融为一体,来表现诗人独特而丰富的想象,抒发其强烈的主观感受和激情。主导言语风格为刚健、疏放(自然)和绚烂。

开篇即连用叹词和感叹句,直接抒发感受,顶真加夸张,奠定全诗豪放的感情基调。接着,用夸张、示现和用典融汇的笔法,描绘了神话传说中开山辟路的景象。进而,极写山高,连续借用对其他事物的夸张描写来多方映衬山势之高峻,拟人、重叠、示现、设问、对偶等也自然地融入其中。最后写山川之危险,用夸张写山高、用映衬写山险,再用拟人写飞湍瀑流、悬崖转石、万壑雷鸣的险,又连续借助用典,融合比喻、对偶等突出描写剑阁的极度危险。夸张和反复手法几乎贯注全诗的写景和抒情,这也使得诗歌带有鲜明的主观色彩,抒情主人公的独特形象也得以塑形和传神。

这种例子在该著中可以说比比皆是,精准的材料选取和分析,凝聚了研究者深厚的功力和大量的付出,由此也有力地支持了该著对于唐诗修辞史的论述。

三、作者廿余年坚守唐诗修辞研究领域的执着和逻辑

据我所知,在此之前,曹林已执着于唐诗修辞研究20余年,先后出版了3部唐诗修辞研究的专著:《唐诗句法修辞研究》《唐诗修辞论》《唐诗语法修辞研究》,发表了数十篇相关学术论文。

这一成绩,源于他对诗歌及其修辞问题的情有独钟。因为喜欢读诗、写诗,大学时即关注诗歌的当代发展,他在读硕士期间即选择了新诗的句法修辞艺术作为学位论文选题。读博期间,又有意识地选择了唐诗的句法修辞作为研究课题,试图从唐诗传世经典中发掘深厚的修辞资源和文化宝藏,滋养当代的诗歌成长和文化复兴。博士后课题"唐诗修辞研究",以更宽广的视野延续并大大拓展了博士期间的工作。

这些成果均以共时研究为主,兼顾历时。已出版的3部专著中,《唐诗句法修辞研究》从句法选择、句法变异、句法配置等方面对句法修辞手段在唐诗中的分布状况、形式特点和功能规律做了系统的共时描写,并从语境互动、诗学追求、审美效应等角度加以阐发,对唐诗与《诗经》、《楚辞》、新诗的句法修辞也分别进行了大略的比较。《唐诗语法修辞研究》将唐诗语法修辞研究由句法修辞进一步扩展到词法修辞、篇法修辞。《唐诗修辞论》则以覆盖唐诗整体修辞为目标,主要从语音修辞、语义修辞、语法修辞、篇章修辞、风格修辞等五个方面对唐诗展开修辞批评,对其修辞成就、特色和规律进行总体描述和共时探讨,对语形(文字)修辞在唐诗中的运用也做了概要论析。在对唐诗修辞现象或手段进行共时分析的同时,注意考察唐诗修辞的演变、创新和发展。前两著对唐诗重点语法修辞手段的历史传承做了初步的梳理。后著则比较集中地讨论了唐诗诗体风格和言语时代风格的变迁,关于言语流派风格和初唐、晚唐诗歌风格的讨论也主要关注了历时的演变。

纵观曹林对唐诗修辞的研究轨迹,不难看出其有着内在的逻辑,即自始至终贯穿兼顾学术进步和应用需求的研究目标。正是基于修辞学科建设和发展与唐诗文化传承和推广的双重需要,他不懈地做着突破现有研究格局的努力。一是扩大范围,将研究范围由限于部分诗人诗作(尤以名家名作为主),扩大到全部具有修辞价值的唐诗作品;二是拓展深度,从以辞格分析或只涉及部分修辞方法

的分析拓展到全部修辞方法的分析,从偏于微观拓展到宏观、中观、微观不同层次相结合,从描写为主拓展到与解释相结合;三是开辟新路径,立足于修辞文化传播与修辞学科重建相结合的研究目标,重新布局唐诗修辞研究,从修辞史角度切入,探寻一条能将诗人、诗作、诗思、诗艺连点成线,古今联通,力求惠及全体唐诗受众的研究新路。在共时描写和分析的基础上,侧重从史的角度,对在唐诗修辞史上有重要地位和影响的诗人、诗作、诗派、诗体等分别进行重点研究,上挂下联,构建涵盖修辞手法史、诗体修辞史、风格修辞史等主要内容的唐诗修辞演变史。曹林申报的国家社会科学基金课题"唐诗修辞史研究"获批立项,也从一个侧面表明学界对他前期研究和这一领域研究的认可和重视。但是中华优秀传统文化教育与研究依然任重而道远,修辞学及相关学科从业者理应对此做出更积极的回应、更重大的贡献。重视和加强包括唐诗在内的传统文化经典的修辞研究,既是文化建设和传播的必需,也是修辞学科继承和发展的必备。

四、启示与建议

（一）一点启示

曹林经过陈望道（以下简称"望老"）创建的复旦大学修辞学团队的几年培训,学到了陈望道修辞学思想的真谛。这就是对修辞学领域的不断开拓进取、持续创新。望老的《修辞学发凡》与《陈望道修辞论集》率先作出了示范。他的学生宗廷虎、陈光磊率领的中国修辞学史与中国修辞史研究团队数十年的拼搏史,也为曹林作出了榜样。曹林又亲身参与了《中国修辞史》的撰写,相信这些都成为曹林终生难忘的记忆。曹林坚持二十多年对唐诗修辞的多维度研究,就是他受到望老修辞学思想及他创建的基地悉心培养取得硕果最好的见证!曹林奋力拼搏取得杰出成就给我们带来的启示是:作为望老的再传弟子,曹林经过持续奋斗能取得上述硕果;望老的其他众多再传弟子、再再传弟子如果也能在努力学习,学到望老修辞学思想真谛的基础上,奋力拼搏创新,也一定会捧出丰富的创新性成果!曹林能为望老修辞学思想延续百年贡献力量,其他继承者只要下决心持续奋斗,也同样是可以做到的!即使是其他的修辞学爱好者,只要肯像曹林那样努力学习,奋力持续拼搏,坚持创新,相信同样也会取得辉煌成就!

（二）两项建议

曹林有了二十多年瞄准唐诗修辞研究多维度开拓进取的丰富经验,接下来希望他完成一项无人探讨过的断代修辞史研究课题:《唐诗修辞审美史》,胜算应该比一般人更大些。千百年来唐诗研究为什么一直如此受到垂青,其中重要原因之一就是唐诗修辞具有异常丰富多姿的美质。这些魅力无比的美,是中华文化的瑰宝,却从未有人系统、完整、历时地探索过。相信该课题对于曹林来说,诱惑力应该还是挺大的。只要努力学习望老的修辞学与美学思想,以及努力学习复旦团队研究《中国辞格审美史》的经验教训,假以时日,正如《发凡》结语指出的:"只要能够提出新例证,指出新条理",就"能够开拓新境界"。

接下来还有一项修辞史研究的开拓性任务,从未有人探讨过,就是撰写《汉语诗歌修辞史》或《中国诗歌修辞审美史》。应该说这一课题难度更大,因为它涉及汉语诗歌修辞或汉语诗歌修辞审美数千年的历时探索。也就是攻占迄今为止从未有人敢碰的中国单个语体(文体)修辞史或修辞审美史。这一难度将更大。但对于曹林来说,在他已出版的《唐诗语法修辞研究》中,其实已经尝试了将先秦的《诗经》《楚辞》修辞、现当代诗歌修辞等,与唐诗修辞研究进行过对比探索。在此基础上进一步地完善历时修辞审美探索,只要奋发拼搏、持之以恒,相信这个任务应该也是可以完成的。期待曹林能接受以上我国诗歌修辞审美史研究两项开拓性的艰巨任务,为陈望道修辞学思想的百年延续再立新功!

2022 年岁末至 2023 年初,于上海遐福养老院

前　言

　　本著是在国家社会科学基金评选"唐诗修辞史研究"结项成果基础上加以修改充实完善而成。全著包括绪论、本论和结语三部分，以唐诗修辞现象的演变及其根源作为研究对象，对主要修辞手法和言语风格用于（或见于）不同时期、不同诗体、不同流派、不同题材唐诗中的特点和变化进行了纵横相结合的较为系统全面的考察。考察主要基于不同历史阶段唐诗修辞现象的具体分析和比较，但对与前后朝代具有明显承传关系的某些修辞现象，如对偶（对仗）、语音修辞、"以文为诗"的修辞现象等，也做了一定的跨朝代比较，藉此探讨唐诗修辞在诗歌修辞史中的特色、地位和贡献。

　　绪论部分概要评述了唐诗修辞史研究的背景、基础、内容、意义和目标，介绍了本课题研究的理论参照和研究方法等。

　　本论部分共分为八章，整体研究和专题研究相结合，考察唐诗修辞的演变。前六章，区分初唐、盛唐（上、下）、中唐（上、下）、晚唐四个不同历史阶段，结合诗歌体裁、流派、题材、修辞手法等角度的分类，对唐诗修辞的面貌、特点、成就、贡献、演变等进行考察；后两章，选取修辞手法和言语风格两个专题，对唐诗中重点修辞手法运用的特点和变化、唐诗主要言语风格类型的创造和演变，进行梳理、分析和探源。

　　结语部分梳理了唐诗修辞演变的概貌和动因，总结了唐诗修辞史研究的进展和不足。

目　录

绪　论 ……………………………………………………………………… 1

第一章　初唐时期(618—712年)的诗歌修辞 ……………………… 12

　　第一节　初唐诗语音修辞的继承和新变 …………………………… 12

　　第二节　初唐诗句法修辞的娴熟和丰富 …………………………… 19

　　第三节　初唐诗篇章修辞的定型和突破 …………………………… 23

　　小结 …………………………………………………………………… 30

第二章　盛唐时期(712—756年)的诗歌修辞(上) ……………… 32

　　第一节　盛唐五绝修辞的成就和创新 ……………………………… 33

　　第二节　盛唐七绝修辞的演变和成就 ……………………………… 42

　　第三节　盛唐五古修辞的继承与开创 ……………………………… 66

　　第四节　盛唐歌行修辞的演变和成就 ……………………………… 82

第三章　盛唐时期(712—756年)的诗歌修辞(下) ……………… 99

　　第一节　盛唐五律修辞的演变和成就 ……………………………… 99

　　第二节　盛唐七律修辞的演变和成就 ……………………………… 121

　　小结 …………………………………………………………………… 145

第四章　中唐时期(756—827年)的诗歌修辞(上) ……………… 147

　　第一节　过渡时期的诗歌修辞特色和成就 ………………………… 148

　　第二节　"元白诗派"的修辞特色和贡献 ………………………… 174

第五章　中唐时期(756—827年)的诗歌修辞(下) ……………… 213

　　第一节　"韩孟诗派"的修辞特色和贡献 ………………………… 213

　　第二节　后期其他诗人诗歌修辞的特色和成就 …………………… 248

　　小结 …………………………………………………………………… 276

第六章　晚唐时期(827—907年)的诗歌修辞 …………………… 277

　　第一节　怀古咏史诗的修辞特色和成就 …………………………… 277

第二节　李商隐诗歌修辞的成就和贡献 …………………………… 289

第三节　写实诗和闲适诗的修辞特色和成就 ……………………… 300

第四节　"艳体诗"的修辞特色和成就 …………………………… 312

小结 ……………………………………………………………………… 333

第七章　唐诗重点修辞手法运用的变化和传承 ……………………… 334

第一节　唐诗比喻运用的特点和变化 ……………………………… 334

第二节　唐诗句法修辞的历史传承 ………………………………… 370

小结 ……………………………………………………………………… 387

第八章　唐诗言语风格的变化和创新 ………………………………… 388

第一节　唐诗诗体言语风格的丰富和创新 ………………………… 389

第二节　唐诗言语时代风格的统一和变迁 ………………………… 396

第三节　唐诗言语个人风格的独特和多样 ………………………… 414

小结 ……………………………………………………………………… 441

结语 …………………………………………………………………………… 442

参考文献 ……………………………………………………………………… 451

后记 …………………………………………………………………………… 455

绪 论

唐诗修辞史首先是唐诗史。它不同于一般的修辞史,不加限定或不带附加条件地关注和追踪各类修辞现象、修辞手法的发生和演变。它是唐诗演变史的组成部分,立足于唐诗演化的大背景,考察、探究那些作为唐诗有机组成部分、对唐诗发展产生重要影响的修辞现象或修辞手法,关注其实际表现和变化。

唐诗修辞史又不同于唐诗史。唐诗发展涉及主题、题材、风格、体制、表现手段、修辞等众多方面,修辞只是其中一个方面。不过,修辞在诗歌要素中有其独特性,跟其他每一个方面都有关联,其他方面要通过修辞在诗歌中得以落实和实现,也都有可能影响到修辞的运用和变化。因而,唐诗修辞史不能只是单纯的修辞史,对于修辞演变的面貌轨迹、前因后果、特点规律等,都需要联系诗歌作品的其他构成方面,乃至更深层次的诗歌创作背景等去探寻和发掘。

唐诗修辞史自然也是修辞史。它是诗歌修辞在唐代的演变历史,是用于唐诗的各类修辞手法在分布、结构、功能等方面实际呈现的特点和变化。着眼于断代,三百年不到,单一文体,因而其重点不在修辞手法本身的演变,而在于修辞手法运用对唐诗变革、发展的实际参与,对唐诗在中国诗歌史上取得辉煌成就和达到鼎盛时期的独特贡献。换言之,唐诗修辞史是着眼于总体成功的优秀诗作、基于唐诗修辞实践和修辞表现的修辞贡献史或修辞成就史。

唐诗修辞史研究,是唐代诗歌语体(文体)修辞的演变史,是中国修辞史、中国诗歌修辞史研究的有机组成部分。唐诗修辞史研究,是将专题修辞史和断代修辞史相结合的一种探索,同时也是实施文化强国战略,推进中华优秀传统文化教育,加强文化传承、创新、弘扬、传播的一项基础性工作,具有独特的学术价值和应用价值。

接下来,我们将对唐诗修辞史研究的背景、基础和现实条件等加以梳理,在此基础上,对这一研究的意义、目标、内容、方法以及具体实施等做出解答,为后续各章的进一步研究奠定必要的理论基础。

一、唐诗修辞史研究的背景

唐诗修辞史研究的背景,主要有二:一是中国(汉语)修辞史的研究尚处于起步阶段,通史研究有所突破,断代研究、专题研究进展缓慢;二是唐诗修辞的共时研究成果丰富,历时研究基本处于缺位状态。

与修辞学史研究的热闹和繁荣相比,修辞史研究在汉语学界一直未受重视。1990 年,新加坡学者郑子瑜先生向大陆学者呼吁"希望有人研究汉语修辞史,以填补这一空白"。之后,得到了部分修辞学者的响应。现已出版通史 1 部:宗廷虎、陈光磊主编《中国修辞史》(上、中、下三卷本)(吉林教育出版社,2007 年 4 月版);辞格史 3 部:于广元《汉语修辞格发展史》,郭焰坤《喻类辞格流变史》(中国社会科学出版社,2017 年 3 月版),宗廷虎、陈光磊主编《中国辞格审美史》(吉林教育出版社,2019 年 4 月版);文体篇章修辞史 1 部:吴礼权《古典小说篇章结构修辞史》(台湾商务印书馆,2005 年 12 月版);个别修辞手法史 1 部:宗廷虎、李金苓《中国集句史》。少数论著设有修辞史研究的专编或专章,如宗廷虎、李金苓《修辞史与修辞学史阐释》、刁晏斌《现代汉语史》;发表专门论文 50 余篇。

这些成果的取得,在通史、个别专门史和断代史等领域成功拓荒,不但填补了汉语修辞史研究的空白状态,并且在理论、方法和材料上为汉语修辞史的深入研究奠定了基础。但就总体而言,汉语修辞史的研究仍处于起步阶段,更多的专门史、专题史、断代史亟待我们去拓荒和深耕,现有的理论、方法、材料需要在实践中不断去更新和完善,建立在这些研究基础之上的、更丰富、更完备的通史著作,期待后人去书写。

修辞史研究从历时角度考察、描述、阐释各种修辞现象的演变及其根源。由于时间跨度久远、内容博大精深,汉语修辞史研究有必要区分不同阶段、不同部分、不同维度,合力攻坚。虽然有了多部拓荒之作,但这一研究受多方面因素的制约和影响,目前的进展并不乐观,"缺项"和"弱环"还比较多。尤其是不少辞格和消极修辞手法史、语体(文体)修辞史、言语风格修辞史等分支及其内部小类的研究,从断代、专书、专人等视角切入修辞史各领域的研究,亟待充实和补强。

从修辞现象常见的分类而言,计有从修辞的两大分野区分消极修辞和积极修辞及其下位类别,从语言文字诸要素的运用区分语音修辞、词汇修辞、句法修辞及其下位类别,从语言运用的层级单位区分词语修辞、句子修辞、篇章修辞及其下位类别,从语体(文体)类属角度区分口语修辞、书面语修辞及其下位类别等。这些分类体系,为修辞史研究确立了诸多有价值的分支领域和专题,而其中不少领域都还属于基本上未开垦的"处女地"。

诗歌修辞史,归属文体修辞史,也同样存在不少的"缺项"和"弱环",唐诗修辞史就是其中之一。中国是"诗的国度",修辞与诗歌相生共变,诗歌修辞与诗歌一样,历史悠久,成就辉煌。与之相比,诗歌修辞史的研究则显得极不相称:严格意义的专著未见,除前述《中国修辞史》《中国辞格审美史》等修辞史论著部分涉及诗歌修辞史、某些共时论著部分地包含历时内容外,其他专门的论述还很少见到。

修辞史不仅是语言运用的发展史,更是特定语言文化的表征和结晶。中国修辞史是中华民族数千年创造性运用语言的历史,蕴含着深厚的语言文化宝藏和深刻的社会历史根源。关于中国修辞史研究的必要性和重要性,宗廷虎、陈光磊精当地概括为:"提高全民族语言修养和文化素质的需要""中国文化走向世界的需要""修辞学学科建设和新开拓的需要""汉语史研究的需要"①。对照这四大需要或目标,中国修辞史(主要是汉语修辞史)的研究,虽然理论探索和实践研究都已取得一定的进展,依然任重而道远。

二、唐诗修辞史研究的基础

唐诗修辞史研究的基础主要有二:一是理论和方法的准备;二是本身或直接相关的研究成果。

就前者而言,其中贡献最大的,毫无疑问当属《中国修辞史》。作为第一部通史著作,其填补空白的价值,不仅表现在实践方面的筚路蓝缕,"以一个崭新的探史明因的框架,第一次相对完整地梳理和说明了上自先秦下迄当代的长达数千年的各类修辞现象的发展演变历史的脉络和动因"②,更体现在理论方面的

---

① 宗廷虎,陈光磊:《中国修辞史·导论》,吉林教育出版社,2007,第11-12页。
② 张炼强:《一部探史明因的修辞史开创之作——评<中国修辞史>》,《北京大学学报(哲学社会科学版)》,2008年第2期,第180-182页。

高屋建瓴。在《导论》部分,该著第一次系统地论述了修辞史研究的主要理论问题:修辞史研究的性质、对象和范围,修辞史研究的必要性和重要性,修辞史研究的方法。对于这些问题,前人要么未曾涉及,要么语焉不详,要么存在争议。《导论》则一一作出了明确回答。而在每一编的"绪论"和"结语"部分,该著又分别对语音修辞史、词汇修辞史、句法修辞史、篇章修辞史、辞格修辞史等各个分支修辞史研究的相关问题,给出了解答。立足于对修辞、修辞现象的普遍认识,该著提出了自己的修辞史观:"各种修辞现象的萌芽、产生、发展、变化,构成了修辞史。""陈望道把修辞现象大别为消极修辞现象和积极修辞现象,修辞史应该分别探讨两大类修辞现象古往今来的演变历程。"①

既有点面结合的实践探索,又有提纲挈领的理论总结,《中国修辞史》为后来的研究者呈现了一部具有纲领性、示范性、启发性的样本。

就后者而言,吴礼权关于列锦在唐诗中发展演变状况研究的系列论文②,作为唐诗辞格修辞史的一项代表性成果,对于唐诗修辞史的研究无疑具有直接贡献。特别值得提及的,是其在研究方面的借鉴作用:材料选取上,力求穷尽《全唐诗》的全部用例,注重似是而非的语料的辨析和排除;视角和方法运用上,依据列锦在唐诗中发展演变的实际,侧重从结构形式的演变和小类的分布变化入手去考察,成功地借助了历史比较法、实证法和典型探索法等;理论创新上,依据研究的需要对列锦的性质、结构、功能、分类、归类等也做了新的探索。

此外,与历时研究的近乎缺席相比,唐诗修辞共时研究的成果较为丰硕,为历时研究奠定了必要的基础:除古今中外各种文献中的评点、散评外,仅出版的专著就有刘明华《杜诗修辞艺术》、孙力平《杜诗句法艺术阐释》、尚永亮《唐诗艺术讲演录》、拙著《唐诗句法修辞研究》《唐诗修辞论》《唐诗语法修辞研究》等,发表的专题论文也不少。此外,历代流传下来的唐诗选录、注释、评鉴、研究的文献资料极为丰富,也为唐诗修辞史的研究准备了有利的条件。

本著作者已出版三部相关的研究专著:《唐诗句法修辞研究》《唐诗修辞论》

---

① 宗廷虎,陈光磊:《中国修辞史·导论》,吉林教育出版社,2007,第7页。

② 公开发表的论文有四篇:"列锦"辞格在初唐的发展演进(《平顶山学院学报》2010年第3期);从《全唐诗》的考察看盛唐"列锦"辞格的发展演变状况(《阜阳师范学院学报》2010年第1期);由《全唐诗》的考察看中唐"列锦"辞格发展演进之状况(《湖南科技大学学报》2012年第4期);晚唐时代"列锦"辞格的发展演进状况考察(《平顶山学院学报》2012年第1期)。

和《唐诗语法修辞研究》。《唐诗句法修辞研究》从句法选择、句法变异、句法配置等方面对句法修辞方法在唐诗中的运用情况做了系统的共时描写,并从语境互动、诗学追求、审美效应等角度加以阐发,对唐诗与《诗经》《楚辞》、新诗的句法修辞也分别进行了大略的比较。其中,对唐诗句法修辞的历史传承做了初步的梳理。《唐诗语法修辞研究》则将研究视野进一步扩大到辞法修辞、篇章语法修辞。《唐诗修辞论》是在唐诗语法修辞研究基础上,对唐诗修辞更进一步地拓展和深化研究。主要从语音修辞、语义修辞、语法修辞、篇章修辞、风格修辞等五个方面对唐诗修辞的成就、特色和规律进行整体描述和共时研究,对语形(文字)修辞在唐诗中的运用,对部分唐诗修辞手法的历史演变也做了概要论析。

三、唐诗修辞史研究的内容和意义

唐诗修辞史研究,可以充当诗歌修辞断代史研究的一个典型案例。唐诗修辞,历经了丰富的成长和变迁,方才造就了自身的辉煌繁荣和唐诗在中国诗歌史上的巅峰地位。据我们考察,唐诗修辞三百年间的演变,至少存在三条主线:主要受近体诗成熟和变化,歌行体、新乐府、民歌体等古体诗新变的影响而发生的修辞演变;主要受时代变迁、社会发展等影响而形成的修辞演变;主要跟诗歌题旨情境和诗人主观追求密切相关的修辞演变。演变的轨迹,在修辞总体面貌和语音修辞、词汇修辞、句法修辞、篇章修辞、修辞格、言语风格修辞、文字修辞等各个方面都有不同程度的体现。

唐诗修辞史研究,以唐诗修辞现象的演变及其根源作为研究对象。主要考察各类修辞手法和言语风格用于(或见于)不同时期的唐诗中的特点和变化。"变化",主要基于唐诗修辞在唐代不同历史阶段的内部比较,但对与前后朝代具有明显承传关系的某些修辞现象,如近体诗的对偶(对仗)、语音修辞、"以文为诗"修辞现象等,也做一定的跨朝代比较,以凸显唐诗修辞的特色和贡献。研究内容大致如下:

(1)唐诗重要辞格的演变。主要描述对偶、比喻、映衬、用典、顶真、比拟、借代、互文、列锦等修辞格在形式和用法上的特色和变化,分析其具体成因。

(2)唐诗语音修辞的演变。主要描述唐诗在语音选择修辞、语音组配修辞、语音谐拟修辞选用上的特点和变化,分析其具体成因。

(3)唐诗句法修辞的演变。主要描述唐诗在紧缩句、连贯句、省略句、移位句、名词句、动词性非主谓句、复合谓语句、兼语句、插入语等特殊句法形式选用上的特点和变化,分析其具体成因。

(4)唐诗篇章修辞的演变。主要描述唐诗在篇章结构形式和衔接连贯手段选用上的特点和变化,分析其具体成因。

(5)唐诗风格修辞的演变。主要描述唐诗在言语诗体风格、言语时代风格、言语流派风格、言语个人风格上的丰富、创新和变化,分析其具体成因。

(6)唐诗修辞演变的历史根源。主要从宏观层面探讨唐诗修辞演变与社会发展、诗歌发展、诗人的才性和追求、诗歌题旨情境等的关系。

唐诗修辞史研究的重要意义和独特价值,可归结为两个主要方面:

一是学术意义和价值。断代研究是通史研究的基础和细化,语体(文体)修辞史是修辞手法史之外的另一大分支,二者的结合是当前和今后修辞史研究的一个重点方向。本著的研究,将断代研究和语体(文体)修辞史融合一体,聚焦、解剖唐诗修辞史这一诗歌修辞史上的典型案例,将有助于补强诗歌修辞史的"缺项"和"弱环",并可为修辞史同类领域、修辞学及邻近学科的研究提供理论、方法和材料上的借鉴和参考。

二是应用价值和意义。唐诗是中华传统文化的重要组成部分,不但成就巨大、特色鲜明,而且传承久远、远播海外,在当代民众中也拥有比其他许多传统文化遗产更强的认同感和更高的普及率。本课题的研究,将有助于拓展和深化唐诗文化在当代社会认知和认同的深广度,有助于发掘造就唐诗巅峰地位和深远影响的社会文化基础和语言艺术规律,以史为鉴,推进文化强国战略和中华优秀传统文化的教育,推进汉语和汉文化的传承、弘扬、创新、交流和推广。

四、唐诗修辞史研究的目标和方法

唐诗修辞史研究的主要目标有二:一是力求完整而准确地刻画出唐诗修辞演变的历史轨迹和全貌,从中发掘修辞与诗体、诗人、诗旨、诗风等因素相生共变的特点和规律,丰富、发展相关的诗歌修辞理论,为诗歌修辞史的断代研究填补空缺,探索路径。二是探究唐诗和唐诗修辞变化发展的社会文化根源,总结唐诗和唐诗修辞辉煌繁荣、魅力远播的成功经验和启迪意义,为中华优秀传统文化的教育、继承、创新、推广和交流增添自信,查找基因,注入动力。

研究的重点是考察那些最能体现唐诗修辞特色和创新,以及在唐代发生过重要变化的修辞手法和修辞现象,主要涉及唐诗中重点辞格、句法变异修辞、篇章衔接手段的运用以及言语风格的创造。

研究中,主要面临两大难点:一是怎样在数万首唐诗中充分选取有代表性的考察对象,尽可能避免遗漏或偏差;二是怎样准确地判别认定那些存在疑难词句的修辞手法或修辞现象,避免诗歌误读导致的修辞误解。解决的办法:一是力求"有所本",参照古今各种唐诗选录、注解、评论、鉴赏的文献资料和工具书,邀请专家释疑解惑,审慎做出自己的选择和判断;二是立足于《全唐诗》文本的精读细研,尽可能真实完整地还原和利用诗歌修辞的语境,进行修辞分析和文本解读。

在研究中,首先要解决好唐诗修辞史料选取的依据和标准问题。拟以中华书局1999年增订本《全唐诗》为文献依据,个别参考新近的考据结论。在量化统计时,拟选用"北大语料库""国学宝典"等较成熟的权威数据库。修辞个案的选取,主要依据是否具有代表性和实验性,因而不限于名家名作的用例,也不限于成功的修辞用例。

其次要解决好唐诗修辞史的历史分期问题。修辞演变跟诗体的演变发展有密切关系,同时也受到社会文化历史背景、诗歌内容主旨和诗人艺术追求等多方面因素的影响,因而只能依据修辞演变的实际,不能简单照搬唐史或唐诗史的分期。

此外,还要解决好全面考察和突出重点的结合问题。一部完整的唐诗修辞史,理论上应该反映唐诗修辞演变的方方面面,应该对语料做穷尽性的搜索、整理和分析,但事实上难以做到。因而,拟在对修辞演变事实进行全面调查的基础上,确立考察的重点,选取在时代、诗体、流派、诗人等方面具有代表性的修辞事实开展深入分析和系统研究,尽可能兼顾完整性和深入性、全面性和典型性。

在研究中需用到的具体方法主要有实证法、重点考察法、比较法等。

1. 实证法

用事实说话,用修辞效果说话。以《全唐诗》(增订本,中华书局1999年)为依据,大量地、尽可能穷尽地占有唐诗修辞现象和修辞手法发展演化的事实,从史料的剔抉、爬梳中去发现问题、得出结论。通过对诗歌作品修辞实践的批评来确认修辞现象及其类属;诗人的修辞意图难以确认时,以实际修辞效果作为依据,判定修辞现象或修辞手法的存在和归属。

2. 重点考察法

点线结合,点面结合。在全面普查和统观全局的基础上,选取在时代、诗体、流派、言语风格、审美表现等方面具有典型性和代表性的诗歌作品进行修辞批评,从纵横两个方向进行描述,连点成线,揭示历史变迁的节点和轨迹;以点带面,反映修辞演化的特性和全貌。

3. 比较法

比较将依据需要在共时和历时、内部和外部、整体和局部等不同角度、不同范围、不同层面上展开,藉此准确描述唐诗修辞诸方面的个性特点、演变轨迹以及与语言、作者、诗体等因素的关系。主要用到历时比较:对同一修辞手法及其小类在不同时期和不同诗体中的使用状况的比较,对不同时期不同诗体不同诗人不同诗作修辞特征的比较;有时也用到共时比较:对同一时期不同诗体不同诗人不同诗作的同类修辞比较,对相近相关的修辞现象和语言现象、修辞手法运用和文学手法运用的比较,对相近修辞手法之间、同一修辞手法的不同小类之间的比较等。

五、唐诗修辞史研究的基本思路、理论参照和历史分期

本著的基本研究思路是,首先对不同阶段、不同诗体、不同流派、不同题旨等的唐诗代表性作品展开具体的修辞批评;进而连点成线、由点到面,尽可能完整而详尽地呈现唐诗修辞在每个时期、主要诗体、重点流派、重点诗人、顺应不同审美追求和表达需要等方面的特点和表现;在此基础上,进一步选取重点修辞手法,考察其在形式、用法上的特色和变化;考察修辞手法综合运用特点下体现的言语风格,在诗体风格、时代风格、个人风格等主要方面中所体现的变化和创新。最终,梳理唐诗修辞演变的历史轨迹,探究其中的内外根源。

在对唐诗代表性作品进行修辞批评时,我们主要依据陈望道《修辞学发凡》的修辞手法体系、言语风格分类,并吸纳了其他学者的相关研究成果,分析其中的修辞手法运用情况和言语风格所属类型。

陈望道在《修辞学发凡》[①]中初步提出了言语风格的分类,在实际研究中,我们吸取了其四组八种的分类理论,将"疏放"改称"自然",并借鉴郑远汉、黎运

---

① 陈望道:《修辞学发凡》,第十一篇,参见《陈望道学术著作五种》,复旦大学出版社,2005。

汉、李熙宗、吴礼权等学者关于言语风格的分类观点,新增了部分类型,使之成为一个比较完备而科学的分类体系:简约—繁丰、刚健—柔婉、平淡—绚烂、谨严—自然、庄重—幽默、典雅—通俗、含蓄—明快。同时,鉴于这些类别是着眼于不同角度的语言运用所概括的理想化类别,而言语风格的实际表现往往具有繁复(兼容多种类别倾向而非纯粹单一的体现)和非典型(居中或有所偏向而非处于某一类型的顶端)的特点,在对具体的诗人、诗作、时代、诗体进行言语风格分析时,我们通常会根据实际选取两个最主要的言语风格类型,部分选取一个或多个,并在典型特征不够突出时,在所概括类型前加上"偏于"等限定语。

陈望道在《修辞学发凡》[①]中提出了"两大分野"的学说,将修辞手法区分为消极修辞手法和积极修辞手法两个大类。吴士文、刘焕辉、张弓、郑远汉等一大批专家学者对这一修辞手法系统做了卓有成效的充实和完善,特别是在消极修辞手法方面。借鉴这些研究成果,我们根据实际研究需要,在消极修辞手法中,进一步区分语音修辞、词语修辞、句法修辞和篇章修辞,并对其做出明确的界定和区分。语音修辞包括语音选择修辞、语音组配修辞、语音谐拟修辞[②];词语修辞则主要着眼于词语的语义构成和修辞色彩,区分词的选用、短语的选用;句法修辞是对各类修辞句式的选择和运用,选用对象范围涉及广泛,主要包括:整句和散句、紧缩句、本位句和连贯句、句法变奏句、陈述句、疑问句和感叹句、叙述句和描写句、评议句、复句的下位类型、虚词;篇章修辞表现在对各类篇章结构类型和篇章结构手段的选用,篇章结构手段包括篇章关联词语、衔接手段、连贯手段等,结构类型则可从语表形式、语意布局、信息组合等角度进行相应的概括和区分。词语、短语、句子、篇章层面的修辞格以及用于营造语音修辞效果、用于谋篇布局的其他修辞格,不属于以上的消极修辞手法。

在积极修辞手法中,鉴于现有辞格体系和新辞格构建总体上还存在较大争议和分歧,我们在研究中将大体参照陈望道《修辞学发凡》的辞格分类体系,不单列辞趣而是将其归入其他修辞手法,酌情减少感叹等辞格,增加通感等个别新辞格,调整部分辞格的内涵和外延,在辞格的命名上遵从现在的通例,将譬喻、倒反、转品等改为比喻、反语、转类等。

---

① 陈望道:《修辞学发凡》,第三篇至第九篇,参见《陈望道学术著作五种》,复旦大学出版社,2005。
② 参阅段曹林:《汉语语音修辞:选择、组配、谐拟》,《修辞学习》,2007年第1期。

在修辞批评和修辞分析中,将有意识地把修辞手法跟写作手法(或文学手法)区分开来。两类手法从理论上看其内涵、外延以及具体构成上都有着明确的区分,但在实际应用中一直存在某些模糊认识和处置。在包括唐诗在内的文学类作品的评论和鉴赏中,常见到诸如此类的问题:把想象作为一种修辞手法(甚至出现在中小学课本中),把象征、通感等命名相同的概念,把对仗和对偶、"句法"和句法修辞等相近概念混同使用,以及单纯使用"赋""比""兴""虚实""抑扬"等涵盖面过宽的文论概念导致评述较为笼统、分析不够精细、立论偏于主观、实证欠缺等。这一现状,显然不利于两个学科各自的理论建设和实际应用,不利于发挥文艺学和修辞学在文学批评乃至其他文类批评中的互补功能。

为此,我们在本著研究中,一方面,充分利用和借鉴以《唐诗品汇》[(明)高棅编纂;汪宗尼校订;葛景春、胡永杰点校,中华书局2015年版)]、《唐诗选》(马茂元选注,上海古籍出版社2017年版)、《唐诗选注》(葛兆光著,中华书局2018年版)、《诗薮》(胡应麟撰,中华书局1958年版)、《唐诗汇评》(陈伯海主编,浙江教育出版社1995年版)、《唐诗鉴赏辞典》(新一版,上海辞书出版社2013年版)等为代表的唐诗选、注、评、鉴类文本;另一方面,在对具体作品的修辞批评和分析中,严格区分传统诗学中的"炼字""炼句""句法""章法"和现代修辞学中的词语修辞、句法修辞、篇章修辞等概念,努力把握诗学中赋、比、兴、虚实、抑扬、用对(对仗)等基本概念与修辞手法之间的对应和实现关系,力图从修辞手法运用和言语风格体现两个方面,对从诗学角度所做的诗人诗作风格的总结和论析,加以验证和诠释。

本著研究的基本框架建立在唐诗的历史分期上。关于唐诗发展的历史分期,历来众说纷纭。宋人严羽,提出了唐初体、盛唐体、大历体、元和体、晚唐体的分法。明人高棅,区分初、盛、中、晚,并将初唐、晚唐各分为两段。胡震亨的初、盛、中、晚之分把部分唐末五代的诗人归入"闰唐",胡应麟把中唐分成了四段,王世懋则肯定四个阶段是渐变的,没有绝对的时间界线。

我们对诗人诗作的修辞批评,将依照一般的唐诗分期①,即以唐朝建立到睿宗(618—712年)期间为初唐,唐玄宗时期(712—756年)为盛唐,肃宗到敬宗期间(756—827年)为中唐,文宗到哀帝(827—907年)期间为晚唐。这一分期提

---

① 参见游国恩等主编《中国文学史》(修订本)"第四编 隋唐五代文学",人民文学出版社,2002。

供了认识的便利,但就唐诗及其修辞的发展而言并非绝对的区划,对诗人诗作而言更非截然的界限。为此,在实际考察中我们不应该也不会完全局限于这一分期标明的时间段线,不敢越雷池一步。一方面,在研究中将特定诗人归入某一个历史时期以利于考察的集中;另一方面,对确实存在明显的前后差异和特殊影响的过渡期诗人给予特别的关注。

总之,相比现有的共时研究,本著的研究力图通过深入的调研,立足于细致而充分的唐诗作品修辞批评,对不同时期、不同诗体、不同流派、不同审美趋向、不同诗人的代表性作品的修辞特色和修辞成就加以调研,客观描述唐诗修辞的实际表现和变革演化,揭示其背后的诗歌、诗人、语言、社会、文化等诸多因素的作用和影响。不同于以往更多地从共时角度、更多地限于个别诗人诗作对唐诗修辞的研究,本课题转而从历时角度,着眼于唐诗修辞整体,点线、点面结合,系统地探索唐诗修辞的自身演变及其内外根源。以此为契机,期待在语体(文体)修辞断代史这一中国修辞史研究亟待开拓的一片新领地有所突破,在诗歌修辞史的"缺项"和"弱环"之一的唐诗修辞史研究领域,做出实绩和贡献。

第一章　初唐时期(618—712 年)的诗歌修辞

初唐近百年,是唐诗推陈出新、整体建构的起步阶段和关键时期。题材、内容不断拓展,风格、面貌开始转变,近体和歌行的格律、体制得以确立。诗歌修辞方面,继承了前代丰富的理论和实践成果,并将其用于摆脱旧的、过于偏重形式的诗风,推进新时代的诗歌建设和发展,所取得的进展和成就是多方位的,尤为显著的是在语音修辞、句法修辞、篇章修辞等几个方面,诗体修辞、风格修辞等也有所进展。

第一节　初唐诗语音修辞的继承和新变

初唐时期语音修辞的实验和新变,首先是为了适应不同诗歌体裁需要而采取的修辞策略选择和创新,是新诗体建设、旧诗体革新的有机组成部分。

初唐四杰的诗,"音节往往可歌"[1]。"初唐乐府歌行的声情之美主要依靠顶针、回文、双拟、排比、复沓递进等句法,以及许多意义相近的虚字句头的钩连。"[2]

---

① 何景明:《明月篇序》,参见马茂元选注《唐诗选》,上海古籍出版社,2017,第 14 页。

② 葛晓音:《初盛唐七言歌行的发展——兼论歌行的形成及其与七古的分野》,《文学遗产》1997 年第 5 期,第 47-61 页。

其中的范例可举者众多。王勃《采莲曲》可为旧体诗例。这是一首旧题乐府诗,主题和手法上基本承袭了传统。其篇幅虽长于以往一般的乐府诗,但整体节奏绵延复沓,声音和美,正是得力于多样化语音修辞手法的共同作用。

> 采莲归,绿水芙蓉衣。秋风起浪凫雁飞。桂棹兰桡下长浦,罗裙玉腕轻摇橹。叶屿花潭极望平,江讴越吹相思苦。相思苦,佳期不可驻。塞外征夫犹未还,江南采莲今已暮。今已暮,采莲花。渠今那必尽娼家？官道城南把桑叶,何如江上采莲花？莲花复莲花,花叶何稠叠！叶翠本羞眉,花红强似颊。佳人不在兹,怅望别离时。牵花怜共蒂,折藕爱连丝。故情无处所,新物徒华滋。不惜西津交佩解,还羞北海雁书迟。采莲歌有节,采莲夜未歇。正逢浩荡江上风,又值徘徊江上月。徘徊莲浦夜相逢,吴姬越女何丰茸！共问寒江千里外,征客关山路几重？
>
> （王勃《采莲曲》）

该诗对语音修辞手法的运用,蔚为大观,颇见王勃的非凡才气。

一、消极修辞手法

①押韵:逐句或隔句押,节内换韵、节间连韵。②字数选择和组配:三、五、七言句配合使用,整齐紧凑中见参差变化,节奏分明,错落有致。其中三言4句,用于每节开头,起引领作用;五言14句,2句接节首的3言句,2句相连,其余10句连用;七言18句,至少两句连用,分布于每节的中段末段。③句调的变换。三个设问句和两个感叹句穿插于陈述句中,带来语调和情感节奏的变化。

二、辞格

①对偶或准对偶,计有7处(见波浪线所标识)。②复辞,有句内复辞:"莲花复莲花";有句间复辞:"采莲歌有节,采莲夜未歇";有三句间总分式复辞"花叶何稠叠！叶翠本羞眉,花红强似颊";还有三句交错式复辞的:"正逢浩荡江上风,又值徘徊江上月。徘徊莲浦夜相逢。"③顶真。计有4处(见横线所标识),分别为句内顶真1处、句间顶真2处、节间顶真1处。

卢照邻《长安古意》作为这一时期七言歌行的代表作,则在对偶、复辞、叠字等的集中多用上成就了其纵横捭阖的宏阔气势。

长安大道连狭斜，青牛白马七香车。玉辇纵横过主第，金鞭络绎向
侯家。龙衔宝盖承朝日，凤吐流苏带晚霞。百丈游丝争绕树，一群娇鸟
共啼花。啼花戏蝶千门侧，碧树银台万种色。复道交窗作合欢，双阙连
甍垂凤翼。梁家画阁天中起，汉帝金茎云外直。楼前相望不相知，陌上
相逢讵相识。借问吹箫向紫烟，曾经学舞度芳年。得成比目何辞死，愿
作鸳鸯不羡仙。比目鸳鸯真可美，双去双来君不见。生憎帐额绣孤鸾，
好取门帘帖双燕。双燕双飞绕画梁，罗纬翠被郁金香。片片行云著蝉
鬓，纤纤初月上鸦黄。鸦黄粉白车中出，含娇含态情非一。妖童宝马铁
连钱，娼妇盘龙金屈膝。御史府中乌夜啼，廷尉门前雀欲栖。隐隐朱城
临玉道，遥遥翠幰没金堤。挟弹飞鹰杜陵北，探丸借客渭桥西。俱邀侠
客芙蓉剑，共宿娼家桃李蹊。娼家日暮紫罗裙，清歌一啭口氛氲。北堂
夜夜人如月，南陌朝朝骑似云。南陌北堂连北里，五剧三条控三市。弱
柳青槐拂地垂，佳气红尘暗天起。汉代金吾千骑来，翡翠屠苏鹦鹉杯。
罗襦宝带为君解，燕歌赵舞为君开。别有豪华称将相，转日回天不相
让。意气由来排灌夫，专权判不容萧相。专权意气本豪雄，青虬紫燕坐
春风。自言歌舞长千载，自谓骄奢凌五公。节物风光不相待，桑田碧海
须臾改。昔时金阶白玉堂，即今唯见青松在。寂寂寥寥扬子居，年年岁
岁一床书。独有南山桂花发，飞来飞去袭人裾。

（卢照邻《长安古意》）

全篇476字，如此的七古长篇巨制，为初唐前所未见。单就其语音修辞而
言，突出表现在：

1. 通篇押韵

以响度小的支、儿、齐韵（一七辙）和响度大的麻韵（发花辙）为主，穿插唐韵
（江阳辙）、寒韵（言前辙）、开韵（怀来辙）等其他韵，韵因情发，韵随意转，大体四
句一换。

2. 对偶或准对偶

除首联、尾联、几处转换联外，整首诗主体部分皆由对仗联或准对仗（宽对）

联构成。对仗又与叠字、复辞合用,构成了4副叠字对联、3副复辞对联。由此形成了字数相同、结构整齐、声律优美的节奏。

3. 复辞

除在对仗中的复辞外,还有非对仗联的句内复辞,不同联邻句间的复辞:"共宿娼家桃李蹊。娼家日暮紫罗裙",以及三句呼应的总分式复辞,均为前分后总式:"得成比目何辞死,愿作鸳鸯不羡仙。比目鸳鸯真可羡""北堂夜夜人如月,南陌朝朝骑似云。南陌北堂连北里""意气由来排灌夫,专权判不容萧相。专权意气本豪雄",意换辞联,声音应和,形成整散错综的旋律。

4. 顶真

在移景换意的两联间又用到顶真,将前后联衔接起来,如:"一群娇鸟共啼花。啼花戏蝶千门侧""好取门帘帖双燕。双燕双飞绕画梁"。对偶、叠字、复辞、顶真等并非各自为阵,有时彼此配合,乃至一齐上阵,将各自的优势发挥到极致:"片片行云著蝉鬓,纤纤初月上鸦黄。鸦黄粉白车中出,含娇含态情非一。"语音修辞的运用,促成了这首七言歌行充沛的气势和深厚的笔力。胡应麟对此给出了极高的评价:"一变而精华浏亮;抑扬起伏,悉谐宫商;开合转换,咸中肯綮""七言长体,极于此矣!"(《诗薮》内编卷三)

张若虚的《春江花月夜》,被闻一多先生誉为"诗中的诗,顶峰上的顶峰"(《宫体诗的自赎》),一千多年来使无数读者为之倾倒。张若虚也因此"孤篇横绝,竟为大家"。这首诗被看作"宫体诗的自赎",跟其思想性艺术性都有关,从语音修辞角度看,既与情感变化形成共奏和鸣,又有很强的音乐美,朗朗上口,旋律动人。"全诗共三十六句,四句一换韵,共换九韵。又平声庚韵起首,中间为仄声霰韵、平声真韵、仄声纸韵、平声尤韵、灰韵、文韵、麻韵,最后以仄声遇韵结束。诗人把阳辙韵与阴辙韵交互杂沓,高低音相间,依次为洪亮级(庚、霰、真)——细微级(纸)——柔和级(尤、灰)——洪亮级(文、麻)——细微级(遇)。全诗随着韵脚的转换变化,平仄的交错运用,一唱三叹,前呼后应,既回环反复,又层出不穷,音乐节奏感强烈而优美。这种语音与韵味的变化,又是切合着诗情的起伏,可谓声情与文情丝丝入扣,宛转谐美。"①除了押韵(换韵)、平仄协调外,

---

① 俞平伯等:《唐诗鉴赏辞典》(新一版),上海辞书出版社,2013,第67页。

该诗用到的语言修辞手法还有双声、叠韵、叠音、重叠、顶真、复辞(句内/句间)以及语调变换等,从而在整体和细部都给人声情并茂、美不胜收之感。

近体诗语音修辞手法的运用有属于自己的要求和特色,初唐这类诗的语音修辞首先跟律化的演进有关。

近体诗的律化,包括对仗、篇制、韵律、声律等原则的确立,每一项都与语音修辞相关。其中对唐初近体诗语音修辞影响最明显的是声律。声律的完成,是由句到联再到篇的。句内平仄相间、联内声律相对,永明体都已具备,而联与联之间的相粘,作为成熟律体区分于永明体的标志,则历经试验、反复,到初唐沈宋等人,才得以最终确定。许学夷《诗源辩体》卷十二:"武德、贞观间,太宗及虞世南、魏徵诸公五言声尽入律。"①事实上,据王运熙先生解释,这里的"声尽入律"只是"单个诗句大部分都已平仄协调"②。邝健行《初唐五言律体律调完成过程之观察》③的调查统计也表明,大致在初唐四杰阶段,五律单句平仄的安排问题已基本解决。不过,"五律体的完全定型,格律上各种要求的完全明确,应该是到中宗、武后时期。""在具体的作品方面,则以沈、宋及'文章四友'等的作品为第一批自觉定型的五律作品。"④胡应麟对此也有类似评判:"学五言律,毋习王、杨以前,毋窥元、白以后。先取沈、宋、陈、杜、苏、李诸集,朝夕临摹,则风骨高华,句法宏赡,音节雄亮,比偶精严。"⑤

声律的确立可以说是对诗歌音乐美自觉追求的结果,"夫五色相宣,八音谐畅,由乎玄黄律吕,各适物宜。欲使宫羽相变,低昂互节,若前有浮声,则后须切响。一简之内,音韵尽殊;两句之中,轻重悉异。妙达此旨,始可言文。"⑥这是基于对声音抑扬轻重变化之美的认识,而总结的句内平仄相间规则和句间声律相对规则。而联间相粘的规则,反映的则是诗歌声音回环往复之美。平仄的连续和交错、相对和相粘,与押韵的隔句押句末押、对仗的中二联对首尾一般不对、每

---

① 许学夷:《诗源辩体》,人民文学出版社,1987,第138页。
② 王运熙:《寒山子诗歌的创作年代》,朱东润、李俊民、罗竹凤主编《中华文史论丛》,上海古籍出版社,1979年第四辑。
③ 邝健行:《初唐五言律体律调完成过程之观察》,中国唐代文学学会等主编《唐代文学研究》第三辑,广西师范大学出版社,1992,第507—521页。
④ 钱志熙:《唐诗近体源流》,北京大学出版社,2015,第39页。
⑤ 胡应麟:《诗薮·内编卷四》,上海古籍出版社,1979,第57页。
⑥ 沈约:《宋书》卷六七《谢灵运传论》,中华书局,1974,第1779页。

句字数和节奏顿挫的统一等,近体诗的这些格律,其共同特点都是能够同时带来声音的变化(参差、错落)美和重复(回环、整齐)美。声律模式的形成逐渐将诗人对音乐美的追求由自由转为受限、由个性化转为类别化,即在规制下寻求变通,在诗体类别语音模式上体现个人取向。押韵、对仗、平仄、篇制等,原本是语音修辞伴随诗体生长成熟而分化、固化的结果,同时又是每首新体诗语音修辞的基本依托和条件。

对偶在晋宋时期还是古诗的一种基本技巧,从齐梁的声律体到唐的近体,不但对偶运用益发精熟,并且成为新诗体的重要格律要素。一旦纳入格律要素,近体诗对于对与不对的安排、对仗的宽严变化、对仗与其他语音修辞手法的配合等,也自然不能不催生新的体制下对音乐美的新探索。如王勃《仲春郊外》:

> 东园垂柳径,西堰落花津。物色连三月,风光绝四邻。鸟飞村觉曙,鱼戏水知春。初晴山院里,何处染嚣尘?

隔句押韵,前三联都用对,且都可归入工对,但严中又有宽:首联"园"对"堰"、"花"对"柳",颔联"月"对"邻",颈联"鸟"对"鱼",皆为邻对,颈联声律节奏为二三,意义节奏则为三二(实为三一一),即"鸟飞村/觉-曙"对"鱼戏水/知-春"。三个整句兼陈述句,加句末一个散句兼设问句(疑问形式)。所有这些都服务于表意需要,同时又赋予了诗歌严谨和自由、整齐和变化和谐并存的音乐美。王勃另一名篇《别薛华》中二联也为工对,首联不对,但缀入对应的重叠形式"送送"和"遑遑"赋予声音重复和强化,尾联用连贯句(一个条件复句)"无论去与住,俱是梦中人"通过句式改变促成整散、动静的变化,均有助于丰富诗歌的音乐美。陈子昂的代表作《晚次乐乡县》尾联"如何此时恨,噭噭夜猿鸣"用拟声重叠形式,《渡荆门望楚》首联用重叠对(平仄不全对的宽对)"遥遥去巫峡,望望下章台",不但增添了听觉形象,表现了意境的阔大,也强化了声音形式的回环美。

沈佺期《龙池篇》则可作为七律自觉讲求语音修辞效果的一个适例。

> 龙池跃龙龙已飞,龙德先天天不违。池开天汉分黄道,龙向天门入紫微。邸第楼台多气色,君王凫雁有光辉。为报寰中百川水,来朝此地

莫东归。

（沈佺期《龙池篇》）

单就此时七律的合律而言，尚不完美，但语音修辞的表现已经可圈可点了。前三联均用对仗，并将顶真、复辞、押韵等语音修辞手法融为一炉。首联聚句内顶真、句内复辞、句间复辞于同一对仗联中；额联也是句间复辞联；尾联不对，恰恰增加了流动，避免了板滞。苏颋《奉和春日幸望春宫应制》首句即连用顶真"东望望春春可怜"，也为这首内容平平的七律应制诗平添了一分鲜亮的音乐色彩。

而张敬忠《边词》代表了初唐七绝惯用的一种语音修辞方式：以散句起，流水对结。

五原春色旧来迟，二月垂杨未挂丝。即今河畔冰开日，正是长安花落时。

（张敬忠《边词》）

"这首诗散起对结，结联又用一意贯串、似对非对的流水对，是典型的'初唐标格'"。"河畔冰开日"与"长安花落时"对仗工稳，分别用"即今""便是"贯串，增加流动性，"诗的风调轻爽流利，意致自然流动，音律和婉安恬，与它所表现的感情和谐统一"[1]。

值得特别一提的还有寒山《杳杳寒山道》。该诗将句首重叠法差不多用到了极致，为后人留下了语音修辞实验的又一个成功范例。"杳杳寒山道，落落冷涧滨。啾啾常有鸟，寂寂更无人。淅淅风吹面，纷纷雪积身。朝朝不见日，岁岁不知春。"该诗每句句首位置皆用叠音词或词重叠形式，不但形式上声音整齐、音韵和谐、回环复沓，并且借助声音重叠整合、凸显、强化了内容。重叠涉及形容词、副词、象声词、名词等数种词类，覆盖视觉、听觉、触觉等多种感觉，用于描摹色彩、声响、样貌、动态、时间、空间等各类性状，使得这首诗的形象鲜明突出，情感生动细腻，兼具音乐美和情意美。

---

① 俞平伯等：《唐诗鉴赏辞典》（新一版），上海辞书出版社，2013，第75页。

总体而言,初唐诗歌的语音修辞,在众人努力下,已经超越前代,不但结束了陈隋时期尚存的"音响时乖,节奏未谐"的现象,而且与思想情感的表达、与篇章结构的组织日趋合拍,形成协奏和鸣,因而达到了更高的水准。

第二节　初唐诗句法修辞的娴熟和丰富

从句法修辞角度看,初唐诗在对仗联的营构上益发成熟自觉,形式和技巧更加丰富多样,分布和用法更加灵活自如。此外,在疑问句、感叹句等的运用上也颇具新意和特色。

古人所谓"对"或"对句",严格来说不完全同于今天修辞学的对偶辞格。"说话中凡是用字数相等,句法相似的两句,成双成对排列成功的,都叫对偶辞。"[1]对偶的一个重要条件是两部分的句法结构相同相近,而古人并无明确的句法结构观念,事实上也不可能将其列入诗歌对仗的要求。对仗的基本要求只有词类相对,所谓词类,大致区分名词、动词、形容词、数词(数目字)、颜色词、方位词、副词、代词、虚词等。更进一步的要求则有名词小类相对等,由此区分工对、邻对和宽对。词类相对是句法相类的基础,实际运用中,一个对仗联大致相当于一个对偶句或准对偶句,通常宜归入句法修辞方法。对仗联的构成还往往将语音修辞、词语修辞、其他句法修辞手法或修辞格融入其中,带来各种变化和特殊的修辞效果。这在初唐诗歌中已经在理论和实践中都得到了具体的体现。

初唐有以个人而得名的所谓"上官体",因上官仪的诗,风格"绮错婉媚",效仿者众而得名。"绮错婉媚",结合上官仪现存的作品及其关于声律、对仗等的论述,从修辞角度说,至少在两个方面有突出的体现:一是词汇选用上的文雅取向,二是对对仗、修饰等技巧的高度重视。当然,"上官体之流行,不尽在镂金错

---

[1]　陈望道:《陈望道学术著作五种》,复旦大学出版社,2005,第 361 页。

彩,还在于上官仪诗于梁陈格中见其才思","虽同为绮丽之格,其成就实出唐初诸家之上"①。

根据南宋魏庆之《诗人玉屑》卷七所汇集李淑《诗苑类格》的资料,上官仪有关于"诗有六对""诗有八对"的论说。其中,"六对"是指正名对、同类对、连珠对、双声对、叠韵对、双拟对,"八对"是指名对、异类对、双声对、叠韵对、联绵对、双拟对(复辞对)、回文对、隔句对。宗廷虎、李金苓先生曾将二者中的相同类别加以归并,概括为九种②:的名对、异类对、双声对、叠韵对、联绵对、双拟对(复辞对)、回文对、隔句对、同类对。

从其所借助的语言技巧看,这些对仗实际上已涉及音、义、形等多种语言因素的利用,以及对仗与其他修辞格的配合使用等问题:①着意于词语声母、韵母、音节相同相近等语音因素的利用,包括双声对、叠韵对、连珠对(一部,叠音词相对);②着意于词语类义关系(部分含括反义关系、同义关系)、泛类义关系等语义因素的利用,包括正名对、的名对、同类对、异类对;③着意于对句间的远近关系,常见为对句紧相连接的相邻对,因而上官仪特别拎出了对句间有间隔的隔句对;④对仗和其他辞格在联或句中相融同现的,包括双拟对(与复辞合用)、回文对(与回文合用)、联绵对(与比喻合用)、连珠对(与顶真合用)。

这些对仗类别的提出,源自上官仪对先秦以来诗歌实践的明确认识和总结,虽然没有涵盖已经出现的全部对仗技巧和变化,但顺应了当时创作的需要,并且为整个唐代乃至后来者提供了借鉴和创新的依据。

"对偶对中国诗歌的语言有两个最重要的贡献:其一是句法实验成为可能,其二使词类转换便利……"③所谓句法实验,主要是指在对仗联的并置结构中句法语义关系有可能变得模糊或多义。初唐诗歌沿袭了南北朝诗歌文人化、典雅化的传统,将前代注重对仗的风气和所运用的对仗技巧全面继承了下来,并将句法实验转化成自觉的修辞行为,使作品中的对仗呈现出丰富的变化和显著的特色。

以上官仪本人为例。其留下来的诗歌不过二十来首,但在仅有的诗作中,多

---

① 钱志熙:《唐诗近体源流》,北京大学出版社,2015,第46页。

② 参阅宗廷虎、李金苓:《中国修辞学通史·隋唐五代宋金元卷》,吉林教育出版社,1998,第124-127页。

③ 宇文所安:《初唐诗》,贾晋华译,生活·读书·新知三联书店,2014,第199-200页。

用对句是一大突出特点,善于用对也是"上官体"的特色之一。每首诗几乎都以对句为主构成,除首尾联不用或用异类对外,多为正名对(的名对)、同类对。数词、虚词等相对成为主动的追求。数字对,如"千秋流夕景,万籁含宵唤""幸因千里映,还绕万年枝"。虚字对,如"鲁幕飘欲卷,宛驷悲还顾""远气犹标剑,浮云尚写冠"。

先秦以来多用特殊声音词语联绵词、叠音词相对,在上官仪这里自然也受到了重视。除双声对未见,叠韵对、叠音(连珠)对、联绵词对都有所发现。叠韵对,如:滴沥露枝响,空濛烟壑深。也有双声对叠韵的,如:楼台相掩映,城阙互相望。叠韵对双声的,如:滴沥间深红,参差散轻素。连珠对,有叠音词相对的,如:漠漠佳城幽,苍苍松槚暮。也有重叠式相对的,如:望望惜春晖,行行犹未归。联绵词相对的,如:罗荐已擘鸳鸯被,绮衣复有蒲萄带。

其他诗人同样重视、了解各种对仗技巧。卢照邻《行路难》不算太有名的诗,篇幅也不长,但上述对仗类型同样多有所见。同类对,如"昔日含红复含紫,常时留雾亦留烟";异类对、宽对,如"巢倾枝折凤归去,条枯叶落狂风吹";数字对、双声对,如"一朝零落无人问,万古摧残君讵知";数字对、异类对,如"自昔公卿二千石,咸拟荣华一万年";虚字对、异类对,如"不见朱唇将白貌,惟闻素棘与黄泉"。严格的回文对实际应用非常少见,但在初唐诗中,近似的回文对或应称为回环对的,也能发现用例,如《春江花月夜》中有:"江畔何人初见月?江月何年初照人?"《代悲白头翁》中则有"年年岁岁花相似,岁岁年年人不同"。

相比前代,初唐不但普遍运用各种对句法入诗,而且讲究词语锤炼、意义密集、句法凝练的对仗句明显比较多。如上官仪"鹊飞山月曙,蝉噪野风秋"(《入朝洛堤步月》),"芳晨丽日桃花浦,珠帘翠帐凤凰楼"(《咏画障》),每个对仗句包含三层关联的意思,名词短语占据主体,且基本上都包含修饰性定语。前一联描摹了环境的动态和变化,后一联呈现了画面的相映和组接。"曙""秋""芳"等明显经历过一番精心锤炼。此外,如"落叶飘蝉影,平流写雁行"(《奉和秋日即目应制》),"碧潭写春照,青山笼雪花"(《句》),由于第三个动词的安排,主语和宾语表示的事物之间的关系反倒变得耐人寻味,从而形成多解而浑融的意境。这些都可归入工对、巧对之列,因他们不仅形式整齐,内容也颇为用心,字句、意境的考究方面均与宽对、平对有明显区别。

再如杜审言"云霞出海曙,梅柳渡江春。淑气催黄鸟,晴光转绿蘋。"(《和晋陵陆丞早春游望》)也有类似特点。"曙""春""催""转"等是公认成功的炼字范例。前二者,两个单字,却蕴藏了丰富的意义;后二者,两个动词,均为拟人用法,将景物人格化。前一联还是著名的句法实验的范例,句法关系和诗句意义可以做多种不同的解释。

这一时期的对仗还经常和用典相结合,加上修饰语对文采的有意追求,因而呈现典雅化的取向。如"垂绥饮清露,流响出疏桐"(虞世南《蝉》),"玉辇纵横过主第,金鞭络绎向侯家"(卢照邻《长安古意》)。

除了对仗的平行句法在古体近体中都广受重视并且多用外,顶真等整齐句法也时有所见,散行的句式包括用于叙述、描写的陈述句和用于抒情议论的疑问句(以设问句、反问句为主)、感叹句。特别是设问句和反问句,比较多地出现在全诗的结尾,尤其是近体诗的尾联,也在古体诗为主的语段起始或结束出现,作为诗歌节奏变化标记的"变奏器",同时具备强化抒情或议论的情感功能,变换内容、衔接诗句的篇章功能。较长的诗篇固然对句类变化有所倚仗,如张若虚《春江花月夜》共四个设问句,两两连用,分别穿插于陈述句中,出现在承上启下的过渡段,以形式变化凸显内容变化:"江畔何人初见月?江月何年初照人?"构成准回环,由写远景近景转向写浮想遐思;"谁家今夜扁舟子?何处相思明月楼?"构成互文,由前文进而转入写人类思念之愁苦,设问起总提作用。卢照邻《长安古意》仅在中段用到两个反问句,即"楼前相望不相知,陌上相逢讵相识?"和"比目鸳鸯真可羡,双去双来君不见?"数量虽少,对于促成诗歌的旋律变换、波澜起伏、语义强化却是至为关键的成分。刘希夷《代悲白头翁》共用了四处设问,分布在一二句、五六句、倒数五六句、倒数第四句,分别居于领起、层进、转折、总结的地位,对增强诗歌的抒情、议论氛围和力度,有着显而易见的作用。篇幅较短的,也颇为常见,表明诗人对设问、感叹在语调变奏和情意抒发等功能的自觉意识和重视。如陈子昂《感遇》三十八首其二:感叹句起,反问句结;其四:三四句用反问;其二十三:三四句用反问,九十句用设问,自问自答。沈佺期《杂诗·闻道黄龙戍》颔联用一个流水对、感叹句:"可怜闺里月,长在汉家营!"尾联用反问句:"谁能将旗鼓,一为取龙城?"王绩《在京思故园见乡人问》中部连用六个问句而不作答,以此凸显思故园的急切心情,余味无穷,句法修辞带有独创性。

第三节　初唐诗篇章修辞的定型和突破

　　初唐篇章修辞的进展,一是表现在结构模式的定型和新变,二是表现在突破绝句等体制局限的句法修辞实践。宇文所安《初唐诗》认为初唐诗篇存在一种源于宫廷诗的"三部式"基本模式,即一首诗"由主题、描写式的展开和反应三部分构成"①。开头部分通常用两句诗介绍事件,接下来的中间部分由描写对偶句组成,可延伸,最后部分是诗篇的情感反应、结论或结束②。"这一形式起源于二至三世纪的诗歌,到了七世纪后期,它被普遍地格式化于律诗中,并继续在大部分古诗中起主导作用。"③"八九世纪大多诗人继承了三部式,通常把它运用在律诗中,并以较松散的形式运用在其他诗体中。"④

　　"三部式"只是一种大致的概括,如果细分,还可以有"双部式""四部式"等,"三部式"本身也有不同的变式。

　　上官仪《安德山池宴集》是宇文所安举例的典型"三部式"。诗的开头"上路抵平津,后堂罗荐陈。缔交开狎赏,丽席展芳辰",总体写景并点题,接下来的中间部分均为具体写景的对偶句"密树风烟积,回塘荷芰新。雨霁虹桥晚,花落凤台春。翠钗低舞席,文杏散歌尘"。结尾说明情感反应(惜)和宴会结束:"方惜流觞满,夕鸟已城闉。"

　　从修辞学角度分析,这种"三部式"的诗篇结构,可以看作是大致由三类功能句构成,各类句式所表达内容相对固定的一种篇章模式:内容上,开头由叙述句或说明句引入话题("主题"),中间部分用描写句描摹景物或叙述句记叙事件,对话题加以申述细说,结尾一般是评议句或抒情句,用于表达个人对所描写

---

① 宇文所安:《初唐诗》,贾晋华译,生活・读书・新知三联书店,2014,第 9 页。
② 宇文所安:《初唐诗》,贾晋华译,生活・读书・新知三联书店,2014,第 189-190 页。
③ 宇文所安:《初唐诗》,贾晋华译,生活・读书・新知三联书店,2014,第 9 页。
④ 宇文所安:《初唐诗》,贾晋华译,生活・读书・新知三联书店,2014,第 196 页。

景物的看法或态度（"反应"）;形式上,中间习惯用整句形式,首尾通常为散行形式。不过,诗歌内容和修辞形式的对应关系并非单一和绝对的,从修辞角度观察:一方面,"三部式"的诗篇结构包含了较为丰富的修辞模式,不能认为是简单的对应关系;另一方面,这是一种客观存在的重要结构模式,但并不能从内容角度含括初唐时期的全部诗篇结构类型。

> 独有宦游人,偏惊物候新。云霞出海曙,梅柳渡江春。淑气催黄鸟,晴光转绿蘋。忽闻歌古调,归思欲沾襟。
>
> （杜审言《和晋陵陆丞早春游望》）

这首五律的结构也可以认为是"三部式"的:点题-写景-反应。首联为一个议论句,点明诗歌的话题:物候新。"独有""偏惊"加强语气,感慨只有为仕途离乡别井四处奔走的游子,才会对异地他乡节物气候的改变感到新鲜奇怪。颔联、颈联均写景,描述在诗人眼中早春季节江南物候的新变:云霞、海日、梅柳、春江、春天的气息引黄鸟鸣唱、晴光抚照下绿萍转动。值得注意的是,虽然都是写景,但颔联写阔大之远景,颈联写细小之近景,细分仍可见出变化。尾联是一个叙述句和一个感叹句,回应陆丞诗,用"忽闻"表明自己内心压抑的思乡之念被对方的原唱一下子触发,因而难以自抑而感伤流泪,抒写对物候新变和闻古调的"反应"。中二联用对,首尾一个单句、一个复句,均为散句。这一结构严整细密:形式上整散配合、开合自如,内容上情景相生、丰满独特,情感上张弛有致、深沉自然。胡应麟说:"作诗不过情景二端,如五言律体,前起后结,中四句,二言景,二言情,此通例也。唐初多于首二句言景对起,止结二句言情,虽丰硕,往往失之繁杂。"①这首诗不完全合于通例,中四句节写景,也没有"失之繁杂"。

> 今年游寓独游秦,愁思看春不当春。上林苑里花徒发,细柳营前叶漫新。公子南桥应尽兴,将军西第几留宾? 寄语洛城风日道,明年春色倍还人!
>
> （杜审言《春日京中有怀》）

---

① 胡应麟:《诗数·内编卷四》,上海古籍出版社,1979,第63页。

这首七律,既可以看作是"三部式",也可以看作是"四部式":抒情联起,抒情联结,中二联一写景、一叙事,景中含情、叙议结合。"四部式"通常出现在近体诗中,明清诗论家视之为类似于八股文的"起承转合"结构。如清人冒春荣就说:"近体以起承转合为首尾腰腹,此脉络相承之次第也。"①明人李东阳则认为:"律诗起承转合,不为无法,但不可泥,泥于法而为之,则撑拄对待,四方八角,无圆活生动之意。"②

起承转合是逻辑结构,更是诗性结构,绘景叙事、议论抒情,遵循的不是惯例常规,也是诗人的创意。如王勃《送杜少府之任蜀川》一三联用对,通篇不写景,只有叙述、议论、抒情(劝慰),"实首启盛、中妙境"。③

城阙辅三秦,风烟望五津。与君离别意,同是宦游人。海内存知己,天涯若比邻。无为在歧路,儿女共沾巾。

(王勃《送杜少府之任蜀川》)

首联用工对叙述,分别写送别和宦游之地,"风烟"相连,远"望"而及,把千里之隔的秦、蜀借助想象连通起来。为免板滞,次联承以散调,用连贯的叙述句,写离别固然难舍,但是谁让我们都是宦游天下之人呢?三联也属工对,转而议论,知己所在,天涯之远也无异于比邻之近,内中豪情呼之欲出。自然引出尾联的自抒和劝慰:大丈夫志在四方,何须在分手的岔路口儿女情长?主题虽然是离别,却不同于以往的非悲即酸,或亦悲亦酸,胸襟旷达,意境开阔,独具刚健风格。

五绝中,有的采用"双部式"平行结构,如:

解落三秋叶,能开二月花。过江千尺浪,入竹万竿斜。

(李峤《风》)

---

① 冒春荣:《葚原诗说》卷一,载郭绍虞编选,富寿荪校点《清诗话续编》第3册,上海古籍出版社,1983,第1557页。

② 李东阳:《麓堂诗话》,载丁福保辑《历代诗话续编》,中华书局,1983,第1376页。

③ 胡应麟:《诗薮·内编卷四》,上海古籍出版社,1979,第16页。

这一首诗由两个对偶构成,前面是两个拟人句,写风对季节变化的作用;后面则是两个夸张句,写风对自然风貌的改变,内容均围绕"风"的影响来展开,是典型的"双部式"平行结构的绝句。

也有的采用"双部式"映衬结构,如:

> 长江悲已滞,万里念将归。况属高风晚,山山黄叶飞。
>
> （王勃《山中》）

诗的前两句写情,后两句写景,以景烘托、陪衬情,主宾平列,是另一种常见的双部式结构。用夸张、叠字、映衬等辞格以强化抒情和写景,以对起散结的开放式写景收束,言有尽而意未穷,更是耐人寻味。

还有的使用一种"双部式"的层进结构,如:

> 垂緌饮清露,流响出疏桐。居高声自远,非是藉秋风。
>
> （虞世南《蝉》）

通篇用比喻,托物寓意,先景后情,即景生发议论。前两句用对,后两句双关。这是唐人最早的一首咏蝉诗,为后人所称道。

七绝与五绝类似,有的采用"双部式"平行结构,如:

> 迟日园林悲昔游,今春花鸟作边愁。独怜京国人南窜,不似湘江水
>
> 北流。
>
> （杜审言《渡湘江》）

诗歌前两句之间今昔对比、景反衬情,后两句之间南北对比、水反衬人,两两之间则为并列关系。散起对结,通篇运用反衬、对比的手法,因此也成就了这首初唐七绝的精品和"标格"。

也有的采取了"双部式"的顺承结构,如:

> 知君书记本翩翩,为许从戎赴朔边? 红粉楼中应计日,燕支山下莫

经年。

(杜审言《赠苏绾书记》)

　　该诗同样是初唐七绝少有之佳作。按时间先后,前两句写送别时,后两句写离开后,前后有顺承关系。前半部散行设问,后半部用对寄语,张弛有度,一气呵成。

　　五古中,除起承转合的"四部式"外,比较多见的是"双部式"的结构,有取对照结构的,如:

　　　　乐羊为魏将,食子殉军功。骨肉且相薄,他人安得忠。吾闻中山相,乃属放麑翁。孤兽犹不忍,况以奉君终。

(陈子昂《感遇》之四)

　　　　市人矜巧智,于道若童蒙。倾夺相夸侈,不知身所终。曷见玄真子,观世玉壶中。窅然遗天地,乘化入无穷。

(陈子昂《感遇》之五)

　　前一首分写魏将乐羊骨肉相薄和中山相孟孙孤兽不忍,并将二者进行对比。后一首的前四句写市人的世俗生活,后四句写玄真子的道家境界,两相对比。

　　七古多采用双部式结构。如《长安古意》采用的是一种"双部式"对照结构,将长安都市的繁华豪奢与扬雄居所的寂寥清苦及各自的结局进行对比。前部64 句,先采用"赋"法,浓墨重彩,极力铺陈渲染长安白昼到夜晚的景象和各色人等的生活,后用 4 句采用"比"法点题,暗示眼前这一切骄奢庸俗景象最后的悲惨凄凉结局;后部仅 4 句,用白描手法,前两句突出"寂寂寥寥"和"一床书",后两句"花发""袭人"暗含流芳百世之意,与前部构成横向对比。内容上的分量轻重、风格上的繁丰和简约,凸显了这种表面悬殊实则迥异的生活和结局。《春江花月夜》采取的是"双部式"景情映衬结构,以景衬情,情景交融。前 18 句写景,后 18 句抒情。其中,写景又由远及近再写即景而生的遐思,抒情先是总写愁,再分写思妇之愁、游子之愁。我们再来比较一下刘希夷《代悲白头翁》:

　　　　洛阳城东桃李花,飞来飞去落谁家?洛阳女儿惜颜色,行逢落花长

叹息。今年落花颜色改,明年花开复谁在?已见松柏摧为薪,更闻桑田
变成海。古人无复洛城东,今人还对落花风。年年岁岁花相似,岁岁年
年人不同。寄言全盛红颜子,应怜半死白头翁。此翁白头真可怜,伊昔
红颜美少年。公子王孙芳树下,清歌妙舞落花前。光禄池台文锦绣,将
军楼阁画神仙。一朝卧病无相识,三春行乐在谁边?宛转蛾眉能几时?
须臾鹤发乱如丝。但看古来歌舞地,惟有黄昏鸟雀悲。

（刘希夷《代悲白头翁》）

　　这首拟古乐府名篇,写法上借鉴了乐府叙事、议论、抒情相结合的传统,并将
起兴、设问、对仗、用典、映衬、换序等诸多修辞手法融汇其间,风格清丽婉转。从
结构上看,采取了典型的"双部式"对照结构:前半部写洛阳女子为落花而生感
伤,抒发红颜易老、人生短促的感慨;后半部写白头老翁的悲惨遭遇,抒发富贵无
常、世事变迁的感慨。从女子写到老翁,既对照又统一,相得益彰,最后归结到末
两句,委婉点题:欢乐短暂,悲情长在。

　　众所周知,仅由四句构成,全篇少至总字数仅20字的绝句,可以说是诗歌中
的最小单位,几乎刚开头就面临结束,正如王世贞所形容的"离首即尾,离尾即
首"[1]。七绝起自南北朝"当它成为一般的应用诗体后,立刻就会遇到如何谋篇
才能独立的问题"[2]。初唐采用了两种谋篇修辞手法来解决这一诗体容量不足
的问题。一是以设问收尾。设问可激发读者想象和思考,延伸表达空间,以此来
结构诗篇,可达到言尽而意不尽,从而扩充篇意的目标。这一方法,前人只是偶
用,初唐诗人才比较多地运用,如:

　　　　一朝琴里悲黄鹤,何日山头望白云?

（李峤《送司马先生》）

　　　　孤客一身千里外,未知何日是归年?

（崔涤《望韩公堆》）

① 　王世贞:《艺苑卮言·卷四》,转引自丁福保辑《历代诗话续编:中册》,中华书局,1983,第962页。
② 　葛晓音:《诗国高潮与盛唐文化》,北京大学出版社,1998,369页。

人今已厌南中苦,鸿雁那从北地来?

（王勃《蜀中九日》）

判知秋夕带啼还,哪及春朝携手度?

（王勃《河阳桥代窦郎中佳人答杨中舍》）

征客近来音信断,不知何处寄寒衣?

（张泌《怨诗》）

儿童相见不相识,笑问客从何处来?

（贺知章《回乡偶书二首》）

除采用设问作结之外,另一谋篇方法是采用某些特定语词搭配来组句,来传达相对复杂的语意。如"不能……故欲""传闻……遂使""为见……遂同""自非……安能""只应……遂得"等。

不能拥路迷仙客,故欲开蹊待圣君。

（李峤《侍宴桃花园咏桃花应制》）

不能落后争飞絮,故欲迎前赛早梅。

（李峤《游苑遇雪应制》）

为见芳林含笑待,遂同温树不言归。

（苏颋《侍宴桃花园咏桃花应制》）

传闻此处投竿佐,遂使兹晨扈跸归。

（苏颋《奉和圣制幸韦嗣立山庄应制》）

自非仁智符天赏,安能日月共回光。

（张说《奉和圣制幸韦嗣立山庄应制》）

只应感发明王梦,遂得邀迎圣帝游。

（李乂《奉和幸韦嗣立山庄侍宴应制》）

不同语词组配形成逻辑上的各种关联,从而凸显上下句之间的意义联系,同样蕴含了言外之意。两种方法都在一定程度上增大了七绝的表达张力,使这一诗体因篇幅短小导致语义容量受限的问题得以缓解。

小　结

作为初唐诗歌修辞整体革新的组成部分,离不开语音修辞、句法修辞的新变、丰富和创造,值得关注的还有诗体修辞、风格修辞和篇章修辞的贡献。

从诗体修辞看,初唐诗仍以古诗为主,五古蔚为大观,《长安古意》《春江花月夜》《代悲白头翁》等长篇为代表的七古,则凝聚了初唐诗人在修辞方面的多方尝试和大胆变革,促使南北朝时期的涓涓细流逐渐壮大为唐代七言歌行的长江大河。由齐梁体发展而来的近体,五律的粘对规律得以最终确立,伴随体制成熟的是修辞实践的探索革新,七律创作总体尚处萌芽期,仅可偶见佳篇,如《独不见》《春日京中有怀》。"唐初五言绝,子安(王勃)诸作已入妙境。七言初变梁陈,音律未谐,韵度尚乏。惟杜审言《渡湘江》《赠苏绾》二首,结皆作对,而工致天然,风味可掬。"①除王勃《江亭夜月送别二首》《山中》外,王绩《秋夜喜遇王处士》、骆宾王《于易水送人一绝》、宋之问《渡汉江》、李适之《罢相》等都是初唐五绝的名篇,修辞上各具特色。

从风格修辞看,初唐逐渐扭转了六朝以来过于偏重形式、讲究词彩的风气,题材得以拓展,内容和情感表现在诗中的比重一步步得到提升。从以"上官体"为代表的"绮错婉媚"到"四杰""调入初唐,时带六朝锦色"(陆时雍《诗镜总论》),再到陈子昂"卓立千古,横制颓波;天下翕然,文质一变"②,言语风格在这一时期以绚烂、柔婉为主导,平淡、刚健的风格也有所体现,陈子昂所力主并践行的"汉魏风骨"、王绩诗歌的自然清淡之风,当时并不受重视,却开启了"盛唐之音"。诗僧王梵志的白话诗在唐初流传甚广,其口语化、生活化、浅切质朴的"象

---

① 胡应麟:《诗薮·内编卷六》,上海古籍出版社,1979,第16页。
② 卢藏用:《陈氏别传》,转引自马茂元选注《唐诗选》,上海古籍出版社,2017,第967页。

教"语言呈现出通俗、幽默的风格,与同时代的"宫体诗"等的典雅、庄重风格形成鲜明对照,虽然一直被所谓正统派视为"下里巴人",但这一风格的影响在盛、中、晚唐诗人中都不难找到痕迹。王绩的乐府诗质而不俚,浅而能深,清淡自然之风祖述陶潜,其诗史意义远超出其本身的价值,其影响要到盛唐才得以充分地显现出来。

从篇章修辞看,"三部式"及其变体结构模式为主导,较为明快简单的"双部式"也比较流行,带有更多变化的起承转合的"四部式"开始形成并为新体诗所广为采用。每种模式与内容布局相适应,各自所使用的写作方式和修辞手段也有所取舍和偏重。换韵是古诗谋篇的重要语音修辞手法。对仗联的分布及其变化,也是篇章修辞的组成部分之一,如沈佺期《杂诗》颔联用流水对"可怜闺里月,长在汉家营"即代表了五律的一种结构上的突破。对与不对配合,换用工对、宽对、流水对,穿插分合句(列举分承)、顶真句、复辞句,以陈述句为主,而在篇末、意段始末等诗篇特定位置选用疑问(含设问、反问)句、感叹句等,这些大体可归入初唐谋篇的句法修辞手法。

第二章　盛唐时期（712—756 年）的诗歌修辞（上）

　　盛唐诗歌的总体风貌是"文质半取，风骚两挟""既多兴象，复备风骨"（殷璠《河岳英灵集》），换言之，内容、形式兼备，形象、情意融合。这一时期各种诗体走向成熟，创作上都有出色表现，最具代表性的是七古和绝句，尤其是歌行和七绝发展到了新的高度。五绝、七律体制上继往开来，内容、写法和风格上则大为拓展，尽显变化，达到了空前的高度，作出了卓越的贡献。山水田园诗和边塞诗是盛唐题材的两个大宗，以王维、孟浩然、储光羲、常建等为代表的山水田园诗风格疏放（自然）平淡，以高适、岑参、李颀、王昌龄等为代表的边塞诗风格刚健绚烂，其他题材，如送别诗、闺（宫）怨诗、咏物诗、怀人诗、叙事诗、咏史诗等，也往往各擅胜场、别开生面。李白、杜甫双峰并峙，以兼备各体、熔铸各家的卓绝成就和新变发展而光焰万丈、名垂诗史。修辞风格上都有着丰富多样的表现，有共性的刚健、绚烂等，也有差异，如前者偏于自然，后者偏于谨严。修辞成就和贡献方面，李白将"盛唐气象"发挥到淋漓尽致，古诗和绝句尤为出色，杜甫则是盛、中唐之交诗风转变的关键人物，"尽得古今之体势，而兼人人之独专"（元稹语），"上集盛唐诗歌，以至唐前诗歌艺术成就之大成，而下开众多的诗派"，尤擅古诗和律诗，各自都在中唐以后的中国诗史上产生了重要影响。

第一节　盛唐五绝修辞的成就和创新

五绝渊源久远,汉魏六朝时已经形成了比较成熟的风格。"唐五言绝,初、盛唐前多作乐府,然初唐只是陈、隋遗响,开元以后,句格方超。"(胡应麟《诗薮·内编卷六》)源出南朝的乐府体五绝,齐梁以来总体风格转向浮艳柔弱,初唐基本延续了这一趋向,到盛唐才一扫齐梁以来绮靡、雕琢的风气,回归吴声、西曲的情真、调古,形成了内容清真、语言朴素、句法灵动、结构圆足的整体风格。体制方面,六朝的联章体,在杜甫笔下得以继承和创新,从而在后世得以盛行。

五绝字数少,功力更难施展,在唐诗中的总数量偏少,盛唐迎来巅峰期,中、晚唐则呈下降趋势。盛唐五绝的代表性诗人有张九龄、张说、王维、孟浩然、李白、杜甫、崔颢、崔国辅等。

张九龄、张说等五绝佳作不多,但已在追求表达自然,用语新颖、贴切方面开启了盛唐先声。代表性的诗例如"思君如满月,夜夜减清辉"(张九龄《赋得自君之出矣》)的比喻,"秋风不相待,先至洛阳城"(张说《蜀道后期》)的拟人,看似信手拈来,实则巧妙无痕地将抒情和写景融合起来,情景相生,增强了形象感和生动性。

就五绝门类及言语风格而言,除杜甫以徒诗体为主,言语风格总体倾向于谨严典雅外,其他盛唐五绝诗人均以乐府体为主,言语风格总体上倾向于自然通俗,大体上还可分为王维为代表的平淡含蓄类和李白为代表的绚烂明快类。

一、王维、孟浩然:平淡自然寓真意

王维兼擅古绝和律绝,古绝以写景为主,律绝则题材多样。侧重选用消极修辞手法,极少用对仗联,在看似不经意的词语选择、句式变化和篇章构建中,以小见大,平中见奇,融画意诗情于其中。

最具特色和创意的自然是其山水田园诗,基本上用散句,主要借助体现诗人独特审美感知的词语及其组合来形容或修饰,在对形象的描摹中表现画意,不着力于情感的传达,结构自成片段,风格偏于含蓄自然。

> 空山不见人,但闻人语响。返景入深林,复照青苔上。
>
> (《鹿柴》)

该诗连用反衬。前两句用"空"极写山中杳无人迹,"但闻人语响"以偶尔传来的、短暂的"响"反衬周围环境固有的幽静和"不见人"的冷清,以动衬静,以有衬无。后两句用夕照的光亮和温暖,反衬林间的阴暗和湿冷,一小片的光影和一抹亮色,更凸显了大片的幽暗和主调的冷色。山中有"深林",有自然界的各种声音,并非真空,而是诗人的内心感觉。

> 飒飒秋雨中,浅浅石溜泻。跳波自相溅,白鹭惊复下。
>
> (《栾家濑》)

该诗先用叠音相对,"飒飒"拟秋雨的声音,"浅浅"摹拟溪流在石头上跳荡的动态。后两句用反衬,白鹭被突然溅起的水花吓得飞了起来,然后才知道是虚惊一场,再次飞回水边,这一幅可爱而可笑的场景,正可见出栾家濑周边环境的安静和平和。

> 清浅白石滩,绿蒲向堪把。家住水东西,浣纱明月下。
>
> (《白石滩》)

这诗写景的特色在于光和色、动和静彼此辉映,主要借助的是词语修辞和映衬辞格:水之"清"、蒲之"绿"和石之"白",共同烘托、凸显出月之"明";前两句的静态景象在后两句的人群活动(浣纱),互映互衬。全诗也由此绘就了一幅静中有动、声色鲜明的月夜美景图。

独坐幽篁里,弹琴复长啸。深林人不知,明月来相照。

(《竹里馆》)

这首小诗主要借助"幽""深""明"三个形容词刻画自然环境的幽僻静谧,用"独坐""弹琴""长啸"三个动词性短语表现主人公的悠然自得,加之"明月来相照"的拟人写法,物和人、景和情和谐一致,相得益彰。平常词语配合在一起,达到了略形传神的独特功效。

木末芙蓉花,山中发红萼。涧户寂无人,纷纷开且落。

(《辛夷坞》)

这首诗用映衬手法描写芙蓉花开放的过程和场景,写形传神。"红""纷纷"表明花开的灿烂美好,用"寂无人"来反衬,不但凸显了芙蓉花身处山中,花开花落不被欣赏爱惜的遭遇,而且借此赋予了芙蓉花以人的落寞处境和孤傲气质。

新家孟城口,古木馀衰柳。来者复为谁? 空悲昔人有。

(《孟城坳》)

该诗主要用到消极修辞手法,风格自然简约。词语锤炼上,借"衰"刻画衰败凋零的自然景象,借"空悲"述说自我排遣的内心波澜;句式选择方面,"来者复为谁"用反问,"空悲昔人有"用感叹,用世事无常来宽慰自己,不必徒劳地为昔盛今衰的景象变化而感到失落悲凉。

人闲桂花落,夜静春山空。月出惊山鸟,时鸣春涧中。

(《鸟鸣涧》)

该诗是难得的一首写景律绝,首联用对,连用四个描写句,点染景物的特点和人的感受。"空"和"惊"的选用尤为点睛之笔,前者彰显了诗人独处空寂"春山"的身心自由,后者用拟人手法将人惊觉月出的情感反应赋予山鸟。全诗以映衬谋篇,一二句均为句内对映,三四句则用山鸟的鸣叫反衬月亮的明亮和环境的安静。花落、月出、鸟鸣，这些动态景物，既使诗显得富有生机而不枯寂，同时又通过单调的声响，更加凸显春涧的幽静。

纵观王维其他题材的五绝，则多为律绝，写法上依然以消极修辞为主。如《山中送别》截取生活片段成篇，语言朴素，情感真挚。前两句"山中相送罢，日暮掩柴扉"用陈述句，叙别后举止，暗含不舍之意；后两句"春草明年绿，王孙归不归？"用疑问句，写心理活动，直抒盼归之情。《杂诗（其二）》和《相思》都采用记言的形式，纯用近乎大白话的口语句，语短而意长。前者先陈述后疑问，"故乡"重复，引出对"寒梅"开花与否的急切询问，表现思乡情深；后者先疑问后祈使，最后点题，"愿君多采撷，此物最相思"，明说对方，暗寓己方，传达相思之情。辞格运用主要见于典故的化用、映衬、双关等委婉修辞方法。

> 莫以今时宠，能忘旧日恩。看花满眼泪，不共楚王言。
>
> （《息夫人》）

该诗风格含蓄，婉转表达对息夫人的肯定和同情，意味深长。首联用流水对、严对构成祈使句，直录主人公的内心独白，凸显其深沉的哀怨悲愤之情。今时所谓荣宠是他人强加的，旧日之恩则是自我体认的，因而时时提醒自己不要因为眼前的宠幸忘记了旧时的恩情，两相对照，足见息夫人珍惜旧情、不恋虚荣、抗争命运的可贵品质。

后两句选取了一个生活片段加以描写，用花的美好反衬人的伤痛，从息夫人的表情和举止表现其内心的真实情感，以点显面，从客观视角揭示其被迫沦为楚王妃子的屈辱和不幸。

> 古人非傲吏，自阙经世务。偶寄一微官，婆娑数株树。
>
> （《漆园》）

该诗主要借助用典，将郭璞《游仙诗》"漆园有傲吏"的诗意反用，敷衍成篇，兼写庄子和自身，表明了诗人的人生态度。

孟浩然的五绝，较多借助句法修辞的变化和强调功能，语音修辞方面也较为着力，少用或不用描绘修饰类词语及辞格，比王维用对的频率更高，情感代入更明显。

> 春眠不觉晓,处处闻啼鸟。夜来风雨声,花落知多少?
>
> (《春晓》)

该诗选用寻常词句,不用对仗,言语风格简约平淡。所写也无非常理常情,常景常事,却富有韵味,至今广为传诵,其中修辞功不可没。一是语音修辞方面,押响音韵(十七篠韵),交错安排句内句间每个节拍点(第二字、第五字)的平仄,复叠"处处",共同促成了整齐和谐的音乐美;二是句法修辞方面,用名词句"夜来风雨声",指称代描摹,用设问句"花落知多少",以问传情,片言只语中潜藏着丰富的景和情。

> 洛阳访才子,江岭作流人。闻说梅花早,何如北地春。
>
> (《洛中访袁拾遗不遇》)

该诗前两句叙事,后两句议论,而将深沉强烈的情感蕴含其中。首联用反对,首句暗用典故,以潘岳《西征赋》"贾谊洛阳之才子"凸显诗人对袁拾遗的崇敬,洛阳/江岭,才子/流人,两句之间构成鲜明对照,叙事中暗含着对袁遭遇的深切同情和对当权者的强烈不满。后两句用映衬,岭上梅花早开固然好,只会徒增流放者的伤感思念,北地春天虽然来得迟一些,带给人的却是故土的温情暖意。借江岭梅和北地春两处自然景象的比较,再用"何如"引导的反诘句强化这一比较,由此委婉地传达出人情胜美景,为好友不受重用反而蒙受流放之苦而不平和怜惜的深意浓情。

> 移舟泊烟渚,日暮客愁新。野旷天低树,江清月近人。
>
> (《宿建德江》)

这首诗以消极修辞为主,一是多用形容词和描写句,由"旷、低、清、近"四个形容词和它们作为谓语中心的四个描写句,构成了一副严对,通过整齐紧凑的形式织就了一幅视角独特的江船夜宿图;加上"烟、暮"两个名词也分别用于描摹江景、关联夜色,"移、泊"两个动词所具有的动态,给这首诗带来了真切生动的形象效果。"客愁新"的"新"也是形容词,用来描摹客愁,不但有新生、又生之意,也在给人新鲜特殊感受的景象中,虚实相生,被赋予了不一样、非同一般的意义和色彩。此外,通篇写景为主,但又很好地映衬了情,美景反衬愁情,"天低树"这样特殊的景旁衬特殊的情,"月近人"带给诗人的是慰藉也是伤感。

二、李白:绚烂明快显真情

不同于王维、孟浩然等重视词句的锤炼,主要借助消极修辞手法叙事、写景,风格倾向于含蓄平淡,李白的五绝更多地顺应主观情感表现的需要而自由驾驭语言,较多借助动词以捕捉动态景象,修辞格的使用频率明显更高,总体风格更为明快绚烂,口语色彩也更浓。胡应麟《诗薮·内编卷六》对此有过评价:"太白诸绝句,信口而成,所谓无意于工而无不工者。"如果比较各自在五绝修辞史上的贡献,王孟在写景修辞方面的成就尤为后世瞩目,李白则在抒情修辞方面表现格外突出。

《静夜思》可以作为一个代表。"床前明月光,疑是地上霜"直接记录错觉;"举头望明月,低头思故乡"用对偶,但纯用日常词汇,完全不顾及"明月""头"等用字上的重复,整首诗的语言不带任何刻意选择、加工的痕迹。

《玉阶怨》通篇用映衬,以景衬情,以外衬内,"玉阶""白露""水晶帘""玲珑""秋月"构成一幅色调冷清、幽静、雅洁的画面,烘托、凸显"侵""却""下""望"等女主人公的活动,间接表现其内心深藏的执着、美好而凄凉的"怨"情。除了"玲珑"用于修饰秋月,末句为了节律和谐及强调在句法上做了移位(原句序:望玲珑秋月),看得出作者的有意为之,其他词语给人印象都是信手拈来的照实直录而已。

李白五绝中,纪游诗占了相当大的比重,名为"纪游",实际上也还是以抒怀为主,且多借助积极修辞。

《秋浦歌十七首(其十四)》,不但用映衬,还用了夸张、对偶、转类等辞格。"炉火照天地,红星乱紫烟"对壮丽场景的夸张描绘,"赧郎明月夜,歌曲动寒川"对人物表现的夸张描绘,前者映衬后者,凸显了冶炼工人的健朗形象和豪迈性格,有力地传递了对"赧郎"们的赞赏之情。如果细究,除了"赧郎"这一新奇组合,其他词语的选取,无论是动词"照、动",形容词"乱、明、寒",还是色彩词"红、紫",都不见"用力",但又那么贴切自然。也许这就是李白的过人之处。

《秋浦歌十七首(其十五)》首句的夸张"白发三千丈"出语惊人,三四句的设问痛彻心扉,"秋霜"借喻白发形神兼备,"缘愁似个长"直抒胸臆,"个"这一纯粹口语词的入诗,增添了抒情的力度和风格的飘逸。

《陪侍郎叔游洞庭醉后三首(其三)》"划却君山好,平铺湘水流。巴陵无限酒,醉杀洞庭秋。"用示现、夸张和比拟,充分展现了诗人奇特而大胆的想象,以及这一想象背后所传达的诗人不同寻常的愤懑情怀和豪迈气概。

《夜下征虏亭》后两句"山花如绣颊,江火似流萤",对仗工整,连用比喻描摹月夜下的山花、江火,与征虏亭一起构成了一幅动人的画卷,诗人对此的喜爱之情溢于言表。《独坐敬亭山》首联用工对,全诗用比拟和映衬,将"众鸟""孤云""敬亭山"人格化,让这些自然界事物的"高飞尽""独去闲""相看两不厌"相互映衬,进而一并烘托"我"对人世的厌倦和对山野的喜爱。三幅图景可谓是形神兼备,具有丰富的象征意蕴,耐人寻味。

《劳劳亭》成为离别书写的名篇,很大程度上借助了修辞的效力。首联用夸张,极言劳劳亭是普天下最令人伤心的地方,间接表达送别带给人的痛苦是极致的、无与伦比的;次联用比拟,把柳枝未发的实景虚写成连无生命的春风都对离别者的痛苦感同身受,试图用自己特别的举止("不遣柳条青"使得无柳可折)避免送别的发生,以虚写实,以物衬人,从侧面强化对别离之苦的书写。

《忆东山二首(其一)》"不向东山久,蔷薇几度花。白云还自散,明月落谁家?"用示现和设问,将离开东山后的长久向往和深切思念具象化,"蔷薇""白云""明月"三词均语带双关,兼表虚实两个方面的指称对象:谢安遗址和自然风物。白云、明月等映衬诗人对谢安淡泊明洁的高士形象及其隐居生活的推崇。

《哭宣城善酿纪叟》也是用示现和设问,写对故人纪叟离世后生活的怀想,"纪叟黄泉里,还应酿老春。夜台无李白,沽酒与何人?"痴想呆念中透着悲伤和真情,质朴的话语中饱含着对逝者深深的不舍和怀念。

三、杜甫、崔颢、崔国辅:标新立异见真章

杜甫、崔颢、崔国辅都很重视借助修辞手法的运用,带来诗歌言语形式和整体表现上的特色和创新,也因此为后世所认同、效仿。

杜甫五绝在盛唐独树一帜的是,几乎都为徒诗体,多用联章结构,如《复愁

十二首》《绝句二首》《绝句六首》。主要是写景诗,写景也有"以诗为画"的特点,但修辞上有别于王维的五绝:不仅重视形容词,也重视动词的选用;也讲究句式的变化,但一般全诗用对仗,句法更密,容量更大;篇章上采用组诗(联章体)的形式,辞格运用更常见,言语风格更谨严、更绚烂。

> 迟日江山丽,春风花草香。泥融飞燕子,沙暖睡鸳鸯。
> 江碧鸟逾白,山青花欲燃。今春看又过,何日是归年?

(《绝句二首》)

这两首写景诗都是全诗用对,句法绵密,内容含量大,前六句每五字均包含两个意义句(分别为 2 个并列复句、4 个因果复句),其中包括两个名词句"迟日""春风",两个倒装句"飞燕子""睡鸳鸯";形容词"迟""丽""香""暖""碧""白""青"、动词"融""飞""睡""燃"等,都有所"锤炼",有动有静,色彩丰富,多种感官印象并存,很好地写出了景物的特色和变化;中四句都用了映衬,"泥融飞燕子"和"沙暖睡鸳鸯"前动后静,相映成趣,"江碧鸟逾白"和"山青花欲燃"分别在句内形成色彩的对比,艳丽缤纷,令人目不暇接。也可见出诗人闲适安然的心境。最后两个单句,用设问点明诗人的心境:景色美不胜收,奈何岁月荏苒,归期无定,怎不伤怀?连起来看,这两首诗总体上又用了反衬手法,即以乐景衬哀情,美景勾起了诗人的思乡之念,欢景加重了诗人故土难回的乡愁。

其他题材的五绝已经开始融议论入诗,如《八阵图》这首咏怀诗。诗的前两句"功盖三分国,名成八阵图"用工对,概括、赞颂诸葛亮的历史功绩,后两句"江流石不转,遗恨失吞吴"化用《诗经》中"我心匪石,不可转也"的典故,遗憾诸葛亮矢志追求的统一大业未能如愿。全诗用形象化的议论,评价历史人物的功过,在议论中将怀古和述怀相融通,启迪了后来者的创作。

崔颢的五绝沿袭了六朝民歌风格,修辞上有所创新,其《长干曲》是唐诗五绝中的名篇。

长干曲(四首)

崔颢

> 君家何处住?妾住在横塘。停舟暂借问,或恐是同乡。

家临九江水,来去九江侧。同是长干人,自小不相识。

下渚多风浪,莲舟渐觉稀。那能不相待,独自逆潮归?

三江潮水急,五湖风浪涌。由来花性轻,莫畏莲舟重。

这四首诗用的是南朝乐府"杂曲古辞"的旧题,既继承了民歌修辞朴素自然,不事雕琢的特点,又适当融入了文人的润饰和创新。其主要修辞特色:(1)诗句采用仅截取男女对唱的形式,一首诗记录一个人的一段唱词,四首诗构成连贯的问答式结构,表达更精粹有力。从对话中,不仅能见出人物的性格、情感、神态,还能获取众多其他跟人物、事件相关的背景信息。(2)多用口语词和口头语气,不避词语的重复,有问答,有告白,有感受,有调侃,也有关切,富有生活气息和浪漫情趣。(3)虽以散句为主,仅"三江潮水急,五湖风浪涌"用对,但每首一换韵,每句用二三节拍,营构了诗的音乐美。(4)描绘类辞格少用。"那能不相待,独自逆潮归?"用反问,婉转表达希望男子和她连船返回;"三江潮水急,五湖风浪涌"用互文,"三江""五湖"用借代,概说江湖多有潮水风浪;"花性轻"用双关,实指女子独自行船不易。

崔国辅的五绝有宫怨诗和民歌体,虽为乐府,因为修辞上的积极作为,其作品被烙上了鲜明的个性色彩,对两类诗体的创新都有所贡献。

《怨词二首(其一)》采取独白形式,以宫女自述的口吻谈论一件旧物"罗衣裳",借衣服的命运委婉表达对人物命运的惋惜和同情。后两句"为舞春风多,秋来不堪著"用双关,春、秋兼指时令和年龄,表面是在描述哀叹衣服由风光到被弃的变化,实际上暗指宫女伴随青春年华的逝去而被冷落的不幸。"秦王"也是用的借代,以实代虚泛指帝王。全诗可看做一个比喻(借喻),以衣喻人,写的是惜衣表达的主旨则是惜人,很有可能还是在用讽喻,借宫怨寄托对社会现实的讽刺或个人身世的感叹,意蕴丰富,从字面看则不露声色,似乎只是宫女在自述,风格含蓄自然。

《采莲曲》也是用乐府旧题,内容也是描写水乡青年采莲和爱恋的场景,但又因诗人对修辞的重视,写得颇具独到之处。一是注意词语修辞。选择"玉"和"金"分别用来修饰淑(塘边)和塘,选择"争"和"乱"来描写鲜花竞相开放、水波四处流动的景象,成功地描画了一幅色彩明丽、动感十足、欢快繁忙的采莲图。二是讲究篇章修辞。前面的采莲图其实也是诗人精心设置的一个背景,要凸显的焦点则是热恋中的情侣们"相逢畏相失,并著木兰舟"的浪漫举止。总体来看,诗作在词语选择和整体布局上都做了精心谋划,从而赋予《采莲曲》比寻常民歌更为鲜明美好的诗意和画面感,言语风格上也更趋于典雅。

《小长干曲》同样用的是乐府旧题,写的是水乡女子的爱情生活,同样借助修辞而有出彩的表现。不同于前一首《采莲曲》的阳光灿烂,一个"暗"字,揭示了这首诗的故事发生在一个月色朦胧的夜晚。接下来的"送"则用得突兀,"送湖风",谁"送"?怎么"送"?并无交代,加上"路不通",更增添了背景的神秘色彩。谋篇上则设置了先抑后扬的结构,"路不通"和"唱不彻"则被用作标志两种不同处境和心情的符号,前两句着意表现的是急切想找寻心上人却陷入无从找寻的困境,心情由满怀期待到懊恼沮丧,后两句则写优美的菱歌声连续传来,自然是希望重燃,心情大悦。寻常而平淡的恋爱故事在诗人的笔下,变得神秘而曲折,故事的内涵似乎也变得丰富新奇,耐人寻味。

纵观五绝在唐代的发展历程,初唐处于起步阶段,王杨卢骆、宋之问、韦承庆等人均有佳作,盛唐迎来高峰期,王维、李白双峰对峙,孟浩然、杜甫、崔颢、崔国辅等人同样因对修辞的重用而成为五绝发展的重要贡献者。王维五绝自然平淡的修辞风格类似于古诗,李白将绚烂明快的修辞风格注入乐府体中,各自都对中唐产生了显著影响:前者的后继者有韦应物、钱起、刘长卿、柳宗元等,后者对乐府的开创则在李益、卢纶、王建、李端等人的作品中得以延续。晚唐五绝风格趋于绚烂谨严,杜甫的影响有所显现,主要是李商隐等人在徒诗体类留下了一些佳作。

第二节　盛唐七绝修辞的演变和成就

发端于初唐的七绝,到盛唐形成典范,达到顶峰。"七言初变梁陈,音律未谐,韵度尚乏","至张说《巴陵》之什,王翰《出塞》之吟,句格成就,渐入盛唐矣。"(《诗薮》)初唐七绝"多为对偶所累,成半律诗"(《升庵诗话》),包含对偶未必就受累,这类七绝同样有佳作。此处提到的张说的《送梁六自洞庭山》是七绝由初入盛里程碑式的作品,其特点是通体散行,用语自然,风格含蓄,"惟在兴趣"。张说作为开元名相,对唐诗诗风转变起到了关键作用。

除张说外,开创、奠定盛唐七绝新风尚的还有贺知章、王翰、王之涣、高适、岑参、贾至等一众七绝名家和王昌龄、王维、李白三位大家,杜甫则将盛唐七绝的变化创新推到了近乎极致①。从修辞角度而言,他们的作品各具特色,但又带有突出的共性:通过修辞方法的运用创造情景交融的意境,将形象美和情意美、绘画美和音乐美、含蓄美和简约美有机融合起来;篇章结构上以前后映衬或先铺垫后发抒的"二部式"为主;表现方法上多用捕捉特征简笔勾勒、不事雕琢的白描。由此,也经由各自的创作实践,共同铸就了七绝修辞的"盛唐气象"和卓绝贡献。

一、盛唐七绝名家的修辞特色和贡献

盛唐七绝名家人数众多,传世的七绝作品数量多少和影响大小也不尽相同,单从修辞的表现和贡献来看,所选择和实现的总体审美取向比较接近,主要有含蓄、简约、刚健等作为"盛唐气象"重要组成部分的修辞风格;所运用的修辞手法较多,为主的有映衬、比喻、比拟、夸张、用典、示现、双关、婉转、设问、复叠等辞格,以及主要为了落实白描目标而用到的选词、择句、谋篇等消极修辞手法。

贺知章《咏柳》《回乡偶书二首》可作为其七绝的代表。诗人善于捕捉生活细节,语言看似朴实无华,不事雕琢,却能借白描显真情,借映衬而强化,直击人心。结构上均为起承转合式,起承自然,转得巧妙,收得意外,从而留下余味,言有尽而意未穷。

《咏柳》在修辞上的特色是全用散句,巧妙地借助比喻、夸张、设问、比拟、用典等数种修辞格,多方描摹表现早春杨柳的姿容、装扮和神韵。"碧玉妆成一树高",把柳比作美女碧玉,"万条垂下绿丝绦",把千千万万的柳条比作她的裙带,暗含用典。"不知细叶谁裁出"以设问方式引人关注柳叶的剪裁之美,"二月春风似剪刀"则用有形的剪刀比喻无形的"二月春风",并将春风人格化,赋予其工于剪裁的人的动作、情感。人、柳、春风在修辞手法的穿针引线下贯穿起来,语言

---

① 参阅钱志熙:《唐诗近体源流》"第三章第一节"相关内容,北京大学出版社,2015,第 179-194 页。

自然清新而又曲折突兀,韵味无穷。

《回乡偶书二首》修辞的关键则在于后两句反衬的运用。前两句都是平铺直叙,写自身和周边发生的改变,却暗寓内心人生易老、世事沧桑的悲伤感慨,因而起到铺垫作用。"少小离家老大回,乡音无改鬓毛衰"句内两两对照,突出人老年衰;"儿童相见不相识,笑问客从何处来"后两句陡然转变,以儿童无心之问映衬诗人的有心之痛,虽有问而无答,戛然而止,弦外之音却久久回响,暗恨绵延,不绝如缕。后一首,"离别家乡岁月多,近来人事半消磨"直写人事变化,"惟有门前镜湖水,春风不改旧时波"则借"惟有"推波助澜,所及之处,只剩湖面的波纹旧颜未变,借映衬,将"物是人非"之感强化到极致。

王翰、王之涣都著有名篇《凉州词》,均借助形象化修辞手法间接抒情。"葡萄美酒夜光杯",两个名词并列,凸显焦点意象"葡萄美酒";"欲饮琵琶马上催"用二五句法,形成顿挫,琵琶演奏声被设置成背景。"醉卧沙场君莫笑,古来征战几人回。"清人施补华《岘佣说诗》评价这两句诗:"作悲伤语读便浅,作谐谑语读便妙,在学人领悟。"刚健、明快的风格,直接的对白,夸张的强调,带有盛唐边塞诗鲜明的修辞特色。王之涣诗同样融情于景,"黄河远上白云间"用夸张;"一片孤城万仞山"句内映衬,突出"孤城";"羌笛何须怨杨柳","杨柳"双关,兼指乐曲和树种,均含离别愁苦之意;"春风不度玉门关"用拟人,将春风人格化。孤城、杨柳、玉门关都是古诗惯用词语,将它们汇聚一堂,蕴含着突出的"边塞"地域色彩和离别的感情色彩。

王之涣另有《宴词》:"长堤春水绿悠悠,畎入漳河一道流。莫听声声催去棹,桃溪浅处不胜舟。"写送别而不明言,借映衬、复叠、双关、婉转等修辞格来暗写、强化别情。"悠悠"写静,突出水流悠然自在,"声声"写动,突出声音急切刺耳,春水绿悠悠反衬去棹声声急,绿水桃溪之清浅美好反衬离恨别愁之深重哀伤。"莫听"婉言内心流连伤感而"不忍听","不胜舟"语带双关,暗写离愁沉重。这类七绝表达委婉,风格含蓄,意境深邃,耐人寻味。

高适七绝的修辞风格以刚健、明快为主调,"多胸臆语,兼有气骨"(殷璠《河岳英灵集》),"以气质自高"(《唐诗纪事》)。《营州歌》前散后对,通篇用白描,仅通过细节刻画和夸张手法以凸显人物的典型特征。《别董大二首(其一)》"千里黄云白日曛,北风吹雁雪纷纷"直写景物,暗寓心情,游子在日暮天寒、黄云白雪、北风吹雁的恶劣天气下出行,心境可想而知。"莫愁前路无知己,天下谁人不识君?"则用祈使句和包含夸张的反问句直抒胸臆,语气强烈,语意不容置疑,劝慰中饱含真情,给人信心和力量。《塞上听吹笛》则用了"虚实相生"的特殊映衬写法。一二句"雪净胡天牧马还,月明羌笛戍楼间"写实景,三四句"借问梅花何处落,风吹一夜满关山"则是写虚景,用示现辞格描绘了一幅想象的、幻化的景象,这一景象源于笛声的通感和曲名《梅花落》的生发,并以设问引出。只有故乡才有的虚景和北方边地的实景形成时空交错,暗寓思乡之情,情和景相辅相成,营造了一种美妙阔远的意境。《除夜作》以设问谋篇,自问自答。"旅馆寒灯独不眠,客心何事转凄然?"旅馆、寒灯映衬独宿,进而映衬客心之凄冷孤寂。"故乡今夜思千里,霜鬓明朝又一年"用对句,却从对面写起,先写故乡亲人千里之外对自己的思念,再说自己的霜鬓又添新的白发。这样的写法情感更深沉含蓄,"作故乡亲友思千里外人,愈有意味"(沈德潜《唐诗别裁》)。

岑参七绝注重修辞,言语风格以刚健、含蓄为主。《武威送刘判官赴碛西行军》"火山五月行人少,看君马去疾如鸟"用火山、行人少、马去如鸟来映衬刘判官的英勇无畏、一往无前。"都护行营太白西,角声一动胡天晓"连用夸张和映衬手法,极言行营之高远、角声之神威,并为之增添了庄严雄壮之色彩,送别诗却不明写送别之情。《虢州后亭送李判官使赴晋绛得秋字》也类似。"西原驿路挂城头,客散江亭雨未收"用写景来叙事,传达送别之情。"君去试看汾水上,白云犹似汉时秋?"化用典故,委婉表达了诗人对国运世事的关切。《山房春事二首(其二)》主要用映衬手法来吊古,"梁园日暮乱飞鸦,极目萧条三两家"用乌鸦乱飞映衬人烟稀少。"庭树不知人去尽,春来还发旧时花"用拟人手法表现物是人非之感伤,花开庭树愈衬出一片萧条,与仅见的乐景相映照的是无尽的哀情。名作《逢入京使》捕捉相逢瞬间写景、言情、传语,不事雕琢却又真切传神,"故园"因置于句首而成为话题中心,"故园东望路漫漫"用婉转辞格,"双袖龙钟泪不干"用夸张手法,委婉表现对故园亲人的深切思念,"马上相逢无纸笔,凭君传语报平安"则从平常口吻捎平安,见出诗人情感的另一面,即大丈夫志在四方,"功名只向马上取"的胸襟和豪情。《碛中作》全用叙事写景,而把殷切的思家之念、豪迈的从军之志含蕴其中。"走马西来欲到天"夸张,"辞家见月两回圆"折绕,"今夜不知何处宿"设问,"平沙莽莽绝人烟"映衬,环境的艰难益发可见意志的乐观坚定。《戏问花门酒家翁》写得颇有情趣,前两句用白描做铺垫,见出边境的安定:"老人七十仍沽酒,千壶百瓮花门口","七十""千壶百瓮"用实数借代虚数,突出年纪大、数量多;后两句用比喻和设问(奇问),"道傍榆荚仍似钱,摘来沽酒君肯否?"问得不合常理,却是融洽氛围、轻松心态的真实而鲜活的反映。《春梦》用示现和映衬,写思人和梦境,美人的遥远、梦境的离奇,所思所梦中景象的迷离恍惚,反衬了平日的深挚情意:"洞房昨夜春风起,遥忆美人湘江水。枕上片时春梦中,行尽江南数千里。"

贾至七绝修辞特色鲜明,言语风格含蓄、绚烂。《春思二首(其一)》多用修辞格,以景衬情,委婉达意。头两句句内、句间皆对偶,"色""花"句内迭映、"青青"叠字、"历乱"双声,色彩纷呈、花枝披离、花气氤氲,很有乐感和画意:"草色青青柳色黄,桃花历乱李花香。"后两句连用拟人,婉转表达诗人遭贬谪而难以排遣、度日如年的愁和恨:"东风不为吹愁去,春日偏能惹恨长。"前两句美好浓烈的春景跟后两句深重绵长的愁绪,形成明显的反差和映衬。《巴陵夜别王八员外》有些类似,全诗用对,前两句叙事,后两句抒情。"柳絮飞时别洛阳,梅花发后到三湘"叙述巴陵夜别的前事,用示现法写想象之景,用形象法(物候变化)表时令变化,以乐景衬哀情。"世情已逐浮云散,离恨空随江水长"连用比拟手法,融情入景,将抽象的情感形象化。世俗之情已然如浮云消散得无影无踪,此时我俩的友谊倍感珍惜,然而离别就在眼前,离愁别绪恰如湘江水般无限悠长,前后映衬,强化了抒情。

《初至巴陵与李十二白裴九同泛洞庭湖三首(其二)》写法上则更为含蓄。前两句写景,"枫岸纷纷落叶多,洞庭秋水晚来波"点明秋风劲扫,秋意萧瑟,红叶纷纷飘落,湖水扬起波澜。后两句记事,"乘兴轻舟无近远,白云明月吊湘娥"写在游兴驱遣下,放任轻舟漂流,在白云明月见证下凭吊湘娥。表面看在抒情上不着一字,实则情蕴其中。秋景未免肃杀萧瑟,却也色彩鲜明、动感强劲,加之与同道共泛湖面,因而游兴浓郁,任情自然。白云明月、湖光山色的皎洁美好用于映衬湘娥的多情纯洁,以及对湘娥的垂吊,是因为诗人把湘娥引为同调,以冰清玉洁和淡泊坦荡的情怀自许,吊古伤怀。

二、盛唐七绝大家的修辞特色和贡献

"盛唐七绝,以王维、李白、王昌龄为三大家,这是古今大多数人的共同认识。"[①]

① 钱志熙:《唐诗近体源流》,北京大学出版社,2015,第 182 页。

三家的七绝各具修辞风格和具体表现,也在各自主要涉及的题材内容、思想情感类型的表现上做出了成功的探索和实践,为他人和后世留下了宝贵的借鉴和经验。

王昌龄被誉为"七绝圣手",历来认为其七绝与李白并驾齐驱,甚至是盛唐第一。沈德潜指出:"王龙标绝句,深情幽怨,意旨微茫。"(《说诗晬语》)。陆时雍也认为:"王龙标七言绝句,自是唐人《骚》语,深情苦恨,襞积重重,使人测之无端,玩之无尽。"(《诗镜总论》)。二人都高度肯定了王昌龄七绝抒情深婉的特色和含蓄的修辞风格。

王昌龄七绝,从题材看写得最多最好的是边塞诗、闺怨尤其是宫怨诗、送别诗三类,其他题材如采莲诗等也有佳篇。其突出的修辞特色表现在精巧的篇章修辞和含蓄的言语风格。跟李白、王维等人相比,王昌龄的七绝善于用典,多托古论今和借人借事抒情,重视整体构思的巧妙和意境的营造,多采用平淡质朴的语言形式,少用夸张和对偶,语约义丰,意蕴深刻。

边塞诗重点作品有《从军行七首》和《出塞二首》等,诗人作为代言人身份,多以边地环境描写和相关叙事作为铺垫、映衬,自然引出、婉转传达征戍者的情感。

　　烽火城西百尺楼,黄昏独坐海风秋。更吹羌笛关山月,无那金闺万
里愁。

　　　　　　　　　　　　　　　　　　　　　(王昌龄《从军行七首》其一)

前三句描写诗人所处环境,黄昏独坐边地高楼,海风送来阵阵秋意,更兼《关山月》笛声,汇聚成了旷远、寂寥、悲凄的时空氛围,为最后一句的思妇怀远抒情起到了充分的铺垫和烘托作用。末句不直接写征人怀乡思亲,而是用婉转辞格,表面说万里外金闺思妇之愁令人无奈,实则也是间接地凸显此时此地的征人之愁,因为二者是互为因果,彼此融通的。

　　琵琶起舞换新声,总是关山旧别情。撩乱边愁听不尽,高高秋月照
长城。

　　　　　　　　　　　　　　　　　　　　　(王昌龄《从军行七首》其二)

前两句叙事,夹叙夹议,"新声"和"旧别情"相映衬,"总是"强调"别情"主

题不变也很难变,因为征戍者无不背井离乡,"别情"实在是其最普遍、最深厚的"共情",叙述中婉转寄托别情;后两句一抒情,一写景。令人心绪烦乱的边愁"听不尽","听不尽"语带双关,耐人寻味,字面上是怨叹其乱人心绪,言外之意则是边患未除,征戍不休,边愁还得继续听下去。末句转而写景,似断而实连,此时注意力的转移,婉转传达了征戍者内心的不宁静,"高高秋月照长城"似乎也映衬着征戍者守卫边防的使命感、自豪感,以景结情,言有尽而意无穷。

      青海长云暗雪山,孤城遥望玉门关。黄沙百战穿金甲,不破楼兰终不还。

(王昌龄《从军行七首》其四)

前两句写景,但写的其实并非眼前实景,而是用示现描绘想象之景,展示辽阔荒凉的边地环境,借以映衬接下来的抒情。"百战"是借代也是夸张,突出战事的频繁和战斗的艰苦;"楼兰"也是借代,最后用感叹句直抒胸臆,在恶劣环境和艰难征战的映衬之下,所发誓言因而显得更加坚定果决、深沉有力。

      大漠风尘日色昏,红旗半卷出辕门。前军夜战洮河北,已报生擒吐谷浑。

(王昌龄《从军行七首》其五)

这首诗记一次战事,通过双重映衬来表现行军的艰苦和取胜的迅猛。首句写环境的恶劣,风沙大到遮天蔽日,次句写我军不畏困难,依然选择了半卷红旗,主动出征,前后构成映衬关系。后两句写"前军夜战",很快生擒敌酋,取得了决定性的胜利,以实写映衬虚写,突出唐军的骁勇善战。

      秦时明月汉时关,万里长征人未还。但使龙城飞将在,不教胡马度阴山。

(王昌龄《出塞二首》其一)

这是一首名作,曾被明代诗人李攀龙推奖为唐人七绝的压卷之作。清沈德潜《说诗晬语》说:"'秦时明月'一章,前人推奖之而未言其妙,盖言师劳力竭,而功不成,由将非其人之故;得飞将军备边,边烽自熄,即高常侍《燕歌行》归重'至今人说李将军'也。防边筑城,起于秦汉,明月属秦,关属汉,诗中互文。"首句"秦时明月汉时关"互文见义,含蓄表达戍边守土从秦汉以来一直延续至今,次句紧接着点破历来征人所面临的悲剧命运:万里长征人未还。有了前两句的叙事作铺垫和映衬,自然引出后两句的抒情,希望有"龙城飞将"驻守边关,"不教胡马度阴山",这是汉代人的愿望,又何尝不是当代人的最大心愿? 诗歌表面上着眼于汉代写历史,实际上以古论今,含蓄表达厌战止战,希望借助飞将般的神威边防永固,避免悲剧重演的主旨。

王昌龄写宫怨或闺怨的七绝佳作较多,知名的有《春宫曲》《西宫春怨》《长信秋词五首》《闺怨》等,均以代言人视角,借环境烘托、历史叙事等刻画主人公心理,比况其遭遇,委婉寄寓诗人的情感态度。

　　　昨夜风开露井桃,未央前殿月轮高。平阳歌舞新承宠,帘外春寒赐锦袍。

（王昌龄《春宫曲》）

这首诗以汉喻唐,讥讽为人君者沉溺声色、喜新厌旧,言近而旨远。明写汉武帝宠幸卫子夫、遗弃陈皇后的陈年情事,暗写当朝的杨玉环受宠和旧人的"失宠"。首二句写景,兼含起兴和比喻,喻指新人得宠,后两句直叙新人因善歌舞而"承宠","帘外春寒赐锦袍",以夸张的细节描写突出新人的极度宠幸。

　　　西宫夜静百花香,欲卷珠帘春恨长。斜抱云和深见月,朦胧树色隐昭阳。

（王昌龄《西宫春怨》）

这首诗颇能体现王昌龄七绝诗"深情幽怨,意旨微茫,令人测之无端,玩之不尽"的特色。首句写景,月明夜静、花香袭人的良宵美景反衬诗中人处境的孤独凄凉,欲卷珠帘、斜抱云和、深见月等细节描写暗示其矛盾痛苦的心理,"朦胧树色隐昭阳"则点明其"春恨长"的根源。

金井梧桐秋叶黄,珠帘不卷夜来霜。熏笼玉枕无颜色,卧听南宫清漏长。

(王昌龄《长信秋词五首》其一)

这首诗以环境映衬人,漫漫长夜、凄凉寂寞的深宫中,主人公难以入眠,只能形单影只,卧听宫漏,命运是悲惨的,内心是寂寞苦涩的。前三句都写景,最后一句才写人,但也并不明写怨情。写景有渲染气氛、烘托心境的作用,"无颜色""清漏长"以实衬虚,暗示实乃主人公长期陷入无望、无聊、枯寂、怨恨的心理状态使然。

奉帚平明金殿开,且将团扇共徘徊。玉颜不及寒鸦色,犹带昭阳日影来。

(王昌龄《长信秋词五首》其三)

这首诗是对古乐府歌辞《怨歌行》诗意的发挥:"新裂齐纨素,皎洁如霜雪。裁为合欢扇,团团似明月。出入君怀袖,动摇微风发。常恐秋节至,凉飚夺炎热。弃捐箧笥中,恩情中道绝。"前两句叙事,用拟人手法,将团扇化身为懂人情冷暖的同命人,揭示宫女的孤寂处境。后两句,先用较喻,将玉颜比寒鸦色,再用"日影"双关君宠,以委婉的方式传达了深沉而强烈的怨愤之情。

真成薄命久寻思,梦见君王觉后疑。火照西宫知夜饮,分明复道奉恩时。

(王昌龄《长信秋词五首》其四)

同为抒写失宠宫嫔的幽怨痛苦,《长信秋词五首》各有各的角度,这一首更多采用了细腻的心理描写。前两句写失宠者内心的痛苦和矛盾,后两句写新人受宠,形成鲜明对照,并兼写了失宠者命运的过去、得宠者命运的未来。"寻思""分明"强调新人重复旧人悲剧命运几乎不可避免。诗人的情感态度虽含而不露,但又尽在不言中。

　　闺中少妇不曾愁,春日凝妆上翠楼。忽见陌头杨柳色,悔教夫婿觅封侯。

(王昌龄《闺怨》)

　　这首《闺怨》素负盛誉,同样细腻而含蓄地描写了主人公的心理状态及其微妙变化。用"不曾愁"和春日杨柳来对比、衬托少妇的"悔"。"忽见"表明是瞬间发生的心理变化,但这一由"不愁"到"悔"到"愁"的变化,谁说从此不会变成了长期的愁和怨呢? 由此也可见诗人捕捉细节和微妙心理,借以含蓄达意、"以少少许胜多多许"的特色和功力。

　　我们再来看看王昌龄的几首送别诗。王昌龄的送别、留别诗是其七绝的一大宗,情文并茂,蕴藉自然是它们在修辞上的共性。

　　醉别江楼橘柚香,江风引雨入舟凉。忆君遥在潇湘月,愁听清猿梦里长。

(王昌龄《送魏二》)

　　该诗修辞上的突出特点是以写景代抒情,融情于景。前两句用映衬,用秋意的萧瑟寒凉衬托分离时人的感伤,醉和凉间接表明送别时人的心境;后两句用示现,描绘了一幅想象中行人身处异地他乡的愁苦情状:月下听猿,声声哀鸣不绝于梦。诗歌营造了一幅朦胧的意境。

　　寒雨连江夜入吴,平明送客楚山孤。洛阳亲友如相问,一片冰心在玉壶。

(王昌龄《芙蓉楼送辛渐》)

　　这首送别诗借送别抒怀,表明自己高洁清白的品格。前两句先交代送别的环境,用寒雨、楚山孤衬托送别者凄冷孤寂的感受和开朗坚定的性格;后两句则借嘱托被送者表白心迹,"如相问"显得自然,避开"刻意"之嫌,末句用借喻兼用典,突出诗人怀抱冰清玉洁、坚持操守的信念,暗含对亲友的信任和深情。

流水通波接武冈，送君不觉有离伤。青山一道同云雨，明月何曾是
两乡。

（王昌龄《送柴侍御》）

诗歌用倒反（或称反语）手法，说反话、假话来宽慰被送者。山水相连、空间接近、明月同一，不代表没有分开，也不等于自己真的没有离别的感伤和思念，只不过是这类感受会有所减轻，而彼此的亲近感则有所增强。末句说两地"何曾是两乡"，也不可能真的变成了一乡，尽管诗人用反问来加强对此的肯定。说反话并用反问去强化，不但不能证明诗人的无情或冷血，反而从其用意本身见出深藏的真情厚谊。

荷叶罗裙一色裁，芙蓉向脸两边开。乱入池中看不见，闻歌始觉有
人来。

（王昌龄《采莲曲二首》其二）

这首诗将采莲女和荷叶、莲花融合起来写，你中有我，我中有你，彼此构成映衬和比拟关系，人和自然由此组成生动和谐的美好画面，有限的文字却能带给人无尽的韵味。

孤舟微月对枫林，分付鸣筝与客心。岭色千重万重雨，断弦收与泪
痕深。

（王昌龄《听流人水调子》）

这首诗写听弹奏筝乐引发的客愁。首句"孤舟微月对枫林"近似列锦，把三个意象并列在一起，用来烘托气氛，映衬客子的心境。"分付"双声，"鸣筝"叠韵，铿锵悦耳，增强了诗句的乐感。第三句不出现谓词，反倒留下了多种解读的可能，整句是写实见的景象还是写虚幻的感觉也不易判断，但不管怎么解读或判断，大概都不影响该句以景衬情的作用。末句才直言流泪，只写弦断时泪痕已深，实暗示泪流已久，流泪的原因本是客愁，秋夜凄清、听鸣筝等只是诱因和催化

剂。表达上颇为婉转深沉。

王维流传的七绝名作不算太多,以情韵独到取胜,修辞上以白描和直叙直抒为主,风格平淡自然。

> 新丰美酒斗十千,咸阳游侠多少年。相逢意气为君饮,系马高楼垂柳边。
>
> （王维《少年行》其一）

《少年行》是王维的七绝组诗,写少年游侠,共四首。每首在内容和结构上既独立,又统一,好像围绕一个中心的四扇画屏。这首诗选取了高楼纵饮作为典型场景来表现人物性格,叙事打破了惯常的先后顺序:首句以酒入诗,先声夺人,用夸张辞格凸显饮酒者的豪爽纵情;次句才交代饮酒的人,直叙其多少年游侠生活均与酒为伴。接着两句,也类此:先写为意气饮酒,再补充交代"系马"。"系马高楼垂柳边"和"新丰美酒斗十千"的写景都很好地映衬了人物的做派和性格。

> 独在异乡为异客,每逢佳节倍思亲。遥知兄弟登高处,遍插茱萸少一人。
>
> （王维《九月九日忆山东兄弟》）

这首写重阳思亲的抒情小诗有很强的艺术感染力。这种感染力源于其修辞。前两句议论和抒情结合,独、倍、异乡、异客等词语的配合和同异辞格的运用,揭示了带有普遍性的真实而强烈的心理体验,自然能够直击人心。后两句用婉转格,从对面写起,透过兄弟们的遗憾曲折委婉地诉说自己内心的深切思念,比起直说更让人感同身受。

> 渭城朝雨浥轻尘,客舍青青柳色新。劝君更尽一杯酒,西出阳关无故人。
>
> （王维《送元二使安西》）

这首送友西行的诗,感情委婉深挚。前两句交代送别的时空背景,声韵安排谐调,选取"浥""轻尘""青青""新"等词语,描绘了一幅色调清新明朗的图景,同时也赋予送别一种相对轻柔明快的情调。后两句捕捉劝酒瞬间,不写情却更见深情,以点显面,在话语中自然流露出"故人"的悉心体贴和深情牵挂。

　　杨柳渡头行客稀,罟师荡桨向临圻。惟有相思似春色,江南江北送君归。

(王维《送沈子福之江东》)

这首诗写送别,以景衬情,借景抒怀,风格明快。首两句一写景,一叙事,杨柳、行客已稀、罟师荡桨等反衬、暗示送别的依恋不舍而又不能不分别;后两句用比喻形象抒情,"惟有"再次强调分离的无可奈何,"江南江北"迭映突出相思无限,始终陪伴左右。

　　清风明月苦相思,荡子从戎十载余。征人去日殷勤嘱,归雁来时数附书。

(王维《伊州歌》)

这首诗用倒叙手法,代思妇言情,风格自然、含蓄。首句用映衬,清风明月借指良宵美景,反衬相思之苦。次句补充说明苦相思的对象和原因。后两句用示现写回忆之情景,暗示嘱托落空,变成了殷勤的盼望和失望,照应、凸显女主人公相思之寂寞凄苦,蕴藉不露。

李白是绝句高手,题材多样,数量大质量高,修辞上变化丰富,多取豪言、壮语、奇句,少用工笔和工对,结构上也不拘一格,主导言语风格是自然、明快。

　　李白乘舟将欲行,忽闻岸上踏歌声。桃花潭水深千尺,不及汪伦送我情!

(李白《赠汪伦》)

这首留别诗用较喻和夸张突出表现汪伦对自己的深情厚谊。前半叙事,

"忽闻"表明歌声来得突然和意外,因而也激发了后半的直接抒情。潭水之深为实,感情之深为虚,夸张将实化虚,较喻将虚变实,虚实既彼此映衬(对衬),又互相融通。看似随意写来,不加雕琢,不费周章,但却自然而又情真,空灵而有余味。

　　杨花落尽子规啼,闻道龙标过五溪。我寄愁心与明月,随风直到夜郎西。

(李白《闻王昌龄左迁龙标遥有此寄》)

　　这首寄友诗用比喻、起兴和比拟修辞格,表达强烈的同情和关切。首句写"杨花落""子规啼",在习用中早已被赋予了明显的感情色彩,对后一句的叙事具有比喻兼起兴的作用,寄寓了对朋友的深切同情。后两句直接抒情,将凝聚着思念、忧虑的"愁心"有形化,寄与人格化的明月,随风飘送给远方的友人。

　　故人西辞黄鹤楼,烟花三月下扬州。孤帆远影碧空尽,唯见长江天际流。

(李白《黄鹤楼送孟浩然之广陵》)

　　这首送别诗意境很美,借景物描写映衬故人的出行。借助映衬辞格,用景衬情,寄情于景。前半叙事,"黄鹤楼""烟花三月"写送别的地点、时间,但因为它们均附带了鲜明的文化色彩和形象色彩,情寓景中,比起普通的时空交代被赋予了更多的诗情画意。后半写景,以景衬情,景中含情,通过送行者一直追随着风帆远去的眼睛来写,因而不难揣摩其中的深情和不舍。

　　南湖秋水夜无烟,耐可乘流直上天? 且就洞庭赊月色,将船买酒白云边。

(李白《陪族叔刑部侍郎晔及中书贾舍人至游洞庭五首》其二)

　　这首诗写三人同游洞庭湖,其修辞之妙在于奇特的设问和"无理"的比拟,颇具兴象和异趣。前部赏水天一色的湖面夜景而生发想象,问得奇怪却又自然,暗寓脱离尘世之念;后部将月色拟作可赊账的贵重物品,把酒家所在说成在白云边,不合常理却合诗情,见出诗人超凡脱俗的感知和性情。诗歌虽用修辞,却如风行水上,一字一句从内心深处自然流淌而出,全无刻意之感。诚如谢榛评价:"以兴为主,浑然成篇,此诗之入化也"(《四溟诗话》)。

> 日照香炉生紫烟,遥看瀑布挂前川。飞流直下三千尺,疑是银河落九天。
>
> (李白《望庐山瀑布》)

这首为人们耳熟能详的写庐山瀑布名篇,突出的修辞特色在其消极修辞和夸张、比喻。生、挂、飞、疑、落等动词的选用,准确反映了景物的特点和给人的感受,化静为动,化常为奇。前两句叙写背景,后两句凸显焦点,先用夸张,极写瀑布之高降,再用比喻,摹状亦幻亦真的感觉。诗歌虽极尽夸饰之能事,却出自对大自然壮美景象真实的感受和热爱,因而形神兼备,入人心脾。

> 天门中断楚江开,碧水东流至此回。两岸青山相对出,孤帆一片日边来。
>
> (李白《望天门山》)

这首诗用映衬手法,首句山衬水,次句水衬山。后两句主要用消极修辞手法,选取"相对出""日边来"准确生动地表现舟行水上人的视觉变化和虚幻感受,"孤帆一片"借代船,给人轻快灵动之感。这些感受的背后则隐含了诗人的豪迈畅快的心情。

> 兰陵美酒郁金香,玉碗盛来琥珀光。但使主人能醉客,不知何处是他乡。
>
> (李白《客中作》)

这首诗写客愁,用映衬和婉转辞格,以独特的角度和方式传情达意。前两句极力描写美酒的香味和光泽、酒器的名贵,以此映衬主人待客的诚心厚意。后两句从希望主人能如愿以酒慰藉客人的角度,婉转表达自己客思乡愁之深,以及对主人待客情谊之重的感怀。

　　　朝辞白帝彩云间,千里江陵一日还。两岸猿声啼不住,轻舟已过万重山。

(李白《早发白帝城》)

　　此诗抒写诗人遇赦东归而畅快激昂的情感,用夸张突出行程的快捷,映衬人物心境。首两句用对比构成夸张,后两句用两岸猿声不断、万重山影闪现作为背景构成夸张,突出"快"和"轻"。这种轻快、迅捷显然背离常理,只能是乘船者轻快欢畅的特殊心理感受映射的变形写照。此外,诗所用的上平"删"韵(间、还、山)也给人轻快感。诗人强烈的情感灌注其中而不明言,但也不必再言,正如后人所赞:"惊风雨而泣鬼神矣"(杨慎《升庵诗话》)。

　　　霜落荆门江树空,布帆无恙挂秋风。此行不为鲈鱼鲙,自爱名山入剡中。

(李白《秋下荆门》)

　　这首诗主要通过映衬和用典,抒写诗人告别巴山蜀水,顺江东下出游的心志。首句写秋日景象,突出一个"空"字,"空"意味着秋高气爽、视野开阔,次句化用典故,暗点一个"顺",一帆风顺、顺风顺水。景中寓情,前两句写景映衬、折射出的是诗人清朗乐观的大好心境。后两句反用西晋张翰典故,直抒建功立业的宏愿、游历名山的理想。虽然修辞担负了重要角色,看似却不着意、不费力,这种疏放自然的言语风格,正是李白诗歌的天才表现。

　　　越王勾践破吴归,义士还家尽锦衣。宫女如花满春殿,只今惟有鹧鸪飞。

(李白《越中览古》)

　　这首怀古之作,用了映衬、示现、婉转、夸张、比喻等辞格,委婉而形象地表现盛衰变迁。前三句用示现辞格描绘想象中的昔日繁盛,"尽锦衣""满春殿"包含夸张,"宫女如花"不光喻其美貌,也见出无尽生机,后一句用婉转格突出今时的凄凉,前后形成鲜明的对照,关于人世盛衰的评说和感慨尽在不言中。

> 两人对酌山花开,一杯一杯复一杯。我醉欲眠卿且去,明朝有意抱
> 琴来。
>
> （李白《山中与幽人对酌》）

此诗写饮酒纯用口语和白描,实录场景和对白,而形象、情感自现。前两句用"山花开"以景衬情,用反复强调喝酒多,也暗示两人投缘,喝得高兴。后两句"我"打发对方先行离开和邀约明日再聚的话,多少显得有些过于率直随便乃至无礼,这种随意表达入诗,让诗人的酒后真性情得以凸显,生动地表现了"我"豪放洒脱的个性,以及彼此之间感情的亲近自然。此诗正可印证沈德潜的评语:"七言绝句以语近情遥、含吐不露为贵,只眼前景,口头语,而有弦外音,使人神远,太白有焉。"(《唐诗别裁》卷二十)

> 一为迁客去长沙,西望长安不见家。黄鹤楼中吹玉笛,江城五月落
> 梅花。
>
> （李白《与史郎中钦听黄鹤楼上吹笛》）

本诗借用典和示现,寄寓诗人的迁谪之感和去国之情。前两句借贾谊的不幸来抒写自身类似的遭遇和情感。后两句一实写,一虚写,表现听到凄凉哀伤的笛声所产生的寒冷感,乃至江城五月却见梅花纷纷飘落。全诗情景相生,前部的抒情为后部的写景预设了心理基础,后部的写景则将这一情感凸显出来并且形象化,前后构成了有机的统一体。

> 谁家玉笛暗飞声,散入春风满洛城。此夜曲中闻折柳,何人不起故
> 园情!
>
> （李白《春夜洛城闻笛》）

此诗用夸张极写闻笛的想象,用映衬和双关凸显笛声的影响。前部用"满洛城"写诗人听到笛声后的感觉和想象,当然不可能是真实的,但又有客观的依据,笛声原本就有穿透力,在静谧的春夜更显得响及四方,无远弗届,正表现了情感和认知的真实。后部"闻折柳"双关杨柳曲调和杨柳故事,末句以夸张和感叹方式,强调笛声带给每个人离愁别绪。值得注意的是,虽然写的是笛声带给每个洛城人的故园情,但其中隐而不露的首先是诗人自己强烈的情绪和独特的感受。

　　日本晁卿辞帝都,征帆一片绕蓬壶。明月不归沉碧海,白云愁色满苍梧。

(李白《哭晁卿衡》)

此诗以"哭"为题,用示现、借喻、拟人,抒发痛失好友的悲楚哀婉之情,言语风格含蓄、庄重。前两句先叙事,再用示现写想象中的艰难航行,隐含担忧之情;后两句先是借明月沉入碧海这一借喻委婉道出晁衡的遇难,再用拟人写白云都带上了愁色布满苍梧山,明月、碧海、愁云等同时也具有映衬逝者人格高贵、生者伤悲无限的修辞作用。

三、杜甫对唐七绝修辞的创新和贡献

杜甫七绝,清人李重华《贞一斋诗话》有过评论:"杜老七绝欲与诸家分道扬镳,故尔别开异径。独其情怀,最得诗人雅趣。"肯定了杜甫七绝的"别开异径"和"最得诗人雅趣"。这两个特点都跟题材、内容的大为拓展、几无禁区有关,也表现在语言形式运用的新异性和创造性上。从修辞角度看,杜甫七绝与李白、王昌龄、王维等盛唐其他诗人的七绝相比,变化或创新主要体现在:一是言语风格或绚烂或平淡,或明快或含蓄,或庄重或幽默,不拘一格;二是"以律为绝",多用工对,不避或有意用拗句,不能"被诸管弦",但在语音修辞上另有讲究,多用工对结,也不同于初唐多用流水对结;三是章法丰富多变:突破情景、事意分立的绝句惯常结构,表面纯为议论、写景、叙事等也自成篇章;有独立成章但更多七绝"组诗";诗名也较多冠以"绝句",实为古绝,标注诗体,表明对特定诗体规范或习惯的遵从,有时则索性不再命题仅以"绝句"二字作为标识,这其实都反映了杜甫写作七绝的一种基本态度:重文体归宿,轻内容惯例。

眼见客愁愁不醒，无赖春色到江亭。即遣花开深造次，便教莺语太
丁宁。

（杜甫《绝句漫兴九首》其一）

题作"漫兴"的这组绝句，为即兴题写。其一写客愁，用深陷客愁不能自拔
的异常视角看待春色回归和花开鸟语。前两句用拟人、顶真、夸张、反语，表面上
怪责春色不通人情，扰人心绪，实则突出了客愁之深。后两句继续用拟人和反
语，说的是司春女神安排花开、莺语过于仓促轻率，实际上要表现的仍然是客愁，
因为客愁再美的春景都变得造次、丁宁，不但无心欣赏，而且变成了打扰和负担。
仇兆鳌评此诗说："人当适意时，春光亦若有情；人当失意时，春色亦成无赖"
（《杜诗详注》卷九）。选词造句也很讲究，"无赖"堪称诗眼，"即""便"两个关联
词呼应，强调春天来得很快，让人猝不及防。"造次""丁宁"双声叠韵相对，后两
句因此又构成了工整的流水对。整诗用反衬，用"乐景写哀"；散起对结，音律上
兼具自然美、和谐美。

熟知茅斋绝低小，江上燕子故来频。衔泥点污琴书内，更接飞虫打
着人。

（杜甫《绝句漫兴九首》其三）

这首诗主要用拟人手法和动词精选来工笔细描燕子的频来扰人，突出表现
"茅斋绝低小"，以此反衬人的烦扰心绪。前两句用"熟知""故来频"相配合，将
燕子人格化，突出茅斋的极度低矮狭窄，乃至于连江上的燕子都非常熟悉，频来
光顾。后两句连用动词短语"衔泥""点污""接飞虫""打着人"，准确而细致地
表现了燕子的种种扰民、欺民行为。燕子本无心，诗人意不宁，明代王嗣奭《杜
臆》就此诗云："远客孤居，一时遭遇，多有不可人意者。"虽然诗人的笔墨完全追
随燕子的认识和行为而动，但人的"不可意"也顺乎逻辑地蕴含其中。杜甫这首
诗也是善于景中含情的一例。全诗俱从茅斋江燕着笔，三、四两句更是描写燕子
动作的景语，就在这"点污琴书""打着人"的精细描写中，包蕴着远客孤居的诸
多烦扰和心绪不宁的神情，体物缘情，神物妙合。"不可人意"的心情，诗句中虽

不著一字,却全都在景物描绘中表现出来了。全诗富有韵味,耐人咀嚼。

　　　糁径杨花铺白毡,点溪荷叶叠青钱。笋根稚子无人见,沙上凫雏傍
母眠。

(杜甫《绝句漫兴九首》其七)

　　这首诗用比喻、对偶、映衬和动词锤炼来细致描写初夏郊野的景色。前两句写景,连用数个比喻:(如)糁(之)径、杨花(如)铺白毡,(如)点(之)溪、荷叶(如)叠青钱,两句彼此对偶,色彩形状上则相互映衬(对衬)。后两句同样用对偶写景,虚实对衬,"雏子"用比喻,"傍母眠"用拟人描摹神态。四句诗一句一景,既独立又关联,互相映衬,构成了一幅充满生活情趣的精美画面。王夫之《姜斋诗话》云:"情景名为二,而实不可离。神于诗者,妙合无垠。巧者则有情中景,景中情。"这首诗表面看起来纯乎写景,实际上仍然有诗人的处境心情、审美情趣蕴藏其间,只不过情和景在诗中已经"妙合无垠"。

　　　锦城丝管日纷纷,半入江风半入云。此曲只应天上有,人间能得几
回闻。

(杜甫《赠花卿》)

　　这首绝句,用了双关、夸张和映衬等多个修辞格,表面极力夸赞,实则暗含讥刺。前两句用夸张辞格描写各种乐器演奏的盛况。"丝管"借代音乐,"日纷纷"形容演奏频繁,音乐多而杂,"半入江风半入云"用迭映,突出演奏的排场和影响之大。后两句前后映衬,极写所演奏乐曲悠扬动听,非凡俗音乐可比。"天上"双关上天和宫廷,"人间"双关凡间和宫外,因此后两句也就带上了双重意义,言此而意彼。正如前人所论:"花卿在蜀颇僭用天子礼乐,子美作此讥之,而意在言外,最得诗人之旨。"(杨慎《升庵诗话》)"诗贵牵意,有言在此而意在彼者,杜少陵刺花敬定之僭窃,则想新曲于天上。"(沈德潜《说诗晬语》)"似谀似讽,所谓言之者无罪,闻之者足戒也。此等绝句,何减龙标、供奉。"(杨伦《杜诗镜铨》)

　　　黄四娘家花满蹊,千朵万朵压枝低。留连戏蝶时时舞,自在娇莺恰

恰啼。

（杜甫《江畔独步寻花七绝句》其六）

这首诗颇能见出杜诗对修辞的高度重视,言语风格绚烂而谨严。得力于语音修辞、词汇修辞、句法修辞、篇章修辞四种修辞方法的多管齐下,全诗写得声情并茂,美不胜收。语音修辞方法主要有"朵"的迭映,"留连""自在"双声、"时时""恰恰"复叠并构成工对,以及押韵和平仄(四声)交错等。词汇修辞方法突出表现在对"满""压""低""戏""娇""留连""自在"等形容词或动词的精心锤炼。句法修辞方面,一是先散句后整句的整散配合,再是后两句均用倒装,把"留连""自在"移到句首,强化戏蝶、娇莺所带给人的感觉,音韵节奏上更协调,结构上也更为均衡,句法形式上也增添了变化。

庾信文章老更成,凌云健笔意纵横。今人嗤点流传赋,不觉前贤畏后生。

（杜甫《戏为六绝句》其一）

王杨卢骆当时体,轻薄为文哂未休。尔曹身与名俱灭,不废江河万古流。

（杜甫《戏为六绝句》其二）

纵使卢王操翰墨,劣于汉魏近风骚。龙文虎脊皆君驭,历块过都见尔曹。

（杜甫《戏为六绝句》其三）

才力应难跨数公,凡今谁是出群雄。或看翡翠兰苕上,未掣鲸鱼碧海中。

（杜甫《戏为六绝句》其四）

不薄今人爱古人,清词丽句必为邻。窃攀屈宋宜方驾,恐与齐梁作后尘。

（杜甫《戏为六绝句》其五）

未及前贤更勿疑,递相祖述复先谁?别裁伪体亲风雅,转益多师是汝师。

（杜甫《戏为六绝句》其六）

《戏为六绝句》是杜甫以诗论诗的一组绝句,内容上具有开创性,形式上各自独立而又彼此联系,形成不可分割的统一体。前三首评论五位有争议的诗人,后三首表明自己的诗歌主张。

第一首论庾信,前两句用"凌云"来打比方,用健笔、纵横等形象词语来叙述庾信的诗歌风格。后两句先用形象动词"嗤""点",写今人的狂妄无知,再用反语,"不觉前贤畏后生",反话正说,表达讽刺之意。

第二、三首论初唐四杰。第二首,"王杨卢骆"用节缩形式,"轻薄为文"引用原话,"哂未休"略带夸张,第二句形象描绘时人的洋洋自得和讥哂不休的浅薄嘴脸。后两句用形象对比,亮出作者对二者一否定一肯定的鲜明态度。

第三首,实际上是个转折复句,前两句"纵使"后引时人哂笑四杰的原话加以驳斥,"卢王"借代,概指四杰。后两句用比喻的说法,形象地表达四杰的作品对文辞驾驭成功,也经历了时间的考验。

后三首进一步结合对这些近代诗人的评价和态度,明确提出了诗人对于诗歌艺术的主张。

第四首,用"翡翠兰苕"代指"近诗骚"的清词丽句,"掣鲸鱼碧海中"比喻区别于六朝柔婉诗风的汉魏刚健诗风。

第五首,第一句用映衬表明兼容并包的态度。"清词丽句"代指文辞形式的华美,"必为邻"比喻可以借鉴利用的对象。后两句用比喻的说法表明对"屈宋"(代指《楚辞》)正宗地位的推崇,对齐梁的否定。

第六首,先用设问,后用映衬,表明继承学习的途径:"别裁伪体亲风雅",强调明辨真伪,"转益多师是汝师",主张多方吸取。

这六首小诗,所评价和议论的是跟唐诗发展有关的大问题。诗人以形象说理,言简义丰,态度鲜明,风格明快。为后世这类诗的创作树立了典范。

　　两个黄鹂鸣翠柳,一行白鹭上青天。窗含西岭千秋雪,门泊东吴万里船。

(杜甫《绝句四首》其三)

《绝句四首》是一组即景小诗,兴到笔随,未先拟题,诗成后也不再拟题,即以"绝句"为题。本首诗上下联都用工对,都用映衬,都写景,景中蕴情,从而营造出优美开阔的意境。上联连用黄、翠、白、青四个颜色词,鸣、上两个动词,个、行两个量词,这些词语之间既有配合又相映衬,整体描绘了一幅色彩清新、声音悦耳、姿态动人、充满生机和情趣的绚丽春景图。诗的下联用含、泊两个动词写诗人身处草堂的独特视觉感受,准确而新颖,用"千秋雪""万里船"夸张地表现山高以致积雪千年不化、水长乃至船行绵延万里,由此可窥诗人"思接千载,视通万里"的超凡想象和开阔胸襟。相由心生,景从情出,虽然全诗未着一字用于抒情,但从景物所表现的特点和给人的感受中,又无不受着诗人情绪和胸怀的驱遣,因而景中依然有情,只是情感暗藏其间,更为隐蔽罢了,也以此成就了绝句简约蕴藉的修辞特色。

> 中巴之东巴东山,江水开辟流其间。白帝高为三峡镇,瞿塘险过百牢关。
>
> (杜甫《夔州歌十绝句》其一)

《夔州歌十绝句》是描写夔州(现重庆奉节)地理风貌及人文历史的一组绝句,多为类似于半律诗的形式,散起对结。这是第一首,主要通过对开、辟、高、险等词语的选用和较喻的使用,突出了夔州山川的特色。从语义修辞上看,"开""辟"描状江水在夔门一带穿山而行的艰难和坚韧,动感十足,且让人联想到开天辟地的亘古壮举,接下来先点题,白帝城"高",瞿塘峡"险",并分别用直述和较喻来将其具体化。从语音修辞上看,"中巴之东巴东山"全用平声,明显不合律,显得突兀,体现的是奇崛拗峭之美,"巴""东"的迭映则带来了回环之美,前两句一为松句一为紧句,一为散句一为整句,又有节奏变化之美。

> 江月去人只数尺,风灯照夜欲三更。沙头宿鹭联拳静,船尾跳鱼拨刺鸣。
>
> (杜甫《漫成一首》)

杜甫绝句不同于盛唐一般绝句的一个特点是用对,散起对结为多,也有一部分全用对的。并且继承了一种"一句一绝"的绝句体格:每句一景,句子间表面似无关联。晋代有《四时咏》("春水满四泽,夏云多奇峰。秋月扬明辉,冬岭秀孤松。")唐代写者不多,但杜甫是个例外,其"两个黄鹂鸣翠柳""糁径杨花铺白毡""迟日江山丽"等,均用此格。这些诗不仅写景生动,律对精切,而且句与句相应相衬,情寓景中,具有绘画美和意境美。

这首诗也有类似的特点。四句分别写月、灯、鹭、鱼,相对独立却又彼此联属,成为统一的一幅月夜江景图,给人逼真、亲切之感。前两句直接描写对象为月影和灯光,作为背景或附属存在的三更未眠人,是间接表现出来的。后两句用"联拳"来摹形,用"拨剌"拟声,一静一动,相反相成,形象而传神地揭示了两种动物的特点。前三句着力刻画"静",末句看似写动态、写声音,实际上还是为了反衬静谧无声。

　　　　岐王宅里寻常见,崔九堂前几度闻。正是江南好风景,落花时节又

逢君。

　　　　　　　　　　　　　　　　　　　　　　　　(杜甫《江南逢李龟年》)

这首诗对起散结,用示现写彼此对衬的回忆之景,与现实之境形成鲜明的映衬关系,借助典型形象,生动地再现了时代变迁,浓缩了丰富的人生蕴含,具有高度的艺术概括力。

前两句选取非常具有代表性的岐王宅、崔九堂,并用"寻常见"和"几度闻"相映衬,曾经那么真实的日常景象如今却变成了虚幻遥远的梦境。后两句之间也用到映衬,好风景、落花时节映衬人物的悲凄、飘零,"正是"突出时空的转换,"又"强调今昔的对比,二者相配合,蕴藏着无尽的沧桑和悲情。诗到此戛然而止,却又意味深长。沈德潜评此诗:"含意未申,有案未断。"

第三节　盛唐五古修辞的继承与开创

五言诗从汉代成为主要诗歌样式,在唐诗中称为五言古体诗(简称"五古"),依然占据重要地位,并在题材表现和语言功能等方面都有新的开拓。管世铭《读雪山房唐诗序例》对唐代五古的基本风貌有过总结,并给予"极天下之大观"的高度评价。胡应麟则从艺术风格角度对盛唐五古做了概述:"唐初承袭梁、隋,陈子昂独开古雅之源,张子寿首创清淡之派。盛唐继起,孟浩然、王维、储光羲、常建、韦应物,本曲江之清淡,而益以风神者也;高适、岑参、王昌龄、李颀、孟云卿,本子昂之古雅,而加以气骨者也。"(《诗薮·内编》卷二)

单就盛唐五古看,最具创造性成就的当属李白、杜甫,他们的五古不但所反映的题材和内容丰富多样,并且在保持五古基本特质的同时,在语言表达上大胆拓新,将五古创作推向了一个全新的高度。管世铭《读雪山房唐诗序例》对二人赞誉有加:"李供奉襟情倜傥,集建安、六代之成;杜员外气韵沉雄,尽乐府古词之变。"其他诗人也各擅胜场,分别在不同题材和风格的表现上,丰富、发展了五古的修辞艺术。

一、李白:集建安、六代之成

李白的五古传世之作众多,其中"《古风五十九首》和《长干行》等乐府诗,经心用意,近于五古正宗",其他"许多看似不甚经意的抒情赠友之作,格调仿逸,变化莫测,更能显示李白的精神气质"[①]。具体到修辞,《古风》《长干行》等乐府诗主要借助消极修辞记言叙事,穿插描写,而将议论、抒情融入形象的描述中,同时顺应特定需要适当引入积极修辞以增强达意传情的效果,李白的"经心用

---

① 余恕诚:《唐诗风貌(修订本)》,中华书局,2010,第170页。

意",主要即表现在这些方面,修辞上同样称得上是对前代的集大成者。其中,最能体现李白个性气质和艺术风格的修辞特色,当属夸张、映衬、示现等辞格的高频使用。

> 西上莲花山,迢迢见明星。素手把芙蓉,虚步蹑太清。霓裳曳广带,飘拂升天行。邀我登云台,高揖卫叔卿。恍恍与之去,驾鸿凌紫冥。俯视洛阳川,茫茫走胡兵。流血涂野草,豺狼尽冠缨。
>
> (《古风》其十九)

这首用游仙体写的五古,用了映衬、示现、夸张、对偶、复叠、比喻等多种修辞格,结构上跌宕起伏,前后对照。

诗歌的前十句用示现法,描绘想象中登上华山的见闻奇遇,后四句笔锋突转,用夸张的笔法渲染俯视人间所见的惨状。借助仙境的优雅美好有力地反衬了现实的残暴悲惨,形象地表现了诗人所面临的出世入世的矛盾和对国运民生的忧虑同情。形容词"素""虚""高"及其重叠形式"迢迢""恍恍""茫茫"、动词"把""蹑""凌""涂"和副词"尽"等的选用,"素手把芙蓉,虚步蹑太清"的对偶、"流血涂野草,豺狼尽冠缨"等的夸张,以及借喻"豺狼"的运用,准确地捕捉住了物象特点和感情色彩,共同强化了诗中对于景象的描绘和情感的表达。

> 大车扬飞尘,亭午暗阡陌。中贵多黄金,连云开甲宅。路逢斗鸡者,冠盖何辉赫。鼻息干虹蜺,行人皆怵惕。世无洗耳翁,谁知尧与跖!
>
> (《古风》其二十四)

该诗修辞的成功主要源于重点词语和特殊句式的选择,以及夸张、映衬辞格的连续使用,通过典型场景的描写刻画人物,表现世情,寄寓情感,虚实相生。前八句描写宦官、鸡童的奢豪生活和跋扈气焰,后两句抒发愤慨之情。"扬、飞、暗、辉赫、怵惕"等词语的选用,对场景描写及其对人物张扬表现的烘托起到了关键作用;五、六句和末两句用感叹句,不但带来了句式变化,更是通过直接评议,蕴含了鲜明的情感态度;"大车扬飞尘,亭午暗阡陌""中贵多黄金,连云开甲宅""鼻息干虹蜺,行人皆怵惕"连用夸张,增强了对人物横行霸道、鱼肉百姓的侧面描写,由此构成映衬,凸显了宦官、鸡童之流的恃宠骄恣以及上层统治者的昏庸腐败。

长干行

李白

妾发初复额,折花门前剧。郎骑竹马来,绕床弄青梅。同居长干里,两小无嫌猜。

十四为君妇,羞颜未尝开。低头向暗壁,千唤不一回。十五始展眉,愿同尘与灰。

常存抱柱信,岂上望夫台。十六君远行,瞿塘滟滪堆。五月不可触,猿声天上哀。

门前迟行迹,一一生绿苔。苔深不能扫,落叶秋风早。八月蝴蝶黄,双飞西园草。

感此伤妾心,坐愁红颜老。早晚下三巴,预将书报家。相迎不道远,直至长风沙。

该诗修辞有几个突出特点:(1)采用第一人称寄语的形式,通篇借助女主人公对远行的丈夫诉说曾经的生活场景及内心活动,传达其纯真的爱情和痛苦的相思,言由心生,相比第三人称的写法,更显亲切自然。(2)采取时序结构,以表年龄和月份的词语作为衔接手段,贯串主要事件和心理,条理分明,层次井然。(3)采用夸张、比喻、用典、顶真、映衬等多种修辞格。"千唤不一回"的夸张写法,突出了人物出嫁时的羞怯情态;"愿同尘与灰"的比喻,"常存抱柱信,岂上望夫台"对两个典故的化用,突出了彼此对坚贞理想爱情的向往;"门前迟行迹,一一生绿苔。苔深不能扫,落叶秋风早。八月蝴蝶黄,双飞西园草。"对绿苔、落叶和蝴蝶双飞等景物的描写,以环境烘托、反衬人物的感伤和愁绪,"苔"在形式上的上递下接(顶真),使语义和节奏变得更紧密。

此外,语音修辞方面,更多是顺应内容表达的需要,节拍自然,换韵灵活,整体韵律错落起伏而又和谐统一。

古朗月行

李白

小时不识月,呼作白玉盘。又疑瑶台镜,飞在青云端。

仙人垂两足,桂树何团团。白兔捣药成,问言与谁餐?

蟾蜍蚀圆影,大明夜已残。羿昔落九乌,天人清且安。

阴精此沦惑,去去不足观。忧来其如何?凄怆摧心肝。

这首乐府诗描写对月食发生过程的想象,寄寓对现实的忧愤悲叹。其修辞特色突出表现在:(1)用示现格,将蟾蜍蚀月这一神话传说经过艺术加工后栩栩如生地描摹下来,用于影射、比况社会现状。(2)模拟儿童口吻和视角,连用惯常而有诗意的喻体"白玉盘""瑶台镜"构成比喻,并用"呼""疑"等动词,"仙人垂两足,桂树何团团。白兔捣药成,问言与谁餐?"的连续发问,既表现儿童的天真好奇,更凸显月亮初生时的明朗圆满和如同仙境般的令人向往。(3)用映衬法,通过前八句对美好圆月的充分描写来反衬"蟾蜍蚀圆影"后的夜"残"和"沦惑",用"羿昔落九乌,天人清且安"来反衬现实世界如此英雄不再出现的"凄怆"。(4)末两句用设问格,直抒胸臆,表达对朝政黑暗深深的忧虑和矛盾。(5)全诗一韵到底,与诗歌内容从月圆到月亏,从写景到抒情相配合,增强了一气呵成的整体感。

妾薄命

李白

汉帝重阿娇,贮之黄金屋。咳唾落九天,随风生珠玉。

宠极爱还歇,妒深情却疏。长门一步地,不肯暂回车。

雨落不上天,水覆难再收。君情与妾意,各自东西流。

昔日芙蓉花,今成断根草。以色事他人,能得几时好?

这首"依题立义"的《妾薄命》借用乐府古题,让陈皇后阿娇现身说法,自述由得宠到失宠的巨大落差和切身感悟,表现女子以色事人,色衰而爱弛的悲惨命运,具有警策意义。修辞上,主要通过映衬、夸张、比喻、设问、对偶等修辞格的使用,形象地凸显人物命运的起伏变化,揭示其中蕴含的必然性和悲剧性。

首句不入韵,隔句押韵,每四句一换韵,韵随意转,既遵从五古押韵的惯例,又明晰了表达的层次。前八句,前四句写得宠,后四句写失宠,"咳唾落九天,随风生珠玉""长门一步地,不肯暂回车"都是用夸张极写阿娇的遭遇,先扬后抑,前后形成鲜明的对照。接下来四句,"雨落不上天,水覆难再收"连用比喻,"君情与妾意,各自东西流"用比拟,形象地揭示得宠到失宠的命运无可挽回。最后四句,"昔日芙蓉花,今成断根草"用比喻描摹以色取人者的不幸,"以色事他人,能得几时好?"用设问,强调这种不幸命运的不可避免,发人深省。这首诗还有一个突出特点是多用对句,"宠极爱还歇,妒深情却疏""雨落不上天,水覆难再收""昔日芙蓉花,今成断根草""君情与妾意"等句间、句内对偶的运用,增强了形式的整齐性和表意的庄重色彩。

谈论李白对五古修辞的贡献,不能不提及他传世诗集中最长的诗《经乱离后天恩流夜郎忆旧游书怀赠江夏韦太守良宰》(后简称《书怀》)。该诗长达830字,《唐宋诗醇》评价它"通篇以交情时势互为经纬,汪洋浩瀚,如百川之灌河,如长江之赴海,卓乎大篇,可与《北征》并置。"管世铭《读雪山房唐诗序例》也赞誉它"真少陵《北征》劲敌"。《书怀》《北征》这类藉叙事以抒情的长篇巨制的横空出世,标志着中国古代诗歌艺术表现上的重要突破,也标志着修辞在更大篇章层面的诗语建构中取得了新的进展。

具体到这首《书怀》的修辞表现,有两个特色尤其值得重视。

(1)整散配合。采取以时间为序的排叙式结构,语言组织上以散句为主,穿插整句。一方面总体如行云流水,节奏上有急有缓,有动有静,张弛有度;另一方面,散句和整句在内容表达上有大致分工,前者主要用于叙述,后者主要用于描写或评议,语表和语里相得益彰,过程交代和细节刻画也因此而各得其所,各有侧重。整句的构成,除一个句间顶真"一别隔千里,荣枯异炎凉。炎凉几度改,九土中横溃"外,主要借助超过总联数三分之一的对偶或准对偶联,有单用的,如"试涉霸王略,将期轩冕荣。""人心失去就,贼势腾风雨。""门开九江转,枕下五湖连。""窥日畏衔山,促酒喜得月。""片辞贵白璧,一诺轻黄金。""暖气变寒谷,炎烟生死灰。""连鸡不得进,饮马空夷犹。"也有多处连用的,如"学剑翻自哂,为文竟何成。剑非万人敌,文窃四海声。""醉舞纷绮席,清歌绕飞梁。欢娱未终朝,秩满归咸阳。""汉甲连胡兵,沙尘暗云海。草木摇杀气,星辰无光彩。""良牧称神明,深仁恤交道。一忝青云客,三登黄鹤楼。顾惭祢处士,虚对鹦鹉洲。""剪凿竹石开,萦流涨清深。登台坐水阁,吐论多英音。"

(2)虚实相生。全诗以叙述为主,叙述和描写结合,自然引入评议,描写中想象的幻景和现实的实景相结合,确保丰富的思想感情信息交融汇聚其间,成为一个有机的整体。这些写作技法得以落实,凭借的是消极修辞和积极修辞两类手法的精诚合作。

叙述主要通过对音韵、词语、句子贴切自然地选取、剪裁和组配,描写、评议时,则在消极修辞的基础上更多地借助示现、比喻、夸张、对偶等多种修辞格。语音修辞,单看该诗的押韵,主要用到的韵有 8 个,换韵频度低,每一韵基本都延用于较多的句子,基本上为隔句押韵,偶有杂韵或不押韵,换韵和内容的变化大体保持一致,虽不完全拘泥,但又从外在形式上有力地促成了长诗在表达上的连贯性和集中性。词语修辞,主要体现在动词、形容词、副词的选配上,如"抚""误""空""赌""慷慨""倜傥""蹉跎""肃穆"等,再如"翻""竟"、"试""将"、"不""还"等的对举,它们的出现往往带来声情并茂的效应。句子修辞,则突出体现在前面提及的整散句选配,以动词性词语和形容词性词语分别充当谓语中心的叙述句和描写句一主一辅的角色设置,以及以陈述句主导,仅穿插个别疑问句和感叹句的功能分配上。整首诗,描写句不多,仅有"蹉跎不得意""荣枯异炎凉""浔阳满旌旃"等数句,明显为疑问或感叹语气的句子仅有"学剑翻自哂,为文竟何成""日月无偏照,何由诉苍昊"和"安得羿善射,一箭落旄头"等。

更多的描写、评议和抒发是借助众多的比喻、用典来完成的,比喻有:"鞍马若浮云,戈鋋若罗星""公卿如犬羊,忠谠醢与菹""徒赐五百金,弃之若浮烟""水树绿如发""扫荡六合清,仍为负霜草""清水出芙蓉,天然去雕饰""片辞贵白璧,一诺轻黄金""谓我不愧君,青鸟明丹心""暖气变寒谷,炎烟生死灰"等。用典则有:"揽涕黄金台,呼天哭昭王""乐毅倘再生,于今亦奔亡""顾惭祢处士,虚对鹦鹉洲""览君荆山作,江鲍堪动色""君登凤池去,忽弃贾生才。桀犬尚吠尧,匈奴笑千秋""安得羿善射,一箭落旄头"等。比喻更多用于实景的描写,想象、回忆中的虚景则主要是通过示现、夸张的携手来表现的。如开头十句写自己从天庭到人间的经历见闻,中间"炎凉几度改"到"开门纳凶渠"关于战争惨况的描写,既有示现法的虚景实写,也有"天地赌一掷""九土中横溃""沙尘暗云海""星辰无光彩""白骨成丘山"等夸张法的实情虚表。

总体而言,上述主要修辞手法的运用,成就了如此巨篇的创制,使抒情主人公得以紧扣与友人的四次聚散描述生平经历,抒写感慨和情意,巧妙编织词句篇章,从容表现丰富复杂的情感内容。自然,其中的修辞经验是具有开创性和示范性的。

二、杜甫:尽乐府古词之变

杜甫的五古以新题乐府"三吏""三别"和长篇《自京赴奉先县咏怀五百字》《北征》为代表,把五古叙事和抒情的传统相结合,"正而能变,变而能化,化而不失本调"[①],以其创新性的修辞表现和艺术成就筑造了唐调五古的丰碑。他所开创的新乐府"即事名篇,无所傍依",秉承"感于哀乐,缘事而发"的古乐府精神,命新题、写新意而不入乐,经元稹、白居易等的大力倡导力行,在中唐以后得以发扬光大。

石壕吏

杜甫

暮投石壕村,有吏夜捉人。老翁逾墙走,老妇出门看。

吏呼一何怒!妇啼一何苦!听妇前致词,三男邺城戍。

一男附书至,二男新战死。存者且偷生,死者长已矣!

室中更无人,惟有乳下孙。有孙母未去,出入无完裙。

老妪力虽衰,请从吏夜归。急应河阳役,犹得备晨炊。

夜久语声绝,如闻泣幽咽。天明登前途,独与老翁别。

该诗对乐府诗的改变,不仅是在"即事名篇"、写时事、述世情上,而且是在写法和风格上,有意识地追求含蓄、简约、凝练的修辞效果。

(1)委婉达意,含蓄抒情。不直接发抒评议,仅从第三者视角叙事、记言,寓褒贬于其中,将强烈的情感寓于情节和场面中。通过"夜捉"对县吏阴暗暴力行为的揭示,"吏呼一何怒!妇啼一何苦!"中反复、感叹、对照的合用,对双方动作、情态差异和影响的强化,以及"泣""幽咽"等对人物表情的刻画,老妪"存者且偷生,死者长已矣!"的哀叹,间接地表达对百姓疾苦的同情和官吏恶行的

---

① 胡应麟:《诗薮·内编》,上海古籍出版社,1979,第73页。

不满。

（2）以少胜多，以简驭繁。藏问于答，将县吏的问话省略，仅出现老妇的"致词"，隐含县吏对老妇的呼叫和威胁；"室中更无人，惟有乳下孙"用舛互格，表面不合逻辑，实则凸显"无人"，即一家只剩老弱妇幼，已经再无可承担差役的人了；"独与老翁别"暗示老妪依然被强行抓去，"急应河阳役"则暗示战事吃紧的情境，不知还有多少类似的事情发生。

（3）结构完整，层次清晰。"暮"和"天明"两个时间词的配合促成了内容上的首尾照应；逐句押韵多，韵脚密，对偶和准对偶多，造就了急促的节奏和紧张的氛围；三轮答语分别换韵，表征了问答的转换和语意的转折；"有吏夜捉人""三男邺城戍"两个总括句分别带多个分说句，再接两组连锁句，句子形式的变化与概述、细描、分叙相适应，相得益彰。

无家别

杜甫

寂寞天宝后，园庐但蒿藜。我里百余家，世乱各东西。
存者无消息，死者为尘泥。贱子因阵败，归来寻旧蹊。
久行见空巷，日瘦气惨凄。但对狐与狸，竖毛怒我啼。
四邻何所有？一二老寡妻。宿鸟恋本枝，安辞且穷栖。
方春独荷锄，日暮还灌畦。县吏知我至，召令习鼓鞞。
虽从本州役，内顾无所携。近行止一身，远去终转迷。
家乡既荡尽，远近理亦齐。永痛长病母，五年委沟溪。
生我不得力，终身两酸嘶。人生无家别，何以为烝黎？

本诗是杜甫"三吏""三别"的总结篇。六首诗都是寄情于叙事，但叙述方式有所不同，前者是第一人称"我"描述事件并记录问答，后者则全篇记言，叙事包含在诗歌主人公的话语中。不同于《新婚别》新妇对新郎说话，《垂老别》老夫对老妻说话，本诗是对自己或不定对象说话。除此之外，该诗还用到了不少其他颇具表现力的修辞手法，作为"诗"的典型性和感染力，强化了其作为"史"的真实性和说服力，从而奠定了其"诗史"之一部的地位。

谋篇方面，采取顺叙式结构，一韵到底，事件叙述、环境描写和心理表现相互映衬,彼此交融:前十四句侧重回乡见闻和境遇描写,先总体勾勒后专门描写;后十四句侧重再次被征召的心理描写,有曲折有矛盾;中间四句,表现"我"回乡后苟且偷安的可怜希望。其中,"四邻何所有? 一二老寡妻"用设问,"人生无家别,何以为烝黎?"用反问,分别出现在第一部分和全诗的结尾,以问句的形式发抒评议,有加强情感和主题表现力度的作用。最后的反诘语,甚至具有对收束和总结"三吏""三别"这六首诗,升华组诗主题思想的功能。

表达方面,词句修辞和辞格运用相配合,效果显著。"日瘦气惨凄""竖毛怒我啼"用拟人,同时也作为自然环境描写,与"寂寞""但蒿藜""寻旧蹊"等凸显境况特色的词语一道,对人世间的悲惨命运起到了有力的映衬作用。"宿鸟恋本枝,安辞且穷栖"用借喻和反问,结合"方春独荷锄,日暮还灌畦"的辛苦劳作描写,形象化地显明了主人公真实而朴素的内心愿望。"委沟溪"写母亲的离世,是避讳,也是艺术化的描摹,凸显了对久病后去世母亲的怀念和痛惜之情。"存者无消息,死者为尘泥""近行止一身,远去终转迷"用反对兼映衬,"方春独荷锄,日暮还灌畦"用正对,均使用凝练对举的整句,不但给散行为主的形式带来了变化,尤其是增强了表意上的张力和概括性,诗中这些关乎主人公处境、心理、命运的重点内容也因此得到了强调和突出。

《咏怀》的问世,继承了阮籍《咏怀》到陈子昂《感遇》组诗的传统,而又发扬光大将之推到了一个前所未有的新高度,在五古历史长河中具有划时代的意义。《咏怀》以议论和抒情为主体,叙述和描写成分较少,主要用来"纪行",并对"咏怀"起到引领和陪衬作用。

全诗以时间顺序为经,以心理活动为纬,叙行程,记见闻,书感怀。形容词选择、虚词运用、句式变化以及映衬、比喻、夸张、示现、借代、用典等重点修辞格的运用,成功地凸显了作者内心深沉而鲜明的思想感情,增强了形象性、说服力和感染力,言语风格庄重绚烂。

整首诗五百字,由三部分构成。第一部分从开头到"放歌破愁绝",出行前,自述潦倒而不改稷契之志的愁怀。一方面用"许身一何愚,窃比稷与契""穷年忧黎元,叹息肠内热""以兹误生理,独耻事干谒""终愧巢与由,未能易其节""非无江海志,潇洒送日月。生逢尧舜君,不忍便永诀"等直陈句、评议句和感叹句诉说心曲,另一方面用"当今廊庙具,构厦岂云缺? 葵藿倾太阳,物性固难夺。顾惟蝼蚁辈,但自求其穴。胡为慕大鲸,辄拟偃溟渤?""兀兀遂至今,忍为尘埃没"等设问、比喻展开形象说理,并借"同学翁""蝼蚁辈"加以映衬,彰显志趣和人格。该部分前面均用散句,最后以唯一的对偶句"沈饮聊自遣,放歌破愁绝"收尾,形式整齐,兼具突出的表情和篇章功能。

第二部分从"岁暮百草零"到"惆怅难再述",旅途中,就遭遇见闻表达对骄奢淫逸者的不满。"岁暮百草零,疾风高冈裂。天衢阴峥嵘"用夸张写景起兴,并以凋零、寒冷、险恶的环境衬托主人公(客子)凄凉、悲愁的心情。"霜严衣带断,指直不得结"用夸张直写冬夜酷寒下自己的遭际,与接下来十句用示现法描绘的华清池君臣沐浴欢宴的想象场景形成鲜明对照。紧接着,诗人就此展开议论,词语修辞上"彤庭""寒女"的对比,"鞭挞""聚敛"的直斥,句法修辞上"臣如忽至理,君岂弃此物?"的对偶、假设和反问,"多士盈朝廷,仁者宜战栗!"的对照和感叹,对贪腐暴敛者给予了有力的揭露和鞭挞。"况闻"起八句用示现和夸张极力摹况外戚家族听闻中的奢靡生活,引出"朱门酒肉臭,路有冻死骨。荣枯咫尺异,惆怅难再述!"的对照和感叹,态度鲜明。

第三部分从"北辕就泾渭"至结尾。写到家前后所历所感,由己及人,抒发对国运民生的忧虑。先用十句细描旅途的艰辛,与上文自己的遭遇、君臣的享乐相呼应,并构成映衬关系。接着写面对家人不幸的情感活动,推己及人,"抚迹犹酸辛,平人固骚屑"用倒装,"默思失业徒,因念远戍卒"用对偶,表达对广大平民沉重负担和艰辛生活的同情。"忧端齐终南,澒洞不可掇!"用夸张和比拟抒发感叹,将情感具象化、极致化。

杜甫的另一五古长篇《北征》,是唐乃至古代长篇叙事诗的杰出代表。它既吸取了《史记》纪传体的纪实写法,又继承了《诗经》赋、比、兴相结合的表现方式,运用丰富多样的修辞手法,组句谋篇,即事抒怀,形象说理,具有很强的艺术性和感染力,风格谨严典雅,融入含蓄讽喻的"春秋笔法",当得起"诗史"的美誉。

全诗写作手法以叙事为主,在叙事的基础上展开议论和抒情,与之配合,句式运用上,在陈述句中穿插疑问句(1 设问,2 反问)、感叹句(4 处),叙述句中穿插描写句(18 处)、评议句(12 处),散句中穿插整句(12 处用对偶),句式的错落分布,为整体平稳的基调增添了波澜。

全诗依据内容可分为五节,均以感叹、设问或反问收束,抒发情感,发表议论。首节为前 20 句,"皇帝二载秋,闰八月初吉"以散文句法标明皇帝纪年,书写临行前的复杂心情,"乾坤含疮痍,忧虞何时毕!"即事抒怀,承前启后。

再36句为次节,用比喻、起兴、夸张、象征、对偶等多种修辞格,以景衬情,实虚结合,写旅途中的经历和感受。"猛虎立我前,苍崖吼时裂"兼用夸张和象征,极写环境的险恶可怖。"菊垂今秋花,石戴古车辙""鸱鸟鸣黄桑,野鼠拱乱穴"兼用比喻和起兴写景,"或红如丹砂,或黑如点漆"连用比喻,"雨露之所濡,甘苦齐结实""缅思桃源内,益叹身世拙"用映衬。

再36句为第三节,用映衬、夸张、比喻、感叹等辞格,今昔对照,悲喜映衬,着力刻画到家后的场景和心情。"妻子衣百结"用夸张,"颜色白胜雪"用较喻,"恸哭松声回,悲泉共幽咽"用景衬情,"翻思在贼愁,甘受杂乱聒"用"在贼"之愁映衬今日之愁。

接下来的28句为第四节,以设问"至尊尚蒙尘,几日休练卒?"领起议论,"蒙尘""妖氛""阴风"等用借喻,"破敌过箭疾"用较喻,"伊洛指掌收,西京不足拔"用夸张和比喻,形象说理,"胡命其能久,皇纲未宜绝"用评议句收尾,发表对时局的看法。

最后20句为第五节,"奸臣竟菹醢,同恶随荡析"用对偶套比喻,"微尔人尽非,于今国犹活""凄凉大同殿,寂寞白兽闼""都人望翠华,佳气向金阙"连用对偶,"翠华"用借代指皇帝,"煌煌太宗业,树立甚宏达!"用感叹总篇,以古鉴今,申说"未宜绝"的理由,抒发复兴"太宗业"的渴望。

三、其他诗人:清淡古雅,异彩纷呈

除开李、杜两位大家,盛唐五古,还有不少名家,前人将他们分为两大类:一类是以孟浩然、王维、储光羲、常建等为代表,主要继承张九龄《感遇十二首》"托物言志"传统的清淡派;一类是以高适、岑参、李颀、王昌龄等为代表,主要继承陈子昂《感遇三十八首》传统的古雅派。所谓清淡、古雅,概括的是两种审美风格,修辞表现上前者看重词采清丽,寄情于物,后者讲究情思充沛,文辞典雅。言语风格上,前者总体偏于含蓄,后者总体偏于刚健,具体则还会有谨严/疏放(自然)、平淡(朴实)/绚烂等更进一步的分别和表现。两派诗人异彩纷呈的创作,承前启后,共同为五古修辞带来了新的开拓和发展。限于篇幅,以下仅选取部分代表诗人对这两派五古修辞的基本面貌做一概要勾勒。

（一）清淡派的修辞建树

代表清淡派修辞成就和风格的主要是其山水田园诗,总的特点是着意于表现山水田园之美,寄情于其中。主导言语风格均为平淡,此外则有偏于含蓄或明快、谨严或疏放之别。

孟浩然的五古,通常以写景为主,情随景生,以景衬情,寄情于景,修辞上主要使用消极修辞手法,平淡之外还带有含蓄、谨严的风格特征,有较为明显的律化倾向。如《秋登万山寄张五》:"相望始登高,心随雁飞灭""愁因薄暮起,兴是清秋发"都是用对行为和心理的描述替代直接抒情,"自怡悦"用典,"天边树若荠,江畔洲如月"连用比喻描写薄暮秋景,自然景象的高远、清丽,隐者、村人的怡悦、悠闲,暗寓着诗人的向往之情,自然引出对朋友的邀约。采用顺叙结构,首尾呼应,16 句诗平仄基本遵守近体诗的粘对,插用两个工整的句间对偶,"灭"和"歇"、"起"和"发"、"若"和"如"等动词的选择或对举,足见诗人在谋篇、设句、用词方面的修辞经营。再如《彭蠡湖中望庐山》:前十句写景,"瀑水喷成虹"用暗喻,后六句述情,仅最后两句即景抒情,可谓水到渠成。全诗押平声韵,交错使用三组工稳、优美的对偶句,选用"渺漫、黯黮、峥嵘"等联边联绵词和"生、凝、当"等动词。最能反映其修辞特色的当属下面这首名篇:

夏日南亭怀辛大

孟浩然

山光忽西落,池月渐东上。

散发乘夕凉,开轩卧闲敞。

荷风送香气,竹露滴清响。

欲取鸣琴弹,恨无知音赏。

感此怀故人,中宵劳梦想。

该诗采用整散配合的结构,前六句写景,均用较工整的对偶;后四句述情,用流水对和散句;忽、渐、送、滴等词语的选用,紧扣景物的特点,并借助拟人赋予独特的感受和韵味;整体形式上在保留古体质朴特点的同时,明显吸收了近体诗音律的长处。

　　王维的五古，与孟诗在题材和写法上颇为相近相通，言语风格倾向上则有细微差异，在注重平淡含蓄方面有过之，谨严方面则不及，有时更偏于疏放。如《清溪》，除中间四句用对偶描写景物，其余各句均用较为典型的散文句式叙事、述情，借助"喧"和"静"、"乱"和"深"、"泛"和"映"的选取和对举，以及"色静"的通感、"漾漾"和"澄澄"的摹状，声色相合，动静相生，逼真传神地写出了清溪的特色，颇能彰显诗人写景的超凡功力。"闲""淡"以及"垂钓"的化用典故，则隐约透露出诗人融情于景的信息，这种写景即写情的手法，相比之下更含蓄更自然。再如《春中田园作》前六句用对偶写景，后两句述情。《新晴野望》全诗写景，前六句写静景实景，后两句写动景虚景：均采用寓情于景、婉转达意的表达方式。

渭川田家

王维

斜光照墟落，穷巷牛羊归。

野老念牧童，倚杖候荆扉。

雉雊麦苗秀，蚕眠桑叶稀。

田夫荷锄至，相见语依依。

即此羡闲逸，怅然吟式微。

　　该诗整体用映衬，前八句写夕阳下牛羊、牧童、雉、蚕、田夫等皆有所归的闲适、恬静生活，后两句借用典点出自己内心的无所归，以人衬己，表达"羡闲逸"的思归心志。五、六句用对偶，"归""念""依依"是景中蕴情的关键词。

　　储光羲是王、孟之外清淡派的另一著名山水田园诗人，言语风格平淡特征更凸显，同时偏于明快，师承陶渊明《归园田居》，平淡中有韵味，浅显中有深意。如其《牧童词》以欣赏的态度表现牧童生活的辛苦和情趣，词语、句式基本源于口头和通用语体，开头和中间错落分布了四组对偶句，且基本归属古体诗的宽对，"不""我""牛"分别在其中三联的上下句中出现字面重复，加上六个散行句，整体结构上整散结合，张弛有度。《田家杂兴》杂写诗人沉浸其中的田园生活及其情趣，有类似的修辞特色。如第六首，除最后两句外，前面十句均为对偶形式；第七首，除三、四句和最后两句外也都用对偶，也基本上都是宽对。其中，前诗的

七、八句,后诗的前二句,分别描写景物和环境,用典兼象征,借古讽今,以景衬情,对现实社会有影射,赋予诗歌字面之外的深意。

田家杂兴八首(其二)

储光羲

众人耻贫贱,相与尚膏腴。

我情既浩荡,所乐在畎渔。

山泽时晦暝,归家暂闲居。

满园植葵藿,绕屋树桑榆。

禽雀知我闲,翔集依我庐。

所愿在优游,州县莫相呼。

日与南山老,兀然倾一壶。

该诗用众人"耻""尚"与我的"所乐""所愿"对照表明志趣,"闲居"和对偶句"满园植葵藿,绕屋树桑榆"对日常生活的直写从侧面印证,"禽雀知我闲,翔集依我庐"的拟人和"兀然"的用典加以映衬,表意明快,"山泽时晦暝"写环境,有象征意味。虽只用了一组对偶,由于诗句经过了加工提炼,总体仍较为整齐凝练。

(二)古雅派的修辞创新

古雅派的代表是一批以边塞诗著称的诗人,顺应独特题材、主题、内容等的表达需要,这一派在修辞运用上也有鲜明特色和重要贡献:言语风格具有刚健的共性,加之或平淡或绚烂或明快的个性差异。此处选取三位诗人各一首诗为例,对其修辞运用的特点做概要分析。

自淇涉黄河途中作(其六)

高适

秋日登滑台,台高秋已暮。

独行既未惬,怀土怅无趣。

晋宋何萧条,羌胡散驰骛。

当时无战略，此地即边戍。

兵革徒自勤，山河孰云固！

乘闲喜临眺，感物伤游寓。

惆怅落日前，飘飖远帆处。

北风吹万里，南雁不知数。

归意方浩然，云沙更回互。

高适的《自淇涉黄河途中作》共十三首，主要用白描表现宏阔的意境，表现在修辞上，以消极修辞手法的运用为主，侧重写实和勾勒，总体呈现刚健而平淡的风格特点。本首诗采用回环式或包围式结构，从写景再回到写景，中间主体部分述情或抒情，字面上通过"归意"和"怀土"的配置加强首尾呼应。前两句用句间顶真写登台，不避重复，连用"秋"交代背景，营造氛围。接着连用六组较为宽松的对偶形式，述说思归、吊古、伤己等心理活动，对历史的追忆、评判与诗人现实的处境、心情构成映衬。后四句照应开头的即景思归，兼用对偶、夸张，并对前文起到映衬作用。以古衬今，以景衬情，有力地彰显、烘托了诗人关切当朝边防、期望报效国家、建功立业的雄心大志。"未惬""无趣""惆怅""浩然"等诸多表情词语和感叹句"兵革徒自勤，山河孰云固！"的运用加强了抒情性，"萧条""惆怅""飘飖""回互"等双声叠韵词语和整句的多用则强化了韵律美。

与高适薛据同登慈恩寺浮图
岑参

塔势如涌出，孤高耸天宫。

登临出世界，磴道盘虚空。

突兀压神州，峥嵘如鬼工。

四角碍白日，七层摩苍穹。

下窥指高鸟，俯听闻惊风。

连山若波涛，奔凑似朝东。

青槐夹驰道，宫馆何玲珑。

秋色从西来，苍然满关中。

五陵北原上，万古青濛濛。

净理了可悟，胜因夙所宗。

誓将挂冠去，觉道资无穷。

　　这首诗颇能体现岑参诗歌一贯的修辞特色：在重视消极修辞的基础上还大量运用修辞格，极写慈恩寺宝塔的高耸雄伟及其四周景象的壮丽苍茫，寄托忧思和感悟，气势充沛，文采斐然，言语风格刚健而绚烂。

　　首两句"塔势如涌出，孤高耸天宫"用比拟、夸张，先声夺人，突出表现从地面仰望宝塔的印象：如同从平地直上青云，势不可挡，高不可及。

　　次四句"登临出世界，磴道盘虚空。突兀压神州，峥嵘如鬼工"用夸张、比喻，从登临感受角度描摹宝塔的高和美，"出""盘""压""突兀""峥嵘"等词语多方揭示其表现。

　　再四句"四角碍白日，七层摩苍穹。下窥指高鸟，俯听闻惊风"连用对偶、夸张和衬托，从塔顶视角凸显宝塔蔽日摩天的高，本属高空之物的鸟和风，现在却要"下窥""俯听"，足以衬出塔之高。

　　后八句，用排比和比喻描写四面的景色："连山若波涛，奔凑似朝东"把东面的群山比作奔涌的波涛；用"夹"和"玲珑"刻画南面宫苑景物的特点；用"苍然"和夸张描摹西面的"秋色"；用"青濛濛"和夸张呈现北边的陵园。

　　末四句，用对偶和感叹、议论和抒情，在前面写景的基础上自然生发出挂冠事佛的心愿。

古塞下曲

李颀

行人朝走马，直指蓟城傍。

蓟城通漠北，万里别吾乡。

海上千烽火，沙中百战场。

军书发上郡，春色度河阳。

袅袅汉宫柳，青青胡地桑。

琵琶出塞曲，横笛断君肠。

　　李颀以七古名世。这首五古题名"古塞下曲"，因为是仿古乐府"塞下曲"而作,写法上也推陈出新,很能反映李颀诗歌的主导性修辞特点:多用正面表达类修辞手法和夸张、映衬等强调类辞格,情感态度鲜明,语意显豁突出,言语风格刚健明快。

前四句,着力表现行人远离故土,奔赴边塞的英姿豪气:"走""直指"描写行程紧急,中间用顶真法连接,"万里别吾乡"用夸张。

中四句,用两组对偶,描写边地景象和军情催人,"千""百"对举用借代,以实代虚,突出战地的壮阔和战事的频繁。

末四句,以景衬情,表现行人辞家出征的悲壮和感伤。"袅袅汉宫柳,青青胡地桑"写形态和色彩,用对偶套摹状,刻画自然景物的美好,"琵琶出塞曲,横笛断君肠"写声音,柔婉的形态、温情的春景、凄凉的乐曲,分别从反面、侧面和正面映衬人物的心境。

第四节　盛唐歌行修辞的演变和成就

关于歌行的产生和发展,葛晓音《初盛唐七言歌行的发展——兼论歌行的形成及其与七古的分野》一文曾有过精辟的论述,现摘其要者,转录于下。

"歌行一体,创自汉代,而兴于初盛唐。与绝句一样,这种诗体以其与乐府的亲缘关系、便于自由抒写以及口语化的特点,在盛唐臻于完美,从而成为盛唐诗歌达到高潮的一个重要标志。"

"齐梁时七言乐府题虽少,已经将五言'行'诗的顶针、排比和七言兴起时新创的双拟、连绵、叠字连用,及'君不见'的发端等句法结合起来,形成七言乐府追求声调流畅所使用的最基本的字法句式。""在运用虚字连接句意及篇法结构方面,也形成了一些重要特点。""在篇法结构方面,七言乐府的主要特点是加强语意的反复,造成章法的复沓。"

"陈隋至初唐歌行在字法句式方面,将七言乐府重叠复沓的特征发挥到极致,从而使这一时期的歌行与乐府一样,以其声调的流畅圆转之美形成了独特的艺术风貌。而其篇法结构则在继承乐府的顺叙方式及对称章法的基础上,将平面的罗列变成经纬交织、点面结合、主线分明的结构,并发展了以偶句铺陈场景、物态的赋体特点。二者结合,自然形成铺张扬厉、整密流丽的宏大体制。"

"盛唐歌行的散句化表明七言已在散句的连接中找到了自己的节奏感。由于散句完全随情感的气势的变化与天然音节合拍,必然靠句意承接而非靠附加的字法连接,因而促使歌行篇法的复沓也不再靠句式的重复,而全凭层意的复沓,这就自然导致盛唐歌行从初唐之尚声情转向尚气势的变化,形成骨力矫健、情致委折、繁简适度的艺术风貌。"[1]

"盛唐歌行至李杜而后'极其致'。""李白之变是在综合齐梁初唐歌行形制特点的基础上,运用其天才任意挥洒,而造成的'变化莫测'之变。杜甫的变,则是在发展盛唐歌行散句化倾向的基础上,取法于汉魏五言行诗,从篇法到句式彻底改变初唐歌行体调特征而'独构新格'之变。"

葛先生关于七言歌行体制特征演变的梳理,覆盖了字法句式、篇法结构、艺术风貌等诸方面,可以大致看出七言歌行在修辞风格以及语音修辞、词语修辞、句法修辞、篇章修辞、修辞格等的选用上的历时演变脉络。

一、李颀、王维、高适、岑参等七言歌行修辞的特色

我们不妨结合代表诗人诗作来进一步一探盛唐时期七言歌行修辞演变和成就的究竟。

> 南山截竹为觱篥,此乐本自龟兹出。流传汉地曲转奇,凉州胡人为我吹。傍邻闻者多叹息,远客思乡皆泪垂。世人解听不解赏,长飙风中自来往。枯桑老柏寒飕飗,九雏鸣凤乱啾啾。龙吟虎啸一时发,万籁百泉相与秋。忽然更作渔阳掺,黄云萧条白日暗。变调如闻杨柳春,上林繁花照眼新。岁夜高堂列明烛,美酒一杯声一曲。
>
> (李颀《听安万善吹觱篥歌》)

---

① 葛晓音:《初盛唐七言歌行的发展——兼论歌行的形成及其与七古的分野》,《文学遗产》1997年第5期,第47-61页。

李颀描写音乐的诗共有三首,分别写琴(《琴歌》),写胡笳(《听董大弹胡笳弄兼寄语房给事》),这一首写的是觱篥。其突出的修辞特点是用消极修辞概述,用比喻等辞格细描,因应表意的需要频繁换韵。前二句用仄声韵(入声),介绍乐器的材料、出处,接着四句奇句和偶句分别押平声韵,直接叙述乐曲的流传和吹奏,再借夸张写听者的反应,从侧面表现吹奏的效果,南山、龟兹、汉地、凉州等数个地名的引入,彰显了觱篥的传奇色彩。接下来的两句语意突转,韵也转为仄声,评说世人不懂欣赏,用比喻形象地说明理由,"自"强调曲高和寡。再四句转入流利的十一尤韵,连用比喻、通感、拟声、夸张等辞格描摹觱篥吹奏的声音。接下来分别用《渔阳掺》鼓来比喻声音的变低沉,用仄声韵相配,以《杨柳枝》曲来比喻声音的响亮,以平声韵相合。最后两句又换仄声韵,与开头呼应,以景传情,"美酒一杯声一曲",用迭映和映衬辞格,暗点诗人的心境。全诗总共不过十八句,却变换了七个不同的韵脚,韵类随情意表达而更替,以声衬情,声情并茂。

> 长安少年游侠客,夜上戍楼看太白。陇头明月迥临关,陇上行人夜
> 吹笛。关西老将不胜愁,驻马听之双泪流。身经大小百余战,麾下偏裨
> 万户侯。苏武才为典属国,节旄落尽海西头。
>
> (王维《陇头吟》)

王维的这首乐府旧题七言歌行边塞诗,最大的修辞特色是映衬辞格的成功多用。篇章修辞上选用平列式结构,四个人、四件事分别构成四幅不同的生活图景。前三幅为眼前实景,最后两句兼用用典和示现辞格写苏武出使,则是历史虚景。看似平列的内容,实际上构成了多组映衬关系:"陇上行人夜吹笛"显然是因为愁思难耐,与少年的不知愁、老将的"不胜愁",分别构成反衬和正衬;长安少年看太白星和关西老将驻马流泪相映衬,暗示彼此在同样年龄段很可能会是相似的经历;老将遭遇和苏武命运相映衬,看上去是对老将的宽慰,又何尝不可以认为是一种证明,证明老将的遭遇绝非个例,而是带有普遍性。既有实和实的映衬,也有实和虚的映衬,实中暗含虚,虚中印证实,将人物类型化,将场景典型化,因此在简短的篇幅里包含了丰富的意蕴,拓展了、深化了主题。清人方东树评论道:"起势翻然,关西句转收,浑脱沉转,有远势,有厚气,此短篇之极则。"

(《昭昧詹言》)

　　少年十五二十时,步行夺得胡马骑。射杀山中白额虎,肯数邺下黄
须儿。一身转战三千里,一剑曾当百万师。汉兵奋迅如霹雳,虏骑崩腾
畏蒺藜。卫青不败由天幸,李广无功缘数奇。自从弃置便衰朽,世事蹉
跎成白首。昔时飞箭无全目,今日垂杨生左肘。路傍时卖故侯瓜,门前
学种先生柳。苍茫古木连穷巷,寥落寒山对虚牖。誓令疏勒出飞泉,不
似颍川空使酒。贺兰山下阵如云,羽檄交驰日夕闻。节使三河募年少,
诏书五道出将军。试拂铁衣如雪色,聊持宝剑动星文。愿得燕弓射天
将,耻令越甲鸣吾君。莫嫌旧日云中守,犹堪一战取功勋。

(王维《老将行》)

　　这首诗同样写一位老将的经历,却有很不一样的修辞运作。沈德潜《唐诗
别裁》认为"此种诗纯以对仗胜",只是揭出了它最大的修辞特点,但并非全部。
除此之外,大量用典,使用比喻、映衬、夸张、双关等修辞格以及双声、叠韵、虚词
等消极修辞手法,也是其修辞特色的重要组成部分。

　　全诗分三部分,每十句为一个部分,均以散句领起,分别交代所写三个时间
段的状况:少壮时的勇武、被弃置后的蹉跎、眼前的战事告急。接下来,则连用对
偶工整灵巧的整句展开,作进一步的描述。最后用散句替老将请命。主要靠对
句组织内容,用散句来起、转、结。

　　第一部分,先用李广、曹彰的典故突出老将的智勇双全。接下去,"一身转
战三千里,一剑曾当百万师"用夸张辞格写老将的劳苦功高;"汉兵奋迅如霹雳,
虏骑崩腾畏蒺藜"用比喻和映衬,形象再现其用兵神速,克敌有方。最后,诗人
又化用卫青和李广的典故,将二人的命运加以对比,并用双关含蓄地传达对于良
将难得,却无寸功之赏的不平和感慨。

　　第二部分,先用"自从……便……"突出被遗弃对老将的巨大影响:衰朽、蹉
跎、白首,接着连续化用了五个典故,表现其手肘不便却不能不自谋生计,身居陋
巷且家境贫寒,仍然渴望建功立业、不肯消沉颓废的坚定意志。其中,"苍茫古
木连穷巷,寥落寒山对虚牖"用自然环境的苍茫寥落映衬世情人事的寒凉。

　　第三部分,先用示现、比喻和夸张,渲染军情的严峻紧迫,再用借代,"三河"

"五道"突出多,反衬士兵和将军的紧缺急用。在此背景下,"试拂""聊持"两个动作见出老将跃跃欲试的心理,"铁衣如雪色""宝剑动星文"暗示老将雄风犹在。"燕弓""越甲"用作借代,"愿……"句和"耻……"句相映衬,形象化地表明了老将的夙愿。结尾变为散句,"莫嫌""犹堪"相对,借用魏尚的故事,为老将向朝廷告白。

> 汉家烟尘在东北,汉将辞家破残贼。男儿本自重横行,天子非常赐颜色。摐金伐鼓下榆关,旌旆逶迤碣石间。校尉羽书飞瀚海,单于猎火照狼山。山川萧条极边土,胡骑凭陵杂风雨。战士军前半死生,美人帐下犹歌舞!大漠穷秋塞草腓,孤城落日斗兵稀。身当恩遇恒轻敌,力尽关山未解围。铁衣远戍辛勤久,玉箸应啼别离后。少妇城南欲断肠,征人蓟北空回首。边庭飘飖那可度,绝域苍茫更何有!杀气三时作阵云,寒声一夜传刁斗。相看白刃血纷纷,死节从来岂顾勋?君不见沙场征战苦,至今犹忆李将军!

(高适《燕歌行》)

《燕歌行》是高适的"第一大篇"(近人赵熙评语),也是唐代边塞诗的名篇,其修辞特色突出表现在对偶、映衬等辞格的成功运用。全诗共28句,除开头的一、二句和五、六句、结尾的4句外,皆为偶句,一句一意,且大多有映衬关系。

前八句为第一部分,起首"汉"字邻句迭映,概说缘起。"摐金伐鼓""旌旆逶迤"等谓词短语的配合用以凸显出师沿途的张扬,与前两句的"本自重横行""非常赐颜色"构成正衬,与下文互为映衬的我方情势危急与敌主将来势汹汹以及最重的战事失利构成反衬,暗示带兵将领的骄纵轻敌。

接下来四联为第二部分,用我方无险可守与敌方骑师剽悍、士兵拼死作战与将领寻欢作乐构成对衬,边地景象的凄惨反衬士兵心境的悲凉,"战士军前半死生,美人帐下犹歌舞!"以感叹出之,形成鲜明有力的对照,最后用直笔,点破将领的轻敌导致兵败。

第三部分仍为四副对联,前三联上下联分别将征夫和思妇的处境并列形成对衬,"边庭飘飖那可度,绝域苍茫更何有!"用感叹强化,相映相生,最后写征人白天所见和夜晚所闻,突出其身处绝境。

最后四句是对全篇的总结,直接抒发对士兵浴血奋战、不为功名精神的高度赞叹,对爱护士卒的李将军的深情追念和呼唤,一反问,一感叹,有力地增强了表达的说服力和感染力。

全诗整中有散,大量使用对偶和映衬,穿插感叹和反问,使表意凝练集中,抒情深沉有力,结尾对李将军的忆念,以古衬今,进一步将主题升华。

除对偶外,全诗平仄声韵交错,句间平仄声相对,堪为唐人七言歌行用律句的典型。因而在表情达意之外,也颇具声韵协调之美,所谓"金戈铁马之声,有玉磐鸣球之节"(《唐风定》卷九邢昉评语)。

> 北风卷地白草折,胡天八月即飞雪。忽如一夜春风来,千树万树梨花开。散入珠帘湿罗幕,狐裘不暖锦衾薄。将军角弓不得控,都护铁衣冷难着。瀚海阑干百丈冰,愁云惨淡万里凝。中军置酒饮归客,胡琴琵琶与羌笛。纷纷暮雪下辕门,风掣红旗冻不翻。轮台东门送君去,去时雪满天山路。山回路转不见君,雪上空留马行处。

> (岑参《白雪歌送武判官归京》)

岑参此诗写胡天八月飞雪送人的奇景,言语风格刚健绚烂,修辞特色颇为鲜明。

从语义修辞看,多用映衬,辅以夸张、比喻、婉转、列锦等,以景衬景,以景衬情。为了凸显雪大,一起笔先写北风的强劲,从正面衬托。接着用了一个著名的比喻,用春天竞相盛放的梨花来比况雪花的突如其至,可谓奇妙而传神。"即""忽"更突出其来势迅疾,"千树万树"则用夸张强调其影响面广。为了凸显雪的极其寒冷,又用了四种事物的一反常态来反衬,其中"将军角弓不得控,都护铁衣冷难着"是互文见义。接着又用夸张,直接描绘雪的影响之深,乃至天地皆为之凝固变色。"胡琴琵琶与羌笛"用列锦,以乐器多概写别筵之盛情。最后写到送别,仍以"纷纷""冻不翻""雪满"从正面、侧面描绘雪的动态和影响,红旗的红色反衬四处的一片雪白。所有这一切对雪的奇丽奇寒的歌咏,最终又都成为对送别之情的映衬,这种悠悠送别之情也是通过描写目送所见而婉转间接表达的:是不舍,是关心,抑或兼而有之?

从语音修辞看,该诗较多用到双声、叠韵以及叠音、选映形式,如"将军""都护"双声对叠韵,"阑干""惨淡"叠韵相对,"瀚海""纷纷""千树万树"分别为双声、叠音、迭映。其次,选韵换韵与绘景写意相配合,总体选用开口度较大的韵脚字。或二句一韵,或四句一韵,平仄错落有致。开篇写风雪猛烈,用陡促的入声韵;接着用轻柔舒缓的上平声韵,表现"春风来""梨花开",接下来韵脚字依次为:入声、下平、入声、上平、去声。

> 君不见走马川行雪海边,平沙莽莽黄入天。轮台九月风夜吼,一川碎石大如斗,随风满地石乱走。匈奴草黄马正肥,金山西见烟尘飞,汉家大将西出师。将军金甲夜不脱,半夜军行戈相拨,风头如刀面如割。马毛带雪汗气蒸,五花连钱旋作冰,幕中草檄砚水凝。虏骑闻之应胆慑,料知短兵不敢接,车师西门伫献捷。

> (岑参《走马川行奉送出师西征》)

同为送行诗和边塞诗,前一首《白雪歌送武判官归京》侧重从多角度表现边地的雪,写的是实景;这首诗侧重写风沙和行军,写的却是虚景、想象之景,内容不同,言语风格则大体一致,均以刚健绚烂为主,映衬也是其中为主使用的辞格。

因为所写是将要途经的地方和将要发生的事情,因而都用的是示现来描绘和表现。写沙,选取了"平""莽莽""黄"三个形容词和"入天"(夸张)来直接展示其特点;写风,则既用到了比拟(夜吼)、比喻(风头如刀)作正面描写,也用到了比喻兼夸张(一川碎石大如斗,随风满地石乱走)、比喻(面如割)从侧面描写,还用了间接描写(五花连钱旋作冰,幕中草檄砚水凝)突出风冷。而如此用力地写风沙,则是为了渲染环境的艰苦恶劣,反衬边防将士的坚定意志和严明军纪。

用韵方面,逐句押韵,三句一转,平仄声韵交替出现,以响声韵为主,由此促成了这首节奏紧张急迫、语调铿锵昂扬、气势充沛豪迈的壮行名篇。

二、李白七言歌行修辞的成就和贡献

李白的七言歌行,节奏流畅,气势奔放,在某种程度上已达到集前人七言歌行修辞之大成而凭借激情和才气自由操控的境界。"无论是初唐重叠反复的修辞手法,还是盛唐兴起的散句、抑或骚体、古文句式,到他手里都能毫不费力地把握住文字内在的韵律和节奏感。"①在消极修辞上,最大的特点是丰富多变;在辞格运用上,比喻、用典、夸张、反复、顶真、对偶、排比等也是信手拈来。诸如《梦游天姥吟留别》《将进酒》《宣州谢朓楼饯别校书叔云》等,都是其七言歌行的名篇。

噫吁嚱,危乎高哉! 蜀道之难难于上青天! 蚕丛及鱼凫,开国何茫然! 尔来四万八千岁,不与秦塞通人烟。西当太白有鸟道,可以横绝峨眉巅。地崩山摧壮士死,然后天梯石栈相钩连。上有六龙回日之高标,下有冲波逆折之回川。黄鹤之飞尚不得过,猿猱欲度愁攀援。青泥何盘盘,百步九折萦岩峦。扪参历井仰胁息,以手抚膺坐长叹。问君西游何时还? 畏途巉岩不可攀。但见悲鸟号古木,雄飞雌从绕林间。又闻子规啼夜月,愁空山。蜀道之难难于上青天,使人听此凋朱颜! 连峰去天不盈尺,枯松倒挂倚绝壁。飞湍瀑流争喧豗,砯崖转石万壑雷。其险也如此,嗟尔远道之人胡为乎来哉! 剑阁峥嵘而崔嵬,一夫当关,万夫莫开。所守或匪亲,化为狼与豺,朝避猛虎,夕避长蛇,磨牙吮血,杀人如麻。锦城虽云乐,不如早还家。蜀道之难,难于上青天,侧身西望长咨嗟!

(李白《蜀道难》)

李白的《蜀道难》袭用了乐府古题,但比以往简短单薄的形制,有明显的创新和发展。篇幅大为扩充,采取以时空为序列展开描述、反复咏叹以强化主题的谋篇方法;句式长短参差,七言为主,穿插三言、四言、五言、八言、九言等;句类选择以陈述句为主,借感叹句、疑问句来实现起承转合;押韵,也突破了一韵到底的旧程式,在最后一部分,多次换韵。殷璠《河岳英灵集》即认为该诗"奇之又奇,自骚人以还,鲜有此体调"。

除以上消极修辞方面的特点外,该诗在积极修辞方面的突出特色是将示现、夸张、用典、映衬、反复、比拟(拟人)、比喻、对偶等辞格融为一体,来表现诗人独

---

① 葛晓音:《初盛唐七言歌行的发展——兼论歌行的形成及其与七古的分野》,《文学遗产》1997年第5期,第58页。

特而丰富的想象,抒发其强烈的主观感受和激情。主导言语风格为刚健、疏放（自然）和绚烂。

开篇即连用叹词和感叹句,直接抒发感受,顶真加夸张,奠定全诗豪放的感情基调。接着,用夸张、示现和用典融汇的笔法,描绘了神话传说中开山辟路的景象。进而极写山高,连续借用对其他事物的夸张描写来多方映衬山势之高峻,拟人、重叠、示现、设问、对偶等也自然地融入其中。最后写山川之危险,用夸张写山高、用映衬写山险,再用拟人写飞湍瀑流、砯崖转石、万壑雷鸣的险,又连续借助用典,融合比喻、对偶等突出描写剑阁的极度危险。夸张和反复手法几乎贯注全诗的写景和抒情,这也使得诗歌带有鲜明的主观色彩,抒情主人公的独特形象也得以塑形和传神。

> 长啸梁甫吟,何时见阳春?君不见朝歌屠叟辞棘津,八十西来钓渭滨!宁羞白发照清水?逢时壮气思经纶。广张三千六百钓,风期暗与文王亲。大贤虎变愚不测,当年颇似寻常人。君不见高阳酒徒起草中,长揖山东隆准公!入门不拜骋雄辩,两女辍洗来趋风。东下齐城七十二,指挥楚汉如旋蓬。狂客落魄尚如此,何况壮士当群雄!我欲攀龙见明主,雷公砰訇震天鼓。帝傍投壶多玉女,三时大笑开电光。倏烁晦冥起风雨,阊阖九门不可通。以额扣关阍者怒,白日不照吾精诚,杞国无事忧天倾。猰貐磨牙竞人肉,驺虞不折生草茎。手接飞猱搏雕虎,侧足焦原未言苦。智者可卷愚者豪,世人见我轻鸿毛。力排南山三壮士,齐相杀之费二桃。吴楚弄兵无剧孟,亚夫咍尔为徒劳。梁甫吟,梁甫吟,声正悲。张公两龙剑,神物合有时。风云感会起屠钓,大人嵼岏当安之。

(李白《梁甫吟》)

《梁甫吟》是李白又一首七言歌行代表作,刚健而自然。该诗借用了民间葬歌的曲调,主要借助用典和示现,辅以夸张、映衬、比喻等辞格,以及句式和用韵的重复变化,抒写诗人受挫后的痛苦和对理想的向往,感情强烈,笔力雄健。

起首部分,先用设问起篇,发人深省。紧接着连用呼告,借两个"君不见"开头的感叹句分别引领对两个历史故事的描述,前者采取一个反问句加数个陈述句的形式,后者采取数个陈述句加一个感叹句的形式,各自用不同的平声韵,使描写、叙述、议论和抒情穿插交融,加之示现、夸张、比喻的运用,带有很强的感染力。

第二部分,用示现、摹状描绘"我"化身屈原前往上天以额叩关的不平遭遇。

第三部分,先用"白日"双关,暗指上皇不能体察"我"心,接着连续化用猰貐、豺虎、勇士、剧孟等多个典故,穿插映衬("智者可卷愚者豪")、比喻(世人见我轻鸿毛),揭露现实世界的不合理现象:权奸当道,仁政未行;庸碌者得志,有才能者反受猜疑。虽然都为七言句,但三次换韵,先仄后平,有效地配合了情感节奏上的跌宕起伏,从中也表现了"我"内心深深的痛苦和忧虑。

最后一部分,换用两个三言、两个五言和两个七言,再次重复"梁甫吟"与标题和开头呼应,并在内容上回答了开头的提问。篇章形式的完整,也蕴藏了情感的巨大张力,虽有自我宽解,但更多的是"声正悲"和"白日不照"的沉痛现实。

　　　君不见黄河之水天上来,奔流到海不复回。君不见高堂明镜悲白发,朝如青丝暮成雪。人生得意须尽欢,莫使金樽空对月。天生我材必有用,千金散尽还复来。烹羊宰牛且为乐,会须一饮三百杯。岑夫子,丹丘生,将进酒,杯莫停。与君歌一曲,请君为我倾耳听。钟鼓馔玉不足贵,但愿长醉不复醒。古来圣贤皆寂寞,惟有饮者留其名。陈王昔时宴平乐,斗酒十千恣欢谑。主人何为言少钱,径须沽取对君酌。五花马,千金裘,呼儿将出换美酒,与尔同销万古愁。

(李白《将进酒》)

《将进酒》也是李白七言歌行的代表作,刚健自然。通篇以诉说方式直抒胸臆,感情充沛,气势豪壮,与之相应,其句式修辞和辞格运用也相当成功,韵脚的变用也与内容的变化相应相合。

首先,句式修辞有鲜明特色,将描写句、议论句、祈使句、感叹句、反问句等各类功能句有机地组织在一起,充实强化了劝酒消愁的主题;以七言句为主,根据情感内容变化而更替使用三、五、十言句,造成形式的错综;整体以散句为主,语势自然流畅,同时交错少量整句,带来节奏变化和情感起伏,主要是对偶句("岑夫子,丹丘生","五花马,千金裘")和准对偶句(君不见……,君不见……)。

"须、莫、必、还、且、会须、但愿、皆、惟"等副词和能愿动词(助动词)的选用,增强了所在句子的语气,使情感态度更为鲜明。

其次,辞格选用方面,主要用了夸张、起兴、比喻、映衬(对照)、对偶等,且将它们融通起来,有力地强化了诗歌的主观色彩。诗篇发端两个"君不见"引导的准对偶句,分别对空间(视觉)和时间(变化速度)进行极力的夸张,凸显黄河之奔腾不息和岁月之倏然老去。同时,前一句"黄河之水天上来,奔流到海不复回"是起兴,也用作比喻和映衬,用河流的一去不返比人生的短暂易逝,用自然的伟大反衬个人的渺小。这种开篇,气势宏阔,带有李白的个性色彩和创意,有时用的是对偶句,如"弃我去者,昨日之日不可留;乱我心者,今日之日多烦忧"(《宣城谢朓楼饯别校书叔云》),沈德潜认为"此种格调,太白从心化出"。后面的"一饮三百杯""斗酒十千""五花马""千金裘""万古愁"等都是夸张,且几乎都为数量夸张,颇能见出诗人的纵情和豪放。"人生得意须尽欢,莫使金樽空对月""天生我材必有用,千金散尽还复来""钟鼓馔玉不足贵,但愿长醉不复醒""古来圣贤皆寂寞,惟有饮者留其名"每组诗句之间分别都构成映衬关系。

> 金樽清酒斗十千,玉盘珍羞直万钱。停杯投箸不能食,拔剑四顾心茫然。欲渡黄河冰塞川,将登太行雪满山。闲来垂钓碧溪上,忽复乘舟梦日边。行路难,行路难,多歧路,今安在?长风破浪会有时,直挂云帆济沧海。
>
> (李白《行路难三首》其一)

这首《行路难》(其一)篇幅不长,却用到了夸张、映衬、象征、用典、比喻等多个修辞格,词语修辞和句式修辞等方面也颇为讲究,因而有力地彰显了诗人情感的跌宕起伏。

开头用对偶句,夸张地描绘酒宴的豪华奢侈,紧接着"停、投、拔、顾"四个动词的连用,形象地表现了诗人内心的痛苦和茫然。酒宴的豪奢有反衬诗人心境的作用。紧承而至的对偶句,借用象征表现诗人面临的人生难题,"欲""将"两个助动词的搭配,"塞"和"满"两个同义动词的呼应,强化了现实的困难;下两句则化用典故,表达对前人经历和成就的向往。"行路难,行路难,多歧路,今安在?"换用三言句,用反复和设问,直接抒发感叹和疑惑。最后用比喻,表达坚定的信心与美好的希望:"乘风破浪会有时,直挂云帆济沧海。"

　　　　大道如青天,我独不得出。羞逐长安社中儿,赤鸡白雉赌梨栗。弹
　　剑作歌奏苦声,曳裾王门不称情。淮阴市井笑韩信,汉朝公卿忌贾生。
　　君不见昔时燕家重郭隗,拥篲折节无嫌猜。剧辛乐毅感恩分,输肝剖胆
　　效英才。昭王白骨萦蔓草,谁人更扫黄金台? 行路难,归去来!

　　　　　　　　　　　　　　　　　　　　　　　　(李白《行路难三首》其二)

　　与前一首相比,这首《行路难》(其二)修辞特色有明显不同。它主要通过篇章修辞方法和映衬、用典、比喻等辞格的运用,凝聚内容,强化情感的抒发。篇章修辞上,首尾用五言、三言句在语义表达及其形式上形成呼应,直抒胸臆,中间部分用正反映衬、古今映衬承转和展开,结构鲜明、内容凸显,有很强的抒情性。

　　开头,"大道如青天"把大道比作青天,是比喻兼夸张,"我独不得出",在前一句的反衬下,突出"我"的失意和失望。结尾,"行路难,归去来!"用感叹句呼应开头,情感上则更进一层。

　　主体部分,采取正反映衬的结构方式。先诉说自己的志趣和遭遇,再连用冯谖、韩信、贾谊的典故,从正面加以映衬,使内容得以丰富和强化。接着用"君不见"引领,用燕昭王君臣的典故,从反面映衬前一部分的内容,并以"昭王白骨萦蔓草,谁人更扫黄金台?"反问收束,表达自己的感慨和希望。

　　用韵上,该诗也与情意表达相配合,前四句用入声四质韵,中四句用下平八庚韵,最后八句换成上平十灰韵。

三、杜甫七言歌行修辞的成就和贡献

　　杜甫歌行作品多,质量高,或长篇或短制,题材和主题大幅拓展,语言表现多方探索,修辞讲究整体性,往往将不同修辞方法有机配合使用,言语风格或含蓄或明快,或绚烂或平淡,或谨严或自然,不一而足。其歌行"从反面为初盛唐歌行的传统特征作了全面的总结,也为初盛唐歌行的发展画了句号"。"节奏变悠扬畅达为抑扬顿挫,气势变豪宕流逸为沉郁雄深,体势的控制由情感的抒发转为思绪的牵引。其字法句式向俗易与艰深两极的探索,以及篇法叙事化、议论化的倾向,则首启中唐歌行'门户竞开'之端倪。"(胡应麟《诗薮》卷三)

三月三日天气新,长安水边多丽人。态浓意远淑且真,肌理细腻骨肉匀。绣罗衣裳照暮春,蹙金孔雀银麒麟。头上何所有?翠微盍叶垂鬓唇。背后何所见?珠压腰衱稳称身。就中云幕椒房亲,赐名大国虢与秦。紫驼之峰出翠釜,水精之盘行素鳞。犀箸厌饫久未下,鸾刀缕切空纷纶。黄门飞鞚不动尘,御厨络绎送八珍。箫鼓哀吟感鬼神,宾从杂遝实要津。后来鞍马何逡巡,当轩下马入锦茵。杨花雪落覆白苹,青鸟飞去衔红巾。炙手可热势绝伦,慎莫近前丞相嗔!

(杜甫《丽人行》)

杜甫的这首《丽人行》言语风格含蓄、谨严,寓情于景,在近乎客观的概要叙述和精细描写中暗含主观评价。主要借助消极修辞手法的综合运用来写实传神。语音修辞上,全诗采用上平十一真韵,一韵到底,也用到"纷纶""逡巡"等叠韵形式。词汇修辞上,通过诸多形容词、修饰语、名词语等的精心选择和配合使用,精准而细腻地呈现了从丽人的妆容服饰到饮食排场的极尽奢华靡费,在细节和场面的描写中曲折地传达诗人的情感态度。句法修辞上,除两个设问句用五言,其余均为七言句,形式规整而参以变化;散句为主,仅穿插三处句间对偶和少量句内对偶(如态浓意远、肌理细腻骨肉匀),对仗也基本为宽对,且不避重字,节奏凝练而又自然。

辞格使用上,除对偶外,"三月三日天气新"起兴兼映衬,引出并烘托下文对丽人的描写。最后四句"杨花雪落覆白苹,青鸟飞去衔红巾"隐含双关,"炙手可热势绝伦,慎莫近前丞相嗔!"兼用感叹和婉转,传达出较浓郁的讽刺意味。

翻手作云覆手雨,纷纷轻薄何须数。君不见管鲍贫时交,此道今人弃如土。

(杜甫《贫交行》)

此诗明显不同于上一首,言语风格明快,借助比喻、映衬,以议论谋篇,带有强烈的情感倾向。起句不凡,"翻手作云覆手雨",比喻交往者的势利轻薄,一味趋炎附势,像云的聚合、雨之纷散一样,善变无常。"只起一语,尽千古世态"(浦起龙《读杜心解》),具有很强的概括力和形象性。第二句表达对轻薄者的轻蔑和愤慨,用重叠形式"纷纷"、反诘形式"何须数"强化语气,增强语意。后两句,引管鲍之交与今人的势利之交作为对照,而今人对此则"弃如土",这一比喻略带夸张,表现出诗人显而易见的不满和失望。修辞的成功有力地凸显了诗人的深刻认识和鲜明倾向,"止此四句,语短而恨长,亦唐人所绝少者"(《杜诗镜铨》引王嗣奭语)。

> 诸公衮衮登台省,广文先生官独冷。甲第纷纷厌粱肉,广文先生饭不足。先生有道出羲皇,先生有才过屈宋。德尊一代常轗轲,名垂万古知何用!杜陵野客人更嗤,被褐短窄鬓如丝。日籴太仓五升米,时赴郑老同襟期。得钱即相觅,沽酒不复疑。忘形到尔汝,痛饮真吾师。清夜沈沈动春酌,灯前细雨檐花落。但觉高歌有鬼神,焉知饿死填沟壑。相如逸才亲涤器,子云识字终投阁。先生早赋归去来,石田茅屋荒苍苔。儒术于我何有哉?孔丘盗跖俱尘埃!不须闻此意惨怆,生前相遇且衔杯。
>
> (杜甫《醉时歌》)

根据诗人自注,这是诗人写给好友、著名学者郑虔(诗中尊其为"广文先生")的一首诗。该诗修辞上的突出特点是用映衬(含对照和衬托)凸显人物特征,辅以对偶、比喻、用典、反语等辞格,此外对词语修辞、句式修辞等消极修辞也颇为讲究。

全诗可分为四部分,前两部分各八句,后两部分各六句。第一部分,分别用"诸公""甲第"反衬,凸显广文先生的官职卑微和生活穷困,"衮衮""纷纷"两个重叠形式强调前二者相继不绝、为数众多。接着以历史上的羲皇、屈宋从正面映衬突出广文先生的德高才著,由此生发感慨:如此德才兼备者反倒命运坎坷,即便名垂千古又有何用?

第二部分,进一步写到诗人自己,很自然地也用到映衬(正衬或旁衬),与广文先生相比,潦倒穷困可说是有过之而无不及,彼此也因此感同身受,惺惺相惜。四个五言句生动地表现了这种相知相遇:"得钱即相觅,沽酒不复疑"两个复句构成对偶,副词"即""不"所突显的谓词短语之间的关联,很好地表现了两人知交兼酒友的特殊关系;"尔汝"用为借代,成为对欢饮过程中彼此忘形表现的最真实、最典型的写照。诗句字数与前后的不同带来了形式的变化,也使这一关系变得更加醒目。

第三部分,仍然写饮酒过程。前两句写景,"沈沈"突出夜深人静,"檐花落"比喻描述细雨持续,借以反衬饮者内心的寂寞和不平静;"但觉""焉知"相配合,强调喝酒可以让人听到鬼神的高歌,忘记未来可能的痛苦不幸;对偶句是诗人以相如、子云的才高薄命劝慰好友。

第四部分,前四句分别诉说先生和我各自怀有的人生目标,却都未能如意,反问句和感叹句强化了这一语意,寄托了强烈的失落和愤慨之情。最后两句,"不须"句强调凄惨的处境心情实在不堪再提及,只能指望借酒忘愁。

四部分的用韵情况,分别为仄声、平声、仄声、平声,除第一部分换韵外,其余都押同一韵。

> 十日画一水,五日画一石。能事不受相促迫,王宰始肯留真迹。壮哉昆仑方壶图,挂君高堂之素壁。巴陵洞庭日本东,赤岸水与银河通,中有云气随飞龙。舟人渔子入浦溆,山木尽亚洪涛风。尤工远势古莫比,咫尺应须论万里。焉得并州快剪刀,剪取吴淞半江水。
>
> (杜甫《戏题王宰画山水图歌》)

杜甫这首题画诗历来为人称道,概因其以诗传画,画人画作虽不存而犹存焉。之所以能够做到以诗传画,离不开该诗在修辞上的表现。映衬、借代、倒装、夸张、用典、互文等辞格自然而巧妙地融入描写、议论中,设韵、用句也与内容表达相适应。

整首诗按内容可分为三部分,前面六句为第一部分,表现格外用心的绘画过程:"十"和"五"都是借代,以实数代虚数,强调"多","十日画一水,五日画一石"用五言句和夸张,前后互文见义,通过独特的语形和强化的语义,突出王宰认真从容的创作态度。"壮哉昆仑方壶图"用倒装,彰显画作给人的震撼感受。先写创作的过程,也是为了从侧面映衬、凸显后面对画作的描述和评价。

中间五句为第二部分,描摹山高水长、波澜壮阔的画面:"巴陵洞庭日本东"是列锦套借代,三个地名分别以实代虚,表现画面山水的壮阔辽远;"赤岸水与银河通"用夸张,摹写江水的源远流长,上与天齐;"中有云气随飞龙"化用典故写云和风的变幻不定;"山木尽亚洪涛风"映衬浪高风疾。

后四句是第三部分,评论无与伦比的画法和画作:前两句用映衬,"古莫比"盛赞其构图技巧之高超,"咫尺应须论万里"突出其技法的特点;后两句化用典故,含蓄简练而又形象生动地对昆仑方壶图做出高度评价。

全诗用韵的变化:先用入声十一陌韵和入声十二锡韵体现作画过程,再换用昂扬的上平一东和上平二冬韵,应和对壮丽画面的描摹,最后评论时用上声四纸韵。

> 八月秋高风怒号,卷我屋上三重茅。茅飞渡江洒江郊,高者挂罥长林梢,下者飘转沉塘坳。南村群童欺我老无力,忍能对面为盗贼,公然抱茅入竹去。唇焦口燥呼不得,归来倚杖自叹息。俄顷风定云墨色,秋天漠漠向昏黑。布衾多年冷似铁,骄儿恶卧踏里裂。床头屋漏无干处,雨脚如麻未断绝。自经丧乱少睡眠,长夜沾湿何由彻! 安得广厦千万间,大庇天下寒士俱欢颜,风雨不动安如山! 呜呼! 何时眼前突兀见此屋,吾庐独破受冻死亦足!

> (杜甫《茅屋为秋风所破歌》)

这首诗在修辞上的特色,辞格选用固然重要,主要还在词语锤炼、句式变化、韵字更换等消极修辞手法的成功运用上。

辞格选用上,"八月秋高风怒号"用拟人,"布衾多年冷似铁""雨脚如麻未断绝""风雨不动安如山"用明喻,"三重茅""千万间"语带夸张。拟人突出了风大声响毫不留情的特点,比喻同样紧扣本体和喻体事物间的相似点,夸张虚实相生,强化了描写和抒情的影响力,三者对于整体的表意和传情,都起到了有力的支撑作用。

消极修辞手法运用上,首先是对词语的精心锤炼。"卷""飞""渡""洒""挂罥""飘转"等动词的选择和配合,逼真地再现了茅屋为秋风所破的过程,间接传达了房屋主人的焦急无奈的情绪变化;"忍能""公然"凸显了南村群童的"欺我","唇焦""口燥""自叹息"则直接表现"我"的无可奈何。

其次是对句式的变化。以七言句为主,另有三个九言句,一个二言句,变化出现在"南村群童欺我老无力"和最后的抒情部分,前者从形式上显示了语意的递进:雪上加霜;后者则与感情的强化相适应,更见情感的深沉有力;最后连用四个感叹句,此外均为陈述句,这种安排与诗歌内容以描写叙述为主,在此基础上情由境生、直抒胸臆相表里,"何由""安得""何时"以反诘语气增强了抒情的力度,蕴含着诗人炽烈的激情和崇高的理想。

再次是对押韵方式和韵字的选择更替。开头五句写风卷茅屋,用平声韵,逐句押韵,韵字为开口度大的响音字;末尾六句抒情,前三句如出一辙,后三句一平声、二仄声,韵字为合口呼,响度中等;中间部分依次写风和雨带给"我"的严重身心伤害,全押仄声韵,基本为隔句押,前七句押职韵,后六句押屑韵。押韵的变化基本上和诗歌语意段落的变化相一致,特别是开头和结尾部分逐句押响音字韵,有力地配合了表意和抒情的需要,可谓声情并茂。

第三章 盛唐时期(712—756 年)的诗歌修辞(下)

第一节 盛唐五律修辞的演变和成就

五律定型于初唐。"武德贞观间,太宗及虞世南、魏徵诸公五言,声尽入律,语多绮靡,即梁陈旧习也。"①这里所谓"入律"尚不意味着五律声律体制的完全成熟,同期的王绩五律及合律者较多,状物抒怀,清新自然,摆脱了绮靡的风格。"四杰"在总体上将情感内容和华丽辞采兼容,重视写景状物和抒情立意的结合,因而较其前作家更具风骨和意境,五律的体和格基本步入成熟。陈子昂以复古为革新,总体风格气韵雄浑、意境阔大,其古近两体均对盛唐诗风有开启意义,"子昂五言近体,律虽未成而语甚雄伟,武德以还绮靡之习,一洗顿尽。"②从上官仪到"文章四友"(崔融、李峤、苏味道、杜审言)和沈、宋等宫廷诗人,追求典丽精工,精心研究声律和对仗艺术,最终完成了五律从量变到质变的定型过程,并确立了七律的初步形制。尤其是杜、沈、宋的行役、谪旅类作品,不仅声律和谐、章句多变,而且彻底摆脱了宫廷诗形似写物的束缚,转向情景交融、自然浑成的审

---

① 许学夷:《诗源辨体》卷一二,人民文学出版社,1987,第 138 页。
② 许学夷:《诗源辨体》卷一三,人民文学出版社,1987,第 144 页。

美表现风格,从而奠定了盛唐律体的基础。

盛唐五律从体制上更多地沿袭了初唐,但在内容、写法和风格上则大为拓展、丰富,极尽变化之能事。从过渡期张九龄等人刚健、含蓄风格的形成和对兴象、境界的营构,到王孟、李白等挹古入律,融合古体和近体而成就盛唐五律的经典风格,再到杜甫对题材、风格和审美规范的全面突破,盛唐五律修辞也在方法运用上不断融通,在表达功能上极力拓展,做出了突出的成就和贡献。

一、过渡期诗人对盛唐五律修辞风格的开创

> 海上生明月,天涯共此时。情人怨遥夜,竟夕起相思。灭烛怜光满,披衣觉露滋。不堪盈手赠,还寝梦佳期!
>
> （张九龄《望月怀远》）

张九龄和张说的倡导和示范,在唐诗由初入盛过程中起到了一定的关键性作用。张九龄的这首月夜怀人诗,融情于景,且有所兴寄,影响较大。起句点题,"海上生明月"境界开阔,次句"天涯共此时"思飞天外,先景后情。三四两句,采用流水对,移入古诗句法,自然流畅,"竟夕"略带夸张强调"相思"。五六句对仗较工稳,"灭烛"和"披衣"的外部动作、"怜"和"觉"的心理活动相配合,看似普通的几个动词的选择与合用,准确细腻地描写了主人公竟夕相思、难以安眠的心理状态。尾联巧妙地翻用典故,自然而然地扣题收束,言虽尽而意无穷。该诗的修辞特色主要表现在词语修辞、句法修辞、篇章修辞上,言语风格典雅、含蓄。

> 海燕何微眇,乘春亦暂来。岂知泥滓贱,只见玉堂开。绣户时双入,华轩日几回。无心与物竞,鹰隼莫相猜。
>
> （张九龄《咏燕》）

这首咏物诗主要用象征、比拟、映衬、对偶等辞格和词语修辞方法,借形象描述以抒怀,表达流畅,风格含蓄。全诗选取海燕作为象征,托物言志,融叙述、议论、描写和抒情为一体,"有拘囚之思,托讽禽鸟,寄词草树,郁郁然与骚人同风"(刘禹锡《吊张曲江序》)。用拟人法将"海燕""鹰隼""物"等人格化,借"玉堂""绣户""华轩"等环境描述映衬海燕出身微眇但志趣高洁。对连词和副词的锤

炼也是该诗的一个重要的修辞特色,"何""亦"相配表让步,以退为进;"岂""只"成对使用,用于强调;"与"表比较、"莫"表否定,这些词语的选择和配合加强了诗句间的关联性和整体性,细化、强化了语意的表达。

　　客路青山外,行舟绿水前。潮平两岸阔,风正一帆悬。海日生残夜,江春入旧年。乡书何处达,归雁洛阳边。

(王湾《次北固山下》)

　　王湾的这首千古名篇,主要得益于其词语修辞、句法修辞和比拟、对偶的运用,状物传神,蕴情于景,表达凝练,风格谨严。首联即用对偶点题,上下联各由两个名词性短语直接组合而成,隐去了谓词,却凸显了景物及其层次,强化了体验。次联连用"平""阔""正""悬"等形容词(或动词)准确而传神地刻画江上行舟潮高涨、风和顺的特殊情态。颈联历来为人所称道,"诗人以来,少有此句。张燕公(张说)手题政事堂,每示能文,令为楷式"(殷璠《河岳英灵集》),胡应麟则赞誉该联"形容景物,妙绝千古"(《诗薮·内编》)。所谓"少有""妙绝",首先是因为诗人将所敏锐捕捉到的时序更替发生时的雄奇而独特的表征写入诗中,动词"生""入"的锤炼和两句句法上的特殊组合,则将置于句首的"海日""江春"拟人化,也由此赋予其"新生事物"的象征意义。尾联化用典故,见"归雁"而欲"传书",自然而巧妙地流露出淡淡的思乡之情。修辞的运用,将青山、绿水、潮水、风帆、海日、江春、归雁等景物构成和谐的整体,诗人总体上乐观、积极的情感则暗含其间,营造了独特的意境美。

二、王维、孟浩然、李白等对盛唐五律修辞风格的造就

　　寒山转苍翠,秋水日潺湲。倚杖柴门外,临风听暮蝉。渡头余落日,墟里上孤烟。复值接舆醉,狂歌五柳前。

(王维《辋川闲居赠裴秀才迪》)

　　王维是五律大家,风格多样,成就突出,修辞上也为后来者开出了许多法门。这首赠友诗,篇章修辞、词语修辞、用典兼借代较有特色,风格平淡。整体结构为

平行交错式：一三联写景，二四联写人，一三联用对，二四联散行，描绘山水田园和记录人物活动相互映衬，物我合一，自然美和人情美有机融合。"寒山、秋水、暮蝉、落日、孤烟"等各自修饰语的选用，均能凸显景物的特质，"转、日、余、上"则表现景物的动态，"苍翠""潺湲"双声对叠韵，摹状色彩和声响，加强了音乐效果。后两句化用典故，以"接舆"代裴迪，"五柳"自代，颇具意味和情趣。

> 晚年唯好静，万事不关心。自顾无长策，空知返旧林。松风吹解带，山月照弹琴。君问穷通理，渔歌入浦深。
>
> （王维《酬张少府》）

同为赠友诗，这一首以叙述为主，与前一首写法上不太一样，主要借助词语修辞和反语、示现、婉转等辞格的运用抒写情怀，风格含蓄。首联自述，"唯"的强调和"万"的虚用相配，突出"晚年""好静"；颔联紧承说明原因，"无""空"用反语，暗示无用武之地，隐含不满和无奈；颈联用示现法写景，描绘了隐逸生活的两个典型细节，"松风""山月"的偏正组合颇能体现景物超尘脱俗的雅趣；尾联用问答形式，看似问而不答，实则是以画面描写婉转作答，留下空白和余味。

> 万壑树参天，千山响杜鹃。山中一夜雨，树杪百重泉。汉女输橦布，巴人讼芋田。文翁翻教授，不敢依先贤。
>
> （王维《送梓州李使君》）

此首赠别之作，不同于一般诗即景生情的写法，而是借助示现、夸张、互文、映衬和用典等辞格和词语修辞，遥写悬想中美丽的自然风光和独特的人文景观，在忆古中寄托劝勉之意，风格含蓄。前四句用示现描写想象中的自然景观。首联互文见义，极写参天大树的视觉形象和杜鹃鸣响的听觉感受，无所不在，令人应接不暇，气势不凡，被后世引为发端的成功范例。"万""千""一""百"四个数字两两相映衬，化实为虚，强化了景物的特点。颈联概写独特的风土人情，通过"汉女""巴人""橦布""芋田"等专名词语的选用尽显特点。尾联用典，在回顾历史中暗含对友人的勉励之意。

不知香积寺,数里入云峰。古木无人径,深山何处钟。泉声咽危
石,日色冷青松。薄暮空潭曲,安禅制毒龙。

(王维《过香积寺》)

这首诗几乎都为"景语",主要采取映衬手法,以景衬景、以景衬情,却不露
痕迹,修饰语、描状语和特殊语序的选用有效地保障了映衬的功能实现,风格平
淡自然。标题是"过"(即往访),一开头却说"不知",表面的矛盾背后,却有暗
示、强调的作用,用以突出香积寺所处之偏远以及寻访者不同寻常的意愿和决
心。接下来五句写景,"云峰、古木、深山、无人径、何处钟"接连呈现的这些景物
因为修饰语的不同而由类名变专名,从而各个独具特色,在这里同时又彰显了环
境的共性特征:幽远僻静,从正面衬托香积寺。"泉声咽危石,日色冷青松","泉
声""日色"置于句首的语序,符合感知的先后,有助于再现真实的体验;"咽"描
摹泉声,"冷"模拟"日色",看似异常却恰恰体现了诗人精准的感觉:泉声不再
响,日色不再暖,衬出环境的极度幽静清冷。末两句省略了主语,表面当为写诗
人所见情景,但未尝不能理解为是诗人所为或所向往,佛教用语的借用,也可见
出诗人心迹在此情此境下的自然流露。

空山新雨后,天气晚来秋。明月松间照,清泉石上流。竹喧归浣
女,莲动下渔舟。随意春芳歇,王孙自可留!

(王维《山居秋暝》)

这首山水名篇,风格含蓄,主要借助词语修辞、句法修辞和映衬、用典,描绘
了一幅充满诗情画意的图卷,用以象征诗人心目中一种理想的生活境界。"空
山、新雨、明月、清泉、浣女、渔舟"等词语尤其是各自修饰语的选择,集中点染、
凸显了景物的鲜明特色:清新脱俗、美妙动人。"竹喧归浣女,莲动下渔舟"先写
"竹喧""莲动",再写"浣女""渔舟",真实再现了感知的过程,突出了声响和动
态,"归浣女""下渔舟"用倒装句法,避免与上一联结构雷同,增加了顿挫,也更
具"诗语"特色。最后两句,先用春芳映衬秋暝,接着的感叹,反用《楚辞·招隐
士》典故,既是对"王孙"发出的,也是诗人内心深处的声音。前四句写自然美,
颈联写社会美,二者互相映衬融合,构成了人与自然和谐统一的美好图景,全诗

的象征意味则含蕴其中。

> 中岁颇好道,晚家南山陲。兴来每独往,胜事空自知。行到水穷处,坐看云起时。偶然值林叟,谈笑无还期。
>
> （王维《终南别业》）

这首诗纯用叙述和描写,修辞上也并不特别着意,出以平淡风格,却写出了诗人自得其乐的闲情逸趣。除对偶外,词语锤炼差不多是其唯一的修辞特色,"每""独""空""自"几个修饰语的使用可见出诗人的乐在其中和独得其乐。前两句交代了快乐的根源:颇好道,后四句的两个细节描写,则准确刻画了这种发自内心、随处可得的"快乐"。

> 清川带长薄,车马去闲闲。流水如有意,暮禽相与还。荒城临古渡,落日满秋山。迢递嵩高下,归来且闭关。
>
> （王维《归嵩山作》）

这首诗同样看起来不事雕琢,仅对归隐途中所见做如实叙述或描写,寓情于景,但实际上只不过是修辞运作更为自然巧妙,修辞风格偏于平淡而已。首先,自然是王诗一贯擅长的词语修辞,"清川、长薄、流水、暮禽、荒城、古渡、落日、秋山"这些景物前面所带的修饰语使得它们一个个变得个性化和情感化了,单个景物被赋予了特色和美质,这些特色和美质在诗中进一步形成类聚,产生综合效应,不必再作多的形容渲染,已经足以给人审美的享受和情意的感动。其次,词法修辞角度,"带"是名词活用,此处有凝练诗句结构的作用;"闲闲"是形容词重叠,加深了缓慢悠闲的程度,婉转地写出乘车人心境的闲适从容。再次,辞格使用方面,上述贯串几乎整个诗篇的景物呈现,是与诗人的情感状态相应和的,对心境的映衬也就自然发生了;"流水如有意,暮禽相与还"连用拟人,这种天人合一的境界似乎本来如此,一点也不显得刻意;尾句"归来且闭关"有双关义,但同样显得自然而然,平淡无奇,因为归隐山林和辞官回家、关门谢客和闭关修行,在诗人内心原本就没有什么严格的区分。

太乙近天都,连山接海隅。白云回望合,青霭入看无。分野中峰变,阴晴众壑殊。欲投人处宿,隔水问樵夫。

(王维《终南山》)

短短的四十个字,要为偌大的终南山写照传神,殊非易事,但作者做到了。修辞扮演的角色颇为重要:词语修辞、句法修辞和夸张、互文、映衬等的运用,成功凸显了终南山的高大绵延、景象万千、让人流连忘返等特点,此篇的言语风格则趋于明快。首联用夸张,写远观的感受:上近天都,远及海隅,表现的是艺术的真实;次联兼用互文和对偶,写近临的体验:山中各种云烟、雾霭变幻无穷,"白云"与"青霭"、"回望"与"入看"、"合"与"无"三组类义词的组配使用,有以少总多的功效。颈联直写登高俯瞰的视觉印象:纵横四野景致各异,千岩万壑气象各别,"变"和"殊"呼应突出了山中物象丰富的构成和变化。尾联转而写人,流连山中因而"欲投人处宿",山广人稀因而只能"隔水问樵夫",从侧面用映衬法进一步写山,并用水和人的加入为整幅风景图点睛传神。

风劲角弓鸣,将军猎渭城。草枯鹰眼疾,雪尽马蹄轻。忽过新丰市,还归细柳营。回看射雕处,千里暮云平。

(王维《观猎》)

这首诗风格刚健,写观猎也颇见出诗人的意气和豪情。"章法、句法、字法俱臻绝顶。盛唐诗中亦不多见。"(沈德潜《唐诗别裁》)首联用倒装和映衬,先突出焦点信息,再交代背景信息,并制造悬念;用"风劲"映衬"角弓鸣",凸显射手的技能高超。颔联表面为各表一意的正对,实为意脉承接的流水对,"草枯""雪尽"既是背景,又对"鹰眼疾""马蹄轻"起映衬作用,"疾""轻"两个形容词用得可谓准确传神。颈联写罢猎回营,仍用流水对,"忽过""还归"配合,凸显回返之迅捷;"新丰市""细柳营"均为借代,借历史地名以虚代实,添加了典雅色彩,并暗借汉代名将周亚夫以映衬今日射猎将军的风采。尾联呼应开头并形成对照:一淡定从容("云平"),一紧张英武("风劲"),"千里"以实代虚,"射雕处"用典,再次突出将军的臂力过人、箭法超凡,别出心裁地以写景作结,饶有余味。

　　　　楚塞三湘接，荆门九派通。江流天地外，山色有无中。郡邑浮前浦，波澜动远空。襄阳好风日，留醉与山翁。

（王维《汉江临泛》）

　　王维的这首《汉江临泛》风格刚健，主要以示现、夸张、映衬等修辞方法凸显汉江的雄浑壮阔。前三联皆用对，首联用示现描写想象中（而非亲见）汉江与"三湘"连接、与"九派"相通的浩渺水势；次联用夸张凸显远眺江流的浩瀚邈远：浩浩汤汤，直达天地之外，而两岸青山的山色有无的变幻，则对江流的空阔起映衬作用；颔联转换视角，以人在舟中的错觉表现汉江的波澜壮阔，"浮""动"两个动词准确地再现了这种错觉，夸张地让郡邑浮于水面、远空随波澜而动。尾联用散句叙事作结，流露出对自然美的热爱流连。这种对自然风物的喜爱欣赏之情也融合在前面三联的写景中。

　　　　单车欲问边，属国过居延。征蓬出汉塞，归雁入胡天。大漠孤烟直，长河落日圆。萧关逢候骑，都护在燕然。

（王维《使至塞上》）

　　这首诗主要借助词语修辞、句法修辞和对偶、借喻的使用，将作者最擅胜场的写景作为重点，记录出使的见闻感受，风格含蓄。该诗充分体现王维诗句法修辞最大特色的是，所有诗句均用"主题-述题"的结构模式，选取具有标志性的物名、地名或人名作为每句的话题置于句首。"单车"表明出使并不重要，"属国"指出出使目的地远在边塞，"征蓬、归雁、大漠、长河、萧关"均为边地特色的物名、地名，"都护"则是本次出使最重要的关系人。它们集中在一块，即便不加描摹修饰，脱离每句后面述题部分的描述，也足以给人独特的感受并引发联想和想象。而这些话题词语之所以有标志性，则与其特色修饰语的精心选用密不可分。"大漠孤烟直，长河落日圆"为后人所激赏，成为写景名联，也是因为借助"大、孤、长、落"等特色修饰语的选用和"直""圆"这两个寻常形容词的艺术化，以及"大漠""长河"两个名词句的设置，仅用十个字，即将诗人慧眼独具所观察到的边地特有的壮观奇丽景象精准地描绘了出来。辞格方面，除颔联、颈联用对偶，有两处用到了借喻，"征蓬""归雁"都被诗人用来自我写照，本是奉命出使，诗人感受的却是随处漂泊、远离故土的无助和凄凉,暗写出使并非所愿。结尾说都护在燕然前线立功杀敌,与开头的单车出使联系在一起,更可见出这次出使仅仅是有意识(朝廷为排挤诗人)的人为安排,并无实质意义,因而各方也未给予重视。

　　独坐悲双鬓,空堂欲二更。雨中山果落,灯下草虫鸣。白发终难变,黄金不可成。欲知除老病,唯有学无生。

(王维《秋夜独坐》)

　　这首诗主要用示现、映衬、借代辞格,写秋夜独坐的感悟过程,借形象描绘表现情绪和思虑等心理的变化,言语风格浅近通俗。首联写独坐空堂,为双鬓发白、时光流逝而悲哀,前后诗句在语义上有递进有互补;次联用示现写想象的"雨中山果落"的虚景,与眼前的实景构成映衬,虚实相生,形成表达张力,由首联的人类,扩展到自然界的所有生物,都不能不面临生命的凋零衰老。后两联写诗人的"觉悟",以形象说理,并不感觉枯燥和抽象。"白发"代生老病死的规律,"黄金"代炼丹求仙等各种企求长生的办法,都是具体代抽象的借代,白和黄在颜色和寓意上都形成鲜明对照,强化了说理的力度。最后以假设复句作结,强调解脱痛苦的唯一途径是"学无生",即学佛事佛,"除老病""学无生"也是用具体通俗的说法替代抽象的概念或表述。整首诗由情入理、由人及物,现身说法、形象说理,也容易让人感同身受,因而也增强了说服力。

　　八月湖水平,涵虚混太清。气蒸云梦泽,波撼岳阳城。欲济无舟楫,端居耻圣明。坐观垂钓者,徒有羡鱼情。

(孟浩然《望洞庭湖赠张丞相》)

　　孟浩然以五言短篇(五古、五律、五绝)见长,修辞上不事雕琢,注重描述词语选用和映衬,追求平淡、自然、含蓄等风格,沈德潜说他的诗"语淡而味终不薄"(《唐诗别裁》),闻一多则称之为"淡到看不见诗"(《孟浩然》),可谓得其奥窍。

　　这首干谒诗主要通过词语选用和映衬、夸张、双关、用典等辞格的运用委婉达意,不事藻绘,用语得体,风格含蓄。

诗的前四句写景,首联选用"平""混"两个谓词描述湖水上涨、水天一色的景象,凸显了八月洞庭湖的涵浑浩阔。颔联同样借助了两个动词,并以云梦泽、岳阳城作为湖的映衬,"蒸"表现湖面水汽的丰沛广布,"撼"凸显湖中波涛的汹涌强大,语带夸张。

后四句即景抒怀,颈联两句倒置以紧承前文写景自然过渡,"欲济无舟楫"用语义双关,言此意彼,"端居耻圣明"用婉转,曲折达意,这两句委婉表明了当此盛世诗人希望被引荐出仕为用的愿望。尾联用典,再次表达希图得到引荐、有所作为的心愿,"垂钓者"代暗当朝执政者和张丞相。

　　山暝听猿愁,沧江急夜流。风鸣两岸叶,月照一孤舟。建德非吾土,维扬忆旧游。还将两行泪,遥寄海西头。

(孟浩然《宿桐庐江寄广陵旧游》)

这首诗主要用映衬,在词语修辞、句法修辞和拈连的使用上也较为用心,风格偏于平淡。总体上情景交融的写法较为明显,情因景生,以景衬情。前半写景,分别用"愁""急""鸣"描述猿声、夜流和江风,并突出月光下的"孤舟",为景物着色,并自然引出后半的抒情。"建德非吾土"用婉转表明思乡,"维扬忆旧游"直说怀友,尾联"还将两行泪,遥寄海西头"用拈连,把写诗为寄换了一种新颖别致的说法,诗中含泪,寄诗说成寄泪不合理却合情,寄泪实为寄情,虚中有实。此外,句法上,有两处移位,"沧江急夜流"实为夜流急,"维扬忆旧游"实为忆维扬旧游,移位首先是格律上的需要,前者是为了押韵,后者是为了对仗,同时前者还有强调作用,后者还有造"诗语"的作用。

　　木落雁南度,北风江上寒。我家襄水曲,遥隔楚云端。乡泪客中尽,归帆天际看。迷津欲有问,平海夕漫漫。

(孟浩然《早寒江上有怀》)

这首诗题为《早寒江上有怀》,是以抒情为主题的,而实际上只有一句是直接抒情,其余都间接地通过写景来暗示、传递,主要用到的修辞方法有映衬、起兴和用典等辞格,风格含蓄。起首二句,选取了"木落""雁南度""北风""寒"等最能反映季节变化的代表性景物,既是全诗的起兴,又有映衬后文抒情的作用。接下来似乎只是客观叙述"我家"的所在,实则有上联的铺垫,"遥隔"已经暗透思乡款曲。"乡泪客中尽,归帆天际看"先是点破乡愁无限,并以写景句映衬。尾联化用典故,抒情更进一层,暗示内心的矛盾复杂、无所适从,"平海夕漫漫",再度以环境描写映衬、凸显迷惘痛苦的心理,含蓄作结,言有尽而意无穷。

> 寂寂竟何待,朝朝空自归。欲寻芳草去,惜与故人违。当路谁相
> 假?知音世所稀。只应守寂寞,还掩故园扉。

(孟浩然《留别王侍御维》)

这首诗感情强烈,主要借副词等的锤炼和设问、重叠、比喻、反语等辞格的使用,强化了怨怼、愤懑、惜别、孤寂、失落、绝望等多重情感的抒发,风格较为明快。首联用设问叙事,自问自答写出落第后的孤独和失落,"寂寂""朝朝"两个重叠形式置于句首,接以"竟"和"空"两个副词配合,强化了叙事及其背后的抒情色彩;颔联借典故词语"芳草"比喻归隐的理想,"欲""惜"直接表明内心情感的矛盾;颈联再用设问,用反诘语气抒发对世态炎凉的强烈不满和对知音的格外珍惜。尾联"只应守寂寞"用反语,委婉表达内心的绝望和无奈,"只应"意蕴丰富,耐人寻味,"还掩故园扉"代指再次归隐。

> 人事有代谢,往来成古今。江山留胜迹,我辈复登临。水落鱼梁
> 浅,天寒梦泽深。羊公碑尚在,读罢泪沾襟。

(孟浩然《与诸子登岘山》)

这首登临诗,通过看似平淡的议论、叙事、写景,引发吊古伤今之感慨,修辞上主要是用映衬和词语修辞,言语风格平淡而自然。首联议论人事代谢、古往今来,为颔联的登临做铺垫,"留"而"复"登,叙事中隐藏着抚今追昔的情感,颈联概写近景和远景,借描述词语"落、浅、寒、深"的选用,来凸显寒冬时节的景物特点:水落天寒,盛景不再。这一写景也映衬、暗示了人物凄冷感伤的心境,因而自然引出尾联读"尚在"的羊公碑而"泪沾襟"的情感抒写。为何"泪沾襟",非三言两语可以说清道明,诗人有意回避了直接的书写,而是淡然处之,将其融入了议

论、叙事和写景中,使整首诗浑然一体。

> 挂席几千里,名山都未逢。泊舟浔阳郭,始见香炉峰。尝读远公传,永怀尘外踪。东林精舍近,日暮但闻钟。
>
> （孟浩然《晚泊浔阳望庐山》）

这首诗写景寄怀,但修辞上不直接书写,也不事形容藻绘,单用映衬,却尽显香炉峰的名山风貌和神韵,风格平淡,真正称得上是"不著一字,尽得风流"。首联极写名山难逢,映衬接下来要写到的庐山,颔联用"始见",暗含盼望中的香炉峰果然名不虚传之意。颈联转而写怀人,看似偏离,实则颇为自然,是更进一层地用映衬,用高僧在此居留修行来衬托山的魅力,因为高僧,更是被赋予了不同于其他名山的"灵魂",为隐逸之士所神往。尾联不直写东林寺,而是借其钟声来以实写虚:斯人已逝,空留东林寺,但闻钟声难觅人踪,一个"但"字蕴含了诗人无尽的神思和怅惘。

> 义公习禅寂,结宇依空林。户外一峰秀,阶前众壑深。夕阳连雨足,空翠落庭阴。看取莲花净,方知不染心。
>
> （孟浩然《题大禹寺义公禅房》）

这首题赞诗,主要用词语修辞和映衬,通过描写环境来和人的襟怀品格彼此映衬,风格明快、自然。首联交代义公修筑禅房的背景,接下来描写环境,"户外""阶前"说明空间位置,"空、秀、深、净"等景物描述语的选用,集中展现了环境的特点,以此与义公超凡脱俗的"不染心"形成映衬,既写景又写人。而对义公的赞赏,也寄托了诗人自己的隐逸情怀。

> 故人具鸡黍,邀我至田家。绿树村边合,青山郭外斜。开轩面场圃,把酒话桑麻。待到重阳日,还来就菊花。
>
> （孟浩然《过故人庄》）

《过故人庄》以普通词语、常规语序叙事写景,除对偶、映衬外几乎不用辞格,却带给人独特的情味和意境美。细究之,首先源于词语修辞,"鸡黍、绿树、青山、场圃、桑麻、菊花"等名词共同发力,体现了浓郁独特的农家特色;其次源于映衬的运用,诗人虽然只对清新优美的环境、"把酒话桑麻"的场景、"还来就菊花"的相约进行了直接的描写,但与此同时也烘托、暗示了故人的热情和客人的愉悦,展示了主宾之间的亲切融洽、人与自然的和谐融合。平淡而有味的语言表现的是平淡而醇厚的情味和崇高的境界,形式和内容臻于完美的统一,因此这里的修辞对于所写的内容而言,无疑是最恰切、最得体的。

> 挂席东南望,青山水国遥。舳舻争利涉,来往接风潮。问我今何适? 天台访石桥。坐看霞色晓,疑是赤城标。
>
> （孟浩然《舟中晓望》）

此诗主要在词语修辞、句法修辞、篇章修辞等消极修辞手法的运用上下功夫,风格平淡。造句上,虽平仄全合于律诗声律,但通体散行,不用对仗,流畅自然。谋篇上,用起承转合结构:首尾一"望"一"看",彼此照应,一开一合;首联写出发时遥望,次联紧承写兼程赶路,颈联转折,一问一答,突出"何适",承转分明。用词上,全诗无一字写情,诗人对名山的热切向往却巧妙地融入了行程的描述和"望""看"等行为的描写中,"争""接"凸显了航行者赶路的急切心情。

> 北阙休上书,南山归敝庐。不才明主弃,多病故人疏。白发催年老,青阳逼岁除。永怀愁不寐,松月夜窗虚。
>
> （孟浩然《岁暮归南山》）

此诗用对偶、反语、婉转、比拟(拟人)、映衬等多种辞格以及词语修辞等,抒写诗人矛盾复杂的心情,风格含蓄、绚烂。前三联皆用对,"不才"用反语,"多病故人疏"用婉转,暗含对"明主"不明、世人势利之怨愤,一"弃"一"疏"对用,彰显了诗人的处境,也见出首句"休上书""归敝庐"实出无奈,并非本意。"白发催年老,青阳逼岁除"用拟人,白发、青阳本是无情物,"催"和"逼"只不过是诗人希冀有所作为而不得的急切忧虑心态的曲折反映。尾联前一句直接抒情,后一句写景用来衬情,以"虚"反衬愁肠的满和实。

　　清晨入古寺,初日照高林。竹径通幽处,禅房花木深。山光悦鸟
性,潭影空人心。万籁此俱寂,但馀钟磬音。

（常建《题破山寺后禅院》）

　　常建这首诗是盛唐山水诗中独具一格的名篇。既有一般诗情景交融的共
性,又有自己独特的个性,造句和谋篇上融古入今,词语修辞上则兼用王、孟所
长,辞格上用映衬和象征,风格含蓄。造句上首联用流水对,颔联用工对,余则散
行,显得流畅质朴;谋篇上按时间顺序记录行程和所见所感,最后以映衬写景收
束,凸显"钟磬音"的不绝如缕,余味无尽;词语选用上,同时在"古寺、初日、高
林、竹径、禅房、山光、潭影"等的修饰语和"深、悦、空"等相应的描述语的选择上
发力,有效地凸显了景物的特色及其给人的感受和影响,其中"悦、空"均为形容
词活用作使动词,颇能体现诗人的隐逸志趣。通篇其实又可以看作一个象征结
构,诗人借游古寺禅院的行程来象征渐入佳境的修行过程。

　　联步趋丹陛,分曹限紫微。晓随天仗入,暮惹御香归。白发悲花
落,青云羡鸟飞。圣朝无阙事,自觉谏书稀。

（岑参《寄左省杜拾遗》）

　　岑参不仅歌行体的边塞诗超群,五律诗也不少,特点是讲求气势、注重辞彩,
艺术上对陈隋初唐继承较多,而不像王孟风格和写法上远追陶谢。其五律修辞
的总体风格与歌行体接近,也偏于绚烂、谨严。

　　本首诗即事言情,词语锤炼、句式选择、辞格运用上都颇为讲究,风格谨严、
含蓄。前半部分铺叙日常的为官生活,着意选用了"丹陛""紫微""天仗""御
香"等名词语和"联步""分曹""趋""限"等动词,以反映上朝的华贵和气势,凸
显了宫廷特色。后半部分就此抒发内心的悲愤,"白发悲花落,青云羡鸟飞"以
景衬情,见花落而更悲自己徒增白发,见鸟飞而更羡慕其自由飞翔,反衬得自己
不得志。"圣朝无阙事,自觉谏书稀"婉转表达对统治者文过饰非、讳疾忌医的
不满。从总体看,前半部分的叙事兼写景与后半部分的言怀抒情,也构成相互映
衬的关系:表面光鲜和煞有介事的朝官生活不但掩盖不了难有作为的空虚和无

奈,反而更突显了这种矛盾和不正常的现状。

"李白的五律,具有律而近古的特点。这,一方面体现在往往不受声律的约束,在体制上近古;而更主要的则是他的五律绝无初唐的浮艳气息,深情超迈而又自然秀丽。"①这一特点也影响了李白五律的修辞运用,并在其修辞风格上得到了具体的体现:一方面追求平淡、自然,用语质朴,句法灵动,不事雕琢藻绘;另一方面讲究刚健、明快,注重内容和情感的表现,写景叙事多被赋予主观色彩,各种修辞方法随情应境,运用自如。正如清人赵翼指出的那样:"盖才气豪迈,全以神运,自不屑束缚于格律对偶,与雕绘者争长。然有对偶处,仍自工丽;且工丽中别有一种英爽之气,溢出行墨之外"(《瓯北诗话》卷一)。

　　渡远荆门外,来从楚国游。山随平野尽,江入大荒流。月下飞天镜,云生结海楼。仍怜故乡水,万里送行舟。

(李白《渡荆门送别》)

这首诗写诗人出川远游,修辞上"炼句"和比喻、拟人相结合,景中寓情,景景、景情相映衬,风格刚健、明快。"渡远荆门外,来从楚国游"用叙述句交代行程。"山随平野尽,江入大荒流"写船过三峡后壮阔的自然景象,"平野""大荒"准确捕捉住了景物的特色,"尽""入"则写出了山形的变化和江水的气势,颇见诗人观察锤炼之功。"月下飞天镜,云生结海楼"写的则是长江流过荆门后别样的风景:夜间,月光倒映水中如明镜;日间,云彩变幻如海市蜃楼。诗人用了两个比喻来分别描状。颔颈两联,又可见出诗人初次出峡时的新鲜感受和激发的壮阔情怀。"仍怜故乡水,万里送行舟"不说自己不舍故乡,而说故乡之水依依送别,万里随行,拟人和映衬交织的写法,凸显自己挥之不去的思乡深情。诗到此,言已尽而情无穷。

　　谢亭离别处,风景每生愁。客散青天月,山空碧水流。池花春映日,窗竹夜鸣秋。今古一相接,长歌怀旧游。

(李白《谢公亭》)

---

① 俞平伯等:《唐诗鉴赏辞典》(新一版),上海辞书出版社,2013,第 381 页。

《谢公亭》一诗写亭抒怀,风格自然,句法上不着意加工,词语也看似信手拈来,全诗以写景为主,有实景有虚景,却始终围绕着情,映衬、凸显着诗人之"愁"。

句法修辞方面,"风景每生愁""生愁"的主体其实是人,主语被省减,"客散(空余)青天月,山空(唯见)碧水流"则隐去了谓词,这些异常句法结构的出现,也许并非诗人刻意为之,而恰恰可能是任其自然、避免人为的结果。如果从修辞角度看,则带来了意外的表达效果:人格化和表意的更多可能。但"夜鸣秋"是"秋夜鸣"(或"秋鸣夜")的句法倒装,则显然是为了适应押韵和对仗需要的人为加工。

词语选用上,"青天月、碧水流、池花、窗竹"等名词性短语和"客散、山空、春映日、夜鸣秋"等谓词性短语用于写景,虽然寻常,却颇能见出景物的特色,显然诗人对此不可能不用心,但是似乎也并未刻意锤炼。

辞格运用上,颔联用名词语提及而不细描眼前所见的实景,颈联用示现格描绘想象中的虚景,前者从正面映衬,后者从反面映衬,都为表现诗人的寂寞、愁怅所用。

> 牛渚西江夜,青天无片云。登舟望秋月,空忆谢将军。余亦能高咏,斯人不可闻。明朝挂帆席,枫叶落纷纷。
>
> （李白《夜泊牛渚怀古》）

李白的这首《夜泊牛渚怀古》,被清代主张"神韵说"的王士禛视为和孟浩然《晚泊浔阳望香炉峰》一样"不着一字,尽得风流"的典型,以为"诗至于此,色相俱空,正如羚羊挂角,无迹可求,画家所谓逸品是也。"显然,这只是一种夸张强调的修辞表达,诗歌只能借助语言材料和修辞方法去表情达意建立风格,因而就不可能"不着一字",也不可能真的"无迹可求",只不过有时言语风格和表达方式上更偏向于简约、自然、平淡、含蓄,看起来较少人为努力和主观介入的痕迹而已。

本首怀古诗即景叙事,因事抒情,借景寓情,用语平常,不假对仗,表达上行云流水,纯任天然,丝毫不显刻意,主要用的是消极修辞手法,仅颔联的一处词语锤炼(炼字)、颈联的婉转、尾联的示现和映衬略显用心,却不露痕迹,总体风格偏于自然、含蓄。"空忆谢将军"的"空"言外有意;"余亦能高咏,斯人不可闻"婉转表意,感慨世无知音;"明朝挂帆席,枫叶落纷纷"用示现写想象明朝挂帆离去枫叶缤纷的景象,借秋色秋声,映衬诗人因知音不遇而生的寂寞凄清情怀。

　　　　犬吠水声中,桃花带雨浓。树深时见鹿,溪午不闻钟。野竹分青霭,飞泉挂碧峰。无人知所去,愁倚两三松。

　　　　　　　　　　　　　　　　　　　(李白《访戴天山道士不遇》)

　　这首诗主要借助词语修辞写景兼叙事,以景衬人,以事衬情,风格偏于自然、含蓄。前六句写景,写往"访",除用名词语呈现外,还用到了"浓、深、野、青、飞、碧"等形容词和"吠、带、分、挂"等动词加以修饰、描述,从而构成了一幅幅有声有色、有动有静、有远有近、时空变幻、特色鲜明的山水风景图;末两句写情,写"不遇",写景部分兼带叙事,从早晨走到中午还听不到钟声,后来总算抵达道院,却"无人知所去",想见而不得,只能倚靠着两三棵松树长久地等待、张望、发愁。至此,作者花那么多笔墨写往"访"、写途中景致,其用意也就可以想到了:到访如此艰难最终却只能无奈以"不遇"结束,不正见出诗人对道士的仰慕以及前后心境的巨大落差?犹如世外桃源般的优美环境不正烘托了在此间生活的道士的超凡脱俗吗?这何尝不是"不着一字,尽得风流"?

　　　　蜀僧抱绿绮,西下峨眉峰。为我一挥手,如听万壑松。客心洗流水,馀响入霜钟。不觉碧山暮,秋云暗几重。

　　　　　　　　　　　　　　　　　　　(李白《听蜀僧濬弹琴》)

　　这首五律写听琴,用了比喻、通感、用典、映衬等多个辞格,从多个角度来表现琴声的优美动人,言语风格较为明快,对仗用宽对和流水对。"蜀僧抱绿绮,西下峨眉峰","绿绮"用专名借代类名,从弹奏者的身份、来历和琴的名贵,侧面映衬弹奏技艺。"为我一挥手,如听万壑松",用大自然松涛的和鸣比喻琴声,正面描写琴声的宏大气势和丰富变化。"客心洗流水,馀响入霜钟",两句都巧妙地化用典故,含蓄而自然地从对听者影响的角度,描写琴乐带给人的愉悦感和知已感,乃至余音不绝如缕,与晚钟也形成和鸣。"不觉碧山暮,秋云暗几重"继续从琴声对听众影响的角度作映衬描写,诗人沉浸于琴声带来的美感享受中,乃至时间过去,暮色已深、秋云加重,都浑然不觉。

> 见说蚕丛路,崎岖不易行。山从人面起,云傍马头生。芳树笼秦
> 栈,春流绕蜀城。升沉应已定,不必问君平。
>
> （李白《送友人入蜀》）

这首诗以描绘蜀道山川的奇美著称,修辞上以词语修辞、句法修辞和映衬、示现、对偶、用典、借代等辞格的综合运用为特色,对仗工稳,言语风格偏谨严、绚烂。首联"见说蚕丛路,崎岖不易行"从"听说"写起,所谓平起,侧面映衬蜀道之难,"蚕丛"用借代,以古代今;颔联和颈联用示现,逼真地描绘不在眼前的景象,颔联侧重写蜀道之奇,状语"从人面""傍马头"修饰动词"起"和"生"凸显了蜀道上山峦叠嶂、乱云飞渡的特色;颈联侧重写蜀道之美,定语"芳"和"流"分别用于修饰"树"和"春",再以"笼秦栈"和"绕蜀城"分别描述或配置它们,凸显的是蜀道温情优美的一面。尾联议论作结,借用典故劝诫友人:"升沉应已定,不必问君平。"完成诗旨的传达,语短情长,蕴藉含蓄。

这首诗对仗精工严整,结构谨严,讲究词句锤炼和辞格运用,与李白五律修辞的一般风格其实不太一样,因而曾被前人推崇为"五律正宗"(《唐宋诗醇》卷七)。

三、杜甫对盛唐五律修辞风格的突破

杜甫五律共六百余首,占其全部诗作的三分之一强,论数量和影响都在盛唐其他诸家之上。其五律的修辞艺术也伴随其题材和风格的不断拓展而臻于成熟,具有高度的审美表现力和创造性。

> 之子时相见,邀人晚兴留。霁潭鳣发发,春草鹿呦呦。杜酒偏劳
> 劝,张梨不外求。前村山路险,归醉每无愁。
>
> （杜甫《题张氏隐居二首》其二）

　　这首诗修辞上最大的特点是化用典故,用虚语写实情,用奇语写常情,从中见出言语的情趣智慧和感情的契合相投,风格偏于幽默。

　　"之子""鬑发发""鹿呦呦"都截取自《毛诗》现成诗语,诗人巧妙地驱遣它们入诗,为己所用,称呼新鲜得体,写景生动有趣。"杜酒""张梨"的用典更为奇特机智,不但赋予平常饮食以雅趣,而且彰显了宾主间的融洽氛围。尾联前后矛盾,"路险"而"无愁",本应有愁而无愁,实在耐人寻味,也许所表现的恰是合情不合理、"无理而妙":与开头相呼应,饮酒尽兴因而忘愁、无愁。

　　　胡马大宛名,锋棱瘦骨成。竹批双耳峻,风入四蹄轻。所向无空阔,真堪托死生。骁腾有如此,万里可横行。

(杜甫《房兵曹胡马诗》)

　　这首咏物言志诗,借助词语锤炼和比喻、双关、夸张等辞格来突出马的超凡脱俗,以此表现诗人对房兵曹的热切期待和自身的志向抱负,风格刚健、谨严。

　　诗的前四句正面写马,选取马的出身、骨相、双耳、四蹄来勾勒其外形特征,写意传神。将"锋棱""竹批"两个喻体融入句中,来刻画这匹"胡马"的骨相和双耳,骏马的昂藏不凡因此而跃然纸上。"峻"和"轻"两个形容词的选用准确传神,"峻"凸显马的外形和气概,"轻"表现马的能奔善跑。

　　诗的后四句转写马的内在品格,借助拟人和夸张。颈联极言胡马具有纵横驰骋无往而不胜的能力,值得托付生死。尾联既总括上文对马做出评价,又婉转表达对房兵曹为国立功的期望,更是流露出诗人自己纵横天下的理想。

　　"咏物诗最难工,太切题则粘皮带骨,不切题则捕风捉影,须在不即不离之间"(钱泳《履园谈诗》),从这个角度说,这首诗显然是成功的。

　　　素练风霜起,苍鹰画作殊。㧐身思狡兔,侧目似愁胡。绦镟光堪摘,轩楹势可呼。何当击凡鸟,毛血洒平芜。

(杜甫《画鹰》)

　　"为画题诗自唐代始,但当时只是以诗赞画","杜甫的题画诗数量之多与影响之大,终唐之世未有其右者"①。

这首题画诗名作章法谨严,风格刚健、含蓄。借助倒装、拟人、比喻、映衬、婉转等辞格对画鹰进行描摹刻画,借以抒发诗人的凌云壮志和嫉恶如仇的激情。首联用倒装(或曰"倒插法"),将焦点信息前置,再交代背景信息,起笔突兀,既突出画作给人的肃杀印象,又制造引人关注的悬念。颔联先用拟人摹写画鹰的动作,再用比喻刻画其神态。颈联把画鹰当作真鹰来写,用装束和居所来映衬其动感和气势。尾联用呼告收结,借用典婉转表达内心的期待,表面是对苍鹰的期待,实则寄寓了作者奋发有为、建功立业的愿望。浦起龙《读杜心解》有评论可以参看:"起作惊疑问答之势。……'攫身''侧目'此以真鹰拟画,又是贴身写。'堪摘''可呼',此从画鹰见真,又是饰色写。结则竟以真鹰气概期之。乘风思奋之心,疾恶如仇之志,一齐揭出"。

> 白也诗无敌,飘然思不群。清新庾开府,俊逸鲍参军。渭北春天树,江东日暮云。何时一尊酒,重与细论文。
>
> (杜甫《春日忆李白》)

这首诗的修辞特色主要体现在句法修辞和篇章修辞的运用上,借此把对人的怀念和对诗的倾慕,水乳交融在一起,风格谨严、明快。首联用平行句法表因果关系,通过并置凸显了"诗无敌"和"思不群","也"和"然"两个虚词的插入,舒缓了语气,强化了对"诗无敌""思不群"的赞美。颔联两句皆省略谓词,不但语言省净诗化,并且有助于增强形象性和体验性。颈联用两个名词句对举,"渭北春天树,江东日暮云",表面上只写了两个地名和两处景物,不加修饰也不作描述,但有诗题的"忆"作为背景,显然是在借它们提点、暗示作者和李白彼此间的分离以及思念,情景交融,景情相生,短短十字间蕴含了极其丰富的意蕴,给人巨大的想象空间。尾联用疑问句,是问自己也是问对方、问树问云或者其他天地间的见证者,表达对重逢的热切希望。全诗以"忆"贯穿始终,主旨明朗,开头言"诗",结尾"论文",前后呼应,中间两联则先承上评诗,再借景物寄寓对人的思念,结构上起承转合分工明确,谨严而自然。

---

① 俞平伯等:《唐诗鉴赏辞典》(新一版),上海辞书出版社,2013,第465页。

　　今夜鄜州月,闺中只独看。遥怜小儿女,未解忆长安。香雾云鬟湿,清辉玉臂寒。何时倚虚幌,双照泪痕干?

(杜甫《月夜》)

　　这首千古传诵的名作,从修辞角度看,主要借助映衬、示现、设问等辞格和词语修辞、句法修辞的运用写月夜看月思人,抒发离别的悲伤和酸楚,风格谨严、含蓄。首联用示现,描写想象中只有妻子一人独自在家中望月的情景,用"只"来强调"独看"。次联本应用对句而用散句,紧承上一联补足语意,用"遥怜小儿女"的"未解忆长安"表明妻子独自"看月"并非赏月怡情,而是在"忆长安",在独自为诗人担忧。"遥怜"则点明远在异乡的自己也在"看月"思人,因而为儿女、更为妻子焦心。用小儿女"未解忆"反衬妻子的"忆";今夜的"独看"与昔日的共看,前者为实写,后者为虚写,构成虚实映衬;妻子的"独看"和"忆"与诗人的"独看"和"忆",一实一虚,也构成映衬关系。颈联再用示现,工笔细描妻子独自看月的形象,"香(雾)、云(鬟)、清(辉)、玉(臂)"四个修饰语和"湿、寒"两个形容词描述语的精心选择,凸显了妻子因长久望月而雾湿云鬟、月寒玉臂的让人忧虑、怜爱的样貌特征。至此,内心的希望也由衷地在尾联脱口而出,借助设问更显情深意切。"双照泪痕干"则委婉地表达,今夜和分离的日子是泪流不止泪痕难干的,只有到"独看"结束时,流泪才能结束,泪痕才能变干。

　　战哭多新鬼,愁吟独老翁。乱云低薄暮,急雪舞回风。瓢弃尊无绿,炉存火似红。数州消息断,愁坐正书空。

(杜甫《对雪》)

　　杜甫这首诗描写和叙述诗人身陷被安禄山叛军占领下的长安独自对雪"愁吟"的境况,主要借助对偶、拟人、映衬、示现、用典和词语修辞手法来写实存照,风格谨严。

　　首联用反对,前一句用"多",凸显战况的悲惨和感情的沉痛;后一句用"独",见出处境的险恶和内心的孤独。"战哭"拟人,寄寓了诗人的悲伤之情。次联"乱云低薄暮,急雪舞回风"描写雪景,用"乱、急、回"等修饰语和"低、舞"等描述语凸显景物的特点,带有象征意味,从正面表现诗人面对下雪的情感态度,以景衬情。颈联表现诗人贫寒交困的艰苦生活,"瓢弃尊无绿"实写,直述很久没酒可喝,瓢也丢弃了,酒樽也空了,"绿"借代酒,"炉存火似红"虚写,用婉转格,间接表达柴火已经烧尽没法生炉火。尾联用典,书写诗人面对消息杳无,对国家和亲人的命运难以知晓关心的忧愁无聊的心情。

> 国破山河在,城春草木深。感时花溅泪,恨别鸟惊心。烽火连三
> 月,家书抵万金。白头搔更短,浑欲不胜簪。
>
> (杜甫《春望》)

该诗主要借助词语修辞和对偶、映衬、拟人、夸张等辞格的运用抒写诗人深沉强烈的家国之恨,风格谨严、庄重。前三联均用工整的对仗,前四句写忧虑国家,饱含感伤;后四句写牵挂亲人,充溢离愁。

"国破山河在,城春草木深"分别用映衬,以乐景反衬哀情。"'山河在',明无余物矣;'草木深',明无人矣。"(司马光《温公续诗话》)国都沦陷而山河依旧,城池又迎春天,却只见草木茂密,不见人迹。用"破"述国都现状,直面事实,怵目惊心;用"深"描城市实景,感物伤情,无限凄清。"国破"与"城春"对举,"山河在"与"草木深"并说,对照鲜明,带有强烈的反讽意味。明代胡震亨极赞此联说:"对偶未尝不精,而纵横变幻,尽越陈规,浓淡浅深,动夺天巧。"(《唐音癸签》卷九)

"感时花溅泪,恨别鸟惊心"既可以解读为转类,即"溅""惊"活用作使动词,因感时恨别,使人泪堕心惊,也可以理解为拟人用法,即以花鸟拟人,感时伤别,花也溅泪,鸟亦惊心。前者写触景生情,后者则移情于物,两种写法精神相通。

"烽火连三月,家书抵万金"以夸张笔法强调家书的无比珍贵和难以得到,极易引发情感共鸣,也由此成就了这一传诵至今的名句。

"白头搔更短,浑欲不胜簪"同样用夸张的手法,形象地突出国破家亡带给自己的伤痛之深。

第二节 盛唐七律修辞的演变和成就

"七律是起源于南北朝之隋唐之际的歌曲新声与声律体的结合,在初盛唐之际,脱离音乐而成为近体中的重要体裁。"①七律体制的定型,赵昌平《初唐七律的成熟及其风格溯源》一文,通过考察七律诗的九次唱和活动,认定为在初唐中宗景龙年间。

初唐七律主要在宫廷及上层贵族中流行,多为唱和、应制之作,多用于满足雅颂与娱乐两大功能。其中,沈佺期、宋之问、苏颋等中宗朝侍从文人所做应制诗相对比较成熟,如沈佺期《侍宴安乐公主新宅应制》、宋之问《奉和春初幸太平公主南庄应制》、苏颋《奉和春日幸望春宫应制》、贾曾《奉和春日出苑瞩目应令》是初唐时期的七律代表作。总体风格偏于谨严、绚烂,注重语音修辞、对仗工稳、写景和章法艺术日趋成熟,是初唐七律在修辞上的共性特点。

"盛唐七律相对于初唐七律的发展,最根本的是回归真正的抒情功能,摆脱应制的功能"②,题材和风格也变得多元,追求"风骨""兴象""神韵",在修辞上讲究意余言外、刚健自然,词法、句法、章法上顺应内容以常事、常情、常境为主的特点,更多地运用消极修辞手法,较少出现言语的变异形式。崔颢、祖咏、崔曙、高适等都有七律名篇传世,王维、李颀、岑参三人七律作品较多,成就也较大。杜甫则对七律做了空前的发展,自觉地打破审美定势,创新语言运用,进一步增强了七律的抒情性和叙述性,以情意驱遣物事、景象,将抒情笔法、叙述和白描手法的运用以及风格的丰富多变,推进到了极高的境地,对后世产生了深远的影响。

从应制的绮丽风格和颂圣主题转向清新趣味和自由抒情,初唐七律已经有

---

① 钱志熙:《唐诗近体源流》,北京大学出版社,2015,第256页。
② 钱志熙:《唐诗近体源流》,北京大学出版社,2015,第263页。

所尝试,苏颋诗中"云山一一看皆美,竹树萧萧画不成""山光积翠遥疑逼,水态含青近若空"可为适例。张说《幽州新岁作》更是开启了盛唐七律叙事言情、即景抒怀的先声:

> 去岁荆南梅似雪,今年蓟北雪如梅。共知人事何常定,且喜年华去复来。边镇戍歌连夜动,京城燎火彻明开。遥遥西向长安日,愿上南山寿一杯。
>
> (张说《幽州新岁作》)

前六句融叙述于描写、议论、抒情中,首联用比喻,在时空、景象的说明描写中暗含叙事,次联则在议论、抒情中自然地提及"新岁"到来,颈联还是写景,边镇京城一实一虚,相互映衬,共同构成辞旧迎新的特色境况,写景即叙事。尾联则即景述怀。这一写法已经带有盛唐七律流畅、浑融的表达特点,风格趋于自然。

一、崔颢、祖咏、崔曙、高适等人七律修辞的成就

> 昔人已乘黄鹤去,此地空余黄鹤楼。黄鹤一去不复返,白云千载空悠悠。晴川历历汉阳树,芳草萋萋鹦鹉洲。日暮乡关何处是?烟波江上使人愁。
>
> (崔颢《黄鹤楼》)

崔颢是盛唐五律名家,这首《黄鹤楼》名气和影响非常大,甚至被誉为"唐人七言律""第一"(严羽《沧浪诗话》),李白《鹦鹉洲》《登金陵凤凰台》都有意识拟崔颢《黄鹤楼》的格调。这首诗在某种程度上确实创造了一个诗歌艺术的奇迹,将音乐美和意境美近乎完美地融为一体。

从修辞角度说,最重要的当属该诗在语音修辞、句法修辞和篇章修辞上的综合表现。首先,该诗除押韵、平仄、对仗等声律方法的运用外,还汇聚了双声(复返)、叠韵(江上)、叠音(悠悠、历历、萋萋)、迭映(黄鹤楼)、顶真(二、三句句间)等众多带有音乐效果的特殊语音形式和语音修辞方法,这些构成了其神奇音乐效果的主要来源。

其次,该诗前四句用古体诗句法,首联五六字"黄鹤"重出;第三句几乎全用仄声;第四句"空悠悠"以三平调煞尾;颔联与对仗要求不合。从律诗的格律要求来衡量,可谓处处犯大忌。后四句则严格遵循了近体诗的句法、声律规范。前后迥异的语言形式却能高度相容以至相生,则跟该诗的气势流转密切相关,前半部分一气而下,节奏急促,语意紧相连接,因而更适用散句,迭映、顶真形式也有助于强化这种句间的语义联系。收尾处用"空悠悠",三平声加重叠,语调转向缓和。后半部分先以对句写景后用散句抒情,节奏由整齐稳定到松散趋缓,语意前后分明,情感由弱到强。

再次,从谋篇角度看,这首诗其实很好地体现了律诗起承转合的结构特点。首联从传说写起,"已""去"和"空余"相配合,用想象映衬现实,突出鹤去楼空;颔联紧承首联,写景寓情,黄鹤不归与白云空待(拟人)相对,前者为虚景,后者为实景,虚实彼此映衬,"空"字寄托了诗人的感慨和哲思;颈联转而写眼前景象,格调也由奇归正,句法由散变整;尾联即景抒情,以设问形式书写乡愁,用"烟波"完成对整诗浩渺迷幻景象的刻画,收束全篇。

沈德潜评价这首诗"意得象先,神行语外,纵笔写去,遂擅千古之奇"(《唐诗别裁》卷十三),对于把握该诗自然、刚健的修辞风格也有所助益。

　　　　岧峣太华俯咸京,天外三峰削不成。武帝祠前云欲散,仙人掌上雨初晴。河山北枕秦关险,驿路西连汉畤平。借问路傍名利客,无如此处学长生?

　　　　　　　　　　　　　　　　　　　　　　　(崔颢《行经华阴》)

崔颢这首诗同样以刚健的言语风格表现"风骨",另以谨严风格体现"兴象",主要借助词语修辞、对偶句和疑问句以及拟人、示现、映衬、婉转等辞格写景传情。

诗的前三联写景。首句以"岧峣""俯"突出华山的高峻和气势,次句用"削不成"暗表华山三峰乃鬼斧神工造就,非人力可为。首联由总到分写远景,颔联写近景,先平视后仰观。前两联写实景,颈联则用示现,写眼中所无意中所有的幻景,"枕"将黄河、华山人格化,"险""平"相对,增强了两句的映衬关系,以此彰显秦关、汉畤各自的特点和迥然的区别。

诗的尾联抒情,用疑问形式和婉转格,用"借问"避开直述,曲折表意,"无如"则以反诘语气强化对在"此处学长生"的肯定,同时也就是对"此处"和对"学长生"的双重肯定,含蓄地表达了诗人对隐逸修行的态度。前面的写景对此处的抒情起到了铺垫和映衬作用。

全篇结构,从所写内容的关系看,大体也是起承转合式,写景起,远景到近景转幻景,最后以抒情结,神灵古迹与山河胜景熔于一炉,景与情交融映衬,诗境雄浑壮阔而富有意蕴。清人方东树评此诗曰:"写景有兴象,故妙。"

　　燕台一去客心惊,箫鼓喧喧汉将营。万里寒光生积雪,三边曙色动危旌。沙场烽火连胡月,海畔云山拥蓟城。少小虽非投笔吏,论功还欲请长缨。

（祖咏《望蓟门》）

此诗主要在词语修辞、句法修辞、借代、夸张、用典、映衬等方面着力,表现"望蓟门"所见所感,映衬由此而生的沙场立功的壮志决心,风格刚健。

首联两句先果后因,强调"客心惊"的结果,再补充说明原因。"喧喧"是拟声词的重叠,摹状汉将营(借代唐将营)吹箫击鼓声音的喧闹和气势,短语"燕台一去"本为"一去燕台"用倒装句法,既满足了平仄的格律要求,更借突出"燕台"这一边塞重镇增强了语势。

次联写远"望"和上"望"同样是"客心惊"的视觉印象和感受,用夸张("万里寒光""三边曙色")来凸显边塞风光的壮丽,"生""动"表现动态感,"动危旌"是"危旌动"的倒序,倒序是对仗和摹写感觉的双重需要。

颈联转而写军事形势,表现"望"和想象结合所见之景,"沙场烽火连胡月"写人事,"海畔云山拥蓟城"拟人,写地形。可见出形势总体是有力且有利的。

尾联抒情,两句均用典,表达沙场杀敌、建功立业的满怀豪情。

　　汉文皇帝有高台,此日登临曙色开。三晋云山皆北向,二陵风雨自东来。关门令尹谁能识,河上仙翁去不回。且欲近寻彭泽宰,陶然共醉菊花杯。

（崔曙《九日登望仙台呈刘明府容》）

崔曙流传下来的七律只有这唯一的一首,但却是名作。这首七律融叙事、写景、议论为一体抒写登临的历史感慨和归隐心志,主要用句法修辞突出诗意,借对偶扩展表意,用映衬和用典婉转达意,风格含蓄、自然。

开头第一句即说明高台的显赫来历,跟后文的现状描述形成鲜明映衬,从而为抒发历史感慨张本。接着写登临时的天气,暗点心情。颔联写景,将"三晋""二陵"两个历史地名相对作为话题,描写远望的现实景象,用对偶涵盖、暗写自然风物近千年的轮回及其背后的人世变迁。颈联议论,一个反诘句、一个否定句,"河上仙翁"用典,选取令尹、姜尚为代表,借助对偶以点带面,明确表达物是人非、"功名富贵不常在"的观点。颔联写景对颈联叙事,以自然的不变反衬人世的常变。尾联用婉转,借寻陶渊明饮酒委婉表达自己意欲抛弃功名利禄,回归田园山林的想法。

此外,该诗平仄、押韵皆合律,但对仗联对得不太工整,也体现了诗人重视表意自由和语气流畅的特点。

> 黄鸟翩翩杨柳垂,春风送客使人悲。怨别自惊千里外,论交却忆十年时。云开汶水孤帆远,路绕梁山匹马迟。此地从来可乘兴,留君不住益凄其。

(高适《东平别前卫县李寀少府》)

高适这首诗,一般认为是唐人送别七律中最好的。从格律看,为仄起式首句入韵格,韵合四支,平仄合乎规范,对仗工稳细密,章法严整平衡。从修辞看,主要借助词语锤炼、句式选择和起兴、映衬、拟人等辞格的使用,多方抒发依依惜别之深情,风格谨严。

首联含蓄点明送别主题,用自然乐景反衬离别悲情,发端句借黄鸟、杨柳起兴,"翩翩"突出黄鸟的欢快轻松,"垂"暗寓"依依"别情,第二句写春风送客赋予其人情,为离别而悲伤。颔联围绕送别展开,"怨别""论交"分别置于句首作为话题,并用"自""惊""却""忆"来加强描述,突出怨情和交谊之深,情真意切。颈联写景衬情,"孤帆""远"和"匹马""迟"相对,凸显旧友分别带给内心的强烈不舍和孤独感。尾联用相处融洽和无奈送别相映衬,直抒不胜凄切的离情。

二、岑参、李颀、王维等对七律修辞的贡献

> 鸡鸣紫陌曙光寒，莺啭皇州春色阑。金阙晓钟开万户，玉阶仙仗拥千官。花迎剑珮星初落，柳拂旌旗露未干。独有凤凰池上客，阳春一曲和皆难。
>
> （岑参《奉和中书舍人贾至早朝大明宫》）

杜甫、王维、岑参三首和贾至《早朝大明宫》的七律，艺术水准都高于原作。其中，杜甫和诗格律谨严，王维和诗气象阔大，岑参的这首和诗，则因押韵奇险、属对精工与用语典丽而获盛誉。所谓"押韵奇险"是指岑参的和诗所选韵脚字"寒、阑、干、难"，因其语义色彩偏奇丽而非富丽，通常不被用于宫廷诗更不见于早朝诗，而岑参棋走险招，且异常成功。这一特点不仅是声律问题，跟诗的语音修辞和词语修辞也都有密切关系，至于"属对精工""用语典丽"则基本属于修辞方面的特点，主要跟句法修辞和词语修辞相关。

岑参留下的七律仅十首，总体造诣不能算高，但这首和诗颇能代表其偏于绚烂、庄重的修辞风格。

诗的前三联皆用工对写景。首联写早朝途中的见闻，从听觉、视觉、感觉等不同角度形象地描绘暮春清晨的景致和天气，"寒""阑"两个描述语尤见其特色，"皇"对"紫"，用谐音假对。颔联表现早朝庄严整肃的场面，对仗工整精致，用词藻丽堂皇，"金阙""玉阶""仙仗"等凸显皇宫的豪奢，"万""千"夸张地凸显早朝的威仪。颈联用映衬格，将早朝的场面和春色融通起来写，相互映衬，相得益彰，意涵丰富，且能呼应原诗主题，"剑珮""旌旗""星""露"等景物写入宫廷诗，也突破常规显得新颖，因而最受宋代杨万里的高看："和此诗者，岑诗云'花迎剑佩星初落，柳拂旌旗露未干'，最佳。"（《诚斋诗话》）

尾联点题，"独有凤凰池上客，阳春一曲和皆难"借用典表达对原作者及原作的雅化和恭维，以及自己的谦逊。

> 花宫仙梵远微微，月隐高城钟漏稀。夜动霜林惊落叶，晓闻天籁发清机。萧条已入寒空静，飒沓仍随秋雨飞。始觉浮生无住著，顿令心地

欲皈依。

(李颀《宿莹公禅房闻梵》)

　　李颀七律现存七首,成就在盛唐名家中仅次于王维,陆时雍《唐诗镜》评价说"李颀七律,诗格清练,复流利可颂,是摩诘以下一人。"[1]胡应麟《诗薮》对李颀流传下来的七首七律评价极高:"李律仅七首,惟'物在人亡'不佳。'流澌腊月',极雄浑而不笨;'花宫仙梵',至工密而不纤。'远公遁迹'之幽,'朝闻游子'之婉,皆可独步千载。"

　　本首诗主要借锤炼词语和运用映衬、示现、摹状等辞格表现"闻梵"的感受、影响和想象,风格谨严。首联写景点题,"宫"和"梵"分别缀以修饰语"花""仙",顿生脱俗之感,"远""微微"强调梵音邈远,高城与花宫相对照,钟漏稀疏与梵音微微相映衬。颔联用示现,描写想象中的夜晚和清晨的景象,借以凸显梵音的影响:霜林秋叶受惊而落,大自然孕育着清新的生机。颈联用示现摹状梵音化为"秋声"(天籁),有的已经融入安静的寒空,有的仍随着秋雨飘飞。"萧条""飒沓"两个叠韵拟声词相对,且强化了音乐效果。尾联就此写诗人的顿悟,浮生一旦抛却住著(佛家用语,即"执著")之念,便从心底萌生皈依佛门之心。

　　　　朝闻游子唱离歌,昨夜微霜初渡河。鸿雁不堪愁里听,云山况是客
　　中过。关城树色催寒近,御苑砧声向晚多。莫见长安行乐处,空令岁月
　　易蹉跎。

(李颀《送魏万之京》)

　　李颀此诗借助词语锤炼、句式选择、倒叙和拟人、映衬、倒装、示现、婉转等辞格写送别之情,多方渲染、情景交融,写得情真意切,风格偏于含蓄、柔婉。一开首即采用倒序叙述,先说"朝闻游子唱离歌",再补充说"昨夜微霜初渡河","微"和"初"点明时令为刚进入霜降天寒时节,第二句用拟人,把霜人格化了。次联用映衬,借叙事来抒情,以事衬情,"愁""客"点明情感背景,两句倒装突出借以

---

　　① 陆时雍:《唐诗镜》卷一六李颀《题卢五旧居》一首下评语,影印《文渊阁四库全书》本,转引自钱志熙:《唐诗近体源流》,北京大学出版社,2015,第 272 页。

映衬愁情的形象"鸿雁""云山","不堪""况是"配合构成递进复句,有效地加深、强化了语意和情感。颈联用示现,推想友人远行路途的自然景色和市井风情,"催"用拟人手法,通过树色变化、草木摇落形象生动地突出了步步逼近的凛冽寒意,宫苑化为民居,因而"砧声向晚多",隐含世事沧桑之意。结尾用婉转,借评判长安,委婉地传达希望友人珍惜时光成就事业的心声,"莫见""空令"对用,加强了语气和态度。

> 居延城外猎天骄,白草连天野火烧。暮云空碛时驱马,秋日平原好射雕。护羌校尉朝乘障,破虏将军夜渡辽。玉靶角弓珠勒马,汉家将赐霍嫖姚。
>
> (王维《出塞作》)

王维现存七律二十首,在盛唐诗人中数量仅次于杜甫,地位也仅次于杜甫。其对七律的贡献主要表现在写景叙事艺术和风格的更多变化上。

这首诗主要借助词语修辞、句法修辞和示现、借代、列锦、映衬等写景叙事,表现边塞将士的英勇和胜利。清代方东树曾就此诗有过精到评论:"前四句目验天骄之盛,后四句侈陈中国之武,写得兴高采烈,如火如锦,乃称题。收赐有功得体。浑颢流转,一气喷薄,而自然有首尾起结章法,其气若江海之浮天。"(《唐宋诗举要》引)

诗的前半部分写边境形势,凸显强敌来犯、边情紧急。首联,"猎天骄"实为"天骄猎"为了押韵而倒装,"天骄"用借代,代指吐蕃,"白草连天"用夸张,烘托火势蔓延,猎火就在唐的边城外熊熊燃烧,暗指外敌入侵。颔联,"暮云""空碛""秋日""平原"加上前文"白草""野火"等词语的选用准确捕捉住了景物的特色,有力地烘托了人物的活动,驱马驰骋和弯弓射雕两个最具代表性画面的选取,生动传神地表现了"天骄"的强悍,反衬了边情的紧急和战况的艰难。

后半部分写唐军应对和取胜受勋。颈联用工对写景,一句写守,一句写攻,以相对的两个点含括整体的面,气势很足。"护羌校尉"和"破虏将军"分别用借代,借汉代武官指唐军将士。尾联先用列锦,三个名词短语并列集于一句,凸显赏赐物品多而珍贵,"汉家"指唐朝,"霍嫖姚"指崔希逸,用借代法增其典雅色彩。

整首诗风格刚健、谨严,前半部分从反面渲染、凸显敌方大兵压境、咄咄逼人,为后半部分正面表现己方的从容应对、立功受奖,起到了极为有力的铺垫和反衬作用。

桃源一向绝风尘,柳市南头访隐沦。到门不敢题凡鸟,看竹何须问主人。城上青山如屋里,东家流水入西邻。闭户著书多岁月,种松皆老作龙鳞。

(王维《春日与裴迪过新昌里访吕逸人不遇》)

王维这首诗写人寓情,主要借助借代、用典、映衬和篇章修辞来表现人物的超凡脱俗,寄寓对隐逸生活的倾慕向往,主旨突出,结构严密,风格自然、平淡。

"桃源一向绝风尘,柳市南头访隐沦。"用桃花源代指吕逸人的住处,"一向绝风尘"强调环境的与世隔绝,映衬所访隐逸人物的超脱凡俗。

"到门不敢题凡鸟,看竹何须问主人。"两句皆化用典故,以虚写实,虚实相映相生,颇有雅趣。前一句明示对吕逸人的仰慕,见其寻访的笃诚。后一句暗示寻访未能见到主人,但见居处幽雅。

"城上青山如屋里,东家流水入西邻",用白描手法,描写吕逸人居所的环境,与山水自然融通、远离尘世喧嚣的特点,既照应开篇的"绝风尘",又烘托了隐逸者的生活及其志趣。

"闭户著书多岁月,种松皆老作龙鳞。"从正面写吕逸人的隐居生活。后一句写手种松树皆变老,映衬"多岁月",凸显吕逸人隐居著述的坚贞和持久,"作龙鳞"与开头的"一向绝风尘"照应,强化了表意,布局颇为严整。

积雨空林烟火迟,蒸藜炊黍饷东菑。漠漠水田飞白鹭,阴阴夏木啭黄鹂。山中习静观朝槿,松下清斋折露葵。野老与人争席罢,海鸥何事更相疑?

(王维《积雨辋川庄作》)

该诗是王维田园诗的七律代表作,诗人主要通过词语修辞、句法修辞和用典、排比、设问等辞格描写辋川优美恬静的田园风光和自己清淡幽雅的禅寂生活,表现情景交融、物我相惬的意境美。

首联描写农家生活。词语修辞:"积、空、迟"三个形容词精准地把握了背景的特点,"蒸、炊、饷"三个动词细致地体现了人物的活动,动静结合,画面感很强。句法修辞:"积雨空林烟火迟",两个名词性非主谓句和一个形容词性主谓句并列,"蒸藜炊黍饷东菑",三个动宾短语构成排比句。词语修辞和句法修辞共同发力,在有限的字数内包含了丰富的描述信息,言简义丰,形象传神。

颔联表现自然风貌。词语修辞:"漠漠、阴阴"用重叠形式,形容水田广布和夏木茂密,"飞、啭"描摹动作和声响,"黄鹂、白鹭"凸显色彩的映衬。句法修辞:"飞白鹭""啭黄鹂"皆用倒装句法,有助于凸显感知顺序和动感形象。用典:这两句化用他人佳句,出于蓝而胜于蓝,恰如宋人叶梦得所说:"此两句好处,正在添'漠漠''阴阴'四字,此乃摩诘为嘉祐点化,以自见其妙。如李光弼将郭子仪军,一号令之,精采数倍。"(《石林诗话》卷上)

颈联描述诗人的隐居生活。"山中习静观朝槿,松下清斋折露葵",从内容上可理解为这是由两个不带关联词语的复句构成,省略了表因果、目的的虚词,不但节省了文字,而且弱化了逻辑联系,强化了体验性,突出了描写性,借此映衬内心的隐逸修行之情味。"静、清、观"等词语,也透露了个中况味。

尾联抒写诗人淡泊自然的心境。"野老与人争席罢,海鸥何事更相疑?"用描述语言化用了两个典故,一正用,一反用,相互映衬,并用反问收结,有力地加强了自己已然与世无争、回归自然、超脱尘世功利俗念的内心告白。

> 洞门高阁霭余晖,桃李阴阴柳絮飞。禁里疏钟官舍晚,省中啼鸟吏人稀。晨摇玉佩趋金殿,夕奉天书拜琐闱。强欲从君无那老,将因卧病解朝衣。
>
> (王维《酬郭给事》)

这首诗用于酬赠,内容是颂扬对方和自表心迹。其特色是用映衬、象征、双关、比喻和特色词语描写景物,寓景于情、状物达意,风格含蓄、典雅。

诗的前两句明写郭给事的办公环境,暗写其显达的地位。"洞门高阁"代指宫廷,"余晖"象征皇恩。"桃李阴阴"双关,意指郭给事桃李满天下,"柳絮飞"喻指郭的门生故吏也飞扬显达。三、四句描写郭给事当值的闲静,钟"疏"、人

"稀"、鸟"啼"集中点染了氛围的清闲、安静,"省中啼鸟"也被赋予了某种象征意义,作者以此来反衬、象征郭给事治理有方、政绩卓著,高度赞扬却又不露痕迹。五、六句,直接描写郭给事的为官。"摇""趋"和"奉""拜"四个动词刻画其为官的恭谨,"玉佩""金殿""天书""琐闱"四个名词集中渲染了其身份的显贵,这些词语也赋予诗歌以庄重典雅的色彩。诗的末两句自然地转到诗人自己,"强欲""无那"的强调和"老""卧病"的托词,委婉曲折地道出希望退隐的想法。但这一想法,明显跟唐人酬赠诗一般在最后表达希冀引荐提拔的惯例反其道而行之,结尾因而也显得出人意表,别开生面。

三、杜甫七律修辞的发展和创新

关于杜甫七律艺术的特点和创新,钱志熙从题材的大幅开拓和风格的极大丰富两个方面概括杜甫对初盛唐七律的"巨大发展",并指出其两大突出的艺术特点,一是"杜甫的七律,绝大部分都用一种浓重的抒情笔法来写","以思想、情意驱遣情事景象",在抒情强度、情感类型、抒情方式上均有显著的突破和创新;二是"叙述性的增强和白描艺术的发展","大量采用宽对的形式"[1]追求意脉的连贯和表达的自如浑成。马茂元先生则从谋篇角度做过评说:"作为杜甫七律风格的基本特征,是他能在尽幅之中,运之以磅礴飞动的气势;而这磅礴飞动的气势,又是和精密平整的诗律水乳交融地结合在一起的。所以'工而能化','中律而不为律缚'。"[2]

那么这些特点和创新,在修辞方面有哪些具体表现和贡献呢? 只有结合具体作品来分析和梳理,才能得出相对明确和完整的结论。

郑公樗散鬓成丝,酒后常称老画师。万里伤心严谴日,百年垂死中兴时。苍惶已就长途往,邂逅无端出饯迟。便与先生应永诀,九重泉路尽交期。

(杜甫《送郑十八虔贬台州司户伤其临老陷贼之故阙为面别情见于诗》)

---

① 钱志熙:《唐诗近体源流》,北京大学出版社,2015,第278页、279页、282页、284页。
② 俞平伯等:《唐诗鉴赏辞典》(新一版),上海辞书出版社,2013,第597页。

这首诗,前人评说,突出其强烈的抒情性和感染力:"从肺腑流出","万转千回,纯是泪点,都无墨痕";"一片血泪,更不辨是诗是情";"直可使暑日霜飞,午时鬼泣"。那么这一抒情特点是如何体现的呢?还得看其修辞。

该诗虽借助于用典、映衬、夸张等辞格,但主要还是依靠词语修辞、句法修辞、篇章修辞(白描)等消极修辞手法来写人、叙事和抒情。

首联写人,直呼"郑公",包含敬重和年长双重意;"樗散"用典,喻写其为人厚道;"酒后常称老画师"也表明他安分守己;"鬓成丝"用白描,突出其年老。

次联抒情,上下句均用倒装形式,常规顺序为"严谴日万里伤心,中兴时百年垂死",状语后置,满足了对仗需要,更凸显了"伤心"和"垂死"、"严谴日"和"中兴时"的鲜明对比,"万里"用夸张,强化"伤心";借助多重映衬,蕴含了深刻的同情和愤慨:"垂死"正衬"伤心","严谴"对衬"垂死","中兴时"反衬"严谴日"。

颈联叙事,采取"苍惶""邂逅"分别前置的句法,继续聚焦于"严谴",由此叙事也不再是冷静客观的,而是寄托了强烈的同情和不满。

尾联抒情,在前面"垂死""严谴""邂逅无端"的铺叙基础上,直抒"便与先生应永诀"的悲叹和只能寄望"九重泉路尽交期"的痛楚。称呼"先生"显真情,"永诀"沉痛不忍卒读。

从篇章修辞角度看,此诗主要是将情感色彩贯穿字里行间,层层推进,在写人、叙事中蕴含情感、间接抒情,并为直接抒情作铺垫。

> 苑外江头坐不归,水精宫殿转霏微。桃花细逐杨花落,黄鸟时兼白鸟飞。纵饮久判人共弃,懒朝真与世相违。吏情更觉沧洲远,老大悲伤未拂衣。

> (杜甫《曲江对酒》)

这首诗借助词语修辞和映衬、拟人、婉转等辞格叙事、写景、议论、抒情,表现诗人不为所用、进退两难的处境和心情,情感深沉,风格含蓄。

首联叙事,"坐不归"表明诗人久坐江头不归,"不"表明诗人不归是因为主观上不愿回去,暗示情绪不佳。"转霏微"写天色晚而迷蒙,"霏微"叠韵,给人虚幻寥落的色彩。

次联写景,"桃花细逐杨花落,黄鸟时兼白鸟飞"用自对格,句间句内皆用对,工对、映衬、拟人兼用,凸显了所写春景的特征:色彩美、声音美、动态美兼备。"细逐""时兼"刻画落花的轻盈美好、飞鸟的活跃轻松,生动而传神。此等乐景恰恰反衬了诗人的心绪:心事重重、难以排解,仕途失意、懒散无聊。

颈联议论,用婉转格述怀,表面说自己因为纵情于饮酒而甘愿被弃,因为"懒朝""与世相违",事实上因果则是倒置过来的,诗人借此委婉含蓄地抒发了不为理解、不为所用的抑郁和愤懑。

尾联抒情,"吏情更觉沧洲远,老大悲伤未拂衣","沧洲"借代隐居,"拂衣"代指辞官,"更觉""悲伤"相对,凸显老大伤悲却又抱负难展、报国无门而又不忍弃官的矛盾心理和两难处境地。

老去悲秋强自宽,兴来今日尽君欢。羞将短发还吹帽,笑倩旁人为正冠。蓝水远从千涧落,玉山高并两峰寒。明年此会知谁健?醉把茱萸仔细看。

(杜甫《九日蓝田崔氏庄》)

杜甫这首重九名作抒写年老悲秋的感慨,用词语修辞、句法修辞和映衬、用典、设问等曲尽其意,风格自然、刚健。

起首即抒情,直述"老去""悲秋""强自宽",用自己一向的情感状态,映衬、凸显"今日"难得的"兴来"和"尽君欢",叙中言情。

次联叙事,反用孟嘉落帽的典故,紧承第二句,具体刻画"兴"和"欢"。"短发"写年老,"正冠"写雅"兴",将"羞"和"笑"两个表情词语置于句首予以突出,暗点"强自宽"。杨万里《诚斋诗话》评价此联:"孟嘉以落帽为风流,此以不落帽为风流,翻尽古人公案,最为妙法。"

颈联写景,描绘山高水远的壮美景色,视线和关注点都一下摆脱了眼前的喜乐悲愁,但这只是暂时的、表面的,不可能真正让人忘情,这里的景因而同样也成为了情的一种映衬。

尾联抒情,用设问委婉表达感叹:山水常在、人事难料,"醉把茱萸仔细看"描状"醉"态,以此特殊情态表现诗人内心境况,照应起首两句的抒情叙事。

颈联用工对,首联颔联皆用宽对,尾联散行,这种整中有散的句法结构及篇章模式,既凝练、突出了诗意,又保持了意脉的流畅自然,强化了抒情表意的厚度和力度。

> 常苦沙崩损药栏,也从江槛落风湍。新松恨不高千尺,恶竹应须斩万竿! 生理只凭黄阁老,衰颜欲付紫金丹。三年奔走空皮骨,信有人间行路难。

(杜甫《将赴成都草堂途中有作先寄严郑公五首(其四)》)

此诗叙述回成都后的打算和别后三年的奔走,却以抒情为主,以抒情带叙述,叙中也含情,见出杜诗不同写作手法自由融通的一贯特点。词语修辞、句式修辞和双关、夸张、拟人、借代等辞格的结合,强化了该诗的抒情性,丰富了诗歌的意蕴,风格含蓄、自然。

诗的首四句写重新修整草堂的设想。一、二句述说经常苦于药栏被毁,"常""苦"突出忧虑之频繁,"损"和"落"点明药栏所遭遇的严重毁伤,以言情方式叙说修理药栏的计划。三、四句用直接抒情的方式表明整理松竹的计划,"恨不""应须"相对,"高千尺""斩万竿"相对并用夸张,用感叹形式表达对"新松"和"恶竹"爱憎分明的态度,用双关格言此意彼,兼表面对新生事物和恶势力的鲜明立场,"兼寓扶善疾恶意"(杨伦《杜诗镜铨》)。

五、六句写生活方面的展望。"只凭"突出对朋友的信赖感激,"衰颜"借代身体(保养)、"欲付"拟人,显示轻松的心态。叙事中包含情感的抒发。最后两句从瞻望转到回顾,"三年奔走空皮骨"叙事,"信有人间行路难"抒发感叹,"行路难"双关,"信"借以强化感慨。

全诗扣题,围绕自身的事和情展开,重在抒情,但又不局限于个人的遭遇和情感,而是巧妙、自然地将对社会现实的关注和态度融入、寄寓其中,由此拓展、深化了诗歌的思想内容。

> 花近高楼伤客心,万方多难此登临。锦江春色来天地,玉垒浮云变古今。北极朝廷终不改,西山寇盗莫相侵。可怜后主还祠庙,日暮聊为梁甫吟。

(杜甫《登楼》)

这首诗写登楼所见所感,即景抒怀,主要借助词语锤炼和倒装、夸张、映衬、借喻、婉转等修辞格凸显景物特征,抒写诗人深沉、浓烈的思想感情,风格刚健、含蓄。历代诗评家对这首诗评价极高。

首联写登楼所感。第一、二两句间因果倒装,为的是突出"伤"情,起势突兀。"花近高楼伤客心(即客心伤,为押韵而倒装)"写触景生情,同样是借乐景来反衬、突出哀情。"万方多难"用夸张,概说、强调现实困境,表明整首诗抒情的背景和基点。

颔联写所见壮丽景色。"春色"美,"浮云""变","来天地"表现空间阔大,"变古今"表现时间久远,两句对仗工稳,营造了一个雄浑、壮观、深邃的意境。

颈联承上联即景抒情。自然的满目春色反衬了人世的"万方多难",浮云虽然古今变幻,大唐的气运长在。"西山寇盗"用来借喻吐蕃,"终"和"莫"相对,凸显诗人鲜明的爱憎和立场。此联用流水对,增加了语势的变化和流动。

尾联咏古抒怀。先用婉转格,借对后主的评判暗讽当朝的昏君,后用《梁甫吟》代指所作《登楼》,表达对贤相的仰慕,暗寓报国无门的伤感。其中的"可怜""聊为",都带有强烈的感情色彩。

　　舍南舍北皆春水,但见群鸥日日来。花径不曾缘客扫,蓬门今始为君开。盘餐市远无兼味,樽酒家贫只旧醅。肯与邻翁相对饮,隔篱呼取尽馀杯。

(杜甫《客至》)

这首纪事诗,借助词语修辞和映衬、迭映、互文等辞格生动地记录了一次待客的过程和场景,从中可见出诗人的真率热情、宾主的融洽和谐,表现出浓郁的生活气息和人情味,风格明快、自然。

一、二两句写户外的景色。"舍南舍北皆春水"用迭映,强调居所外环境优美怡人,"皆""但"相对,用转折复句,突出只有"群鸥日日来"的美中不足,反衬少有人来。暗示诗人对客人光临的盼望和喜悦心情。

三、四句写客人到家。用互文格记录与客人的对话,每句前后又构成映衬,表达对来客的高度重视和格外欢迎,也表明主人不轻易延客的闲适恬淡性格。

后四句实写待客。五、六句正面描写主人抱歉招待简朴和频频劝菜劝酒的宴客场景，"无""只"相配，有强调意味，话语显得诚挚而亲切，字里行间透露着主客之间真诚融洽的欢悦氛围。七、八句从侧面描写邻翁也受邀参与共饮，将席间的气氛推向高潮。

> 兵戈不见老莱衣，叹息人间万事非。我已无家寻弟妹，君今何处访庭闱？黄牛峡静滩声转，白马江寒树影稀。此别应须各努力，故乡犹恐未同归。

（杜甫《送韩十四江东觐省》）

这首送别诗，主要借助词语修辞、句法修辞和借代、用典、映衬等表现离愁别绪，寄寓深沉的家国之恨，风格谨严。

首句点题，"兵戈"借代战争，名词独立成句突出"觐省"的背景，借彩衣娱亲的典故侧面点题。第二句紧承第一句，直接抒情，发出忧国忧民之叹息。

三、四句，接"万事非"，写诗人与弟妹们的分离苦况，引出对韩十四江东觐省前景的关心。"我"和"君"相对、"已"和"今"连贯，两句构成流水对；疑问句增添了形式的变化和语意的波澜。

五、六两句，写分别后的景，景中寓情。"黄牛峡"对"白马江"，巧用地名构成工对，"静"反衬响和动，暗示船已走远，"寒"和"稀"，暗点天晚和秋意变浓，映衬诗人此时内心的孤独凄冷。

最后两句，鼓励彼此应各自努力生活，即便如此，"犹恐"前程未卜，不能等到同归故乡的那一天。与开头的"叹息人间万事非"前后呼应，意味深长。

> 剑外忽传收蓟北，初闻涕泪满衣裳。却看妻子愁何在，漫卷诗书喜欲狂。白首放歌须纵酒，青春作伴好还乡。即从巴峡穿巫峡，便下襄阳向洛阳。

（杜甫《闻官军收河南河北》）

这首脍炙人口的名诗，主要借助语音修辞、词语修辞、句法修辞和夸张，直抒胸臆，表现官军收复河南河北的捷报传来后诗人的惊喜和憧憬，激情迸发、气势畅达,风格明快、刚健。仇兆鳌在《杜少陵集详注》中引王嗣奭的话说:"此诗句句有喜跃意,一气流注,而曲折尽情,绝无妆点,愈朴愈真,他人决不能道。"后代诗论家都极为推崇此诗,赞其为老杜"生平第一首快诗也"(浦起龙《读杜心解》)。

首联突起,写好消息从天而降的反应。"剑外忽传收蓟北","忽传"凸显了捷报来得非常突然和意外。"初闻涕泪满衣裳"用夸张格形象传神地刻画"初闻"捷报瞬间的情感大爆发:喜极而悲、悲喜交织、悲喜交错。

次联紧承,写妻子儿女和自己的心情。"却看"和"漫卷"相承、"愁何在"和"喜欲狂"相对,两句构成流水对,分别从动作和表情上,表现整个家庭洋溢的狂喜过望、喜气洋洋的氛围。

颔联顺转,写对祝捷和返乡的畅想。"白首放歌须纵酒,青春作伴好还乡"仍然用流水对,"须"和"好"相对,呼应前文的"喜欲狂","白首放歌""青春作伴"凸显了对现实和未来的美好畅想。

尾联收结,写回乡旅程的飞速畅想。连用四个地名,"巴峡"与"巫峡"、"襄阳"与"洛阳",既是句内对,又是句间对,构成工整的地名对;而"即从""便下"关联词的绾合,则使上下联一气贯注,构成流水对。"穿""向"的动态描写形成示现的景象。

语音修辞方面,江阳韵的选取、"峡"和"阳"的迭映、三个流水对的连用,不但带来了音乐美,而且促成了情感色彩的强化、画面的流转和气势的贯通。

　　　童稚情亲四十年,中间消息两茫然。更为后会知何地? 忽漫相逢
　　是别筵! 不分桃花红胜锦,生憎柳絮白于棉。剑南春色还无赖,触忤愁
　　人到酒边。

　　　　　　　　　　　　　　　　　　　　　　　(杜甫《送路六侍御入朝》)

这首送别诗,主要借助句式修辞和拟人、映衬抒写聚散离合之情,寄托迟暮飘零的身世之感,叙事、抒情、写景都统贯于"情",抒情浓烈,风格谨严、刚健。

首联叙分别,突出了"童稚情亲"和长相思,"童稚情亲四十年"直述儿时旧情的深厚,"消息两茫然"与此形成映衬,凸显了下文相聚的不易。

次联叹重逢,突出"相逢是别筵"、后会遥无期的感受。"相逢"和"后会"时

序颠倒,用句子间的倒装形成逆挽之势,看似为了押韵需要导致了衔接突兀,实则更能激发接受者的好奇和探索,对于诗人因相逢不易而特别关心相聚时间长短、期待"后会"的内心活动,也就体会更深,诗歌本身也增添了波澜。设问句和感叹句的连用,前者明显包含了"后会"杳然、茫然之意,后者则使抒情表意更强烈、更深沉。"更""忽"相配,加强了人生如梦、世事难料的感慨。

诗的后四句写景,给景物涂抹上显著别样的主观色彩。颈联用移就,将"不分""生憎"等人的性状加于无情之物桃花、柳絮,又用明喻、较喻,拿锦、棉来比况它们色彩的明艳、外观的美好。尾联用拟人,把剑南春色描述成"无赖"并"触忤愁人"的不受欢迎者。这种表面的矛盾和异常,究其根源,全是出自诗人离怀难遣、对景伤情的特殊心境。景衬情,情衬景,写景和抒情就此融为一体,景语也都成为情语。

使君高义驱今古,寥落三年坐剑州。但见文翁能化俗,焉知李广未封侯? 路经滟滪双蓬鬓,天入沧浪一钓舟。戎马相逢更何日? 春风回首仲宣楼。

(杜甫《将赴荆南寄别李剑州》)

"声谐语俪,往往易工而难化。"(刘熙载《艺概·诗概》)律诗受声律和对仗束缚,易流于板滞,杜律的高明之处在于往往总能做到纵横自如而又脉络分明,这首诗也如此。总体上围绕人来写,从对方写到自己再写到彼此的离别。修辞上多用典故,并借助词语锤炼、句式变化和映衬、示现、借代等辞格来写人寄情,风格典雅、庄重、含蓄。

诗的前半篇写李剑州,颂扬了其政绩。前两句从正面写,"使君"用尊称,"高义""驱""坐"都对李加以肯定和夸赞,"寥落"则表达对其未受重用的不平和同情。三、四句借用典故从侧面写,用古人来映衬。"能化俗"强调其治理能力,"未封侯"表明其用非其才,"但见""焉知"前后呼应,一开一阖,彼此映衬,用反问句进一步凸显了这一不合理不公平现象的存在及其未受重视,从中寄寓了诗人的评价和态度。对偶句中融入虚词,显化了逻辑关联,整中有散,在凝练的结构中增加了流动性。

后半篇从自己着笔写离别,寄托身世之感。五、六句用示现,描写想象中自已"将赴荆南"的情景,用"路经滟滪"的风涛险恶、"天入沧浪"的烟波浩渺来映衬前行路的艰险难测,暗含诗人对于人生迟暮飘零的忧虑和哀愁。"双蓬鬓"借代垂老的诗人,和"滟滪"相对照,"一钓舟"和"沧浪"相对照,包含鲜明的画面感和象征义。尾联用设问,抒发离别之情,再用典故,借王粲虚写自身未来可能的处境,言而未尽,令人回味。

　　堂前扑枣任西邻,无食无儿一妇人。不为困穷宁有此? 只缘恐惧转须亲。即防远客虽多事,便插疏篱却甚真。已诉征求贫到骨,正思戎马泪盈巾。

(杜甫《又呈吴郎》)

这首诗用诗的形式来劝告吴郎同情、体谅一个寡妇邻居的"扑枣"行为,修辞上主要用词语修辞、句式修辞和夸张,来叙事、议论和抒情,增强感染力和说服力,风格明快、自然。

标题用"呈",有庄重的书面色彩,表达尊重之意,更易于为对方所接受。

开头四句叙述、说明自己的做法和想法,以实际行动和朴素道理来现身说法。"任"表明明知而放任,"无食无儿一妇人"单列,刻画人物极为贫穷、无依无靠的处境。"不为"和"宁"、"只缘"和"转"相配相映,"困穷""恐惧"相对相合,再用设问句形式,使作者的解说带有很强的感染力和说服力。

颈联委婉地批评吴郎的做法。"即"和"便"、"虽"和"却"两对关联词语配合使用,表达双重的让步关系,曲折达意,入情入理,"多"和"甚"强化局部的表意。

最后一联叙述妇人的诉告和自己的忧思,用眼泪来感动对方。由个人"征求"到"戎马"现状,用"贫到骨""泪盈巾"对说,带夸张色彩而又有事实基础,更能打动人。

整首诗融虚词和典型的散文句式入诗,使叙述、说明、抒情、议论、描写等各种写作方式自由切换,各善其场,不但内容上表达更为细腻自如、意脉连贯,而且在形式上化呆板为活泼,将律诗的形式美、音乐美和散文的灵活美、自然美有机地兼容,沉郁顿挫而又韵味无穷。

重阳独酌杯中酒,抱病起登江上台。竹叶于人既无分,菊花从此不须开。殊方日落玄猿哭,旧国霜前白雁来。弟妹萧条各何在,干戈衰谢两相催!

（杜甫《九日》）

此诗写重九登台的见闻和忧思,修辞上主要通过词语修辞、句式修辞和婉转、映衬等辞格的运用,将叙事、议论、写景和抒情"打通",借以寄托怀乡思亲、伤时忧国的情怀,言语风格以自然、含蓄为主。

词语的选择和使用上,首联"独酌、抱病、起、登",颔联的"无分"集中刻画了诗人的身心状况,颈联的"殊方""玄猿""哭"和"旧国""白雁""来"相对照,用于揭示突出景物的特色,彼此映衬并用于映衬诗人的情感,尾联"萧条""衰谢"对举,凸显弟妹和诗人共同面对的艰难处境,而这一切根本上则源于"干戈"(借代战事)。

句式的选用上,这首诗最大的特点是将整句(对偶或准对偶)和散句(散行、形式)配合起来,整中有散,散中有整,既收凝练之效、集聚之功,又得灵动之美。从格律的处理来看,这种整散配合跟这首诗全篇用对仗但以宽对为主的用对格局,呈现出大体对应的关系。其次,颔联多用虚词,也打破了律诗的一般惯例,介词"于"和"从"、连词"既"、副词"不"、否定动词"无"和能愿动词"须",进入诗句中各司其职,丰富了对仗的形式和表意。从中也可见出诗人对仗技巧的高超和创新。再次,在陈述句中参用感叹句,虽属律诗常见句法技巧,同样也有力地配合了该诗结尾转入直抒胸臆,对诗意的升华。

辞格使用上,颔联在结构上用假对,借"竹叶青"酒的"竹叶"二字与"菊花"相对,用对巧妙,新颖别致。这两句在表意上用了婉转格,借议论兼抒情的方式,去实现叙事和写景,以此显化了主观情感色彩,也增添了诗歌语言的情趣。"菊花""不须开",恰恰说明菊花实际上开了,而且开得很盛(这才会引发诗人的牢骚使气)。菊花以及颈联的猿哭、雁来,都对环境有烘托作用,也自然被借来映衬人的忧思悲情。

风急天高猿啸哀,渚清沙白鸟飞回。无边落木萧萧下,不尽长江滚滚来。万里悲秋常作客,百年多病独登台。艰难苦恨繁霜鬓,潦倒新停浊酒杯。

（杜甫《登高》）

　　此诗借登高写景述怀,胡应麟《诗薮》推重该诗为古今七言律诗之冠,指出该诗"一篇之中,句句皆律,一句之中,字字皆律","用句用字""皆古今人必不敢道,决不能道者"。

　　全篇皆用对仗,且为排比、对偶的整齐形式构成的工对,同时还借助词语修辞、句法修辞和夸张、摹状、映衬等辞格,描写所见壮丽秋景,倾诉悲秋伤时、老病孤愁的复杂感情,气势磅礴雄壮,感情慷慨激越,风格刚健、谨严。

　　前四句写登高所见景物。首联对起,用句内排比分别描写高处和水边的三个景物,节奏急促,意象密集。"风急""天高""猿啸哀","渚清""沙白""鸟飞回"全用主谓结构的描写句,六个形容词的选用准确传神地体现了各自景物的特色,组成精美的画面。

　　颔联着意描绘两幅特写。"无边""不尽"用夸张,"萧萧""滚滚"用摹状,仰望只见木叶茫无边际、萧萧而下,俯视则见江水奔流不息、滚滚而来。自然景象的写意勾勒和工笔刻画,显然对接下来情感的抒发起到了烘托、映衬的作用。

　　颈联叙述人生遭际,"万里""百年"都是以实代虚的借代,叙述中点明了"悲秋""多病""独"等情感,纵(时间)横(空间)交错,营造了开阔深广的意境。

　　尾联写眼前的处境,使人有意将"艰难"和"潦倒"分别置于句首加以突出,并引出白发日多、护病断饮的具体表现。而"艰难"不光属于个人,因此又借此点明了时世的艰难,这既是个人艰难潦倒的根源,也是诗人始终不忘伤时忧国的表现。

　　杜甫在七律诗史上的地位,堪称真正的前无古人,后无来者。以上我们对杜甫七律修辞特色和创新的考察,着眼于单篇代表性作品,还必须要提到的是他的七律组诗。《咏怀古迹七首》《诸将五首》和《秋兴八首》这三组七律都作于诗人晚年,一方面代表了其思想和艺术的高度成熟,另一方面则体现了杜甫在七律组诗创作上的开拓和成就。诗人将组诗在主题、题材、思想、形象、结构和风格等方面的整体性与单篇诗歌在内容、章法、句法、字法和风格等方面的多样性有机地统一起来,从而在七律组诗抒情、表意、造境的高度上独领风骚,在艺术风格、修辞表现的丰富创新上独树一帜,使七律组诗在他笔下成为真正意义上惨淡经营的艺术巨制。

以《秋兴八首》为例，前人评价极高，认为是代表了杜甫七律最高成就的巅峰之作。就其主题而言，即诗题"秋兴"，也就是秋日所感、秋日所思、秋日景象和秋日人事所引发的想象、记忆及情怀。内容上，前三首写眼前的景、事、情，后五首写悬想、回忆的景象，与现实对比。结构上，不仅有基于内容联系的"意合"，而且借助时空词语、表情词语、动作词语等作为线索和纽带，在形式上构成首尾呼应、上递下接、总分交错。从修辞角度看，该组诗注重章句间的衔接连贯，讲究词语和句式的锤炼，主要用到的修辞格有映衬、双关、示现、比喻、用典等，言语风格含蓄、绚烂、谨严、典雅。

玉露凋伤枫树林，巫山巫峡气萧森。江间波浪兼天涌，塞上风云接地阴。丛菊两开他日泪，孤舟一系故园心。寒衣处处催刀尺，白帝城高急暮砧。

夔府孤城落日斜，每依北斗望京华。听猿实下三声泪，奉使虚随八月槎。画省香炉违伏枕，山楼粉堞隐悲笳。请看石上藤萝月，已映洲前芦荻花。

千家山郭静朝晖，日日江楼坐翠微。信宿渔人还泛泛，清秋燕子故飞飞。匡衡抗疏功名薄，刘向传经心事违。同学少年多不贱，五陵衣马自轻肥。

闻道长安似弈棋，百年世事不胜悲。王侯第宅皆新主，文武衣冠异昔时。直北关山金鼓振，征西车马羽书驰。鱼龙寂寞秋江冷，故国平居有所思。

蓬莱宫阙对南山，承露金茎霄汉间。西望瑶池降王母，东来紫气满函关。云移雉尾开宫扇，日绕龙鳞识圣颜。一卧沧江惊岁晚，几回青琐点朝班。

瞿塘峡口曲江头，万里风烟接素秋。花萼夹城通御气，芙蓉小苑入边愁。珠帘绣柱围黄鹄，锦缆牙樯起白鸥。回首可怜歌舞地，秦中自古帝王州。

昆明池水汉时功，武帝旌旗在眼中。织女机丝虚夜月，石鲸鳞甲动秋风。波漂菰米沉云黑，露冷莲房坠粉红。关塞极天惟鸟道，江湖满地一渔翁。

　　昆吾御宿自逶迤,紫阁峰阴入渼陂。香稻啄余鹦鹉粒,碧梧栖老凤凰枝。佳人拾翠春相问,仙侣同舟晚更移。彩笔昔曾干气象,白头吟望苦低垂。

(杜甫《秋兴八首》)

　　第一首总写夔府秋景,"孤舟一系故园心"点明客中思乡,开启了组诗的序幕。用"凋伤""萧森""兼天涌""接地阴"写景,赋予景物人情,凸显其壮阔险恶,并用"他日泪""故园心"两个名词句的"情语"分别置于"景语"后,加以突出,使得这首诗景中蕴情,写景对于抒情具有突出的烘托、映衬作用。

　　第二首写夔府暮景,叙事和写景交错交融,并与抒情相映衬。"落日斜"和"月""映""花"在写景中叙述时间更移,"望京华"在组诗中有承上启下的纽带作用;颔联"实""虚"相映,叙事凸显抒情;颈联一写想象虚景、一写眼前实景,彼此映衬;尾联用祈使句写景,交代时间,引出第三首。

　　第三首写夔府晨景,是第二首的延伸。首联以自然的"静"反衬内心的不静,次联连用重叠摹状,凸显诗人的飘荡江湖无所依归之感,后四联借用典(用事和引语)暗写自身不得志、不如愿的遭际。

　　第四首写长安变局,在组诗中居于过渡区间,承上启下。布局上,前有"闻道"引领,后有"有所思"收束,中间四句用示现,描绘亲历过和想象中的变化及困境。"似弈棋"比喻兼用典,意指众多文武官员背弃唐室,局势多变。"悲""思"明点、"鱼龙寂寞"暗衬,加上中间四句景中蕴情,诗人的家国情怀也得到了一定表现。

　　第五首写宫廷早朝,回想蓬莱宫阙和早朝场面。前六句均用示现,借用典故描绘皇宫的壮观和早朝的盛况,增其典雅色彩,末两句委婉表达不能报国的失意和忧虑之情,用"惊"点出只能不时地沉醉于美好的回忆中,聊以自慰。

　　第六首写曲江亭苑,表现昔日繁华不再。中二联用示现,描绘今昔对比的景象,前后映衬,鲜明的景物对照又与诗人的情感相映衬。"接素秋"引出对曲江的想象,"回首"与之照应,点出抚今思昔,"边愁""可怜""自古帝王州",表达无限惋惜的同时隐含对帝王一味追求歌舞享乐的斥责。

　　第七首写昆明池水,从回顾到想象再到眼前。前二句借古言今,以汉时壮盛写唐朝当年的盛景,接着两联用示现,"虚""动""沉""坠"四个动词紧扣景物的特点,描写想象中昆明池冷落荒凉的秋景,今昔对比,映衬今时局势的衰败。最后两句仍用对,"关塞极天惟鸟道"用夸张,极言长安遥不可及,"江湖满地一渔翁"用借喻,把自己比作漂泊在无边江湖的一个渔翁。

第八首写渼陂风光,前六句写景,后两句抚今追昔,为组诗作结语。前三联用示现,描绘回忆中的景象,首联连用地名写渼陂的环境,"逶迤"点出其特点;次联用倒句,将"香稻""碧梧"前置加以突出,彰显物产丰美;颈联写春游的盛景,"拾翠""同舟"表现游人的雅兴、和美。尾联今昔对照,"彩笔昔曾干气象",回忆当年渼陂春游的诗情,"彩笔"用典;"白头吟望苦低垂",今天在远望长吟中,白头却痛苦地深深低垂。"末二句收本篇,兼收八首"(方东树《昭昧詹言》卷一七)。

王船山曾评价《秋兴》:"八首如正变七音旋相为宫而自成一章,或为割裂,则神态尽失矣。"(《船山遗书·唐诗评选》卷四)单从八首诗在修辞方法运用和言语风格的表现上看,也充分体现了整体性和丰富性的统一。

杜甫晚年在拗体七律的创作上也有重要探索,并影响到宋代以黄庭坚为首的江西诗派等众多的后来者。所谓"拗体"是指在平仄上有意突破格律要求,拗而不救的一种特殊的近体诗,有绝句和律诗,后者也被称为古风式的律诗。王士祯《分甘余话》说:"唐人拗体律诗有二种,其一苍莽历落中自成音节,如老杜'城尖径仄旌旆愁,独立缥缈之飞楼'诸篇是也;其一单句拗第几字,则偶句亦拗第几字,抑扬抗坠,读之如一片宫商,如许浑之'溪云初起日沉阁,山雨欲来风满楼'、赵嘏之'湘潭云尽暮山出,巴蜀雪消春水来'是也。"唐代李白、王维、杜牧、崔颢、李商隐、陆龟蒙、皮日休等都写拗体律诗。宋人继承唐人,也写拗体律诗,如苏轼、黄庭坚、陆游等。

从修辞角度说,拗体律有意识地在局部打破律诗以对称为原则的结构定势,在字法、句法、章法的讲究中增添了声律的变化,避免了过于圆熟滑易的局限,也有利于顺应表情达意的某些特殊需要,如杜诗用这种偃塞生硬的声律表现其胸中抑郁不平之气,就收到了较好的效果。其《白帝城最高楼》《崔氏东山草堂》《白帝》《愁》《昼梦》《暮归》《晓发公安》都是拗体律的名篇。

以《白帝城最高楼》为例。

城尖径昃旌旆愁,独立缥缈之飞楼。峡坼云霾龙虎卧,江清日抱鼋
鼍游。扶桑西枝对断石,弱水东影随长流。杖藜叹世者谁子? 泣血迸
空回白头。

(杜甫《白帝城最高楼》)

作者以古体诗的语言入诗,除第三句其他各句没有一句完全合律,二四六句
皆用古体标志性的三平调,犯律诗大忌,是典型的通篇拗体律。这一独特的声律
模式应该说跟诗歌内容是协调一致的。此诗写诗人登高望远,所见之楼高、峡
险、江流无限的突兀奇崛之景象,所生之独立苍茫、忧国叹世之感慨。主要用拟
人、夸张、用典等辞格,此外两个散文句式的选用也有特殊作用,风格则是谨严、
绚烂的。句式修辞上,首联"独立缥缈之飞楼"和尾联的"杖藜叹世者谁子"分别
为二五、五二的节奏模式,不合于七言律诗的四三(或二二二一),尾联用设问
句。与通篇用拗的特点类似,既带来整首诗与众不同的新奇变异,又和一、三、四
句的拟人和五、六句的夸张一道,合力塑造了奇异独特的诗歌意境和诗人形象。

小　结

盛唐诗以其整体水平确立了在唐诗史上的重要地位。不仅拥有李白、杜甫
两大巨星,还有王维、孟浩然、高适、岑参、王昌龄、李颀等至少十多位诗名和成就
都很高的诗人,以及大量广为传诵、选引的优秀作品。这一时期,唐诗的六大主
要诗歌体裁都完成全型并走向成熟,迎来整体的丰收和鼎盛。着眼于成就和演
进,我们选择了从诗体修辞角度,分别考察各类诗体重点诗人及其代表诗作的修
辞表现和贡献。

盛唐诗在声律上继承了初唐诗,修辞的运用则兼收并蓄、推陈出新,言语风
格丰富多彩,整体修辞风格大致可归为两大类:一是以平淡、自然为主调,以山水

田园诗为代表,追求内容表达的含蓄清新,诗情画意、情景交融、秀美恬静,更多地体现了盛唐诗中的"兴象"之美;一是以刚健、绚烂为主调,以边塞诗为代表,追求内容表达的明快畅达,感情充沛、气势强盛、壮美昂扬,更多地体现了盛唐诗中的"风骨"之美。李白的诗二者兼具,堪称盛唐诗美的代表,其近体诗较多地接近前一类风格,古体诗尤其是歌行更多体现了后一类风格。杜甫则更是唐诗修辞的集大成者,不但集聚了盛唐的典型修辞风格,更是在此基础上拓展丰富,在修辞上不断创新,并承前启后,开启了中唐、晚唐的诗风变革。

第四章　中唐时期(756—827 年)的诗歌修辞(上)

　　"可以说,在整个唐代诗歌史上,没有任何一个时期像中唐时期那样存在过那么多写法极其不同、风格差异极大的作品。"①中唐前期,存在两个诗派,"大历十才子"以五律为主,元结诗派专崇五古,各自的偏向和局限预示着新变的必然。贞元时期开始出现的诗风革新,到元和时期进入高潮。"诗到元和体变新",这一革新,主要朝着两个方向发展:"元白诗派"尚实、尚俗,用浅显简括的语言写民间疾苦,主要代表人物有王建、张籍、元稹和白居易;"韩孟诗派"尚怪奇、重主观,力求在审美情趣、主观表现、散文入诗等方面追新逐变,主要代表人物有韩愈、孟郊、李贺、卢仝、马异、刘叉。除了这两大流派,活跃于中唐诗坛的,还有不少其他诗人,如盛、中唐过渡时期的刘长卿、韦应物、戴叔伦、顾况、李益和大历十才子等人,后期的刘禹锡、柳宗元、贾岛等人,都有独特成就和各自的艺术风格。从修辞成就和特色来看,不同流派和风格的诗人在各自的创作中自觉或不自觉地践行着一定的修辞理论或主张,成功运用和发展了众多的诗歌修辞方法,造就了言语风格丰富多彩的修辞表现。

---

① 　罗宗强:《唐诗小史》,中华书局,2019,第 170-171 页。

第一节　过渡时期的诗歌修辞特色和成就

一、写实倾向的先导与修辞

始于755年末,历时八年之久的"安史之乱",是唐朝由盛转衰的转折点,伴随人口锐减、经济衰退、国势残败的,是唐诗的转变。所谓"过渡时期",是盛、中朝代的过渡,也是诗歌风格的过渡,由盛唐以"风骨""兴象"为主导的审美取向转向新的多样化的审美情趣和表达风格。这一时期,从杜甫、元结创作倾向开始转变的天宝六载前后,到贞元的主张革新,大致持续了近五十年。其中,前段以元结、杜甫、顾况为代表,趋向于写实,用通俗的语言表现生民疾苦;后段以大历诗人为代表,趋向于造境,用雕琢的语言表现寂寞感伤的心境。

元结曾编有《箧中集》,收录沈千运等七人二十四首诗,将这些诗作为其功利主义"兴寄说"的代表,给予极高评价,以此表明他的诗歌主张。

沈千运等人留下来的诗作共四十六首,基本上都是用写实的方法,书写自身的穷困处境,记录现实的衰败艰难,表现内心的寂寞悲怆。如孟云卿《悲哉行》:"朝亦常苦饥,暮亦常苦饥。飘飘万余里,贫贱多是非。"语言很平易,借助反复、夸张、复叠等强调个人所处的"苦饥"的现实困境。

元结自身的诗,是其反对诗歌"拘限声病,喜尚形似"(《箧中集序》),注重其"救时劝俗"(《文编序》)社会功能的诗歌主张的具体实践,最重要的有《春陵行并序》《贼退示官吏并序》和《系乐府十二首》。其特点和价值,正如沈德潜指出的:"次山诗自写胸次,不欲规模古人,而奇响逸趣,在唐人中另辟门径。"(《唐诗别裁》)

元结《春陵行并序》,曾受到杜甫的激赏:"观乎《春陵》作,欨见俊哲情……道州忧黎庶,词气浩纵横。两章(指《春陵行》及《贼退示官吏》)对秋月,一字偕华星。"(《同元使君春陵行》)。在《序》中,他交代了写此诗的特殊背景和"以达下情"的用意。而在诗中,他真实再现了百姓生活的疲困不堪,并对此表达了深刻的同情和体恤。

　　军国多所需,切责在有司。有司临郡县,刑法竞欲施。供给岂不忧? 征敛又可悲。州小经乱亡,遗人实困疲。大乡无十家,大族命单赢。朝餐是草根,暮食仍木皮。出言气欲绝,意速行步迟。追呼尚不忍,况乃鞭扑之! 郭亭传急符,来往迹相追。更无宽大恩,但有迫促期。欲令鬻儿女,言发恐乱随。悉使索其家,而又无生资。听彼道路言,怨伤谁复知! 去冬山贼来,杀夺几无遗。所愿见王官,抚养以惠慈。奈何重驱逐,不使存活为! 安人天子命,符节我所持。州县忽乱亡,得罪复是谁? 逋缓违诏令,蒙责固其宜。前贤重守分,恶以祸福移。亦云贵守官,不爱能适时。顾惟孱弱者,正直当不亏。何人采国风,吾欲献此辞。

(元结《春陵行》)

　　诗中主要借助消极修辞(词语修辞、句式修辞)和顶真、对偶、映衬、设问等辞格,将叙述、描写、议论相结合,反映百姓处境的艰难,表现对民众的同情,言语风格明快、自然。

　　全诗可分为三大部分。前四句为第一部分,概述赋税繁多、官吏催逼的背景。"切责在有司,有司临郡县"用顶真,用形式的紧接凸显官府催促的急迫严厉,渲染百姓所面临的威逼恐怖的气氛。

　　"供给岂不忧"至"况乃鞭扑之"为第二部分,议论、说明、叙述、描写并用,表现百姓苦不堪言的处境。词语修辞上,"忧"与"悲"、"气欲绝"和"行步迟"对举,"实""困疲"集中凸显了百姓悲苦的处境和内心,"岂不、又、尚不、况乃"等关联词语的使用则强化了情意的表达。句式修辞上,每两句构成对偶或准对偶,内部为递进、并列、顺承等关系,俭省凝练,尤其是一个设问和一个感叹,增强了语意的递进。

　　余下的第三部分,叙述和议论为主,写诗人不得不受命去催租时复杂的心理活动。"追",突出急迫。多用关联词语和假设复句、感叹句、反问句等来配合议论,再通过"天子""前贤"来映衬自己的想法和作为,表现其激烈的思想斗争和心声的自然流露,曲折细腻,真切感人。

他的另一首代表作《贼退示官吏》,同样在序中交代了希望官吏怜恤民众的作意,而在诗中表意更为深沉,感情更为愤激。

> 昔岁逢太平,山林二十年。泉源在庭户,洞壑当门前。井税有常期,日晏犹得眠。忽然遭世变,数岁亲戎旃。今来典斯郡,山夷又纷然。城小贼不屠,人贫伤可怜。是以陷邻境,此州独见全。使臣将王命,岂不如贼焉?今被征敛者,迫之如火煎。谁能绝人命,以作时世贤?思欲委符节,引竿自刺船。将家就鱼麦,归老江湖边。
>
> (元结《贼退示官吏》)

这首诗主要使用句式修辞和映衬、比喻,直述经历和感受,今昔对比,官"贼"对比,表明怜民疾苦、退隐江湖的心迹,语言质朴,言语风格偏于明快、平淡。"泉源在庭户,洞壑当门前。井税有常期,日晏犹得眠。"两组对偶,形象地刻画了昔日的隐逸之乐和太平盛世。"使臣将王命,岂不如贼焉?"和"谁能绝人命,以作时世贤?"用设问(反问),带有很强的对比和抒情意味,增添了诗句的波澜。"今被征敛者,迫之如火煎。"用比喻,借用日常事物作为喻体,表意形象鲜明。

元结的写实风格,还可借其另一首《欸乃曲五首(其二)》来说明。前两句"湘江二月春水平,满月和风宜夜行"将自然物象写得平和美好,颇具诗情画意,然而后两句"唱桡欲过平阳戍,守吏相呼问姓名"所写的事象则大煞风景。这种写法,虽然破坏了意境的和谐,却符合实际,恰恰反映了世事不太平的客观现实。但与之相应,这种如实写照,也表现了诗人敢于突破前人和大胆创新的勇气。

表现民生疾苦是元结诗歌的重要主题,《系乐府十二首》也有三首此类诗作。元结的创作反映了从表现个人到社会、从倾向于理想到写实、从抒情到功利的转变,和杜甫等人一道,开启了"元白诗派"新乐府创作的先河。

过渡时期最伟大的诗人自然是杜甫,"从反映社会生活的广阔和深刻看,杜甫赋予了中国诗歌的写实传统以全新的内涵,把它的水准推向一个新的高峰"①,对于杜甫创作的写实艺术和贡献,我们已安排在盛唐部分考察,此处略而不谈。

顾况,其诗作的倾向比较复杂,但有一部分诗内容尚实,语言通俗的就更多,可以归为从杜甫到白居易之间的一个写实先导者。

> 囝生闽方,闽吏得之,乃绝其阳。为臧为获,致金满屋。为髡为钳,如视草木。天道无知,我罹其毒。神道无知,彼受其福。郎罢别囝,吾悔生汝。及汝既生,人劝不举。不从人言,果获是苦。囝别郎罢,心摧血下。隔地绝天,及至黄泉,不得在郎罢前。
>
> (顾况《囝》)

这首诗的小序"哀闽也",点明其主题,即通过描述闽童被掠为奴所受戕害,表达对受害者的同情和对戕害者的控诉。该诗借鉴《诗经》的四言体和写实手法,方言和口语入诗,带有强烈的讽刺意味和浓郁的地域色彩。主要借助词语修辞、句式修辞和对偶、映衬(对照)、比喻、夸张等辞格的运用,言语风格通俗、明快。比较多地选取口语词、方言词(如:囝、郎罢)、口语句式入诗,刻画人物心理和个性。"为臧为获,致金满屋。为髡为钳,如视草木"整句散句交错,整中有散,凸显了内容上的映衬关系,"如视草木"用草木构成比喻,与"金"相对。"天道无知,我罹其毒。神道无知,彼受其福"是唯一的完全对偶句,同时也包含鲜明的映衬。最后两句用夸张,突出囝与亲人生离如死别的无限痛苦。

> 板桥人渡泉声,茅檐日午鸡鸣。莫嗔焙茶烟暗,却喜晒谷天晴。
>
> (顾况《过山农家》)

这首六言绝句写造访山农,刻写日常生活和田家情趣。前两句用列锦,借空间描写表现时间移换,记录行程。后两句用对偶,模拟山农口吻,描写其对话,传神入微地表现其爽直性格和淳朴感情。写景以声衬静,以暗衬明,乐景衬欢情,节奏整齐轻快,言语风格自然。

---

① 罗宗强:《唐诗小史》,中华书局,2019,第125页。

二、大历诗人的创作与修辞

杜甫、元结之后，活跃在诗坛的主要有刘长卿、韦应物、戴叔伦、李益和大历十才子等人，他们的诗处于盛唐到中唐的过渡期，"虽有风味，气骨顿衰""遂露中唐面目"（胡应麟《诗薮》），普遍注重词句的锤炼和修辞美。

刘长卿写得最好的是五言，被称为"五言长城"，善于写景，风格简淡。

> 日暮苍山远，天寒白屋贫。柴门闻犬吠，风雪夜归人。
>
> （刘长卿《逢雪宿芙蓉山主人》）

这首五绝借助词语修辞、句式修辞和对偶、映衬，用凝炼俭省的诗笔，描绘风雪夜寒山白屋投宿之景，景中含情，言简义丰，言语风格简约、平淡。

前两句对偶，每联包含一个并列复句，仅十个字，却给人很强的画面感。描绘中叙述，交代了投宿的时间、地点等背景信息，"暮""远""寒""贫"四个形容词既传神地揭示了天气和景物的特点，又间接传递了诗人的感受和情绪。

后两句散行，写犬吠人归的动景，以犬吠声含括风雪声、叩门声等其他声音，用声音的短暂喧闹反衬山中环境的荒凉和寂静。

整首诗纯乎写景，但景中有人，借宿之人的荒寒之感、羁旅之情自在不言中。诗中有画，画外见情。

> 泠泠七弦上，静听松风寒。古调虽自爱，今人多不弹。
>
> （刘长卿《听弹琴》）

这首五绝用复叠、借代、通感、双关、映衬等辞格，摹写听弹琴的感受，抒发诗人对古调的偏爱，暗寓不合时宜之感慨，言语风格含蓄、自然。"泠泠"状琴声清越，"松风寒"双关，表面指琴曲，暗用通感，描摹琴声给人的凄冷感。"静"有意识突出听琴者的专注入神，见出琴声的超妙和喜爱。后两句用"虽"引导转折复句，"自爱"和"今人多不弹"构成映衬，在叙述中抒情，寄寓缺乏同调、不合时宜的孤独之情。

苍苍竹林寺,杳杳钟声晚。荷笠带夕阳,青山独归远。

(刘长卿《送灵澈上人》)

这首小诗主要用词语修辞和复叠、映衬,通篇写景,用写景带叙事,以景衬情,言语风格自然、平淡。

前两句描写竹林寺和钟声,分别用"苍苍"和"杳杳"加以修饰,并有意识地将修饰语置于句首,借以突出其相隔距离遥远,给人超然世外的感觉。后二句描写灵澈离去的情景,借夕阳、青山等背景来映衬人的"独归远","荷""带"显其美,暗点诗人久久目送的情意。全诗写景,实际也是在写灵澈的生活环境,借此也间接地写人,烘托灵澈上人远离尘世的风度,也寄寓诗人淡远的心境。

摇落暮天迥,青枫霜叶稀。孤城向水闭,独鸟背人飞。渡口月初上,邻家渔未归。乡心正欲绝,何处捣寒衣?

(刘长卿《余干旅舍》)

本诗主要借助词语修辞描绘景物,凸显景物特色,以映衬突出诗人的思乡之情,言语风格谨严、平淡。

首联,"摇落"是诗人喜用的词,带有特定的典雅色彩和形象色彩。修饰语"暮、青、霜"和描述语"迥、稀"配合,突出了秋景特有的寥廓、萧瑟和色彩。次联,"孤"对"独",城市和鸟都显得那么孤单,何况人的心境。颈联,"月初上"显示时间的推移,"邻家渔未归"让诗人自然联想到自己的未归和家人的期盼。尾联,在前文层层写景的基础上直述乡情,"何处捣寒衣"似乎要将正欲绝的乡心一点一点捣碎,问中含情,由此将乡情旅思推向高潮。

前六句写景,时间上由日暮,到入夜,再到月上,直到夜深,所写景物也随之更换,但始终都离不开情的关照,附带上了感情色彩。写景也是抒情,起到了铺垫、渲染、凸显、深化抒情的作用,景和情浑然一体。

望君烟水阔,挥手泪沾巾。飞鸟没何处,青山空向人。长江一帆远,落日五湖春。谁见汀洲上,相思愁白蘋。

(刘长卿《饯别王十一南游》)

这首送别诗的修辞运用颇为着意,有映衬有夸张有双关有拟人有示现有设问,但也离不开消极修辞,言语风格谨严、绚烂。诗人着力于写景,寄情于景,从而将人情物化,将抽象的情感形象化。

首联,"望君""挥手"只写送别,用"烟水阔"衬托"望君"直至不见的别情,"泪沾巾"用夸张,凸显伤感。

次联,"飞鸟"句双关,借鸟的去向表达对朋友远行的关切和忧虑,"青山"句拟人,"空"意蕴丰富,不但指被送的人已走远,也指送别的诗人,由此也衬出诗人空虚寂寞的内心感受。

五、六两句,用示现,描写想象朋友的船只在江中远行,朋友在夕阳笼照下太湖赏春的情景,这些想象正是诗人思念和期望的写照。

最后两句,用设问和拟人,借白蘋的"愁"映衬自己的无限相思之情。

> 猿啼客散暮江头,人自伤心水自流。同作逐臣君更远,青山万里一孤舟。
>
> （刘长卿《重送裴郎中贬吉州》）

这首七绝写送人,用词语修辞刻画景物,用映衬,借景衬情、以己衬人,表达同病相怜之别情,真挚动人,形象生动,言语风格自然、平淡。

首句,"猿啼""客散""暮"合力点染"黯然销魂"的送别氛围。次句,"人自伤心水自流",两个"自"将本不相干的"伤心"与"水流"连在了一起,借无情之水流反衬、凸显离人之伤感和孤独。第三句,一"同"一"更"字,拿自己本来被逐的不幸,映衬对方的更不幸,加深了同病相怜之感,增强了依依惜别之情。末句写景寄情,"青山万里"紧承"更远","一孤舟"与"水自流"相应,既蕴含着路途遥远相思无尽之感,又借"孤舟"比喻远行人的漂泊无依。

> 孤舟相访至天涯,万转云山路更赊。欲扫柴门迎远客,青苔黄叶满贫家。
>
> （刘长卿《酬李穆见寄》）

这首诗突出的修辞特色是连用夸张写景,融情于景,以景衬情,言语风格含蓄、自然。首句"至天涯"和次句"万转云山"均用夸张,极言"孤舟相访"之行程路远、旅途艰辛,借此映衬诗人对爱婿李穆的体贴,对其造访的喜悦。后两句写主人的迎客,"青苔黄叶满贫家"用夸张,"满"凸显平日无人登门以致疏于打扫的境况,反衬主人的寂寞和企盼之情,"欲扫"句则流露出将有远客到来的欣喜之情。

> 三年谪宦此栖迟,万古惟留楚客悲。秋草独寻人去后,寒林空见日斜时。汉文有道恩犹薄,湘水无情吊岂知? 寂寂江山摇落处,怜君何事到天涯!

(刘长卿《长沙过贾谊宅》)

这首七律,主要通过词语修辞、句式修辞和夸张、婉转、设问、双关等辞格的运用,抒写造访贾谊旧居的感慨和悲伤,吟咏贾谊身世,借古讽今,暗寓诗人遭遇和情怀,言语风格含蓄、绚烂。

首联叙事,"三年谪宦"直写,"万古"句夸张,"栖迟"摹状贾谊的失意淹留。"惟留""悲",概括贾谊的身世特点,也暗寓了诗人迁谪之伤悲。

颔联写景,用叙述带出景物描写。"秋草""寒林""人去""日斜",汇聚成鲜明的景物特点:萧条冷落。"独寻""空见"相对,表明诗人对贾谊深深的仰慕、怀念。"人去后""日斜时"化用了贾谊《鹏鸟赋》的话,借以增添悲戚黯然的色彩。本联的写景明显有映衬人物命运和心情的作用。

颈联议论,饱含激情。"汉文有道恩犹薄"用婉转,批评汉文帝,更曲折暗讽当今皇上,隐射现实。"湘水无情吊岂知?"用设问,用贾谊吊屈原故事,流水无情人有情,但是又有谁能理解? 这句诗写贾谊,也委婉地表达诗人自己的心曲同样无人理解的痛苦。

尾联即景述怀。出句用"寂寂""摇落"渲染环境的寂寥萧条,对句"怜君",当然是怜贾谊,又何尝不是在怜诗人自己。"何事到天涯!"用感叹句,加强语气,强调根本就不应该放逐,何况到此偏远之地。

> 春风倚棹阖闾城,水国春寒阴复晴。细雨湿衣看不见,闲花落地听

无声。日斜江上孤帆影，草绿湖南万里情。君去若逢相识问，青袍今已误儒生。

（刘长卿《送严士元》）

这首诗，主要借助词语修辞和示现描写景物，在写景中融入叙事、抒情，言语风格含蓄、平淡。

前六句均写景。首联写远景，"春"迭映，突出季节特征：春风春寒，天气乍阴乍晴，"倚棹"包含叙述，交代诗人和朋友在此短暂停留，即将乘船分别。

颔联写近景。描写对象为"细雨""闲花"，其表现为"湿衣""看不见"和"落地""听无声"，如此细微的景物特征却被诗人捕捉住，作细致的刻画，自然可见出诗人体物入微的审美情趣。而此时正是诗人和朋友临别前共处的时光，足见诗人和朋友的闲情逸致、趣味相投。

颈联一实景一虚景。出句写实，"日斜江上孤帆影"景色很美，但同时意味着与朋友的最终分别。"草绿湖南万里情"用示现，描写想象中朋友抵达目的地后的景象。"孤帆影"隐含着依依惜别之情，"万里情"点明异地相思、牵挂之情。

尾联抒情，联系到自身，忍不住用临别赠言的方式道出内心的伤心和不平。

江汉曾为客，相逢每醉还。浮云一别后，流水十年间。欢笑情如旧，萧疏鬓已斑。何因不归去？淮上有秋山。

（韦应物《淮上喜会梁州故人》）

这首诗主要用词语修辞和用典、映衬、设问等辞格，叙写诗人遇见梁州故人之事，着意于抒发感慨，言语风格自然。

诗题曰"喜会"，实则悲喜交集。首联从回顾写起，"曾"依旧，"每""醉还"突出旧情深厚。次联写十年分别，用流水对，"浮云""流水"借用苏武、李陵送别诗的成语，将分别后的处境和感受形象化，凸显一别十年的漂泊和感伤。颈联写重逢，用映衬，"情如旧"而"鬓已斑"凸显变化，笑中含泪，岁月留痕不改故人情深，表意细腻。尾联借景述怀，自问自答，设问带来形式的变化和表意的醒目，"淮上有秋山"含蓄达意，形象生动，余味无穷。

　　凄凄去亲爱,泛泛入烟雾。归棹洛阳人,残钟广陵树。今朝此为别,何处还相遇? 世事波上舟,沿洄安得住!

(韦应物《初发扬子寄元大校书》)

　　这首诗主要用句式修辞和复叠、比喻、叙事、写景、议论,寄情于其中,言语风格含蓄、自然。

　　首联叙离别,用"亲爱"称朋友,亲切深情。"凄凄"摹拟感觉,"泛泛"状写动态,直写和侧写相结合,突出依依不舍之情。流水对加强了流畅。

　　颔联写景,景中含情。"归棹洛阳人,残钟广陵树"仅用名词语相对,表面写景,实则蕴意丰富,船和人不得不离去渐行渐远,树影和钟声越来越模糊难辨,诗人流连不舍但毅然分离的矛盾心情暗含其中。

　　颔联、尾联写心理活动,先用疑问句,将诗人珍惜、期待重逢的强烈愿望潜藏于提问中,再用比喻和感叹句,借比喻形象说理,借感叹理中寄情,既自我开解,也宽慰朋友。

　　前舟已眇眇,欲渡谁相待? 秋山起暮钟,楚雨连沧海。风波离思满,宿昔容鬓改。独鸟下东南,广陵何处在?

(韦应物《淮上即事寄广陵亲故》)

　　这首诗写思家怀远之情,主要借助词语修辞和映衬、比喻、设问,抒写所见所感,即景抒情,以景衬情,言语风格平淡、谨严。

　　首联叙事,"眇眇"复叠突出远去,"欲渡谁相待?"用设问,使叙事中带上了感情色彩。

　　次联写景,"秋山""暮钟""楚雨""沧海"这些景物都因为修饰语的限定而带有鲜明的特点,并附加特定的情感色彩,因而在描绘哀远、凄迷景象的同时也寓托了诗人的情感。

　　颈联即景抒情,"满"和"宿昔容鬓改"都包含夸张,强调离思之弥漫和深重。

　　尾联既像是写实,又像是虚拟,"独鸟"用作诗人自喻,"广陵何处在?"用设问,点出诗人内心的强烈思念。

　　　　踏阁攀林恨不同,楚云沧海思无穷。数家砧杵秋山下,一郡荆榛寒

雨中。

　　　　　　　　　　　　　　　　　　　　　　　（韦应物《登楼寄王卿》）

　　这首诗写登楼怀友,修辞上主要用句式修辞和映衬、夸张,触景生情,寄情于
景,言语风格谨严、含蓄。

　　全诗四句皆用对。一、二两句即事述怀,采用"二二三"句式:"踏阁——攀
林——恨不同,楚云——沧海——思无穷"。"踏阁"与"攀林","楚云"与"沧
海",在句内又自对。三、四句写景寄情,用"四三"句式,"数家砧杵——秋山下,
一郡荆榛——寒雨中"。因而节奏上前缓后急,增强了感情抒发上起伏强弱的
变化。

　　一、二句写情,用虚笔;三、四句写景,用实笔。同时虚中有实,实中蕴虚。不
但前后相映衬,"楚云""沧海"衬"思无穷","砧杵""荆榛""秋山""寒雨"烘托、
暗衬离愁别恨,景语亦情语,相得益彰、虚实相生。"思无穷"和"一郡荆榛"都借
用夸张强化写情、写景的力度。

　　　　去年花里逢君别,今日花开已一年。世事茫茫难自料,春愁黯黯独

成眠。身多疾病思田里,邑有流亡愧俸钱。闻道欲来相问讯,西楼望月

几回圆。

　　　　　　　　　　　　　　　　　　　　　　　（韦应物《寄李儋元锡》）

　　这首七律在叙事和议论中抒写对好友的思念和盼望,自我内心的矛盾和愧
恨,言语风格明快、自然。修辞上主要用词语修辞和复叠。

　　前两句写分别,"花"迭映,"去年""今日"时序分明,"已一年"暗含思念。
颔联写别后,"茫茫""黯黯"加强描绘性,突出世事的变化和"春愁"。颈联直述
心理,"思""愧"揭示内心的痛苦和不满。最后两句,借"望月"形象地表达对好
友来访的热切盼望。诗的中间两联所反映的内容,具有较高的典型性和深刻性,
因而认知价值较高,历来受到肯定。

　　　　今朝郡斋冷,忽念山中客。涧底束荆薪,归来煮白石。欲持一瓢

酒,远慰风雨夕。落叶满空山,何处寻行迹?

(韦应物《寄全椒山中道士》)

　　这首诗向来被视作韦诗中的名篇。主要借助词语修辞和示现、映衬、设问,融叙事、写景、言情于一体,以景衬人,言语风格平淡、自然。"冷"既写天气又写人,兼及人的身体和内心的冷。"忽念""远慰"表明交往不频繁但情感深挚。"涧底束荆薪,归来煮白石""风雨夕""落叶满空山"都是用示现写拟想的景象,用以映衬所念之人,"何处寻行迹"用设问,强化内心的思念和寂寥之情。

　　怀君属秋夜,散步咏凉天。山空松子落,幽人应未眠。

(韦应物《秋夜寄丘二十二员外》)

　　韦应物的五绝,历来受到很高评价,被认为是继王维、李白之后古淡风格的代表。

　　这首怀人诗,主要借助示现和映衬写景寄情,言语风格自然、明快。前两句写实,直写己怀人,后两句虚写,用示现推向对方的怀己。眼前景与意中景相通,己怀人与人怀己呼应,前后映衬,虚实相生,如此写相思,平淡而有韵味。

　　楚江微雨里,建业暮钟时。漠漠帆来重,冥冥鸟去迟。海门深不见,浦树远含滋。相送情无限,沾襟比散丝。

(韦应物《赋得暮雨送李胄》)

　　这首送别诗,紧扣"暮雨"和"送"着墨。借助词语修辞和复叠、夸张、比喻,重在写景造境,借景抒情,言语风格绚烂、谨严。

　　首联用对,交代送别的时地。"微雨""暮钟"渲染送别的气氛,整体营造了一个暮色苍茫、微雨笼罩、晚钟低沉的压抑场面。

　　颔联、颈联皆写景,"漠漠""冥冥"用复叠突出傍晚天色的迷蒙暗淡,"鸟去迟""帆来重"借鸟和帆侧面揭示雨天的特点和影响。"海门深"和"浦树远"同样是从侧面表现"暮雨"的特点。四句诗所写景物,有动有静,有近有远,动静结合,远近相映,整个都笼罩在暮色和微雨中,沾染上离愁别绪。

尾联抒情,"相送情无限,沾襟比散丝。"用夸张强调,用比喻形象化,直抒胸臆。从结构上说,"散丝"照应开头的"微雨",前呼后应,叙事写景抒情,层层推进,水到渠成。

> 客从东方来,衣上灞陵雨。问客何为来?采山因买斧。冥冥花正开,飏飏燕新乳。昨别今已春,冀丝生几缕?
>
> （韦应物《长安遇冯著》）

这首五古,言语风格幽默、自然,将叙事、写景、抒情相融合,化用典故、成语以刻画人物,借助摹状以写景寄意,采取设问和反问来调节语气,以亲切风趣的口吻,表达对冯著的同情和慰勉。

"灞陵"是长安附近著名隐逸之地,诗人化用这一典故,借指冯著身上具有名士兼隐士之风。"采山"是左思《吴都赋》中现成的词语,意指入山采铜以铸钱,"买斧"化用《易经·旅卦》的话:"旅于处,得其资斧,我心不快。"意谓旅居尚须用斧斫除荆棘。这里借用写冯著谋仕不遇,略带调侃意味。采用问答方式,语调更为轻松诙谐。

"冥冥花正开,飏飏燕新乳"。"冥冥"形容花朵静静开放的情态,"飏飏"摹状燕子欢快飞行的样貌。这两句描绘春天回归,大自然蕴含生机与希望的景象,为接下来的劝慰做铺垫。最后两句"今已春"紧承上两句,以反问委婉地勉励冯著:青春尚在,未来可期。

> 贵贱虽异等,出门皆有营。独无外物牵,遂此幽居情。微雨夜来过,不知春草生。青山忽已曙,鸟雀绕舍鸣。时与道人偶,或随樵者行。自当安蹇劣,谁谓薄世荣。
>
> （韦应物《幽居》）

韦应物的山水诗"高雅闲淡,自成一家之体"(白居易《与元九书》),多为五古,《幽居》是其中较为出名的一首。

这首诗叙事、说理、写景、抒情相结合,主要借助词语修辞和映衬营造悠闲宁静、知足独处的意境,言语风格自然、平淡。

前四句用世人做背景映衬自己的"幽居"。"贵贱虽异等,出门皆有营",用平常语言,道出世人无论贵贱高低,都要为生活而奔走的事实。"虽"和"皆"相配,有强调意,暗点无奈之情。以此反衬自己"独无外物牵,遂此幽居情"的悠然自得。

接着四句写景,具体表现幽居生活,便处处透露着这种悠然和愉悦。诗人采用白描手法,捕捉早春清晨的"微雨"和"春草"、"青山曙"和"鸟雀鸣"等特色景物来写,清新优美,有声有色。"不知""忽已"则突出自己的感受。

最后四句写情,"时与道人偶,或随樵者行""时与""或随",说明与道士邂逅,同樵夫过从,都只是偶尔发生,反衬其悠闲独处、超然物外的处境和心情。"自当安蹇劣,谁谓薄世荣""蹇劣",笨拙愚劣,"薄世荣",用典,意指鄙薄世间的荣华富贵。用反问,强调自己只是因为愚拙安于幽居,并不鄙弃他人对功名富贵的追求。

> 独怜幽草涧边生,上有黄鹂深树鸣。春潮带雨晚来急,野渡无人舟
> 自横。
>
> （韦应物《滁州西涧》）

这首山水诗名篇,是韦应物的代表作之一。主要用词语修辞、句式修辞和映衬,写西涧和野渡的景物,借景述怀,言语风格平淡、含蓄。

前两句,"独怜"前置,态度鲜明地表达对涧边幽草的情有独钟,并以第二句高居深树鸣唱的黄鹂作为对照。幽草、黄鹂各有象征意味:前者地位卑微,依靠自身而顽强生存,后者身处高位,靠取悦媚世而获取名利,由此可见诗人的好恶观念。

后两句,用"春潮带雨晚来急"来映衬郊野渡口船只的悠闲自在、不得其用,"急"和"横"形成醒目的对比。其中也不难见出这幅景象所映衬的诗人不受重视、故作闲淡的矛盾处境和忧伤无奈的情感。

> 故园眇何处? 归思方悠哉。淮南秋雨夜,高斋闻雁来。
>
> （韦应物《闻雁》）

这首诗的句式修辞、篇章修辞颇为突出,言语风格含蓄、谨严。前两句,用设

问和感叹配合,杂以散文句法,突出归思郁结于胸,"方"字透出归思正殷。三、四句写秋月夜听到雁声,秋月夜对思乡情有触发、映衬,而只说"闻雁",对后续感受不着一字,意在言外。从谋篇上说,前三句的抒情、写景可说都是为最后一句在做铺垫、烘托,到正面写"闻雁"却仅仅点到为止,一切尽在不言中。这一写法,对于五言绝句而言是很值得借鉴的。

"五言绝句,右丞之自然,太白之高妙,苏州之古淡,并入化机"(沈德潜《说诗晬语》)。所谓"古淡",从修辞角度看,主要体现为词语、句式质朴,不事雕琢,不重文采。这首《闻雁》保持了绝句"意当含蓄,语务春容"的特点,同时有意识地用古体诗的句式,结构上避免大的跳跃,用语顺乎自然。

> 旅馆谁相问?寒灯独可亲。一年将尽夜,万里未归人。寥落悲前事,支离笑此身。愁颜与衰鬓,明日又逢春。
>
> (戴叔伦《除夜宿石头驿》)

这首诗写除夕夜独宿旅馆的感慨,注重对偶和映衬,言语风格谨严、平淡。首联用设问构成流水对,次联用名词对,颈联用联绵对,整齐中包含变化,结构凝练而意蕴丰富。尾联用散句,在总体整齐的形式中参以变化。

首联,带有强烈的抒情意味,"谁相问"实际表达的是无人相问,只有"寒灯"可亲,意指无人可亲,将孤独、寂寞之感映衬、凸显到无以复加的程度。

颔联,"一年"和"万里"是时间对空间,"将尽夜"和"未归人"以特定时间映衬人的未归独宿,构筑了宽广的时空视域和巨大的情感张力,凸显了诗人情何以堪的际遇和心境。

颈联,"寥落"对"支离"是双声对叠韵,分别前置,用以突出身世的孤单寂寞和流离多病。"悲""笑"相映,概括悲欢离合集于一身的酸楚和滑稽。

尾联,直抒胸臆,用形象的方式诉说,自己的愁情苦状不会随着新春到来和万象更新而有所改变,表达了深重的悲苦和绝望。

> 沅湘流不尽,屈子怨何深!日暮秋风起,萧萧枫树林。
>
> (戴叔伦《三闾庙》)

这首诗咏三闾庙凭吊屈原,仅用"屈子怨何深!"抒发感慨,其余文字全部用于写景,以景衬情,意余言外。修辞上主要用感叹、起兴、比喻和用典,言语风格含蓄、简约。

前两句,用感叹直述屈子怨深,"沅湘流不尽",起兴兼比喻,屈子之怨如沅湘之水滔滔不绝、深不可测。

后两句,并不展开去写屈子的怨,而是代之以秋景的描绘,"日暮""萧萧""秋风""枫林"化用屈原诗歌意境,留下让人体味无穷的言外之意。钟惺《唐诗归》说:"此诗岂尽三闾,如此一结,便不可测。"施补华《岘佣说诗》则评价:"并不用意,而言外自有一种悲凉感慨之气,五绝中此格最高。"

> 松下茅亭五月凉,汀沙云树晚苍苍。行人无限秋风思,隔水青山似故乡。
>
> （戴叔伦《题稚川山水》）

这首虽是山水诗,但主要不是歌咏自然美,而是借写景寄托思乡之情。修辞上则借助词语修辞和用典摹写景物,寄托诗情,言语风格含蓄、自然。

"松下茅亭五月凉,汀沙云树晚苍苍",正面写稚川山水,突出"凉"意,"苍苍"则突出傍晚时分景物特殊的美感。

后两句倒装,"行人无限秋风思"化用典故,直抒勃发的思乡之情,再补说富于引发激情的诗意发现——"隔水青山似故乡"。

> 凉月如眉挂柳湾,越中山色镜中看。兰溪三日桃花雨,半夜鲤鱼来上滩。
>
> （戴叔伦《兰溪棹歌》）

这首诗,模仿民歌的笔调,用比喻、比拟和词语修辞,主要通过白描表现兰溪的山水之美和渔家的欢快之情,声情并茂,言语风格明快、自然。

前两句用比喻写静景,凸显兰溪山水之美。"凉月如眉"用明喻,"挂柳湾"用比拟,"镜"是借喻,把兰溪比作镜子,"镜中看"视角独特,构成新奇美丽的山水画面。

后两句用拟人写动景，表现春潮渔汛背后的渔家欢情。"桃花雨"的称名，带有浓郁的诗情画意，"来上滩"用口语和拟人，生动地再现了鲤鱼上水争先恐后的热闹场面，未写渔家，而渔家的欣喜之情已经溢于言表！

> 苏溪亭上草漫漫，谁倚东风十二阑？燕子不归春事晚，一汀烟雨杏花寒。
>
> （戴叔伦《苏溪亭》）

这首诗借词语修辞和句式修辞聚焦于景物描写，借景寓情，言语风格含蓄、自然。

"漫漫"突出野草生长的特点，点名节侯是暮春时节。"谁倚东风十二阑"，用设问，凸显独立东风、斜倚阑干的人物形象。倚阑人所为何事？"燕子不归春事晚"紧承上句，写倚阑人所见所思：燕子未归而春事已晚，时光不待。写的是物，却兼带着人，寄寓着情：游子不归，红颜将老。"一汀烟雨杏花寒"，既是对"春事晚"作补充的具体描绘，又借烟雨迷蒙中的杏花暗写人的感受，"杏花寒"拟人，从人的视角表现杏花，物我合一。

全诗无一字写情，却在写景中暗寓无尽的情，景是暮春之景，情是怨别之情，情与景在诗中相生相长，相融相和。

大历十才子的作品有写实反映现实生活的一面，更多的则是写景寄情，表现寂寞清冷的情怀。总体上重视修辞的运用，言语风格偏于柔婉和谨严。卢纶是其中的佼佼者，现以其诗作为代表，略作考评。

> 行多有病住无粮，万里还乡未到乡。蓬鬓哀吟古城下，不堪秋气入金疮。
>
> （卢纶《逢病军人》）

这首诗写实，主要借助词语修辞，用朴实的语言和白描手法，表现伤病还乡军人的苦况，对其寄予同情，风格平淡。

第一句，用准排比，连写人物面临的三重困难：行多、有病、住无粮，集中描画、加倍渲染，突出人物的艰难处境。

第二句,"万里还乡"点明"病军人"万里服役的唯一希望,"未到乡"既是纪实,同时也隐含着诗人对其最后也许难以达成唯一心愿的担忧。"还乡"和"到乡"用同异,借同中有异的表达形式,引人注意到"还乡"的目标和"到乡"的结果之间存在的无比艰难的过程。

第三句和第四句,用特写刻画人物的外貌特征:"蓬鬓""哀吟""金疮",再以环境描写加以烘托:"古城下""秋气入",两者结合进一步印证人物承受的多重"不堪":露宿加重了身体的寒冷、疲劳、伤痛、饥饿和内心的悲凉,"凄苦之意,殆无以过"(南宋范晞文《对床夜语》)。

> 林暗草惊风,将军夜引弓。平明寻白羽,没在石棱中。
>
> （卢纶《和张仆射塞下曲》其二）

卢纶《和张仆射塞下曲》六首,记录军营生活,歌咏人物,追求壮美的表现,着意于词语修辞,言语风格偏于刚健。

这首诗,截取一个片段表现将军的勇武善射,用笔只在片段的夸张描写,暗寓对人物的赞美。"林暗""草惊风"和"夜"写背景,"惊"写动态,衬出人物的警惕,引出下句的"引弓"发射。后两句续写结果,揭开神奇的谜底,射出的箭竟然"没在石棱中",入石三分,这种写法当然是虚构和夸张的,"白羽"借代"箭"更具形象色彩。

> 月黑雁飞高,单于夜遁逃。欲将轻骑逐,大雪满弓刀。
>
> （卢纶《和张仆射塞下曲》其三）

这首诗写月夜追逃,主要通过词语修辞描写环境,借以映衬人物的行动,刻画人物形象。

一、二句,"月黑雁飞高"通过"月黑""雁飞高"无光和无声的景物特点,突出夜晚的黑暗、寂静。敌人统帅正是抓住这一有利时机逃跑。"单于"这里是借代,代指敌军的统领。

三、四句,"欲将轻骑逐"表现了我军将士的机敏,"大雪满弓刀"写景,凸显的是不利于我军行动的寒冷环境,借以反衬将士的英勇善战。

> 云开远见汉阳城,犹是孤帆一日程。估客昼眠知浪静,舟人夜语觉潮生。三湘衰鬓逢秋色,万里归心对月明。旧业已随征战尽,更堪江上鼓鼙声!
>
> （卢纶《晚次鄂州》）

这首诗写诗人夜宿鄂州的见闻、感受和心理,主要借助词语修辞、句式修辞和映衬以描写景物,寄情于景,即景抒怀,以简约形象的语言表达深沉的家国之恨。言语风格谨严、含蓄。

首联,写远眺汉阳城,"云开"可喜,"犹是"可叹,前句"远见"暗含喜悦之情,但是见而不及,后句暗寓焦虑不安,两句表面上纯为写景,但诗人行旅的厌倦之感却隐含其中。"孤帆"用借代,见漂泊意。

次联,写近观船内景象,"估客昼眠""舟人夜语"本是常景,但尽收诗人眼底耳旁;连浪静、潮生的细微变化,诗人也知晓得一清二楚,只能说明诗人从白天到夜晚一直难以入眠。

这一联的写景,同样也在间接地写情,映衬、暗示着诗人纷乱不宁的心绪。

三联写反观自身,"三湘衰鬓""万里归心"一外一内,自描形象和情感,"逢秋色""对月明",秋色更见萧瑟,月明更思故乡,情与景会,情何以堪!这两句用拟人造就特殊的句法组合,将情和景联结融通,既是以景衬情,也是移情于景,既抒情又写景,言少而意丰。

末联直抒胸臆,但仍结合着景物来写,用反问和递进,"旧业已随征战尽,更堪江上鼓鼙声!"家业功名已经被不停息的战事毁灭殆尽,更何况战火未熄,江上仍不时传来战鼓的声音,让人如何承受得了!从思乡之愁上升到忧国之恨,都借助形象的描述和对比具体地呈现出来。

> 故关衰草遍,离别自堪悲。路出寒云外,人归暮雪时。少孤为客早,多难识君迟。掩泪空相向,风尘何处期?
>
> （卢纶《送李端》）

这首送别诗,紧扣"悲"情展开,感人至深。修辞上主要借助词语修辞和映衬写景、叙事,以景衬情,即事抒情。言语风格柔婉、平淡。

首联写送别的环境。"故关衰草遍",修饰语"故""衰"和描述语"遍",刻画了一个凄凉伤感的送别氛围,有此铺垫和映衬,下一句"离别自堪悲"的点题也便自然而然,不显突兀造作,相反,"悲"的拈出,为全诗奠定了感情基调。

次联写送别的情景。借"寒云""暮雪"的景物特点,映衬人物的心境。两句同时还表明了送别者的久久凝视和直至夜幕降临才返回,暗示依恋和失落之"悲"。

颈联写别后的回忆。"少孤"更添"多难",凸显自身的极大不幸,"识君迟"表达相识恨晚的遗憾,更是强调朋友相知、相识之难能可贵,短短十个字,极其凝练地将伤怀和惜别、感世之情融合起来,情深意切,感人肺腑,足见诗人锤炼之功。

尾联写别后的感伤。"掩泪空相向,风尘何处期?"友人早已走远,只能空对朋友远去的方向掩面而泣,内心期待着下一次的早日相会,然而世事纷乱,哪里才是相会之地呢? 以此作结,仍扣住"悲"来写,表达直率但又余味无穷。

李益以写边塞诗出名,但成就不限于边塞诗。后人有将他归入大历十才子的,现据姚合《极玄集》将其排除在外。

> 微风惊暮坐,临牖思悠哉。开门复动竹,疑是故人来。时滴枝上露,稍沾阶下苔。何当一入幌,为拂绿琴埃。
>
> (李益《竹窗闻风寄苗发司空曙》)

这首诗言语风格含蓄、柔婉,借词语修辞和拟人写景,借呼告和双关景中见意,借微风形象的刻画,抒发对故人的思念。

标题点明"闻风",首句以"微风"开头,在结构上确立"微风"的纽带地位。全诗围绕着"微风"来写所见所感所思,除额联外,都不用对,"悠哉"用口语词,整首诗表达更为紧凑、流畅和自然。

首联"惊"和"思悠哉"直述微风对诗人思绪的介入和牵动。次联写风动竹林,引发对故人到来的幻觉,"疑"暗写诗人对故人的牵念。颈联细描微风吹动露水,滴落在阶前的苔藓上,"稍沾"扣住微风滴露的特点,阶下长苔藓,暗示极少有人来往。尾联,用呼告,直接表达对微风入室的希望,语带双关,委婉地抒发对故人相见的盼望之情。"微风"在诗中被赋予了人的动作和情感,通过微风形象的塑造,诗人成功地寄寓了自己内心的孤寂和对故人的思念。

> 十年离乱后,长大一相逢。问姓惊初见,称名忆旧容。别来沧海
> 事,语罢暮天钟。明日巴陵道,秋山又几重。

> (李益《喜见外弟又言别》)

这首诗之所以历来引人注目,跟颔联的诗意提炼具有典型性有关。修辞上主要通过句式修辞叙事写景,将丰富的情感信息蕴藏其间,言语风格简约、平淡。写诗人同表弟(外弟)久别重逢又匆匆话别的情景。

"十年离乱后,长大一相逢"交代重逢的背景,句法简省凝练,十个字包含四重意思,把复杂的背景交代得很清楚。"十年离"和"乱后"分别表示一重意思:离别已有十年;离别恰逢战乱时期。后一句实际上也相当于两句话的意思,长大后第一次见面;从小在一起。"一"是序数:第一次。

"问姓惊初见,称名忆旧容",描写重逢的情景。前一句用倒装,实为"初见惊问姓",本是儿时相识,如今竟然认不出来,反而当成来访的陌生人,礼貌地询问对方的姓氏。"称名忆旧容",名字和儿时面容之间需要在回忆中重新恢复原本的联系,表明变化之大。正是捕捉住了首联所交代的特殊背景下的特殊相逢这一特定的瞬间,加以生动的再现,因而激发了无数读者的共鸣和认同。

"别来沧海事,语罢暮天钟",记录重逢交谈的场面。用两个名词语相对成句,不但凸显形象,并且化繁为简,容纳了难以言表的丰富信息。"沧海事"化用沧海桑田的典故,借以概括谈话的内容以及所流露的感慨。"暮天钟"三个字,不但交代了谈话时间长,直到傍晚的钟声传来才打断了谈兴,而且表明彼此谈兴浓烈,情意相投。

"明日巴陵道,秋山又几重",用写景替代叙事和抒情。"明日""巴陵道"提示再次分别的时间和去向,"明日"暗含相聚时短,不忍分离之意。"秋山又几重"借秋山重重阻隔的景象,映衬伤别的情怀。"又"照应"十年离乱",突出再次分离以及后会难期的怅惘。

> 绿杨著水草如烟,旧是胡儿饮马泉。几处吹笳明月夜,何人倚剑白
> 云天。从来冻合关山路,今日分流汉使前。莫遣行人照容鬓,恐惊憔悴

入新年。

(李益《过五原胡儿饮马泉》)

这首诗写诗人经过收复后的五原时的见闻感触,修辞上主要借助今昔对照、以景衬情,以及比喻、婉转和词语修辞的运用,写景抒怀,言语风格含蓄、刚健。

首句写景,"著"凸显杨柳拂水,"草如烟"点出绿草丰茂,可谓是春景如画。次句忆旧,指出如此清泉美景过去却成为胡人饮马的地方。"旧是"抚今追昔,突出今昔的鲜明对照。

次联写今日五原的夜景。"明月夜""白云天"表现五原夜晚的和平美好,而"几处吹笛"和"何人倚剑"又说明形势并未彻底太平,战争的危险依然存在。这一氛围也烘托出诗人的心理:喜忧交织。

三联描写今昔景象的变化,"从来"和"今日"引导、突出了这一对比,其间隐含着诗人的欢欣和希望,希望往日的悲惨景象不再重现。

末联触景生情,抒发意味深长的讽劝。"莫遣"与"恐惊"相配合,一果一因,既委婉地道出"行人"容颜的憔悴和内心曾经经历的太多的悲苦,也曲折地表达了自己对朝廷励精图治、奋发有为的期望和忠告。

万事销身外,生涯在镜中。惟将两鬓雪,明日对秋风。

(李益《立秋前一日览镜》)

这首小诗,借立秋前一天照镜子,即事抒怀,将悲秋的主旨上升到对人生悲苦的态度:表面超脱,实则无奈。修辞上主要借助词语修辞和比喻,采用直接叙述,形象达意,言语风格含蓄、自然。

前两句直述,决意要将万事一笔勾销,生涯留在镜中,暗示过去仅仅充满了各种失意和悲苦,无可留恋;后两句"雪"借喻白发,"秋风"借喻萧瑟的现实和无望的前景,"惟将"用于强调,形象地述说自己只能面对苦涩的现实聊度残年。表面超脱决然,事实上不可能做到,只不过暗寓着诗人面对这一切的无可奈何。

湘江斑竹枝,锦翅鹧鸪飞。处处湘云合,郎从何处归?

(李益《鹧鸪词》)

这首乐府诗,用旧题《鹧鸪词》,在内容上也是表现愁苦之情,用"鹧鸪"飞鸣来起兴,写女子对情郎的思念。修辞上用比喻、起兴、用典、映衬、设问等辞格描摹景物,借景抒情,形象表意。风格自然、明快。

前两句兼用比喻和起兴,"湘江斑竹枝"兼用典。第三句"处处湘云合"用阴云来比喻愁怀。前三句写景,烘托气氛、映衬心情。末句突转,借"郎从何处归"的问语,抒写思念之情。

> 金谷园中柳,春来似舞腰。何堪好风景,独上洛阳桥。
>
> (李益《上洛桥》)

这是一首山水诗,却隐藏着盛衰之感,寓意丰富,发人深省。言语风格简约、含蓄,主要用比喻和映衬,写景寓情,委婉达意。

它先写金谷园,春风拂动杨柳,婀娜多姿,像一群女子在翩翩起舞,不禁让人联想起过去的园中景象。再写洛阳桥,"独上"隐含今昔对比,往昔繁华的洛阳桥,如今风景依旧,却不见了人流,也没有了曾经的游伴。写景,同时也映衬着诗人的孤寂、感伤的心情,寄寓着其今昔盛衰变化的无尽感慨。短短的二十个字,竟然让两个地名占去了六个字,显见诗人的用意,让二者本身构成正面的映衬和互补,同时又作为众多盛衰变化同类景点的代表。春来了,风景依旧好,诗人内心也许还期待着人们从战乱的阴影中走出来,重回过往的正常生活。

> 破讷沙头雁正飞,鸊鹈泉上战初归。平明日出东南地,满碛寒光生铁衣。
>
> (李益《度破讷沙二首》其二)

这首边塞七绝,传承了盛唐风骨,言语风格刚健、谨严,修辞上用互文、对偶、比喻、起兴和映衬,从侧面表现交战和将士。

首联写凯旋,用互文对,"破讷沙头""鸊鹈泉上"两个特色地名入诗,前后句互文见义,概括描写战事结束后整个边地的和平景象,"雁正飞"比喻兼起兴,用雁飞比战士凯旋。

次联写日出,补充交代夜行回营,这两句的写景光彩夺目、壮丽雄奇,有力地映衬了将士的英雄气概和骁勇形象。

表现交战,却只写战后凯旋的平和景象,从侧面来映衬、烘托其惨烈场面,以不写代替写,是本诗适应绝句特点的一种创意。清人吴乔对此评价道:"七绝乃偏师,非必堂堂之阵,正正之旗,有或斗山上,或斗地下者。"(《围炉诗话》)

> 汴水东流无限春,隋家宫阙已成尘。行人莫上长堤望,风起杨花愁
> 杀人。
>
> (李益《汴河曲》)

这是一首怀古诗。修辞上主要用映衬,辅以夸张、拟人,今昔对照、景情融通,寄寓吊古伤今之情和深沉的历史感慨。借景抒情,寄情于景,表达自由,言语风格含蓄、自然。

前两句写景,总写汴河及两岸景色。"无限春"和"已成尘"都用夸张,极力从正面突显汴河两岸的今昔变化:春光依旧无限,隋朝的行宫都已化为尘土。对照是强烈的、怵目惊心的,世事之沧桑变幻,自然之无情轮回,自在不言中。

三、四句依然写景,专写最具特色的河堤柳絮。换从劝诫角度,用祈使句引出写景句,在写景中用拟人,代入浓烈的感情色彩:漫天飞舞的杨花,让人愁情无限,情难以堪! 什么情,诗人并未明说,"杨花"的谐音双关透露了部分信息:为杨家隋朝的衰亡而悲哀,更多的情感信息则留给了阅读者。这两句的写景同样蕴含、映衬着抒情。

> 天山雪后海风寒,横笛遍吹行路难。碛里征人三十万,一时回首月
> 中看。
>
> (李益《从军北征》)

这首边塞名作,不同于盛唐的豪壮美、雄奇美,表现的是一种悲壮美,修辞上主要借用映衬凸显苦情,借用夸张强化动感和伤情,言语风格刚健、含蓄。

首句写环境之苦,交代地域、季节、天气,突出"寒";次句用"横笛遍吹行路难"侧面表现征人的苦情,笛声的特点是哀怨、凄厉,《行路难》兼指曲名和现实,有双关意,"遍吹"带有夸张和虚拟的成分,所体现的心理基础则是具备的:因为

感同身受、情意相通,因而不约而同地吹奏起了同一首曲子。

"遍吹"带来的感染力是强烈的,夺人心魄的。由此自然地引出了诗的后两句:"碛里征人三十万,一时回首月中看。""三十万"的数字和"一时回首"的描写同样是夸张的、虚拟的,但同样有可信的心理基础,未必真有,却可能有。这一艺术夸张带来了极其显著的动感和壮观震撼的画面感,"碛里""月中"则作为背景对这一画面起烘托、映衬作用。

整首诗不直接写情,但景中含情,写景本身带有突出的主观色彩,情见于景,间接抒情,效果非常明显,产生了很强的感染力。

> 露湿晴花春殿香,月明歌吹在昭阳。似将海水添宫漏,共滴长门一
> 夜长。

> (李益《宫怨》)

这首诗写宫怨,主要借助映衬和夸张来增强对情感的表现,构思精巧,不重雕琢,言语风格谨严、平淡。"长门""昭阳"此处用借代,以特定代一般,分别指称失宠宫人、得宠宫人的住处。

前两句实写昭阳宫得宠承恩的情景,"露湿晴花春殿香""月明"不但凸显了夜来花香月明等景物特色,而且兼写人,暗写得宠宫人也像晴花沾露蒙受恩泽,因此一切都显得那么美好,连明月似乎也独照其所在的宫殿。

后两句转入正题,用夸张写滴漏声的"长",凸显失宠宫人长夜漫漫杳无尽期的独特感受。长门宫的忧愁孤寂,与昭阳殿的欢乐热闹,形成强烈反差和鲜明对照。两相映衬,相得益彰,强化、深化了"宫怨"主题的表达。

> 寒山吹笛唤春归,迁客相看泪满衣。洞庭一夜无穷雁,不待天明尽
> 北飞。

> (李益《春夜闻笛》)

这首七绝是诗人谪迁时的思归之作,即景生情,借景抒情。修辞上主要用拟人、夸张和婉转,强化写景和抒情,言语风格谨严。

首联写闻笛伤情。前一句"寒山吹笛"交代背景,"唤春归"拟人,突出笛声

给人的凄冷哀怨的感受,后一句"泪满衣"用夸张,直写笛声对迁客的感染之重。

次联写景,用夸张渲染大雁北归的急切,"无穷""一夜""尽北飞",都带有显著的主观色彩,暗衬迁客不能北归的强烈失落和怨望。

　　　　黄昏鼓角似边州,三十年前上此楼。今日山川对垂泪,伤心不独为
悲秋。

(李益《上汝州郡楼》)

这首诗触景生情,即景抒情,寄意深远。修辞上,今昔映衬,婉转达意,表达上以少胜多,留有余味,言语风格简约、含蓄。

首句,"黄昏鼓角似边州"写见闻感受,看似寻常却奇崛,暗示三十年间已经发生了巨大的变化。次句,只提到"三十年前上此楼",三十年前的见闻感受不着一字,完全略去。后两句直接写情,但为何"对山川""垂泪",为何"伤心",并不明说,只有暗示。只有联系诗歌创作的背景和诗人的经历,才能还原未写之意,解开其中未道之情。三十年前后显然有着天翻地覆的巨变,三十年前后诗人登楼见闻感受的虚写和实写,形成映衬。"伤心不独为悲秋"用婉转,伤心不仅为自身的处境和经历,更为山川的变迁和劫难,而这些,乃至更多的未尽之情、言外之意都留给读者去思索去体会。

　　　　回乐烽前沙似雪,受降城外月如霜。不知何处吹芦管,一夜征人尽
望乡。

(李益《夜上受降城闻笛》)

这首边塞诗抒写戍边将士的思乡之情。修辞上主要借助互文、对偶、比喻、映衬和夸张描绘景物,寄寓情感,融诗情、画意和音乐美为一体,言语风格谨严、含蓄。

头两句,写登城所见。兼用互文和对偶,套用比喻,烽火台前、受降城外,沙漠和月光如积雪、似秋霜。在雪和霜两个喻体的选择上,同样的颜色白,同样的令人望而生寒,而这种寒冷的感觉,是跟人物心境相连的,因为置身边地、怀念故乡,由外而内,由内而外,身体的冷和内心的冷是交织、互感的。因而,借助比喻,环境描写被赋予了人物情感,对表现后文的思乡具有映衬作用。

后两句,写突闻笛声。有了前面环境描写的渲染和铺垫,静夜里随风传来的芦笛声那幽怨凄冷的曲调,一下子便激发了无数征人的思乡之念。"一夜征人尽望乡"显然是夸张的,但究其实,又有哪个征人不思乡呢?夸张只是让这种思乡之情集中在一起爆发出来而已。因为虚拟和夸张,造就了一种让人震撼的动感形象,艺术感染力也得以极大地增强。

> 嫁得瞿塘贾,朝朝误妾期。早知潮有信,嫁与弄潮儿。
>
> (李益《江南曲》)

这首诗写对商人远离不归的怨情。修辞上假托商人妇的口吻,用口语词诉说心声,用平常表达方式传递不同寻常的想法,用婉转格曲折传情,因而真切感人,言语风格平淡、通俗。

前两句"嫁得瞿塘贾,朝朝误妾期",直白地叙述事实,"朝朝",可想而知程度很深,暗含不满和哀怨。

后两句"早知潮有信,嫁与弄潮儿",语言还是平淡的语言,却平地起波澜,想法完全出乎意料,不合常理。不合理但是合情,因为"潮有信"!当然,这只是对所嫁给的商人无信而不满、抱怨的一种婉转的表达方式,不但不意味着夫人的薄情,反倒见出其对爱情的守信和痴心的想法。

第二节 "元白诗派"的修辞特色和贡献

一、张籍、王建诗歌修辞的特色和成就

"中唐诗人在整个创作倾向上趋向写实和写得通俗的,最早要数王建和张籍。"[1]张籍的乐府诗颇多反映当时社会现实之作,新题乐府数量上少于旧题乐

---

[1] 罗宗强:《唐诗小史》,中华书局,2019,第173页。

府,但几乎篇篇精彩,"风雅比兴外,未尝著空文"(白居易《读张籍古乐府》)。言语风格上追求明快、通俗,但自有独特的韵味。

> 老农家贫在山住,耕种山田三四亩。苗疏税多不得食,输入官仓化为土。岁暮锄犁傍空室,呼儿登山收橡实。西江贾客珠百斛,船中养犬长食肉。
>
> (张籍《野老歌》)

这首诗写一个山农的生活境遇。修辞上主要采用日常词语和陈述句式描述事实,借用映衬深化表意,韵脚随语意转换,言语风格通俗、自然。

前四句写山农长年耕田粮食却不能留给自己吃,五六句写他迫于生计只能采橡实充饥。七八句宕开一笔,写西江贾客"养犬长食肉"。

全诗所选词语都是口语词或通用词,纯用稍加提炼的陈述句。先介绍老农的身份、住所、营生,再叙其遭遇:收成少而纳税多,以至于"不得食"。"不得食"和"化为土"相对照,凸显了令人怵目惊心的社会现实:劳动者的辛苦所得被白白浪费。因为食不果腹,只好利用农闲叫上儿子去摘野果充当食物。接着用旁逸格,写西江上的一个商人,拿他养的狗经常吃肉的"待遇"来对比老农和家人的生活,凸显人不如狗之意。

看起来诗人只是客观叙事,不做任何评判,但事实本身和两处映衬(对比)的运用,所体现的主观倾向非常鲜明。这其中,既包含对老农深深的同情,也包含对不合理现实的揭露,后者还涉及对统治者严酷盘剥农民,对不重视农业、不珍惜粮食等不合理现象的批判等。这种外表冷峻平淡、内心深刻尖锐的表达方式,正是张籍诗歌独特的韵味所在。

> 南山北山树冥冥,猛虎白日绕村行。向晚一身当道食,山中麋鹿尽无声。年年养子在深谷,雌雄上下不相逐。谷中近窟有山村,长向村家取黄犊。五陵年少不敢射,空来林下看行迹。
>
> (张籍《猛虎行》)

这首寓言诗,表面上写猛虎横行山林和山村的故事,实则将之用作比喻,借以揭露、痛斥某些社会恶势力的猖獗肆虐。修辞上以借喻谋篇,诗中也多用隐含指向性的暗示描写,从而婉转抒发胸中块垒,言语风格含蓄、谨严。

前四句,"南山北山树冥冥"用作起兴,引出猛虎,接着写猛虎的胆大凶残,光天化日竟敢绕村寻衅,傍晚时分,孤身在大道上残害生灵,山中的麋鹿慑于其淫威,不敢发出半点声响。猛虎的作为,不难让人将其与那些倚仗权势作恶多端的羽林军、宦官、藩镇、贪官等人间的恶人联系在一起,鹿的处境,也很容易让人联想到其所暗指的对象:善良怯弱的老百姓。

接下来四句,先写猛虎庞大的家族势力和盘根错节的关系,再写其危害村民,经常捕食山村的小黄牛。这些,同样带有现实的指向性,让人想到恶势力的上下勾结、官官相护、结党营私以及掠夺、残害民众。

最后两句,转而写"五陵年少",这些号称善于骑射、惯于行侠仗义的人,面对猛虎的暴行,也不敢直面抗击,仅仅来林下象征性地查看一下行迹。暗指朝廷的姑息养奸,故作姿态。

> 君知妾有夫,赠妾双明珠。感君缠绵意,系在红罗襦。妾家高楼连
> 苑起,良人执戟明光里。知君用心如日月,事夫誓拟同生死。还君明珠
> 双泪垂,恨不相逢未嫁时。
>
> （张籍《节妇吟寄东平李司空师道》）

这首诗是作者为拒绝李师道出于藩镇割据目的的笼络而写,表面看是在写男女情事,骨子里却是委婉表明立场和态度的政治诗。因而从修辞上看,这首诗整体是一个比喻文本,包含字面意义和比喻意义,在诗中,诗人假托"节妇",自称"妾",称对方为"君",以向对方吐露心曲的方式,主要借助消极修辞和比喻、婉转表情达意,言语风格含蓄、谨严。

首二句,开门见山,道出对方的用情不合礼法,"知"有明知意,"赠"有强赠意。次二句,委婉表达不敢明言拒绝,只好虚与委蛇之意,"缠绵"非本意,而是言内意外,暗指纠缠、勉强。

接下来两句,借用两个鲜明形象的描述,婉转地宣示自家的富贵和良人的正统地位。

再两句,"知君用心如日月"用比喻,但实际上不可能是真实的看法,只是出

于避讳的"假言"和"托辞","事夫誓拟同生死",用感叹表达坚定不移的态度。

最后两句,"双泪垂""恨不"似乎显得很矛盾,颇有悔意,实际上只是为了避免刺激对方的"虚语"和"假意",不可当真的。

> 远牧牛,绕村四面禾黍稠。陂中饥乌啄牛背,令我不得戏垄头。入陂草多牛散行,白犊时向芦中鸣。隔堤吹叶应同伴,还鼓长鞭三四声。牛牛食草莫相触,官家截尔头上角!

(张籍《牧童词》)

这首诗,是用一个牧童的口吻写的放牛歌,修辞上自然是采取口语化的用词造句,透过儿童的视角和思维,用儿语和呼告表现情趣,用典故暗寓对官府暴行的讽刺。言语风格自然、通俗。

前八句都是写放牛,记录牧童的心理、见闻和动作,见出童心和童趣,三字句起头,其余都用七言,押韵自由,句式灵活,表达清新。最后两句,用呼告,让牧童直接对牛发出训诫,"牛牛"用儿语有童趣,"官家截尔头上角"是间接用典,婉转地揭示了官府的权势和暴行对民间的影响,甚至儿童语言中都有所反映,的确耐人寻味。

> 湘水无潮秋水阔,湘中月落行人发。送人发,送人归,白蘋茫茫鹧鸪飞。

(张籍《湘江曲》)

这首《湘江曲》,修辞上颇为讲究,语音修辞、句式修辞、映衬辞格和诗意表达有机配合,造就了优美的旋律和意境,以及形式上的回环往复之美。

语音修辞方面,最大的特点是句内、句间用迭映和复叠,句内的有:水、茫茫,句间的有:湘、人、发、送人等,这些字面的重复,加上押韵换韵、平仄交错等带来了声音形式的重复和变化,具有突出的回环美。

而句式修辞上,前两句用七言句构成对偶,中间两句用三言句构成对偶,最后一句用七言句,句内用平行句式。从形式上看,总体以整句为主,整中有散,整齐中又穿插变化。从节奏上看,节奏分明,蕴含变化,前后三句舒缓平和,中间两句急促,似急管繁弦。

语音修辞、句式修辞的运用又是和诗歌离情别绪的抒发密切联系的:如句式上,前两句写景,中二句送人,末句写景,用以衬情,节奏上配合一致;语音上,送别的缠绵伤感和声音的回环往复,表里相谐,真可以称得上声情并茂,辞意谐美。

> 锦江近西烟水绿,新雨山头荔枝熟。万里桥边多酒家,游人爱向谁
> 家宿?
>
> （张籍《成都曲》）

这首诗标为乐府体的"曲",其实也是一首不拘平仄的七绝,描写成都郊野的美景和市井的繁华。修辞上用词语修辞和对偶凸显景物特色,用设问寄寓对太平盛景的喜爱和向往。言语风格自然、平淡。

此诗写景颇见修辞效用,首先表现在词语修辞的运用:一是撷取"荔枝""酒家"等代表性的景物;二是地名入诗,"锦江""万里桥"本身即带有诗情画意;三是"烟"(水)、"新"(雨)两个修饰语、"绿""熟""多"三个描述语的选择。其次表现在句法修辞的运用:首联用对偶,将特色景物汇聚,整句形式的选用形成了表达的张力,既凸显景物特色,又以点带面,覆盖更多的景物描写;次联用设问句,隐含潜台词,委婉地强调酒家不但多而且好,以此也突出了游人众多、街市繁华。

景语亦情语,把景写得如此秀丽动人,本身就隐含着诗人对此的欣赏和喜爱之情,而最后的设问,更是流露了诗人对太平幸福生活的向往之情。

> 渔家在江口,潮水入柴扉。行客欲投宿,主人犹未归。竹深村路
> 远,月出钓船稀。遥见寻沙岸,春风动草衣。
>
> （张籍《夜到渔家》）

这首《夜到渔家》,写前人较少触及的渔民生活。修辞上用浅近的词语描写日常生活景象,按时间先后叙写投宿的见闻和感受,以景衬人,写景含情。言语风格通俗、平淡。

首联写初见渔家,"柴扉"见其居所简陋。次联写心理,行客不以为意,"欲

投宿"渔家,但未见主人。三联写等待时所见,"深""远"突出渔家地处偏僻幽深,"月出"未归暗点主人打渔的辛劳。尾联写主人终于归来,"遥见"点出久盼和喜悦,"春风动草衣",景致动人,景和人相映衬,景美人也美,生动传神。"草衣"则见出主人生活的贫苦。清人评价张籍诗歌,曾指出其特色:"名言妙句,侧见横生,浅淡精洁之至。"(田雯《古欢堂集》)

　　　洛阳城里见秋风,欲作家书意万重。复恐匆匆说不尽,行人临发又开封。

(张籍《秋思》)

　　叙事成分增多,日常生活题材入诗,风格趋于写实,是中唐绝句相比于盛唐绝句的几个突出变化。张籍这首《秋思》即反映了这些特点。

　　这首诗选择写家书、寄家书的生活细节,主要借助词语修辞刻画人物的动作和心理,传递复杂深沉的思家之情,表达真切细腻。言语风格简约、通俗。

　　前两句写"欲作家书"。客居洛阳、"见秋风",激发了内心的"意万重","万重"是常见的借代,以实代虚强调多。千愁万绪,当然不仅是怀乡之意,但写家书向亲人诉说,应该是不错的办法,也是很自然的想法。平实的叙述中,包含了丰富的意蕴。

　　后两句写寄家书。跳过写信的过程和内容,直接描写寄信的细节。"复恐"包含了复杂的心理活动:想说的太多,匆忙间当然很难说尽,但是又生怕会不会遗漏了什么重要的内容。"临发又开封"的动作描写,正是这种担心、疑虑的心理驱使的外在结果。对于家书近乎过敏的重视,侧面映衬了诗人对家乡亲人强烈的思念和诸多的牵挂。宋人评张籍诗"看似寻常最奇崛,成如容易却艰辛"(王安石《题张司业诗》),可谓深得其创作的要旨:本色自然而又颇具韵味,言简而意丰,语浅而情深,皆源于精心的构思和恰切的修辞。

　　　边城暮雨雁飞低,芦笋初生渐欲齐。无数铃声遥过碛,应驮白练到安西。

(张籍《凉州词三首》其一)

这首诗主要借助词语修辞和对偶、映衬、婉转，描写边地所见所闻，即景书感，寄情于景，言语风格含蓄、谨严。

头两句写所见。"边城暮雨雁飞低"是远望所见，"暮""雨""雁飞低"几个特色景物合力渲染出凄冷、荒疏的环境；"芦笋初生渐欲齐"是近观所得，"初生"突出新意和生机。两句用对偶和映衬，远景和近景构成鲜明的对照，色彩一暗一明，情感一抑一扬。

后两句写所闻所感。"无数铃声遥过碛"从所闻写驼队，"应驮白练到安西"用婉转，寄寓深意。"应"蕴含了沉痛的现实和辛酸的感情：本应如此而实际上已不可能，本属于唐的安西和丝绸之路如今却都已落入吐蕃之手。"应"是虚景，映衬眼前的实景，两相映衬，诗人的今昔之感和家国之恨，尽在不言中。

王建擅长乐府诗尤其是新题乐府，对田家、蚕妇、水夫、织女等的生活均多有反映，所作《宫词》一百首颇为出名，虽然手法上比较单一，但自有其价值。从修辞角度说，"终其一生，他都追求着通俗平易而格调明快的风格"①，其特色和价值也主要表现在通俗、明快一类言语风格的成功创造，以及写景、造境的修辞运用上。

　　　　水面细风生，菱歌慢慢声。客亭临小市，灯火夜妆明。

　　　　　　　　　　　　　　　　　　　　　　　　（王建《江馆》）

这首诗写诗人夜宿江馆所见。其修辞特色主要在句法修辞和词语修辞，短短二十字，即勾勒出一幅水城夜市风情画。言语风格自然、平淡。

一、三用叙述句，二、四用描写句，内容上形成交错，四句在形式上也各不相同，更具层次感。首句"水面细风生"，从视觉角度叙江面微风初生，交代夜晚降临。第二句"菱歌慢慢声"，转从听觉角度写菱歌传来婉曼柔美的声音，凸显水乡风情。"客亭临小市"，叙诗人所在位置，引出小市。"灯火夜妆明"，对夜市做正面描写，突出"明"，灯火明亮，女子妆容服饰明艳，进入景物的核心。

　　　　望夫处，江悠悠。化为石，不回头。山头日日风复雨，行人归来石

---

① 罗宗强：《唐诗小史》，中华书局，2019，第174页。

应语。

(王建《望夫石》)

　　这首诗依据民间传说写成,修辞上主要借用映衬、复叠和拟人,辅以句式变化,塑造望夫石形象,歌颂坚贞不渝的爱情。言语风格通俗、明快。

　　前四句用三言句,节奏较急促,节拍分明,形成顿挫。"望夫处,江悠悠",描绘环境。"悠悠",用叠音形式,用江水滔滔、千古奔流来渲染悲剧氛围,并作为背景映衬望夫石的形象。"化为石,不回头",直接描写望夫石,"不回头"用拟人,突出其坚守爱情、矢志不渝的品质。

　　后两句用七言句,节奏更舒缓,语调更深沉。"山头日日风复雨",进一步描写望夫石的坚贞:一天天经受着风吹雨打,长年累月,始终初心不改,伫立江边。"行人归来石应语",结尾宕开一笔,想象丈夫终于归来时的情景:化为石的妻子应该能开口倾吐衷肠吧!这一结尾,寄托了诗人以及无数人的美好愿望,引人共鸣,令人感慨。

　　　　苦哉生长当驿边,官家使我牵驿船。辛苦日多乐日少,水宿沙行如
　　海鸟。逆风上水万斛重,前驿迢迢后森森。半夜缘堤雪和雨,受他驱遣
　　还复去。夜寒衣湿披短蓑,臆穿足裂忍痛何!到明辛苦无处说,齐声腾
　　踏牵船歌。一间茅屋何所值,父母之乡去不得。我愿此水作平田,长使
　　水夫不怨天。

(王建《水夫谣》)

　　本诗写水夫的痛苦生活,主体部分用纤夫内心独白的方式,表现其痛苦和不满,最后两句卒章显志,表达诗人对其遭遇的同情。修辞上,运用质实的词语、直白的方式,以及朴素自然的映衬、比喻、夸张、摹状等辞格,描述亲身的经历,抒发真实的感受,具有很强的感染力。言语风格通俗、明快。

　　"苦哉生长当驿边,官家使我牵驿船",两句总叙。起首即发出"苦哉"的感叹,足见水夫内心的悲苦之深重。接下来的话,交代了痛苦的根源:被迫长期充任水夫。"官家使我"表明水夫拖船并非自愿,"驿边""驿船"中"驿"的迭映又暗示了做水夫不可能是一天两天。这两句是总叙生长水边为驿站服役的痛苦

心情。

从"辛苦日多乐日少"至"齐声腾踏牵船歌",是具体描述。"辛苦日多乐日少,水宿沙行如海鸟",两句分别用了一个映衬和一个比喻,直观而贴切地道出了水夫牵船的感受。尤其是"如海鸟",凸显了人在自然面前的渺小无力感。"逆风上水万斛重,前驿迢迢后森森"前一句用比喻兼夸张,后一句用摹状,写逆水拖船的艰辛和近乎无望的感觉。

接下来六句,诉说了半夜被驱遣牵船,雨雪交加的寒冷中只能披着短蓑,胸口磨破了,双脚冻裂了,都不得不强忍着。感叹句"臆穿足裂忍痛何!"包含了不知多少痛楚、不满和愤怒。"到明辛苦无处说,齐声腾踏牵船歌",满腔的悲苦愤懑被压抑着,只能在整齐的"牵船歌"中去宣泄。

水夫接着解释了为什么不逃离这种痛苦不堪的水夫生活,"父母之乡"不仅是故土难离,而且有亲人要奉养,因而"去不得"。

诗的最后,诗人忍不住站出来表达了对主人公的同情:"我愿此水作平田,长使水夫不怨天。"诗人自然知道这样的愿望很难实现,水夫的悲惨命运也难以改变,如此收束因而也留下了更多的未尽之言。

> 长安恶少出名字,楼下劫商楼上醉。天明下直明光宫,散入五陵松柏中。百回杀人身合死,赦书尚有收城功。九衢一日消息定,乡吏籍中重改姓。出来依旧属羽林,立在殿前射飞禽。
>
> （王建《羽林行》）

这首诗写羽林军的作恶多端和逍遥法外。修辞上,主要借助词语修辞直接描述,用有力的事实说话,不附加议论抒情,言语风格明快、自然。

只需稍微梳理一下,即可看出诗人选用的基本上都是通用词语或口语词,表达方式则是明了直接的,就此而言,诗人具备了足够的胆量和勇气。"长安恶少""劫商""散入五陵松柏中"(大白天杀人越货)"百回杀人""身合死"是直写羽林军的恶名、恶行,足见其恶贯满盈。"下直明光宫""赦书""收城功""重改姓""依旧属羽林"等则表明他们特殊的身份和"待遇",足见他们可以逍遥法外的原因,一定是有强硬的后台和违法的庇护。一群恶人横行霸道、有恃无恐,这当然是极不正常的,至于更深层的根源,诗中没有明说也没法明说,但结尾的一句"立在殿前射飞禽"对这些人在君主面前得宠骄纵表现的描绘,多少给出了一点暗示,那就是最高统治者的昏庸和被蒙蔽。

　　　　三日入厨下,洗手作羹汤。未谙姑食性,先遣小姑尝。

　　　　　　　　　　　　　　　　　　　　　　　　(王建《新嫁娘词三首》其一)

　　这首小诗写新嫁娘,纯用白描手法表现其用心、细心、聪慧,修辞上则主要靠词语修辞,表现日常生活的细节,让人感受到其中的神韵和情趣,言语风格自然、平淡。

　　"三日入厨下,洗手作羹汤。"借助标题,省略了主语"新嫁娘"。内容上也只是选取一个生活细节来写。按习俗第三天新嫁娘需要下厨,专门点出"洗手"这一动作,表现了她的郑重和细心,力求从准备工作开始就做到无可挑剔。"未谙姑食性,先遣小姑尝",这个细节最能表现这位新嫁娘细密的心思,为了让婆婆满意,先请了解她口味的小姑尝一下,这个妙招,看似寻常,如果不是真正有心的人,也是不容易想到的。其中"姑""小姑"等都是口语词,其他也几乎都是通用词语。

　　　　雨里鸡鸣一两家,竹溪村路板桥斜。妇姑相唤浴蚕去,闲着中庭栀子花。

　　　　　　　　　　　　　　　　　　　　　　　　　　　　(王建《雨过山村》)

　　这首是写山村雨后风光,借词语修辞描绘特色景物,表现诗情画意,言语风格平淡、自然。

　　"鸡鸣一两家",体现山村人少清净的特点。"竹溪""板桥""斜"体现山村的自然美。"妇姑相唤"体现和睦亲切的人情美,"浴蚕"则体现农事特点。"闲着中庭栀子花"补充写景,体现生活情趣,"闲",以花闲衬人忙,表现劳动美。虽不做过多的修饰或描摹,但同样让人感悟到其中的美,因为朴素的语言成功地负载了诗情和画意。

　　　　和雪翻营一夜行,神旗冻定马无声。遥看火号连营赤,知是先锋已上城。

（王建《赠李愬仆射二首》其一）

　　这首七绝，写一次夜袭战役。选材上抓住片段来写，修辞上主要用夸张、映衬来突出天气的恶劣和部队的神勇，赞颂带兵的将领。

　　前两句描写夜袭出动。"和雪""翻营""一夜行"正面表现部队的决心，"神旗冻定""马无声"用作反衬，突出部队的斗志，从中也体现了步调统一、军纪严明、训练有素。

　　后两句描写夜袭取胜。略去作战的过程和场面，仅从后军"遥看"的视角突出"火号连营赤"的镜头，表现前锋顺利登城和部队取得完胜。

　　整体的描写都带有一定的夸张色彩，以此来突出部队将士坚不可摧的意志和神勇无敌形象，表现颂赞的主题。句法上，第一句用紧句，节奏上较急促，烘托紧张气氛。

　　　回看巴路在云间，寒食离家麦熟还。日暮数峰青似染，商人说是汝州山。

（王建《江陵使至汝州》）

　　这是一首纪行诗，从回看到前瞻，脉络清晰，结构简明。修辞上除一处比喻外，几乎都是通过普通的词语锤炼和句式加工来平直地叙事写景，暗传诗人微妙的心境。言语风格自然、平淡。

　　除第三句写景，其余诗句皆叙事，客观平实。"回看"交代走过的行程，"在云间"表明路途很长，虽然未写，人的辛苦劳顿自然可以推知。无论如何，"还"总是令人高兴的。"日暮数峰青似染"用比喻描状景物特色，说明天气的晴好。这一描写和"巴路在云间"的叙述，颇具韵味和美感，为诗歌增添了色彩。最后一句，获悉已接近归程的目的地，内心的喜悦激动、遥想回顾等自不必多言。纪行诗着意于纪行，将人的心情隐于其后，正是一般的写法，好的纪行诗应该像这首一样：人在其间，境与心会。

　　　中庭地白树栖鸦，冷露无声湿桂花。今夜月明人尽望，不知秋思落谁家？

（王建《十五夜望月寄杜郎中》）

这首诗咏中秋，写望月生秋思。修辞上主要用词语修辞和映衬、夸张、设问、婉转，借景抒情。言语风格含蓄、平淡。

题为"望月"，但并不直接写月，而是把视线投向地面：选取"鸦、冷露、桂花"等特色景物来直写夜景的美。"地白"映衬月光明亮，"树栖鸦""冷露无声"烘托月夜的冷清寂静。对如此安静美丽的月夜景象的描写，为接下来写"望月""秋思"做了充分的铺垫。"今夜月明人尽望，不知秋思落谁家"用设问，"不知"用婉转，含蓄深沉地表达秋思无限之意，落入我家，何尝不落入无数人之家？"人尽望"用夸张，不合事实但合情理，强调十五月之美、"秋思"之普遍。"落"则将秋思形象化，似乎从天而降，或者如桂花飘落，显得新颖别致。

　　树头树底觅残红，一片西飞一片东。自是桃花贪结子，错教人恨五更风。

（王建《宫词一百首》选一）

王建《宫词》共百首，描写宫女生活，以白描见长。此诗写宫女捡拾桃花，修辞上主要用复叠、借代和婉转，表现宫女的悲惨命运，言语风格通俗、自然，有民歌风味，在其百首宫词中脱颖而出，颇具代表性。

前一联具体描绘桃花凋零、四处飘落的狼藉景象。"树头树底""一片西飞一片东"都是用复辞，"残红"借代桃花，突出其残存和残败的双重特点。"觅"一方面表明桃花所剩无几，另一方面暗写宫人睹物伤情，移情于物，表现出对桃花命运的嗟伤痛惜。

后一联描写宫人的心理活动，婉转地揭露、批判宫女命运的真正根源。将桃花的命运归结于自身"贪结子"，而非"五更风"之过，耐人寻味，激人深思。桃花结子、女子出嫁难道不都是天经地义的吗？宫女们的命运，为什么连桃花还不如？诗至此，矛头已经隐隐地指向了背离人道、扼杀人性的制度和社会。

二、白居易诗歌修辞的成就和贡献

白居易是新乐府运动的倡导者,不仅留下近三千首诗,还提出了自己的诗歌理论。在诗歌理论和实践方面,都给当时和后世带来了突出的贡献和影响。

作为一个高产作家,白居易的诗题材广泛,体裁多样,形象鲜明,语言通俗浅显,表达明快直接,音调流畅和谐,赢得了"诗魔""诗王"之称。按照其个人分类,讽喻诗和闲适诗是他尤其看重的两类诗作。两类诗在修辞上的共性是都趋于尚实、尚俗,但因为内容和主旨不同,言语风格也不一样。讽喻诗志在"兼济",言语风格偏于明快、谨严;闲适诗则意在"独善","知足保和,吟玩性情"(《与元九书》),言语风格偏于含蓄、自然。

在诗歌理论方面,他主张"文章合为时而著,歌诗合为事而作",他用果树比诗,提出"根情、苗言、华声、实义"(《与元九书》)的观点。在《新乐府序》中,他明确提出自己心目中的诗歌标准:"其辞质而径,欲见之者易谕也;其言直而切,欲闻之者深诫也;其事核而实,使采之者传信也;其体顺而肆,可以播于乐章歌曲也。"这里的"质而径""直而切""核而实""顺而肆",分别强调了语言须质朴通俗,议论须直白显露,写事须绝假纯真,形式须流利畅达,具有歌谣色彩。也就是说,诗歌必须既写得真实可信,又浅显易懂,还便于入乐歌唱,才算达到了极致。

> 田家少闲月,五月人倍忙。夜来南风起,小麦覆陇黄。妇姑荷箪食,童稚携壶浆。相随饷田去,丁壮在南冈。足蒸暑土气,背灼炎天光。力尽不知热,但惜夏日长。复有贫妇人,抱子在其旁。右手秉遗穗,左臂悬敝筐。听其相顾言,闻者为悲伤。家田输税尽,拾此充饥肠。今我何功德,曾不事农桑。吏禄三百石,岁晏有余粮。念此私自愧,尽日不能忘。
>
> (白居易《观刈麦》)

白居易的讽喻诗,具有鲜明的艺术特色:一是题材、主题集中,"一吟悲一事",或在诗题下加小序,或"卒章显其志"以突出主题。二是注意人物形象的刻画,善用白描,勾勒凸显人物的特征。三是言浅而意深,以小见大,以点带面,多用映衬以寄托、凸显讽喻和同情。

这首讽谕诗,很能体现其上述特点。修辞上除映衬外,几乎完全借助消极修辞,用词上要言不烦,造句上整散配合,谋篇上层次井然,生动真切地再现两幅田间场景,寄寓诗人的观感和思考,描述清晰,条理分明,张弛有致。言语风格通俗、明快。

诗歌首先描写了田家男女老幼参与割麦的情景。前四句交代农忙背景。前两句通过“田家”“五月”“少闲”“倍忙”概叙,后两句描写,“覆陇黄”显示小麦成熟。接着四句写妇女、孩子一起去田间送饭送水。“妇姑荷箪食,童稚携壶浆”用整句(对偶),后两句用散句,形式、节奏上有所变化。再四句写青壮年农民不辞辛劳地割麦。前两句“足蒸暑土气,背灼炎天光”用对偶,加强对天气炎热、劳作辛苦的表现;“不知热”,突出农人劳动投入不顾热。

接下去,诗歌又写到了一个贫妇抱着孩子拾麦穗的事。“右手秉遗穗,左臂悬敝筐”用对偶,凸显其形象。用“悲伤”,有利于引发读者对其关注和同情。贫妇的遭遇比前一家更悲惨,赋税过重令其失去了农人赖以生存的土地。显然作者是借贫妇的遭遇来映衬、暗示“田家”的命运。

最后,诗人叙述自身的情况,拿来与前面的农人、贫妇对比,“何功德”“私自愧”“尽日不能忘”袒露内心,表达深挚的愧疚和同情。也借此希望借此诗起到讽喻的作用,让统治者能够体恤下情,怜农减税。

> 晨游紫阁峰,暮宿山下村。村老见余喜,为余开一尊。举杯未及饮,暴卒来入门。紫衣挟刀斧,草草十余人。夺我席上酒,掣我盘中飧。主人退后立,敛手反如宾。中庭有奇树,种来三十春。主人惜不得,持斧断其根。口称采造家,身属神策军。主人慎勿语,中尉正承恩!
>
> (白居易《宿紫阁山北村》)

这首诗写神策军的暴行,修辞上主要借助词语修辞、句式修辞和映衬、婉转,叙事写人,寄寓褒贬。言语风格通俗、明快。

起首四句写投宿,“晨游”“暮宿”“喜”“开一尊”,叙事中见出和谐愉悦的氛围。反衬接下来暴卒的暴力抢夺行径。

中间十二句写抢夺过程,用贬义词“暴卒”指称抢夺者,用“挟刀斧”“夺”“掣”“持斧断”等动词语刻画其胡作非为的暴徒形象。“夺我席上酒,掣我盘中飧"用对偶,更集中凝练地凸显暴徒无所顾忌的抢夺丑行。"反如宾""惜不得"凸显了主人的畏惧和无可奈何的心理,侧面映衬了暴卒的横蛮强暴、为所欲为。

结尾四句揭开抢夺者身份,"口称"表现暴卒有恃无恐的嚣张气焰,"我"的悄声劝告中"中尉正承恩"用婉转,委婉地点出了暴卒敢于肆虐的根源,寄寓了很强的讽刺意味。

> 八年十二月,五日雪纷纷。竹柏皆冻死,况彼无衣民!回观村闾间,十室八九贫。北风利如剑,布絮不蔽身。唯烧蒿棘火,愁坐夜待晨。乃知大寒岁,农者尤苦辛。顾我当此日,草堂深掩门。褐裘覆絁被,坐卧有余温。幸免饥冻苦,又无垄亩勤。念彼深可愧,自问是何人?
>
> (白居易《村居苦寒》)

这首诗写农者的贫寒,直接描述和侧面映衬相结合,并拿自己跟农者对比,表达同情和愧疚。修辞上主要用词语修辞、句式修辞和映衬、复叠、夸张、比喻,力求还原事实,言语风格明快、通俗。

诗的前十二句写农者,后八句写"我",标明时间、地点,用实录笔法。

写农者贫寒,有正面描写处境、神情的:"无衣""布絮不蔽身""唯烧蒿棘火,愁坐夜待晨""尤苦辛";也有环境描写的侧面映衬:"雪纷纷"(复叠)、"竹柏皆冻死"(夸张)、"北风利如剑"(比喻);还有来自"我"的反面对照:"褐裘覆絁被,坐卧有余温""幸免饥冻苦,又无垄亩勤"。

写"我"的温饱无忧,主要是用于映衬农者,更直观真切地表现其贫寒、苦辛的处境,以引起统治者的关注和改变。最后用反问句,发出对自己的强烈拷问。细思之,这又何尝不是对广大为官者、当政者的拷问?除了句末这个反问句,三四句用了感叹句,也有很鲜明的强调和肯定语气,这两处穿插着陈述句中的非陈述句的使用,不但有强化语意、增添波澜之用,也有增加变化、丰富形式之效。

> 意气骄满路,鞍马光照尘。借问何为者,人称是内臣。朱绂皆大夫,紫绶悉将军。夸赴军中宴,走马去如云。樽罍溢九酝,水陆罗八珍。果擘洞庭橘,脍切天池鳞。食饱心自若,酒酣气益振。是岁江南旱,衢

州人食人!

(白居易《轻肥》)

　　诗题"轻肥"典出《论语》"乘肥马,衣轻裘",借指奢华生活。标题暗点这首诗的主题:通过表现内臣们的极尽骄横与豪奢,与江南旱情引发惨剧形成鲜明对比,讽刺内臣之流贪腐自私、罔顾生命。修辞上多用对偶,并借助词语修辞、句式修辞和对偶、比喻、夸张、映衬等辞格,凸显内臣的骄奢,言语风格谨严、含蓄。

　　开头两句即先声夺人,用夸张和对偶,"满路""照尘"突出来人的意气之骄和鞍马之光。三四句才交代其内臣身份,用设问加以强调和突出,给人留下更深的印象。五六句用对偶,用"皆"和"悉",强调这帮人掌握着文武大权。接着,继续写他们的骄奢,"夸"体现"骄","走马去如云"说明其人多势众。"樽罍溢九酝,水陆罗八珍。果擘洞庭橘,脍切天池鳞"四句,用整句(对偶)形式和夸张,凝练而集中地表现宴席的奢华至极。接着两句又写他们的"骄":志得意满,骄气爆棚。

　　最后两句,镜头突然切换,转而描述旱情导致人吃人惨剧发生的事实。诗歌到此戛然而止,留下了巨大的空白。仅仅将另一种截然相反的现象与内臣们的骄奢生活并列在一起,不加说明,不发议论,一切留给读者去体验,去思考。

　　　　帝城春欲暮,喧喧车马度。共道牡丹时,相随买花去。贵贱无常
　　　价,酬值看花数。灼灼百朵红,戋戋五束素。上张幄幕庇,旁织笆篱护。
　　　水洒复泥封,移来色如故。家家习为俗,人人迷不悟。有一田舍翁,偶
　　　来买花处。低头独长叹,此叹无人喻。一丛深色花,十户中人赋。

(白居易《买花》)

　　这首诗,构思巧妙,描写京城买花的景象,从田舍翁的长叹中揭示出其中蕴藏的社会问题。修辞上主要通过映衬表现主题,借助词语修辞、句法修辞和复叠、对偶、夸张等具体描述富贵闲人对买花的迷恋、田舍翁看买花的内心痛苦。

　　"人人迷不悟"以上十四句为第一部分,写买花者。前四句写买花,"喧喧车马度""共道""相随"等表现买花的盛况。接着写花的售价和养护,"灼灼百朵红,戋戋五束素"突出价格的昂贵。售价贵跟养护难相关,"上张幄幕庇,旁织笆

篱护""水洒复泥封,移来色如故"写对花的养护,"张、庇、织、护、洒、封"等一组动词的连用,凸显护花养花需要大量付出。"喧喧""灼灼""戋戋"等复叠形式加强了描绘性和音乐性。对于买花,都当成习俗,实际上是陷入了误区。"家家习为俗,人人迷不悟"构成重叠对,用夸张格,强调了这一痴迷不醒的认知和行为具有普遍性。

第二部分为后六句,写看花者。"低头""长叹"刻画田舍翁的动作,暗示其内心的痛苦,"一丛深色花,十户中人赋"兼用对偶和映衬,让人领悟,为什么田舍翁会长叹,同时也让人警醒:这等奢靡的所谓习俗,是建立在严苛繁重的赋税之上的!

> 上阳人,红颜暗老白发新。绿衣监使守宫门,一闭上阳多少春。玄宗末岁初选入,入时十六今六十。同时采择百余人,零落年深残此身。忆昔吞悲别亲族,扶入车中不教哭。皆云入内便承恩,脸似芙蓉胸似玉。未容君王得见面,已被杨妃遥侧目。妒令潜配上阳宫,一生遂向空房宿。宿空房,秋夜长,夜长无寐天不明。耿耿残灯背壁影,萧萧暗雨打窗声。春日迟,日迟独坐天难暮。宫莺百啭愁厌闻,梁燕双栖老休妒。莺归燕去长悄然,春往秋来不记年。唯向深宫望明月,东西四五百回圆。今日宫中年最老,大家遥赐尚书号。小头鞋履窄衣裳,青黛点眉眉细长;外人不见见应笑,天宝末年时世妆。上阳人,苦最多。少亦苦,老亦苦,少苦老苦两如何? 君不见昔时吕向美人赋,又不见今日上阳白发歌!

(白居易《上阳白发人》)

这首诗,是白居易《新乐府》中的名篇,写一位老宫女的悲惨人生,作为宫女的典型来塑造,借以寄托诗人的恻隐胸怀和"救济人病,裨补时阙"的社会理想。修辞上,用词通俗浅易,色彩鲜明;句式灵活,整散交错,七言句中穿插部分三言句、两个十言句,散行句中融合少量对偶句,陈述句中加入一个反问句、一个感叹句;谋篇上用倒叙、换韵和顶真;写法上用映衬和比喻,熔叙事、抒情、写景、议论于一炉。言语风格通俗、明快。

开头八句,用倒叙,概要描述老宫女的现实处境和身世变迁。"红""白"

"绿"颜色对比鲜明,有寓意。"老""零落""残"刻画宫女特征。

"忆昔"开始,转用顺叙。先用八个七言句叙事,回顾被选入皇宫、送入上阳宫独守空房的经历。"吞悲""不教哭"言其伤悲;"脸似芙蓉胸似玉"连用比喻,状其貌美;"遥侧目""潜配"写其不幸遭遇。接下来,用一个"三、三、七"句组和一个"三、七"句组直述其感受:"夜长无寐""日迟独坐",从白天到夜晚,真可谓是度日如年;用两个对偶句分承其后,分别描写"夜长无寐""日迟独坐"时的见闻,用以映衬人物的境遇和心情。这段重点描述后,诗人用了四个七言句来总括:"莺归燕去""春往秋来"句内对偶,且用迭映与前文相呼应,表明青春就这样日复一日、年复一年地消逝,"长悄然""唯向深宫望明月",点明其孤寂、无望的处境。

"今日"句回到现在,写老宫女的自我调侃,侧面映衬其悲情。"年最老""遥赐"和对其落伍妆扮描写和评判,见其笑中含泪,见其深沉心底的无限悲苦。

诗的结尾部分,诗人直接抒情。先用四个三言短句,接一个七言反问句,"苦"连续迭映,"少亦苦,老亦苦"对偶,以此强化对宫女命运的同情和感慨;最后,用对偶兼对照的两个十言句、感叹句,表明诗人"惟歌生民病,愿得天子知"的良苦用心。

颇值得注意的修辞特色,还有该诗对换韵和顶真的运用。诗中的换韵看起来很自由,但稍加分析,即可看出来,韵脚的选择和更换,都是和内容及其变化紧密配合的。该诗的顶真用得很多,有句内顶真、句间顶真,有的还和回环结合,如"空房宿。宿空房"。这是民歌惯用的一种修辞手法,兼具谋篇功能和音乐美,多用于叙述和描写中,加强上下文之间的语义联系。

　　杜陵叟,杜陵居,岁种薄田一顷余。三月无雨旱风起,麦苗不秀多黄死。九月降霜秋早寒,禾穗未熟皆青干。长吏明知不申破,急敛暴征求考课。典桑卖地纳官租,明年衣食将何如? 剥我身上帛,夺我口中粟。虐人害物即豺狼,何必钩爪锯牙食人肉? 不知何人奏皇帝,帝心恻隐知人弊。白麻纸上书德音,京畿尽放今年税。昨日里胥方到门,手持尺牒榜乡村。十家租税九家毕,虚受吾君蠲免恩。

(白居易《杜陵叟》)

这首诗写杜陵叟遭遇天灾人祸的悲惨处境,借以痛斥长吏、暗讽里胥,并含蓄地批评皇帝。修辞上较多借助整句、紧缩句,辅以两个反问句、两个三言句和一个九言句;注意词语锤炼,尤其是动词的连用,叙述流畅,语意凝练,表达生动有力。言语风格明快、谨严。

开头描述天灾。用对偶句,"三月""旱"和"九月""寒"相对,"麦苗""多黄死"和"禾穗""皆青干"相对,用凝练的语言完整概括、重点凸显了天灾的严重。

接着表现人祸。第一个人祸源自长吏,"急敛""暴征"从原因,"典桑""卖地"从结果,"明年衣食将何如?"的设问,共同凸显了杜陵叟的惨景。

随即,第三人称转到第一人称,记录杜陵叟绝望下的痛斥,"剥、夺、虐人、害物"等动词语的连用,"豺狼"和"何必钩爪锯牙食人肉?"的反问,揭露有力,语气强烈。

最后写另一个人祸,顶真的运用似乎表明皇帝的所谓"恻隐"出于被动,借助"昨日里胥方到门""十家租税九家毕"的事实描述,揭示了人祸的真实存在。"虚受"则婉转地寄寓了对皇帝的批评。

> 卖炭翁,伐薪烧炭南山中。满面尘灰烟火色,两鬓苍苍十指黑。卖炭得钱何所营?身上衣裳口中食。可怜身上衣正单,心忧炭贱愿天寒。夜来城外一尺雪,晓驾炭车辗冰辙。牛困人饥日已高,市南门外泥中歇。翩翩两骑来是谁?黄衣使者白衫儿。手把文书口称敕,回车叱牛牵向北。一车炭,千余斤,宫使驱将惜不得。半匹红纱一丈绫,系向牛头充炭直。
>
> (白居易《卖炭翁》)

《卖炭翁》小序云:"苦宫市也。"诗歌通过卖炭翁的遭遇,以点带面,揭露"宫市"的掠夺本质,表达对被掠夺者的同情。修辞上主要借助词语修辞、句法修辞和映衬,在概要平实的叙述、描写中还原事实、凸显真相、蕴含评价。言语风格通俗、含蓄。

开头四句,写烧炭。"伐薪""烧炭",体现了漫长辛苦的过程,"南山中"揭示了偏远危险的劳动环境。"满面尘灰烟火色,两鬓苍苍十指黑"的外貌描写,进一步映衬了一车炭的来之不易。

接着八句,写卖炭。"卖炭得钱何所营? 身上衣裳口中食。"用设问,增添了形式的变化和诗歌的波澜,更突出了卖炭得钱对卖炭翁和家庭的非凡意义:衣食的来源。"可怜身上衣正单"的外貌描写、"心忧炭贱愿天寒"的心理描写,对这一意义提供了有力的印证。"夜来城外一尺雪"的环境描写突出了"天寒","牛困人饥""泥中歇"的状态描写表现卖炭的辛苦。所有这些,都强化了读者对卖炭翁的同情和对其能够如愿将炭卖出的心理期待,为后文的情节发展做了充分铺垫。

最后,写"夺"炭。然而,事与愿违。他不幸遇到了"宫使"。"翩翩两骑来是谁? 黄衣使者白衫儿。"再次用设问,造成文势跌宕,强化描述对象给人的印象。"手把文书口称敕,回车叱牛牵向北",对宫使一系列动作的描写,展示了其不容分说的强买行为,"惜不得"从正面写出了卖炭翁的无可奈何。"半匹红纱一丈绫,系向牛头充炭直"前后映衬,突出宫使所谓的买炭,跟匪徒的"抢夺"无异。

映衬,在本诗中扮演了重要的修辞角色,形式上有陪衬、反衬、对衬,分布上既有句段层面的,也有句内的。总体上,老翁烧炭的艰辛、对卖炭的热切期望,反衬宫使贱买强买的行为严重违背情理。前半部分,老翁的生活贫困和劳动艰辛反衬其"愿天寒"的反常心理;"满面尘灰烟火色""十指黑""南山"陪衬"伐薪烧炭"的辛苦、艰难。此外,"衣正单""一尺雪"等陪衬天寒,同时又反衬老翁对卖炭得钱的渴望。"牛困人饥"和"翩翩两骑","半匹红纱一丈绫"与"一车炭,千余斤"则构成对衬。

已讶衾枕冷,复见窗户明。夜深知雪重,时闻折竹声。

(白居易《夜雪》)

这首是从特殊的视角写雪,完全依靠侧面描写来表现"夜雪"的特点,修辞上主要靠词语修辞、句法修辞和映衬,凸显下雪给人的感受。

"讶""见""闻""知"四个动词集中说明诗人全方位的感知途径,"冷""明""声"则分别从感觉、视觉和听觉写雪的多维度影响,"雪重"则写出雪的变化。前两句用对偶和递进复句,后两句用散句和因果复句,倒装突出结果。夜晚在室内不能看到下雪,因此诗人完全从雪带给人的影响来侧面表现:诗人试图从多方位去感知雪,雪带给人多方面的感觉印象,旁衬诗人对下雪的敏感和关注,雪下得大而且持续。"时闻折竹声"也反衬了雪夜的寂静。诗人对夜雪描写得如此细致,又从侧面旁衬了诗人的彻夜难眠,暗示诗人谪居江州的孤寂。

汉皇重色思倾国,御宇多年求不得。杨家有女初长成,养在深闺人未识。天生丽质难自弃,一朝选在君王侧。回眸一笑百媚生,六宫粉黛无颜色。春寒赐浴华清池,温泉水滑洗凝脂。侍儿扶起娇无力,始是新承恩泽时。云鬓花颜金步摇,芙蓉帐暖度春宵。春宵苦短日高起,从此君王不早朝。承欢侍宴无闲暇,春从春游夜专夜。后宫佳丽三千人,三千宠爱在一身。金屋妆成娇侍夜,玉楼宴罢醉和春。姊妹弟兄皆列土,可怜光彩生门户。遂令天下父母心,不重生男重生女。骊宫高处入青云,仙乐风飘处处闻。缓歌慢舞凝丝竹,尽日君王看不足。

渔阳鼙鼓动地来,惊破霓裳羽衣曲。九重城阙烟尘生,千乘万骑西南行。翠华摇摇行复止,西出都门百余里。六军不发无奈何,宛转蛾眉马前死。花钿委地无人收,翠翘金雀玉搔头。君王掩面救不得,回看血泪相和流。黄埃散漫风萧索,云栈萦纡登剑阁。峨嵋山下少人行,旌旗无光日色薄。蜀江水碧蜀山青,圣主朝朝暮暮情。行宫见月伤心色,夜雨闻铃肠断声。

天旋地转回龙驭,到此踌躇不能去。马嵬坡下泥土中,不见玉颜空死处。君臣相顾尽沾衣,东望都门信马归。归来池苑皆依旧,太液芙蓉未央柳。芙蓉如面柳如眉,对此如何不泪垂。春风桃李花开日,秋雨梧桐叶落时。西宫南内多秋草,落叶满阶红不扫。梨园弟子白发新,椒房阿监青娥老。夕殿萤飞思悄然,孤灯挑尽未成眠。迟迟钟鼓初长夜,耿耿星河欲曙天。鸳鸯瓦冷霜华重,翡翠衾寒谁与共。悠悠生死别经年,魂魄不曾来入梦。

临邛道士鸿都客,能以精诚致魂魄。为感君王展转思,遂教方士殷勤觅。排空驭气奔如电,升天入地求之遍。上穷碧落下黄泉,两处茫茫皆不见。忽闻海上有仙山,山在虚无缥缈间。楼阁玲珑五云起,其中绰约多仙子。中有一人字太真,雪肤花貌参差是。金阙西厢叩玉扃,转教小玉报双成。闻道汉家天子使,九华帐里梦魂惊。揽衣推枕起徘徊,珠箔银屏迤逦开。云髻半偏新睡觉,花冠不整下堂来。风吹仙袂飘飘举,

犹似霓裳羽衣舞。玉容寂寞泪阑干,梨花一枝春带雨。含情凝睇谢君
王,一别音容两渺茫。昭阳殿里恩爱绝,蓬莱宫中日月长。回头下望人
寰处,不见长安见尘雾。唯将旧物表深情,钿合金钗寄将去。钗留一股
合一扇,钗擘黄金合分钿。但教心似金钿坚,天上人间会相见。临别殷
勤重寄词,词中有誓两心知。七月七日长生殿,夜半无人私语时。在天
愿作比翼鸟,在地愿为连理枝。天长地久有时尽,此恨绵绵无绝期。

(白居易《长恨歌》)

《长恨歌》与《琵琶行》都是唐代长篇叙事诗中不可多得的经典名篇。与以
往的叙事诗相比,抒情性强是其突出的变化。简化事件过程的叙述,注重通过修
辞运用加强描写的分量和比重,往往借助人物的直接描写和物象、环境描写的烘
托,以及其他不同角度的映衬,来凸显人物的内心世界和情感表现,增强抒情性。

《长恨歌》,诗歌通过君王、贵妃爱情悲剧的叙述和描写,借助直接表现和间
接烘托、渲染,来表现故事主人公的"长恨"。修辞上借助丰富多样的修辞方法,
讲述故事,塑造形象,结构篇章,表现诗情画意,营造音乐美。言语风格谨严、
绚烂。

全诗一百二十句,依据故事内容,大致可分为四部分:两情相悦——香消玉
殒——君王思念——情深依旧。

第一部分从开篇到"尽日君王看不足",写君王的恩宠和沉湎,映衬两情
相悦。

"汉皇重色思倾国"总起全诗,"汉皇""倾国"均用借代,"重色"直言,揭示
了悲剧的根源所在。"回眸一笑百媚生,六宫粉黛无颜色。"前一句正面写其
"媚",后一句用旁映,极力凸显其容貌美。"春寒赐浴华清池,温泉水滑洗凝
脂"。"凝脂"借喻其肌肤,"温泉水滑"旁衬其肌肤之温润滑腻。"云鬓花颜金步
摇,芙蓉帐暖度春宵","云鬓""花颜""金步"用比喻形象化地集中描摹其美颜
和媚态,后一句通过叙事兼描写环境,有映衬功能。"春宵苦短日高起,从此君
王不早朝。承欢侍宴无闲暇,春从春游夜专夜。后宫佳丽三千人,三千宠爱在一
身。金屋妆成娇侍夜,玉楼宴罢醉和春。"其中,用到夸张、迭映、顶真等辞格,既
是直接描写极度的沉湎和受宠,也是借此从正面映衬二人的两情相悦。"姊妹
弟兄皆列土,可怜光彩生门户。遂令天下父母心,不重生男重生女。"从侧面映

衬、凸显杨玉环的备受宠爱,暗示帝王的重色轻国。"骊宫高处入青云,仙乐风飘处处闻。缓歌慢舞凝丝竹,尽日君王看不足。"描写君王沉湎音乐歌舞的场景,"仙乐"借代,"处处"重叠,"凝丝竹"反衬、"看不足"旁衬贵妃"缓歌慢舞"之美妙动人。

第二部分,从"渔阳鼙鼓"句到"夜雨闻铃肠断声",写贵妃惨死,君王伤悲。

"渔阳鼙鼓"代指叛军,"动地来""惊破"状其势大。"九重城阙"指京城,"烟尘生"代指战火。"翠华摇摇"代指君王的车驾,"宛转蛾眉"代指贵妃。"花钿委地无人收,翠翘金雀玉搔头"描写各种首饰掉落地上,映衬贵妃死后的凄凉。"血泪相和流"直写君王的悲伤。"黄埃散漫风萧索,云栈萦纡登剑阁。峨嵋山下少人行,旌旗无光日色薄。"这段写景映衬君王逃亡的凄凉、艰难。"蜀江水碧蜀山青""行宫见月伤心色,夜雨闻铃肠断声"映衬"圣主朝朝暮暮情","伤心色""肠断声"用移就,赋予月和铃人的情感。

第三部分,从"天旋地转回龙驭"到"魂魄不曾来入梦",写君王回都,思念故妃。

"天旋地转回龙驭,到此踌躇不能去。马嵬坡下泥土中,不见玉颜空死处。君臣相顾尽沾衣,东望都门信马归"表现君王的旧情不忘,"天旋地转"比喻形势转变,"回龙驭"是龙驭(即君主的车马)回。"踌躇""沾衣"直述,"信马归"侧面映衬。"归来池苑皆依旧,太液芙蓉未央柳。芙蓉如面柳如眉,对此如何不泪垂。"以景衬人,景依旧人不在,睹物如见人,因而怎么可能不"泪垂"?接下来一大段写景和叙事,用春花秋叶的变幻表现时光流逝,用环境描写来旁衬君王的凄凉寂寞。"迟迟钟鼓初长夜,耿耿星河欲曙天"用重叠对,"鸳鸯瓦冷霜华重,翡翠衾寒谁与共"用映衬对,"悠悠生死别经年,魂魄不曾来入梦"用婉转,表达日思夜想,希望梦中相见的心愿。

第四部分,从"临邛道士鸿都客"到结束,写贵妃成仙,旧情不忘。

这一部分首先极力渲染寻觅不易。"为感君王展转思,遂教方士殷勤觅"用双声叠韵对。"排空驭气奔如电,升天入地求之遍。上穷碧落下黄泉,两处茫茫皆不见。"用比喻和夸张,凸显寻找之用力。"忽闻"突出偶然性,暗示情缘未绝。这一部分大量使用叠韵词("缥缈""绰约""徘徊""迤逦"等)、双声词("玲珑""参差""渺茫")、叠音词("茫茫""飘飘"),不但增添了声音的回环美,而且赋予了环境和人物以神秘、飘逸色彩。"风吹仙袂飘飘举,犹似霓裳羽衣舞。玉容寂寞泪阑干,梨花一枝春带雨"连用两个比喻(一个明喻、一个略喻)描写衣装和神情,前一喻体选择让人联想到往昔宫廷的贵妃风采,后一喻体则形神兼备地刻画其旧情重燃的复杂表现。"含情凝睇谢君王"用紧缩句兼排比句凝练地表现其对君王的旧情不忘。"不见长安见尘雾"暗示人神之间阴阳两隔。"临别殷勤重寄词,词中有誓两心知"用句间顶真,形连义贯,加强形和意的联系。"在天愿作比翼鸟,在地愿为连理枝"连用比喻(借喻),"天长地久有时尽,此恨绵绵无绝期"用映衬加以强调,表白对爱情的坚贞不渝。

《长恨歌》在讲述传奇故事的同时,带有很浓的抒情意味和音乐美感,这主要得力于其大量运用映衬和多样化的语音修辞方法(换韵、整散配合、双声、叠韵、叠音、顶真等),将叙事、写景和抒情有机结合起来,造成回环往复、缠绵悱恻的艺术形式。

　　浔阳江头夜送客,枫叶荻花秋瑟瑟。主人下马客在船,举酒欲饮无管弦。醉不成欢惨将别,别时茫茫江浸月。忽闻水上琵琶声,主人忘归客不发。寻声暗问弹者谁,琵琶声停欲语迟。移船相近邀相见,添酒回灯重开宴。千呼万唤始出来,犹抱琵琶半遮面。

　　转轴拨弦三两声,未成曲调先有情。弦弦掩抑声声思,似诉平生不得志。低眉信手续续弹,说尽心中无限事。轻拢慢捻抹复挑,初为霓裳后六幺。大弦嘈嘈如急雨,小弦切切如私语。嘈嘈切切错杂弹,大珠小珠落玉盘。间关莺语花底滑,幽咽泉流冰下难。冰泉冷涩弦凝绝,凝绝不通声渐歇。别有幽愁暗恨生,此时无声胜有声。银瓶乍破水浆迸,铁骑突出刀枪鸣。曲终收拨当心画,四弦一声如裂帛。东船西舫悄无言,唯见江心秋月白。

　　沉吟放拨插弦中,整顿衣裳起敛容。自言本是京城女,家在虾蟆陵下住。十三学得琵琶成,名属教坊第一部。曲罢曾教善才伏,妆成每被秋娘妒。五陵年少争缠头,一曲红绡不知数。钿头云篦击节碎,血色罗裙翻酒污。今年欢笑复明年,秋月春风等闲度。弟走从军阿姨死,暮去朝来颜色故。门前冷落车马稀,老大嫁作商人妇。商人重利轻别离,前月浮梁买茶去。去来江口守空船,绕船月明江水寒。夜深忽梦少年事,梦啼妆泪红阑干。

　　我闻琵琶已叹息，又闻此语重唧唧。同是天涯沦落人，相逢何必曾相识！我从去年辞帝京，谪居卧病浔阳城。浔阳地僻无音乐，终岁不闻丝竹声。住近湓江地低湿，黄芦苦竹绕宅生。其间旦暮闻何物，杜鹃啼血猿哀鸣。春江花朝秋月夜，往往取酒还独倾。岂无山歌与村笛，呕哑嘲哳难为听。今夜闻君琵琶语，如听仙乐耳暂明。莫辞更坐弹一曲，为君翻作琵琶行。

　　感我此言良久立，却坐促弦弦转急。凄凄不似向前声，满座重闻皆掩泣。座中泣下谁最多？江州司马青衫湿。

（白居易《琵琶行》）

　　作者生前，即已有"童子解吟《长恨》曲，胡儿能唱《琵琶》篇"之说，两首诗各以其特色和创意，传诵至今，且在海内外广为流传，表现出强大的艺术生命力。与《长恨歌》相比，《琵琶行》主要通过音乐描写、自述身世以及彼此之间的映衬来抒发"同是天涯沦落人"的感慨。修辞上运用了诸多修辞方法：语音修辞、词汇修辞、句法修辞和复叠、互文、比喻、借代、夸张、映衬等，言语风格绚烂、谨严。

　　第一部分，从开头到"犹抱琵琶半遮面"，写偶遇，交代琵琶弹奏的送别背景。

　　起首写送别，描写枫叶、荻花、秋江、夜月等特色景物，着意渲染环境的萧瑟、凄凉，叠音词"瑟瑟""茫茫"的选用，也有助于凸显景物特色。"醉不成欢惨将别"直接点明送别时的抑郁心情。环境的映衬和直接的描述，渲染了听琵琶演奏的背景。"主人下马客在船"用互文，使文字更俭省，结构更凝练。"忽闻""主人忘归客不发"，强调琵琶声突如其来的吸引力。"欲语迟"和"千呼万唤始出来，犹抱琵琶半遮面"暗示人物自我封闭、回避见人的心理，"千呼万唤"借代兼夸张，有强调意味。

　　第二部分，从"转轴拨弦三两声"到"唯见江心秋月白"，写演奏，表现琵琶弹奏的声美和情深。

　　描写音乐，诉诸"情"和"感"。一方面，着意表现演奏的"有情"、情深："未成曲调先有情""弦弦掩抑声声思，似诉平生不得志。低眉信手续续弹，说尽心中无限事""别有幽愁暗恨生，此时无声胜有声"。"轻拢慢捻抹复挑"用一个紧缩句涵盖四种技法，句法凝练，表意集中，突出演奏者技艺高超，以旁衬其弹奏。

另一方面,连用摹状、比喻、通感等辞格,将琵琶的乐曲声形象化,着意突出其给人的感觉:"嘈嘈、切切、间关"用拟声词摹声,"大弦嘈嘈如急雨""小弦切切如私语""四弦一声如裂帛"用明喻,"嘈嘈切切错杂弹,大珠小珠落玉盘"用略喻,"银瓶乍破水浆进,铁骑突出刀枪鸣"连用借喻。"间关莺语花底滑""幽咽泉流冰下难"借喻兼通感,"幽咽泉流"用移就。"冰泉冷涩弦凝绝,凝绝不通声渐歇"用略喻和通感。"东船西舫悄无言,唯见江心秋月白"用环境的安静来映衬。

第三部分,从"沉吟放拨插弦中"到"梦啼妆泪红阑干",写自述,记录琵琶女身世的今昔变化。

这一部分主要是直接描述。"沉吟"和自言前的几个动作描写,暗点其顾虑和犹豫。"曲罢曾教善才伏,妆成每被秋娘妒。五陵年少争缠头,一曲红绡不知数。钿头云篦击节碎,血色罗裙翻酒污。"这些话从侧面映衬其年轻时的春风得意,"门前冷落车马稀",与前面形成对照。"老大嫁作商人妇。商人重利轻别离,前月浮梁买茶去。去来江口守空船,绕船月明江水寒"连用顶真,加强了叙事的连贯性。"月明江水寒""梦啼妆泪红阑干"分别用环境、神态描写映衬其处境和心情。

第四部分,从"我闻琵琶已叹息"到"为君翻作琵琶行",写回应,"我"向琵琶女袒露自己的孤寂处境。

"已叹息""重唧唧"直述"我"的感动和共鸣。"同是天涯沦落人,相逢何必曾相识!"用感叹句直抒感受。"谪居""卧病""无音乐"是诗人提炼的主要困境,"终岁不闻丝竹声"用夸张强调主观感受。接着八句描写环境,反衬,突出下面对对方演奏是"仙乐"的夸赞,"岂无山歌与村笛,呕哑嘲哳难为听"只是为了映衬需要而主观上加以夸张的说法。

第五部分,从"感我此言良久立"到最后,是全诗的尾声,写琵琶女应请求再次弹奏,满座泣下。

这一部分,用重叠形式"凄凄",用句内顶真"却坐促弦弦转急"和句间顶真和设问"满座重闻皆掩泣。座中泣下谁最多?江州司马青衫湿。"话语紧凑连贯,感染力强,表现了双方以音乐为媒介的感情互动和共鸣所达到的高潮,堪称声情并茂。

花非花,雾非雾,夜半来,天明去。来如春梦几多时?去似朝云无

觅处。

（白居易《花非花》）

这是一首朦胧诗，通篇用比喻，多个喻体，但本体未出现，标题取前三字也类似于"无题"，因此该诗的主旨是模糊不确定的。这与白居易讽喻诗的主题明确形成明显反差。但从词句本身而言还是浅近的，"喻依"或相似性也有具体描述。全诗采用民间歌谣的"三三七"句式，前面用四个三字句，后面用两个七言句，两两构成对偶，后两句用设问。隔句押仄声韵，一韵到底。花、非、雾、来、去复现，构成迭映关系。诗歌因而兼具朦胧美、形象美、回环美、错综美。言语风格谨严、含蓄。

离离原上草，一岁一枯荣。野火烧不尽，春风吹又生。远芳侵古道，晴翠接荒城。又送王孙去，萋萋满别情。

（白居易《赋得古原草送别》）

这首诗在"赋得体"中被誉为绝唱，紧扣题面"古原草送别"，哲理诗情融和一体，结构上起承转合，流畅自然。从修辞上看，主要借助词语修辞、句法修辞和复叠、映衬辞格，塑造"野草"形象，构筑抒情结构，表现哲理、诗情和画意，言语风格谨严。

首联点题，总写"原上草"的特点。"离离"和两个"一"用复叠，增强描绘性和音乐性；"一岁一枯荣"概括草的特点，先"枯"后"荣"的词序暗示草的生命力。

次联紧承，具体表现"野草"的生命力。用流水对保持语势流畅，前后映衬凸显"枯"和"荣"的形象对比，"烧不尽""吹又生"用语自然朴实，却蕴含哲理和诗意。

颈联转向，将目光投注到"古原"。用正对，以"远芳""晴翠"均借代草，凸显其芳香远播、弥漫古原和沐浴阳光、秀色可掬。"侵""接"凸显其"又生"基础上的蔓延扩展，强调"野草"的强者形象。"古道""荒城"紧扣题面"古原"。

尾联收束，写古原送别。"王孙"借自楚辞，赋予诗歌典雅色彩和诗情画意。"萋萋"用复叠，此处代指萋萋芳草，"满别情"指饱含别情，连起来是拟人，将别情赋予野草，致其人格化。野草含情，借以旁衬王孙和送别之人充满离情别恨。

时难年荒世业空,弟兄羁旅各西东。田园寥落干戈后,骨肉流离道路中。吊影分为千里雁,辞根散作九秋蓬。共看明月应垂泪,一夜乡心五处同。

(白居易《自河南经乱,关内阻饥,兄弟离散,各在一处。因望月有感,聊书所怀,寄上浮梁大兄、于潜七兄、乌江十五兄,兼示符离及下邽弟妹》)

这首七律,通过叙事和写景,抒写离乱之苦和思念之情,感情浓烈,形象鲜明。修辞上主要借助词汇修辞、句法修辞和排比、比喻、映衬,言语风格明快、通俗。

首句即用排比构成紧缩句,"时难年荒世业空"高度概括简约地揭示了兄弟离散的时代背景。接下来,先概说弟兄分离:"羁旅各西东",再用两幅对联具体描写和比况。颔联用双声对,写各自被迫背井离乡出外谋生。"干戈"借代战争,揭示离散的根源。"寥落""流离"相对,凸显田园荒疏、骨肉流离的苦况。接着再以"千里雁"的分飞、"九秋蓬"的飘散分别比况弟兄们吊影自怜和辞别家园的感受,比喻形象传神,蕴含丰富,耐人寻味。尾联推想流散五处的弟兄共看明月思乡的情景,用示现,借虚拟之景,传真实之情,真切感人。

刘熙载《艺概》有云:"常语易,奇语难,此诗之初关也。奇语易,常语难,此诗之重关也。香山用常得奇,此境良非易到。"白居易的这首诗基本上使用通用语体的词汇、句法,纯用白描,不事藻绘,不用典故,而又情真意切,形象生动,也具有"用常得奇"的特点。

朝真暮伪何人辨,古往今来底事无。但爱臧生能诈圣,可知宁子解佯愚。草萤有耀终非火,荷露虽团岂是珠。不取燔柴兼照乘,可怜光彩亦何殊。

(白居易《放言五首》其一)

此诗是白居易政治讽喻主题组诗五首《放言》之一,围绕辨伪展开议论,发抒针砭和忧愤之情。修辞上主要借助设问(反问)、用典、映衬、比喻,加强语气,形象说理,论证有力,气势充沛,言语风格绚烂、刚健。

首联,连用反问句加强语气,强调古往今来,朝真暮伪的事遍布各处,人们很难分辨。

颔联,化用两个典故,用来构成反衬,后一句再用反问,"但爱""可知"相配合,强调世人只会被臧武仲式的假圣人所迷惑,不知道还有宁武子那样的真贤者。

颈联,借用两个比喻,前后构成旁衬,后一句又用反问,突出草丛间的萤火虫虽有光亮但那终究不是火,荷叶上的露珠,虽然也是圆球形但毕竟不可能是珍珠,形象地说明:假象永远只是假象,不可能成为事实。

尾联,紧承颈联比喻继续设喻,后一句用反问,如果不取真正的大火和明珠来比较,是看不出来它们有什么不同的,借以指出比较是辨伪存真的恰当方法,"不取""可怜"同时包含了对现实的感慨。

五用反问,以问为答,强化语气;两用典故、三用比喻,形象说理;两处对偶和映衬兼用并举,表意凝练,观点鲜明。堪称以诗为论中不可多得的佳篇。

> 赠君一法决狐疑,不用钻龟与祝蓍。试玉要烧三日满,辨材须待七年期。周公恐惧流言日,王莽谦恭未篡时。向使当初身便死,一生真伪复谁知?

(白居易《放言五首》其三)

这首诗以议论为诗,蕴含哲理和诗意。修辞上借助比喻、用典、映衬和设问(反问),形象说理,类比论证,行文曲折富有情味。言语风格明快、刚健。

首联,设置悬念,郑重其事地说要送给对方一个在疑惑时做决断的方法,但并不明说这个方法是什么,只是强调毋须借助"钻龟与祝蓍"。用"赠"不用"送",语体色彩更庄重,更显正式。这就造成了诗歌表达的曲折和波澜,引人关注思考。

颔联,借用比喻,形象地道出"决狐疑"的方法:用时间去检验。"试玉要烧三日满,辨材须待七年期",从说理上看以点带面、以常见奇,从喻体上看试玉、辨材带有雅意和诗情。因而,这两个比喻的运用兼具理趣和诗味。

颈联,借用典故,从反面来论证时间检验法的重要性,两个事例对衬互补,对周公篡位的"流言"和对王莽"谦恭"的迷惑,都只有历史才能证明真伪。颈联的反面论证和颔联的正面论证相互映衬,双向发力,增强了说服力。

尾联,用反问,进一步从个人遭遇角度说明时间检验法的必要性,既是承接颈联,也是联系自身和对方现实遭遇进行现身说法。因而也不可避免地蕴含着对世事变迁、人生命运的深沉感慨。

> 人间四月芳菲尽,山寺桃花始盛开。长恨春归无觅处,不知转入此中来。
>
> (白居易《大林寺桃花》)

这首纪游诗构思新巧,颇有情趣。修辞上主要借助词语修辞和映衬、拟人,写景述慨,基本使用通用词语和散句形式,言语风格自然、通俗。

前两句用映衬,突出山寺桃花开放时节之晚出乎意料,诗人对此奇遇和盛景的意外和欣喜之情溢于言表。"人间"的选用,似乎暗示诗人有意无意地把山寺所在当成了非人间的仙境。

后两句用拟人,把春人格化,直抒自己的惜春、恋春、恨春之情。"长恨"引出感受的变化,"不知"揭示"新发现",而这种认识和想象源于诗人独特的雅趣和童心。

> 绿蚁新醅酒,红泥小火炉。晚来天欲雪,能饮一杯无?
>
> (白居易《问刘十九》)

这首小诗写得诚挚动人,很有生活情趣。修辞上则借助词语修辞和句式修辞,言简意赅,言语风格简约、明快。

前两句用对偶,省略谓词,仅留下名词语,突出待客的酒和火,"红""绿"的鲜亮色彩、新醅酒的香醇、小火炉的暖意,这些已经足够诱人,其余尽在不言中。

后两句用提问,先紧承小火炉说下雪,雪中饮酒不但温暖,而且更显情调,再自然发问:能饮一杯无? 语调亲切,口吻生活化。

> 南浦凄凄别,西风袅袅秋。一看肠一断,好去莫回头。
>
> (白居易《南浦别》)

这首送别小诗,声情并茂。修辞上主要借助口语词和复叠、映衬、夸张,写景抒情。

前两句,"南浦"和秋风,既点出送别的地点和季节,又以景衬情,渲染送别的氛围。"凄凄""袅袅"用叠字,前者形容凄凉、愁苦的心情;后者突出秋意的萧瑟、冷落。

后二句,描写惜别的场景和劝慰,两个"一"间隔复现,劝慰语既是劝人也是劝己,夸张地表现送别的感伤、悲戚。写得情真意切,颇具感染力。

半朽临风树,多情立马人。开元一株柳,长庆二年春。

(白居易《勤政楼西老柳》)

这首五绝,咏柳寄情,整诗用对,语短情长。修辞上主要借助词语修辞、句法修辞和对偶、映衬,言语风格简约、自然。

首联,名词性短语构成正对,将树和人相互映衬,采取物我合一、彼此观照的写法,言简义丰。"半朽""多情"既形容柳又修饰人,"临风"描摹柳树的动态,见其青春多情,"立马"表现人的驻足凝神,见其感慨伤怀。

次联,同样用名词性短语构成流水对,用了七个字写时间,凸显柳的高龄,"春"暗带双关意,写柳发新枝焕发青春,与"临风"呼应。

写柳和写人,在诗中水乳交融,彼此补充,相互映照,在有限的篇幅内蕴藏尽可能丰富的内容,用词造语则追求浅近朴拙。

一道残阳铺水中,半江瑟瑟半江红。可怜九月初三夜,露似真珠月似弓。

(白居易《暮江吟》)

《暮江吟》是一首"杂律诗",此类诗的特点是吟咏特定时段的特定景物("一时一物"),寄寓情思,真率自然。本诗选取从夕照到月升的景象来描绘,表达作者的陶醉喜爱之情。修辞上主要借助词语修辞和映衬、比喻、复叠,言语风格自然。

"一道残阳铺水中,半江瑟瑟半江红"写夕照下的江面光景,"残阳""铺"准确地揭示夕阳临近下山前的特点,"瑟瑟"原意为碧绿的宝石,借指碧绿色,与"红"相映衬。夕阳无限好,诗人显然捕捉住了最具特色和情韵的瞬间,也隐隐见出了他陶醉其中的形象。

"可怜九月初三夜,露似真珠月似弓"写月升后的秋夜情境。"可怜"直写诗人的喜爱,两个比喻的喻体选择形神兼备,从色彩和形状,到晶莹剔透、清新可爱,充分体现了"可怜"的特质。

诗歌中叠字(瑟瑟)、复辞("半江""似")的运用,密切了表意上的联系,凝聚了句内结构,同时也促成了该诗在形式上的回环美。

孤山寺北贾亭西,水面初平云脚低。几处早莺争暖树,谁家新燕啄春泥。乱花渐欲迷人眼,浅草才能没马蹄。最爱湖东行不足,绿杨阴里白沙堤。

(白居易《钱塘湖春行》)

这首诗题咏杭州西湖春景,表现诗人的喜爱之情,几乎纯用白描。修辞上主要借助词语修辞和对偶,凝聚诗意,描绘画面,表现景物独特而迷人的审美特质,融情于景。言语风格谨严。

首联写远景。首句点明环境,"孤山寺""贾亭""水面""云脚"构成一幅湖面远景图。"水面初平""云脚低",准确凸显了早春湖面的水文和气候特点。

颔联写中景。"早莺""新燕""暖树""春泥"的修饰语,无不体现早春特色,"几处""谁家"表明少见,"争""啄"显示动态。这两句透过莺和燕的忙碌景象,写动景,着重表现早春的动态与生机。

颈联写近景。"乱花""浅草"体现花初发、草初生给人的感觉,"渐欲""才能"显示其蓬勃发展的态势,"迷人眼"表现花之色彩鲜艳、姿态动人。紧扣早春写静景,着重表现其色彩和新意。

尾联即景抒怀。"最爱"包含的比较意,暗示对西湖的"爱"是全方位的,同时特别突出湖东骑马缓行的与众不同:漫步在绿杨荫蔽的白沙堤上,可远望,可近闻,可将西湖美景尽收眼底,尽情品味。

一树春风千万枝,嫩于金色软于丝。永丰西角荒园里,尽日无人属

阿谁?

(白居易《杨柳枝词》)

此诗咏柳寓意,修辞上主要借助夸张、较喻、设问、映衬和通用词语,言语风格含蓄、通俗。

前两句,表现柳的风采超凡,"一树春风千万枝"用夸张,状其繁茂和姿态,"嫩于金色软于丝"用较喻,摹其色彩和质地,极言其秀丽和柔软。"春风"用于映衬柳的动态。

后两句,描写柳所在的环境,"西角荒园""尽日无人"凸显荒凉冷清、无人欣赏,由此发出"属阿谁"的感慨。

风采出众却无人问津,前后构成鲜明的映衬,蕴含了对柳的痛惜之情,进一步的寄托或寓意,则留给了读者去揣摩和品味。

天平山上白云泉,云自无心水自闲。何必奔冲山下去,更添波浪向

人间!

(白居易《白云泉》)

这首诗托物言志,主要借助象征、拟人,写景寄情,言浅意深,风格含蓄、通俗。

首句叙述环境,次句连用拟人,"云自无心水自闲",描况景物呈现出来的超脱闲淡,两个"自"的反复,凸显云水的自由自在,自得自乐,不受羁绊。

后两句,选用感叹句,表面是对泉水的寄语,实则寄寓了诗人的心声,表达对远离世间纷扰和争夺的清静、闲适生活的向往。

全诗以白云泉的形象象征一种诗人心目中理想的人生境界,因而对白云泉的描写带有明显的主观色彩,并将其人格化。对泉水的寄语同样表现出显著的主观倾向。因而,言近旨远,意在象外,耐人寻味。

三、元稹诗歌修辞的特色和成就

元稹诗文兼擅,现存诗八百三十余首,其中乐府诗占较大分量,悼亡诗创作

也很成功。其旧题乐府受张籍、王建影响,"新题乐府"则直接源于李绅。刘猛、李余《古乐府诗》的古题乐府十九首,借古题而创新词新义,主题集中;长篇叙事诗《连昌宫词》,也颇具讽喻特色。擅写爱情,描述生动细致。为纪念其妻韦丛而作的悼亡诗中,《遣悲怀三首》流传最广。在诗歌形式上,元稹是"次韵相酬"的创始者。《酬翰林白学士〈代书一百韵〉》《酬乐天〈东南行诗一百韵〉》,均依次重用白诗原韵,韵同而意殊。

修辞方面,元稹特别推崇杜诗,学杜而能变杜,言语风格以平淡、明快为主。

谢公最小偏怜女,嫁与黔娄百事乖。顾我无衣搜画箧,泥他沽酒拔金钗。野蔬充膳甘长藿,落叶添薪仰古槐。今日俸钱过十万,与君营奠复营斋。

昔日戏言身后意,今朝皆到眼前来。衣裳已施行看尽,针线犹存未忍开。尚想旧情怜婢仆,也曾因梦送钱财。诚知此恨人人有,贫贱夫妻百事哀。

闲坐悲君亦自悲,百年都是几多时! 邓攸无子寻知命,潘岳悼亡犹费词。同穴窅冥何所望? 他生缘会更难期! 惟将终夜长开眼,报答平生未展眉。

(元稹《遣悲怀三首》)

元稹悼念亡妻韦丛所写的这三首七律,是其悼亡诗中最为世人所传诵者,历来评价甚高,清代蘅塘退士《唐诗三百首》中评论说:"古今悼亡诗充栋,终无能出此三首范围者。勿以浅近忽之。"

从修辞上看,这三首诗以词语修辞、句法修辞和示现、用典的运用为主,借助叙事、描写来表现悼亡之情,言语风格通俗、明快。

第一首,追忆妻子在世时的"百事乖"。

一、二句化用典故,写韦氏下嫁,"百事乖",用夸张的说法简括婚后七年不顺遂的生活。中间四句用示现,选取四个生活细节加以具体描写,以点带面,表现婚后"百事乖"的艰难处境,并借此传神写照,刻画韦氏的贤妻形象。"搜""拔""甘"见其贤惠,"泥""充""仰"见生计之艰难。末两句,叙述对妻子的祭奠与超度,表达抱憾之情:共苦却无法同甘,只能聊寄哀思。"复",又一次,凸显次数频繁。这一首诗全用叙述句和描写句,却饱含着诗人对妻子的追思、感念、抱憾之深情。

第二首,描述妻子去世后的"百事哀"。叙述了几件睹物伤情的小事:施舍衣裳、封存针线、哀怜婢仆、梦中送钱,以此映衬失去妻子的无限哀思。末两句议论,用递进复句,"诚知此恨人人有,贫贱夫妻百事哀",前后映衬突出贫贱夫妻的哀痛不同于一般人。

第三首,诉说"自悲"的心理活动。首句以"悲君"总括前两首,以"自悲"引领后文。先用感叹句叹息人生有限,接着化用典故,自比邓攸、潘岳,流露出无子、丧妻的巨大悲哀。接着用一设问一感叹构成对偶,对于能否死后夫妇同穴和来生再续前缘,表达难以企求之意,悲上加悲。"惟将终夜长开眼,报答平生未展眉",最后表示别无他法,只能用终夜"开眼"来报答你的"平生未展眉",直述无尽的哀痛感念之情。

抒情结构上,三首诗是一个整体,内容连贯推进,情感不断加深,每首中二联用对偶,以流水对偏多,前两首都用陈述句,所押韵部也相同,第三首则多用感叹和设问(反问),韵部也不同于前两首,形式和内容配合一致,质朴的语言和真切的感情相得益彰。

> 检得旧书三四纸,高低阔狭粗成行。自言并食寻高事,唯念山深驿路长。
>
> (元稹《六年春遣怀八首》其二)

元稹的这一组八首"遣怀"诗,也是悼念亡妻的,同样表现出语言浅近而情感真挚的特点。

这首诗以写实的方法记录妻子留下的几页书信,寄托怀念之情,真切感人,含蓄自然。修辞上全凭消极修辞手法的运用,如实、客观地叙述描写,蕴情其中,不加藻饰和抒发,言语风格含蓄、平淡。

第一句叙述清检旧物,见到亡妻旧日书信,第二句接着描写信中熟悉的字迹。睹物思人,见字如晤,亡妻的面容身影,对亡妻的追忆思念,尽在不言中。"检得""粗成行",更显真实。

三、四句转述信中的内容,只选取一个小的片段,却足以凸显亡妻的贤良和体贴:"并食"虽苦,却说成"寻高事","唯念"丈夫在外奔波劳顿之不易。

整首诗用白描,寻常语言写寻常小事,真可谓是语短而情长,言浅而情深。

伴客销愁长日饮,偶然乘兴便醺醺。怪来醒后傍人泣,醉里时时错问君!

（元稹《六年春遣怀八首》其五）

这首诗从饮酒角度写对亡妻执着的怀念,贵在委婉传情。修辞上主要用婉转、映衬和重叠,通过叙事写景间接地表情达意,言语风格含蓄。

首句用婉转,"伴客销愁",实为客人伴自己消愁,自己愁而不以为愁,反念他人愁,委婉地道出因为自己愁深不觉和旁人刻意回避,自认已经化为常情不以为奇,反倒想着伴酒以宽解他人。"长日饮",凸显这种浑然误会的状态。

次句用婉转,表面说乘兴而醉,实则另有深意。"乘兴"是何种"兴",其深意很值得玩味,与其说是酒兴,毋宁说是动情,"偶然"动情便会大醉,足见是哀情,而且深沉强烈。"醺醺"描摹醉酒的状态。

结尾两句用映衬。酒后吐真言,乃至旁人为之感动流泪,以此映衬、凸显怀念之痛彻肺腑、锥心泣血。后一句用重叠"时时"和感叹句,有助于加强"错问"的程度和抒情的力度。

寥落古行宫,宫花寂寞红。白头宫女在,闲坐说玄宗。

（元稹《行宫》）

元稹的这首《行宫》可以看作是白居易《上阳白发人》的浓缩版。短短二十个字,描绘了一幅蕴含丰富的画面,给人无尽的想象空间。修辞上主要借助词语修辞和映衬、拟人,描写景物,寄寓情意,以景衬人,以事衬情。言语风格简约、含蓄。

首二句写行宫。"寥落"用于修饰行宫,见其"古",暗含今昔对比,世事沧桑。"寂寞"用于描述宫花,是拟人。

后二句写宫女。"白头"点其老,"在"言其历经变迁,"闲坐""说玄宗"以事衬情,映衬其内心的无聊和恋旧。

前两句的写景映衬后两句的写人,既包含旁衬("寥落""古""寂寞"的环境衬人的老和寂寞),也包含反衬(花红,以乐景衬哀情)。

有限的字数却包含了无限的世事沧桑、人情冷暖,言有尽而意无穷,宋洪迈《容斋随笔》卷二因而评此诗为"语少意足,有无穷之味"。

> 秋丝绕舍似陶家,遍绕篱边日渐斜。不是花中偏爱菊,此花开尽更无花。
>
> (元稹《菊花》)

这首诗咏菊,胜在立意不同寻常。修辞上主要借助词语修辞和用典、比喻、映衬,凸显爱菊之情,言语风格明快、自然。

前两句用典,化用陶诗意境,写菊花盛放和忘情赏菊,"秋丝"借喻菊花,点明其绽放季节,"似陶家",巧妙地暗用陶渊明爱菊之事和陶诗写菊之意,借以映衬诗人的爱菊、赏菊。"遍绕篱边日渐斜"直写陶醉于菊花之美而不觉时间流逝,凸显爱菊之情。

后两句用映衬,借其他花来突出菊花开放时间之长之晚和凋谢最迟,寄寓对菊花傲霜独放而后凋品格的偏爱。"不是""更无"和"花"的复现,加强了这一映衬。

> 残灯无焰影幢幢,此夕闻君谪九江。垂死病中惊坐起,暗风吹雨入寒窗。
>
> (元稹《闻乐天授江州司马》)

这首诗写诗人听闻友人贬谪他乡消息的情感反应,真切感人。修辞上借助词语修辞和映衬,写景衬情,叙事言情,言语风格含蓄、通俗。

首句描写环境,烘托暗淡凄清的氛围,"幢幢"描状灯影的摇晃,暗示有风,预示不宁静。次句叙述夜闻不幸消息。散句写反应,"惊""坐起"凸显意外和震惊,情感刺激之大见出同病相怜之深情厚谊。尾句写景,以寒窗冷雨暗风的形象,映衬诗人的心境,以实代虚,含蓄深沉。作者将对友人被贬一事的惋惜、愤懑、悲痛等丰富复杂的情感,几乎都寄寓于写景中,意味深婉,感人至深。

远信入门先有泪,妻惊女哭问何如。寻常不省曾如此,应是江州司马书!

(元稹《得乐天书》)

这首小诗写收到好友信的异常反应,表现友人情深,构思奇特。修辞上主要借助词语修辞和句法修辞,叙事言情,设置悬念,渲染突出。言语风格偏于平淡。

前两句写收信后的反常表现,"先有泪"直写,妻女的"惊""哭""问"从侧面加以映衬,由此也造成了很大的悬念和疑问。

后两句写妻女的猜测,用感叹句传达强烈的肯定语气,"不省曾"和"应是"相应和,一排除一肯定,包含鲜明的映衬关系,凸显了独特的朋友深情。

刘熙载《艺概》评白居易诗的话也可以用在这首诗上:"常语易,奇语难,此诗之初关也;奇语易,常语难,此诗之重关也。香山用常得奇,此境良非易到。"

山水万重书断绝,念君怜我梦相闻。我今因病魂颠倒,唯梦闲人不梦君!

(元稹《酬乐天频梦微之》)

这首和诗,反其意而用,用"不梦"以表深情。修辞上用寻常语言,用第一人称叙事写情,见不寻常之诗意。言语风格通俗、平淡。

前两句写收到好友信的感慨。"山水万重书断绝",表明相隔遥远,盼书信而殊不易得。好不容易收到来信,感念好友信中因"怜我"而梦中"相闻",在叙事中表现老友情深。

后两句写我的处境和思念。"病"包含了身体和精神上的双重痛苦。"唯梦闲人不梦君!"凸显这一事实的背后,蕴含的是因对老友的加倍思念希望入梦却难以入梦,看似不同于老友和常人之处,更显其痛苦之至。

元稹这首次韵和诗,在韵脚受限的情况下,别出机杼,语常意新,情深意切,颇为难得。

休遣玲珑唱我诗,我诗多是别君词。明朝又向江头别,月落潮平是去时。

（元稹《重赠乐天》）

此诗写与乐天的重逢和即将分别,借唱诗一事诉说别情的伤痛感,婉转道出不忍别离之情。修辞上用婉转、顶真和示现,叙事言情,言语风格含蓄、平淡。

前两句用婉转和顶真,先用略带生硬的祈使语气,劝好友不要让玲珑唱自己写的诗,再补充说明原因。"我诗多是别君词"表面的意思很明白,言下之意则是分别的宴席原本伤感,再唱我那些伤感的"别君词",只会增添你我的离愁别恨啊!婉转地表达昔日与君的分别已经够多够伤感了,实在不忍再一次分别之意,语中含情。

后两句用示现,描述想象中第二天一早分别的情景,"又"与前文的"多"相呼应,在平淡的叙述语气上平添了波澜和情愫,不用抒情,却蕴情其中,令人想到诗人和好友离别时内心无限的怅惘和惋惜,以及对于人生聚少离多的深沉感慨和伤痛。

曾经沧海难为水,除却巫山不是云。取次花丛懒回顾,半缘修道半缘君。

（元稹《离思五首》其四）

此诗也是为悼念亡妻而作,创造了唐人悼亡绝句的绝境。修辞上化用典故构成比喻,并借双关,抒发离思,言语风格典雅、含蓄。

首二句用典兼比喻,诗人借用典故,但改变其本来的意思,只是借取"沧海""巫山"作为世间至大至美形象的代表,用来设喻,将他们夫妻之间的感情比作沧海之水和巫山之云,无与伦比,不可替代。

第三句用双关,借信步经过"花丛"懒于顾视,指代诗人对其他女性已很难动心。末句补充说明原因。

该诗一改诗人一贯的通俗风格,用语典雅。此外,前两句语气激昂,气势豪壮,像一曲慷慨悲歌,颇为刚健;而后两句语势趋于平缓,转为婉转深沉,转趋柔婉,与之相应,在结构上跌宕起伏,节奏上张弛有致。

第五章　中唐时期(756—827年)的诗歌修辞(下)

第一节　"韩孟诗派"的修辞特色和贡献

"韩孟诗派"就其主导风格而言,是尚怪奇、重主观、散文入诗等,但每个主要成员实际表现不一,一般还具有其他艺术风格。在诗歌主张上,倡导:(1)"不平则鸣",注重诗歌的抒情功能,提倡审美上的情绪宣泄,尤其是"感激怨怼"情绪的宣泄。(2)"笔补造化",既要有创造性的诗思,又要对物象进行主观裁夺。(3)崇尚雄奇怪异之美,强调力量的雄大、词语的险怪和造境的奇特。(4)"以文为诗",以散文化的章法、句法入诗,融叙述、议论于一体。

言语风格作为诗歌艺术风格的有机组成部分,也是如此,共性和个性并存。从修辞运用上看,大体而言,以韩愈为代表的这一诗派,继承了杜甫开创的"以文为诗"(多用虚词和句法变奏修辞,散文句法、篇法入诗)的修辞变革,将其进一步推广。

一、孟郊诗歌修辞的特色和成就

孟郊与韩愈并称"孟诗韩笔",以"苦吟""险怪"著称,诗作多为五言古体。构思上追求奇特超常,修辞上注重造语炼字。韩愈称其为诗"刿目怵心,刃迎缕解。钩章棘句,掐擢胃肾。神施鬼设,间见层出"(《贞曜先生墓志铭》)。

慈母手中线，游子身上衣。临行密密缝，意恐迟迟归。谁言寸草心，报得三春晖。

（孟郊《游子吟》）

这首诗是吟颂母爱的千古名篇，借缝衣表现慈母对游子的厚爱，语言朴实，情感真挚。修辞上主要借助句法修辞和比喻，叙事抒情，言语风格谨严、通俗。

首二句，用名词句分别充当对偶的上下联，不加任何描述，仅凸显两个物象，反倒为两句的关系留下了更为丰富的解读空间，并增强了体验性。

三、四句，描写慈母的动作和心理，用重叠对以凝聚和强化，"密密""迟迟"两个重叠形式分别形容"缝"和"归"，将其中蕴含的情感因素更为生动传神地凸显出来。

最后两句，用流水对，"寸草心"和"三春晖"形成映衬；借用比喻，把儿女的报答比作寸草，把慈母的恩情比作三春的阳光；并用反问句加强否定，强调母爱何其博大深厚，儿女难以报答哪怕万一。

试妾与君泪，两处滴池水。看取芙蓉花，今年为谁死！

（孟郊《怨诗》）

这首诗最大的成功在其独特超常的构思，修辞上主要借助语音修辞、句法修辞和拟人、夸张，将这一巧妙的构思通过简短的二十个字生动有力地表现出来，言语风格通俗、明快。

四句诗实为两个意义句：试把我和你的眼泪，分别滴在池中，再看看今年池中的莲花，为谁而死。诗人对其加以省略和调整后，造就了现在节奏均衡整齐、意义完整连贯的四句诗（四个格律句）。后两句另用拟人和感叹句，强化抒情色彩。

字面上看，这首诗只是提议做一个比较或打赌的实验，但提出这一"建议"的怨妇，显然是出于内心的怨情难抑，才生发如此的奇想怪论。与其说她是真要这样"尝试"，毋宁说她是要借此曲折地倾诉深沉久郁的怨情。眼泪滴满水池，乃至浸没淹死芙蓉花，也是一种夸张，不合理但合情，也可印证怨妇的心情。

语音修辞,本诗选用了齐齿呼的上声"纸"韵,与诗歌低抑愁怨感情特点相吻合,使声音和意义在表达上相得益彰。

　　巴江上峡重复重,阳台碧峭十二峰。荆王猎时逢暮雨,夜卧高丘梦神女。轻红流烟湿艳姿,行云飞去明星稀。目极魂断望不见,猿啼三声泪滴衣。

(孟郊《巫山曲》)

　　这首乐府旧题诗,写对巫山神女的向往之情。修辞上主要借助映衬、用典、示现、夸张、拟人等多种辞格塑造神女形象,寄托对传说景象的神往之情。言语风格绚烂、谨严。

　　前二句写真实之景,描述环境,凸显峡长、峰多、"碧峭"等奇丽的景象,烘托氛围。

　　中四句用示现,将传说中的景象幻化在眼前:楚王出猎遇雨,夜卧梦遇神女,"轻红""流烟""暮雨""行云""明星稀"等景物描写映衬其来去飘忽的"艳姿"。

　　后两句用夸张和用典,写想象之景消失后的怅惘伤感之情,"目极魂断"夸张地表现"望"而"不见","猿啼三声"借用民谚即景写情。

　　欲别牵郎衣,郎今到何处? 不恨归来迟,莫向临邛去!

(孟郊《古别离》)

　　这首小诗,描写人物动作和语言塑造人物,表现别情。修辞上主要借助词语修辞、句法修辞和借代,言语风格通俗、自然。

　　首句描写动作,"牵"表现不忍分离、急切诉说赠言的心情。后三句描写语言,"郎今到何处?"看似多余的废话,实则传达了担心和慌乱的心理,后两句用感叹句和让步复句,归来迟并非真的不恨,而是强调宁愿你归来迟也不希望你变心,"临邛"借代,以古代今,泛指男子寻觅新欢的地方。

　　小诗所选用的仄声韵,短促的声调也有利于刻画人物紧张、急切的心理。

　　飒飒秋风生,愁人怨离别。含情两相向,欲语气先咽。心曲千万端,悲来却难说。别后唯所思,天涯共明月。

(孟郊《古怨别》)

这首诗写情人间的离愁。修辞上主要借助词语修辞和起兴、映衬,描写场景,刻画心理,言语风格通俗、平淡。

首句用起兴兼映衬,第二句点明怨别主题。"飒飒"摹状秋风的肃杀,首句的秋景描写引出离别并渲染了离别的悲伤氛围。

中间四句描写离别时含情相对、哽咽难言的场景,通过特定时空下的表情和动作,刻画人物的内心世界,"含情"表现难舍,"气先咽"描状伤悲,"心曲千万端"突出心理状态的复杂。

最后两句用示现,畅想别后的情景:"别后唯所思,天涯共明月。"表达相思深情。

昔日龌龊不足夸,今朝放荡思无涯。春风得意马蹄疾,一日看尽长安花。

(孟郊《登科后》)

这首诗表现登科后的欣喜之情和狂放之思,"春风得意""走马看花"已成为今人熟知的成语。修辞上主要借助词语修辞和映衬、夸张,直抒胸臆,言语风格明快。

前两句用映衬,今昔对照,凸显今朝的畅快心情。"龌龊""放荡"两个叠韵词声音相应,意义相反,前者表现生活困顿、内心局促,后者表现心灵自由、潇洒不拘,用褒义。

后两句用夸张,强调得意至极的主观感受,"马蹄疾"只是诗人的错觉,"一日看尽长安花"也并非写实,只不过是诗人内心的畅想或感受而已。"春风"既是自然景象,也指皇恩浩荡,单独作为名词句而得以突出。

秋月颜色冰,老客志气单。冷露滴梦破,峭风梳骨寒。席上印病文,肠中转愁盘。疑怀无所凭,虚听多无端。梧桐枯峥嵘,声响如哀弹。

(孟郊《秋怀》其二)

《秋怀》是孟郊晚年写的一组嗟伤老病穷愁的诗,以这首最成功。历来所谓"郊寒岛瘦",这首诗可作为"郊寒"的代表。诗歌多方刻写诗人晚景的凄凉哀怨,真切感人。修辞上借用词语修辞、句法修辞和起兴、比喻、比拟、对偶、映衬等,细致、精确地刻画人物的处境和心情。言语风格绚烂、谨严。

起句用起兴兼比喻,借秋月引出对人的叙写,"颜色冰"用拟人,连秋月也给人脸色冰冷、寒气逼人的感觉,反衬诗人的心境。第二句总述现状,自称"老客"含毕生奔波年老无成之感,"单"不仅表明意志消磨殆尽,而且隐含客居他乡的孤单寂寞。

三、四句用对偶,集中表现贫寒和瘦弱。词语大都经过了精心锤炼,露是"冷"的,风是"峭"的,"滴"而至"梦破",可见睡眠极差、心事重重,"梳骨寒"用比拟,突出风的刺骨和人的瘦弱。

五、六句也用对偶,着力表现生病和愁怨。"印病文"突出久病卧床,"转愁盘"揭示愁肠郁积。

七、八句仍用对偶,重点刻写多疑和幻听。自述猜想并无根据,幻听也没来由,但这类精神困扰显然跟前面的年老、贫寒、病弱、多愁等都纠缠、连接在一起。

最后两句用借喻,诗人自比可用于制琴的卓异不凡的桐木,从中寄托人生失意的莫大悲哀和怨愤。

　　　南山塞天地,日月石上生。高峰夜留景,深谷昼未明。山中人自
　　正,路险心亦平。长风驱松柏,声拂万壑清。到此悔读书,朝朝近浮名。

(孟郊《游终南山》)

这首诗,紧扣诗题《游终南山》,写游览终南山的见闻感受,绘景抒情。修辞上主要借助词语修辞和夸张、对偶、映衬、比拟、通感,描摹景物,寄寓情怀,言语风格绚烂、谨严。

前两句表现山的大和高。首句用夸张,次句用拟人,极写终南山之大;"塞天地""石上生",并非事实,但准确地表现了诗人的"错觉"。

次二句表现山的高和深。用对偶,借一高一深的夸张和映衬,表现千峰万壑的景象万千,见终南山高深广远,"阴晴众壑殊"。

接着写感受，用对偶兼映衬，每句内一用旁衬，一用反衬，"山中"衬"人正"，"路险"衬"心平"，凸显大自然陶冶人心的教化之功。

七、八句表现山的静和清。"长风驱松柏"用拟人，"长""驱"表现风的声势之大；"声拂万壑清"用通感，"拂"赋予风声轻柔温馨的视觉形象。

最后两句即景抒怀，表达"悔"意，寄寓对人正心平、清净美好的山林的向往，对追名逐利的险恶人世的厌弃。

　　　　天津桥下冰初结，洛阳陌上人行绝；榆柳萧疏楼阁闲，月明直见嵩

山雪。

（孟郊《洛桥晚望》）

这首诗写洛桥晚望的景象，由近及远，由低到高，前后映衬，写景寓怀。修辞上主要借助词语修辞和对偶、映衬，表现景物的层次和特点，凝练语意和结构，寄托诗人的情怀。言语风格谨严、典雅。

前两句用对偶，视线由"桥下"延伸到"陌上"，"冰初结""人行绝"互为映衬、补充，凸显天寒地冻、人迹稀少的季节特征。

后两句用散句，"榆柳萧疏楼阁闲"用平行句法，"萧疏""闲"都点明冬日景物的特点。前三句极力铺陈、渲染出一个萧瑟、清冷、暗淡的冬夜氛围。末句突转，"月明直见嵩山雪"，一幅"明月照积雪"的壮丽图景突然映现在眼帘，光彩照人，视线高远，让人陡觉神清气爽，将全诗的写景推向高潮。这时，读者才恍然大悟：这才是全诗的焦点和神韵所在。前三句的写景既是画面的有机组成部分，又与末句的写景构成映衬关系。

明月、白雪，让人想到纯净光明和冰清玉洁，作者有意识地烘托、凸显末句的澄明景象，显然是有所寄托的，寄托的是诗人对高远纯洁的人生境界的青睐和向往。

二、韩愈诗歌修辞的成就和贡献

清人叶燮《原诗》评价："韩愈为唐诗之一大变，其力大，其思雄，崛起特为鼻祖。"作为兼具尚奇精神和豪放性格的古文大家，韩愈大胆地融散文笔法入诗，力行诗体改革，倡导新诗风，留下了不少"既有诗之优美，复具文之流畅，韵散同

体,诗文合一"(陈寅恪《金明馆丛稿初编·论韩愈》)的佳篇。

从修辞角度看,他一方面有意识地打破、消融诗与散文的界限,突破诗歌在韵律、节奏、对称、表现手法等方面的惯例,在诗中引入散文的篇法、句法结构和手段。如他的名篇《山石》,用散文的结构方式谋篇,以时间为序,叙述游踪和见闻感受,全用散句。更多的时候,则有意拗峭句法,尝试在诗中使用较多的散文句式,采用句法变奏修辞方法,造成语势、节奏的变化。如五言诗打破二三节奏的:"乃一龙一猪"(《符读书城南》)、"固罪人所徙"(《泷吏》)、"在纺织耕耘"(《谢自然诗》)、"时天晦大雪"(《南山诗》);七言诗打破二二三节奏的:"嗟我道不能自肥""子去矣时若发机"(《送区弘南归》)、"溺厥邑囚之昆仑""虽欲悔舌不可扪"(《陆浑山火》)。都与传统五言诗之上二下三型、七言诗之上四下三型节奏迥然不同。甚至有时在同一首诗中大量使用散文句式,如《嗟哉董生行》:"淮水出桐柏山,东驰遥遥,千里不能休。淝水出其侧,不能千里,百里入淮流。寿州属县有安丰,唐贞元时,县人董生召南隐居行义于其中。"

另一方面,则在诗中穿插较多的议论,突破诗歌重比兴、重形象、重趣味的传统,直接发表评论和看法,"以议论入诗"。如他的《荐士》《醉赠张秘书》《汴泗交流赠张仆射》等诗都加入了一定的议论句,而《赠侯喜》"是时候生与韩子"以下 14 句、《谢自然诗》"余闻古夏后"以下 36 句,几乎都是议论句。

　　山石荦确行径微,黄昏到寺蝙蝠飞。升堂坐阶新雨足,芭蕉叶大栀子肥。僧言古壁佛画好,以火来照所见稀。铺床拂席置羹饭,疏粝亦足饱我饥。夜深静卧百虫绝,清月出岭光入扉。天明独去无道路,出入高下穷烟霏。山红涧碧纷烂漫,时见松枥皆十围。当流赤足蹋涧石,水声激激风吹衣。人生如此自可乐,岂必局束为人鞿。嗟哉吾党二三子,安得至老不更归!

(韩愈《山石》)

这首诗以诗记游,汲取游记文的章法,按行程先后为序,以游踪为线索,叙写见闻感受。叙述为主,而又有景有情有诗意,是《山石》的独创。修辞上,主要借助词语修辞安插线索、揭示景物特点,借助叙述句客观地记录,较少使用修饰性和描绘性的句法成分,纯用散句,几乎不用修辞格。言语风格平淡、自然。

从谋篇角度看,"黄昏""夜深""天明"交代了时间,"到寺""静卧""独去"说明了行程,诗歌记游的脉络借助词语选择和配合得到了呈现。最后四句,用反问和感叹抒发游览后的感慨,完成了诗歌"记游加抒怀"结构的剩余两块拼图。

从内容表现看,20 句诗除前述的 4 个抒情句外,主要都属于叙述句和说明句。这和一般的诗以写景、抒情为主有明显的不同。描绘性的内容很少,其中包括 4 个描写句:山石荦确行径微、芭蕉叶大栀子肥、夜深静卧百虫绝、山红涧碧纷烂漫,另有用于描述的 3 个形容词:足、好、稀,用于修饰的形容词:新、清,1 个拟声词:激激。用于描述和修饰的词语几乎都是普通词语,如微、大、肥、红、碧等,但是却很能突出景物的特征,带有鲜明的形象性,能给人留下深刻的印象,可见作者是经过精心选择的。叙述句所用动词也多带有动作性,因而也在一定程度上增强了诗歌语言的形象性。"铺床拂席置羹饭"中三个动词的连用,"当流赤足蹋涧石"中三个动作的叙述,其中的动态形象尤为突出。

> 原头火烧静兀兀,野雉畏鹰出复没。将军欲以巧伏人,盘马弯弓惜不发。地形渐窄观者多,雉惊弓满劲箭加。冲人决起百余尺,红翎白镞随倾斜。将军仰笑军吏贺,五色离披马前堕。
>
> （韩愈《雉带箭》）

本诗写将军射猎的情景,简笔勾勒,生动传神,"短幅中有龙跳虎卧之观"(汪琬《批韩诗》)。修辞上,主要借助词语修辞、句法修辞和映衬、夸张,描述射杀野雉的过程和场景,表现将军的智勇双全。言语风格绚烂、刚健。

首句描写射猎前的氛围,"静兀兀"突出环境的安静,以此反衬射猎者的兴奋心理和接下来射猎的"动"。第二句开始,野雉出场。全诗十句中的一半是以野雉为直接描述对象的,分别写雉的机警躲藏("出复没")、顽强反抗("冲人决起百余尺","百余尺"用夸张)、拼死挣扎(倾斜、堕)。既紧扣题目,也构成了强有力的映衬,反衬射猎者的力量和智谋。以将军为直接描述对象的共有 3 句,分别表现其心理、动作和神态。"以巧伏人""盘马弯弓""仰笑",从正面表现了其有勇有谋、沉着自信、开朗豪放的性格特征。"地形渐窄观者多",描写将军所选择的射箭时机,映衬了其"以巧伏人",一方面做到一箭中的,另一方面让更多人亲眼见证。

该诗具有很强的描绘性,这主要得力于其对颜色词"红、白"的对用,对叠音词"兀兀"、叠韵词"离披"、"劲""满"等形容词以及"盘马、弯弓、倾斜、仰笑、堕"等动词的选用。此外,该诗纯用散句,不用偶句,也是诗人有意识的出新。清人朱彝尊《批韩诗》评论此诗:"句句实境,写来绝妙,是昌黎极得意诗,亦正是昌黎本色。"很值得借鉴。

　　纤云四卷天无河,清风吹空月舒波。沙平水息声影绝,一杯相属君当歌。君歌声酸辞且苦,不能听终泪如雨。洞庭连天九疑高,蛟龙出没猩鼯号。十生九死到官所,幽居默默如藏逃。下床畏蛇食畏药,海气湿蛰熏腥臊。昨者州前捶大鼓,嗣皇继圣登夔皋。赦书一日行万里,罪从大辟皆除死。迁者追回流者还,涤瑕荡垢清朝班。州家申名使家抑,坎轲只得移荆蛮。判司卑官不堪说,未免捶楚尘埃间。同时辈流多上道,天路幽险难追攀。君歌且休听我歌,我歌今与君殊科。一年明月今宵多,人生由命非由他,有酒不饮奈明何!

(韩愈《八月十五日夜赠张功曹》)

这首诗写与同病相怜的僚友对酒当歌,互诉衷肠,发抒内心的复杂情感。修辞上,主要借助映衬谋篇,借助词语修辞、句法修辞和夸张、比喻等写景、叙事、抒情,表达流畅,言语风格刚健、自然。

该诗用映衬主要是两处,一是开头的写景和后面的对歌,一是"君歌"和"我歌"。诗的前三句描写八月十五月圆之夜的景象,天空是"纤云""清风""天无河""月舒波",地面是"沙平""水息""声影绝",一派清朗、静谧,与喝酒对歌者阴郁、不平的心境,与"君歌"中贬所的险恶环境,都构成明显的反差和对衬。"君歌"的特点是:"声酸""辞且苦","不能听终泪如雨",内容是对自身坎坷遭遇和悲惨心情的诉说。"我歌"的特点是故作旷达,内容则是劝慰和自嘲。"君歌"的内容也是"我"感同身受的,"君歌"亦"我歌",借君歌浇我心中之块垒,"我歌"里对对方的劝慰又何尝不是在作自我宽解。"君歌"和"我歌"由此也构成互补、互衬的关系。借助这两处映衬,诗歌结构得以凝聚、平衡,诗歌语意也得以丰富、深化。

词语修辞,集中在开头的写景修饰语(纤、清)和描述语("平、息、绝"等)的选用上,对"君歌"的说明(酸、苦)和记录("默默、畏、湿、蛰、熏、腥、燥"等)也多有体现。

句法修辞,全诗完全散行,不用句间对偶,从而造就语势的流利和表达的朴拙,句内则用到了两处排比:"沙平水息声影绝""涤瑕荡垢清朝班",和更多的准对偶(如:清风吹空月舒波、迁者追回流者还),这种诗句内的整句形式,有利于凝练语义、均衡节奏,协调诗句间的变化。此外,前面都用陈述句,最后用一个感叹句,有助于加强抒情和结尾的力度。

夸张,主要见于"君歌"中,"洞庭连天九疑高,蛟龙出没猩鼯号。十生九死到官所"突出贬所环境和路途的险恶,"赦书一日行万里"凸显最初听闻赦免消息时的欣喜心情。比喻,有两处明喻:"泪如雨""幽居默默如藏逃",一处隐喻:"天路幽险难追攀",喻指仕途充满坎坷艰险,政治目标难以实现。

> 五岳祭秩皆三公,四方环镇嵩当中。火维地荒足妖怪,天假神柄专其雄。喷云泄雾藏半腹,虽有绝顶谁能穷?我来正逢秋雨节,阴气晦昧无清风。潜心默祷若有应,岂非正直能感通。须臾静扫众峰出,仰见突兀撑青空。紫盖连延接天柱,石廪腾掷堆祝融。森然魄动下马拜,松柏一径趋灵宫。粉墙丹柱动光彩,鬼物图画填青红。升阶伛偻荐脯酒,欲以菲薄明其衷。庙令老人识神意,睢盱侦伺能鞠躬。手持杯珓导我掷,云此最吉馀难同。窜逐蛮荒幸不死,衣食才足甘长终。侯王将相望久绝,神纵欲福难为功。夜投佛寺上高阁,星月掩映云曈昽。猿鸣钟动不知曙,杲杲寒日生于东。
>
> (韩愈《谒衡岳庙遂宿岳寺题门楼》)

韩愈这首诗记拜谒衡岳庙并且留宿的事,抒写内心的怨愤和胸怀的旷达。修辞上,主要借助词语修辞、句法修辞和映衬、用典,将叙事、写景、抒情融为一体,言语风格庄重、谨严。

前六句概述衡岳的地位和特点。"皆三公""火维""地荒""足妖怪""专其雄"言其重要地位,"喷云泄雾藏半腹,虽有绝顶谁能穷?"连用"喷""泄""藏"三个动词,再以反问加强肯定语气,凸显其高峻神秘。

接着八句具体写登山。"我来"二句,叙事兼写景,突出"晦昧",与"须臾"后的四句构成映衬,先抑后扬。"潜心默祷若有应,岂非正直能感通",叙述中包含议论,说衡岳自己"潜心默祷"好像有应验,"感通"了"正直"的神明。"正直"隐含质疑之意。"突兀、连延、腾掷"等修饰语和"撑、接、堆"等描述语的使用,共同体现了衡岳高耸入云、群峰绵延的雄奇特点。

"森然"起十四句,详写谒庙。"森然魄动"点出衡岳庙的氛围,接着三句的描写则进一步烘托、映衬这一庄严肃穆的氛围。"升阶"以下六句写行祭。"伛偻"显诗人之虔诚,"睢盱侦伺能鞠躬"则刻写"庙令"恭敬的表情动作。但老人"云此最吉馀难同"的抽签结论,却引发了诗人对现实处境的抱怨和对前途的怀疑。"幸""甘""望久绝""难为功"等词语准确地刻画了诗人的复杂心理状态。

末四句,略写夜宿。双声词"掩映"、叠韵词"朣胧"、叠音词"杲杲"的配合,凸显了景物的美,"猿鸣钟动不知曙"则翻用典故,写景和用典共同映衬了诗人襟怀之旷达。

这首诗在谋篇上,一线而下,有详有略,序次清晰,章法井然。通篇一韵到底,押韵句用三平调或"平仄平"收尾,也有效地配合了谋篇和表意,和平实的语言运用,共同凸显了古朴庄重的风格。

> 江陵城西二月尾,花不见桃惟见李。风揉雨练雪羞比,波涛翻空杳无涘。君知此处花何似?白花倒烛天夜明,群鸡惊鸣官吏起。金乌海底初飞来,朱辉散射青霞开。迷魂乱眼看不得,照耀万树繁如堆。念昔少年著游燕,对花岂省曾辞杯?自从流落忧感集,欲去未到先思回。只今四十已如此,后日更老谁论哉?力携一樽独就醉,不忍虚掷委黄埃。
>
> (韩愈《李花赠张十一署》)

这首诗摹写李花,借花写人,即景寄慨,奇思壮采,百感交集。修辞上,借助映衬、拟人、比喻、夸张、设问、象征等多样化的修辞方法,极写李花的色彩光泽,寄寓诗人爱花惜花之情。言语风格绚烂、含蓄。

诗歌前段写景,着力摹写李花惊天动地的光彩。首二句用桃花映衬李花,点出其在暗夜中的分外皎洁。接下来五句,连用辞格铺写夜晚的李花。"风揉雨练雪羞比"用拟人和反衬,凸显其洁白无瑕;"波涛翻空杳无涘"用比喻和夸张,摹状其繁盛无边。再由设问引出对花的影响力的描摹，"白花倒烛天夜明，群鸡惊鸣官吏起"，用比喻、夸张和示现，将白花比作蜡烛，把整个天空都照得如同白昼，乃至于误认为天亮，鸡群纷纷啼鸣，官吏们也随之起床。"金乌"后四句，写朝阳照耀下的李花。诗人先借用典故把太阳拟作金乌，描写日出后的金光四射，接着描述天空和地面的色彩交相辉映"迷魂乱眼"，无数李花如同用彩光堆积而成的奇丽景象。

诗歌后段抒情，前四句今昔对照，感慨今日的无心赏花，后四句抒写惜花之情。其间两用设问，加强肯定和感叹的语气，"忧感""不忍"点出内心情感，叹花也在叹己，惜花也是惜人。

诗人如此浓墨重彩地描写李花，表现其超凡脱俗的光亮、色彩和繁盛，显然是有所寓托的。李花的光彩夺目，可与日月争辉，具有象征意义，不能不让人联想到具备超凡才华和影响力的人才，诗人自许甚高，难免不令人想到是否有自比之意。诗人对李花的欣赏和怜惜，也可以看作是对自己才能的欣赏和怜惜。蒋抱玄《评注韩昌黎诗集》云："此诗妙在借花写人，始终却不明提，极匣剑帷灯之致。"

> 青青水中蒲，下有一双鱼。君今上陇去，我在与谁居？
> 青青水中蒲，长在水中居。寄语浮萍草，相随我不如。
> 青青水中蒲，叶短不出水。妇人不下堂，行子在万里。
>
> （韩愈《青青水中蒲三首》）

这三首乐府诗，是"寄内而代为内人怀己之词"（清人陈沆《诗比兴笺》）。修辞上借助起兴、比喻、设问、映衬等辞格，言语风格通俗、平淡。

三首诗均以第一句"青青水中蒲"起兴，借形象寄意、抒情。

第一首写送别。首二句写景，烘托离别氛围，并反衬思妇的孤独。反问句有强调作用，突出思妇的不舍分离。

第二首写分离。前两句用作借喻，以蒲草"长在水中居"比思妇常年在家，不能跟随在夫君左右。后两句用映衬，拿浮萍草可随水漂流来反衬自己的不自由，寄语浮萍，语含伤感。

第三首写思念。前两句用略喻，用蒲草的"叶短不出水"，比"妇人不下堂"。

后两句用映衬,凸显妇人和行子相隔遥远,暗示其内心的孤单凄苦。

　　昵昵儿女语,恩怨相尔汝。划然变轩昂,勇士赴敌场。浮云柳絮无根蒂,天地阔远随飞扬。喧啾百鸟群,忽见孤凤凰。跻攀分寸不可上,失势一落千丈强。嗟余有两耳,未省听丝篁。自闻颖师弹,起坐在一旁。推手遽止之,湿衣泪滂滂。颖乎尔诚能,无以冰炭置我肠!

(韩愈《听颖师弹琴》)

　　这首诗描写音乐,清人方扶南将其与白居易《琵琶行》、李贺《李凭箜篌引》相提并论,推许为"摹写声音至文"。修辞上,主要借助词语修辞和比喻、示现、借代、夸张、通感、映衬等辞格,描摹琴声及其给人带来的感受。言语风格绚烂、谨严。

　　诗的前十句,极尽想象之能事,正面比况琴声及其变化。连用比喻,把琴声比作小儿女的私语、勇士出征、柳絮、群鸟鸣叫、单个凤凰,每个比喻前后,再用示现,对其进行更具体的描摹。"天地阔远随飞扬"和"跻攀分寸不可上,失势一落千丈强"参以夸张和通感。不但将琴声的特色及其高低起落的变化,形象而生动地表现了出来,而且赋予了丰富的感觉和人的情感。"昵昵""划然""喧啾"等拟声词的使用,增强了对琴声形象和情韵的表现。

　　诗的后八句,写诗人听弹琴的反应和感受,用映衬,从侧面烘托琴声的优美动听和感人至深。"起坐""推手""遽止"等动作描写,将诗人的心理反应得以外化。末二句用通感,以感叹句的形式,将感叹和描述融在一起,表现琴声对情感起伏的刺激之剧烈、反差之巨大,像冰和炭先后置于肠内。

　　从韵脚选择角度看,这首诗将细声韵和洪声韵的使用,与所描摹音乐声音的变化协调起来。前面轻微低沉的声音用"女""语""尔""汝"等细声韵,后面昂扬激越的琴声则改用"昂""场""扬""凰"等洪声韵。另外,五言和七言交错运用,也与琴声的疾徐断续相配合。这也使得诗歌在声音形式和语义内容的结合上达到了有机的统一。

　　李杜文章在,光焰万丈长。不知群儿愚,那用故谤伤!蚍蜉撼大树,可笑不自量。伊我生其后,举颈遥相望。夜梦多见之,昼思反微茫。

徒观斧凿痕，不瞩治水航。想当施手时，巨刃磨天扬。垠崖划崩豁，乾坤摆雷硠。惟此两夫子，家居率荒凉。帝欲长吟哦，故遣起且僵。剪翎送笼中，使看百鸟翔。平生千万篇，金薤垂琳琅。仙官敕六丁，雷电下取将。流落人间者，太山一毫芒。我愿生两翅，捕逐出八荒。精诚忽交通，百怪入我肠。刺手拔鲸牙，举瓢酌天浆。腾身跨汗漫，不着织女襄。顾语地上友，经营无太忙！乞君飞霞佩，与我高颉颃。

（韩愈《调张籍》）

这首诗评论李杜的诗歌成就，表达高度的赞美和倾慕之情。修辞上，主要借助句法修辞和夸张、比喻、示现、映衬等，形象说理，直抒胸臆，言语风格明快、刚健。

首二句用夸张，总括李杜文章的伟大成就。接下来四句，用感叹句和比喻格，讽刺一般文人不知自己的愚昧，反而对他们诋毁中伤，就像"蚍蜉撼大树"一样不自量力。

"伊我"起的十句，描绘诗人对李杜风采的追寻。"斧凿痕"和"治水航"分别比喻作品中的局部加工和整体构思，"想当施手时，巨刃磨天扬。垠崖划崩豁，乾坤摆雷硠"用示现和比喻，借大禹治水的想象逼真描绘、映衬李杜作品的创作过程。

"惟此"起的六句，表现李杜生前的不遇。用示现，将他们的不幸遭遇想象成天帝的安排，用比喻，把他们比作剪了羽毛囚禁在笼中的鸟儿。

"平生"起的六句，叙述李杜诗文的散佚。同样用的示现，想象他们千万篇金玉般珍贵的诗歌，大多被收上了天，只留下了极少数在人间，仅相当于泰山的毫末。"金薤垂琳琅"和"太山一毫芒"均用比喻，凸显其珍贵和稀少。

"我愿"起的十二句，写诗人对李杜的努力追随和对朋友的寄望。前两句说希望长出翅膀去寻找，后六句用示现，描写与前辈诗人神交的景象：千奇百怪的诗境进入头脑中。最后四句，诚恳地希望老友和自己一起向李杜学习，高高地翱翔在诗歌的天空中。

山净江空水见沙，哀猿啼处两三家。筼筜竞长纤纤笋，踯躅闲开艳艳花。未报恩波知死所，莫令炎瘴送生涯。吟君诗罢看双鬓，斗觉霜毛一半加。

(韩愈《答张十一功曹》)

　　此诗即景抒怀,言语风格含蓄、谨严。修辞上主要借助词语修辞、句法修辞和映衬、婉转,揭示景物特点,委婉表达内心深处的忧思,排比、对偶构成的整句与散句交错,协调音律节奏。

　　诗的前四句写景。前两句写全景,"山净江空水见沙",突出开阔澄澈,用排比,使语意更密集,"哀猿啼处两三家",说明人烟稀少。颔联写近景,用叠字对兼反对,展示两个特写镜头,"竞"与"闲"相对,传达了神情,"纤纤笋"和"艳艳花"相对,增添了色彩。全景和特写、远景和近景,彼此映衬,整体呈现"静"和"闲"的特点。写景又与诗人心境的不静、不闲形成映衬。

　　诗的后四句写情。都用婉转,含蓄抒情。前两句,用流水对,用"炎瘴"代指眼前遭遇的困境,用未报君恩、未知死所,表达仍然对人生寄予着希望,不愿意在"闲""静"中虚度余生。后两句用鬓毛变白代指愁怨,委婉地表达在读到你的来信后,激起了我无尽的怨愤和哀愁。

　　　火透波穿不计春,根如头面干如身。偶然题作木居士,便有无穷求福人。

(韩愈《题木居士二首》其一)

　　这首诗咏物寓意,影射现实,有很浓的讽刺意味。修辞上主要借助比喻、映衬、夸张,委婉达意,言语风格含蓄、幽默。

　　一方面,整首诗相当于一个篇章层面的借喻,木居士的奇遇喻指现实社会中乔装改扮者的投机钻营获得成功。另一方面,"根如头面干如身",也用了两个句法结构层面的明喻。除比喻之外,诗歌的讽刺意味还源于木居士前后命运的滑稽对比,"偶然""题作"居然是其命运奇迹般改变的契机,而"求福人"的络绎不绝则是促成这一改变的根本,"无穷",正是对这一现象的夸张表述。诗人讽刺、针砭的是不正常的社会现状以及造成这一不正常现象的社会根源,因而带有一定的普遍意义。

猿愁鱼踊水翻波,自古流传是汨罗。萍藻满盘无处奠,空闻渔父扣
舷歌。

（韩愈《湘中》）

这首诗别具匠心,从"无处奠"角度来表现深沉的吊古伤今之情。修辞上主
要借助词语修辞和倒装、拟人、映衬、用典,写景衬情。言语风格含蓄、谨严。

"猿愁鱼踊水翻波,自古流传是汨罗",用倒装句法突出景物,"猿愁鱼踊水
翻波"用排比,表现哀愁激荡的氛围,"猿愁"拟人。"萍藻满盘无处奠",浮萍水
藻四处都是,却找不到屈原投江的遗迹,因而无处可祭奠。"空闻渔父扣舷歌",
化用典故,以渔歌的不变映衬历史的变迁。"无处奠"和空闻渔歌,是本诗情感
的寄托和出口,凭吊屈原贾谊嗟伤今日的自己,寄寓了诗人遭贬后满腔激愤愁怨
无处诉说的抑郁之情。

新年都未有芳华,二月初惊见草芽。白雪却嫌春色晚,故穿庭树作
飞花。

（韩愈《春雪》）

这首《春雪》以新巧的构思取胜,表现春雪的美好而有灵性。修辞上主要借
助词语修辞和拟人,写景显趣,言语风格平淡、谨严。

前两句写对春的盼望。"都未"和"初惊",一抑一扬,"惊"有惊喜意,见草芽
而惊喜,见出诗人对春色的偏爱。前两句写景反衬内心盼望春天回归的急切之
情。后两句写下雪的情趣,用拟人,"却嫌""故穿"将雪人格化,表现其比人更着
急让人们见到春花的开放,于是有意地穿过"庭树"带来"飞花"。

草树知春不久归,百般红紫斗芳菲。杨花榆荚无才思,惟解漫天作
雪飞。

（韩愈《晚春》）

这首诗写晚春时节万紫千红的繁盛景象,慧眼独具地对"无才思"的"杨花
榆荚"予以高度的肯定和褒扬。修辞上主要用拟人、借代、反语和映衬,赋予普

通的物理以人情和哲思,言语风格含蓄。

首二句总说,"草树"概括所有草本和木本植物,"知""斗"是拟人的用法,赋予草树以人的知性、情感、动作,"百般"以实代虚用借代,"红紫"借代花,这两句意指各种各样的花都在春天即将过去的最后时节,竞相展示自己的芳香和美艳。

后两句专写,"无才思"应该理解为用反语,只是在世俗人眼里的看法,因为杨花榆荚的色彩、香味相比那些大红大紫色彩鲜艳芳香浓郁的花来说的确很寻常,显得没有过人之"才思"。但在诗人笔下,能够"漫天作雪飞",不但要有洁白的色彩、充足的数量,更要有不畏人言的胆识和敢于牺牲的奉献精神,而这些岂是那些拥有所谓"才思"的名花珍卉、奇花异草可以相比、相"斗"的吗?"惟解"强调的是专注于认定的事情、努力的目标,并不意味着只知道、只懂得的愚痴。因而,后两句其实是用貌似揶揄调侃的语气,表现对"杨花榆荚"充分的肯定和赞赏。

前两句写百花争奇斗艳,实际上是为后两句写杨花榆荚做铺垫和映衬的,诗人借此所寄寓的既是一种不同寻常的审美观,美不仅是表露在外的所谓"才思",更是蕴藏于内的可贵品质;更是一种超越世俗的人生观,主张人皆有才,各尽所能,各为所用。

　　一封朝奏九重天,夕贬潮州路八千。欲为圣明除弊事,肯将衰朽惜残年! 云横秦岭家何在? 雪拥蓝关马不前。知汝远来应有意,好收吾骨瘴江边。

(韩愈《左迁至蓝关示侄孙湘》)

这首诗写于诗人上《论佛骨表》遭贬之后,即事抒情,寓情于景,抒发了诗人慷慨而悲凉的复杂感情。修辞上,主要借助句法修辞和映衬、设问、用典,以时间为序,在直叙的基础上结合写景、抒情,言语风格刚健、明快。

首联叙述上奏被贬,"朝奏"与"夕贬"、"九重天"与"路八千"形成鲜明的对照,诗意概括而情感深沉。

次联用设问(反问)加强肯定的语意,坚定表明自己的看法和态度,"除弊事"意味着坚持自己是正确的,"欲""肯"相配,强调坚守信念不惜生命的决心。

颈联用设问(问而不答)、映衬和用典,"云横秦岭""雪拥蓝关"凸显了景象的壮丽而隐藏凶险,映衬"家何在"和英雄失路的悲情,"马不前"化用乐府诗句,以马衬人,暗示远别亲人、前途未卜的伤痛凄凉。

尾联用典,从容述说已经做好了死在贬所偏远之地的心理准备,语调平和而感情沉痛。

从句法修辞角度看,该诗中二联用对偶,一为流水对,一为正对,颔联又包含一个感叹句(有很强的反问语气),颈联又包含一个设问句,这就使得全诗在整饬中有流动,平稳中有波澜,语意表达有密有疏,节奏有张有弛。

> 天街小雨润如酥,草色遥看近却无。最是一年春好处,绝胜烟柳满
> 皇都。
>
> (韩愈《早春呈水部张十八员外二首》其一)

这首小诗写早春风光,流露欣喜之情。修辞上主要借助词语修辞和比喻、映衬,凸显景物特征,表现诗人的情感态度。

首二句写天街的小雨和草色,"润如酥"用比喻,表现雨的细腻、滑润,"草色遥看近却无"表面矛盾,实则准确刻画了最能代表早春特色的草芽初生的特点:稀稀疏疏地散布地面,淡淡的色彩,所以近看还不如远看那么明显。这是一种淡雅、朦胧的美。

后两句,用映衬,先肯定前面所写的初春小雨下新生的似有若无的"草色""最是一年春好处",再拿"烟柳满皇都"来对比。诗人之所以认为"绝胜",是因为新生的"草色"最具早春的特色和美质,最能代表生机和希望。"好""绝胜"带有明显的主观色彩,表现了诗人的偏好和喜爱。

三、李贺诗歌修辞的成就和贡献

李贺今存诗 200 余首,皆呕心而作。从个人命运出发,感受、体验和对抗自然与社会对人的压抑,思考人的命运、生死等人生最基本也是最重要的问题,是李贺诗最重要的内容,诗里表现出一种深沉的生命意识。有时甚至把解脱痛苦的希望寄托在虚无飘渺的神鬼世界,用各种形式来抒发、表现他的追求和苦闷,如《梦天》《秋来》等。这些诗作每每融入极为浓郁的伤感意绪和幽僻怪诞的个性特征。

　　李贺反映政治时事的诗虽不多,但也有作品揭露统治阶级的残暴荒淫,反映民生疾苦。如《金铜仙人辞汉歌》《浩歌》等揭露和批判了统治者迷信求仙的愚妄;《老夫采玉歌》《感讽五首(其一)》等,反映了贫富悬殊的社会现实。其中也都不同程度地寄托了诗人对现实或自己身世遭遇的感慨。但由于经历的局限,反映现实不够深广。

　　李贺诗歌色彩浓丽、想象奇诡、情调幽冷、构思独特,充满浪漫主义色彩,于中唐诗坛独树一帜,人称“长吉体”。他的诗题材奇异,取材神话传说、历史故事,驰骋想象,构造出奇诡迷离的艺术境界。即使是日常生活题材到他笔下也迥出常情。如《李凭箜篌引》热情赞美李凭弹箜篌的精湛技艺,描绘和渲染了音乐神奇的艺术魅力,充满浪漫主义色彩,是古典诗歌中描写音乐的杰作。《雁门太守行》构思新奇,形象丰满,作者用浓辞丽藻来刻画紧张悲壮的战斗场面,构成色彩斑斓的图画,实为此类诗中所少见。《金铜仙人辞汉歌》借金铜仙人迁离长安的历史故事,抒发汉魏易代盛衰兴亡的感慨,并于其中融注了对社会现实和自己身世的感受。诗人想象铜人辞别汉宫时的悲伤情景和凄凉气氛极为逼真,新奇浪漫。“天若有情天亦老”一句,设想奇伟,是千古传诵的名句。《老夫采玉歌》题材独特,想象新奇,富于浪漫色彩,将景物刻画与心理刻画紧密结合在一起,也体现了李贺特有的奇崛冷艳的艺术风格。

　　李贺诗奇崛冷艳、虚幻荒诞的风格,主要体现在他独特的创造性思维、超越现实迥异常境的想象夸张、大量虚幻意象的营造,奇异峭拔的遣词造句,以及通感、比喻等修辞手法的创造性运用上。如喜用泣、鬼、寒、死等色彩冷艳凄迷的辞藻。想象云彩是天河中的流水,因而也能发出流水声:“天河夜转漂回星,银浦流云学水声”(《天上谣》)。日像玻璃般明亮,因此也能像玻璃似的敲响:“羲和敲日玻璃声”(《秦王饮酒》)。

　　李贺继承了楚辞的传统,被称为“骚之苗裔”,也受到鲍照、李白、韩孟等诗人的影响。与韩愈、孟郊相比,李贺更重视内心世界的挖掘,更注重表现内心的情绪、感觉乃至幻觉,给古典诗歌开辟了一种新的境界。并对晚唐诗风产生了更为直接的影响。但其缺陷也是显而易见的,内容偏于狭窄,情绪过于低沉,一意追求奇诡险怪,带来缺少思理的弊病。

　　　吴丝蜀桐张高秋,空山凝云颓不流。江城啼竹素女愁,李凭中国弹

箜篌。昆山玉碎凤凰叫,芙蓉泣露香兰笑。十二门前融冷光,二十三丝动紫皇。女娲炼石补天处,石破天惊逗秋雨。梦入神山教神妪,老鱼跳波瘦蛟舞。吴质不眠倚桂树,露脚斜飞湿寒兔。

(李贺《李凭箜篌引》)

李贺的这首《李凭箜篌引》是音乐描写的传世之作,其修辞上的特点是几乎不做正面描述,而是主要通过映衬和示现,以及借代、比喻、拟人、通感、夸张等诸多修辞格的运用,充分展示诗人的艺术想象,从侧面极力渲染音乐的影响,从而表现李凭演奏箜篌的高超技艺和感人效果。言语风格绚烂。

"吴丝蜀桐张高秋,空山凝云颓不流。江娥啼竹素女愁,李凭中国弹箜篌。"前四句采用倒装句法,先突出箜篌的形象和演奏的影响,再交代演奏者和演奏地点,先声夺人给人留下深刻的视觉和听觉印象。"吴丝蜀桐"借代箜篌,说明箜篌的名贵,对表现演奏技艺起旁衬作用。"空山"句用拟人,"江娥"句用用典和示现,两句表现箜篌演奏的影响,和"高秋""空山"的景物描写一道,均用于映衬箜篌音乐的描写。

"昆山玉碎凤凰叫"连用比喻,从声音角度摹状音乐,"昆山"是昆仑山的节缩(节短);"芙蓉泣露香兰笑"连用拟人,和后两句一道兼用示现和映衬,从视觉角度表现音乐的感染力。后两句"十二门前融冷光,二十三丝动紫皇"中,"冷光"用通感,"十二门前""二十三丝"分别借代长安和箜篌。这四句也用了对偶,在诗歌中段形成与前后不同的整齐形式和稳定节奏,语意表达也更为集中。

诗的后六句连用示现,描写了三幅想象的明显带有夸张色彩的场景,从天界听者的角度映衬、凸显音乐的影响。"石破天惊逗秋雨","石破天惊"是"天惊石破"的倒装;"老鱼跳波瘦蛟舞",连用拟人,"老""瘦"突出羸弱乏力,行动艰难,竟然也随着音乐翩然起舞,加强了夸张和映衬。

这首诗对于音乐的描写,借助丰富多样的修辞方法,一方面以实写虚,把听觉和其他感觉打通,把抽象的感受具体化,赋予声音及其影响形象性;另一方面则以虚写实,借助对虚幻物象、想象场景的描写以及夸张变形的处理,赋予音乐及其效果的描写强烈的主观色彩。辞采绚烂,虚实相生,颇能代表李贺诗歌鲜明而独特的表现风格。

　　长卿怀茂陵,绿草垂石井。弹琴看文君,春风吹鬓影。梁王与武帝,弃之如断梗。惟留一简书,金泥泰山顶。

(李贺《咏怀二首》其一)

　　这首诗借司马相如的遭遇,书写自身的处境和心情。修辞上主要借助映衬、比喻,叙事言怀,言语风格含蓄、自然。

　　前四句写司马相如的闲居生活。"绿草垂石井"描写环境的幽僻清雅,映衬人物处境的悠闲。"春风吹鬓影",描写文君的美貌和相知,映衬诗人心情的愉悦。诗歌采用的是欲抑先扬的写法,表面的闲适愉快,映衬、凸显的是背后的怀才不遇和无奈赋闲。

　　后四句写司马相如不受重视。"弃之如断梗"用比喻,强调其在世时两个帝王将他完全弃置不用,凸显其生前的落寞。"惟留一简书,金泥泰山顶"与前两句构成对比,突出其死后的"虚荣","惟"点出这唯一的备受重视,跟他的卓越大才相比,是远远不相称的。由此也寄寓了对司马相如命运的同情,对当权者不重视人才的不满。

　　题名"咏怀",诗中却只字不提自己,而又确乎处处都有诗人的影子。同样有才,同样不受重用,类似的遭遇和命运,怎不让诗人感同身受、同病相怜?

　　日夕著书罢,惊霜落素丝。镜中聊自笑,诓是南山期。头上无幅巾,苦檗已染衣。不见清溪鱼,饮水得相宜。

(李贺《咏怀二首》其二)

　　这首诗直接描述自己的贫困生活和悲苦心情。修辞上主要用词语修辞、句法修辞和映衬,叙事抒情,平平写来,不事雕琢,言语风格自然、平淡。

　　首二句直写,惊觉白发掉落,感慨自己未老先衰;次二句用反问句,对镜苦笑,自己这副容颜,怎么可能指望长寿?"聊",显示无可奈何的神情。

　　后四句写生活的贫穷。前两句直写苦况:头上不戴帽子、不裹头巾,穿"苦檗"染的黄衣,穿戴跟乡村农人没什么两样。后两句写鱼衬人,用反问句,没看见清溪里的鱼,光喝水都能那么怡然自得,同它们相比,我还有什么不满足的呢?人怎能跟鱼比,表面的超然反衬内心的悲凉、愁苦。

> 黑云压城城欲摧，甲光向日金鳞开。角声满天秋色里，塞上燕脂凝
> 夜紫。半卷红旗临易水，霜重鼓寒声不起。报君黄金台上意，提携玉龙
> 为君死。
>
> （李贺《雁门太守行》）

《雁门太守行》用乐府旧题，写的很可能是真实发生过的平乱战事。修辞上
主要用映衬、顶真、比喻、用典、借代等修辞格，描绘战争场面，表现将士的牺牲
精神。

一、二句写敌我对阵。"黑云压城城欲摧"用起兴兼比喻，用写景引出下文，
并将敌军来犯比作黑云压城，渲染危急的形势，"压"凸显敌军人马众多，中间用
顶真衔接，强化紧张的气氛。"甲光向日金鳞开"与前一句形成鲜明对照，凸显
守军的披坚执锐，严阵以待。

三、四句写交战场面。"角声满天""燕脂凝夜紫"用夸张，极力表现战事的
惨烈。"燕脂"借喻鲜血。

后四句写友军驰援。"半卷红旗"写援军的隐蔽夜行，"临易水"用典，映衬
将士的报国豪情。"霜重鼓寒声不起"映衬天气严寒和战事艰难。后两句借用
典故，表现将士们报效朝廷的赴死决心。"玉龙"借代剑。

这首诗的映衬，还表现在色彩词语的多用上，黑、金、紫、红和甲光、秋色、胭
脂、玉龙等直接间接表浓艳色彩的词语集中出现在诗中，构成色彩斑斓的画面，
形成鲜明的映衬，并被赋予一定的象征意义。

> 幽兰露，如啼眼。无物结同心，烟花不堪剪。草如茵，松如盖，风为
> 裳，水为佩。油壁车，夕相待。冷翠烛，劳光彩。西陵下，风吹雨。
>
> （李贺《苏小小墓》）

这首诗借写"鬼"来写人，表现人的情感。修辞上主要借助比喻，以及句法
修辞和映衬，描摹苏小小的形象，刻画其心理。言语风格绚烂、柔婉。

前四句写苏小小的容貌和内心。一二句用"幽兰露"比喻她的泪眼，映衬她
整个人的美丽，并为全诗烘托出哀怨的气氛。三四句用全诗三言句之外唯一的

两个五言句,突出她内心的伤痛:无物可以绾结同心,如烟的草花,也不堪剪来相赠。

中四句连用明喻和暗喻,描摹苏小小鬼魂的服饰用具:如草的茵褥;如松的伞盖;春风是她的衣服;流水,是她的环佩作响。油壁车,如今还依然在等待着她去赴"西陵松柏下"的幽会。这一部分,暗暗照应了前面的"无物结同心"。用一个"待"字,更加重了景象、气氛的凄凉:车儿依旧,却只是空相等待,再也不能乘坐它去西陵下,实现自己"结同心"的愿望了。物是人非,触景伤怀,徒增哀怨而已。

最后六句写景衬情,"油壁车"到夜晚还在白白地等待,"翠烛"发出的光焰,也只是白白耗费"光彩","西陵下"只有风雨相陪伴,通过这些景物描写,既渲染了哀怨的氛围,也烘托出孤寂幽冷的心境。"冷翠烛"用通感。

> 老兔寒蟾泣天色,去楼半开壁斜白。玉轮轧露湿团光,鸾佩相逢桂香陌。黄尘清水三山下,更变千年如走马。遥望齐州九点烟,一泓海水杯中泻。

> (李贺《梦天》)

这首诗写诗人梦中所见景象,表达人世沧桑的感慨。修辞上,主要借助词语修辞和拟人、比喻、通感、映衬等辞格,写景寄情。言语风格谨严、绚烂。

诗的前四句,写月宫幻境。"老兔寒蟾泣天色"写入夜时天色变暗,用拟人,借"老兔寒蟾"的哭泣,表现月宫的清冷孤寂。"云楼半开壁斜白"写月光初照,穿透云层,把云比作城楼。"玉轮轧露湿团光"写夜深后露水出来,沾湿了月轮,"玉轮"借喻月亮,"湿团光"用通感。"鸾珮相逢桂香陌"写诗人进入月宫遇到仙女,"鸾佩"借代,用仙女身上的配饰代指仙女。

诗的后四句,写人间景象。前两句着眼于时间的飞逝,"黄尘清水三山下,更变千年如走马",借仙女之口,道出人间的沧桑变化,"千年如走马"用比喻突出时间的快速更移。后两句着眼于空间的渺小,先用比喻,把九州比作"九点烟",后用夸张,把东海说成是泻在杯中的一汪水。

前四句写天上,后四句写人间,形成时空、情事的鲜明对照,借以寄寓人生短促、虚幻、渺茫之感。

　　　　天河夜转漂回星,银浦流云学水声。玉宫桂树花未落,仙妾采香垂佩缨。秦妃卷帘北窗晓,窗前植桐青凤小;王子吹笙鹅管长,呼龙耕烟种瑶草。粉霞红绶藕丝裙,青洲步拾兰苕春。东指羲和能走马,海尘新生石山下。

　　　　　　　　　　　　　　　　　　　　　　　(李贺《天上谣》)

　　这首诗写诗人想象中的天庭景象,寄寓诗人对理想生活的向往。修辞上主要借助词语修辞和示现、映衬、通感等,描述景物,寄寓感慨,言语风格谨严。

　　全诗共十二句。开头两句写天河。"转""漂""流"等表现天河的动感和景色,后一句"银浦流云学水声"用曲喻。"长吉乃往往以一端相似,推而及之于初不相似之他端。""如《天上谣》云:'银浦流云学水声'。云可比水,皆流动故,此外无似处;而一入长吉笔下,则云如水流,亦如水之流而有声矣……皆类推而更进一层。古人病长吉好奇无理,不可理会,是盖知有木义而未识有锯义耳。"(钱锺书《谈艺录》一〇)

　　中间八句写天庭景象。用示现,描写了四幅相对独立的画面:仙女采摘桂花;秦妃卷帘望外;神龙"耕烟"播种;仙人寻芳拾翠。这些借自神话传说的人物和幻化的景象,着意表现了天上的惬意生活和优美环境,借以映衬人世环境和生活的不如意。"花未落"和"青凤小"用映衬,突出天庭人和物变化的极度缓慢。

　　最后两句写人间变化。"羲和能走马"用比喻,言时间飞驰,"海尘新生石山下"用借代,指物象速变。这种人间景象,与天庭那种春常在、人不老、尽善尽美的仙境,形成了鲜明的映衬。

　　诗歌结构上首尾呼应,开头写诗人仰望星空,中间写仙界生活,结尾写仙人俯视尘寰。从凡世进入仙境,又从仙境回到人间,过渡自然,浑然一体。韵脚字的平仄交错变化,韵律安排于参差中见整饬。

　　　　南风吹山作平地,帝遣天吴移海水。王母桃花千遍红,彭祖巫咸几回死?青毛骢马参差钱,娇春杨柳含细烟。筝人劝我金屈卮,神血未凝身问谁?不须浪饮丁都护,世上英雄本无主。买丝绣作平原君,有酒唯浇赵州土。漏催水咽玉蟾蜍,卫娘发薄不胜梳。羞见秋眉换新绿,二十男儿那刺促!

(李贺《浩歌》)

诗题《浩歌》用典,取自《楚辞·九歌·少司命》:"望美人兮未来,临风恍兮浩歌。"诗歌借春游引发联想,发抒人生短暂、怀才不遇的慨叹。修辞上主要借助词语修辞、句法修辞和示现、映衬、用典、拟人、借代等,写景抒情,言语风格绚烂、自然。

诗的内容可分前后两部分,两部分各八句。前一部分主要写景,先虚景后实景,引出抒情。后一部分着力抒情,表现英雄无主、及时行乐的思想。

前四句用示现,描绘想象的景象。前两句取象于"高岸为谷""沧海桑田",表现空间的巨大变化。后两句取象于神话传说,表现时间的长久更移,一直述一反问,有强调之意。这四句共同用作映衬,铺垫和反衬后文要表现的人生短促主题。

五至八句用映衬,前两句写春游,通过马漂亮的毛色花纹和杨柳娇嫩含烟的美来暗示出游的欢乐,"参差钱"借喻马身上的花纹,"娇春"用移就。后两句即景言情,由歌女劝酒引发自身命运谁能解答的慨叹,"神血未凝身问谁?"用反问,表达无处去问的悲愁。前两句的乐景反衬后两句的哀情。

接下来转入抒怀,前四句借古讽今。"不须浪饮丁都护"既是劝人,也是自我劝慰;"世上英雄本无主"用婉转,暗讽当今人主不识才、不用才。后两句用典,写对平原君的供奉和祭奠,表现对其礼贤好士的钦慕怀念之情,借以与现实对比,反衬统治者对人才的忽视和埋没。

结尾四句对全诗有总括作用。"漏催水咽玉蟾蜍"用拟人,"卫娘"用借代,代指劝酒的歌女,前两句写时光匆促、红颜易老。末二句用感叹,表达对歌女青春流逝的同情和放开心胸、姑且饮酒作乐之意。

秦王骑虎游八极,剑光照空天自碧。羲和敲日玻璃声,劫灰飞尽古今平。龙头泻酒邀酒星,金槽琵琶夜枨枨。洞庭雨脚来吹笙,酒酣喝月使倒行。银云栉栉瑶殿明,宫门掌事报一更。花楼玉凤声娇狞,海绡红文香浅清,黄娥跌舞千年觥。仙人烛树蜡烟轻,清琴醉眼泪泓泓。

(李贺《秦王饮酒》)

这首诗写秦王的饮酒无度,暗讽现实。修辞上主要借助词语修辞和示现、夸张、比喻、拟人、映衬等,塑造人物形象,托古讽今,言语风格绚烂、含蓄。

全诗可分成两部分,前四句写秦王的威仪和武功,为第一部分;后面十一句写他的饮酒享乐,为第二部分。从所写内容,一般认为是映射、暗讽唐德宗。

前一部分,极力刻画其征战时强大的外在形象和取得的巨大成就。"骑虎游八极"用示现,次句用夸张,"羲和敲日玻璃声"用示现,借虚拟、放大的景物描写,凸显其威仪和力量。第四句用比喻,表现秦王平定天下的超凡武功。

后一部分,着力表现秦王的寻欢作乐和饮酒无度。"龙头泻酒邀酒星"用夸张,"龙头"用借代。"泻",夸说酒流如注;"邀酒星",极言大宴宾客。"夜枨枨"摹声,"夜"是每夜的意思,也有夸张意味。"洞庭雨脚来吹笙"用比喻,将吹笙比作洞庭湖的下雨声。"酒酣喝月使倒行"映衬秦王的极度贪欢和暴戾横蛮。"银云栉栉"摹色,凸显天大亮。颜色词"玉、红、黄、青"等的集中使用体现了宴席的奢靡,"声娇狞""香浅清""趺舞"说明伺候的人群已经是疲惫不堪、不堪驱使。"仙人烛树"是略喻,"泪泓泓"是摹形。

　　　　花枝草蔓眼中开,小白长红越女腮。可怜日暮嫣香落,嫁与春风不用媒。

　　　　　　　　　　　　　　　　　　　　（李贺《南园十三首》其一）

这首小诗描摹南园景色,慨叹日暮花落。修辞上,主要用词语修辞和比喻、借代、拟人,言语风格绚烂。

前两句写花开。首句用映衬,"花枝草蔓",概括园内木本和草本的全部花卉,"眼中开"衬托诗人对花开的喜爱和关注。次句用比喻,"小白长红"描写花的外形和颜色,让人想起越女美丽的面颊。

后两句写花落。"可怜"表达诗人的惋惜之情,既是惜花、惜春,也是自伤自悼。"嫣香"用借代,用笑颜和香气代指花,更形象具体,且包含感情色彩。末句用拟人,"不用媒",实际上是不经媒,但花落坠地,显非自愿。"嫁"与第二句中的"越女腮"呼应,并相映衬,凸显红颜易老。

男儿何不带吴钩,收取关山五十州?请君暂上凌烟阁,若个书生万

户侯?

(李贺《南园十三首》其五)

这首诗抒发报效国家、垂名青史的渴望和感慨。修辞上主要借助两个设问,直抒胸臆。言语风格明快、刚健。

前一设问,对他人也是对自己提问,问而不答,问中有答,强调男儿面对山河破碎、投笔从戎的必要,但为什么不这样做?是不愿还是不能?显然问题并不简单,问话中隐含部分答案和线索,耐人寻味。从中让人感受到的除了意愿,更多的还是焦虑和愤慨。"吴钩"借代,指称兵器。"关山五十州"以实数代虚数,泛指藩镇割据的地区。"何不"有反诘语气,用于加强句内语意的肯定。

后一设问,用反诘语气,突出拜侯封相与文弱书生从来就无缘,反衬前句投笔从戎的重要和必要,其中也蕴含了对重武轻文传统的批评。联系诗人自己的身份和处境,也不难体会诗中所传达的诗人忧念家国、希望建功立业而又怀才不遇、无奈赋闲的复杂心情。

设问的连用,凝聚了结构,贯通了语意,加强了抒情的感染力。

寻章摘句老雕虫,晓月当帘挂玉弓。不见年年辽海上,文章何处哭

秋风?

(李贺《南园十三首》其六)

这首诗抒写空怀诗书、不为世用的悲慨。修辞上主要借助用典、比喻、映衬、设问等,委婉表达以文章报国的愿望。言语风格含蓄、典雅。

前两句,写诗人志学之苦。"寻章摘句"和"雕虫"都是用典,借用成语描述自己用功于读书,写作,"老"意指大好青春都消磨于此。"晓月当帘挂玉弓"具体描写环境,映衬诗人志学的勤奋刻苦,"挂玉弓"比喻晓月,同时让人联想到战事。

后两句,写文人学士无用武之地。用设问,突出值此多难之秋,文士却无法为国分忧,暗含深沉的忧虑和伤悲。"年年"用重叠,突出战事的经久不息。"文章何处哭(于)秋风",用拟人,强调文人学士不能发挥所长为国效力。究其根源,一是统治者重武轻文的传统,二是战乱频仍,导致斯文沦落。

长卿牢落悲空舍,曼倩诙谐取自容。见买若耶溪水剑,明朝归去事
猿公。

(李贺《南园十三首》其七)

这首诗借古讽今述怀。修辞上主要借助词语修辞和用典、映衬,言语风格谨严、含蓄。

诗的前两句咏古,用"牢落""悲""空舍"表现司马相如的潦倒悲苦,用"诙谐""取""自容"描状东方朔的委曲求全。以此两位前代名士的遭遇,以点显面,凸显斯文沦丧、文士不遇现象的普遍存在、古已有之。

诗的后两句言今,借用神话传说形象地叙述弃文习武的打算。有前两句的铺垫和映衬,后两句虽然只提到诗人试图改变人生道路,但借此也表明了对现状的体认:重武轻文、文士无用的传统不但延续而且加重了。而"弃文习武"并非诗人真心所愿和真实想法,只不过是诗人对现实抱怨愤慨和彻底失望的一种曲折表达而已。

魏明帝青龙元年八月,诏宫官牵车西取汉孝武捧露盘仙人,欲立置前殿。宫官既拆盘,仙人临载,乃潸然泪下。唐诸王孙李长吉,遂作《金铜仙人辞汉歌》。

茂陵刘郎秋风客,夜闻马嘶晓无迹。画栏桂树悬秋香,三十六宫土花碧。魏官牵车指千里,东关酸风射眸子。空将汉月出宫门,忆君清泪如铅水。衰兰送客咸阳道,天若有情天亦老。携盘独出月荒凉,渭城已远波声小。

(李贺《金铜仙人辞汉歌并序》)

这首诗用拟人笔法记金铜仙人被迁离汉宫的故事,寄寓诗人辞官告别长安忧己伤国的悲慨。修辞上主要借助映衬、示现、比喻、比拟、通感等辞格,写景、叙事、抒情,言语风格绚烂、含蓄。

诗共十二句,按搬迁顺序组织内容,大体可分三部分。

前四句,写离开前。从金铜仙人视角,写汉宫景象。前两句写汉武帝魂灵的光顾,"夜闻马嘶晓天迹"用示现,暗示昔日的霸主面对帝国的衰亡已无能为力。

后两句写景,花香如故,苔藓遍布,分别从反面和正面映衬国势的衰败。

中间四句,写被拆离。借景衬情,表现金铜仙人的悲苦。"东关酸风射眸子"用比拟,"酸风"用通感,"酸"既是实际的感受,更是心理的酸楚。"空将汉月出宫门"和前句的写景,都是用环境描写映衬金铜仙人的心境,"忆君清泪如铅水"用比喻,"铅水"凸显"铜人"眼泪重的特点。

后面四句,写出城后。用拟人,写"衰兰送客"和金铜仙人"携盘独出",凸显肃杀和凄凉的气氛,反衬金铜仙人的离愁。"天若有情天亦老"用婉转,表达天无情人有情,焉得不老的意思,用于映衬离别场景的伤悲。"渭城已远波声小"写金铜仙人的远走,同时借景衬情,留下无限回味。

> 此马非凡马,房星本是星。向前敲瘦骨,犹自带铜声。
>
> （李贺《马诗二十三首》其四）

这首小诗写马的非凡,寄寓情怀。修辞上主要用对偶、迭映、映衬、比喻,咏物寄怀。言语风格刚健、含蓄。

前两句用对偶、映衬和迭映,强调马的身份和来历的不凡。"马"和"星"分别在句内迭映,"非""是"使两句在语义上构成映衬,否定和肯定相反相合,突出马的出身"房星",联系到"房星明,则王者明"(《晋书·天文志》)的说法,进一步使"房星"的处境和"王者"治理的好坏关联起来,赋予这匹马标志社会治乱明晦的意义。

后两句用直述法,具体表现马的特质。选取马骨来表现马的"不凡","瘦"表明马的处境不佳,"带铜声"显示其身骨硬朗、劲健,"犹自"暗示有过艰难的经历。

诗人塑造这样的一匹马,实际上是篇章层面的一个借喻,用马来比人,应该是有所寄托的:类似此马的人才有非凡的才具却不能得到任用,政治不清明也就可想而知。

> 大漠沙如雪,燕山月似钩。何当金络脑,快走踏清秋。
>
> （李贺《马诗二十三首》其五）

这首诗从马的角度写马的期待:配上一副好鞍,征战疆场。修辞上,主要用词语修辞和比喻、拟人、映衬等,借景抒情,言语风格刚健、谨严。

前两句连用比喻,描写边疆战场的景色,"沙如雪"表现荒凉冷寂的特点,"月似钩"则不仅点出自然的昏暗神秘的特点,兵器喻体"钩"的选择,似乎还有意识地让人联想到战争。

次二句,用拟人,将战马人格化,直抒胸臆,抒发其对戴上好鞍具驰骋疆场,建功立业的热切希望。"快走"和"踏"用以展示马的勇武。"何当"加强设问语气,表达强烈愿望和深沉忧虑并存的复杂情感。

前两句和"清秋"的景物描写,渲染氛围、烘托环境,对于表现马的形象和情感有映衬作用。而诗歌写马,也是写人,寄托诗人为世所用、得偿报国之志的期望。

> 零落栖迟一杯酒,主人奉觞客长寿。主父西游困不归,家人折断门前柳。吾闻马周昔作新丰客,天荒地老无人识。空将笺上两行书,直犯龙颜请恩泽。我有迷魂招不得,雄鸡一声天下白。少年心事当拏云,谁念幽寒坐呜呃。

(李贺《致酒行》)

《致酒行》是致辞劝酒的歌,这首诗采用主客对白的方式,表现劝酒场面和心情。修辞上主要借助词语修辞和用典、夸张、比喻、设问,叙事抒情,言语风格绚烂。

前两句交代饮酒的处境心情。"零落""栖迟"用双声词、叠韵词置于句首,突出飘零落拓的客游心境。

接下来六句记录主人的劝酒词,用典,分述主父偃和马周的遭遇,句法上彼此之间互文见义。"折断门前柳"和"天荒地老无人识"都用夸张,突出"困"和"穷"。"空"凸显由"穷困"到"通达"的处境改变出乎意外但又在情理之中。

后四句是"我"的答谢词,"我有迷魂招不得"用典,表明自己的困厄心境;"雄鸡一声天下白"用比喻兼夸张,突出主人的开导让自己茅塞顿开。后两句用感叹和设问,明确表示自己应该壮志凌云,不能整天唉声叹气!"拏云"比喻,"呜呃"摹声,将抽象的心理状态形象地描摹出来。

斫取青光写楚辞,腻香春粉黑离离。无情有恨何人见? 露压烟啼千万枝。

（李贺《昌谷北园新笋四首》其二）

这首诗咏竹写人,寄寓诗人的怨愤难纾之情。修辞上主要用借代、映衬、设问、拟人等,叙事抒情,言语风格含蓄、谨严。

诗的前两句写竹上题诗。"青光"借代,用竹皮的颜色和光泽替代竹的表皮,使表达更具体形象,"楚辞"借代作者的诗,暗指所抒写的为郁积胸中的怨愤之情。次句用句内映衬,"腻香春粉"（浓香白粉）和"黑离离"（墨汁淋漓）形成鲜明对照,凸显题诗给竹子美好形象的污损。加上"斫取"对竹子的伤害,诗人的做法对竹子真的表现得很"无情"。

在诗人表面"无情"的背后,是内心深处难以抑制的"恨"。第三句用设问,强调无人能够理解这种"恨";第四句用拟人,描写千万枝竹子的愁颜和哭泣,暗示它们对诗人流露出深深的同情。两相对照,竹有情而人无情,益发凸显了诗人无处诉说、纾解的愁怨、忧愤以及由此而产生的痛苦、寂寞之"恨"。

飞光飞光,劝尔一杯酒。吾不识青天高,黄地厚。惟见月寒日暖,来煎人寿。食熊则肥,食蛙则瘦。神君何在? 太一安有? 天东有若木,下置衔烛龙。吾将斩龙足,嚼龙肉,使之朝不得回,夜不得伏。自然老者不死,少者不哭。何为服黄金,吞白玉? 谁是任公子,云中骑碧驴? 刘彻茂陵多滞骨,嬴政梓棺费鲍鱼。

（李贺《苦昼短》）

这是一首歌行体诗,表达神仙并不存在、人类可以主宰自己命运的观点。修辞上主要借助词语修辞、句法修辞和呼告、比拟、互文、设问、对偶等,融叙事、抒情、议论于一体,表达流畅,衔接自然,态度鲜明,具有很强的感染力。言语风格刚健、谨严。

全诗可分三个部分。开头到"太一安有"为第一部分,"天东有若木"到"少者不哭"为第二部分,余下的为第三部分。

第一部分,写昼短之苦。起句用呼告,直接对"飞光"抒怀:我不知道有什么天高地厚,只看见日月更替消耗了人的寿命,人的胖瘦只跟饮食有关,所谓的神君在哪里? 太一哪里有?"煎"的选用,形象地揭示了生命的急促飞逝。句法安排上,颇为讲究:一是句式参差,"不识"排除,"惟见"肯定,二者配合,烘托、强调人类苦于昼短的语意;连用两个设问(反问)句,增强了否定意味。二是整散交错,"飞光飞光""青天高,黄地厚""月寒日暖""食熊则肥,食蛙则瘦"等整句形式的运用,带来了结构和节奏形式的变化,使语义表达在自然流畅中增添了集中凝练。

第二部分,写消除昼短之苦。诗人用示现,将传说和设想的情景逼真地描述出来,以此证明生死之忧自然可解。"朝不得回,夜不得伏"用互文。句法上,前两句都用五言,其余的每两句之内都包含对偶,散中有整。

第三部分,否认求仙可以解除昼短之苦。"何为服黄金,吞白玉?""谁是任公子,云中骑碧驴?"连用反问句,强调毋须求助于长生不老之药,成仙的事也根本就是虚无缥缈的,并在陈述句中参入变化。最后用一个对偶句,直呼刘彻、嬴政之名,表达不恭调侃意味,"多滞骨""费鲍鱼"则表达了对二者求仙白费功夫的形象而鲜明的讽刺。

词语修辞方面,诗人对"青天、黄地、黄金、白玉、碧驴"等表颜色修饰语的集中选用,体现了对色彩的敏锐和偏好,也有效地在意境营造中添加了斑驳陆离的色彩。

四、卢仝、刘叉诗歌修辞的特色

卢仝现存诗 103 首,有《玉川子诗集》。其诗作对朝政腐败与民生疾苦皆有所反映,在诗中融入散文的词语、句法和篇法,言语风格偏于自然、平淡。其代表作《月蚀诗》创新性很强,颇能代表韩孟诗派的"险怪诗风",在诗歌史上有其独特地位。全诗共 1677 个字,以蛤蟆食月为原型题材描述一次月全食的过程。内容上,极尽想象之能事,大量使用比喻、夸张、示现等辞格,表现荒诞诡异、惊心动魄的情状,借以讽咏现实流弊,讥刺黑恶势力。结构上,以"玉川子"作为五个部分的分段标记,融叙述、描写、抒情、议论于一体,句式以五言、七言句为主,穿插三言、四言、六言、九言、十一言句,纵横捭阖,首尾呼应,层次井然。常语为主,杂以文言、口语体的词语、句式,融散文自由写法入诗,言语风格绚烂、自然。这里再看一首他的咏茶诗。

> 日高丈五睡正浓,军将打门惊周公。口云谏议送书信,白绢斜封三道印。开缄宛见谏议面,手阅月团三百片。闻道新年入山里,蛰虫惊动春风起。天子须尝阳羡茶,百草不敢先开花。仁风暗结珠琲瓃,先春抽出黄金芽。摘鲜焙芳旋封裹,至精至好且不奢。至尊之馀合王公,何事便到山人家。柴门反关无俗客,纱帽笼头自煎吃。碧云引风吹不断,白花浮光凝碗面。一碗喉吻润,两碗破孤闷。三碗搜枯肠,唯有文字五千卷。四碗发轻汗,平生不平事,尽向毛孔散。五碗肌骨清,六碗通仙灵。七碗吃不得也,唯觉两腋习习清风生。蓬莱山,在何处?玉川子,乘此清风欲归去。山上群仙司下土,地位清高隔风雨。安得知百万亿苍生命,堕在巅崖受辛苦!便为谏议问苍生,到头还得苏息否?

> (卢仝《走笔谢孟谏议寄新茶》)

这首诗与陆羽的《茶经》齐名,用诗歌形式记录采茶制茶,尤其是饮茶的感受,并表达代为苍生请命之意。修辞上主要借助词语修辞、句法修辞和比拟、比喻、通感、示现,在平铺直叙中展现诗意,言语风格平淡、自然。

全诗可分为四段,前六句为第一段,接下来十句为第二段,再十五句为第三段,最后十句为第四段。

第一段,写收到孟谏议差人送来的信和新茶。"周公"借代梦境,"三百片"以实代虚,言茶饼多,未必是实指。"手阅"是比拟的说法,表现对茶饼的喜爱与珍惜之情。

第二段,写茶的采摘与焙制。"闻道"显其信息来源的客观,"蛰虫惊动春风起"和"百草不敢先开花"用拟人,"仁风""珠琲瓃""黄金芽""摘鲜焙芳旋封裹"等细致描写,映衬新茶之珍贵难得。最后用反问,强调这新茶本是天子、王公才有资格享用的,而自己这个山野之人居然也有了机会品尝,欣喜和自嘲之情兼而有之。

第三段,写煎茶和饮茶,着意表现饮七碗茶一碗一碗带给诗人的感受。"碧云引风""白花浮光"连用比喻,将煎茶的视觉享受形象化。接下来,用数字串联和多种辞格,极力表现饮茶的独特感受和变化:"破孤闷""平生不平事,尽向毛孔散"用比拟,"搜枯肠"用比喻,"肌骨清"用通感,"通仙灵""两腋习习清风生"用示现。

第四段,写对苍生的关心。由饮茶到飘飘欲仙,自然转入想象。"蓬莱山,在何处?"换用三言句和设问句,自然切换,引出下文。"安得"句用感叹,突出亿万苍生种茶采茶的辛苦危险,"便为"句用疑问句,借代为孟谏议向山上群仙提问的方式,婉转表达对黎民百姓命运的关心,希望他们得到休养生息的机会。

刘叉是韩孟诗派的重要人物之一,崇尚险怪幽僻风格,其《冰柱》《雪车》等诗最为出名。

> 师干久不息,农为兵兮民重嗟。骚然县宇,土崩水溃,畹中无熟谷,垅上无桑麻。王春判序,百卉苗甲含葩。有客避兵奔游僻,跋履险厄至三巴。貂裘蒙茸已敝缕,鬓发蓬龅。雀惊鼠伏,宁遑安处,独卧旅舍无好梦,更堪走风沙!天人一夜剪瑛瑰,诘旦都成六出花。南亩未盈尺,纤片乱舞空纷挐。旋落旋逐朝暾化,檐间冰柱若削出交加。或低或昂,小大莹洁,随势无等差。始疑玉龙下界来人世,齐向茅檐布爪牙。又疑汉高帝,西方来斩蛇。人不识,谁为当风杖莫邪。铿锵冰有韵,的皪玉无暇。不为四时雨,徒于道路成泥柤。不为九江浪,徒为汩没天之涯。不为双井水,满瓯泛泛烹春茶。不为中山浆,清新馥鼻盈百车。不为池与沼,养鱼种芰成霪霪。不为醴泉与甘露,使名异瑞世俗夸。特禀朝澈气,洁然自许靡间其迩遐。森然气结一千里,滴沥声沉十万家。明也虽小,暗之大不可遮。勿被曲瓦,直下不能抑群邪。奈何时逼,不得时在我梦中,倏然漂去无余些。自是成毁任天理,天于此物岂宜有忒赊。反令井蛙壁虫变容易,背人缩首竞呀呀。我愿天子回造化,藏之韫椟玩之生光华。
>
> (刘叉《冰柱》)

这首《冰柱》诗,借冰柱咏怀,深为后世称扬。修辞上主要借助词语修辞、句法修辞和比喻、比拟、映衬、夸张、排比等,描摹、凸显冰柱形象,寄托民生艰辛、贤才不用的忧愤之情。言语风格绚烂、自然。

该诗按内容可分三部分,开头到"更堪走风沙"为第一部分,从"天人一夜剪瑛球"到"直下不能抑群邪"为第二部分,剩余为第三部分。

第一部分,写诗人避乱四川沿途所见、所历、所感,描述了田地荒芜、民不聊生的现状和诗人逃难途中艰辛狼狈的窘况。"骚然""险厄"揭示动荡和危险。"土崩水溃"用对偶,两个比喻突出房屋损毁严重,"雀惊鼠伏"用对偶,两个比喻表现旅途的惊恐躲藏。"畹中无熟谷,垅上无桑麻"用对偶,以点概面,突出田园荒芜。这几个对偶整句的使用,适应表意需要,也在散句为主的基础上增添了整饬的形式和节奏,总体散文化的同时保留诗语的韵味。"独卧旅舍无好梦,更堪走风沙!"用递进式反问复句,强调行旅之艰辛。这一部分的背景描写,用于映衬主张重用贤才的主旨。

第二部分,写冰柱超凡的外观和价值。"天人一夜剪瑛球,诘旦都成六出花",把雪比作神仙用美玉剪成的花,也借此暗衬冰柱的天资不凡。"始疑""又疑"分别引导两个比喻句,将冰柱比作上天玉龙的爪牙和汉高祖刘邦的斩蛇宝剑,赋予其神奇的色彩和功力。"铿锵"摹声,"的皪"摹色,从声响和色泽突出冰柱的不同凡俗,"人不识"也点明其出自上天,因而不为世俗所了解。接下来由六个"不为"引导构成的排比句群,进一步铺叙、映衬冰柱因非凡品而不为世用。接着的八句再从正面写冰柱的"气""声""明""直","森然气结一千里,滴沥声沉十万家",用对偶、夸张、摹状,突出表现其气和声的影响之大。

第三部分,写冰柱消失后的感慨。先用感叹句,表达冰柱消失的无奈;再用议论句,将之归于常理,遗憾的是让蛙虫借机大肆繁衍;最后再用感叹句,表达对君王的希望。"反令井蛙壁虫变容易,背人缩首竞呀呀",借蛙虫的横行、聒噪,反衬冰柱的价值。蛙虫隐射小人,冰柱喻指天赋异禀的贤士,诗人把改变现状的希望寄托在贤士得到重用,从而消弭战祸,救民于水火,重建太平盛世。

这首诗采用句子长短参差的杂言体,句式散行为主,散中蕴整,多叙述句和议论句,间用描写句和抒情句,有利于自由抒写,句式变化也有力地配合了表情达意的实际需要,整体带有明显的散文化倾向。在用韵方面,选取了开口呼的洪音麻韵,属于韵字少的"险韵",但该诗二十七韵,一韵到底,显见有意为之。

　　　　日出扶桑一丈高,人间万事细如毛。野夫怒见不平处,磨损胸中万
古刀。

　　　　　　　　　　　　　　　　　　　　　　　　　(刘叉《偶书》)

这首诗即事抒怀,修辞上用起兴、比喻、夸张,用日常词句入诗,言语风格平淡、自然。

首句用起兴兼映衬,引出对世事的议论,艳阳高照,烘托、凸显出世事的"细"和"不平"。次句用比喻兼夸张,表明世间事繁多而琐屑。后两句直抒胸臆,"怒"揭示情感立场,"磨损胸中万古刀"用比喻,"胸中万古刀"代指内心秉持的自古延续至今的嫉恶如仇、不平则鸣的侠义精神和正直力量,比喻新奇。"磨损"是有刀不能用时的情况,暗示诗人路见不平却不能行侠仗义的苦闷和抑郁。

> 一条古时水,向我手心流。临行泻赠君,勿薄细碎仇。
>
> （刘叉《姚秀才爱予小剑因赠》）

这首小诗写赠剑寄语,修辞上通篇用喻,以水喻剑,比喻谋篇。言语风格偏于通俗、幽默。

开头,诗人先把古代留下来的宝剑比作"一条古时水",接着顺势往下写,把拔剑在手说成水"向我手心流",表达新颖自然而略带曲折,"流"也被赋予了一种富有诗意的动感。

第三句,继续循此比喻,用"泻"延续"流"的动态,把送剑说成"泻赠",也比奉赠之类的惯常表达显得新鲜有趣。末句,用祈使句,用婉转格,表面是劝受赠者不要让这把剑迫近小仇小怨,言下之意则是希望对方用它去建立大功伟业。

第二节　后期其他诗人诗歌修辞的特色和成就

本节主要对"两大诗派"之外的后期代表诗人刘禹锡、柳宗元、贾岛在诗歌修辞方面的特色、成就和贡献进行评述。

一、刘禹锡诗歌修辞的特色和贡献

刘禹锡诗文俱佳,与柳宗元并称"刘柳",并与白居易合称"刘白",与韦应物、白居易合称"三杰"。诗歌涉猎题材广泛,善用比兴讽喻时政,兼含哲理和诗情,风格通俗清新,有"诗豪"之称。《竹枝词》《杨柳枝词》等组诗,借鉴、吸收民歌的技法和神韵,加以改造和创新,使之成为文人诗(词),在唐诗中具有开创性的贡献。修辞上,重视修辞运用和创新,言语风格偏于简约、明快。

关于诗歌创作,他主张"片言可以明百意,坐驰可以役万景"(《董氏武陵集纪》)。一方面,语言运用要言简义丰,简明概要,反对乱用生僻字词,提出"为诗用僻字,须有来处……后辈业诗,即须有据,不可率尔道也"(《刘宾客嘉话录》);另一方面,构思上要善于联想和想象,重视主体观照与冥想的作用:"能离欲则方寸地虚,虚而万景入;入必有所泄,乃形于词。因定而得境,故俪然以清;由慧而遣词,故粹然以丽。"(《秋日过鸿举法师寺院便送归江陵诗引》)

> 连州城下,俯接村墟。偶登郡楼,适有所感。遂书其事为俚歌,以俟采诗者。
>
> 冈头花草齐,燕子东西飞。田塍望如线,白水光参差。农妇白纻裙,农父绿蓑衣。齐唱郢中歌,嘤咛如竹枝。但闻怨响音,不辨俚语词。时时一大笑,此必相嘲嗤。水平苗漠漠,烟火生墟落。黄犬往复还,赤鸡鸣且啄。路旁谁家郎,乌帽衫袖长。自言上计吏,年幼离帝乡。田夫语计吏,君家侬定谙。一来长安道,眼大不相参。计吏笑致辞,长安真大处,省门高轲峨,侬入无度数。昨来补卫士,唯用筒竹布。君看二三年,我作官人去。

> (刘禹锡《插田歌》)

这首乐府体诗,以俚歌的形式描述插秧场面,记录农夫与计吏的对话,在冷静客观的叙事和描写中蕴含情感态度。正如序文所言,该诗写作的目的是"书其事"以匡正补阙。

修辞上,主要借助词语修辞、句法修辞和比喻、映衬,用白描手法写景、叙事、记言,不事藻饰,言语风格通俗、平淡。

诗的前十二句描写插田的场景。前六句描写劳动环境,选取"花草""燕子""田塍""白水""农妇""农父"等寻常景物,用"齐""东西飞""望如线""光参差""白纻裙""绿蓑衣"等寻常词语和比喻来描述,但很能体现景物的特点,并由此构成了色彩分明、线条简洁、画面生动的水乡春景图。后六句表现农人活动。抓住齐声唱歌、大笑的声音,从听觉上展示他们的粗野而乐天的性格。"嘤咛"摹状其哼唱声,"如竹枝""俚语"点其民歌特点,"怨""嘲嗤"明其情感倾向,暗示其对现实生活的不满和抱怨。

诗的后二十句记录农夫与计吏的对话。前四句写景,场景由水田自然转到村路。"水平苗漠漠",摹状水田插秧结束的景象,"烟火""黄犬""赤鸡"的动态描写渲染出浓郁的农家生活气息。接下来写计吏的登场和表演,其着装和言谈,明显让人感觉与前述的氛围和场景不协调。计吏主动搭讪,是为了炫耀吹嘘,"自"显示了其急于自炫身份的心理。田夫的对计吏的回应,带有讽刺意味。"眼大不相参",直接点破计吏当差后就忘了自己的出身。计吏听不出讽刺,反倒自顾自地"笑致辞",拼命地吹牛。诗人不加评判,完全通过计吏的话来揭露其虚荣和浅薄的心理。计吏夸耀的贿赂得官的经历和打算,表明卖官鬻爵风气的泛滥,这也正是诗人所忧虑的。对话纯用口语,朴素却传神,简短不简单,颇能体现诗人通俗简约而又概括力强的语言特点。

> 汝南晨鸡喔喔鸣,城头鼓角音和平。路旁老人忆旧事,相与感激皆
> 涕零。老人收泪前致辞,官军入城人不知。忽惊元和十二载,重见天宝
> 承平时。
>
> （刘禹锡《平蔡州三首》其二）

这首诗侧面表现李愬军夜袭蔡州平叛的壮举,"以《竹枝》歌谣之调而造老杜诗史之地位"(翁方纲《石洲诗话》卷二)。修辞上主要用词语修辞和用典、摹状、映衬,写景记事,寄寓情感,言语风格通俗、平淡。

前两句写景,化用古乐府《鸡鸣歌》成句摹状晨鸡啼鸣,"城头鼓角音和平",鼓角声由悲变和平,凸显人心理感受的变化。两句写景竭力渲染蔡州凌晨的和平气氛,侧面映衬前夜奇袭战事的顺利和军队纪律的严明。

接下来叙事,借老人"忆旧"和"致辞"补述这次平叛的成功和意义。老人们

的"相与感激""皆涕零",表明百姓受苦日久,终于盼来了难得的胜利。"官军入城人不知"补写李愬用兵如神。"忽惊""重见"显示老人的欣慰和惊喜,今昔对比,凸显了这一胜利的重大意义。"元和十二载"则是诗人有意识用史笔,对此事件寄寓了高度肯定之意。

> 天下英雄气,千秋尚凛然。势分三足鼎,业复五铢钱。得相能开国,生儿不象贤。凄凉蜀故妓,来舞魏宫前。
>
> （刘禹锡《蜀先主庙》）

这首五律即景咏怀,抒发对历史兴亡的感慨。修辞上主要用词语修辞和用典、映衬,表现盛衰变迁,寄寓怀古伤今之情,言语风格刚健、谨严。

首联用典,写诗人面对刘备塑像的感受。"天下英雄"借自曹操的评价,"千秋"以实代虚,强调日久,"尚""凛然"直言依然让人陡生敬畏之心。

颔联对偶,两句分别用典,以两件事概括、凸显刘备的英雄业绩。

颈联对偶兼映衬,"得相能开国"和"生儿不象贤"构成对照,凸显蜀国基业葬送于后主刘禅之手的遗憾和教训。

尾联映衬,以景衬情,感慨后主的不肖,暗寓对先主的伤悼嗟叹之意。"蜀故妓"的"凄凉"反衬刘禅的乐不思蜀。

从全诗来看,前四句的兴盛和后四句的衰亡,恰成对比,其中的惨痛教训令人惋惜和反思。联系诗歌创作的时代背景,诗人抚今追昔,所寄寓的盛衰兴亡之感,不难让人感同身受。

> 潮满冶城渚,日斜征虏亭。蔡洲新草绿,幕府旧烟青。兴废由人事,山川空地形。《后庭花》一曲,幽怨不堪听。
>
> （刘禹锡《金陵怀古》）

这首怀古诗即景议事,以景衬情,寄寓吊古伤今之情。修辞上主要借助词语修辞和映衬、婉转,写景、议论、叙事,寄托情感,言语风格谨严、含蓄。

首联用对偶,描写景物。选取两处遗迹的早晚景物来写,以点带面,以物象衬人事,寄托凭吊之意。"冶城"和"征虏亭"两个承载历史的遗址,如今是一派荒凉、寂寞的景象,昔日的盛况、欢乐早已荡然无存。

额联用对偶,仍是写景。"蔡洲"和"幕府"两处曾经的战略要地,如今只剩下了"新草绿""旧烟青",人事的变迁和山川风物的依旧,形成映衬,令人感慨。

颈联用对偶,转入议论。"兴废由人事,山川空地形"以精练的概括揭示了六朝兴亡的根本原因。前后的映衬,凸显了历史兴废取决于人事而非地形的真理。"空"强调只有地形只能是徒然无益的。

尾联用婉转,叙事寄情。《玉树后庭花》这一亡国之音,听起来是如此"幽怨不堪听",却依然在当世流行。诗人借此委婉地批评今天的统治者仍然凭恃天险、纵情享乐,把六朝的历史教训丢在脑后。

> 日午树阴正,独吟池上亭。静看蜂教诲,闲想鹤仪形。法酒调神
> 气,清琴入性灵。浩然机已息,几杖复何铭?
>
> （刘禹锡《昼居池上亭独吟》）

这首诗即景抒怀,表现诗人的志趣和胸怀。修辞上主要借助词语修辞、句法修辞和拟人、映衬、示现、用典,言语风格谨严、庄重。

"日午树阴正,独吟池上亭",首联描写"独吟"的环境,映衬诗人的闲适心境。

"静看蜂教诲,闲想鹤仪形",额联用互文,连用拟人,描写诗人的动作和心理。"静"和"闲"点明心态,"看"和"想"表明观察和思考,两句互文见义,概述诗人试图从蜂、鹤等物的习性、姿态中去发现、探究为人处世的教益和行为。

"法酒调神气,清琴入性灵",颈联用示现,描写诗人平日通过饮酒弹琴等不同途径修身养性。额联外师于世,颈联内修于心,彼此映衬,形神兼备地表现诗人努力追求内外兼修的自我完善。

"浩然机已息,几杖复何铭?"尾联用设问,化用典故,委婉表达对有才不用的现实的不满和讥讽之意。自己追名逐利的机心早已息灭,面对不被朝廷重用的现状,何必还去做什么手杖铭文,告诫自己或警醒他人。

> 昔看黄菊与君别,今听玄蝉我却回。五夜飕飗枕前觉,一年颜状镜
> 中来。马思边草拳毛动,雕眄青云睡眼开。天地肃清堪四望,为君扶病

上高台。

(刘禹锡《始闻秋风》)

这首《始闻秋风》采用和秋风对话的方式,一反"悲秋"的惯常主题,述说闻秋风而壮心萌动的独特感受。修辞上主要借助词语修辞和拟人、摹状、映衬等,叙事、写景、抒怀,言语风格刚健、谨严。

首联用拟人,别开生面地从秋风回归向我述说别情入手,写季节变化,拈出"黄菊""玄蝉"以显明秋日特色。

颔联用映衬,"五夜飕飗枕前觉"用拟声词,摹状秋风的劲爽凛冽,"一年颜状镜中来"写面容的改变暗示身心状态的影响,前后形成映衬,流露出自愧自责之意。

颈联用拟人,"马思边草"和"雕眄青云"赋予骏马和鸷雕人的感情和动作,"动"和"开",刻画它们闻秋风而意欲奔驰奋飞、大展雄风的强者形象。

尾联直抒胸臆,"天地肃清堪四望"描写秋风带来的壮丽风光,"为君扶病上高台"对秋风抒发爱意和豪情。"为君"呼应开头,首尾扣合。"扶病"补充第四句,说明颜容变化的原因。

王濬楼船下益州,金陵王气黯然收。千寻铁锁沉江底,一片降幡出石头。人世几回伤往事,山形依旧枕寒流。今逢四海为家日,故垒萧萧芦荻秋。

(刘禹锡《西塞山怀古》)

这首怀古诗回忆历史,抒发感慨,寄情于景。修辞上主要借助词语修辞和映衬、借代、摹状,形象叙事,写景寓情,言语风格庄重、谨严。

首联用映衬,"楼船下益州"表明王濬大军的攻势刚开始,"金陵王气"便黯然消失,两相对照,渲染出晋、吴双方力量的悬殊,暗示所谓的"王气"并不可靠。"楼船"借代军队,"黯然"摹状,将"王气"消失形象化。

次联,承接首联,描写战事结果,揭示败亡根源。特别点出西塞山前的铁锁阵扣题,并借"铁锁沉江底"和"降幡出石头"写败亡,暗示西塞山、石头城的险要地形,表面固若金汤的"铁锁阵",都不可凭据。以事实形象地证明了诗人对此所作的总结:"兴废由人事,山川空地形。"(刘禹锡《金陵怀古》)"千寻"以实代虚,夸说其长度。

颈联,从东吴转而概写六朝,前一句直写同样的故事多次重演,令人为之伤感,后一句"山形依旧枕寒流",借以映衬人事的变迁。"依旧"既点明山的险要地形依旧,又反衬人世的"不同"。

尾联,直述今逢江山一统,昔日的军事堡垒已荒废。"萧萧"摹状,模拟秋风芦荻的声音,凸显残存遗迹萧瑟、荒凉的境况。最后的写景,颇有警示意味,让人从六朝的覆灭联想到历史的深刻教训,以及分裂、割据者注定败亡的结局。

> 巴山楚水凄凉地,二十三年弃置身。怀旧空吟闻笛赋,到乡翻似烂柯人。沉舟侧畔千帆过,病树前头万木春。今日听君歌一曲,暂凭杯酒长精神。

(刘禹锡《酬乐天扬州初逢席上见赠》)

这首酬答诗,自述经历和感慨。修辞上主要借助句法修辞和移就、用典、比喻等,叙事、述怀,言语风格谨严、刚健。

首联写谪居的遭遇。用两个名词句相对,概述贬谪的时地和心情。"凄凉地"用移就,表明人的凄凉感受,"弃置"点明处境的孤寂。

次联写回归的感受。两句分别化用一个典故,描述自己恍若隔世的感觉和怀旧叹变的心情。

颈联谈自身的遭遇。回应白居易对自己的同情和抱屈,用两个比喻形象地表达对新旧自然更替的达观认识,以此表明面对升迁、仕宦的豁达襟怀。"沉舟侧畔千帆过,病树前头万木春",自比沉舟、病树,沉舟侧畔有千帆竞发,病树前头有万木迎春,这是必然的自然规律,诗人对此固然感到无奈和怅惘,但也表现出坦然和勇气。"千帆""万木"用借代,凸显数量多。

尾联酬答白诗的题意。表达要振作精神,重新投入生活的意愿。

> 去国十年同赴召,渡湘千里又分歧。重临事异黄丞相,三黜名惭柳士师。归目并随回雁尽,愁肠正遇断猿时。桂江东过连山下,相望长吟有所思。

(刘禹锡《再授连州至衡阳酬柳柳州赠别》)

这首诗是对挚友柳宗元《衡阳与梦得分路赠别》一诗的酬答,表达了志同道合而又同病相怜的感慨,以及敬重和伤别之情。修辞上主要借助词语修辞和对偶、映衬、用典、示现,凝聚深化诗意,强化情感抒发,言语风格谨严、庄重。

首联叙旧事,用对偶和映衬凝练语意,概述彼此屡遭挫折的相同经历。"去国十年""渡湘千里"突出时间长、地域偏远,以及可想而知的贬谪生活的艰险孤寂。

次联抒感慨,紧承首联,连续化用典故,抒发对自身两次被贬连州的不满和愤懑,抒发对三次遭贬黜的柳宗元的敬重和叹惋。"重临""事异",蕴含明显的自嘲和怨恨情绪。后一用典,切姓、切事,工整巧妙,意味深长。

颈联写分别,用映衬,借景衬情,"归目并随回雁尽"凸显望归思乡之情,"并"和"尽"极力刻写共同的难以割舍的家国之念。"愁肠"句则借"断猿"凸显离别的哀伤忧愁。

尾联述别后,用示现,设想别后各自身在连山和桂江,彼此相望、长吟和相思的景象,以此映衬离情的绵绵不绝,词尽篇中,而意余言外。

> 终日望夫夫不归,化为孤石苦相思。望来已是几千载,只似当时初望时。
>
> (刘禹锡《望夫石》)

这首诗借望夫石写思念望归之情,寓托思归报国之情。修辞上主要用词语修辞和顶真、迭映,叙事言情,言语风格通俗、含蓄。

首句用顶真,凸显女子的痴情,"终日"强调从早到晚、周而复始的坚持。次句继续渲染女子的一往情深,"苦相思"直述其相思之苦。后两句用映衬,突出女子数千年来痴情不改,一如当初。"已是""只似"配合,加强了语义的转折关系。诗中"望"字三次迭映,既紧扣题面"望夫山",又借此不断推进诗意,强化主题。"望"的形象和情感的层层加深,令人动容和泪目,也借此感受到诗人那颗热切盼归的拳拳爱国之心。

> 何物令侬羡?羡郎船尾燕。衔泥趁樯竿,宿食长相见。
>
> (刘禹锡《淮阴行五首》其四)

这首乐府小诗,以内心独白形式表现少妇送别时的心情。修辞上用设问、顶真、婉转,言语风格通俗、谨严。

"何物令侬羡?羡郎船尾燕。"自问自答,用设问和顶真,问得突兀,答得奇怪,顶真衔接更让人顿生疑惑,悬念丛生。"侬"用吴语方言词,增添了诗歌的口语色彩。

"衔泥趁樯竿,宿食长相见。"原来是因为燕子可以随船远行,跟自己丈夫朝夕相处,经常见面,而自己却不能。这一解释用婉转,表面上羡慕燕子,实则表达自己不忍分别,希望与丈夫"长相见"的深情。

> 何处秋风至?萧萧送雁群。朝来入庭树,孤客最先闻。
>
> （刘禹锡《秋风引》）

这首诗写秋风,寄寓孤客的羁旅之愁和思归之心,修辞上主要借助词语修辞和设问、摹状和婉转,委婉传情,言语风格含蓄。

首句用设问,引发对秋风到来的关注。"何处",秋风来去无影,无从究诘,诗人也无意细究,这一问,主要表明对秋风不期而至的意外感。

次句用摹状,模拟秋风的声音,突出随之而来的"雁群"。雁群是秋天的特色景物,这一句进一步写出了秋意。

第三句写早晨庭树上的秋风,由远及近,再写到人。

末句用婉转,写最先感觉到秋风降临的是孤客。为什么是孤客?是因为孤客的处境和心情,对时序、物候尤为敏感。诗人专门点出"朝来"这一时间点,也正应和了孤客一夜未眠或早早起床的特点。

> 杨柳青青江水平,闻郎江上唱歌声。东边日出西边雨,道是无晴还
> 有晴。
>
> （刘禹锡《竹枝词二首》其一）

这首竹枝词是诗人依调填词、模拟民歌情调,写一名年轻女性的见闻和心理。修辞上主要借助摹状、迭映、双关,含蓄传情,声音回环。言语风格通俗、

自然。

首句写所见,"青青"摹拟杨柳的色彩,和"平"一起,揭示景物的特色。次句写所闻,"郎"是心中所爱慕的男子。熟悉的唱歌声突然飘到耳边,自然令人惊喜、兴奋。

后两句用谐音双关,写她微妙的心理活动:他从江边一边唱着一边走了过来,对自己是有意还是无意呢? 就像这眼前的天气,东边出着太阳,西边却下着雨,到底是有晴还是无晴呢。

前两句"江"的句间迭映、后两句"边"和"晴"的句内迭映,加上"青青"的重叠,以及押平声韵、平仄大体合近体的诗律,造就了整首诗非常突出的回环美。

谐音双关,其特点是借物造语、即景传情,表达自然巧妙而又含蓄委婉,是民歌喜用、惯用的一种辞格,源远流长。刘禹锡这首诗深受广大读者喜爱,对这一习用辞格的成功运用是其中一个重要原因。

> 酒旗相望大堤头,堤下连樯堤上楼。日暮行人争渡急,桨声幽轧满中流。
>
> 江南江北望烟波,入夜行人相应歌。桃叶传情竹枝怨,水流无限月明多。

(刘禹锡《堤上行三首》其一、其二)

这两首诗,写诗人在堤上行走的见闻和感受。修辞上主要用词语修辞和迭映、摹状、映衬、比喻、通感等,言语风格通俗、自然。

第一首侧重写景。前两句写静景,"堤"的三次迭映,在声音和意义上都构成应和,展示了堤头堤上堤下的景象。三四句写动景,表现渡口的热闹景象。"争渡急"刻画了行人的急切神情和慌乱心理。"幽轧"摹声,后一句借桨声满中流,描绘了船只往来的密集。

第二首侧重写人。前两句描写两岸的唱歌习俗。"烟波"表现夜色和江景的朦胧美。"相应歌"写歌声的此起彼伏、四处应和。后两句借歌写情。民歌中的"情"和"怨",就像流水和月光一样丰富无限。用比喻兼通感,以视觉表现听觉。不但状其多,而且赋予其明丽流动之美。这种"情"和"怨",自然也会影响到身临其境的诗人,触景生情,但诗人并不点明,而是留给读者去体会。

这两首诗,形象鲜明,音律谐和,有浓郁的生活气息和地域特色,颇能代表刘禹锡学习民歌所取得的艺术成就。

> 春江月出大堤平,堤上女郎连袂行。唱尽新词欢不见,红霞映树鹧鸪鸣。

(刘禹锡《踏歌词四首》其一)

这首《踏歌词》写女郎踏歌求偶而未如愿的事,表现民间习俗和情感生活。修辞上主要借助迭映、映衬,言语风格通俗、自然。

首句写景,描述时地和氛围,壮阔清丽的景色映衬女郎的愉悦心境。次句写女郎手挽手行走唱歌。“堤”迭映,在形式和内容上形成应和。

第三句写女郎们的失落,“唱尽”显出过程长,暗示尴尬和失望的情态,“欢”是口语词。末句写景,补充交代时间,并借红霞碧树与鹧鸪和鸣来映衬女郎们的心情。以景结情,也蕴含了丰富复杂的未尽之意。

> 自古逢秋悲寂寥,我言秋日胜春朝。晴空一鹤排云上,便引诗情到碧霄。
> 山明水净夜来霜,数树深红出浅黄。试上高楼清入骨,岂如春色嗾人狂。

(刘禹锡《秋词二首》)

这两首诗,突破悲秋传统,表达颂秋主题,寄寓个人情怀。修辞上主要借助词语修辞和映衬、象征、比拟,言语风格庄重、谨严。

第一首诗,写秋的志存高远。前两句用映衬,“自古”与“我言”相对照,反对“悲”秋和“寂寥”之感,认为秋日胜春朝。后两句用象征,描绘晴空中一只排云直上的鹤,把诗情引导到碧霄之上的美好画面,用鹤来象征奋发向上、大展宏图的仁人志士。鹤是孤独的,但并不寂寥。秋有肃杀的一面,更有晴空万里促人奋进的一面,消极悲秋是不可取的。

第二首诗,写秋的素净清雅。前两句写秋景,“明、净、霜、深红、浅黄”等显示秋景的特色:澄明、清澈、冷静、本色。后两句用映衬,将秋色与春色比较,登上

高楼人的心境会变得清明沉静,不像繁华艳丽的春色会令人轻狂浮躁。"春色
嗾人狂"用比拟,赋予春色以人的发声鼓动的动态。

　　　　山桃红花满上头,蜀江春水拍山流。花红易衰似郎意,水流无限似
侬愁。

　　　　　　　　　　　　　　　　　　　（刘禹锡《竹枝词九首》其二）

　　这首《竹枝词》写女主人公的所见所思,触景生情,寄情于景。修辞上用起
兴和比喻,借景抒情。言语风格通俗、明快。
　　前两句,描绘景物,写所见。山上,开满了红艳艳的桃花,"满"凸显山桃和
花开的繁盛,给人热情似火的感觉。山下,春水微澜,绕山而行。"拍",表现了
流水的温情和依恋。这两句用起兴兼映衬,引出下文,并映衬女主人公浓烈的爱
情和无尽的依恋。
　　后两句,抒发情感,写所思。在前两句写景的基础上进一步设喻,直抒热恋
中少女的微妙情怀,表现其担心和烦忧,反衬其对美好、永恒爱情的向往。

　　　　瞿塘嘈嘈十二滩,人言道路古来难。长恨人心不如水,等闲平地起
波澜。

　　　　　　　　　　　　　　　　　　　（刘禹锡《竹枝词九首》其七）

　　这首《竹枝词》,写瞿塘峡的艰险,引出对世态人情的感慨,暗讽小人的凶险
叵测。修辞上主要用摹状、借代、起兴、比喻、映衬。言语风格明快。
　　前两句写瞿塘峡的路险,"嘈嘈"摹声,"十二滩"借代,以实代虚,言险滩多,
"人言"增强其说法的可信度。后两句抒情,"长恨"点出问题的严重和普遍,"人
心不如水"用较喻,"等闲平地起波澜"以景衬人心,具体表现其险恶难测。

　　　　山上层层桃李花,云间烟火是人家。银钏金钗来负水,长刀短笠去
烧畬。

　　　　　　　　　　　　　　　　　　　（刘禹锡《竹枝词九首》其九）

这首诗写巴东的山里人家,表现其中的诗情画意。修辞上主要用词语修辞和借代、映衬和对偶。言语风格谨严、通俗。

前两句描写其居住环境,凸显其世外桃源般的美丽绝尘,借以映衬山农的淳朴美好的品格。"层层"用重叠形式,表现桃李花的繁茂。"山上"和"云间"点其居所远离平地和闹市。

后两句描写山农的生产和生活。前一句用"银钏金钗"借代青年妇女,写其生活,后一句用"长刀短笠"借代壮年男子,写其劳作。这两个短语分别构成句内对偶,两句之间也对偶,使形式和诗意更为凝聚集中,并产生表达的张力。

> 紫陌红尘拂面来,无人不道看花回。玄都观里桃千树,尽是刘郎去后栽。
>
> (刘禹锡《元和十一年自朗州召至京戏赠看花诸君子》)

这首诗借写看花暗讽看花者和朝廷新贵。修辞上主要用词语修辞和比喻、映衬、婉转,言语风格含蓄、幽默。

前两句,写看花的盛况。借看花回的人多,大路上的尘土扑面而来,从侧面加以映衬。"无人不道"形容看花者的满足感和愉快神情,映衬桃花之繁茂美好。

后两句,写桃花的生长。玄都观里的千树桃花,都是自己离开长安后栽种开花的。诗歌至此戛然而止,但值得回味玩赏的则颇多。长安城的新宠——玄都观的桃花如此,那么人呢? 那些宫廷的新贵们呢? 又何尝不是刘郎去后发迹的!

诗人实际上是将桃花喻朝廷新贵,看花者喻趋炎附势者,借写看桃花讽刺这些人。

> 百亩庭中半是苔,桃花净尽菜花开。种桃道士归何处? 前度刘郎今又来。
>
> (刘禹锡《再游玄都观》)

这首诗是前一首诗的续篇。诗前小序可见其写作用意和主旨:"余贞元二十一年为屯田员外郎时,此观未有花。是岁出牧连州,寻贬朗州司马。居十年,召至京师。人人皆言,有道士手植仙桃,满观如红霞,遂有前篇,以志一时之事。旋又出牧。今十有四年,复为主客郎中,重游玄都观,荡然无复一树,惟兔葵、燕麦动摇于春风耳。因再题二十八字,以俟后游。时大和二年三月。"

修辞上主要用词语修辞和映衬、双关,抒发内心愤懑和感慨。言语风格明快、幽默。

前两句写所见,满目苔藓和菜花,桃花已荡然无存。"百亩"实数代虚数,言其面积广大。"净尽"突出形容桃花的彻底消亡。

后两句写所想。前一句设问:辛勤种桃的道士归去何处? 意指不知所终。后一句直述:前度的刘郎今天又回来了。二者形成对照,寄寓深沉的感慨和辛辣的讽刺:一时得志便猖狂,可是兴衰存亡,谁又能料想得到?

> 山围故国周遭在,潮打空城寂寞回。淮水东边旧时月,夜深还过女墙来。
>
> （刘禹锡《石头城》）

这首咏史诗出自作者的《金陵五题》,咏石头城,吊古伤今。修辞上主要借助词语修辞和对偶、拟人、映衬,写景寄情。言语风格含蓄、谨严。

前两句用对偶和拟人,描写景物,渲染苍莽悲凉的氛围。群山依然围绕着这座故都,潮水一次次拍打着这座空城,又带着寂寞退回去。"故国""空城"寄寓着历史兴衰之感。

后两句用拟人,写景寄情。旧时的明月,夜深时仍旧多情地从女墙后升起,光顾这已然残破的古城。"旧时月"隐含着伤古之情。"还"意味着人事已经发生了全然改变。

诗中句句写景,又句句关情,情景交融,寄寓着诗人世事沧桑、吊古伤今的深沉感慨。

> 朱雀桥边野草花,乌衣巷口夕阳斜。旧时王谢堂前燕,飞入寻常百姓家。
>
> （刘禹锡《乌衣巷》）

《乌衣巷》是刘禹锡最得意的怀古名篇之一,白居易曾"掉头苦吟,叹赏良久"。这首诗描写今日乌衣巷的景象,寄寓人世沧桑之感。修辞上主要借助词语修辞和映衬,写景蕴情,言语风格含蓄。

前两句用对偶和映衬,表现乌衣巷的冷落荒凉。前一句写市区前往乌衣巷必经的朱雀桥长满了野草野花,侧面映衬乌衣巷如今人迹罕至、繁华不再,"野草花"显示古桥的荒僻,"花"转类,名词活用作动词。后一句直写乌衣巷口,"夕阳斜"既是实写,又带有明显的映衬,让人在清冷、黯淡的日暮氛围中,感受到日薄西山的寂寥、凄惨。

后两句用示现和映衬,寄寓人世兴衰的感慨。前一句用示现,描绘虚实穿越的景象"旧时王谢堂前燕,飞入寻常百姓家","旧时"彰显今昔对比,"寻常"凸显今昔差异,而虚拟的旧时燕子,则被赋予了历史见证人的身份。这一描绘,以点显面,借以映衬今昔的变化,委婉地寄托了诗人面对历史兴亡更替的无尽感慨。

> 湖光秋月两相和,潭面无风镜未磨。遥望洞庭山水翠,白银盘里一青螺。
>
> （刘禹锡《望洞庭》）

这首诗写洞庭湖秋景,诗人选取月夜遥望的独特视角,展现景物的特色和美,寄予诗人恬淡雅致的审美情趣。修辞上主要用词语修辞和比喻,言语风格明快、自然。

前两句写天空和湖面,表现水天一色、宁静平和、开阔空灵的画意诗情。"相和"点出湖光月色的交融辉映,"镜未磨"准确地比况湖面略显朦胧的样貌。

后两句写君山,表现其在湖光月色映照下的神韵。"白银盘里一青螺"这一比喻,不但在颜色光泽上,而且在品相工艺上,将整个洞庭山水比作一件美轮美奂的艺术珍品,带给人超凡脱俗的审美享受。

二、柳宗元诗歌修辞的特色和贡献

柳诗现存 140 多首,绝大部分为贬谪后所作,题材广泛,体裁多样。其《登柳州城楼寄漳汀封连四州》为唐代七律名篇,《江雪》《渔翁》《溪居》也是唐人绝句中不可多得的精品。言语风格总体上偏于简约、平淡、含蓄、自然。

海畔尖山似剑铓,秋来处处割愁肠。若为化作身千亿,散作峰头望故乡。

（柳宗元《与浩初上人同看山寄京华亲故》）

这首绝句借景抒情,借形象表达思乡之念。修辞上主要借助比喻和示现,言语风格明快。

前两句用比喻,把眼中的山比作割断愁肠的剑铓,表达秋天到了,触景生情而四处萌生的思乡之愁,令自己肝肠寸断之意。"处处"用重叠,强化愁的无所不在,"愁肠"用移就,移情于物,构成惯常的借代表达式,断肠、肠断等由此延伸而来。

后两句用示现,想象自己"化身千亿""望故乡"的情景,但这显然是虚幻的、无法实现的,反过来只会令诗人陷入更加强烈难抑的思乡痛苦中。

二十年来万事同,今朝岐路忽西东。皇恩若许归田去,晚岁当为邻舍翁。

（柳宗元《重别梦得》）

这首赠诗表达惜别之意。修辞上主要借助词语修辞,叙事寄情,言语风格平淡、含蓄。

前两句叙事,回顾过往。"二十年来万事同",概述双方二十二年来荣辱与共的相同经历,"万事同"用词平易,蕴意丰富,寄寓了双方命运与共、同病相怜、同舟共济的深厚情谊。第二句写分别来得突然和意外,"忽西东"寄寓相聚时难、转瞬别离的刻骨伤痛。

后两句赠别,期许未来。相约如果有机会放归田园,你我一定要比邻而居,相守晚年。看似平淡的诉说背后,隐藏的是深沉的相知相惜之情,"若许"则暗含对前途不抱希望的悲愤之情。

城上高楼接大荒,海天愁思正茫茫。惊风乱飐芙蓉水,密雨斜侵薜荔墙。岭树重遮千里目,江流曲似九回肠。共来百越文身地,犹自音书滞一乡！

（柳宗元《登柳州城楼寄漳汀封连四州》）

这首抒情诗，写登楼远眺怀念挚友之情，借景抒情，融情于景。修辞上主要借助词语修辞、句法修辞和拟人、移就、比喻、映衬等，写景抒情，言语风格绚烂、谨严。

首联写登楼远望。"高楼""大荒"相"接"、"海天""茫茫"，极力渲染苍茫、荒凉、空阔的氛围，以此烘托诗人弥漫胸间的深广愁思。情和景相生相成，构成了深远的意境。

次联写楼下近景。两句兼用象征和拟人，写实景的同时投射诗人的主观感受，借以象征美好事物和品格被邪恶势力的肆意践踏侵害，"惊风"用移就，"芙蓉"与"薜荔"，象征着美好的事物和高洁的品格。写景中蕴含了诗人对自身和友人同被贬谪的同情和不平。

颈联写楼外远景。前一句写仰观：岭树密布，遮断了千里之目；后一句写俯视：江流曲折，恰如九回之肠。"千里目"意指想看到千里之外的眼睛（视线），"千里"借代，言其远。"九回肠"代指愁肠，"九回"借代，言其多。后一个比喻，用带虚拟性质的愁肠（抽象）比具体，表现了诗人的特殊感受，将对愁肠特征的想象投射到具象的江流。这两句的写法，主客打通，情景交融，虚实相生，表达诗人望而不见、思而尤伤的强烈思念之情。

尾联即景抒情。用转折（让步）复句，虽然"共来百越文身地"，"犹自""音书滞一乡"，连通信都受阻隔。前一句照应开头的"大荒"，后一句关联诗题的"寄"。以感叹句收束全篇，诗人望而不见、思而尤伤、"寄"而难达的感情也层层加强，至此上升到高潮。

宦情羁思共凄凄，春半如秋意转迷。山城过雨百花尽，榕叶满庭莺乱啼。

（柳宗元《柳州二月榕叶落尽偶题》）

这首诗以我观物，透过情眼看景色，既表情也写景。修辞上主要借助词语修辞和映衬，言语风格谨严、平淡。

前两句写情。"宦情羁思"点明内心郁积的情感，"共凄凄"揭示双重的影响压在心头,倍感凄楚。"春半如秋意转迷",表现北方羁旅失意者对南方特殊物候的心理感受,"迷"不仅是关于季节的,更是心意的迷离凄凉感。后一句引出下文。

后两句写景。"百花尽""榕叶满庭"点出季节特征,"莺乱啼"揭出人的心理感受之烦乱。莺啼"乱"只是诗人心乱的反映。两句写景都用作映衬,烘托、折射诗人的情感。

> 零落残魂倍黯然,双垂别泪越江边。一身去国六千里,万死投荒十二年。桂岭瘴来云似墨,洞庭春尽水如天。欲知此后相思梦,长在荆门郢树烟。
>
> （柳宗元《别舍弟宗一》）

这首诗写与舍弟分别,既叙"别离"之意,又抒"迁谪"之情。修辞上主要借助词语修辞和移就、夸张、比喻、映衬,叙事、写景、抒怀,言语风格谨严、刚健。

首联写别离。描述离别的心情。"零落残魂"用移就,"倍黯然""双垂别泪"描写神态表情,显示内心的哀愁和伤痛。

次联写遭遇。用互文对,概写自身十二年的悲惨境遇,"万死"用夸张,"投荒"用拟物,二者连用,见出两句客观描述背后的抑郁和怨愤。

三联写景。连用比喻将各自的处境加以渲染和对照。"桂岭瘴来云似墨",映衬自己的险恶处境和悲愁心境。"洞庭春尽水如天",遥想行人去处景色迷人,暗寓对舍弟宗一的美好祝愿。

尾联写相思。借梦境抒写对舍弟的别后相思之情。

> 手种黄柑二百株,春来新叶遍城隅。方同楚客怜皇树,不学荆州利木奴。几岁开花闻喷雪,何人摘实见垂珠? 若教坐待成林日,滋味还堪养老夫。
>
> （柳宗元《柳州城西北隅种柑树》）

这首诗写手种柑树,借此抒发感想和情怀。修辞上主要借助词语修辞、句法修辞和用典、比喻,言语风格谨严、平淡。

首联直述种柑。"手种""二百株",首句见出诗人对柑树的偏爱和看重。"新"形容柑叶的嫩绿,"遍"形容柑叶的繁盛,次句暗点诗人观览的兴致很高。

次联诉说缘由。化用两个典故,用反对的形式,表出自己种柑是因为对柑树的爱怜,而非想借种柑牟利。此中暗寓诗人淡泊名利、坚贞脱俗的高洁情怀。

三联联想发问。用两个疑问句,构成互文对,关切地自问柑树何时开花结实,何人得见。"喷雪""垂珠"用比喻摹写柑树开花的盛况、结果的喜人,凸显其雅洁高贵,"闻喷雪"用通感,兼写其视觉和嗅觉。

尾联描述设想。虽然可以品尝到亲手种植的柑果的滋味,未尝不是一种乐趣,但是"坐待成林"就意味着迁谪日久,意味着思亲怀国之痛的延长,这当然是诗人所不情愿的。诗人用表面的乐趣隐藏了深层的担心和忧虑,可谓是余味曲包。

破额山前碧玉流,骚人遥驻木兰舟。春风无限潇湘意,欲采蘋花不自由。

（柳宗元《酬曹侍御过象县见寄》）

这首小诗颇负盛名,写人抒情,意境优美。修辞上主要用比喻、借代、映衬、用典,言语风格典雅、含蓄。

前两句写景,以"骚人"代称友人,并用"碧玉流""木兰舟"等高雅优美的环境来烘托人物,"遥驻"凸显其对待诗人情深意重。"碧玉"借喻柳江,突出其色泽、温润、清雅等特点。

后两句抒情,"春风无限潇湘意,欲采蘋花不自由",化用典故,表达诗人对"骚人"有无限的怀念之情,可惜的是想要采蘋花以赠故人却不自由。这两句寄寓了诗人不能与老友相见叙旧的遗憾之情、伤痛之感。

秋气集南涧,独游亭午时。回风一萧瑟,林影久参差。始至若有得,稍深遂忘疲。羁禽响幽谷,寒藻舞沦漪。去国魂已游,怀人泪空垂。孤生易为感,失路少所宜。索寞竟何事?徘徊只自知。谁为后来者,当与此心期!

（柳宗元《南涧中题》）

这首五古记游述怀,抒发了诗人忧伤寂寞、孤独苦闷的感受。修辞上主要借助词语修辞、句法修辞,言语风格谨严、明快。

诗的前八句,写游南涧所见。一二句交代独自游览的深秋季节和亭午时分。"萧瑟"摹声、"参差"摹形,三四句描写萧瑟的"回风"和稀疏的"林影"。五六句写感受:初到时若有所得,稍久连疲劳也忘记了。七八句写"羁禽""寒藻",前者的失去自由、后者的随波漂流,却让诗人触景生情。

诗的后八句,写游览所引发的感慨。先述去国别乡魂不守舍、怀人不见泪水空垂,再写处境孤独导致多愁善感、仕途失意带来诸多不适。后四句,先用疑问,后用感叹,增加了诗歌形式的变化,加强了诗人对于自身处境心情无人能够理解的寂寞痛苦之情的抒发:为何消沉徘徊? 只有自己知道。谁再迁谪来此,应该能领会我的内心痛苦!

句法上,除注意句类变化外,还讲究整散的配置:除首尾各两句用散句外,其余皆用整句,使表意更为凝练集中,形式上具有整饬美。"林影、参差、索寞、徘徊"等双声叠韵形式的选取和对用,全诗押平声韵、一韵到底的押韵形式采用,增强了诗歌语言的回环美。

久为簪组累,幸此南夷谪。闲依农圃邻,偶似山林客。晓耕翻露草,夜榜响溪石。来往不逢人,长歌楚天碧。

(柳宗元《溪居》)

这首诗写诗人迁居愚溪后的生活,暗寓内心的忧愤和孤独。修辞上,主要借助词语修辞和反语,叙事寄情。言语风格含蓄、平淡。

开首二句,交代背景。用反语,反话正说,把贬谪南迁说成"幸"事,借表面的小"幸"暗示真正的大不幸,起笔突兀,笑中含泪。

中间四句,用对偶,描述溪居生活。"闲依""偶似"相对,强调闲散的处境,暗示投闲置散的无聊,并非真正隐居的淡泊、闲适。"晓耕""夜榜"相对,概述日常的生活。

最后两句,叙事寓情。"来往不逢人",既表现独来独往,自由自在,又暗示难免孤独寂寞。"长歌楚天碧","长歌"不单单是为了自娱,其原因和内容,其实是耐人寻味的。沈德潜已经点破了这一点:"愚溪诸咏,处连蹇困厄之境,发清夷淡泊之音,不怨而怨,怨而不怨,行间言外,时或遇之。"(《唐诗别裁》卷四)

> 杪秋霜露重,晨起行幽谷。黄叶覆溪桥,荒村唯古木。寒花疏寂历,幽泉微断续。机心久已忘,何事惊麋鹿?
>
> (柳宗元《秋晓行南谷经荒村》)

此篇五古,写诗人经荒村去南谷路上所见秋晓景象,借景抒怀。修辞上主要借助词语修辞和对偶、设问,言语风格谨严、含蓄。

前两句点明时令和早行。"霜露重",凸显深秋早晨的特点。

中间四句,用对偶,写一路上所见。前两句用交磋对,即"黄叶""古木"相对,"溪桥""荒村"相对,将"黄叶""荒村"置于句首是为了突出最能体现景物特色的这两个事物。"覆",表明人少树多;"唯古木",突出荒凉。后两句写花和泉:耐寒的山花,长得疏疏落落;幽谷流出的细小泉水,时断时续。四句诗,紧扣荒村的冷寂、荒芜来表现。

后两句,用设问,借麋鹿受惊,暗示诗人内心的不宁静,机心虽无,苦情却有,乃至麋鹿也敏感地察觉到了。

全诗写景,选取特色景物"霜露、幽谷、黄叶、溪桥、荒村、古木、寒花、幽泉"等来集中表现景物带给人的荒寂感,借此映衬诗人孤寂、凄冷的心境。

该诗虽为五古,却有律化倾向:中间两联用对,且对偶工整,平仄也大体合律。

> 宿云散洲渚,晓日明村坞。高树临清池,风惊夜来雨。予心适无事,偶此成宾主。
>
> (柳宗元《雨后晓行独至愚溪北池》)

这首五古共六句,描写清晨雨后的愚池景色。修辞上主要用词语修辞和对偶、转类、拟人,表现景物特色,寄寓人的情感,言语风格平淡。

诗的前四句写"雨后晓行"所见。起首两句用对偶,写远景:"宿云""散","晓日""明",紧扣住景物特点选择修饰语和描述语,"明"转类,形容词活用作动词。雨过天晴,残云从洲渚上散去;初升的阳光照亮了村落。三四句写近景,"高树""清池"、风"惊"雨而洒落,两个修饰语和一个描述语在这里以点带面,足以见出愚池的特点和美。

末二句用拟人,将景物人格化,和进入物境的诗人成为了相得的宾主,从侧面映衬景色幽雅宜人。"适"和"偶"则暗示诗人难得如此的闲适和舒畅,表意上有所寓托。

> 觉闻繁露坠,开户临西园。寒月上东岭,泠泠疏竹根。石泉远逾响,山鸟时一喧。倚楹遂至旦,寂寞将何言。
>
> （柳宗元《中夜起望西园值月上》）

这首五古写西园夜景,寄托寂寞情怀。修辞上主要借助词语修辞和摹状、映衬,写景寓情,言语风格平淡、自然。

前两句叙事,写夜起。诗人夜晚辗转难眠,听到露水滴落的声音,索性开门面对西园。"闻繁露坠"映衬四野的寂静和诗人的敏感。

中四句写景,突出清幽特色。所写景物有"寒月、疏竹、石泉、山鸟"等,从其修饰语已可见出环境的冷清,"寒月"用通感。而对景物的描述主要有"泠泠、响、喧",声音的出现烘托、反衬了环境的幽静。"泠泠"摹状水声。"石泉远逾响",表现错觉,说明四周的空旷和静谧。

末两句写情,点出诗人内心的"寂寞"。倚靠门柱直到天亮的动作,暗示诗人内心抑郁难平,只能寄情于西园夜景以求得暂时的抚慰,这种"寂寞"又如何能用言语传达?

> 千山鸟飞绝,万径人踪灭。孤舟蓑笠翁,独钓寒江雪。
>
> （柳宗元《江雪》）

这首脍炙人口的五绝名作,绘景写人寓怀。修辞上,主要借助词语修辞和夸张、对偶、映衬,描写环境,塑造人物,寄托情感,言语风格谨严、含蓄。

前两句写背景。"千山鸟飞绝,万径人踪灭",用对偶（正对）的概括和夸张的描写,极力渲染环境。"千山""万径",表现空间的无限广大,"绝""灭"表现环境的极度寂静,从而营造出一个超脱凡世的理想化的背景。

后两句写人物。用映衬,以环境凸显人物形象。一舟、一蓑笠、一渔翁,在绝对广大、寂静的大背景下显得格外醒目、突出。"孤""独"不仅点出外部形象的孤单、独立,而且暗示内心世界的孤傲、清高。"寒江雪"补足全诗对环境的描写,"寒"不仅形容江,也是整个环境的特点,"江雪"点题,不但凸显江面飘飞的漫天大雪,而且补充说明了前两句"绝"和"灭"的原因,补写了"千山""万径"被一片茫茫白雪覆盖的景象。

该诗短短二十个字,却涵括了极其丰富的内容。背景映衬焦点,景物蕴含情感。景物描写有物有人、有远有近,静中有动,尤其是在环境描写的烘托、映照下,由外到内,成功塑造了一个遗世独立、清高孤傲的"蓑笠翁"形象,而这一形象,又写照和寄托了诗人自身及其精神世界。

渔翁夜傍西岩宿,晓汲清湘燃楚竹。烟销日出不见人,欸乃一声山水绿。回看天际下中流,岩上无心云相逐。

(柳宗元《渔翁》)

这首七言六句的古体诗,历来为人称道,也颇有争执。称道者尤赞其"奇趣",争执者也基本围绕末两句的存留。

该诗写渔翁,将人物置于山水背景中去描摹,所谓"奇趣"主要是表现在修辞上。主要借助词语修辞、句法修辞和借代、摹状、拟人、映衬,写景衬人。言语风格平淡、谨严。

诗的前两句直写渔翁的生活。"清湘""楚竹"用借代,分别代指水、枯竹枝叶,以雅称代俗名,"汲清湘"而"燃楚竹",超常的动宾搭配,一下子让平常的打水烧火平添了不寻常的典雅色彩,渔翁因此也被赋予了不同凡俗的情趣。"清""楚"两个修饰语的选用,兼顾地域特点和文化背景,贴切而传神。

三四句写景,描绘了一幅怡情悦目的山水画。这两句突破逻辑上的惯常联系,将"烟销日出"和"不见人"、"欸乃一声"和"山水绿"分别组合在一起,构成超常的句法搭配。表面上不合逻辑,实际的效果是,前一句表现想见到渔翁的内心期待落空,更切合读者心理;后一句将听觉的桨声和视觉的山青水绿融在一起,更显出景物的美,不合理却合情,所谓"反常合道"。"欸乃"摹拟渔歌声,颇具形象和神韵。

末两句还是写景,表现渔舟"下中流"后的回望,只有"无心"的白云"相逐",反衬渔翁无人相伴的孤独。"无心云相逐"用拟人,"无心"指没有追名逐利的机巧用心。

除前两句外,该诗写渔翁,都是通过写景来映衬的,山水画般优美安静的环境,只有山水和云为伴的生活,用以烘托人物的清雅志趣和孤独处境。

三、贾岛诗歌修辞的特色和成就

贾岛现存诗 370 余首,多为五律。与孟郊同以苦吟著称,苏轼《祭柳子玉文》说"郊寒岛瘦",概括了二人意境、诗风的不同。贾岛诗多表现贫穷愁苦的生活、孤寂索寞的感情,题材狭窄。修辞上注重词句的锤炼,摹写物态,往往能收真实再现之功。言语风格偏于谨严、平淡。

> 十年磨一剑,霜刃未曾试。今日把示君,谁有不平事?
>
> （贾岛《剑客》）

这首诗以剑客自述的口吻,借以抒发诗人渴望施展才能、大有作为的壮志豪情。修辞上用夸张、比喻、设问,言语风格明快、通俗。

前两句自述十年磨剑,如今宝剑在手。"十年"兼用借代和夸张,突出宝剑久经磨砺制作而成,"霜刃"用比喻,剑刃如霜,凸显其寒光闪烁,锋利无比。

后两句表明胸怀理想,渴望一试剑锋。用设问,表达铲除不平事的强烈自信和急切心情。

该诗采取比喻谋篇的方式,诗人以剑客自比,自然而巧妙地借剑客之口,展示自身的出众才能,抒发革除时弊的抱负激情。

> 闲居少邻并,草径入荒园。鸟宿池边树,僧敲月下门。过桥分野色,移石动云根。暂去还来此,幽期不负言。
>
> （贾岛《题李凝幽居》）

该诗因"推敲"的典故而闻名,可见诗人在词语修辞上的用心之苦。这首诗写访友不遇,记录所见和感受。修辞上主要借助词语修辞,用寻常语言来写出不寻常的意境,言语风格谨严、平淡。

首联写幽居的偏僻。特别选取"闲居""草径""荒园"和"少邻并",来表现很少人居住、来往和打理的情况,显示幽居环境幽僻、荒凉的特点。

次联写幽居的安静。诗人选择"敲"门不用"推"门,意在借有声显无声。"鸟宿池边树,僧敲月下门",月夜敲门的轻微声响惊动了池边树上栖息的小鸟,以此来反衬环境的安静。

颈联写返回的路上所见。"分野色""动云根"一静一动,描写原野的色彩斑斓和云彩的飘忽不定,表现幽居环境的素雅、悠闲。

尾联抒情,表达共同归隐的愿望。前三联的写景,对诗人抒写隐逸之情有映衬作用。

> 闽国扬帆去,蟾蜍亏复圆。秋风生渭水,落叶满长安。此地聚会
> 夕,当时雷雨寒。兰桡殊未返,消息海云端。

> (贾岛《忆江上吴处士》)

这首诗以"秋风生渭水,落叶满长安"一联而闻名,后代不少名家曾引用。诗表达对吴处士的忆念之情,寓情于叙事写景。修辞上主要借助词语修辞和映衬、借代,言语风格谨严、平淡。

首联写分别日久。"蟾蜍"借代月亮,"亏复圆"以形象描述时间过去很久。

次联写景衬情。秋风起于渭水,落叶遍布长安,诗人描绘一片萧瑟的秋景是暗点离情。"生"描摹一种特殊的视觉感受:风初起时,水面首先泛起波澜,感觉好像风生于水上。"渭水"是当初和朋友分别的地方,季节变化,秋意已浓,朋友还没回归,自然也就激发了思念之情。看似纯粹在写景,但情蕴其中。

颈联回忆往事。用示现描写了一次聚会的场景。当时还是雷雨季节,相谈甚欢,"夕"和"寒"暗示对此次聚会的记忆深刻。

尾联表达忆念向往之情。"兰桡殊未返,消息海云端"。船一直没回来,也无从得知消息,只好经常遥望天边的海云,寄托思念之情。"兰桡"用借代,用小舟的美称来暗寓对朋友的欣赏和尊敬。

倚杖望晴雪,溪云几万重。樵人归白屋,寒日下危峰。野火烧冈草,断烟生石松。却回山寺路,闻打暮天钟。

(贾岛《雪晴晚望》)

这首诗全篇写景,景中有人。修辞上主要借助词语修辞和夸张,描摹画面。言语风格平淡、谨严。

首联写远望所见。"晴雪"概写晴空下银装素裹的景象,"溪云几万重"用夸张,表现溪流上空云彩的层次多变。

次联写山间景象。"白、寒、危"凸显雪后景物的特点:清冷、雄奇,"归"和"下"表现平缓的动态变化。

颈联视线转移,描写另两幅画面。"野火烧冈草""断烟生石松",都是很有特色、也很耐人寻味的自然景象。

尾联写诗人返回山寺,听到晚钟清越的声音传来。看似是尽兴而归,自然收束。但钟声显然也由此构成了整个景物的一部分,前面都是视觉印象,钟声则带来了独特的听觉感受。钟声所特有的穿透性,同时还具有打破沉寂、并在山间回响的效果,甚至让人浮想联翩、顿生感悟。看来,"闻打暮天钟"实际上成为了全诗画龙点睛的关键一笔。

数里闻寒水,山家少四邻。怪禽啼旷野,落日恐行人。初月未终夕,边烽不过秦。萧条桑柘外,烟火渐相亲。

(贾岛《暮过山村》)

这首诗写诗人夜晚造访一个山村的见闻和感受,在诗人笔下,环境由萧瑟、荒凉到亲切、温暖,感受由凄冷、惊悚到平静、欣喜,颇能体现其观察细致、感受敏锐的特点,以及"幽奇寒僻"的创作风格。修辞上主要借助词语修辞和映衬、拟人,言语风格谨严、平淡。

起句概写点题。"数里闻寒水"的听觉印象反衬山村的寂静,"山家少四邻"直写山区冷清。"寒水"点明季节是秋天。

次句写山路上的见闻和惊恐。奇怪的飞禽在旷野鸣叫,听起来让人毛骨悚然;偏偏夕阳下山,夜色渐黑,孤单的行人更是感到惊恐万状。"怪禽"

"旷野"两个词语的锤炼,源自诗人物象提炼时异于惯常的审美眼光,"落日恐行人"看似奇怪的搭配(落日使行人恐惧),源于诗人对夜行人独特感受的捕捉。

颔联写夜幕降临后的所见。"初月"升起虽不能整晚留在天空,还是让行人惊恐的心稍加平复,"边烽"也点燃了,没有越过秦地,说明这一带是安全的,也让人更加内心安定。

尾联写终于接近山村的感受。"萧条"逐渐留在了背后,桑柘树已经隐约可见,农家屋舍升起的炊烟让人感到亲切。"烟火渐相亲",用拟人,写烟火主动地亲近行人,折射了诗人惊恐过后的欣喜之情。

> 此心曾与木兰舟,直到天南潮水头。隔岭篇章来华岳,出关书信过泷流。峰悬驿路残云断,海浸城根老树秋。一夕瘴烟风卷尽,月明初上浪西楼。
>
> （贾岛《寄韩潮州愈》）

这首诗写给遭贬后的韩愈,应和韩愈的《左迁至蓝关示侄孙湘》而作,抒写对友人深挚的关爱、祝福之情。修辞上主要借助拟人、借代、示现等,叙事、写景、抒情,言语风格谨严、庄重。

首联拟人,用我心始终跟随直到天涯海角的形象描述,表达与友人意相契、心相随的深情。

颔联写实,表达忧念之情。"篇章"借代韩愈《左迁》诗,"书信"代指贾岛这首诗,"华岳"指代长安。字面上的意思无非是:你的诗我读到了,我的书信也将随后抵达。不提内容,单凭寄信本身已经说明了我的关心、担忧。

颈联、尾联用示现。"峰悬驿路残云断"描绘"驿路"盘旋上山的景象,诉说虽然道路遥远阻隔,但心意与你相连。"海浸城根老树秋"设想诗人到任后的境况,用老树来映衬,突出将要承受巨大的痛苦。尾联"一夕瘴烟风卷尽,月明初上浪西楼。"描状了一幅美好的画面,瘴烟被风卷残云般一扫而光,月光朗照在浪西城楼上。借此表达美好的祝愿:不白之冤终将大白于天下。

> 破却千家作一池,不栽桃李种蔷薇。蔷薇花落秋风起,荆棘满亭君

始知。

(贾岛《题兴化寺园亭》)

这首诗写建园亭者的奢靡和虚浮,借以讽刺"富者兼地万亩,贫者无容足之居"的社会现实。修辞上用夸张、映衬、顶真、双关,用事实说话,暗寓讽意。言语风格含蓄、平淡。

"破却千家作一池"用夸张,凸显建池者的奢侈,不顾他人死活。"不栽桃李种蔷薇",桃李和蔷薇对比,前者春华秋实,却弃之不种,后者华而不实,无补于用。舍弃前者,偏种后者,凸显建池者的浪费。

"蔷薇花落秋风起,荆棘满园君自知",用顶真,紧承种蔷薇,描述带来的后果:花落后只剩满园荆棘。同时,"君始知"语带双关,暗示豪夺奢靡者必然会有可悲的下场,讽喻之意,溢于言表。

松下问童子,言师采药去。只在此山中,云深不知处。

(贾岛《寻隐者不遇》)

这首诗可以证明贾岛不光在词句上"推敲",在谋篇构思方面也同样煞费苦心地进行"推敲"。其修辞上的最大特点就是省略,借助问答结构省略问语,而以答辞间接交代,从而在有限的篇幅内包含尽可能丰富的内容。言语风格简约、通俗。

"松下问童子",只交代了问的动作,却省掉了接下来所有问话的内容。省语但并不省意,从童子的回答可一一推而得之。"言师采药去""只在此山中""云深不知处"是童子的三句回答,每个答句都包含了问句。

省略问语带来了表达的经济,这首诗的成功,还在于问答中蕴含的心理过程。一问再问三问,表明问话者绝不肯轻易罢休的执着,更显示其寻访隐者的虔诚。有限的二十个字中,实际包含信息的数量和质量,更是这首诗取得成功的关键所在。在有限的景物交代中,"松下"点明了隐者的居住环境,"云深"则可作为其身份的符号:息影山林、来去无踪,松和云的形象也映衬着隐者的品格志趣。"采药"既代表其重要的日常行为,也暗示其济世救人的人生追求。诗人对他因而表现出高山仰止的钦慕之情,钦慕而不遇,进而生出怅惘之情。

小　结

　　中唐诗歌注重词语锤炼和修饰形容,对人工美有着刻意追求,总体诗风与盛唐的自然雄浑大不一样。元白、韩孟两大诗派,修辞上各有相应的审美取向和表达特点,前者尚俗、崇实、务尽,后者重主观、追求险怪和新异,各自朝向不同的革新方向发力,共同造就了中唐诗歌的元和新变,为唐诗开辟了新的发展路径。刘禹锡的讽刺诗、怀古诗、民歌体七绝等的突出成就奠定了其"诗豪"地位,语言浅而能深,言语风格偏于明快、刚健、幽默。韦应物、柳宗元的山水诗最为后人称道,言语风格总体上偏于简约、平淡、含蓄、自然。此外,大历十才子、大历江南诗人、吴中诗派、姚贾诗派等均在修辞上有过积极探索,创造了各自的艺术风格和修辞特色。这些诗派和诗人的创作,既体现了唐诗的革新和大变,也对盛唐传统有所沿袭,内部也存在沿革变迁和彼此融通,对后世也产生了一定的影响。

第六章　晚唐时期(827—907年)的诗歌修辞

　　"晚唐诗贯穿始终的特点是:萧瑟悲凉的情韵、新警奇巧的修辞,今体诗超过古体诗成为最主要的诗体形式——其中尤以七言律、绝增长最快。"①宦官专权、藩镇叛乱、牛李党争加上朝廷的昏庸腐败,唐朝一步步地走在崩溃的末路上,处在这一政治历史背景下的晚唐诗人,身世处境、心理状态、艺术追求等都呈现出与他们的前辈明显的差异。这一时期唐诗的成就和发展主要表现在四个大的方面:以杜牧、许浑等为代表的怀古咏史诗创作;以温庭筠、韦庄、韩偓、郑谷为代表的艳情诗创作;以皮日休、陆龟蒙、杜荀鹤、司空图等为代表的写实诗和闲适诗创作;以李商隐为代表的诗歌新境界的开拓。诗人们对修辞的运用和新变普遍较为用力,在近体诗修辞心理表现功能、审美价值、审美境界的发掘开拓方面成就较为突出,言语风格以绚烂、谨严、含蓄为主导。

第一节　怀古咏史诗的修辞特色和成就

　　怀古咏史诗在中唐刘禹锡的力行下,将更多的现实感怀寄寓其中,开始受人瞩目,紧接着就在晚唐受到了特别的青睐。诗人们在唐帝国国势日渐衰微、日薄西山的这个特殊时期,日趋普遍和加强的忧时伤世、感怀身世之情,很快在此类

---

　　①　赵昌平:《唐五代诗概述》,见于马茂元选注:《唐诗选》(下),上海古籍出版社,2017,第1013页。

诗体中找到了合适的出口。一众诗人都致力于怀古咏史诗的创作,一时蔚然成风,独特的艺术构思、新颖的修辞表达,使之在晚唐诗歌中独树一帜、成就斐然。许浑、杜牧、温庭筠、李商隐等都是其中的佼佼者。

一、许浑怀古咏史诗的修辞特色

许浑现存诗500首左右,无一首古体。近体以五、七言律诗居多,以怀古、田园诗为佳。其诗工稳丽密,注重字句格律,有"声律之熟,无如浑者"(田雯《古欢堂集·杂著》)的赞语。喜将律句三字尾声调改作"仄平仄"对"平仄平",以显示拗峭变化,为后人所仿效,称之为"丁卯句法"。言语风格偏于谨严、典雅。

> 玉树歌残王气终,景阳兵合戍楼空。松楸远近千官冢,禾黍高低六代宫。石燕拂云晴亦雨,江豚吹浪夜还风。英雄一去豪华尽,惟有青山似洛中。
>
> (许浑《金陵怀古》)

这首怀古七律,抚今追昔,今昔对照,抒发繁华易逝的感慨。修辞上主要借助词语修辞、篇章修辞和映衬、对偶、示现,整散配合,韵律和谐,言语风格谨严、庄重。

首联追述隋兵灭陈的史事。"残""终""空"凸显了金陵王朝的彻底灭亡,"歌"代表文化,"戍楼"代表军事,一"残"一"空",印证、概括了所谓"王气"的消歇散尽。

颔联实写金陵今日的衰败。用工稳的正对,以点显面,强化语意。曲终人散,"远近""高低",只见众多的官冢长满了"松楸",曾经的六代宫廷被禾黍所覆盖。满目所及,昔日的繁荣景象早已荡然无存。

这两联,为了突出陈朝灭亡这一标志性的转折点,采取了颠倒时序的倒叙谋篇法,先写追述,再补写引发追述的现实景象。

颈联虚写世间的风云变幻。用示现,描摹传说中"石燕拂云"和"江豚吹浪"的景象。用虚词对,"晴亦雨"兼述"阴固雨","夜还风"包含"日已风",以此概括江上风云晴雨的变化。并用作映衬,暗示、烘托人世间的风云变幻和兴亡更迭。

尾联感叹盛况的一去不返。"英雄",代指六朝的帝王豪杰,"豪华尽"与首联的"王气终"前后相应。"英雄"已去、"豪华"散尽,"惟有青山似洛中",只有山川地势依然与洛中相似。后句写景,映衬前句的抒情,并且暗示光有险要的地形保不了江山永固。

　　　　禾黍离离半野蒿,昔人城此岂知劳?水声东去市朝变,山势北来宫殿高。鸦噪暮云归古堞,雁迷寒雨下空壕。可怜缑岭登仙子,犹自吹笙醉碧桃。

(许浑《登故洛阳城》)

　　这首诗,写登洛阳故城所见所感,抒发凭吊之情。修辞上主要借助词语修辞、句法修辞和用典、映衬、拟人,写景抒情,言语风格谨严、含蓄。

　　首联写登临所见所思。"禾黍离离",化用《诗经》成句,隐含追思之意。用设问(反问),从荒芜残败的现状引发追问:岂不知昔日建筑这座城市是何等辛劳? 寄寓对故城荒废的痛心、惋惜之情。"城"转类,名词活用作动词。

　　次联续写所闻所见。"水声东去",既是写实,又关联典故,包含光阴流逝、人世沧桑的寓意。与此不变的水声相对照,昔日的街市、朝会、人流、情事,都已经不复存在。与北面绵延起伏的群山相映衬,残存的宫殿依然高耸,成为历史变迁的见证者。

　　颈联视线收归近处。所选取的特色景物"暮云、寒雨、古堞、空壕、鸦噪、雁迷",借助修饰语"暮、寒、古、空"和描述语"噪、迷"的使用,在渲染气氛、映衬情感上效果显著。

　　尾联转向对神仙的羡慕。用感叹句,"犹自"强调,世事纷纷扰扰,人们熙来攘往,只有"登仙子"置身于尘世变迁之外,至今自得其乐,逍遥自在。借助示现,所呈现的此情此景,着实令人羡慕和感怀不已。

　　　　一上高城万里愁,蒹葭杨柳似汀洲。溪云初起日沉阁,山雨欲来风满楼。鸟下绿芜秦苑夕,蝉鸣黄叶汉宫秋。行人莫问当年事,故国东来渭水流。

(许浑《咸阳城西楼晚眺》)

这首诗写傍晚登上咸阳城西楼远眺的见闻和感怀。修辞上主要用词语修辞和夸张、象征、映衬,描写景物,寄托情感,言语风格含蓄、谨严。

首联写登楼而生愁。"一上高城万里愁","一上"表明触发情感时间之短,"万里"用夸张,极言愁的迢遥广大,"万里愁"具体描况抽象,用通感。"一上"和"万里"相对,增强了表达的气势和张力,"愁"也得以凸显,从而奠定了全诗的情感基调。"蒹葭杨柳似汀洲",交代万里愁的源头:放眼所见,在景象上居然都与家乡的汀洲那么相似,令人顿生乡思。

次联写天气的变化。正当溪云初上、日落寺阁之际,风满城楼、山雨将至。这两句写景用象征,既是写实,又是写虚,借描摹气象变化,映射、比况唐王朝的日薄西山、危机四伏,寄寓了诗人对此的深沉忧虑,事关国家社稷的"万里愁"。

颈联写动物们的反应。夜幕降临,鸟儿飞入绿草杂生的园中;秋意阑珊,蝉在黄叶满枝的树上鸣叫。"秦苑""汉宫"借代,以古代今,有意识地将实景虚化,造成错觉:似乎鸟和蝉还在流连、凭吊旧时禁苑,当日深宫。今实昔虚的景象映衬,寄寓了人世变迁的感慨。

尾联以祈使寓感叹。"故国东来渭水流",言下之意是故国的遗迹都已经找不到了。"莫问当年事",不仅是因为寻访不到遗迹,更是因为只会平添吊古伤今的痛苦。末句以景语结,蕴含了丰富的情感,对故国的痛惜,对故土的思念,对今日局势的忧虑等,都寄托在渭水无语东流的形象中。

> 广陵花盛帝东游,先劈昆仑一派流。百二禁兵辞象阙,三千宫女下
> 龙舟。凝云鼓震星辰动,拂浪旗开日月浮。四海义师归有道,迷楼还似
> 景阳楼。
>
> (许浑《汴河亭》)

这首诗写隋炀帝的汴河行宫,寄寓对历史和现实的双重讽刺。修辞上主要借助词语修辞和示现、夸张、婉转,言语风格谨严、含蓄。

前三联均用示现,借助想象,将今人未能亲见的历史场景栩栩如生地描绘出来,让读者产生身临其境、耳闻目睹的逼真感受。

这种真切动人的情境效应,还得力于诗歌动词的选取和连用。"劈昆仑"

"下龙舟""星辰动""日月浮"等句中的"劈""下""动""浮",以及"凝""震""拂""开"等诸多动词集体发力,不但准确地描摹、凸显了动态,而且促成了宏大、震撼的气势。

此外,"劈昆仑""星辰动""日月浮"用夸张,凸显力量和声势,映衬了隋炀帝的奢靡、铺张。

尾联用婉转,"四海义师归有道,迷楼还似景阳楼",把隋炀帝所修"迷楼"与陈后主的"景阳楼"相比较,委婉地道出了隋炀帝荒淫奢华所招致的亡国后果。前三联的繁盛和末联的凄凉形成鲜明的对照,耐人寻味。

二、杜牧怀古咏史诗的修辞成就和贡献

杜牧的诗、赋、古文都身趁名家,主张凡为文以意为主,以气为辅,以辞采章句为之兵卫,创作上能吸收、融化前人之长,成就自己独特的风貌。古体诗受杜甫、韩愈的影响,题材广阔,笔力峭健;近体诗则以文词清丽、情韵跌宕见长。以七言绝句著称,内容则以咏史抒怀为主,叙事、抒情、议论相结合,尤重议论。

晚唐诗歌总体言语风格趋向绚烂,杜牧受时代风气影响,也注重辞采,同时又有倾向刚健、典雅的一面。其留下的怀古咏史诗数量多,质量高,修辞上往往借助多种修辞方法,言简意赅地概述史实、发表新见,形象说理,含蓄抒情,在诗歌修辞史上具有重要的贡献和影响。

> 长安回望绣成堆,山顶千门次第开。一骑红尘妃子笑,无人知是荔枝来。
>
> （杜牧《过华清宫绝句三首(其一)》）

这首咏史绝句,选取送荔枝事件,见微知著,借以讽刺玄宗与贵妃的奢靡享乐。修辞上主要借助比喻、夸张、映衬、用典,言语风格谨严、含蓄。

前两句描述事件发生的背景。起句写自然景观,用"绣成堆"这一借喻,来凸现骊山林木葱茏、花草繁茂的秀美景色,"绣成堆"又兼指骊山有东绣岭、西绣岭,显得贴切而巧妙。次句写行宫,"千门"虚指兼用夸张,借以表现行宫的雄伟壮观。

"一骑红尘妃子笑",使者骑马飞奔进宫通常意味着有紧急公务,妃子却见

而发笑,形成巨大反差,由此引发强烈的悬念。"无人知是荔枝来",谜底揭开,诗歌到此也戛然而止,留给人无尽的感慨和思索。这一结尾,正合于吴乔《围炉诗话》所论:"诗贵有含蓄不尽之意,尤以不著意见声色故事议论者为最上。""妃子笑"暗用典故,颇有深意。

> 新丰绿树起黄埃,数骑渔阳探使回。霓裳一曲千峰上,舞破中原始
> 下来。

(杜牧《过华清宫绝句三首(其二)》)

这首诗写"安史之乱"前夕的两个场景,讽刺玄宗的耽于享乐、执迷不悟。修辞上主要借助词语修辞和夸张,言语风格谨严、含蓄。

"新丰绿树起黄埃,数骑渔阳探使回",描写探使飞马返回长安的情景。"新丰绿树起黄埃",明写探使疾驰,暗示迷雾掩盖了叛乱的企图。"绿""黄"相映衬,预示危机的降临。"渔阳探使回"这一场景,既反映安禄山的狡猾,又暴露唐玄宗的糊涂,诗人选取这一角度切入,做到了小中见大,以简驭繁。

"霓裳一曲千峰上,舞破中原始下来",用夸张,描摹舞曲声音直达千峰之上和"舞破中原",极力表现玄宗的沉迷享乐、醉生梦死,以及由此产生的国破家亡的严重后果。这一场景和前一场景形成鲜明映衬关系,凸显"安史之乱"暴发的内部根源:统治者的穷奢极欲和疏于朝政。

> 六朝文物草连空,天淡云闲今古同。鸟去鸟来山色里,人歌人哭水
> 声中。深秋帘幕千家雨,落日楼台一笛风。惆怅无因见范蠡,参差烟树
> 五湖东。

(杜牧《题宣州开元寺水阁阁下宛溪夹溪居人》)

这首七律抒写诗人登临宣州开元寺水阁,俯瞰宛溪、眺望敬亭而生发的古今之慨。修辞上主要借助词语修辞、句法修辞和映衬、复辞、借代、列锦、用典,写景抒怀,言语风格谨严、绚烂。

首联用映衬,表现登临引发的联想。"六朝文物"与"草连空",两个名词短语构成古今对照,凸显曾经的繁华景象变成了连地接天的野草。"天淡云闲今

古同"写自然景象的不变,和上一句的人世变化也形成对照。"连""淡""闲"准确地揭示了意欲表达的景物特点。

次联用复辞,描写登临的视听感受。"鸟去鸟来""人歌人哭"用复辞,形成声音的重复和表意的应和。"山色"这里借代山,突出山中充满了翠绿的色彩。鸟在青山中来来去去,人歌人哭的声音混和着流水的声音。

颈联用示现,展示了两幅记忆中令人难忘的图景:一是深秋时节密雨如织,像给家家户户挂上了雨帘;一是落日时分,晚风从楼台中送出悠扬的笛声。值得注意的是,两句均用列锦格,将名词性短语直接并置,赋予了诗句更为丰富自由的表意可能性。"千家雨""一笛风"中的量词"家"和"笛"活用,临时构成了特殊的名量搭配,这固然是出于诗句融入较多信息的需要,同时也表现了诗人的特殊感受:雨似乎分派给了各家各户,风似乎是伴着笛声吹出来的。

尾联用典故,抒发无缘见范蠡的惆怅,后一句"参差烟树五湖东"写景,用来烘托、旁衬前一句所表达的惆怅心情。"惆怅""参差"两个双声词的对举,增强了声音的回环美。

折戟沉沙铁未销,自将磨洗认前朝。东风不与周郎便,铜雀春深锁二乔。

（杜牧《赤壁》）

这首诗借一件古物发抒对前朝历史事件的议论。修辞上主要借助词语修辞、句法修辞和婉转格,叙事和议论,言语风格谨严、含蓄。

前两句叙事,概述一支折断的铁戟,沉没在水底的沙中,没有锈蚀掉,自己一番磨洗后,认定为赤壁之战的遗物。"折、沉、销、磨、洗、认"这一系列单音节常用动词的选用,使事件的叙述既简又明,足见诗人消极修辞的功力。

后两句议论。由断戟联想到这次战役,用省略关联词语的假设复句发表新看法:如果东风没有给周瑜提供便利,结果将会完全翻转,历史将被改写。后一句用婉转,借用大乔小乔被锁在铜雀台上的形象,间接地表达周瑜战败曹操取胜的结果。

细腰宫里露桃新,脉脉无言几度春。至竟息亡缘底事? 可怜金谷坠楼人。

（杜牧《题桃花夫人庙》）

这首诗咏桃花庙主息夫人，抒发独特的看法。修辞上主要借助句法修辞和借代、双关、摹状、设问、映衬，言语风格含蓄、谨严。

"细腰宫里露桃新,脉脉无言几度春",用形象的描写代替对息夫人故事的叙述。"细腰宫"用典兼借代,指称楚宫,并暗点息夫人的不幸遭遇根源于楚王的荒淫。"露桃新"双关,兼指花新开和人新进宫,"脉脉"摹状,"春"借代"年"。

"至竟息亡缘底事?"用设问,对息夫人的忍辱苟活,暗含责备意。"可怜金谷坠楼人!"用感叹,对绿珠之死表达褒扬,并借此映衬息夫人的苟活。诗人既表达了对息夫人的独到评价,也未对其苛责,仅仅表明敢于以死抗争者更令人敬服。

胜败兵家事不期,包羞忍耻是男儿。江东子弟多才俊,卷土重来未可知。

（杜牧《题乌江亭》）

这首咏史诗评价项羽兵败身亡的史实,寄寓批评惋惜之情。修辞上借助词语修辞和句法修辞,说理、寄情,言语风格谨严。

四句诗都用判断句,表达观点,形成推理。

首句指出胜败乃兵家常事的常识,以此为前提,提出自己的第一个观点:包羞忍耻是男儿。中间隐含了推理过程:既然胜败难料,那么关键就是如何面对和处置了,男子汉要成就军国大业,不可能不经历失败,只有坦然面对、勇于接受失败的羞辱,才能收获最终的胜利,因此,能够"包羞忍耻"的人才是真男儿。

"江东子弟多才俊",是对事实的肯定,"多"突出了希望大。由此推出作者的另一观点:"卷土重来未可知"。"卷土重来"的表达颇有气势,"未可知",强调不绝对,但具备可能性,值得也应该去努力争取。

而事实上,项羽没有做到"包羞忍耻",而是选择了刎颈乌江,主动放弃了"卷土重来"的机会。诗人全篇都在客观地发表议论,看起来只是就事论事,对项羽和相关史实的情感态度上未置一词,但其中所包含的惋惜、痛心之情,批评乃至讽刺之意,读者是不难体味、感受出来的。

三、温庭筠怀古咏史诗的修辞特色

温庭筠精通音律,诗词俱佳,骈文、小说也有创获。今存诗三百余首,乐府诗约占六分之一,多写闺阁、宴游题材;近体诗语脉流畅、结构紧密,不乏抒情寄愤、感慨深切之作。诗风上承齐、梁、陈的宫体遗风,下启花间派的艳体,与李商隐并称"温李"。言语风格偏于绚烂、谨严。他的怀古咏史诗留下的作品不算太多,但颇有一些名篇,修辞上很有特色。

　　　捣麝成尘香不灭,拗莲作寸丝难绝。红泪文姬洛水春,白头苏武天山雪。君不见无愁高纬花漫漫,漳浦宴馀清露寒。一旦臣僚共囚虏,欲吹羌管先汍澜。旧臣头鬓霜华早,可惜雄心醉中老。万古春归梦不归,邺城风雨连天草。

(温庭筠《达摩支曲》)

这首入律的七言古风,咏叹北齐后主高纬淫乐亡国的旧事,暗寓针砭。修辞上主要借助起兴、比喻、双关、用典、映衬(含对照)、倒装、夸张等多种辞格,言语风格绚烂、典雅。

全诗十二行,可分为三层,每四句为一层,以韵脚转换为标志。

第一层,用起兴、比喻、双关、用典,渲染思念故国之悲伤氛围,引起正题。"捣麝成尘香不灭,拗莲作寸丝难绝",兼用起兴和比喻,引出、比况后文的故国之思。套用谐音双关,"香"谐"相"音;"丝"谐"思"音,合取相思之意。"红泪文姬洛水春,白头苏武天山雪",均用倒装和比喻,原顺序为"文姬红泪如洛水春汛,苏武白头似天山雪峰"。将"红泪""白头"前置相对,用于凸显色彩和形象。天山与洛水,一在塞北,一在中原,暗寓人在匈奴、心在中原之意,两个喻体的选择,同时也衬出二人苦恋父母之邦之情。

第二层,用前后对照和景物映衬,描述高纬的纵欲亡国。"君不见无愁高纬花漫漫,漳浦宴馀清露寒。一旦臣僚共囚虏,欲吹羌管先汍澜。""君不见",这一七古句首语的使用,起呼告并引起注意的作用。"无愁高纬",用借代,借本人自诩对其戏称,讥讽高纬醉生梦死,临危苟安。"花漫漫"和"汍澜",均用摹状,前者状高纬花天酒地、寻欢作乐之奢靡,后者状内心凄惨、难忍泪流之愁苦。"清露寒",表明饮宴通宵达旦,没有节制,同时宴后的冷寂反衬宴时的热闹。后两句高纬君臣的阶下囚生活与前两句的纵情享乐,也构成鲜明对照。

第三层,前两句照应"白头苏武天山雪",表现北齐遗民的亡国之恨。后两句用映衬和夸张,"万古春归梦不归,邺城风雨连天草",万古如新的春天照常归来了,邺城的春梦却再也回不来了,满眼所见只有风雨中的连天荒草。最后两句的景物描写,寄寓了诗人吊古伤今的深沉感慨,意味深长,让人唏嘘叹惋。

曾于青史见遗文,今日飘蓬过此坟。词客有灵应识我,霸才无主始怜君。石麟埋没藏春草,铜雀荒凉对暮云。莫怪临风倍惆怅,欲将书剑学从军。

(温庭筠《过陈琳墓》)

这首咏怀古迹之作,凭吊古人,自伤身世。修辞上主要借助词语修辞和比喻、映衬、示现等,叙事言情,言语风格含蓄、谨严。

首联叙事点题。"青史见遗文",突出墓主名垂青史的身份和影响,表明专程寻访、凭吊之意。"飘蓬"用以借喻诗人,点出自己眼前身世飘零的处境。

颔联寄语传情。"应识我"含蕴丰富,不仅表明诗人对自身才华的充分自信,更暗含当世无知音的自怜自伤,希望对方会因同为"词客",并且曾有过类似经历,而对自己隔代相知、相惜之意。"霸才无主"隐含对方和自己的对比,诗人自认为自己和对方都是盖世超群的才士,不同的是陈琳遇到了豁达大度、爱才惜士的曹操,可说是"霸才有主",而自己的际遇,则与陈琳相反。"始怜君",表达对对方的怜惜、羡慕之意,同时也暗含着另一个对比:陈琳之前的"霸才无主"和后来的"霸才有主"的对比。

颈联写景寓意。"石麟埋没藏春草",墓前的石麟已埋藏于萋萋春草中,映衬古坟的荒凉寥落,暗示当代对才士的不重视。"铜雀荒凉对暮云",用示现,描摹想象的情景,借以表达对重才明君和时代的追思,寄寓对弃贤毁才的当今时代的不满。"埋没""荒凉",双声对叠韵,增添了对偶句的回环美。"藏""对",写景中寓情。

尾联即事抒怀。"莫怪临风倍惆怅",承接前文,抒写感怀身世而临风惆怅、黯然神伤之情。为什么是"倍(加)惆怅"呢？因为霸才无主,文章无用,身世飘零,已经是一层惆怅感受了,现在"欲将书剑学从军",可是今时今日即便从军,又能期待得遇"明主"吗？念及此,如何不令人"倍(加)惆怅"呢？

> 铁马云雕共绝尘,柳营高压汉宫春。天清杀气屯关右,夜半妖星照渭滨。下国卧龙空寤主,中原得鹿不由人。象床宝帐无言语,从此谯周是老臣。
>
> (温庭筠《经五丈原》)

这首咏史诗,写经五丈原对诸葛亮的怀念。修辞上主要借助词语修辞和示现、用典、映衬,写景、叙事、议论,寓情其中,言语风格典雅、庄重。

前四句写景。均用示现,力图精到传神地描绘想象中的历史场景。前两句写蜀国大军北伐,"铁马""云雕""柳营"等名词的指称,"绝尘""高压"等动词的描述,渲染出大兵压境的威武形象和势不可挡的强大气势。"柳营"化用典故,暗示诸葛亮治军有方,蜀军兵强马壮、纪律严明。"汉宫"代指魏国都城。后两句写诸葛亮意外去世。"杀气""屯关右",代指两军对垒,军情紧急。"妖星""照渭滨"委婉点出诸葛亮的阵前身亡。两句相映衬,传递了对诸葛亮出师未捷身先死的惋惜。

后四句议论。"下国",点明蜀偏处西南,国力居于下风。"空",蕴含复杂的思想和感慨,诸葛亮虽然才智过人,鞠躬尽瘁、殚精竭虑,但无奈后主昏庸、时局不利、天不假年。"得鹿"化用典故,"不由人"照应"空寤主",暗寓诗人的叹惋之意。"象床宝帐"代指孔明庙的塑像。"老臣"两字,化用自杜甫诗句"两朝开济老臣心"(《蜀相》)对诸葛亮的赞誉,转用在误国降魏的谯周身上,暗中将其和诸葛亮匡世扶主相比较,带有很浓的讽刺意味。

> 苏武魂销汉使前,古祠高树两茫然。云边雁断胡天月,陇上羊归塞草烟。回日楼台非甲帐,去时冠剑是丁年。茂陵不见封侯印,空向秋波哭逝川。
>
> (温庭筠《苏武庙》)

这首诗写诗人瞻仰苏武庙对苏武的追思凭吊。修辞上主要借助词语修辞和示现、对偶、映衬、借代等,写景、叙事、述情,表达缅怀、崇敬之情,言语风格含蓄、庄重。

首联写景点题。首句用示现,想象苏武终于见到接他回国的汉使时的情景。"魂销",精准刻画而又高度概括了其复杂的情感表现。第二句写实,描绘眼前的苏武庙景物。"古祠高树两茫然",渲染出肃穆、渺远的氛围,暗示诗人的崇敬、追思。

次联写景追忆。两句均用示现,描写想象中的苏武在异域生活的场景。"云边雁断胡天月"表现其望雁思归,"雁断"反衬其漫长思念欲归不得的痛苦;"陇上羊归塞草烟"展示其绝塞牧羊,"塞草烟"烘托其孤单、寂寞的生活和心理。

颈联描述变迁。前一句写苏武回汉所见,隐含对武帝的追思。后一句写出使时正当壮年。"甲帐""丁年",巧妙地运用借义假对。前后两句构成映衬,由"回日"忆及"去时",以"去时"反衬"回日",凸显了物是人非、恍若隔世之感。

尾联追悼武帝。"茂陵"借代汉武帝,"空向秋波哭逝川",表达对逝去先皇的怀念,"空"意指生者有太多情感要诉说,而逝者已无法回应,映衬其内心悲苦之情。

> 古坟零落野花春,闻说中郎有后身。今日爱才非昔日,莫抛心力作词人。
>
> (温庭筠《蔡中郎坟》)

这首诗写诗人过蔡邕坟的感慨,修辞上主要借助词语修辞和映衬、用典、复辞、反语,言语风格严谨、明快。

首句写景。"古""野"两个修饰语和"零落""春"两个描述语的选用,凸显了一代名士蔡中郎墓地荒凉残破的现状。"春"活用作动词,展示野花逢春竞放的繁茂热闹景象,反衬古坟的"零落"。整句诗以景衬情,寄寓诗人今昔沧桑之感和对蔡中郎的怀念之情,并为后面的"今日爱才非昔日"做铺垫。

次句用典。借用蔡邕是张衡后身的传说,加以延伸,并以"闻说"为"中郎有后身"这一说法披上神秘的外衣。

后两句抒怀。"今日爱才非昔日"用复辞突出今昔人才环境的对照,直述今日的境况连蔡中郎当年还不如。"非"明点今昔不同和变化,"爱才"用反语,暗寓否定;"莫抛心力作词人",如果蔡邕真有后身活在当今之世,即便费心尽力、才华尽显,也绝无可能有人来欣赏和任用,既可理解为自我告诫,也可理解为对所有士人的忠告。话语直白,情感激切,但由于其中所包含的愤激、伤感之情,具有很强的代表性和概括力,因而内涵深广,极易引发共鸣。

第二节　李商隐诗歌修辞的成就和贡献

李商隐是晚唐最具代表性的诗人,也是晚唐乃至整个唐代,为数不多的刻意追求诗美的诗人。诗歌流传下来的约600首,题材涉及咏史怀古、咏物抒怀、爱情、酬应等诸多方面,最具影响的当推其爱情诗和无题诗。

其诗广纳前人所长,阮籍的寄托遥深、杜诗的沉郁顿挫、齐梁诗的精工艳丽、李贺诗的幻想象征等,都为其所借鉴吸收,融百家而自成一家,开创了以情深辞美、朦胧含蓄为特征的全新的诗歌境界,被后世誉为伤感唯美文学的典型。修辞上尝试多样化的修辞方法和风格,其主导言语风格为含蓄、绚烂、典雅。

> 锦瑟无端五十弦,一弦一柱思华年。庄生晓梦迷蝴蝶,望帝春心托杜鹃。沧海月明珠有泪,蓝田日暖玉生烟。此情可待成追忆,只是当时已惘然。
>
> (李商隐《锦瑟》)

《锦瑟》是李商隐的代表作之一,主题费解多解,论诗者素有"一篇《锦瑟》解人难"的慨叹。此处采取为较多人认可的自伤身世的说法,认为诗歌追忆青春岁月,寄托悲慨、愤懑之情。修辞上,主要借助词语修辞和用典、起兴、拟人、通感、示现、设问等辞格,借助形象述说身世,寄寓情感,言语风格含蓄、绚烂。

首联以锦瑟起兴,兼用作诗人自喻,引出下文"思华年"的主旨,暗示自己才华出众而年华流逝。"无端",突出锦瑟别具一格的构造和与众不同的表现力。

颔联、颈联连续化用典故,借助示现将这些典故幻化为四幅精美空灵的画面,以此表征不同的境遇和意绪。"庄生晓梦迷蝴蝶",表现理想追求的迷茫,"晓"喻指青年时代,"迷"表示执著、迷恋;"望帝春心托杜鹃",表现青春逝去的悲哀,"托"表示交付;"沧海月明珠有泪",表现理想破灭的伤感;"蓝田日暖玉生烟",表现回首往昔的恍惚。

尾联,用反问句加递进复句,加强感叹语气和情感抒发,总括、收束全篇。"此情"总揽前情,"成追忆"呼应"思华年"。"可待"是"岂待","只是"即"即使",表达"此情"此景,早已令人迷惘怅恨,并非等到今日追忆时才如此。

> 本以高难饱,徒劳恨费声。五更疏欲断,一树碧无情。薄宦梗犹泛,故园芜已平。烦君最相警,我亦举家清。

> (李商隐《蝉》)

这首咏物诗,"为情而造文",借咏蝉以咏怀。修辞上主要借助词语修辞和拟人、映衬、比喻等,把写蝉和写人结合起来,言语风格含蓄。

"本以高难饱,徒劳恨费声",写蝉栖高树吸风饮露,因而"难饱";因"恨"而鸣叫也只是徒劳无益,"恨"是将蝉拟人。写蝉也暗写诗人自己,"高",暗指自己的清高;"难饱"和"恨""徒劳",也是在写作者自己的身世、感受。

"五更疏欲断,一树碧无情",用树的无情映衬蝉的徒劳、凄苦和寂寞。"疏欲断"见蝉的悲伤憔悴,而树只是一味"碧绿",无动于衷,显得冷酷无情。树的"无情"是拟人写法。"疏欲断",人"无情",同样既写蝉,也暗写作者自己的境遇。

"薄宦梗犹泛,故园芜已平",转向直接写作者。表现自己四处漂泊的处境和思念故园的感情。"薄宦"补足"高难饱""恨费声"之意。

"烦君最相警,我亦举家清","君"与"我"对举,将咏蝉与写人彻底打通,直抒胸臆,我跟你命运相同,你的鸣叫最让我烦心,以此抒发同病相怜之感。

> 君问归期未有期,巴山夜雨涨秋池。何当共剪西窗烛,却话巴山夜

雨时。

（李商隐《夜雨寄北》）

　　这首诗,写思归之情。修辞上主要借助句法修辞和复辞、映衬,诉说羁旅之愁、盼归之念。言语风格谨严、含蓄。

　　首句叙事。用紧缩句,融问话答语于一句,跌宕、转折的语气中,暗含思归而不得的愁苦之情,"期"的复现(句内复辞),从声音和意义上强化了这一感情。

　　次句写景。"巴山夜雨涨秋池",写巴山的夜雨绵延不断,涨满了秋池,雨天水涨意味着回归的日期更难确定,这句写景中暗含着人,映衬了诗人焦急、无奈的心情。

　　三、四句抒情。"何当共剪西窗烛,却话巴山夜雨时",借用示现描绘预想中的欢乐、轻松的团聚场景,冠以"何当",表达对团聚的憧憬。团聚时的"共剪""却话",暗示眼前的"独剪""独听",此时心境的郁闷、孤寂,不难想见。眼前的实景和想象中的虚景,两者相映,经由"巴山夜雨"的句间应和(复辞)得以凸显和强化,诗人的盼归之情也得到了凸显和强化,形式和内容的回环往复之美由此得到了淋漓尽致的体现。

　　　定定住天涯,依依向物华。寒梅最堪恨,常作去年花。

（李商隐《忆梅》）

　　这首诗,借咏梅抒写诗人的羁泊沉沦之恨。修辞上借助词语修辞和叠字、夸张、婉转,叙事言情,言语风格含蓄。

　　前两句叙事,表现留滞异乡、寄情物华的抑郁愁苦。"定定",用叠字形式摹状、强调自己的很不自由。"天涯",用夸张,极言所居梓州在心理感觉上的偏远。"依依",用叠字,形容对美好春色的依恋留连。留滞思归之愁苦和依恋流连之安慰,两种感情相反而相成,相对而相通。

　　后两句转而写梅花,由"忆"而"恨",诗人由眼前的繁花似锦联想到梅花的凋谢,遗憾之余而生怨恨。这是一种婉转的表情方法,表面言"恨",背后隐含的是诗人对"寒梅"的偏爱,这从百花中独忆寒梅已可见出,所谓"恨"其实是不希望、不愿意面对它早谢事实的曲折表达。结合诗人的身世,还可发现寒梅的早开先谢，"常作去年花"，跟诗人自身的经历和处境颇为相似，诗中借寒梅也写照、寄托了对自身命运的哀怜、怨恨之情。

> 章台从掩映，郢路更参差。见说风流极，来当婀娜时。桥回行欲断，堤远意相随。忍放花如雪，青楼扑酒旗。
>
> （李商隐《赠柳》）

这首咏柳诗，着眼于柳的整体或群体，将其置于开阔的时空背景下来写。修辞上主要借助词语修辞和对偶、比拟（拟人）、比喻，咏柳寄情，言语风格绚烂、含蓄。

首联写柳的分布。借助双声对，概括描述柳的无所不在和千姿百态。"章台""郢路"，选取两个空间作为代表，概述柳的分布极其广泛；"掩映""参差"双声词相对，总说其色彩和形态的丰富繁茂；"从"（任从）和"更"，则显示柳的影响，渲染其蓬勃生机、广受喜爱。

次联写柳的仪态。"风流""婀娜"，形容柳的风度翩翩和体态轻盈。"见说"表示他人的赞赏，"来当"表明自己的亲见，两相结合，凸显了柳的体态和风姿的美丽动人。

颈联写柳的绵延。选取了两个特写镜头，来着意刻画柳的绵延不绝、无所不在。一是从桥头到长堤，似断实连。"行欲断"而"意相随"，写人，也用拟人赋予春柳以人的动作和情感。

尾联写柳的盛放。用比喻描况其盛放如雪，借"青楼""酒旗"映衬柳的繁盛。盛极而衰，所以用"忍"，暗含诗人的痛惜之情。

> 宣室求贤访逐臣，贾生才调更无伦。可怜夜半虚前席，不问苍生问鬼神。
>
> （李商隐《贾生》）

这首诗别出心裁，揭开君臣遇合的表面背后不为人知的实质，寄寓讽刺和感慨。修辞上主要借助词语修辞和映衬，先扬后抑，言语风格含蓄、庄重。

"宣室求贤访逐臣"，从正面着笔，表现汉文帝的求贤若渴。"求""访"，表现其态度诚挚；"求贤"乃至"访逐臣"，突出其用力非常。

"贾生才调更无伦"，引用文帝对贾谊的赞叹。"才调""更无伦"，侧面映衬贾生卓越超群的才华风度。

"可怜夜半虚前席"，"夜半虚前席"依然在写汉文帝的虔诚虚心，"可怜"则暗点玄机，如此臻于顶峰的高规格求贤问贤，为何还"可惜"？

"不问苍生问鬼神"，点破真相，由褒到贬，先扬后抑，诗人点到为止，到此结束，不多做任何评判。更多的内容和未尽之意，留给读者去揣摩去深味。

> 从来系日乏长绳，水去云回恨不胜。欲就麻姑买沧海，一杯春露冷如冰。
>
> （李商隐《谒山》）

这首诗写登山而生的对时间流逝的吟咏慨叹，修辞上主要借助用典、比喻、示现等来表现，言语风格谨严。

首句化用傅玄《九曲歌》"岁暮景迈群光绝，安得长绳系白日？"的诗语，别出新意，直言"从来系日乏长绳"，彻底否定了长绳系日、留住时光的想法。

次句描绘所见的景象来映衬、印证这一看法：逝川东去、白云归山，人们只能眼睁睁地看着，无能为力。

三句化用神话传说，转而提出神奇大胆的新想法，把沧海买下来，由此也掌控了全部时间。这当然是虚幻的，却也是浪漫而新异的，不合理但合情。

末句用示现，借助"一杯春露冷如冰"的幻化形象，无情地再次否定了这种想法。茫茫沧海瞬间就剩下了一杯春露，可见买沧海的失败，"冷"揭出自然规律的冰冷无情。

> 路有论冤谪，言皆在中兴。空闻迁贾谊，不待相孙弘。江阔惟回首，天高但抚膺。去年相送地，春雪满黄陵。
>
> （李商隐《哭刘司户蕡》）

这首诗抒写伤悼刘蕡之情。修辞上，借助句法修辞和映衬、用典、示现，将叙事、议论、抒情和写景结合起来，感人至深，言语风格庄重。

　　诗的前四句,写刘蕡的冤谪和去世。首先引述路人的议论,认为刘蕡的策文都是为了国家的"中兴"。"皆",强调没有不当言论。连路人也为之抱不平,借助侧面的映衬,更有力地证明了刘蕡的蒙冤,以及朝廷的软弱昏庸。接着化用两个典故,用流水对,痛惜刘蕡的贬谪而死。"空""不"相对,用历史人物的际遇反衬刘蕡的不幸,寄托了惋惜伤痛之情。

　　五、六句,扣住题面,用虚词入联,直写诗人的痛哭。"惟回首""但抚膺"描摹痛苦情态,"江阔""天高",表明人去境空,以景衬情。

　　末两句,写痛定思痛后的回忆。用示现,描写一年前与刘蕡最后见面的场景,天空阴暗,春雪凄寒。这一写景,映衬着诗人悲痛欲绝的心境,寄寓着诗人无限的哀思。

　　　　紫泉宫殿锁烟霞,欲取芜城作帝家。玉玺不缘归日角,锦帆应是到

　　天涯。于今腐草无萤火,终古垂杨有暮鸦。地下若逢陈后主,岂宜重问

　　后庭花。

　　　　　　　　　　　　　　　　　　　　　　　　(李商隐《隋宫》)

　　这首诗写前朝史实,借以批判亡国之君,晓喻晚唐帝王。修辞上主要借助句法修辞和比拟、借代、夸张、示现、婉转等辞格,叙事、议论、写景,寄寓情感,言语风格含蓄、绚烂。

　　首联点题。前一句写景,用"锁烟霞"来形容长安宫殿的雄伟壮丽,"锁"用比拟,"紫泉"与"烟霞"相映衬,增加诗歌的色彩美。后一句叙事,暗用转折,长安的宫殿如此壮观美丽,隋炀帝却要另取芜城作为行宫,暗揭其贪图享乐、肆意妄为的本性。

　　颔联议论。用假设复句,构成流水对,表达对杨广耽于乘舟出游不知满足的预测。"日角"借代李渊,"锦帆"借代杨广的龙舟。"应是到天涯"有夸张和调侃意味,凸显了杨广的奢靡无度、贪得无厌的性格特征。

　　颈联写景。用映衬,"于今腐草无萤火"写今景,与昔日对照,"终古垂杨有暮鸦"用示现,写"终古"之景,与当日之景对比,渲染隋亡后的凄凉景象。

　　尾联抒情。用假设句和反问句,借重问亡国之音《后庭花》暗示曾问,婉转表达杨广重蹈陈后主覆辙之意。虽问不答,意味深长。

　　昨夜星辰昨夜风,画楼西畔桂堂东。身无彩凤双飞翼,心有灵犀一点通。隔座送钩春酒暖,分曹射覆蜡灯红。嗟余听鼓应官去,走马兰台类转蓬。

(李商隐《无题二首》其一)

　　这首诗写与意中人的相见分离,抒写怀念之情。修辞上主要借助句法修辞和复叠、映衬、比喻,言语风格含蓄、典雅。

　　首联写景,隐含叙事。用示现,描述昨夜的环境,烘托、暗示与意中人的约会。"昨夜星辰昨夜风",是站在今夜的角度比较而言,意味着因为今宵和昨夜的景象相仿而引起了回忆。"画楼西畔桂堂东"的环境雅致温馨,约会的美好难忘单借环境映衬,留给读者去意会。这两句各用句中自对,"昨夜"复叠,句式整齐连贯,增强了抒情的氛围。

　　颔联抒情,隐含叙事。用比喻,身体虽无彩凤的翅膀可以双双飞到一处,心灵却有灵犀的一点让彼此心意相通。"身无彩凤双飞翼"暗示了双方的空间阻隔,"心有灵犀一点通"则抒写了相互的契合与感应。"身无"与"心有"相互映照,促成了两句语意之间的映衬、生发,抒发了既痛苦又甜蜜、既阻隔又相通的复杂感受。

　　颈联写景,景中含情。"隔座送钩""分曹射覆"是对二人共同经历过的酒宴游戏的描述,"春酒暖""蜡灯红",不仅描述宴会和暖融洽的气氛,而且烘托了诗人对与意中人共处相戏的向往之情。

　　尾联抒情,兼叙身世。用感叹句和比喻,感慨自己就像四处飘转的蓬草,又不能不急忙走马赶往兰台,去应付官差。此处对身世的感叹和前面对爱情的怅惘,自然地实现了联通,不但诗的内涵扩大了,诗的意蕴也得以深化,不再局限于爱情本身。

　　来是空言去绝踪,月斜楼上五更钟。梦为远别啼难唤,书被催成墨未浓。蜡照半笼金翡翠,麝熏微度绣芙蓉。刘郎已恨蓬山远,更隔蓬山一万重。

(李商隐《无题四首(其一)》)

这首诗写女主人思念情郎,抒发好景不常在的感慨。修辞上借助映衬、示现、用典,直接描述和侧面映衬相结合,言语风格绚烂、典雅。

首句记录女主人公的抱怨,用句内映衬:"来是空言去绝踪。"次句描写梦醒后的情景,渲染孤寂、冷清的氛围。

第三句用示现,描绘梦境:相会、分别、啼泣、呼唤。映衬远别日久而造成的刻骨相思和伤痛。第四句写梦醒后修书寄远。"书被催成"是指被梦中分别、呼唤没有应答的强烈思念之情所催促。

五、六句描绘女主人公的居室景象:烛光半照、麝香微度、翡翠被、芙蓉帐,与似真似幻的梦境交织,借以映衬人物空虚怅惘的心境。

尾联化用典故,借刘郎重寻仙侣不遇的故事,映衬爱情的阻隔,"已恨""更隔"构成层递表达,突出阻隔的难以逾越。

> 飒飒东风细雨来,芙蓉塘外有轻雷。金蟾啮锁烧香入,玉虎牵丝汲
> 井回。贾氏窥帘韩掾少,宓妃留枕魏王才。春心莫共花争发,一寸相思
> 一寸灰。

> (李商隐《无题四首(其二)》)

本诗写女主人公对爱情的渴慕和失望,修辞上主要借助摹状、映衬、比拟、双关、用典、移就、复辞等修辞格,描写环境,刻画心理。言语风格绚烂、典雅。

首联写外部环境。"飒飒"摹状风声,"东风""细雨""轻雷""芙蓉塘"这些表现特色景物的词语的出现,既点出春天的来临,又暗示春情的萌动。以景衬情,烘托女主人公莫名的骚动和苦闷。

颔联写居室环境。"金蟾""玉虎""锁""丝"借代日常用品香炉、辘轳、按钮、井绳,并用"啮""牵""烧""汲"比拟其动作,指称和描写都被赋予了鲜明的书面语色彩,使本诗语言带上了典雅风格。"香""丝"谐音"相""思",构成谐音双关,暗传相思之意。这两句的景物和动作描写,衬托女主人公的孤寂、无聊的处境和相思的痛苦。

颈联写渴望爱情。连续用典,化用了两个爱情故事,贾氏窥帘,爱韩寿之英俊,甄后留枕,慕曹植之才华,都借以暗示女主人公对爱情的渴慕。

末联写相思无望。语意突转,让女主人公直抒热情幻灭的痛苦和激愤。"春心"借喻对爱情的向往,"花争发"代表春季。"一寸相思"用移就,"一寸相思一寸灰"用复辞、句内对,相思和灰烬相对,化抽象为具象,鲜明对照,凸显相思被无情毁灭。

　　　　相见时难别亦难,东风无力百花残。春蚕到死丝方尽,蜡炬成灰泪始干。晓镜但愁云鬓改,夜吟应觉月光寒。蓬山此去无多路,青鸟殷勤为探看。

　　　　　　　　　　　　　　　　　　　　　　　　(李商隐《无题》)

这首诗,以女性自述的角度抒写爱情的痛苦和执着,修辞上主要借助词语修辞和复辞、映衬、双关、比喻、拟人、示现、用典,从不同角度表现内心的情感,言语风格绚烂、典雅。

首联,前一句抒情,后一句写景,以景衬情,景中寓情。首句,句内映衬,"难"复辞,"亦"表并列,前一个"难"表困难,后一个"难"表难受,突出别离带给自己的极大痛苦。次句描写暮春景物,与前句人物心理恰成映衬、写照,"无力"同时暗示人的无可奈何,"残"点出百花衰败凋谢的凄惨景象,烘托人物的悲凉心境。

次联,连用比喻,表现对爱情至死不渝的执着和痛苦。"春蚕到死丝方尽","丝"与"思"谐音,将思念比作春蚕吐丝,到死才停止。"蜡炬成灰泪始干",将蜡炬拟人,将思念的痛苦比作蜡炬,烧成灰,才不再流泪。两句彼此映衬,思念引发痛苦,执着的思念引发无尽的痛苦,但是主人公宁愿痛苦不止也不放弃思念,对偶形式凝聚、强化了对其内心世界的表现,使复杂抽象的情感变得具体形象。

颈联,写景表情。一句实写自己,一句拟测对方。写自己,突出"愁","云鬓改"表明容颜憔悴衰老,"但"强调容颜变化的明显、持续和对自己心绪的影响之大。写对方,用示现,想象对方和自己一样辗转难眠,因而"夜吟"遣怀,"应觉月光寒"兼表生理和心理上的寒冷感觉,"应"表揣度。推己及人,两相映衬,突出了她对对方的相思之痛切和相知之深细。

尾联,表达希望。化用典故,将最后的希望寄托在青鸟身上,请她充当使者代自己前去探望,并殷勤致意。这本来就是虚无缥缈的,不存希望的所谓希望,只能当作无尽痛苦中的聊以自慰而已。

> 海外徒闻更九州,他生未卜此生休。空闻虎旅传宵柝,无复鸡人报
> 晓筹。此日六军同驻马,当时七夕笑牵牛。如何四纪为天子,不及卢家
> 有莫愁。

(李商隐《马嵬二首(其二)》)

此诗咏史寓怀,讽刺唐玄宗的淫逸误国。修辞上主要借助词语修辞和映衬、示现、设问、用典,通过叙事、写景、议论寄寓情感,言语风格含蓄、绚烂。

首联描写玄宗的心理活动。前一句叙事,后一句述慨。"徒闻"表明杨玉环对九州变化只能徒然伤悲。后一句,句内自对,"生"复辞,"他生"和"此生"对衬,凸显人物悲痛无望的心情。

颔联追忆杨玉环死时的场景。用示现,具体呈现环境的变化。"空闻""宵柝"和"无复""报晓"相映衬,表现局势和境遇的改变,暗示杨玉环被缢于马嵬。

颈联追忆昔日的悲景和欢情。"此日"指贵妃被赐死的日子,"当时"则是七夕两人欢聚的时候。两相对照,可悯但又可笑,给予了辛辣的讽刺。

尾联从玄宗角度表达不解和痛苦。用设问和用典,引入传说故事中的"莫愁"加以对比,凸显人物的悲剧,暗含强烈的讽刺和批判。

> 山上离宫宫上楼,楼前宫畔暮江流。楚天长短黄昏雨,宋玉无愁亦
> 自愁。

(李商隐《楚吟》)

这首咏史七绝,是借吟咏楚宫寄寓诗人愁怀。修辞上主要借助复辞、顶真、映衬、用典,借景传情,婉转达意,言语风格含蓄、通俗。

前两句写离宫的环境。"上"复辞,句内顶真和句间顶真合用,描述山、宫、楼、江四种景物及其之间的层次关系。山长在、水长流,离宫已成陈迹,离宫的人和事已经作古,自然景物和人工建筑之间、物和人之间形成映衬关系,凸显了岁月变迁、物是人非之感慨。"暮",加重了感伤悲凉的氛围。

第三句着力写"雨"。"黄昏雨",暗用宋玉"旦为行云,暮为行雨"的成语语

意和楚襄王梦神女之事。冠以"楚天""长短",多方加以渲染,突出其弥漫、断续、如梦似幻的神秘气息和凄清氛围。

最后一句,即景述慨,以"宋玉无愁亦自愁"表达对所见情境的感受。"无愁"和"亦自愁"句内映衬,更见出愁之浓烈难抑。宋玉当然并不是"无愁"的,历史上曾经因楚王的淫逸、奢靡、不重贤才,而生国事身世之愁。此处的宋玉,其实是作者所选取的自身的代言人,宋玉之愁,也是作者之愁。诗歌借吟楚,婉转表达了诗人身世之恨、国事之忧。

> 向晚意不适,驱车登古原。夕阳无限好,只是近黄昏。
>
> （李商隐《乐游原》）

这首久享盛名的佳作,写诗人因情绪不佳而见识了无限美好的夕阳。修辞上主要借助词语修辞和映衬、夸张,描述事件和感受,言语风格含蓄、简约。

前两句叙事,点明登乐游原的时间和起因,为后两句做铺垫。"不适",特别点出心情的抑郁不快。

后两句议论,借助描写句和说明句,对"近黄昏"的"夕阳"给予高度评价和热情赞赏。"夕阳无限好"用夸张,极力突出其无与伦比的美丽。这个描写句其实很抽象的,只描述概括的印象,而不对夕阳做直接和正面的具体描写,这种避实就虚、以虚代实的写法显得非常高明,既节约了文字,又取得了"以不写代替写"难以替代的最佳效果。

"只是"强调仅仅是、不过是,并无一般误读的转折意义。强调黄昏这一特殊的时间点,显而易见是包含寓意的,最直接的寓意大概是:美好时光转瞬即逝,美好的事物不可多得,值得倍加珍惜。此外,诗中特别强调,诗人的美好感受是基于"意不适"的心理状态,一方面以哀情衬乐景,反衬、凸显夕阳的无限美好;另一方面似乎也表明个人在大自然面前显得微不足道。

第三节　写实诗和闲适诗的修辞特色和成就

这一时期的写实诗,以杜荀鹤、皮日休、陆龟蒙、聂夷中、曹邺等为代表,主要表现为对民生疾苦的书写;闲适诗,以皮日休和陆龟蒙的大量唱和诗以及杜荀鹤、司空图等为代表,主要表现闲适生活和淡泊情趣。这两类诗继承前代,体裁包括近体和五古、乐府等,修辞上对于唐诗这两类题材和相应主题的表现有所贡献和开拓,言语风格总体上偏于含蓄、谨严、平淡。

一、杜荀鹤诗作的修辞特色和成就

杜荀鹤一生以诗为业,自说"乍可百年无称意,难教一日不吟诗"(《秋日闲居寄先达》)。存诗300余首,均为律诗和绝句,包括闲适诗、艳体诗、写实诗等。借宫女的不幸身世寄寓自己怀才不遇的"宫体"诗,展示了诗人高超的艺术技巧。不过奠定其文学史地位的,还是那些关注现实、表现民生疾苦的诗作。用律诗和绝句而又不为声律所限,把丰富的内涵和广阔的境界压缩在短小的篇幅中,多用映衬,作品感染力强。言语风格偏于平淡、通俗、刚健。

　　早被婵娟误,欲妆临镜慵。承恩不在貌,教妾若为容?风暖鸟声碎,日高花影重。年年越溪女,相忆采芙蓉。

(杜荀鹤《春宫怨》)

这首宫怨诗,把"春"与"宫怨"密合无间地加以表现,借宫女自况,寄寓才高不为用的身世之叹。修辞上主要借助词语修辞、句法修辞和设问、通感、映衬、示现,言语风格谨严、绚烂。

首联自述现状,"误"和"慵"点出其心理和姿态,"婵娟"用叠韵词,摹状姿容仪态的美好。美貌无错却误人,婉转表达怨情,"早",强化了这一怨情的抒发。欲妆又罢的举止,暗示其内心的痛苦和矛盾。

颔联描写心理,用流水对,语势流畅、语意贯注。用设问,直述内心的矛盾、无奈,突出"承恩不在貌"。既然被宠幸不靠容貌,还怎么化妆,再怎么打扮有用吗?暗示"承恩"靠的是旁门左道、曲意逢迎。

颈联描写景物,用工对,描画了一幅风和日丽、鸟语花香的暖春美景图。"鸟声碎"用通感,用视觉表现听觉。"花影重"描摹鲜花映日的层叠样态。鸟和花都承受着自然界的暖风高日的恩宠,欣然自得。两句的写景,反衬宫女的心情,原本已经怨苦失意的宫女见此怡然欢欣的情景,更是平添失落、愁怨、寂寞、空虚之感。

尾联回忆过去,用示现描写宫女昔日越溪采莲的欢乐场景,今昔对照,既突出今朝的愁苦哀怨,又引发关于人生命运的更多思索,深化了对主题的表现。"年年"用复辞,突出年复一年的重复和加深。"越溪女",用王维诗《西施咏》成语。

该诗的句法修辞,陈述句中穿插一个疑问句,中二联用整句,一流水对一工对,句式的安排整散配合,与实际表意需要相顺应,整体结构自由流畅而不失凝练稳定。

去越从吴过,吴疆与越连。有园多种橘,无水不生莲。夜市桥边火,春风寺外船。此中偏重客,君去必经年。

(杜荀鹤《送友游吴越》)

这首送行诗,向友人热情推介吴越的风土人情。修辞上主要借助词语修辞、句法修辞和复辞,言语风格平淡、通俗。

首联概述吴越的关系。"去越从吴过,吴疆与越连","越""吴"句间复辞,"去、过、连"交织,两句用类似缠绕的形式,说明吴越地域接壤、风情相通的密切关系。

颔联推介吴越的名产。用反对,形式规整,意义凝练。"橘"和"莲"别处也有,吴越的优势和特色,在于"有园多种"和"无水不生"。多种多生,也表明吴越更适合、更偏爱栽种橘和莲,因而它们也成为吴越的名产。到处有橘园、莲塘,又可想见自然景观的怡情悦性。

颈联描绘市镇的繁华。用两个名词句构成对偶,选取"夜市、春风、桥、火、寺、船"等组织成水乡独特的风情画。"火"见出夜市的繁荣、热闹,并将其他的景物置于其映照下,增添了光彩和生气。

结尾突出人情的好客。"偏"表示特别、尤其,有突出的强调意味。"必"表达强烈的肯定。最后两句,在前文推荐介绍的基础上盛赞吴越的人情美,表达"此中"让人流连忘返之意。

> 夫因兵死守蓬茅,麻苎衣衫鬓发焦。桑柘废来犹纳税,田园荒后尚征苗。时挑野菜和根煮,旋斫生柴带叶烧。任是深山更深处,也应无计避征徭。

(杜荀鹤《山中寡妇》)

该诗借山中寡妇的悲惨命运,反映当时底层社会的沉痛现实,抒发悲愤之情。修辞上主要借助词语修辞、句法修辞和借代、映衬、复辞,描述事实、刻画细节、发抒议论,言语风格明快、谨严。

首联一叙事一描写,"夫因兵死守蓬茅",概述女主人公的不幸身世:丈夫死于战乱,如今孑然一身,守着茅草屋,度日如年。"蓬茅",借代茅草盖成的房屋。"麻苎衣衫鬓发焦",抓住人物的"衣衫""鬓发"进行外貌描写,突出其贫穷、苍老的形象。肖其貌而传其神,从住和穿两方面以及鬓发的枯槁,映衬其处境艰难和内心悲苦。

颔联叙事,用两个递进复句构成虚词对,彼此映衬,凸显赋税剥削的惨无人道:"桑柘废来犹纳税,田园荒后尚征苗。"选取丝税和青苗税这两种最具代表性的税种,来涵盖各种苛捐杂税。"犹""尚"相对,凸显税收设置严苛、催征无情,全然不顾农民的死活。如此一来,眼前的山中寡妇靠什么维持生计?

颈联描写寡妇的日常生活,对此做出了回答。用正对,选取吃和烧的两个细节来进一步刻画她无以为生的苦况:"野菜和根煮","生柴带叶烧"。吃野菜得连根一起吃,烧生菜要连叶一起烧,以强调的方式凸显其极度悲惨的处境。

尾联抒情,用感叹句,抒发评价和感慨:"任是深山更深处,也应无计避征徭"。"深"复辞,极言深之又深。"任是""也应"两个关联词语,强调无处可以避免征收赋税之意,暗寓对统治者的强烈愤慨和对民众的深切同情。

　　　酒瓮琴书伴病身,熟谙时事乐于贫。宁为宇宙闲吟客,怕作乾坤窃
禄人。诗旨未能忘救物,世情奈值不容真。平生肺腑无言处,白发吾唐
一逸人。

(杜荀鹤《自叙》)

　　这首七律,诗人自叙困境和烦忧,修辞上主要借助词语修辞、句法修辞和映衬,叙事、议论、抒情相结合,言语风格明快、谨严。

　　首联,概述自己的境遇和处世态度。"酒瓮琴书伴病身",指称代表性随身物品的三个名词语并列,再加一个"伴病身",短短七个字,诗人的日常生活状态已经呼之欲出。同时诗人的生活态度,也蕴含其中,即下一句的"乐于贫"。"熟谙时事"暗示"病身"的成因。

　　次联,表明诗人为人处世的志趣:"宁为宇宙闲吟客,怕作乾坤窃禄人"。这一联用选择复句,表达鲜明态度,取舍分明,斩截有力,震慑人心,足以见出其鄙薄"窃禄"者的高洁品格。

　　颈联,诉说诗人不为世容的愤懑。"诗旨未能忘救物",困于蒿莱的诗人并未消极,而是始终未失济世的热忱。"世情奈值不容真",用感叹句,直抒胸臆,大胆地直刺容不得说真话、揭真相的世情。前后两句构成映衬,揭露粉饰太平、虚伪欺诈的现实社会。

　　尾联,诗人自叹不得不选择隐逸的无奈。"平生肺腑无言处,白发吾唐一逸人",这一生自己怀才不遇,壮志难酬,满肚子心里话无从诉说,我只好做个大唐的白发隐居者,终老江湖。

　　　去岁曾经此县城,县民无口不冤声。今来县宰加朱绂,便是生灵血
染成。

(杜荀鹤《再经胡城县》)

　　这首诗写两次经胡成县的见闻,揭露官吏乃至君王所谓"爱民如子"的虚假。修辞上采用映衬、夸张、婉转等,言语风格含蓄、平淡。

前两句写初经胡城县,用夸张,突出县民冤声载道,所为何事则不置一词,留下悬念。"县"隔句复辞,形同义联。后两句写"再经胡城县",用折绕,说县宰的"朱绂""便是生灵血染成",间接道出县宰残害、冤屈百姓而升官的事实。前后构成互补互衬的关系,不但以事实印证了县民的冤屈之大,而且证明这冤屈竟然来自口口声声"爱民如子"的所谓的"父母官",由此蕴含了辛辣而尖锐的讽刺。

不过,通过冤屈百姓加了朱绂、尝到甜头的县官,下一步又会怎么做?胡城县的县官为什么能够用百姓的鲜血换来嘉奖,还有没有更多类似的例子?但是如此瞒天大谎居然能够得逞,百姓的全城冤声居然不能上达天听,那还有什么荒唐的事不是可能的呢?诗人虽然都没有往下说,但又一切尽在不言中了。

二、聂夷中、曹邺等写实诗的修辞特色和成就

聂夷中流传后世的诗主要为短篇五古和乐府,内容则较多表现对统治者的揭露和批判,以及对田家农户的同情,《唐才子传》的评价是"伤俗闵时""警省之辞,裨补政治"。诗人喜欢以质直的语言,白描的手法,对社会现象进行有力的揭露。言语风格通俗、平淡。

> 二月卖新丝,五月粜新谷。医得眼前疮,剜却心头肉。我愿君王心,化作光明烛。不照绮罗筵,只照逃亡屋。
>
> （聂夷中《伤田家》）

聂夷中《伤田家》是和李绅《悯农》二首前后辉映的"伤农"名篇,甚至有人将之与柳宗元《捕蛇者说》并提,认为"言简意足,可匹柳文"(《唐诗别裁集》)。该诗表现农民迫于赋敛和生计,不得不将农产品提前贱卖抵押的惨痛事实,寄托对农人的同情和对统治者的讽刺。修辞上用比喻、映衬(对比),词语平浅,句式凝练,言语风格通俗、简约。

前四句陈述事实和原因。开头即直述反常的现象:二月蚕种初生,居然卖蚕丝;五月秧苗刚插,却要卖新谷。接着,用形象有力的比喻抒写出卖者的痛心无奈:为了医治眼前的疮痛,不得不把心头肉割下来。挖肉补疮,何其惨痛!抒情的同时也含蓄地解释了不得已提前低价出售农产品的原因。

后四句诉说诗人的愿望。首先用暗喻:我希望君王的心,变成明亮的烛光。

接着用"绮罗筵"与"逃亡屋"作鲜明的对比,揭出贫富分化、阶级对立的严酷现实,希望君王之光,不为豪奢的宴席照明,只给逃亡的百姓送去温暖。表面上将希望寄托在君王身上,但更多的还是对现状委婉的揭露、批判和讥讽:"君王心"并不是"光明烛",君王作为富豪阶层的代表,能指望其不维护本阶级的利益,而体恤民情、泽被百姓吗?

曹邺,主要致力于古诗和乐府创作,反对拘守声律和轻浮艳丽的时风。诗作较多聚焦社会现实和民生疾苦。《官仓鼠》《捕鱼谣》《筑城》等都有一定影响。言语风格偏于通俗、明快,词语质朴,多采用民间口语,句式洗练,有较强的表现力。

> 官仓老鼠大如斗,见人开仓亦不走。健儿无粮百姓饥,谁遣朝朝入君口?
>
> （曹邺《官仓鼠》）

这首诗借写官仓鼠,鞭挞贪官污吏,暗讽统治者和君王,形象鲜明,主题深刻。修辞上选用普通词语,借助比喻、夸张、设问、映衬、复辞等,言语风格通俗、含蓄。

前两句用比喻兼夸张,突出官仓鼠硕大的外形和胆大妄为的习性。暗示官仓鼠长期盘踞官仓,终日饱食,且无人管束,更不要说惩治它们。"仓"隔句复辞,加强了形式和表意的联系。

第三句用映衬,拿官仓鼠的肥大和长期戍边的将士与终年辛劳的百姓的挨饿受饥进行对比,揭露人不如鼠的奇怪反常的现状。第四句用设问,将矛头直指官仓鼠的后台,质问是谁在支持保护官仓鼠胡作非为、夺人口粮,"朝朝"用复辞(重叠),强调频次密、时间长。

显然,诗人写官仓鼠是有用意的。官仓鼠指向的是那些侵吞民脂民膏的贪官污吏;官仓鼠的后台则直指贪官污吏背后的其他统治者乃至君王。

三、皮日休、陆龟蒙、司空图诗歌的修辞特色和贡献

皮日休是晚唐著名诗人、文学家,与陆龟蒙齐名,世称"皮陆",二人被鲁迅誉为唐末"一塌糊涂的泥塘里的光彩和锋芒"(《小品文的危机》)。其诗题材有

写实抒情,有怀古咏史,有歌咏山水,对社会和民生有较为深入的洞察和思考。诗风大体表现为两种倾向:一种是继承新乐府的写实传统,言语平易,以《正乐府》十首为代表;另一种延续险怪派的道路,言语生僻晦涩,以在苏州时与陆龟蒙唱和描写吴中山水之作为代表。

> 秋深橡子熟,散落榛芜冈。伛偻黄发媪,拾之践晨霜。移时始盈掬,尽日方满筐。几曝复几蒸,用作三冬粮。山前有熟稻,紫穗袭人香。细获又精舂,粒粒如玉珰。持之纳于官,私室无仓箱。如何一石余,只作五斗量!狡吏不畏刑,贪官不避赃。农时作私债,农毕归官仓。自冬及于春,橡实诳饥肠。吾闻田成子,诈仁犹自王。吁嗟逢橡媪,不觉泪沾裳。
>
> (皮日休《橡媪叹》)

《橡媪叹》是皮日休的代表作之一,通过描述"橡媪"的艰辛生活,揭露、批判黑暗的社会现实。修辞上主要通过词语修辞、句法修辞和映衬,用稍作加工的日常语句,直述、直抒,不加雕琢,言语风格通俗、明快。

前八句,描写老妇捡拾橡子为食的艰辛。前四句勾勒了秋晨深山老妇拾橡的画面。"伛偻"说明弯腰曲背,"黄发"表明年老体衰,依然要冒着深秋的冷风寒霜,早起爬山去捡拾橡实,揭示其生活负担非常沉重。后四句,又细描拾橡和加工的过程。"移时始盈掬,尽日方满筐",用流水对,概述其从"盈掬"到"满筐"要花费一整天,"始"和"方"突出捡拾不易。"几曝复几蒸"用复辞,凸显加工的费时费力,"用作三冬粮"揭示辛苦捡拾蒸晒橡实的原因,原来老妇整个冬天都只能靠它来充饥。

中间部分的十六句,描述农民虽然丰收却被剥削一空,不得不靠橡实充饥的悲惨遭遇。前四句描写稻谷成熟和"细获""精舂"的景象。"紫穗袭人香",色香俱全,凸显丰收;"细获又精舂",显示种粮者的巨大付出;"粒粒如玉珰"用比喻和复辞,一颗颗米粒像耳坠圆润晶莹。辛勤的劳作好不容易换来了稻谷的丰收,但是结果如何呢?接下来,诗人描述了农民所遭受的三重剥削:"纳于官",即上缴国库;官吏的盘剥,"如何一石余,只作五斗量",用感叹句,质疑中包含强烈的愤慨;"私债",官吏趁农时拿官粮放给农民的债务,"农"隔句复辞,前后应和。

以及由此带来的结果:"私室无仓箱","自冬及于春,橡实诳饥肠","诳"点出橡实不是真正的粮食,只能哄骗肠胃。诗人在事实描述中,也用直笔揭露了其中的根源:"狡吏不畏刑,贪官不避赃。"

最后四句,诗人用历史人物加以映衬,批判官吏和统治者,甚至连田成子都不如,同时对橡媪的遭遇表达同情,"吁嗟"表达感叹,"不觉泪沾裳",寄寓了深沉复杂的情感。

该诗成功地借助映衬,有效地强化了表意和抒情:老妇拾橡的场景和农人收稻的场景,是旁衬关系,暗示丰收却不得食;收稻春稻的表面喜人和全无剩粮的悲凉心境之间,是反衬关系,凸显人物心情。此外,"一石余"和"五斗"、"狡吏不畏刑"和"贪官不避赃"、"农时作私债"和"农毕归官仓"、"田成子"和当朝统治者,彼此都构成映衬关系。

　　　绮阁飘香下太湖,乱兵侵晓上姑苏。越王大有堪羞处,只把西施赚得吴。

(皮日休《馆娃宫怀古五绝》其一)

这首七绝,借馆娃宫做引子,咏越王灭吴国的历史,抒发新意。修辞上主要借助词语修辞、示现、映衬、婉转,以简驭繁,写景叙事,发表议论,言语风格谨严、含蓄。

前两句用映衬和示现,描绘想象中的历史景象。"绮阁飘香下太湖",明写馆娃宫,用"绮"修饰"阁",用"飘""下太湖"描述"香",侧面表现西施的美貌迷人以及吴王的沉湎女色。"乱兵侵晓上姑苏",写越兵乘虚潜入灭亡吴国,"姑苏"指姑苏台,用上姑苏台,标志吴国的灭亡。两句形成鲜明的对照,吴国灭亡的惨痛教训,已自在不言中。

后两句用婉转,表面调侃越王的"大有堪羞",间接、委婉地讽刺吴王的沉湎酒色、用人失当。明嘲勾践,暗刺夫差,使表达更为含蓄蕴藉,更具弦外之音、味外之旨。

　　　四弦才罢醉蛮奴,醽醁馀香在翠炉。夜半醒来红蜡短,一枝寒泪作珊瑚。

(皮日休《春夕酒醒》)

此诗写诗人酒醒后的见闻感受,寄寓身世感慨。修辞上主要借助词语修辞和倒装、拟人、移就、比喻,言语风格绚烂、含蓄。

头一句补写醉酒,"才"暗示醉得很快,"醉蛮奴"是"蛮奴醉"的倒装,倒装是让首句押韵,更主要是显出醉酒的身不由己。次句写酒的余香,突出酒好诱人。三、四句写夜半醒来,看见红蜡烧短了,流下来的凄凉的眼泪变成了美丽的珊瑚。这里将红蜡拟人,"寒泪"用移就,(红蜡)"作珊瑚"用暗喻。

借助词语修辞,诗歌既为我们呈现了一幅华美的景象:"四弦"的乐声,醅酿的"馀香","翠炉""红蜡"的色彩,"珊瑚"(喻体)的姿态;又在"短""一枝""寒泪"等的暗示中,融入了诗人内心失意、孤独、伤感等凄凉的情感。景为实写,情为虚写,以乐景衬哀情,以实衬虚,诗人巧妙地将身世的悲愁寄寓于看似客观的酒醒后艳丽场景描述,营造出凄艳动人的意境。

> 尽道隋亡为此河,至今千里赖通波。若无水殿龙舟事,共禹论功不较多?
>
> (皮日休《汴河怀古》其二)

这首诗咏隋大运河开凿旧事,有意识地为之"翻案",立意新颖,议论精辟。修辞上主要借助句法修辞和设问、用典、映衬,加强论理,言语风格谨严、含蓄。

前两句,用评议句,反驳普遍流行的论调,高度肯定大运河开凿的价值。前一句陈述他人观点,"尽道"强调是通行的看法,后一句予以驳斥,反对一味地否定,用高度赞许的语气充分肯定大运河本身带来的交通便利:"至今"突出时间长,"千里"强调地域广,"赖"表明不可或缺。观点比一般人更为辩证,确实有新意和说服力。

后两句,用假设复句,借助设问、用典和映衬,强调大运河的功绩洗刷不了隋炀帝奢靡亡国的罪名和事实。"水殿龙舟事"代指隋炀帝的豪奢淫逸,"若无"引导一个假设推理,但这个假设的前提条件显然是不存在的,事实就是事实。后一句的结论,借用大禹治水的事迹来做比较,"共"和"不较多"一再将隋炀帝所谓的"功"抬高。表面看是积极的肯定,但因为前提根本不成立,结论从一开始就是可笑而荒唐的。用假设复句,展现了推理的荒谬可笑。用设问和映衬,加强了否定和讽刺的语气。这两句用曲折的方式,表达了隋炀帝客观上的"功",根本不能与大禹治水相提并论,也掩盖不了他追求荒淫享乐导致亡国的本质。

陆龟蒙,诗以写景咏物为多,亦有愤慨世事、忧念生民之作。在躬耕南亩、垂钓江湖之余,他写下了许多诗、赋、杂著,其中有不少反映农事活动和农民生活的田家诗。

丈夫非无泪,不洒离别间。杖剑对尊酒,耻为游子颜。蝮蛇一螫手,壮士即解腕。所志在功名,离别何足叹。

(陆龟蒙《别离》)

这首诗,写离别但不写离愁,而是表现为了功名敢于壮士断腕的激情,形象丰满,别具一格。修辞上主要借助映衬、比喻,借助形象议论、抒情,言语风格明快、刚健。

前两句议论,表达大丈夫有泪不洒离别时的新观点,出口不凡,独树一帜。

三、四句抒情,高度赞许杖剑对尊酒的潇洒豪迈,以游子离别时面带愁容、儿女情长为耻。以映衬的方式,凸显对勇士赴疆场般壮别的肯定和推崇。

五、六句化用成语,用比喻的方式描况心目中的大丈夫形象:就像壮士断腕一样,舍小顾大,为了事业成功和理想实现而敢于牺牲、无所畏惧。

尾联明确点题:"所志在功名,离别何足叹。"大丈夫怀抱建功立业的远大志向,眼前的离别根本无足挂齿,不值得为此叹息伤感。

几年无事傍江湖,醉倒黄公旧酒垆。觉后不知明月上,满身花影倩人扶。

(陆龟蒙《和袭美春夕酒醒》)

这首和皮日休的诗,抒写诗人饮酒之趣,寄寓了诗人的悠闲自得心境和高士情怀。修辞上主要借助词语修辞和用典,表现自我形象,言语风格自然。

首二句写醉酒。首句自述几年来浪迹江湖生活的自由自在,"傍"形象地描述远离尘嚣的不羁状态。次句借用竹林七贤饮酒的典故,描述自我放任、纵情豪饮,因而醉酒。

后两句写醒后。"觉后不知明月上,满身花影倩人扶",醒来后发现自己就在野地睡了一觉,不以为意,反倒是对月光下花影落在身上的迷人景色,产生了浓厚兴趣,请人扶自己起来观赏。"花影"表现花在月光笼罩和诗人醉眼观看下的双重效果,很有情趣。

　　　　素花多蒙别艳欺,此花端合在瑶池。无情有恨何人觉,月晓风清欲
堕时。

(陆龟蒙《白莲》)

这首咏物诗,表现白莲的素雅超凡、无情有恨,寄寓独特的审美观。修辞上主要借助词语修辞和拟人、映衬、婉转,多用书面语词,言语风格典雅、谨严。

　　"素花多蒙别艳欺",用拟人和映衬,把花人格化,"素花""别艳"相对照,突出素雅的白莲和其他鲜艳的花在一起,总是被别的花欺负,不能受到人们的注意和重视。"此花端合在瑶池",用婉转,说白莲应该在瑶池仙境中生长,委婉地表达对白莲超尘脱俗气质的高度赞赏。

　　后两句,描述白莲独具神韵的情态美。"无情有恨",用拟人和映衬,概括白莲看似无情而又似乎满怀幽恨的动人形象。一方面,不求闻达,独守寂寞地开放,显得"无情";另一方面,白莲即将凋谢时,月晓风清下显得楚楚可怜,似乎隐藏着无穷的幽恨暗愁。

　　　　渤澥声中涨小堤,官家知后海鸥知。蓬莱有路教人到,应亦年年税
紫芝。

(陆龟蒙《新沙》)

这首诗借官家拟对新沙征税一事,揭露官府赋税剥削的残酷。修辞上主要借助词语修辞和夸张、复辞,言语风格幽默、谨严。

　　首句描述一小片新沙在海潮声中的缓慢堆积,"涨"形象地刻画新沙的形成过程。次句用夸张和复辞,将官家和整日在大海上空盘旋的海鸥比较,断论"官家知后海鸥知",这当然包含了对事实的主观放大和改变,但这一夸张的方式却有力地揭露了官家榨取赋税无所不用其极的本质。"知"复辞,凸显前后的

比较。

后两句转而用虚拟事实的夸张,用假设复句构成假言推理:"蓬莱有路教人到,应亦年年税紫芝。"蓬莱仙境,只是传说,无路让人可以前往,这一前提的虚拟性,自然意味着由此建立的推理和结论都是荒唐可笑的。这一荒谬的外壳中包裹的却是严酷的现实:官家的赋税搜刮无处不到,不可能还有生民的净土乐园,具有极强的讽刺意味。

> 陵阳佳地昔年游,谢朓青山李白楼。唯有日斜溪上思,酒旗风影落春流。
>
> （陆龟蒙《怀宛陵旧游》）

这首山水诗,不是即地即景之作,而是写对旧游的怀念。修辞上主要借助词语修辞、句法修辞和互文、示现、映衬,言语风格谨严、含蓄。

前二句,概述宛陵旧游的印象。"佳地",点出所游之处是个风景名胜,"谢朓青山李白楼",用互文,句法上省略谓词,完整形式大致为:谢朓和李白爬过的青山登过的楼。

后二句,回忆当年游历的情景。用示现,描绘记忆中的画面:夕阳斜照着溪流,酒旗随风飘扬的影子像飘落在春日的流水中。这幅画面对诗人的情感起着激发、映衬的作用。"思",点破诗人当时即景生情,但具体"思"的内容,只能从景物的描绘中去体会和寻找,大体上应该跟诗人的身世感慨有关。

司空图,在文学史上主要以诗论著称。他的《二十四诗品》(简称《诗品》),把诗歌的艺术风格分为雄浑、冲淡、纤秾、沉着、高古、典雅等二十四个品类,对每品用十二句四言韵语加以形象描述,称得上唐代诗歌纯艺术论的一部集大成的著作,对后世有重要影响。司空图的诗,大多抒发闲情逸致,体现他自己的创作取向:"诗中有虑犹须戒,莫向诗中着不平。"

> 花缺伤难缀,莺喧奈细听。惜春春已晚,珍重草青青。
>
> （司空图《退居漫题七首》其一）
>
> 燕语曾来客,花催欲别人。莫愁春已过,看著又新春。
>
> （司空图《退居漫题七首》其三）

这两首五绝都是写惜春、伤春,委婉寄托春光迟暮的感慨,感伤中不失洒脱。修辞上主要借助词语修辞和对偶、映衬、拟人、顶真、复叠等,言语风格谨严、绚烂。

第一首。前两句用正对和映衬,视觉和听觉相对,描绘春暮令人伤感的两个典型画面,彼此映衬,涵盖并凸显春去的衰败景象和无奈感受。"花残""莺喧"分别描写客观声像,"伤难缀""奈细听"则表现主观感受,主客交融,使客观图景带上了鲜明的伤感的主观色彩。

后两句用顶真和叠字,表达告别过去、"珍重"眼前的慰勉之意,"惜春春已晚"用顶真形式突出语意的关联:无论如何惜春,春去的事实都无可挽回。"珍重草青青",春花虽然凋零,但还有满目的青草,绿意葱茏值得珍重。"青青"用叠字,加强了描绘性。

后一首。前两句也用对偶、映衬,并且两句分别拟人,"曾"和"欲"从时间上、"来"和"去"从动态上,促成两句情景的对衬,凸显春天来去匆匆。"客"指做客,"别人"是与人告别,把燕和花写得有情有意,更彰显了诗人的难舍春归之情。

后两句用祈使句,劝慰感伤春逝的人,劝别人,也是自慰。"看著又新春",寄希望于前程未来,表达了非常积极、乐观的观念和态度。

第四节　"艳体诗"的修辞特色和成就

所谓"艳体诗",题材上以爱情、闺怨、宫怨等为主,也包括咏物、写景、抒怀等其他的一些题材,在审美追求上,直接表现、借助或融入情爱内容,通过注重文采的"彩笔"来展示情爱之美或有所寄托。"艳体诗"的创作在晚唐非常普遍,成就最高的代表诗人当推李商隐,温庭筠、韦庄、韩偓、郑谷等也都是其中的杰出代表。修辞上注重主客观表现手法的融合和语言形式美的展示,言语风格偏于谨严、绚烂、含蓄。

一、温庭筠"艳体诗"的修辞特色和成就

> 江海相逢客恨多,秋风叶下洞庭波。酒酣夜别淮阴市,月照高楼一
> 曲歌。
>
> （温庭筠《赠少年》）

这首诗写相逢又相别的离恨别情,寄寓诗人落拓不遇之感。修辞上巧妙地化用典故,借以映衬情怀的抒发,言语风格谨严、含蓄。

前两句化用成语。"秋风叶下洞庭波"化用《九歌》诗句"袅袅兮秋风,洞庭波兮木叶下",作为似虚若实的景物描写,用来比况、渲染前一句的"客恨多"。

后两句暗用故实。"酒酣夜别淮阴市"暗用韩信淮阴受辱的故事,委婉表达从此告别昨日耻辱之意,"淮阴市"用于借意未必实写,"月照高楼一曲歌"也表明登高楼对明月,放歌以抒发豪情壮志,"一曲歌"是"歌一曲"的倒装,以适应押韵需要。

> 咸阳桥上雨如悬,万点空蒙隔钓船。还似洞庭春水色,晚云将入岳
> 阳天。
>
> （温庭筠《咸阳值雨》）

这首写景诗,对雨即景,以景衬景,手法新颖。修辞上主要借助词语修辞和比喻、借代、夸张、映衬、示现,以虚映实,以虚补实,虚实相生,言语风格谨严、绚烂。

前两句实写。首句起而点题,"咸阳桥上"交代空间,"雨如悬"用比喻,把雨比作空中悬挂的巨大帘幕,形象逼真而有气势。次句承而绘景。"万点"以实代虚,兼用夸张,极言雨点的密集,"空蒙"用叠韵词,摹状雨雾水气交织而成的迷离景象,"隔""钓船",在画幅的雨幕上点染一只钓船,若隐若现,似有若无,丰富了画面的构图和韵致。

后两句虚写。"还似"巧妙地把洞庭湖的水和眼前的雨联系在一起。接着

用示现描绘想象中的壮阔景象:洞庭湖面水天一色,岳阳城楼晓云接天。这两句用作映衬,借洞庭春水来烘托咸阳雨景的壮观,并补足后者雨后春水暴涨的景象描写。

> 冰簟银床梦不成,碧天如水夜云轻。雁声远过潇湘去,十二楼中月
> 自明。

(温庭筠《瑶瑟怨》)

这首诗似乎是借弹奏瑶瑟,写女主人公的别离之悲怨之情,但除在标题出现"瑶瑟"外,正文只字不提弹奏相关内容,除第一句"梦不成"提及人物外,其余全部都是在写景,因而诗的主旨表现得颇为曲折、不确定。修辞上主要借助词语修辞和比喻、映衬,借景写人、以景衬情,言语风格含蓄、绚烂。

首句写人,"冰"和"银",用来形容竹席和床,色彩洁白和品质华贵,暗衬人物面容姣好、心境悲凉。"梦不成"则暗示人物寄希望于虚幻的梦境,但仍旧落空,突出其思念之深挚、失落之强烈。

后三句写景。次句从视觉角度写夜空的月光和云彩。"碧天如水"把月光比作清幽的流水,"碧"突出天空的空阔澄澈,"轻"形容云的浅淡和飘浮。这一景物,烘托人物的雅洁形象,暗示其心绪的清冷寂寞。

"雁声远过潇湘去",转而从听觉角度写雁声南去。"远过",从女主人公角度分析,既表现了其一直凝神屏息专注倾听的情状,更映衬了其内心有所期待或向往。"潇湘去",化用典故,暗示女子心系的对象远在潇湘。

"十二楼中月自明","十二楼"化用典故,以仙境代指女子所居,暗示女主人公的贵家女子身份。"月自明",用月的无情映衬人的有情,凸显孤寂、怨思,以景结情,更富有悠然不尽的余韵。

> 溪水无情似有情,入山三日得同行。岭头便是分头处,惜别潺湲一
> 夜声。

(温庭筠《过分水岭》)

这首诗写诗人翻越分水岭,与溪水发生的一段因缘,移情于物,别具诗意,寄

寓诗人的人生孤独感和对友情的格外珍惜。修辞上主要借助映衬、拟人、复辞、摹状,言语风格谨严、绚烂。

首句用映衬,写溪水"似有情"。"无情"引出"有情"、突出"有情","似"表明这只是诗人的主观感觉。

次句用拟人,写溪水的"同行"。溪水自流,但让诗人旅途不再感到寂寞、孤独,有了陪伴而行的感觉。是行旅者赋予了溪水人的情感和动作。

后两句用复辞和拟人,写溪水的"惜别"。"岭头便是分头处","头"用句内复辞,声同意连;"惜别潺湲一夜声","惜别"拟人,进一步写溪水"有情","潺湲"摹声,诗人夜宿岭头,耳畔一直听到岭头溪水潺湲作响,似乎是在和自己依依话别。写溪水深情道别,从侧面映衬诗人对溪水的深情。

　　　西溪问樵客,遥识主人家。古树老连石,急泉清露沙。千峰随雨暗,一径入云斜。日暮鸟飞散,满山荞麦花。

　　　　　　　　　　　　　　　　　　　　(温庭筠《处士卢岵山居》)

这首诗写卢岵山居的景色,借景物描写,表现人物,寄寓情感。修辞上主要借助语音修辞、词语修辞和映衬、借代、夸张,写景衬人,借景传情,言语风格谨严、绚烂。

首联写打听卢岵山居的位置。"问""遥识",点出山居所在的幽僻。"樵客"的尊称暗示所问对象不同凡俗,借以渲染幽雅的环境氛围。

颔联写沿途清幽的景象。"古树""老根""连石",表现景物的"高古","急泉""清""露沙",表现景物的洁净。景物的高古、清幽的特色,还借助出句"老"和对句"清"的平仄对拗,从声音上加以表征、凸显。

颈联写眺望山居所见。"千峰"用借代和夸张,极写峰峦叠嶂的视觉感受。"一径入云斜"和"千峰随雨暗"相互映衬,突出山的高峻苍茫和路的曲折幽深。这两句用合律的平仄关系与远景的阔大相协调,也丰富形式的变化。

尾联写到达山居所见。"日暮"说明路途远、时间长,"鸟飞散"点出生人到来惊扰了它们,暗示平日的寂静;"满山荞麦花"暗示处士在此长居和耕作。这两句也使用拗句,配合山居景物的表现。环境描写映衬处士的幽静和淡泊的生活。

香灯伴残梦,楚国在天涯。月落子规歇,满庭山杏花。

(温庭筠《碧涧驿晓思》)

这首五绝有意突破"调古"的审美定势,向词靠拢,言语风格偏于典雅、绚烂。诗中所写,是梦醒后的所思、所见。修辞上主要借助词语修辞和比拟、通感、映衬。

首句"香灯伴残梦",用比拟和通感,再现旅宿者刚醒时的恍惚状态。"香灯""残梦"用通感,"伴"用拟人写灯。写景映衬人物的孤寂心情。

次句"楚国在天涯",用夸张,表现醒来时发现梦回的"楚国"依然远在天边,暗示主人公的思楚之情。

三、四句写眼前所见。"月落子规歇",暗示子规夜啼,哀鸣声触动了独宿山驿的主人公的羁愁归思,此时心境重归平静。"满庭山杏花",景物很美,又会带给主人公怎样的思绪和感受呢?诗歌到此打住,完全留给读者去体味揣摩。

晨起动征铎,客行悲故乡。鸡声茅店月,人迹板桥霜。槲叶落山路,枳花明驿墙。因思杜陵梦,凫雁满回塘。

(温庭筠《商山早行》)

这首诗写早行的见闻感受,形象鲜明。修辞上主要借助词语修辞和列锦、倒装、转类、示现等辞格,言语风格谨严、绚烂。

首联,写晨起和思乡。"动征铎"是"征铎动"的倒装形式,既协调前后句诗语节奏,又突出"动"。"动"兼表动态和声音,概写早行旅客套马、驾车等许多活动。"客行悲故乡"兼表抒情和议论,写自己,也写其他旅客,很能够引发共鸣。

颔联,写出发时的见闻。用列锦,剔除谓词性成分,把名词和名词性短语直接并列,构成列锦对,十个名词事实上包含了十种景物:鸡、声、茅、店、月、人、迹、板、桥、霜。不但言简义丰,更重要的是这些特色景物的汇集,"状难写之景如在目前,含不尽之意见于言外"(梅尧臣语),既凸显了早行的典型图景,又寄情于景,以景衬情,委婉地道出了行旅者的"道路辛苦,羁旅愁思"(欧阳修《六一诗话》)。

颈联,写上路后的景色。"槲叶落山路,枳花明驿墙","槲叶""枳花"体现早春商山的景物特色。"明"转类,表现枳花颜色白,点出天没有完全放亮的"早行"特点。

尾联,写前一晚的梦境。商山非故乡,旅途景物的鲜明特色反倒让人想起了梦中的故乡,次句用示现,描摹这一梦回故乡所见的景象:"凫雁满回塘"。梦中的虚境和眼前的实景形成了鲜明的对照,凸显了强烈深沉的思乡之念。尾联照应首联的"客行悲故乡",并互相补充、映衬。

> 荒戍落黄叶,浩然离故关。高凤汉阳渡,初日郢门山。江上几人在,天涯孤棹还。何当重相见,尊酒慰离颜。
>
> （温庭筠《送人东归》）

这首诗写送人,寄寓惜别之情。修辞上主要借助句法修辞和映衬、互文、设问,言语风格刚健、简约。

首联用映衬,首句用"荒戍"和"黄叶"飘落,渲染萧瑟悲凉的寒秋气氛,反衬次句的"浩然"远行。一反传统悲秋主题,表现友人心怀壮志,义无反顾地告别家园,全无离别的愁苦。"浩然"描摹出行时的无所留恋、毅然决然,暗示心存高远,离家逐梦。

颔联用互文,两个名词句构成互文对,描述红日初升、秋高气爽的景象,点明送别的时地和天气,前一句写实景,后一句用示现写想象的景色。"汉阳渡"和"郢门山"对举,概指荆山楚水,营造出辽阔雄奇的境界。两句的写景所描绘的壮丽景象,借以烘托友人的出行,暗示其豪迈的心境。

颈联用设问和示现,描述想象中友人前往异乡后的情形:将会有哪些江东亲友,迎接你的小船到达?这两句既表达对友人的关切之情,也暗含对江东故旧的思念之情。"孤棹"用借代,部分代整体,有新意。

尾联用设问,表达对他日重逢开怀畅饮的期待,"慰离颜"暗寓别后深深的思念。

二、杜牧"艳体诗"的修辞特色和成就

除咏史怀古诗外,杜牧在"艳体诗"创作中的成就也颇值得关注。修辞上多

用映衬、比喻等积极修辞手法,言语风格也更多地带上了绚烂、谨严的时代特色。

> 斯人清唱何人和,草径苔芜不可寻。一夕小敷山下梦,水如环珮月如襟。

(杜牧《沈下贤》)

该诗追思凭吊中唐著名文人沈亚之,表达仰慕之情。修辞上主要借助设问、映衬、示现、比喻,写景抒情,言语风格谨严、庄重。

首句用设问,赞誉沈下贤的作品清新脱俗、不同凡响。"斯人"用尊称,表仰慕之意。"清唱"代指其诗作,"清"揭示其自然清逸的风格。"何人和",意指其诗歌迥超凡俗,非一般人能比肩,也难觅同调。

次句用映衬,"草径苔芜不可寻"描摹沈亚之旧居的荒凉景象,暗示其身后的凄清。联系其生前的落寞,见出诗人的同情和不平。

三、四句用示现和比喻,描写诗人的梦境:"水如环珮"鸣声玎琤,月如襟怀洁白澄明。这一比喻因为喻体的选择很特殊,而带有极强的暗示性,让人联想到水和月是否是诗人魂魄的化身?这一比喻似乎也可倒过来,本体喻体互用,形成"回喻"。梦境中,只有景不见人,但景物的选取和比况,映衬、凸显了诗人高洁的诗魂。

> 千里莺啼绿映红,水村山郭酒旗风。南朝四百八十寺,多少楼台烟雨中。

(杜牧《江南春》)

这首诗写江南春色,表现其繁复迷人的景象,寄托赞赏之情。修辞上主要借助词语修辞和借代、夸张、列锦、映衬,言语风格简约、谨严。

前两句,诗人在短短的十四个字中极力地凸显江南春景的明丽多姿。"千里"用借代,用于篇首,不仅是修饰"莺啼",而是为后面所有景物设置了一个广阔的背景。"绿"和"红"两个色彩词构成鲜明映衬,凸显了春色的特征,二者同时还是更多色彩(黄、白、紫等等)的代表,以及呈现这些色彩的物象的替代:绿树、青草、碧水、红花等等。"映"突出江南景物彼此间广泛存在的映衬关系,不仅有色彩的映衬,而且有动静、声色、山和水、村庄和城郭等的映衬,以及焦点和背景、实景和虚景、景和情等的映衬。"莺啼""水村""山郭""酒旗""风",这些名词或名词性短语之所以被选用入诗,是因为诗人将它们所指称的景物,列入了心目中江南春色的代表。它们作为代表,暗示、替代了对更多景物的指称和描述。后一句用列锦,直接将景物词语并列,不但在有限的文字中涵括了尽可能多的景物词语,而且赋予了它们之间更自由灵动的词语关系:"水村""山郭""酒旗",在句法上既可理解为偏正结构,代表三种景物,又可看作是并列关系,代表六种景物;至于这些景物之间如何配置、映衬,构成怎样的画面,则更是具备了丰富的可能性。

后两句,专写烟雨中的寺院楼台,表现江南春景的空濛神秘。"南朝四百八十寺,多少楼台烟雨中",江南春色离不开雨,佛寺林立,楼宇高耸、金碧辉煌,也是江南景物一大特色,诗人将二者融合在一起来写,把江南春色朦胧迷离的另一面呈现了出来。和前两句的描写,既互补,又互衬,"南朝"更给整个画面增添了悠远的历史色彩。"四百八十"的虚用和夸张、"多少"的强调呼应,则大大地扩展了画面的广度。

无论是明丽多姿,还是空濛神秘,在诗人笔下都是美丽迷人的,令人神往的,这背后所寄寓的则是诗人对江南春景的喜爱、欣赏和赞誉。

　　　　远上寒山石径斜,白云生处有人家。停车坐爱枫林晚,霜叶红于二月花。

(杜牧《山行》)

这首诗写秋色的动人,寄托爱秋之情。修辞上主要借助词语修辞和映衬、比喻,写景、抒情,言语风格谨严、明快。

前两句,写山行所见景物,用于映衬后两句的枫林。"远上寒山石径斜,白云生处有人家",写到了多种景物:寒山、石径、白云、人家。"远""寒""石""斜"对山和路加以修饰、描述,"生"点出人家的所在,并将白云和人家连成了一幅画面,景物和画面都各具呈现出特色和美质,但似乎都不足以让诗人动心。

后两句,写枫林的美艳动人。第三句叙事,却包含了强烈分明的感情:爱枫林晚景,尽管天色渐晚,也停下车来观赏领略,顾不得赶路。第四句用较喻,将经霜的枫叶和二月的春花作比较,凸显夕照下枫林流丹、层林尽染、红艳动人的景象,喜爱、赞誉之情溢于言表。"霜叶红于二月花",不仅体现在色彩上,更体现在生命力的顽强,以及由此造就的近乎极致的辉煌灿烂。

结构布局上,采取映衬谋篇,前两句的写景为后两句表现对枫林晚景的喜爱蓄势,起铺垫、烘托作用。

> 娉娉袅袅十三余,豆蔻梢头二月初。春风十里扬州路,卷上珠帘总
> 不如。
>
> (杜牧《赠别二首》其一)

这首诗赠别一位相好的歌妓,赞颂对方的美丽可爱。修辞上主要借助摹状、比喻、映衬、夸张,写人寄情,言语风格谨严、绚烂。

首句用叠字和摹状,正面描写女子的年轻貌美。"娉娉袅袅"形容女子身姿轻盈苗条,"十三余"点出其年龄小。

次句用借喻,用二月初的豆蔻花来比况、描摹女子,表现其如花苞初放般的娇嫩可爱。

后两句用映衬和夸张,拿扬州歌楼的所有美女的"总不如"来陪衬,突出女子的美。对女子的赞美和喜爱之情,溢于言表。"春风十里""珠帘",用环境描写来烘托人。

三、韦庄"艳体诗"的修辞特色和成就

韦庄在唐末诗坛上有重要地位。翁方纲称他"胜于咸通十哲(指方干、罗隐、杜荀鹤等人)多矣"(《石洲诗话》),郑方坤则将其与韩偓、罗隐并称为"华岳三峰"(《五代诗话·例言》)。

除长篇叙事诗《秦妇吟》外,韦庄主要还是以近体诗名世。其律诗工稳整饬,寄慨遥深;绝句意蕴丰富,发人深省。诗作重视修辞本身的美及其表现力,多用复叠、示现、用典、设问等辞格,言语风格偏于绚烂、含蓄。

> 昔年曾向五陵游,子夜歌清月满楼。银烛树前长似昼,露桃华里不
> 知秋。西园公子名无忌,南国佳人号莫愁。今日乱离俱是梦,夕阳唯见

水东流!

(韦庄《忆昔》)

　　这首诗回忆长安昔日景象,寄寓对王公贵族的讽刺。修辞上主要借助示现、用典、双关、映衬、象征等,委婉达意,言语风格绚烂、含蓄。

　　首句点题,回忆长安旧游。"五陵",是长安城外唐代贵族聚居之地。次句用示现,描写记忆中的昔日景象。"子夜歌"用双关,表面指乐府古曲,实指豪门贵族笙歌达旦地寻欢作乐。"月满楼"见证、映衬这种"子夜歌清"的奢靡生活。

　　颔联写景,表现贵族和宫廷日夜沉迷酒色。两句均用示现兼引用,"银烛树"用邢邵"夕宴银为烛"诗意,前一句描写豪门昼夜饮宴的情形;后一句暗写宫中的沉湎酒色。"露桃花",化用王昌龄"昨夜风开露井桃"(《春宫曲》)成语,代指宫廷,"不知秋"用双关,意指酒醉而春秋不分。

　　颈联叙事,化用典故构成借代,"西园公子"本指曹丕曹植,代指长安的王孙公子,"南国佳人"此处代指长安的歌女,"名无忌""号莫愁"均为双关,言彼意此,用字面意思代替本来的专名意义,指斥其无所忌惮、不识亡国之恨愁。

　　尾联抒情,用感叹句,"今日乱离俱是梦","俱是梦"有双关意,一是说往昔繁华皆成幻梦,二是说昔日都是醉生梦死,"乱离"用双声词描摹现状。"夕阳唯见水东流"映衬前一句的"俱是梦",同时表达象征意义:"夕阳"象征唐朝日薄西山,"水东流"象征国运衰亡,颓势不可逆转。

　　　扶桑已在渺茫中,家在扶桑东更东。此去与师谁共到? 一船明月一帆风。

(韦庄《送日本国僧敬龙归》)

　　这首诗写送行,表达对异国友人的关心和祝愿。修辞上主要借助映衬、复叠、设问、婉转、转类、拟人,言语风格谨严、含蓄。

　　前两句用映衬和复辞,凸显敬龙归国旅途遥远。"扶桑已在渺茫中,家在扶桑东更东",神木扶桑已经是在邈远难寻的烟波渺茫中,朋友的家乡还在扶桑的东头更东的远方。"扶桑"和"在"的隔句复辞和"东"的句内复辞,强化了"已"和"更"配合所表达的递进语意。

后两句用设问和婉转,表达对朋友旅途顺利的祝愿。"此去与师谁共到?一船明月一帆风。""一船明月"暗指晴天,"一帆风"代指顺风,"船""帆"均为名词临时活用作量词。"明月""风"与师共到,用拟人,将它们人格化为敬龙归国的陪行者、保护者。诗歌借此委婉地表达了祝愿友人一路平安、顺利抵达之意。

> 谁谓伤心画不成? 画人心逐世人情。君看六幅南朝事,老木寒云满故城。

(韦庄《金陵图》)

这首题画诗,写诗人看《金陵图》的感慨,寄寓对现实的忧虑之情。修辞上借助词语修辞和设问、复辞(同异)、示现等,议论、写景,寄托情感,言语风格谨严、含蓄。

前两句用设问,自问自答,给出否定答案,并用"人"复辞说明理由。"伤心画不成"意指表现不出来伤心、悲凉的场景。"画人心逐世人情","画人""世人"相应,突出画人丧失了独立性,迎合世人心理需要,粉饰太平,掩盖真相。

后两句,用示现,转述六幅《金陵图》画面中描绘的景象,以事实证明自己的观点。"老木""寒云""故城"三个特色景物所构成的画面,烘托、表征了南朝的惨淡历史,选取"老""寒""故"三个修饰语更好地体现了景物的特色。

> 满耳笙歌满眼花,满楼珠翠胜吴娃。因知海上神仙窟,只似人间富贵家。绣户夜攒红烛市,舞衣晴曳碧天霞。却愁宴罢青娥散,扬子江头月半斜。

(韦庄《陪金陵府相中堂夜宴》)

这首诗写参加金陵府相家宴的见闻感受,寄寓忧国伤时之情。修辞上主要借助词语修辞和复辞、借代、用典、映衬、夸张、比喻,言语风格绚烂、含蓄。

首联用复辞和典故,写府相家宴的豪华场面。前一句写环境,满耳笙箫演奏,满眼花团锦簇,"满"句内复辞的形式强化了这一景象给人的奢华印象;后一句写人,"满"和上句呼应,以句间复辞形式,进一步突出"满楼"尽皆豪奢无比的陈设装扮,"珠翠"代指佩戴珠宝翡翠的美女,"胜吴娃"用映衬,突出美女们个个美貌出众。

　　颌联用映衬、用典和夸张,别具心裁地将传说中美到极致的仙境来衬托世间的富贵人家,连"海上神仙窟"也"只似"(只不过像、只相当于)"人间富贵家",将周府的奢靡夸张到无以复加的程度,表达新异,生动有力。

　　颈联用两个比喻,对灯光和舞衣进行夸张描写:灯烛辉煌,像集聚在一起的红烛夜市;舞衣翩跹,像牵曳着碧空云霞。"绣户"指周府,用词典雅,突出其门户雕绘华美,"攒""曳"表现动态。"夜"和"晴"对用,暗示周宝日夜沉湎于歌舞声色。

　　尾联用映衬,寄寓诗人对眼前苟安情形和国难当头的忧虑。"却愁"点出诗人的清醒和愁怀,"扬子江头月半斜",以环境的安静冷清映衬人物内心的忧愤难平,同时也暗示时局,半壁残破,危难当前,如残月将落。

　　　　江雨霏霏江草齐,六朝如梦鸟空啼。无情最是台城柳,依旧烟笼十
　　里堤。

　　　　　　　　　　　　　　　　　　　　　　　　　　　　(韦庄《台城》)

　　这首诗写台城,寄寓吊古伤今之情。修辞上主要借助复叠、比喻、拟人、映衬,写景抒情,言语风格绚烂、谨严。

　　首句用复叠,描绘台城的环境,着意渲染如梦似幻的氛围。"江雨""江草"用复辞、"霏霏"叠字,突出滨江迷蒙的环境,"齐"显示暮春草长的样貌。

　　次句用比喻和映衬,描绘台城景物。"六朝如梦",用虚幻缥缈的梦境来比况六朝的陈迹和引发的想象,"鸟空啼",映衬台城残败、人世变迁,"空"表明徒然无益,"啼"暗用双关,既指鸟啼叫,也指鸟啼哭("鸟空啼"兼用拟人),感情一喜一悲,皆用作映衬。

　　末两句用拟人和映衬,着意刻画台城柳,寄寓情感。"无情最是台城柳",将柳人格化,移情于物,"无情"暗示人的有情和伤悲。"无情"的不只是"柳",也兼指其他的自然景物。"依旧烟笼十里堤",杨柳垂枝,像烟雾笼罩着十里长堤,这曾经点缀了台城繁华的景象现在依然重复着。"依旧"反衬台城在人世方面的今昔巨变。"依旧"包括台城柳在内的所有自然景物。

十年身事各如萍，白首相逢泪满缨。老去不知花有态，乱来唯觉酒多情。贫疑陋巷春偏少，贵想豪家月最明。且对一尊开口笑，未衰应见泰阶平。

（韦庄《与东吴生相遇》）

这首诗对故人述说身世感慨，抒发同病相怜、忧时伤世之情。修辞上主要借助词语修辞和比喻、映衬、拟人、婉转，言语风格绚烂、谨严。

首联，描述十年分别后重逢。前一句用比喻描摹各自的身世，如同浮萍四处漂泊不定。"白首相逢泪满缨"，岁月沧桑，年老发白再遇故人，不免涕泗横流，泪水浸湿了冠缨。"泪满缨"用夸张，突出激动之情。

颔联，抒发感受，兼含忆旧，两句皆用映衬。见了面，不觉抚今思昔，回想起当年赏花饮酒的欢聚场面，可是现在，感觉自己老了再没有了赏花的兴致，经历那么多乱世颠沛流离，更多时候只能借酒浇愁。"花有态""酒多情"都用拟人，以物来衬人和情，花和酒不变，变的是人。

颈联，抒发感慨，揭示社会贫富贵贱的悬殊差距，寄托强烈的不满和激愤之情。两句之间构成鲜明对照：贫居陋巷者饥寒交困，乃至怀疑自己住处的春风都少于别处；贵豪之家尸位素餐，甚至希望月亮都是照到自家的最明亮。用形象的方式，凸显了底层民众的极度贫困艰难和上层社会的极度奢靡贪婪。

尾联，自我宽慰，表达对未来的期许。"且对一尊开口笑，未衰应见泰阶平"，祈使和议论中，总体上传达了一种积极向上的心理信号：姑且借酒慰怀，重拾信心，自应老当益壮，期望国泰民安。

晴烟漠漠柳毵毵，不那离情酒半酣。更把玉鞭云外指，断肠春色在江南。

（韦庄《古离别》）

这首乐府旧题的《古离别》，写送别友人，表达离情别绪。修辞上主要借助词语修辞和复叠、映衬、移就，写景寄情，言语风格绚烂、谨严。

首句连用复叠，描绘阳光和煦，烟云飘浮，杨柳轻摆的春日美景。借以反衬次句的"离情"。

次句直述离愁,"不那离情酒半酣","不那"点破离愁别情的伤痛感,"酒半酣"指酒难下咽,借以映衬、强化离情难耐的感受。

三、四句更进一层。写友人将要前往南方,而南方此时春光明媚,春色更浓,更要让远行人断肠了。写友人也是写自己,凸显离愁之深。

四、韩偓"艳体诗"的修辞特色和成就

韩偓,因其一度的高官身份和所处的变乱时代,诗歌对唐王朝由衰而亡的历史做了较多的艺术表现。其时事诗,多用近体尤其是七律的形式,纪事结合述怀,注重用典,言语风格偏于谨严、庄重。其写景抒情诗,多采取即景抒情,寓情于景,兼具诗情画意,修辞上重视形象词语和描绘性修辞手法的运用,言语风格偏于绚烂、谨严、庄重。

故都遥想草萋萋,上帝深疑亦自迷。塞雁已侵池籞宿,宫鸦犹恋女墙啼。天涯烈士空垂涕,地下强魂必噬脐。掩鼻计成终不觉,冯驩无路学鸣鸡。

(韩偓《故都》)

这首七律写故都长安的衰败,寄寓唐王朝即将灭亡的哀痛。修辞上主要借助叠字、示现、映衬、用典,言语风格谨严、庄重。

首联概述点题,突出故都的荒凉破败。"草萋萋"用叠字,野草茂盛反衬故都的人去楼空,繁华不再。"上帝深疑亦自迷"用映衬,侧面凸显故都变化之大,连上天的帝王也陷入怀疑和迷惑。

颔联细描写景,继续首句的"遥想"。用示现,具体描绘想象中现在故都的景象:池籞残破,塞外的飞雁已入侵居住;宫中的乌鸦仍旧依恋着女墙啼鸣。两幅画面具有典型性,映衬故都宫苑废芜、物是人非,暗示国运的衰亡。

颈联正面抒情,表达对时局的无奈和悲伤。"天涯烈士"用于自指,"空"体现无力感,"垂涕"显示伤悲。"地下强魂",指崔胤,"必噬脐"用典,意指崔胤如果地下有知,必将感到悔恨。

尾联侧面述慨,寄寓深沉的愤恨和悲叹。"掩鼻计成",用《韩非子》故事,借指朱温用阴谋骗取天下。"学鸣鸡",用《战国策》故事,以冯驩自代。"终不觉"

"无路",寄蕴着悲愤交加的强烈的感情色彩。

> 水自潺湲日自斜,尽无鸡犬有鸣鸦。千村万落如寒食,不见人烟空见花。
>
> （韩偓《自沙县抵尤溪县值泉州军过后村落皆空因有一绝》）

该诗写唐亡后诗人路途所见人烟绝灭的惨况,寄寓悲慨之情。修辞上主要借助复叠、映衬、摹状等修辞格,以景衬景,寓情于景,言语风格谨严、庄重。

首句用复辞,两个"自"的句内重现,表现水流和日落依旧,突出自然的不变,暗衬人世的改变。"潺湲"摹声,表现水的缓慢流动。

次句用句内对和映衬,以"有"衬"无",凸显鸡犬尽无。鸡犬是和人连在一起的,鸡犬尽无也就意味着没有了人,没有了人家。"尽"强调"无"的程度是彻底、完全。"鸦"通常代表不祥和死亡,此处暗示四周依然弥漫着死亡的气息。

三、四句用夸张和映衬,概写农村普遍荒无人烟的惨象。"千村万落如寒食"略带夸张地概说总貌,"千村万落"概指广大的农村。"不见人烟空见花",用花的"见"反衬人烟的"不见",花是美的,却无人欣赏,"见"的复辞形意相合,则强化了这一反衬,"不见""空见"相映,凸显了诗人睹物伤情的悲凉、伤痛、愤慨之情。

> 鹅儿唼啑栀黄嘴,凤子轻盈腻粉腰。深院下帘人昼寝,红蔷薇架碧芭蕉。
>
> （韩偓《深院》）

这首写景诗,色彩浓重,描写细腻,标志着一种审美取向和表现的时代转向。修辞上主要借助词语修辞和对偶、映衬,尤其注意对色彩词、拟声词、叠韵词和轻声词等的选择和配合,追求声情并茂的修辞效果,言语风格绚烂、谨严。

前两句用对偶和映衬,描写动景。选用"鹅儿""凤子"两个包含轻声后缀的词,替代鹅雏、蛱蝶的一般称谓,增加了亲昵喜爱的感情色彩。"唼啑""轻盈"两个叠韵词的对用,增加了声音的回环美,并且生动地摹状了鹅雏吃食的声音和蛱蝶飞舞的姿态。"栀黄""腻粉"两个色彩词语相对,一黄一粉,加上更具体的修饰语"栀"(像从栀子提取的)和"腻"(触觉感受细腻),形成鲜明的色彩对比。两句用名词语构成工整的对偶,融入空间、声音、形态、色彩等丰富的画面元素及其映衬关系,组合成一幅欢快热闹、绚丽喜人的动态图景。

后两句点题,并用映衬描绘静景。前一句写人,"下帘人昼寝",应该不是写白天休息那么简单,诗人特别点出"下帘""昼寝",其用意耐人寻味。后一句写静景,"红"和"碧"、"蔷薇"和"芭蕉"从色彩和形态上彼此映衬,呈现了一幅色调浓烈、形态互补的静景图。

全诗四个表景物的词语,配置四个色彩词语的修饰和拟声词"喋喋"、形容词"轻盈"、动词"架"的描述,为读者描绘了一幅色彩繁丽、气氛浓烈、动静相生、声形并举、鲜活动人的深院春景图。前两句的句间对,末句的句内对,加上轻声词、叠韵词的对用以及平仄、押韵的协调变化,共同给诗歌带来了声音形式的和谐美。

景中含情,如此可爱动人、热烈繁盛的景象,并不能掩盖深院的幽静冷落,诗人面对此情此景选择"下帘""昼寝",将之屏蔽在外,暗示、映衬诗人内心的不平和,因为人事的困扰、伤痛而无法尽情去欣赏自然的美景。

　　手风慵展一行书,眼暗休寻九局图。窗里日光飞野马,案头筠管长蒲卢。谋身拙为安蛇足,报国危曾将虎须。举世可能无默识,未知谁拟试齐竽?

(韩偓《安贫》)

这首诗抒写身世,诗以"安贫"为诗,寄寓自慰自劝之意,"贫",兼指政治上的失意和生活上的困窘。修辞上主要借助词语修辞和借代、对偶、用典、比喻、设问等,言语风格谨严、典雅。

首联,用借代和对偶,点出懒于交游、机心泯灭的"安贫"现状。"手风"和"眼暗"对举,概写身体机能的衰退。"风"指风湿,"暗"指视力昏花。"慵展"和"休寻",表现心理的慵懒和消沉。"一行书""九局图",分别借代信札和棋谱。

颔联,用映衬和用典,写室内景象,进一步从侧面表现"安贫":长不打扫,窗户内可以看到灰尘在日光下浮动;久不写字,案头上的笔筒里竟孵出了蜂卵。"野马",用典,指在空中浮游的尘埃。筠管,竹管的雅称,代指毛笔筒。

颈联,用用典和比喻,补叙致"贫"的旧事。两句有意识地使用三/四节奏的顿挫句法,以形式上的变化,增强表意的压抑沉郁感。"谋身拙"用反语,表面上说弄巧成拙,实指坚持原则和礼制。"安蛇足"用典,自嘲谋事节外生枝。"捋虎须"比喻不畏强权,敢于与恶势力抗争。"安蛇足"的"拙"是表面的,"捋虎须""报国危"是实质的,两句诗表里映衬,凸显了诗人奋不顾身的勇气和临危报国的气节。

尾联,用设问和用典,对真正的人才不被任用的现状发出质疑和无奈:整个世界怎么可能没有人将真假贤愚的标准默记于心,不知道有谁准备认真地选人用人以挽救国事呢? 反问语气加强了肯定,暗含着强烈的无奈和微茫的希望。"齐竽"化用典故。

用词上较多使用书面语词和通用语词,前三联均用严整凝练的对偶形式,多用典故和其他辞格,形成了该诗言语风格的典雅、庄重倾向。

> 皱白离情高处切,腻红愁态静中深。眼随片片沿流去,恨满枝枝被
> 雨淋。总得苔遮犹慰意,若教泥污更伤心。临轩一盏悲春酒,明日池塘
> 是绿阴。

> (韩偓《惜花》)

这首诗写春花的凋零、消逝以及诗人的怜爱惋惜之情,写花也是写人,寄托身世之慨。修辞上主要借助词语修辞、句法修辞和借代、拟人、叠字、映衬,情景交融,刻写入微,言语风格谨严、绚烂。

首联用拟人和对偶,表现花朵将落前各自的离情愁态。"皱白"和"腻红"都借代花,二者相对,概写各种花的形态和变化;"离情""愁态"分别拟人,赋予花人的情感神态;"高处切"形容飘落前的真切离情,"静中深"描述对凋零命运的深沉忧虑。

颔联用叠字和对偶,表现诗人对花朵纷纷遭遇水流和雨打的反应。"眼随"写眼神和表情,"恨满"写情感和内心,把主观的情感投注到客观的物象上,景情融合。"片片"和"枝枝"用叠字,量词重叠,强调被花摧残损伤的严重程度:无一幸免。两句表面上只是写景,实际上景中有情,景和情互相映衬。

颈联用两个假设复句,表现诗人对落花最终命运归宿的关心和怜惜:花瓣散落

地面,即便只有青苔遮护,也可稍慰人心;但假如被泥土污损,只会更令人伤心。一从希望角度,一从不希望角度,最大程度地表达了诗人有心无力的情感关怀。

尾联用映衬和示现,前一句写诗人悲不自胜,只好以酒祭奠春花逝去。后一句用示现描摹池塘只剩下绿荫,暗示花尽。这两句,通过叙事、写景、寄寓、凸显无可奈何花落去的无限悲情。

> 惜春连日醉昏昏,醒后衣裳见酒痕。细水浮花归别涧,断云含雨入孤村。人闲易有芳时恨,地迥难招自古魂。惭愧流莺相厚意,清晨犹为到西园。
>
> (韩偓《春尽》)

这首诗写对春光消逝的悼惜,以此寄托身世之感、家国之悲。修辞上主要借助词语修辞和叠字、映衬、用典、拟人,叙事、写景、议论、抒情,言语风格谨严、典雅。

首联叙事。用连日醉酒之事映衬惜春之情深,烘托春尽。“昏昏”用叠字,摹状醉态。“衣裳见酒痕”暗示饮酒失控,足见内心原本即有难以解脱的苦愁,因为惜春而加剧以至难以自抑。

颔联写景。用工笔描绘了两幅画面刻画南方暮春的典型特征:细水浮花、断云含雨。“归别涧”暗示去无定踪,“入孤村”点明诗人所在,“孤”暗示内心孤独。“浮花”“断云”都是漂泊无定,无所归依,具有象征意味。本联借写景,比况、映衬了诗人的处境和命运。

颈联议论。“人闲易有芳时恨”,看来只是一句寻常议论,但诗人有意识突出“闲”,面对春光逝去,面对家国之消亡,人却只能在闲散中,眼睁睁地看着而无力挽回。“地迥难招自古魂”,借用《招魂》典故,表达自己难以寻觅知音、得到慰藉的深深寂寞。

尾联抒情。用拟人抒写流莺对自己的体贴关爱之情,映衬悲愁和寂寞之深重。这一方面表现自己的春愁之深,连动物都感知到了前来安慰;另一方面,则更凸显了世间无人体谅理解的落寞感,耐人寻味。

五、郑谷"艳体诗"的修辞特色和成就

郑谷,人称"郑鹧鸪",以《鹧鸪诗》闻名于世。七岁便能诗,作诗很多,现存诗三百余首,其中写奔逃、访旧、送亲怀友等内容的诗,多涉及时局,写景咏物诗,则多表现士人的闲情逸致。诗歌修辞上较为着力,喜用复叠,表达细腻流畅,言语风格偏于谨严、绚烂。

> 扬子江头杨柳春,杨花愁杀渡江人。数声风笛离亭晚,君向潇湘我
> 向秦。
>
> （郑谷《淮上与友人别》）

这首诗写在扬州("淮上")和友人的分别,寄寓离别之愁。修辞上主要借助复叠、映衬,写景叙事,寓情其中。言语风格含蓄、谨严。

前两句用句间复辞和映衬,"江""杨"句间复辞,声音回环,语义勾连,借杨柳依依的乐景美景反衬不忍离别的哀情别愁。"扬"和两个"杨"谐音,加强了声音回环往复之美,辅助了情韵的表达。

后两句用映衬和复辞,描摹道别场景,"风笛""离亭""晚"的写景渲染了离别的浓郁氛围,"君向潇湘我向秦","君""我"相对,更显亲近,"向"用复辞,字重义反,表面平淡的叙事却暗藏着依依惜别的深情话语和无尽的离恨别情。

> 暖戏烟芜锦翼齐,品流应得近山鸡。雨昏青草湖边过,花落黄陵庙
> 里啼。游子乍闻征袖湿,佳人才唱翠眉低。相呼相应湘江阔,苦竹丛深
> 春日西。
>
> （郑谷《鹧鸪》）

该诗曾传诵一时,诗人也因此被誉为"郑鹧鸪"。诗咏鹧鸪着力表现其神韵,将写鹧鸪和写人相融通。修辞上主要借助词语修辞和映衬、比喻、夸张、拟人、复辞,言语风格谨严、绚烂。

首联描写鹧鸪的习性、羽色和形貌。"暖戏"点明其喜暖畏寒的习性,"锦翼"用比喻点染其羽毛雅致的色泽,"烟芜"指烟雾中的草丛,点出环境,和后一

句跟山鸡的比较一道,都从侧面映衬鹧鸪的形貌美。

颔联描写鹧鸪的生活环境。"雨昏"和"花落",写阴雨天气和暮春时令,"青草湖"和"黄陵庙"则是与屈原投江、二妃溺水相联系的特定处所。诗人借环境描写渲染悲凄伤感的氛围,再烘托出鹧鸪愁苦凄切的啼鸣声。

颈联从游子佳人角度写鹧鸪声的影响,侧面凸显鹧鸪声的哀怨悲伤。"乍""才"两个副词,强调时间之短;"征袖湿"形容泪流不止,"翠眉低"形容愁眉紧锁,夸说影响之大。这一联,夸张地表现鹧鸪啼声和仿鹧鸪声的《山鹧鸪》的悲凄感人。鸟之哀啼和人之哀情,形成交融互衬关系,虚实相生,相得益彰。

尾联描写众多鹧鸪悲鸣声的此起彼应。"湘江阔""春日西"是其"相呼相应"的背景和诱因,"相呼相应"用复辞,声同意连,加强声音群起而呼应的听觉感受。"苦竹"既是其寻找暖和的所在,"苦"又寄托了寓意,暗指其命运悲苦。

　　春风用意匀颜色,销得携觞与赋诗。秾丽最宜新著雨,娇饶全在欲开时。莫愁粉黛临窗懒,梁广丹青点笔迟。朝醉暮吟看不足,美他蝴蝶宿深枝。

（郑谷《海棠》）

这首诗写海棠,抓住其最美丽动人的时段来多方表现其特点。修辞上主要借助词语修辞和拟人、映衬、互文、用典、示现等,言语风格谨严、绚烂。

首联用拟人和映衬,从侧面烘托海棠出众的美。首句写春风格外用心地妆扮海棠,把最美的颜色分给她;次句说诗人忍不住带上酒壶,为她饮酒赋诗。

颔联用对偶和互文,直接描写含苞待放且新沾雨滴的最美海棠。"秾丽""娇饶"相对,突出海棠的两大特点:色彩秾丽、姿态妖娆。"新著雨"点其外部条件,"欲开时"则点其生长时段,"最"表最高程度、"全"表最大范围,两个副词合用,强调了内部生长阶段和外部滋润条件不可或缺的重要性。两句互文见义,在表意上互相补充,合力呈现海棠的美。

颈联用示现和用典,再从侧面烘托海棠迷人的丰姿神韵。两句化用了两个典故,描绘两幅拟想的画面:勤劳美丽的莫愁女因为被海棠所吸引一时停下来梳妆;丹青高手梁广也为海棠的娇美着迷而不肯轻易下笔。"懒""迟"对人物动作和神态的描摹,暗示海棠带给内心的冲击和震撼。

末联用映衬和拟人,从诗人自身的行为和心理角度间接表现海棠的娇艳动人。诗人从早到晚都在对着海棠饮酒赋诗,仍嫌看不够,特别羡慕蝴蝶能穿梭栖息在海棠花丛里尽情享受花的魅力。

> 漠漠秦云淡淡天,新年景象入中年。情多最恨花无语,愁破方知酒有权。苔色满墙寻故第,雨声一夜忆春田。衰迟自喜添诗学,更把前题改数联。

（郑谷《中年》）

这首诗写作者人到中年的感受,表现复杂的心理状态。修辞上主要借助词语修辞和复叠、拟人、映衬、示现、婉转,即景写情,融情于事,言语风格谨严、绚烂。

首联点题,"漠漠""淡淡"用叠字,描摹云彩密布、天色暗淡的春日景象。春天的回归,让诗人感慨年龄的增长和中年的来临。

颔联抒情,用对偶、映衬和拟人,用简括的笔法从侧面突出情和愁的强烈难抑、复杂深重,暗示自己时常对花感伤、借酒浇愁。"情多""愁破"直接点出情感,"最恨花无语"和"方知酒有权"分别用于映衬。"花无语"用拟人,暗示人希望其出语安慰,"酒有权"用拟人,意指酒能操控人的情绪。

颈联写景,用示现和对偶,描述回顾和展望的两幅场景,表现回忆过去、瞻望未来的复杂心理活动。前一句写旧时的住宅满墙苍苔,代表对过往岁月的追怀。后一句写一夜的雨声触发了对家乡农田的想念,暗示对余生归隐的企盼。

尾联叙事,用婉转,间接表达只能借改诗姑且排遣无聊和情愁的无奈。"衰迟"点明衰老迟暮,"自喜"表面是"喜",但实际上从修改旧稿中获得的只是一时的、有限的寄托和安慰,更多时候诗人依然不能不深陷于岁月老去却无所作为的烦恼、愁闷、寂寥中。

小　结

晚唐诗歌,延续了李贺、刘禹锡、贾岛等中唐诗人各自的修辞特点,复兴了齐梁诗风,承中有变,各展其长,在审美取向和修辞审美功能的挖掘上有共性,也有差异。七绝多评议成分,形象说理,是这一时期最具特色成就也最高的诗体,七律多借助于消极修辞手法和映衬、用典、示现等辞格,同样具有不同于前代的独特表现,成就仅次于七绝。诗人们普遍重视诗歌的形式美,言语风格以谨严、绚烂为主导,普遍着力于调遣、发掘修辞的达意传情和审美功能,将其用于咏史怀古、艳情、写实、闲适等类内容和主题的表现中,成功地完成了朦胧美、含蓄美、滑稽美、柔婉美、人工美等诗歌意境的营造和开拓。七绝和新乐府的表现风格转向、总体偏于通俗柔婉绮艳的审美取向和对声律美的有效传达等,直接影响到了北宋的诗词创作。

第七章　唐诗重点修辞手法运用的变化和传承

第一节　唐诗比喻运用的特点和变化

　　本章从整体层面和纵向视角对唐诗中重点修辞手法的运用及其演变情况进行个别考察。选取了比喻辞格和句法修辞手法,调研、梳理它们在唐诗中的运用和变化,以及历史传承的概貌。比喻归属积极修辞手法,句法修辞手法这里则既涉及归属积极修辞手法的对偶、省略、倒装、顶真、互文、复辞等,也涵盖其他句法选择修辞手法(如虚词选用,不同字数、不同结构、不同功能的各种修辞句式的选用等)和句法变异修辞手法(如句法变奏、散文句法入诗等)。

　　比喻作为一种修辞手法,同时也是一种写作手法,从古至今一直是诗歌修辞不可或缺的组成部分。现存最早的诗歌总集《诗经》中已经用到不少比喻,有整首诗用的,如《魏风·硕鼠》《小雅·鹤鸣》;更多的是用于诗歌的局部,如《卫风·硕人》,用了一连串的比喻描绘庄姜之美:"手如柔荑,肤如凝脂,领如蝤蛴,齿如瓠犀,螓首蛾眉,巧笑倩兮,美目盼兮。"《诗经》的比喻以明喻为主,表意明朗,借喻、暗喻等其他形式偶见萌芽。

　　传统诗歌另一源头《楚辞》,同样出现了较多的比喻。在结构形式上多有缺省,多为数个比喻合用以综合表意。如《涉江》结尾:"鸾鸟凤皇,日以远兮。燕雀乌鹊,巢堂坛兮。露申辛夷,死林薄兮。腥臊并御,芳不得薄兮。阴阳易位,时不当兮。怀信侘傺，忽乎吾将行兮！"如果从表意关系看，毫无疑问，这段话主要借助了比喻。但因为喻词未出现，比喻形式的分析还原就成了问题：既可以做前五句每句一个比喻（借喻）看；也可以认为前五句构成一个明喻，前四句是喻体，第五句是本体，"阴阳易位"仍为借喻，套在其中。这几个比喻均为事喻，而非物喻。按通行的看法，鸾鸟、凤皇、辛夷、香草之类比喻贤人君子，燕雀、乌鹊、腥臊之类比喻小人佞臣，从词义解释说这似乎问题不大，但从辞格分析来看，它们通常并没有独立构成比喻，因而不能单独视为喻体，跟"众女嫉余之蛾眉兮，谣诼谓余以善淫"的众女、蛾眉不能等同视之。

汉魏两晋南北朝，文学逐渐走向自觉。比体诗大量出现，形式、用法渐趋丰富，更多自然物象用为喻体，情感较为隐约。刘勰对此的总结是："比之为义，取类不常：或喻于声，或示于貌，或拟于心，或譬于事。"（《文心雕龙·比兴》）

延及唐诗，比喻在修辞中继续扮演着举足轻重的角色，不但继承了传统，并且在分布、形式、功能、用法等方面都有自己的特色、变革和创新，为中国诗歌修辞史留下了浓墨重彩的一笔。

经过纸本检阅和电子查找，以及进一步的甄别、比较，我们对唐诗中比喻的使用情况，形成了这样的总体认识：首先，唐诗中的比喻总量大频率高，使用的总量和频率均位居唐诗常用辞格的前列；其次，样式齐备，形式丰富，分布广泛，功能发达；再次，唐诗重视比喻运用的变革和创新，成就斐然，贡献卓著。

一、唐诗比喻运用：量大类全，形式多样

比喻与作为传统诗歌"三艺"之一的比的外延并非完全等同的关系，重要性却可等量齐观。正因此，比喻用于唐诗的总量相当可观。比起数量来，更能体现其被接纳广度和受重视程度则是所用比喻品类的齐全、形式的多样。

按照比喻的基本分类，有明喻、暗喻、借喻这三种。唐诗用得最多的无疑是明喻，其次是借喻，暗喻不算多，并且很多时候似乎也未被使用者从明喻中刻意加以区分。但是如果进一步加以区分，我们也可以将其他一些比喻类型单列出来，以凸显各自的特点。这些基本类型之外的比喻，唐诗中常见的有博喻、对喻、连喻、倒喻、较喻、缩喻等。

就比喻的表达形式而言，也具有丰富多样性。从与诗句的对应关系而言，从一句一喻、一句两喻到两句一喻、多句一喻、全诗一喻，都可找到用例；从所对应的言语单位看,从词、短语、单句、复句、句群到段落、篇章,也都有相应的存在;而从比喻的构成要素而言,如果把本体、喻体、喻词、喻依(相似点或关系的揭示语)四个部分完全出现的比喻看作详式,那么其中有一个以上要素未出现的比喻看作略式,唐诗中既用详式,而更多地用到略式(包括借喻)。

(一)三大基本类别齐备

明喻。这类的用例俯拾即是:

丹青不知老将至,富贵于我如浮云。

(杜甫《丹青引赠曹将军霸》)

人生不相见,动如参与商。

(杜甫《赠卫八处士》)

夜阑更秉烛,相对如梦寐。

(杜甫《羌村·其一》)

世人闻此皆掉头,有如东风射马耳。

(李白《答王十二寒夜独酌有怀》)

暗喻。根据喻词,下面的例子似乎可明确归入暗喻:

昔日横波目,今成流泪泉。

(李白《长相思》)

朝为双蒂花,暮为四散飞。

(孟郊《相和歌辞·杂怨三首》)

借喻。借喻多用,且出现在不同层面。有词或词组形式的:

李牧今不在,边人饲豺虎。

(李白《古风五十九首·其十四》)

流血涂野草,豺狼尽冠缨。

(李白《古风五十九首·其十九》)

鱼目亦笑我,谓与明月同。

（李白《答王十二寒夜独酌有怀》）

此地一为别,孤蓬万里征。

（李白《送友人》）

中堂舞神仙,烟雾散玉质。

（杜甫《自京赴奉先县咏怀五百字》）

春寒赐浴华清池,温泉水滑洗凝脂。

（白居易《长恨歌》）

六军不发无奈何,宛转蛾眉马前死。

（白居易《长恨歌》）

也有句或句组形式的:

骅骝拳踞不能食,蹇驴得志鸣春风。

（李白《答王十二寒夜独酌有怀》）

当今廊庙具,构厦岂云缺。

（杜甫《自京赴奉先县咏怀五百字》）

顾惟蝼蚁辈,但自求其穴。胡为慕大鲸,辄拟偃溟渤。

（杜甫《自京赴奉先县咏怀五百字》）

还有诗章形式的,如李贺《猛虎行》全诗将分裂割据、对抗中央王室、残害一方人民的藩镇比成猛虎,影射中唐王室的腐朽统治。通篇用猛虎作比,使读者强烈感受到恶势力的可怖可憎和纵容恶势力者的可悲可叹。

(二)多种特殊类别屡见

连喻。是连续使用两个以上比喻,但不构成对偶形式。最多见的是在同一诗句内,也有用在多个诗句的。

有连用明喻的,或用同一喻词,或更换喻词:

梅花如雪柳如丝,年去年来不自持。

（骆宾王《代女道士王灵妃赠道士李荣》）

人情厚薄苦须臾,昔似连环今似玦。

（韦应物《行路难》）

若为教作辽西梦，月冷如丁风似刀。

（徐凝《莫愁曲》）

顽云猛雨更相欺，声似虓号色如墨。

（陆龟蒙《奉酬袭美苦雨见寄》）

有连用暗喻的：

昨朝为火今为冰，此道非君独抚膺。

（皎然《戏赠吴冯》）

也有混杂的：

君不见高堂明镜悲白发，朝如青丝暮成雪。

（李白《将进酒》）

还有用于多个诗句的：

君诗多态度，蔼蔼春空云。东野动惊俗，天葩吐奇芬。张籍学古淡，轩鹤避鸡群。

（韩愈《醉赠张秘书》）

每两句一喻，连用三个省略喻词的略喻，分别评价三位诗人的诗歌特点。

跨多行四连喻：

昔有佳人公孙氏，一舞剑器动四方。观者如山色沮丧，天地为之久低昂。霍如羿射九日落，矫如群帝骖龙翔。来如雷霆收震怒，罢如江海凝清光。

（杜甫《观公孙大娘弟子舞剑器行》）

四个略喻连用：

辞严义密读难晓,字体不类隶与蝌。年深岂免有缺画,快剑斫断生
蛟鼍。鸾翔凤翥众仙下,珊瑚碧树交枝柯。金绳铁索锁钮壮,古鼎跃水
龙腾梭。

(韩愈《石鼓歌》)

翻译过来,大体意思是:言辞严谨内容深奥隐秘难于理解,字体不像隶书蝌
文自成一格。年代久远难免受损笔画残缺,仍像得剑斩断活生生的蛟鼍。字迹
有如鸾凤翔飞众仙飘逸,笔画恰似珊瑚碧树枝柯交错。苍劲钩连像金绳铁索穿
锁钮,浑然又像织梭化龙九鼎沦没。

大弦嘈嘈如急雨,小弦切切如私语。嘈嘈切切错杂弹,大珠小珠落
玉盘。间关莺语花底滑,幽咽泉流水下难。冰泉冷涩弦凝绝,凝绝不通
声暂歇。别有幽愁暗恨生,此时无声胜有声。银瓶乍破水浆迸,铁骑突
出刀枪鸣。曲终收拨当心画,四弦一声如裂帛。

(白居易《琵琶行》)

这段诗句被后人誉为比喻运用的典范。前四句连用明喻,接着四句连用借
喻,末四句两个借喻接一个明喻,共同描摹琵琶弹奏声的轻重缓急、抑扬顿挫,给
人逼真的感受和丰富的想象。

对喻。是在前后诗句同时用喻,且构成对偶关系或包含在对偶句中。

有明喻相对的:

回乐峰前沙似雪,受降城下月如霜。

(李益《夜上受降城闻笛》)

谁怜颊似桃,孰知腰胜柳。

(于濆《相和歌辞·宫怨》)

也有暗喻相对的:

仁为桂江雨,威是柏台霜。(皎然《因游支硎寺寄邢端公》)

旧作琴台凤,今为药店龙。

(李商隐《垂柳》)

还有借喻相对的:

王风委蔓草,战国多荆榛。

(李白《古风五十九首·其一》)

困兽当猛虎,穷鱼饵奔鲸。

(李白《古风五十九首·其三十四》)

另有略式与略式相对的:

浮云游子意,落日故人情。

(李白《送友人》)

乃至较喻对较喻的:

艳花那胜竹,凡鸟不如蝉。

(司空曙《江园书事寄卢纶》)

连喻和对喻有时结合起来用。如杜甫《荆南兵马使太常卿赵公大食刀歌》:"蜀江如线针如水,荆岑弹丸心未已",整体的对喻套用前句的连喻,状写峡中江水。

博喻。同一本体与多个喻体相配构成比喻关系。

世人解听不解赏,长飙风中自来往。枯桑老柏寒飕飗,九雏鸣凤乱啾啾。龙吟虎啸一时发,万籁百泉相与秋。忽然更作渔阳掺,黄云萧条白日暗。变调如闻杨柳春,上林繁花照眼新。

(李颀《听安万善吹觱篥歌》)

梧桐相待老,鸳鸯会双死。贞妇贵殉夫,舍生亦如此。波澜誓不起,妾心古井水。

(孟郊《烈女操》)

　　李颀诗通过博喻状写声音变化及丰富的视听感受,孟郊诗三四两句本体,一二两句喻体,构成博喻,最后一句句内略喻。

　　韩愈《送无本师归范阳》中"蜂蝉碎锦缬,绿池披菡萏。芝英擢荒榛,孤翮起连茇"连用四个喻体,都是对"无本师"贾岛的诗才做比况描述。韩愈的《听颖师弹琴》一开头即用了多个喻体描写琴声,把声音给人的感受转变为具体可感的视听形象,层次分明,丰富多彩,使人如临其境,如闻其声:

　　　　昵昵儿女语,恩怨相尔汝。划然变轩昂,勇士赴敌场。浮云柳絮无根蒂,天地阔远随飞扬。喧啾百鸟群,忽见孤凤凰。跻攀分寸不可上,失势一落千丈强。

　　　　　　　　　　　　　　　　　　　（韩愈《听颖师弹琴》）

　　李贺的《李凭箜篌引》一诗总共十四句,却用了十六个比喻,用江娥、素女、昆山、凤凰、女娲、神山、神妪、老鱼、瘦蛟、吴质、寒兔、芙蓉、香兰、十二门、二十三楼等事物来描摹李凭弹奏箜篌带给人的全方位感受。"昆山玉碎凤凰叫,芙蓉泣露香兰笑。"清脆的琴声如同昆仑山上的美玉碎裂了;高昂的琴声如同美丽的凤凰放喉高歌;悲咽的琴声如同俏丽的芙蓉哭泣垂泪;欢快的琴声如同幽秀的香兰点头含笑。这些比喻变化多端、想象奇特,有听觉、有视觉、有嗅觉,新颖贴切地传递了箜篌带给人的多样复合的美妙感受。

　　倒喻。本体喻体的序次部分或完全颠倒,是为倒喻。受韵律等因素影响,唐诗中的倒喻并非个例。如李白《清平乐》"云想衣裳花想容,春风拂槛露华浓"。据王瑛《诗词曲语辞例释》(256 页),此处"想"字是比喻动词,云、花都是前置的喻体。柳宗元名句"江流曲似九回肠"(《登柳州城楼寄漳汀封连四州》),即景设喻,本体喻体虽然换位实则融合难分,把怀念朋友的愁思刻画得异常深沉。

　　　　雪照聚沙雁,花飞出谷莺。

　　　　　　　　　　　　　　　　　　（李白《荆门浮舟望蜀江》）

　　久判野鹤如霜鬓,遮莫邻鸡下五更。

　　　　　　　　　　　　　　（杜甫《书堂饮既夜复邀李尚书下马月下赋绝句》）

晴虹桥影出,秋雁橹声来。

(白居易《河亭晴望》)

月如眉已画,云似鬓新梳。

(岑参《夜过盘石隔河望永乐寄闺中效齐梁体》)

琉璃剪木叶,翡翠开园英。

(韩愈《城南联句》)

玉为质兮花为颜,蝉为鬓兮云为鬟。

(嵩岳诸仙《嫁女诗》)

上述各例均用倒喻,分别以聚沙雁比雪照,出谷莺喻花飞,野鹤霜毛喻双鬓斑白、晴虹喻桥影、雁鸣喻梧声、琉璃翡翠喻木叶园花。这些倒喻或跟韵律有关,但所形成的共同表达特点是相当于作者把用于描摹本体的事物置于开头,使人首先感知喻体形象,再推想被比方的事物,因而能对本体的特征感知更真切、印象更深刻。

较喻。也称差比,是兼用比较和比喻,二者相融合而成的特殊比喻。这一类的数量并不少见。常见的大致有三类:

(1)用"X 于"连接本体和喻体,如:

蜀道之难,难于上青天。

(李白《蜀道难》)

欲识愁多少,高于滟滪堆。

(白居易《夜入瞿唐峡》)

停车坐爱枫林晚,霜叶红于二月花。

(杜牧《山行》)

虎蹯青泥稠似印,风吹白浪大于山。

(白居易《舟行阻风寄李十一舍人》)

贾生俟罪心相似,张翰思归事不如。

(白居易《端居咏怀》)

(2)用反问或否定句传达比较意义,如:

请君试问东流水,别意与之谁短长?

（李白《金陵酒肆留别》）

惜君只欲苦死留,富贵何如草头露。

（杜甫《送孔巢父谢病归游江东兼呈李白》）

桃花潭水深千尺,不及汪伦送我情。

（李白《赠汪伦》）

知有前期在,难分此夜中。无将故人酒,不及石尤风!

（司空曙《留卢秦卿》）

　　抽象的别意、富贵与具象的东流水、草头露之间既比较又比况,具体可感而又深切动人。李白以对潭水深度的夸张映衬汪伦对我情谊的深厚,司空曙为了致意留客,要求勿将劝酒看得还不如阻船逆风。

　　(3)用"胜"等表比较的词语构成比较关系。

君家白碗胜霜雪,急送茅斋也可怜。

（杜甫《又于韦处乞大邑瓷碗》）

几时心绪浑无事,得及游丝百丈长。

（李商隐《日日》）

西塞云山远,东风道路长;人心胜潮水,相送过浔阳。

（皇甫曾《送王司直》）

　　白碗的白洁胜过霜雪,心绪和百丈长的游丝相提并论,人心和潮水比较,海潮止于得阳,而送别心情更超越浔阳以上,均有强调本体事物样貌、性征的用意和功效。

　　略喻。略喻是相对形式完足的比喻来说的,不仅借喻,明喻、暗喻皆有。一个完整的明喻、暗喻形式,包括与本体、喻体、喻词、喻依（相似点）各自相应的全部言语形式。"茫茫菰草平如地,渺渺长堤曲似城。"可说是完整的明喻。而实际使用时,常常因为经济、含蓄等种种原因而不出现某些形式,我们认为所有存在缺省形式的比喻都可称为略喻,不宜将其局限于陈望道《修辞学发凡》中的明喻或暗喻的略式。有省喻词、省本体、省喻依等,最常见是句间平行形式,但也有句内的、超句间的,有平行式也有非平行式,句间也有非平行式。

诗歌语言讲求简约经济、韵律和谐、节奏凝练,近体诗更是受制于格律的严苛要求,审美取向偏重雅洁蕴藉,因此,略喻在唐诗中算得上比比皆是,使用频率远远超出形式完足的比喻详式(或曰详喻、足喻)。

句内略喻:

月下飞天镜,云生结海楼。

(李白《渡荆门送别》)

世间行乐亦如此,古来万事东流水。

(李白《梦游天姥吟留别》)

句间略喻:

葵藿倾太阳,物性固难夺。

(杜甫《自京赴奉先县咏怀五百字》)

玉容寂寞泪阑干,梨花一枝春带雨。

(白居易《长恨歌》)

破瓶落井空永沉,故乡望断无归心。

(刘商《胡笳十八拍·第十二拍》)

娉娉袅袅十三余,豆蔻梢头二月初。

(杜牧《赠别二首》其一)

超句略喻:

兔丝附蓬麻,引蔓故不长。嫁女与征夫,不如弃路旁。

(杜甫《新婚别》)

高马勿唾面,长鱼无损鳞。辱马马毛焦,困鱼鱼有神。君看磊落士,不肯易其身。

(杜甫《三韵三篇》)

省略本体:

飘飘何所似,天地一沙鸥。

（杜甫《旅夜书怀》）

忽如一夜春风来,千树万树梨花开。

（高适《白雪歌送武判官归京》）

大川既济惭为楫,报德空思奉细涓。

（卢怀慎《郊庙歌辞·享龙池乐章第四章》）

省略喻词:

两水夹明镜,双桥落彩虹。

（李白《秋登宣城谢朓北楼》）

白也诗无敌,飘然思不群,清新庾开府,俊逸鲍参军。

（杜甫《春日忆李白》）

两个比喻都省略了比喻词,本体都是李白的诗歌:清新如庾信,俊逸如鲍照。

缩喻,即定中喻,本体喻体构成定语对中心语的修饰关系,可看作特殊的略喻。如李贺《感讽五首(其一)》:"县官骑马来,狞色虬紫须",虬紫须相当于说像虬(独角小龙)的紫色胡须。

香雾云鬟湿,清辉玉臂寒。

（杜甫《月夜》）

谁言寸草心,报得三春晖。

（孟郊《游子吟》）

鬟(发髻)如云,臂如玉,思念中的妻子美丽、孤寂而凄清。把子女比喻成小草,把母亲比作春天温暖的阳光,区区小草似的儿女又怎能报答母爱于万一呢?

省略喻依。喻依往往隐而不表,其缘由大致有二:一、不言自明,无需多言;二、含蓄达意,耐人寻味。

羁人此夕方愁绪,心似寒灰首似蓬。

（唐彦谦《萤》）

黄尘清水三山下,更变千年如走马。遥望齐州九点烟,一泓海水杯中泻。

(李贺《梦天》)

"寒灰"已经点明"寒","蓬"通常代表乱或飘飞无定,这里显然是前者;后例的前两句喻世间沧桑变迁,有更变提示,后两句喻远望中的世界看起来渺小且漂浮,点和烟分别隐含这两个特点,不说明比说明更显委婉。

二、唐诗比喻运用:分布广泛,功能凸显

就其分布而言,唐诗中的比喻可谓比比皆是,不拘体裁、题材,都可找到较多用例。在诗中的位置也无一定之规,开头、结尾、中间,句内、句间,都较为常见。

就其功能而言,或叙述,或抒情,或议论,或说明,不一而足。

(一)唐五律比喻运用概况

李白五律多用比喻,以句喻为主。

杜甫五律也多用,句喻、篇喻为主。"烽火连三月,家书抵万金。"(杜甫《春望》)较喻:家书难得,万金难买。《房兵曹胡马》篇喻:用于议论,咏马亦咏人(良友、大将等),末联"骁腾有如此,万里可横行"点题。

杜甫五律,咏物诗多,是否用比喻,情形不一:《天河》喻贤者之出处,也有说自况,《孤雁》自喻,直接咏物,意在言外。《初月》是否有比喻,不能确认。

飘飘何所似,天地一沙鸥。

(杜甫《旅夜书怀》)

不愁桃花红胜锦,生憎柳絮白于棉。

(杜甫《送路六侍御入朝》)

落日心犹壮,秋风病欲苏。古来存老马,不必取长途。

(杜甫《江汉》)

三例分别为两句一喻,一句一喻,一词组一喻和两句一喻。两个借喻:"落日"借喻暮年,老马联自喻。

除李杜外,韦应物精于古诗,其五律受影响较深,也常用比。

浮云一别后，流水十年间。

（韦应物《淮上喜会梁川故人》

相送情无限，沾襟比散丝。

（韦应物《赋得暮雨送李胄》）

别思方萧索，新秋一叶飞。

（韦应物《送榆次林明府》）

除了词句层面的比喻外，同样应该重视的有篇喻。"初晴天堕丝，晚色上春枝。"（王建《送人游塞》）中"天堕丝"喻阳光，而王建《宫词》多以篇喻表意。

李商隐《落花》篇喻，全篇写落花，以花喻人：芳心向春尽，所得是沾衣。崔涂《孤雁》通篇写雁，借雁喻人。再看篇喻的其他一些例子：

新岁芳梅树，繁花四面同。春风吹渐落，一夜几枝空。少妇今如此，长城恨不穷。莫将辽海雪，来比后庭中。

（刘方平《梅花落》）

本以高难饱，徒劳恨费声。五更疏欲断，一树碧无情。薄宦梗犹泛，故园芜已平。烦君最相警，我亦举家清。

（李商隐《蝉》）

篇喻，前例前四句为喻体，本体为少妇。后例前四句借蝉喻己，以下直抒己意。

再比较两篇《咏风》，初唐到晚唐的风格变化可窥一斑。

摇摇歌扇举，悄悄舞衣轻。引笛秋临塞，吹沙夜绕城。向峰回雁影，出峡送猿声。何似琴中奏，依依别带情。

（张祜《咏风》）

肃肃凉风生，加我林壑清。驱烟寻涧户，卷雾出山楹。去来固无迹，动息如有情。日落山水静，为君起松声。

（王勃《咏风》）

其他篇喻,如:

> 早被婵娟误,欲妆临镜慵。承恩不在貌,教妾若为容。风暖鸟声碎,日高花影重。年年越溪女,相忆采芙蓉。
>
> (杜荀鹤《春宫怨》)

> 数萼初含雪,孤标画本难。香中别有韵,清极不知寒。横笛和愁听,斜枝倚病看。朔风如解意,容易莫摧残。
>
> (崔道融《梅花》)

李商隐《风雨》正文全在写自己坎坷不平的人生际遇,似乎可看作本体,而标题似乎可以看作喻体,意指自己所遭遇的不幸就像风雨,这一特殊篇章比喻将所写内容概括为"风雨",成了一种形象化的抽象。

(二)唐七律比喻运用概况

> 比喻兼起兴。去岁荆南梅似雪,今年蓟北雪如梅。
>
> (张说《幽州新岁作》)

> 总为浮云能蔽日,长安不见使人愁。
>
> (李白《登金陵凤凰台》)

借喻:写景述慨,语含双关,喻指帝王被邪佞遮蔽,不能发出应有光芒,照亮天地。

> 绿杨著水草如烟,旧是胡儿饮马泉。
>
> (李益《盐州过胡儿饮马泉》)

明喻:草如烟,水雾笼罩下草看起来像烟。

> 解语老猿开晓户,学飞雏鹤落高松。
>
> (于鹄《送宫人入道归山》)

借喻:老猿、雏鹤的山中生活,暗指宫人曾经的宫中时光。

　　城上高楼接大荒,海天愁思正茫茫。惊风乱飐芙蓉水,密雨斜侵薜荔墙。岭树重遮千里目,江流曲似九回肠。共来百越文身地,犹自音书滞一乡。

(柳宗元《登柳州城楼寄漳汀封连四州》)

　　中四联都可看作比喻,也可作赋看,写景中寄情。"'惊风密雨'喻小人,'芙蓉薜荔'喻君子,'乱飐''斜侵'则倾倒中伤之状,'岭树'句喻君之远,'江流'句喻臣心之苦。皆逐臣忧思烦乱之词。"(吴乔语)①

　　桂岭瘴来云似墨,洞庭春尽水如天。

(柳宗元《别舍弟宗一》)

　　对喻。

　　一夜霜风凋玉芝,苍生望绝士林悲。空怀济世安人略,不见男婚女嫁时。遗草一函归太史,旅坟三尺近要离。朔方徒岁行当满,欲为君刊第二碑。

(刘禹锡《哭吕衡州时予方谪居》)

　　首句隐喻,讳言吕温去世,后四句用典以相喻。

　　巴山楚水凄凉地,二十三年弃置身。怀旧空吟闻笛赋,到乡翻似烂柯人。沉舟侧畔千帆过,病树前头万木春。今日听君歌一曲,暂凭杯酒长精神。

(刘禹锡《酬乐天扬州初逢席上见赠》)

　　一二句略喻,五六句"用对托之笔,倍难情"(杨逢春《唐诗绎》),"有道之言也"(赵执信《谈龙录》)。

---

　　① 转引自孙琴安:《唐七律诗精品》,上海社会科学院出版社,1989,第225页。

时难年饥世业空,弟兄羁旅各西东。田园寥落干戈后,骨肉流离道路中。吊影分为千里雁,辞根散作九秋蓬。共看明月应垂泪,一夜乡心五处同。

> (杜甫《自河南经乱关内阻饥兄弟离散各在一处因望月有感聊书所怀寄上浮梁大兄于潜七兄乌江十五兄兼示符离及下邽弟妹》)

五六句喻兄弟分离远隔,漂泊无定。

春心莫共花争发,一寸相思一寸灰。

> (李商隐《七律无题二首》其二)

句内略喻名句,就前文取喻体,意指:相思如香灰,所有相思全化为灰烬。

四朝忧国鬓如丝,龙马精神海鹤姿。

> (李郢《上裴晋公》)

描写外貌,传递内在。

无那杨华起愁思,满天飘落雪纷纷。

> (李频《乐游原春望》)

略喻,喻词未出现,杨花如雪,纷纷扬扬,漫天飘落。

白纶巾下发如丝,静倚枫根坐钓矶。

> (皮日休《西塞山泊渔家》)

明喻,"发如丝",共15次出现在唐诗中。

春思春愁一万枝,远村遥岸寄相思。西园有雨和苔长,南内无人拂槛垂。游客寂寥缄远恨,暮莺啼叫惜芳时。晚来飞絮如霜鬓,恐为多情管别离。

（唐彦谦《柳》）

废苑荒阶伴绿苔,恩疏长信恨难开。姑苏麋鹿应思食,楚泽王孙来不来。色嫩似将蓝汁染,叶齐如把剪刀裁。燕昭没后多卿士,千载流芳郭隗台。

（徐夤《草》）

不管人间是与非,白云流水自相依。一瓢挂树傲时代,五柳种门吟落晖。江上翠蛾遗佩去,岸边红袖采莲归。客星辞得汉光武,却坐东江旧薜矶。

（徐夤《闲》）

晚唐多咏物诗,围绕所咏对象,多方描摹,多方设喻,描摹柳、草、闲,将其具象化。

永巷长年怨绮罗,离情终日思风波。湘江竹上痕无限,岘首碑前洒几多。人去紫台秋入塞,兵残楚帐夜闻歌。朝来灞水桥边问,未抵青袍送玉珂。

（李商隐《泪》）

句句写泪。

蓬门未识绮罗香,拟托良媒益自伤。谁爱风流高格调,共怜时世俭梳妆。敢将十指夸针巧,不把双眉斗画长。苦恨年年压金线,为他人作嫁衣裳。

（秦韬玉《贫女》）

篇喻,贫女自况。

万井楼台疑绣画,九原珠翠似烟霞。

（李山甫《寒食》）

千里暮烟愁不尽，一川秋草恨无穷。

（张泌《边上》）

对喻。

水送山迎入富春，一川如画晚晴新。

（吴融《富春》）

银烛树前长似昼，露桃花里不知秋。

（韦庄《忆昔》）

因知海上神仙窟，只似人间富贵家。

（韦庄《陪金陵府相中堂夜宴》）

单句喻，跨句喻。

晚唐咏物诗大兴，杜牧《早雁》、郑谷《鹧鸪》、崔珏《和友人鸳鸯之什》都是名篇，后二人还因此得绰号"郑鹧鸪""崔鸳鸯"。其特点是都可作为篇章比喻来看，并且兼有起兴。

（三）比喻功能的彰显和开发

比喻的功能是丰富多元的，唐诗在凸显、强化比喻常规功能，以及开发其新功能、特殊功能等方面做了大量的探索。

首先，喻体选择以常见自然物、生活物事为主。这类喻体选用正符合比喻以常见喻不常见，以具体喻抽象，以浅显喻深奥的一般规律和模式，有利于比喻功能的实现。

描写人的外貌、神态、性格等，如：

游伎皆秾李，行歌尽落梅。

（苏味道《正月十五夜》）

李牧今不在，边人饲豺虎。

（李白《古风五十九首》其十四）

三十六万人,哀哀泪如雨。

(李白《古风五十九首》其十四)

描写物的外在和内里,如:

洛阳城里花如雪,陆浑山中今始发。

(宋之问《寒食还陆浑别业》)

饮马渡秋水,水寒风似刀。

(王昌龄《塞下曲》其二)

用于叙事的,如:

东门酤酒饮我曹,心轻万事如鸿毛。

(李颀《送陈章甫》)

谁言未忘祸,磨灭成尘埃。

(陈子昂《感遇诗三十八首》其三十五)

用于写景的,如:

天边树若荠,江畔舟如月。

(孟浩然《秋登万山寄张五》)

刀光照塞月,阵色明如昼。

(崔国辅《从军行》)

用于抒情的,如:

唯有相思似春色,江南江北送君归。

(王维《送沈子福归江东》)

一唱都护歌,心摧泪如雨。

(李白《丁都护歌》)

用于议论,如:

> 海内存知己,天涯若比邻。

(王勃《送杜少府之任蜀州》)

> 生计如云无定所,穷愁似影每相随。

(姚合《独居》)

如果同一诗中将两个以上比喻组配起来,修辞的功能将进一步得以增强,产生叠加效应。如岑参《与高适薛据同登慈恩寺浮图》多个比喻分别用于描绘重点景物"塔"及登塔所见,使表现对象变得具体可感,生动传神:塔势如涌出,孤高耸天宫。突兀压神州,峥嵘如鬼工。连山若波涛,奔走似朝东。

其次,比喻连用、对用,以及博喻、较喻、否喻、略喻、详喻等形式,大体上都有丰满、凸显、强化喻意的作用。

"孔明庙前有老柏,柯如青铜根如石。"颜色、质地等特征类同的喻体用于比况老柏树的树干树根的坚韧沧桑,可以叫做类义连喻。"黄金丝挂粉墙头,动似颠狂静似愁。""莫道谗言如浪深,莫言迁客似沙沈。"两个明喻同义相对,彼此构成衬托关系。"花红易衰似郎意,水流无限似侬愁。"两个明喻对用,形成鲜明对照。

> 春蚕到死丝方尽,蜡炬成灰泪始干。

(李商隐《无题》)

这是两个借喻对用,但因本体不明,因而究竟寓意是什么引发了不少猜测,"可以言情,可以喻道"(孙洙云《唐诗三百首》)。喻旨不确定,反而激发了更强的探索热情和更多想象的空间。

李白《庐山谣寄卢侍御虚舟》三个比喻配合使用,效果明显:"庐山秀出南斗傍,屏风九叠云锦张,影落明湖青黛光"用了夸张式比喻。"金阙前开二峰长,银河倒挂三石梁"用了借喻。"黄云万里动风色,白波九道流雪山"用了省喻词的略喻。

杜甫诗中，"富贵何如草头露？"是反诘形式的比喻，比肯定形式语气更强；"别有妖妍胜桃李，攀来折去亦成蹊。"是较喻，突出妖妍之样态；"大城铁不如"较喻兼否喻，语意更强。"柳色烟相似，梨花雪不如。"柳色缥缈如烟，梨花白过雪，等喻对差喻，二者相配，极写春意春色之浓郁。晴湖胜镜碧，寒柳似金黄。

> 空山百鸟散还合，万里浮云阴且晴。嘶酸雏雁失群夜，断绝胡儿恋母声。……乌孙部落家乡远，逻娑沙尘哀怨生。幽音变调忽飘洒，长风吹林雨堕瓦。迸泉飒飒飞木末，野鹿呦呦走堂下。
>
> （李颀《听董大弹胡笳声兼语弄寄房给事》）

借助博喻，从视觉、听觉、情感多角度想象、描写弹奏胡笳音乐的起伏变化及给人的身心感受，因而成为描写音乐的名篇。

李贺《听颖师弹琴歌》也是一首描写音乐的典范之作。"芙蓉叶落秋鸾离，越王夜起游天姥。暗珮清臣敲水玉，渡海蛾眉牵白鹿。"多个物象比喻琴声，"芙蓉句状其声之凄切，越王句状其声之高卓，暗佩句状其声之清远，渡海句状其声之缥渺"。诗中的博喻从多个角度表现颖师琴声带给人的声情并茂、美不胜收的视听享受。

> 西陆蝉声唱，南冠客思侵。那堪玄鬓影，来对白头吟。露重飞难进，风多响易沈。无人信高洁，谁为表予心。
>
> （骆宾王《在狱咏蝉》）

这首诗以蝉自喻，多方展现喻体，是为详喻。前四句一句写蝉一句写人，对照着写，后四句双关写法，明写蝉，暗写己。自喻序云："故洁其身也，禀君子达人之高行；蜕其皮也，有仙都羽化之灵姿。候时而来，顺阴阳之数；应节为变，审藏用之机。有目斯开，不以道昏而昧其视；有翼自薄，不以俗厚而易其真。吟乔树之微风，韵资天纵；饮高秋之坠露，清畏人知。"

> 我身何所似，似彼孤生蓬。秋霜剪根断，浩浩随长风。昔游秦雍间，今落巴蛮中。昔为意气郎，今作寂寥翁。外貌虽寂寞，中怀颇冲融。

赋命有厚薄,委心任穷通。通当为大鹏,举翅摩苍穹。穷则为鹪鹩,一枝足自容。苟知此道者,身穷心不穷。

（白居易《我身》）

这首诗则把自身比作孤生蓬、大鹏、鹪鹩等,并对相似点加以描写、说明,完成了该诗基本意旨的传达。

再次,新奇比喻关系的构建,是唐诗激活、激发、激扬比喻潜藏功能和力量的基本手段。

这种比喻关系的构成大致有三种途径:

1. 同样的本体,不同的喻体

例如,古代诗人常写愁,比喻"愁情"的喻体也有很多创造。唐诗即有:以山喻愁:忧端如山来,澒洞不可掇(杜甫);以风雪喻愁:愁如回飙乱白雪(李白);以结喻愁:通州君初到,郁郁愁如结(白居易)。再如写泪,李白有时说如雨:哀哀泪如雨;有时说如珠:抚心茫茫泪如珠;还有时说如泉:泪如双泉水,泪下如流泉;但总体看并没有太着意于喻体的选择或加工。到了其他诗人那里,情况就不太一样了,如杜甫:有泪如金波,庭树鸡鸣泪如线;李贺:忆君清泪如铅水,也有加上夸张的,如:别泪成海津(寒山)。

2. 同样的喻体,不同的本体

以山为例:白璧如山谁敢沽。白浪如山那可渡(李白)。风雨不动安如山?先帝天马玉花骢,画工如山貌不同。观者如山色沮丧,天地为之久低昂(杜甫)。我虽跨马不得还,历阳湖波大如山(李贺)。缯帛如山积,丝絮似云屯。一鸣君万岁,寿如山不倾。人寿不如山,年光急于水(白居易)。定物积如山,死得一棺木(王梵志)。心高如山岳,人我不伏人(寒山)。造业大如山,岂解怀忧怕(拾得)。

3. 相同的喻体,不同的喻义

吴景旭在《历代诗话》卷五十二《翻案》篇中将这种情况称之为比喻的"异用"。他还以冰壶举例,韦苏州的诗:"心同野鹤与尘远,诗似冰壶见底清。"又:"冰壶见底未为清,少年如玉有诗名。"同样用"冰壶"作比,韦应物在前者是比喻写诗的"清""纯",是赞美的比喻;后者则是"不清",是贬低的比喻。其实作者是用同样的事物作比喻来表达两个不同的意义。后者对"冰壶"的贬,是为了拔高少年,言下之意就是讲少年的冰清玉洁,洁白无瑕,胜过冰壶。任何事物都有不同组成部分、不同性状功能等,所以在选取喻体时,同一事物也可以被赋予不同喻义。这就像钱钟书先生《管锥编·周易正义·归妹》中所说的那样:"取譬者用心或别,着眼因殊,指同而旨则异;故一事物之象可以孑立应多,守常处变"。在唐诗中,柳是常见的喻体,不过喻义则未必同一。如"芙蓉如面柳如眉"(白居易《长恨歌》),是以柳条喻眉之细;"柳眉空吐效颦叶,榆荚还飞买笑钱"(李商隐《李义山集·和人题真娘墓》),是以柳叶喻眉之纤;"药诀棋经思致论,柳腰莲脸本忘情"(韩偓《玉山樵人集·频访卢秀才》)则是以柳枝喻女性腰肢的纤细、柔软。

4. 本体、喻体互为比喻关系,即互喻

如:水似晴天天似水,两重星点碧琉璃(李涉《题水月台》)。

三、唐诗比喻运用的变革和创新

伴随唐诗中比喻使用频率的上升和覆盖面的扩展,一方面出现了陈旧雷同、模式化的问题,这就犯了修辞的大忌,必然催生比喻使用的创新性和个性化;另一方面,顺应时代特点和表达需要,主动求新求变在比喻使用中也得到了突出体现。比喻运用在唐诗中表现出来的变革和创新是多方位、多层面的,形式上主要是喻词的丰富,连喻、对喻、博喻、较喻、略喻、隐喻等特殊类别的铺开和常态化;内容上主要是喻体选取范围的大幅度延展,修辞功能上的进一步发掘;用法上主要是自觉采取暗用巧用、喻体深耕细作、与其他辞格综合运用等新的方式方法。

（一）对喻词的添加与借用

王兴才认为,唐诗中常见的比喻词除"如、若、犹、似"外,尚有"疑、学、类、欲、想、以、成、胜、状、方"等词,经常用以表示比喻。[1] 这一说法基本正确,不过其中的学、欲、想、以、方确实也用作比喻词,但并不常见也非专用,"以"用作"似"的通假,算是临时借用,其他几个词表比喻的意义受特定语境的限制,后来

---

① 王兴才:《试说唐诗中几个常见的比喻词》,《牡丹江师范学院学报(哲学社会科学版)》,2003 年第 1 期。

也没有取得相对固定的比喻词身份,因而似乎也不宜看作比喻词。此外,单纯比喻词还有"为、仿佛、譬、作、是、同、比、即"等,除了单纯比喻词,还有一类复合比喻词,也不应遗漏,常用的主要有疑是、譬如、犹似、如同,偶见宛如、宛若等。

> 暴光隔云闪,仿佛亘天龙。
>
> （皮日休《太湖诗缥缈峰》）
>
> 礼成神既醉,仿佛缑山鹤。
>
> （裴度《郊庙歌辞·享惠昭太子庙乐章·亚献终献》）
>
> 譬彼植园木,有根易为长。
>
> （韩愈《此日足可惜赠张籍》）
>
> 我念前人譬荠菲,落以斧引以縄徽。
>
> （韩愈《送区弘南归》）
>
> 已闻清比圣,复道浊如贤。
>
> （李白《月下独酌四首》其二）
>
> 蟹螯即金液,糟丘是蓬莱。
>
> （李白《月下独酌四首》其四）
>
> 昔日横波目,今作流泪泉。
>
> （李白《长相思》其二）
>
> 百花落如雪,两鬓垂作丝。
>
> （白居易《晚春酤酒》）
>
> 斗疑斑虎归三岛,散作游龙上九霄。
>
> （李绅《新楼诗二十首·东武亭》）
>
> 亦如恩爱缘,乃是忧恼资。
>
> （白居易《弄龟罗》）
>
> 峨嵋山下水如油,怜我心同不系舟。
>
> （薛涛《乡思》）
>
> 一醉便同尘外客,百杯疑是酒中仙。
>
> （牟融《重赠张籍》）
>
> 疑是口中血,滴成枝上花。
>
> （成彦雄《杜鹃花》）

疑是水仙梳洗处，一螺青黛镜中心。

（雍陶《题君山》)）

不知庭霰今朝落，疑是林花昨夜开。

（宋之问《苑中遇雪应制》）

譬如黄金盘，照耀荆璞真。

（韩愈《酬裴十六功曹巡府西驿途中见寄》）

譬如笼中鹤，六翮无所摇。

（韩愈《与张十八同效阮步兵一日复一夕》）

譬如天之有日蚀，使我昏沈犹不明。

（孟迟《发蕙风馆遇阴不见九华山有作》）

风吹仙袂飘飖举，犹似霓裳羽衣舞。

（白居易《长恨歌》）

潺湲疑是雁鹔鹴，嗜骥如同发鸣镝。

（元稹《小胡笳引》）

与唐诗喻词添加、分化相对应的另一变化，则是部分喻词功能、用法的趋同。如宗廷虎、李金苓、郭焰坤著《中国修辞史（中卷）》指出："唐宋时期明喻详式多用喻词'如'、'似'，其次用'若'。这些词在产生之初是有功能差别的，在历史发展中，至魏晋时代在诗歌中的功能开始趋同，但唐宋时期这几个词功能完全同化，看不出有何差别。"[1]

唐诗比喻词运用的另一个显著变化是喻词的交错对举、组配使用。这两类用法，应运而生了丰富多彩的比喻配合（连喻、对喻）形式，也营造了唐诗语言形式的和谐美和创意美。连喻中的喻词有同类连用也有异类连用，有相同的也有不同的，例见前文连喻部分。这里再补充一些喻词对用的例子。

"如"对"X"：

君不见高堂明镜悲白发，朝如青丝暮成雪。

（李白《将进酒》）

---

① 宗廷虎、李金苓、郭焰坤：《中国修辞史（中）》，吉林教育出版社，2007，第687页。

剑文夜如水，马汗冻成霜。

（李益《相和歌辞·从军有苦乐行》）

始如经天月，终若流星驰。

（乔知之《杂曲歌辞·定情篇》）

"若"对"X"：

一言芬若桂，四海臭如兰。

（骆宾王《咏怀》）

帆势挂风轻若翅，浪声吹岸叠如鳞。

（罗邺《春望梁石头城》）

看花若有情，倚树疑无力。

（刘希夷《相和歌辞·采桑》）

天边树若荠，江畔洲如月。

（孟浩然《秋登兰山寄张五》）

"似"对"X"：

远潭昏似雾，前浦沸成雷。

（苏味道《九江口南济北接蕲春南与浔阳岸》）

无言冀似霜，勿谓事如丝。

（聂夷中《短歌》）

情来偏似醉，泪迸不成流。

（杨凝《送客归湖南》）

绿沈莎似藻，红泛叶为舟。

（李咸用《和殷衙推春霖即事》）

全似玉尘消更积，半成冰片结还流。

（朱湾《长安喜雪》）

人生不得似龟鹤，少去老来同旦暝。

（白居易《和微之诗二十三首·和雨中花》）

"疑"对"X":

摘叶疑焚翠,投花若散红。

(武三思《秋日于天中寺寻复礼上人》)

奔流疑激电,惊浪似浮霜。

(韩愈《宿龙宫滩》)

带环疑写月,引鉴似含泉。

(李峤《刀》)

"X"对"如/若/似"等常用喻词:

琼浆犹类乳,石髓尚如泥。

(王勃《观内怀仙》)

其貌胜神仙,容华若桃李。

(寒山《诗三百三首》)

渔商汗成雨,廛邑明若练。

(宋之问《郡宅中斋》)

卧草同鸳侣,临池似虎溪。

(李端《同苗发慈恩寺避暑》)

照日类虹霓,从风似绡练。

(丘丹《奉使过石门观瀑》)

江同渭滨远,山似傅岩高。

(姚合《和郑相演杨尚书蜀中唱和诗》)

风清想林壑,云湿似江淮。

(姚合《奉和门下相公雨中寄裴给事》)

云寒犹惜雪,烧猛似烹山。

(贯休《送吴融员外赴阙》)

喻词对用几乎都出现在对仗联中,而且基本上是跟常用的单纯喻词如、若、疑、似等形成配对关系,之所以如此,很可能都是在先有了一个包含其中某个常用喻词的诗句后,再更换喻词或临时借用其他词充当喻词,从而构成另一个与之对仗(或对偶)的比喻句。

(二)对比喻的暗用

魏庆之在《诗人玉屑》注意到:"唐僧多佳句,其琢句法比物以意,而不指言一物,谓之象外句。如无可上人诗曰:'听雨寒更尽,开门落叶深。'是落叶比雨声也。又曰:'微阳下乔木,远烧入秋山。'是微阳比远烧也。"魏是从炼句或句法修辞角度谈及,其实换个角度看,这里的两个例子都是比喻的暗用:没有比喻形式但有比喻关系实际隐含其中。唐诗中这类现象从偶一为之,发展到后来刻意为之,体现了诗人的自觉和社会的接纳。

李白多使用比喻,暗用也多见。"人行明镜中,鸟度屏风里。"(李白《清溪行》)明镜比清溪,屏风比群山,乍看不容易发现,细思方知并非真的人在镜中行走,鸟在屏风里飞越,实际上是两个借喻巧妙融合进诗句中了。"两水夹明镜,双桥落彩虹。"(李白《秋登宣城谢朓北楼》)与这两句写法相似:明镜、彩虹分别喻指"总为浮云能蔽日,长安不见使人愁。"(李白《登金陵凤凰台》)句中的"浮云"和"长安"既是实写,又是虚拟:以"浮云"喻"奸佞",以"长安"喻朝廷或皇帝。

杜甫的诗同样讲究比喻的暗用。

> 江碧鸟逾白,山青花欲燃。
>
> (杜甫《绝句二首》其二)
>
> 焉得并州快剪刀,剪取吴松半江水。
>
> (杜甫《戏题王宰画山水图歌》)

不用喻词,却将比喻暗含其中:花如火欲燃,画笔如剪刀可剪实景入画。延及中晚唐,比喻暗用越发成熟多用,突出代表有韩愈、李贺、李商隐等。

> 昵昵儿女语,恩怨相尔汝。划然变轩昂,勇士赴敌场。浮云柳絮无根蒂,天地阔远随风扬。喧啾百鸟群,忽见孤凤凰。跻攀分寸不可上,

失势一落千丈强。嗟余有两耳,未省听丝篁。自闻颖师弹,起坐在一旁。推手遽止之,湿衣泪滂滂。颖乎尔诚能,无以冰炭置我肠!

(韩愈《听颖师弹琴》)

《有溪渔隐丛话》前集引《西清诗话》,有位善琴的吴僧义海论此诗说:"昵昵儿女语,恩怨相尔汝,言轻柔细屑,真情出见也。划然变轩昂,勇士赴敌场,精神余溢,悚观听也。浮云柳絮无根蒂,天地阔远随飞扬,纵横变态,浩乎不失自然也。喧啾百鸟群,忽见孤凤凰,又见颖孤绝不同流俗下俚声也。跻攀分寸不可上,失势一落千丈强,起伏抑扬不主故常也。皆指下丝声妙处,惟琴为然……退之深得其趣。"《许彦周诗话》也说:"韩退之《听颖师弹琴》诗云:浮云柳絮无根蒂,天地阔远随风扬,此泛声也,谓轻非丝重非木也。喧啾百鸟群,忽见孤凤凰,泛声中寄指声也。跻攀分寸不可上,吟绎声也。失势一落千丈强,顺声下也。仆不晓琴,闻之善琴者云:此数声最难工。"两说皆紧扣诗人的形象表达展开分析,以连续的喻象描摹琴声的种种起伏和变化:轻柔细腻,雄壮高亢,飘逸远脆,嘹亮突出,乍起乍伏,时抑时扬。末句以冰炭置肠为喻,直写弹琴者的高超艺术带给人的高峰体验。诗对比喻的使用如此成功,居然被沈括评判为"押韵之文",实在不公。

李贺《长歌续短歌》:"夜峰何离离,明月落石底"表面上是写景物,实际上,"明月"喻唐宪宗,"夜峰"喻掌权的卿相,意思是说,唐宪宗虽然英明,却被手下大臣壅蔽,不能体察民情,仿佛月光为山峦所阻隔,不能朗照世界。"洞庭雨脚来吹笙,酒酣喝月使倒行。"(李贺《秦王饮酒》)不直说雨声像笙的吹奏声,而是用拟人的写法间接地传达二者的相似关系,让比喻暗含其中。"向前敲瘦骨,犹自带铜声。"(李贺《马诗》)马骨像铜,蕴含了两重相似:毛色跟铜色近似为基础,更重要的是硬度上的接近从而有了声音的类同。"草细堪梳,柳长如线。"(李贺《春昼》)堪梳暗含比喻草细如发,变换写法,直写感受,既使其形象特征得以突出,且避免了与后面柳长如线在字面形式上的重复。

李商隐的《无题》中:"身无彩凤双飞翼,心有灵犀一点通。"彩凤:彩色的凤凰。彩凤比翼双飞,古人常借以象征美满的爱情。灵犀:指犀牛角。传说犀牛是灵异之兽,角上有条白线贯通首尾,感应灵敏,故称灵犀,"一点通"的想象也由此而来,这里借喻彼此心意相通。其《天涯》诗有句云:"莺啼如有泪,为湿最高花。"将莺啼转为啼哭,由啼哭引出眼泪,沾湿了最高的花。用莺啼有泪喻指人的内心悲苦,无以言表。"嫩个香苞初出林,于陵论价重如金。皇都陆海应无数,忍剪凌云一寸心?"(李商隐《初食笋呈座中》)"忍剪凌云一寸心"语意双关,既可以指翠竹尚未凌云,就被在嫩捧香苞时剪来佐餐,也可理解为借嫩笋自喻,希望在位者不要摧抑其凌云壮志。"向晚意不适,驱车登古原。夕阳无限好,只是近黄昏。"(《乐游原》)"夕阳无限好,只是近黄昏",在赞美晚景中流露惋惜心情,作者也许怅惘时光流逝或是慨叹唐祚将沦,必有所感而出以含蓄之词,言此而意彼。

(三)对喻体的精耕细作

喻体选取上新颖独特,用个性化、具体化喻体取代惯用的一般事物,或对喻体的性状特征等相似性进行多方挖掘,也是唐诗在比喻运用上取得的重要进展。

1. 喻体相似点延伸

羲和敲日玻璃声,劫灰飞尽古今平。

(李贺《秦王饮酒》)

从视觉属性将日比作玻璃,进一步从听觉角度把敲日的声音与敲击玻璃发出的声音构成比喻关系。

天河夜转漂回星,银浦流云学水声。

(李贺《天上谣》)

天空漂浮的云像水一样流淌,这是普通比喻,再加入水流淌的音响特征,比喻就更进了一步,更符合李贺的语言和想象了。

同一喻体在喻旨方面的个性化发掘,也是一种喻体延伸或精耕细作。清人施补华《岘塘说诗》云:"三百篇比兴为多,唐人犹得此意。同一咏蝉,虞世南'居高声自远,端不(非是)藉秋风',是清华人语。骆宾王'露重飞难进,风多响易沉',是患难人语。李商隐'本以高难饱,徒劳恨费声',是牢骚人语。比兴不同如此。"这段话评说了三首咏相同对象的咏物诗,喻体相同寓意却各不相同。这自然源于个人处境、情感及表现需要的差异,同时也表明了唐诗在修辞手法运用个性化方面的进步。实际上,唐代大量优秀诗人,各种题材的诗作,大都达到了

"比兴不同如此"的个性化境界和独创性成就。

唐诗比兴(比喻和起兴)的显著特色,便是在继承汉魏六朝诗歌比兴艺术的基础上,造出了一个情景交融、物我一体的崭新的艺术境界;且在其境界中充分展示作者独立的人格和个性,表现出鲜明的时代精神。

2. 喻体具体化

一是对经常用作喻体的普通概念加以限定。如:李群玉的"裙拖六幅湘江水,鬓耸巫山一段云"(《同郑相并歌姬小饮戏赠》),不是套用或沿袭"裙幅似水,鬓发如云",而是具体到湘江水、巫山云,不但因为湘江水和巫山云跟宋玉、巫山神女的特殊联系而被赋予了特殊的文化意蕴,更具个性色彩和创意。"应似天台山上明月前,四十五尺瀑布泉。"(白居易《缭绫》)把喻体具体到特定背景下特定尺度的瀑布泉,相比仅比作瀑布或泉,喻象更具体更带个性。

另一种做法是用具体的个别概念替代宽泛的类属概念。如唐诗开始把花比作女人,这是喻体使用的一个拓展,而更进一步的拓展接着也出现了,那就是把作为泛称普遍概念的"女人"替代成特定具体的女人。何希尧《海棠》"谁家更有黄金屋,深锁春风贮阿娇"用"阿娇"作喻体,不但鲜活具体,避免了笼统抽象,并且可以让人想起与阿娇有关的长门怨、千金买赋等故事,从而使花增添了文化内涵。韦庄《合欢莲花》将南方的并蒂莲比作同样出自南方的舜帝的二妃,白居易将寺院内的花比作天魔女,也体现了具体的场景,都让人觉得更真实可信。李贺《美人梳头歌》:"辘轳咿哑转鸣玉,惊起芙蓉新睡足。""芙蓉"指美人。李白《太原早秋》"思君若汾水,无日不悠悠"选取眼前景,用汾水替代了流水,比况思念从心中流出,绵延无尽。白居易的《女道士诗》"姑山半峰雪,瑶水一枝莲"以特定的莲花来比美妇。(贯休《赠信安郑道人》)

3. 喻体选择个性化

《世说新语·言语》记载了一个有名的故事:"谢太傅寒雪日内集,与儿女讲论文义。俄而雪骤,公欣然曰:'白雪纷纷何所似?'兄子胡儿曰:'撒盐空中差可拟。'兄女曰:'未若柳絮因风起。'公大笑乐。"由这个故事我们可推知,至少在南朝时古人已经注意到比喻构建时喻体选择的多样可能性及差异性。皎然《诗式》更进一步将这一认识理论化:"凡禽鱼草木人物名数,万象之中义类同者,尽人比兴。"

唐诗一方面继承了前代的比喻遗产,将其中一部分现成的比喻沿用发展,促成其常态化、熟识化;另一方面,则在喻体选择上不落窠臼,求新求变,追求个性化、陌生化。

太行青草上白衫,匣中章奏密如蚕。

(李贺《酒罢张大彻索赠诗时张初效潞幕》)

病眼昏似夜,衰鬓飒如秋。

(白居易《答卜者》)

杜鹃声似哭,湘竹斑如血。

(白居易《江上送客》)

声似胡儿弹舌语,愁如塞月恨边云。

(白居易《听李士良琵琶》)

似叶飘辞树,如云断别根。

(白居易《途中题山泉》)

冷似雀罗虽少客,宽于蜗舍足容身。

(白居易《题新居寄宣州崔相公》)

香醅浅酌浮如蚁,雪鬓新梳薄似蝉。

(白居易《花酒》)

拂石疑星落,凌风似雪飞。

(李德裕《思平泉树石杂咏一十首·白鹭鹚》)

含歌媚盼如桃叶,妙舞轻盈似柳枝。

(方干《赠美人四首》)

谁道高情偏似鹤,自云长啸不如蝉。

(方干《题赠李校书》)

天如镜面都来静,地似人心总不平。

(罗隐《晚眺》)

院似禅心静,花如觉性圆。

(杨凝式《题壁》)

垂柳暗如烟,飞花飘似霰。

(寒山《诗三百三首》)

得道殊秦佚。骋名似楚狂。

（皎然《因游支硎寺寄邢端公》）

争教他爱山青水绿,如神若仙,似兰同雪。

（贯休《富贵曲二首》）

远树深疑贼,惊蓬迥似雕。

（贯休《横吹曲辞·入塞曲》）

（四）比喻和其他辞格合用

多辞格综合运用,各自功能得以实现,且每每相得益彰。

对比喻。把对照和比喻融合在一起,强化比喻意义。例如,刘禹锡《酬乐天扬州席上见赠》)："沉舟侧畔千帆过,病树前头万木春。"诗人以此揭示人生的处境和事世的变幻,给人以苍凉的美感。"越王勾践破吴归,战士还家尽锦衣。宫女如花满春殿,只今惟有鹧鸪飞。"（李白《越中怀古》）比喻句和非比喻的直陈句构成鲜明对照,给人世事变迁的感慨。

夸张喻。对喻体性状特征等加以主观性突出描写,以取得放大的效果,给人深刻印象。如李贺《梦天》："黄尘清水三山下,更变千年如走马。遥望齐州九点烟,一泓海水杯中泻。"前两句诗喻世间沧桑,后两句诗喻远望中的世界十分渺小,以夸张方式表达高踞太空的宇宙观感。其他例如:饮如长鲸吸百川（杜甫）;边庭流血成海水,武皇开边意未已（杜甫《兵车行》）;使我三军泪如雨（李颀《古意》）;东门沽酒饮我曹,心轻万事皆鸿毛（李颀《送陈章甫》）。一川碎石大如斗,随风满地石乱走（岑参《走马川行奉送封大夫出师西征》）。四边伐鼓雪海涌,三军大呼阴山动（岑参《轮台歌奉送封大夫出师西征》）。

起兴喻。比喻和起兴在诗中往往如影随形,若即若离,二者的区分也见仁见智。《文心雕龙·比兴》将比、兴的区别概括为"比显而兴隐",钟嵘的《诗品序》则说:"文已尽而意有余,兴也;因物喻志,比也。"事实上,唐诗特别是近体诗中,起兴一般以写景句方式出现,引出写情句、叙事句、说理句等,单纯的起兴或不确定是否兼有比意的用法为主。但也有相当多的时候采取了二者兼用的方式。如"江流石不转,遗恨失吞吴"（杜甫《八阵图》）"江流石不转"就是兼用起兴和比喻:字面上,由写八阵图遗迹的神奇景象引出后句的感慨和议论;同时又是一个借喻,透过"石不转"对《诗经·柏舟》"我心匪石,不可转也"的化用,更能看出诗人所寄托的喻意:诸葛亮对蜀汉政权和统一大业的忠贞不二,矢志不渝,比八卦阵的磐石更坚定不移。再如"浮云终日行,游子久不至"(杜甫《梦李白(其二)》)也是以起兴喻开头的。

对偶(或对仗)和比喻的合用,最常见的当然是一联两喻,即联内上、下句各包含一个比喻。比喻与诗句的关系,有的就是整句诗,有的则只是句中的一部分,也有的部分结构成分需在诗句外寻找。这类用法兼具对偶和比喻的修辞作用,并且能使两个比喻在意义上互补、互衬、相对或相反,从整体上实现"格式塔效应"。

> 大漠沙如雪,燕山月似钩。
>
> （李贺《马诗二十三首其五》）
>
> 叶铺全类玉,柯偃乍疑龙。
>
> （王涯《望禁门松雪》）
>
> 斗疑斑虎归三岛,散作游龙上九霄。
>
> （李绅《新楼诗二十首 东武亭》）
>
> 不忿桃花红胜锦,生憎柳絮白于棉。
>
> （杜甫《送路六侍御入朝》）
>
> 疑捣双丝练,似奏一弦琴。
>
> （彗侣《听独杵捣衣》）
>
> 如采水底月,似捉树头风。
>
> （王梵志《观影元非有》）

另一类合用则是出现在句内,先后出现构成连用关系。考虑到诗句字数的客观限制,如果把对偶的字数要求放宽,则这类合用的使用频率也相当可观。如:蒲如交剑风如薰(李贺)、尖如锥兮利如刀(白居易),也有一定的意义增值和效果增强的表现。还有一类情形,对仗联中,只用一个比喻,形成对偶中套用比喻的格局:燕草如碧丝,秦桑低绿枝。这种用例不多,比喻因为置身对仗联(对偶)中,虽然也能得到另一句的陪衬,但效果不如前两种比喻对用或连用来得鲜明。

顶真喻。以顶真形式连接两个比喻,凸显彼此间的内在联系。如"独上江楼思渺然,月光如水水如天。同来望月人何处,风影依稀似去年。"(《江楼旧感》)给人月光水光天色水色浑然一体的视觉感受以至凄冷苍茫的情感体验。

用典喻。借典故作喻体,多为事喻,或以古讽今,或以彼鉴此,或以神异喻人世。如李商隐《贾生》借汉文帝宣室夜召贾谊事暗讽中晚唐多个皇帝热衷求仙不重视人才,《瑶池》则借《穆天子传》的传说反其意而用之,构成对求仙无益且荒唐的讽喻。

双关喻。如李商隐《日日》:"几时心绪浑无事,得及游丝百尺长?"心绪即思绪,思、丝谐音双关,进而才与游丝构成比喻关系。双关暗含其中,却是比喻的基础和条件。如此修辞,更能传递诗人的想象世界和语言艺术。双关喻"托义于物","义"与"物"并举,"意""象"两全。又如李白《登金陵凤凰台》:"总为浮云能蔽日,长安不见使人愁。"两句既构成双关,又可视为借喻,表面只在写眼前景和情,实则有所寓托,暗含所指,言此而意彼。此外,以"浮云"喻"奸佞",以"长安"喻朝廷或皇帝。

设问喻。比喻与设问配合起来用,设问引人注意,加强语意,对比喻能起到凸显、强化作用。如:使臣将王命,岂不如贼焉?今彼征敛者,迫之如火煎(元结《贼退示官吏》)。奉行君命来收租税的使臣,难道还比不上强盗寇贼?事实上,现在那些横征暴敛的官吏,催赋逼税真的就如火烧油煎,贼寇不如!

其他合用。比拟套比喻:请君试问东流水,别意与之谁短长(李白《金陵酒肆留别》)。

对偶兼比喻,套顶真:抽刀断水水更流,举杯销愁愁更愁(李白《宣州谢朓楼饯别校书叔云》)。拔刀断水水却更加汹涌奔流,举杯消愁愁情上却更加忧愁。

综上,我们在大量语料调查分析的基础上,探讨了唐诗中比喻运用的特点和变化。从共时观照其整体,唐诗中的比喻具有形式丰富、样式齐备、分布广泛、功能多样等突出特点;从历时考察其个案,由点及线、由点到面,则可见唐诗对比喻的运用发生了诸多变化。变化是全方位的,形式、功能、用法、分布等都有体现,前述共时角度的特点既是这种种变化带来的结果,也是历时变化的外部表现。经由我们选取的部分语料所呈现的几个方面:结构形式的丰富和变化、喻词和喻体的拓展和延伸、本体和喻体关系的熟识化和陌生化,以及由此带来的修辞功能的彰显和开发等,只能算是对有唐一代诗歌比喻修辞史的基本面貌的初步勾画,进一步揭示其中所蕴含的更为丰富而深刻的变革和创新,探查修辞演变背后的外部动因及内在根源,则尚需做历史跨度更大、横向视野更广的宏观比较以及更为精准、详尽的中观梳理和微观分析。

第二节　唐诗句法修辞的历史传承

"唐诗为八代以来一大变"(叶燮《原诗》),在诗歌句法修辞方面也堪称集大成者。历代诗歌所用到的句法修辞手法,大部分都能在唐诗中找到成功的范例。在这些丰富多彩的句法修辞手法中,有不少是唐诗的独创,也有不少是唐诗对前代的继承和发扬。唐诗句法修辞实践,对后代尤其是宋代的诗歌创作产生了诸多重要影响,在中国诗歌句法修辞史上承前启后、功绩卓著。全面梳理唐诗句法修辞的血脉流传,是一项浩大的工程,只能留待他日。本章仅择其要者,从对偶句法、虚词运用、议论入诗、句法变奏、省略和错位等几个侧面,探讨唐诗句法修辞的主要历史传承关系。

一、诗歌对偶修辞的源流

(一)唐以前的诗歌对偶修辞

《易经·归妹上六》爻辞:"女承筐,无实;士刲羊,无血。"在简朴的诗句中,已有整齐近似排比的句式,押尾韵,甚至还出现了近似对偶的对仗。诗中用对,可以追溯到诗歌开始萌芽的先秦时期。《击壤歌》被认为是中国最早的诗歌,里面已经有了"日出而作,日入而息。凿井而饮,耕田而食"的句子。《诗经》《楚辞》用对不少,但尚处于不自觉状态。

直到汉末魏晋文人创作五言徒诗,才开始自觉讲求对仗,陆机可作代表。后来的谢灵运、颜延年、谢朓、张华等人益发重视对偶的运用和技巧的发掘。五言诗用对,起码在标志着五言诗成熟的《古诗十九首》中就开始出现了,如"胡马依北风,越鸟巢南枝","昔为倡家女,今为荡子妇"。但总的看还不多,其中叠音词入对值得注意:"青青河畔草,郁郁园中柳";"青青陵上柏,磊磊涧中石"。七言诗用对,则至少在鲍照的《拟行路难》中已经可以找到实例:"七彩芙蓉之羽帐,九华葡萄之锦衾";"红颜零落岁将暮,寒光宛转时欲沉"。

王力先生曾指出:"关于对偶,我们不要单看古人求同的方面,同时还要看到古人求异的方面,后者比前者更重要。"①唐诗用对偶句法是对前人的学习,是"求同",但在前人用法的基础上极其变化之能事,这种变化和"求异"才是最值得我们关注的。

唐以前古体诗的对偶有以下几个特点:对偶追求词义相对,不大讲究字面和平仄的相对;对偶位置没有定规,一般结尾不用;上下句可以同字相对。而六朝律诗的对仗已经有这样一些技法:避同字相对,如"下枝低可见,高处远难知"(萧纲);讲究双声词、叠韵词相对,如"玲珑结绮钱,深沉映朱网"(谢朓);用色彩词和数目词入对,如"白芷竞新苔,绿苹齐初叶"(谢灵运),"万壑共驰骛,百谷争往来"(江淹)。此外,范云用了回文对:"昔去雪如花,今来花似雪"。据宋魏庆之《诗人玉屑》卷七引《诗苑类格》记载,唐初诗人上官仪已经提出过"六对",其中提到了双声对、叠韵对、双拟对等,说明在唐朝以前这些用对方式很可能就已经出现了。

(二)对偶修辞在唐诗中的成熟与发展

由此再来看唐诗对偶句法修辞的变化和贡献,就变得清楚了许多。

唐诗对偶句法修辞的新变,主要体现在近体诗(尤其是律诗)中。首先是律诗使用对偶句法的位置开始固定下来,以出现在中间二联最为常见,并成为格律要求。首尾联用对与否由诗人自由决定,起句不入韵的首联最好也用对。首联用对和全诗用对的情况也比较多见,前者如王勃《送杜少府之任蜀州》,后者如苏味道《正月十五夜》。值得一提的是杜甫的律诗,首联入对的比例占了接近一半。排律则要求中间各联全部用对。绝句是否用对,没有明确规定,首联、尾联、全诗用对的都不少。

---

① 张谷编:《王力诗论》,广西人民出版社,1988,第43页。

不过最能体现唐诗对偶句法修辞特点和贡献的,还是丰富多样的对偶句法在唐诗中全面走向成熟。各种对偶格式几乎都被灵活用于诗中,既有对已有格式的主动模仿,也有不少新格式的创造。

一方面,伴随初唐律诗形成,开始出现了一套比较明确的对偶规则。六朝虽然盛行排偶,尚无定规,直至初唐上官仪提出"六对",对偶的规律、法则才逐渐总结、确定下来。一般的规定是出句和对句相对的词,词性应该相同。即实字(名词)、虚字(动词、形容词)、助字(连、副、介、助等虚词)"字"内相对。不过表数目、颜色、方位、专名等的词被划归了独立的类,也要求同类相对。实字内部还被分为天文、时令等很多小类,工对要求事类也相同或相近。律诗对仗还有更进一步的要求:句法结构相同或相近;出句和对句位置相同的各字,平仄相对;相邻两联对句和出句平仄相粘;出句和对句的字不能重复。这些规则的确立,使得对偶真正成为了一种独立的句法类型,标志着对偶句法修辞由自发状态进入自觉阶段。

另一方面,六朝用对,多拘泥前后句式、词类等形式的工整,如"露湿寒塘草,月映清淮流"(何逊)。唐诗则在规则之外,还讲究对偶句式的变化,造出了许多精巧别致的对偶类型和变式。对偶首先在近体诗中得以丰富和发展,刻意求工和着力求宽的两种倾向带来了形式的多样化,同时也影响到了古体诗的用偶,使后者在用对的数量和质量上都比过去大有提高。对偶在两种诗体中相互促进,朝着趋于严谨和趋于流动的不同方向发展。

前代出现过的各种对偶形式,大多都是到了唐诗中才走向成熟,用得比以往明显增多、也更富于变化。双声对、叠韵对、叠字对等对偶格式前代都已用过,唐代则从杜甫以后把它们变成了一种基本的对偶格式普遍运用,运用的灵活娴熟也远非前代能比。"唐诗人以杜子美为宗,其五七言近体,无一非双声叠韵也。"(洪亮吉《北江诗话》)这一说法有些夸大,但杜诗双声对、叠韵对、叠字对使用频率之高确实非他人诗歌能比。其形式的运用也变化多样,双声、叠韵的自对、互对等都用得很熟,双声词、叠韵词、叠字词出现的位置也几乎不受什么限制。杜诗足以作为唐诗中此类对偶运用的代表。试举数例:

奋飞超等级,容易失沉沦。《奉赠鲜于京兆二十韵》——双声自
对,句首

筑居仙缥缈,旅食岁峥嵘。《敬赠郑谏十韵》——叠韵自对,句末

细草留连侵坐软,残花怅望近人开。《又送》——互对,三四字

入空才漠漠,洒迥已纷纷。《喜雨》——叠字对,四五字

穿花蛱蝶深深见,点水蜻蜓款款飞。《曲江二首》——叠字对,五

六字

客子入门月皎皎,谁家捣练风凄凄。《暮归》——叠字对,六七字

　　句内对、隔句对和流水对并非首次出现在唐诗中,但只有在唐诗中才真正进入了自觉状态,不但运用普遍而且变化多样。如收入六朝时期徐陵所编《玉台新咏》的"南窗北牖挂明光,罗帷绮箔脂粉香"(东飞伯劳歌),"南窗"与"北牖"、"罗帷"与"绮箔"均构成句内对。据谢榛《四溟诗话》,江淹的《贻袁常侍》诗已用到隔句对:"昔我别楚水,秋月丽秋天。今君客吴饭,春色缥春泉"。流水对也可见与六朝的诗中:"不见别离人,独有相思泣"(吴均《赠王桂阳别》)。但这些偶尔一见的个人用对行为基本还处于自发阶段,直到唐诗中才蔚然成风。

　　数字对、颜色对、时空对也不是唐诗最先使用,却在唐诗里开始成为诗人的自主追求,并占据了唐诗对偶句法修辞重要的一席之地。如南北朝时阴铿的《和傅郎岁暮还湘州》诗已有"棠枯绛叶尽,芦冻白花轻"(颜色对);梁元帝萧绎的《燕歌行》里就有"横波满脸万行啼,翠眉暂敛千重结"(数字对)。但偶一为之,在当时还没有受到重视,也不成气候。直到唐诗里面才作为对偶的两种常见类别,广泛应用。这一点从两个方面最能反映出来:一是颜色词、数目词出现的位置相当自由,几乎不受限制。如杜甫以颜色词置于句首和句尾(有的并用倒置)以突出性状特征的对仗有很多,成为杜诗句法的一大特色。再是颜色对、数字对成为定式以后,为了构成这两种对偶,有时诗人不得不寻求某些变通的方法,由此又产生了一些比较固定的变式。如"寻常""沧""珠"(朱)等词被借用来构成颜色对或数字对,因为多见而成了唐诗对偶用法的一个特色。

　　此外,唐诗中还较多地用到了互文对、顶真对、回文对、错综对、"掉字对"等特殊的对偶格式。"宽对"的各种形式,如局部对偶、借对、词性对应不工切或句法结构有差异的对仗等,也大都到唐代才得以经常性地运用。这些事实也表明,唐诗用偶不但步入了自觉和成熟阶段,而且多有创见。

　　唐诗对偶句法修辞之所以有如此的发展和贡献,有几点因素不容忽视:首

先,前代散文、诗歌对偶运用的多方面实践,不管这种实践是自觉的或是无意识的,都为唐诗提供了学习的榜样和创新的基础。其次,唐初开始,上官仪、元竞、李峤、皎然等人,对于对仗的形式从理论上作了较为细致的总结,对唐诗用偶也有一定的理论指导作用,使唐诗对用偶的运用和新创更为自觉。再次,唐诗在对偶句法形式运用方面带来了诸多的新变,其实是唐代近体诗格律形成以后主、客观两方面要求的一种自然反映:诗歌用对的普遍性决定了必须求变,诗人作为具有创造性的个体也不愿意拘泥于对偶的成法。

(三)唐代对偶修辞在后代的延续

唐诗对对偶形式的运用已经到了非常纯熟的地步,为后人的学习和借鉴提供了丰富而现成的榜样。唐诗对偶的根本特点和成功的关键,无论是对偶结构本身或是用法上,都体现得很鲜明:不在于对偶本身或多用对偶的"工",而在于整中求散、工中求变。后代在具体的对偶形式方面很少有新的创获,不过对用对的这种精神实质,倒是一直保持下来并使之成为主导方向。

宋诗主要是在虚词入对上更进了一步,在对各种宽对形式的运用方面也表现出较浓的兴趣。如多个虚词入对:"度鸟欲何向? 奔云亦自闲"(陈师道);苏轼尤其注意宽对形式的使用:"泥上偶然留指爪,鸿飞哪复计东西",词类、句法对得都宽;"岂意青州六从事,化为乌有一先生"是流水对;"洗盏酌鹅黄,磨刀削熊白","鹅黄"指酒,借用字面义与"熊白"相对,属借对;"簟纹如水帐如烟"是字数不等的偏对。

词的对仗也一改律诗用对严格的习惯,多用宽对。字数可以不等,如带领字的"有三秋桂子,十里荷花"(柳永《望海潮》),也可构成对仗;不避同字相对,如"半为枕前人,半为花间酒"(孙光宪《生查子》),"开函关,掩函关……生忘形,死忘名"(贺铸《将进酒·城下路》)。在使用方面,也在乎可对可不对之间,可以由作者自行决定。

二、"以文为诗"句法修辞的变迁

所谓"以文为诗",主要指用散文的笔法写诗。散文的笔法又有散文的用句法、谋篇法及其他的表现手法。"以文为诗"的句法修辞,主要是融散文句法入诗,具体包括多用虚词、多用议论句、句法变奏等几种句法修辞手法。

（一）诗中多用虚词风气的沿袭

古诗中用虚词，一直都很常见。钱钟书对此有过细致的描述，并举了大量的实例为证。兹摘其要点，转引如后：

> 盖周秦之诗骚，汉魏以来之杂体歌行，……或四言、或五言记事长篇，或七言，或长短句，皆往往使语助以添迤逦之概。而极其观于射洪之《幽州台歌》、太白之《蜀道难》、《战城南》。宋人《杂言》一体，专仿此而不能忘项背也。

"五言则唐以前，斯体不多。""唐以前唯陶渊明通文于诗，稍引厥绪，朴茂流转，别开风格。""唐则李杜以前，陈子昂、张九龄使助词较多。然亦人不数篇，篇不数句，多摇曳以添姿致，非顿勒以增气力。""唐人则元次山参古文风格，语助无不可用，尤善使'焉'字、'而'字"。"五古'而'字起句，昔人尚有；'焉'字押韵，前此似仅刘桢、张九龄、宋之问、张说诗中各一见耳。昌黎荟萃诸家句法之长，元白五古亦能用虚字，而无昌黎之神通大力，充类至尽，穷态极妍。""夫昌黎五古句法，本有得自渊明者……渊明《止酒》一首，更已开昌黎以文为戏笔调矣。昌黎亦善用'而'字，尤善用'而我'字，其秘盖发自刘绘。"

荆公用'而我'字无不佳。""荆公五七古善用语助，有以文为诗、浑灏古茂之致，此秘尤得昌黎之传。"

又前举陆士衡、谢惠连、陆倕等以'矣'对'哉'诸联，搜求索偶，平仄俱调，已开近体诗对仗之用语助。（唐人）其例已多。宋人更以此出奇制胜。①

从钱钟书的引例和说述中，可以得出以下几点认识：（1）古诗用虚词，从先秦以来就很多见，但集中于五言短制以外的其他诗体；（2）五古用虚词，唐代以后才逐渐多起来，其中李杜、元白、元结、韩愈等人可为代表。韩愈五古用虚词的句法，得自六朝（两晋和宋齐梁陈）的陶渊明和刘绘，转而对宋代的王安石产生了重要影响。（3）近体诗对仗联用虚词，始于六朝的陆机等人，唐代多见，宋代尤多。

---

① 钱钟书:《谈艺录》,中华书局,1984,第70-78页。

　　钱先生的看法基本上是正确的。如果再深究的话,我们以为,古诗中用虚词可以说是正常现象,因为古诗和散文在句法上本来就是相通的。汉代五言诗成熟后,摒弃了为歌咏而用的虚词,但所用虚词并未明显减少。实际上,五古短制用虚词,也不见得就是唐以后才多起来的,汉魏时期的《古诗十九首》里已经在用,数量也不见得少。据我们统计,这十九首古诗,平均每两句所用虚词超过了1.2 个。这里只有不同诗人在虚词使用频率上的个别差异,一般人都是必须用的照用,个别诗人则有可能用得稍多一些。其后发展起来的七古,用虚词的情况也类于此。五古、七古中虚词用得多出一般人的,如钱文所言,除唐代的几位外,前有陶渊明,后有王安石等。其原因,既是客观内容表达的需要使然,更有主观上"以文为诗"的有意识偏向,特别是唐以后诗歌句式日趋凝练简约的大背景下,古诗多用虚词更是与诗人有意追求"以文为诗"有关。如杜甫的杂言诗《桃竹杖引》《醉为马坠》和五言诗《同元使君》、七言诗《释闷》等,多用虚词,都与有意造成散文句式有关。

　　最能反映唐诗"以文为诗"的虚词运用特点的,当属近体诗对虚词的"不当用而用"。以律诗为代表的近体诗并非绝对不用或不能用虚词,而是形成了规约:尽可能不用,能省则省,律诗中二联尤其忌讳虚词入诗。从齐梁时期律诗出现①到杜甫手上七律也走向成熟,句法繁密、音律铿锵、极少虚词的紧凑句式逐渐成了近体诗的典型句式,特别是律诗的中间两联更是少用虚词入对。但是后来的情况发生了变化,杜甫率先有意识地突破禁区,让多用虚词的散文句式出现在他的七律(如《又呈吴郎》《白帝城最高楼》)、五律(如《野望》《峡口二首》)中。中晚唐的韩愈、李商隐、杜荀鹤等诗人承继了这一做法,也在律诗中较多地使用虚词。如杜荀鹤的《经九华费征君墓》用了7 个虚词:"凡吊先生者,多伤荆棘间。不知三尺墓,高却九华山。天地有何外,子孙无亦闲。当时征若起,未必得身还。"杜甫用虚字,多半还在中二联成对使用,晚唐诗人则扩大到了其他各联,不论成对与否。

　　宋代继承了唐诗的这一新变,多用虚词以表达相比唐诗更细密的"思理",使之成为自身一大特色。如欧阳修的《戏答元珍》(8 个虚词)、王安石的《示长

---

　　① 六朝律诗受古诗影响,总体上用虚词还比较多,如很受杜甫推崇的阴铿,其《晚出新亭》《和傅郎》《送刘光禄》等诗几乎每句用虚词,频率与古诗相差无几。

安君》（6个虚词）、黄庭坚的《池口风雨留三日》（8个虚词）皆可为代表，那些道学家的诗尤甚。陈师道的《寄外舅》："巴蜀通归使，妻孥且旧居。深知报消息，不忍问何如。身健何妨远？情亲未肯疏。功名欺老病，泪尽数行书。"把日常语言纳入律诗框架中，融大量虚词入诗，从中斡旋，表意婉转妥帖。既可见出对杜诗的学习，又有发扬光大。

（二）句法变奏修辞的产生和继承

单纯多用几个虚词，"以文为诗"的倾向还不明显，相比之下，句法变奏更能体现这一倾向。叶嘉莹先生对此有过精辟言论："四言及骚体多与散文有相通之处，而五言诗之句法及音节则与散文异。散文之五言句，其句法多为上三下二，五言诗之句法则多为上二下三。是五言诗之成立，实为诗与文分途画境之始。"①五言确立了二三节奏为常规后，更晚成熟起来的七言诗也以四三节奏为常规，包括近体诗在内。句法变奏则是打破这种常规，代之以同于散文或与散文接近的节奏。第一章我们分析过唐代近体诗两种句法变奏（音节变奏和拍节变奏）的特点与分布情况，对诗歌的散文化影响比较显著的是音节变奏，所以我们这里的句法变奏，也只从这一方面来谈。

五言诗在东汉时期已经相当成熟，代表当时五言诗最高成就的《古诗十九首》，大部分句式为二三、二二一、二一二，"诗化"的二三音顿划分已基本定型。但仍有部分句式尚未与散文"分途画境"，如"出郭门／直视""故人心／尚尔""客／从远方／来""著／以长相思"。经过魏晋六朝的发展，到初唐时，二三句式早已经占据五言诗的绝对统治地位。

七言诗的四三音顿，在东汉末张衡的《四愁诗》里已经形成，到南朝宋鲍照的《拟行路难》中完全得到确立，成为唐以后七言歌行的标准样式。

唐代的五、七言诗都得到了空前的发展，大多数诗作都是沿袭了五言句、七言句的音顿固定格式。只在部分诗句（特别是近体的诗句）中打破这一惯例，在诗中用文句，以适应韵律的要求，或者获得新异的效果。近体诗中，用变奏句法格式品类最齐、数量最多的是杜甫，而古体诗中则以韩愈为突出代表。几乎唐诗中所有的句法节奏变格都能在杜诗、韩诗中找到实例。对有的诗人来说也许是

---

① 叶嘉莹：《迦陵论诗丛稿》，中华书局，1984，第5页。

偶尔而为之,或者无意而有之,但他们则显而易见是从主观上具有自觉性的行为。

在同一首诗中,把句法变奏和虚词运用结合起来,这方面最具开创之功的当推杜甫,韩愈则起了推波助澜的作用。杜诗较多地在律诗中把二者相结合,韩愈则把这种结合更多地用在了五古、七古中。如杜诗著名拗句"杖藜叹世者谁子",二五节奏和虚词"者"并处一句,造成典型的散文句式,古体中也有,如"梓中豪俊大者谁"(六一节奏)。韩愈不但在律诗中既用虚词又变节奏,并且在用虚词的同时改变五言诗二三节奏、七言诗四三节奏,把诗歌的散文化倾向几乎推向极致。如七律的"欲为圣明除弊事,肯将衰朽惜残年"(一六),五言的"千以高山遮,万以远水隔"(一四节奏)、"官随名共美,花与思俱新"(三二节奏),七言的"虽欲悔舌不可扪"(三四节奏)、"或采于薄渔于矶"(一三三)等,都是在同一句中把用虚词和句法变奏结合在一起的散文句式。即使不在同一句中,只要是在同一首诗中,既多用虚词又有句法变奏,也能给整首诗带来一定的散文化倾向。这类情形在杜诗、韩诗中也比较多见,如杜甫的《古柏行》、韩愈的《陆浑山火》《秋怀(其七)》。

句法变奏、句法变奏结合虚词运用的修辞策略,都在宋诗中得到了继承。古体诗如黄庭坚的"公如大国楚,吞五湖三江"(《子瞻诗句妙一世乃云效庭坚体盖退之戏效孟郊》)、如黄庭坚的"心犹未死杯中物,春不能朱镜里颜"(《次韵柳通叟寄王文通》)、王安石的"稍觉野云成晚霁,却疑山月是朝暾"(《次韵舍弟赏心亭即事二首》)、苏轼的"无事会须成好饮,思归时亦赋登楼"(《次韵邦直见答二首》)等,都是在对仗联中虚词和句法变奏并用,以见出拗峭顿挫、生动新变之趣。

(三)唐人用评议句入诗与宋人的态度

多用评议句入诗,也是唐诗"以文为诗"句法修辞的有机组成部分。李白《远别离》《日出入行》,任华《赠李白》《赠杜甫》,杜甫七古《桃竹杖引》均以议论入诗,句式参差,有散化倾向,这些新奇的变化胚兆,到韩愈时得以发扬光大,遂开唐人七古的又一新生面。应该说,这本身是包含了一定诗歌发展的内在规律的。有意寻求议论在诗歌中的一席之地,肇其端者应为杜甫。他的诗中不但能见到为数不少的评议句,诸如:"君不见才士汲引难,恐惧弃捐忍羁旅"(《白丝行》），"儒术于我何有哉？孔丘盗跖俱尘埃。不须闻此意惨怆，生前相遇且衔杯"（《醉时歌》），"少壮几时奈老何，向来哀乐何其多"（《渼陂行》）；并且形式灵活、方法多样，或"立片言以居要"，以议论统帅篇、章，或"尺幅千里"，借议论升华诗意、拓展意境。例如《醉为马坠》《今昔行》《贫交行》《缚鸡行》《北征》《壮游》《遣怀》《自京赴奉先》等诗中，也往往每篇穿插以三两句评议。如果说杜诗用议论还多半是为了表现自己精警深邃的人生思索，那么韩愈则把议论当成了逞才炫奇、锐意革新的工具了。其中有些诗，如《调张籍》《山石》《石鼓歌》等每首用了 4 个以上的评议句，或在开头、或在篇末、或夹在篇中连用，贴近描写和叙述，效果大体还不错。而另一些诗，如《谢自然诗》一诗竟然用了 36 句议论，《寒食日出游》后面占一般以上篇幅都是议论，难免失之空泛和牵强。

宋诗"主议论"，以学问相崇，以议论为尚，诗坛上出现了大量讲究议论的诗歌。其中虽然不乏浅率、枯燥的"语录讲义之押韵者"（刘克庄《吴恕斋诗稿跋》《集》卷一百十一），但也有诸多说理精到、深刻的好诗。类似后面这样的评议句，谁又能说它们用得不应该呢："闻渠哪得清如许，为有源头活水来"（朱熹）；"出师一表真名世，千载谁堪伯仲间？"（陆游）；"不识庐山真面目，只缘身在此山中"（苏轼）；"不畏浮云遮望眼，自缘身在最高层"（王安石）；"世上岂无千里马？人中难得九方皋！"（黄庭坚）

以杜、韩等人为代表的这种在唐代只有还属个别性质的"以文为诗"句法修辞特色，虽然在其他诗人那里和晚唐诗歌中也有不同程度的反映，但到宋代则形成了一朝一代之共同风气。由唐到宋，这其中的桥梁无疑当归属韩愈。杜诗是宋诗的源头，在扭转盛唐诗风和"以文为诗"的句法修辞创新方面，身体力行，起到了典范作用。韩愈以其"自树立，不因循"的革新精神和勇气，少有顾忌地打破古典诗句的定式，虽然难免有失败，但他所做的各种大胆尝试，总体上则有力地推动了宋诗句法修辞的健康发展。他的《南山》《赪赪》《嗟哉董生行》《谢自然诗》等作品，作为文体和句法修辞的试验，都矫枉过正、难说成功。宋人对其态度也不一致。一方面诗人们学习他的"以文为诗"，继续在句法和文体上寻求新变，从而开创了一代诗风。其中值得一提的是苏轼，他的诗歌即使写景咏物，也大都要申说事理。另一方面诗人们大都站在盛唐的立场上，对韩愈诗的革新表示了不同意见。如惠洪《冷斋诗话》引沈括语："退之诗，押韵之文耳。虽健美富赡，然终不是诗。"陈师道《后山诗话》："退之以文为诗。……虽极天下之工，要非本色。"这种态度不一的实质是对韩诗的既肯定又否定的"扬弃",使宋诗的新变基本没有偏离诗歌发展的正确轨道。以学韩的欧阳修为例。韩愈在运用古文句法入诗时,以气为主,不讲句式的整齐。欧阳修则把这种参差不齐的句式,尽量变得整齐起来,如他的《答杨辟喜雨长句》,诗中许多句子明显地带有散文句式的特点,但却尽量地使这种散文化的句式纳入诗的韵律之中。这类诗在欧集中仍有不少,如《石篆诗》《菱溪大石》等等。

韩愈的贡献当得叶燮的这段评价:"唐诗为八代以来一大变,韩愈为唐诗一大变,其力大,其思雄,崛起特为鼻祖。宋之苏、梅、欧、王、黄,皆愈为之发其端,可谓极盛。"(《原诗》)

三、其他句法变异修辞之承传

让我们再把目光投注在唐诗常用的其他一些句法修辞手法(尤其是句法变异修辞手法)上,看看他们在诗歌句法修辞历史上所处的地位如何。我们主要用《古诗十九首》(以下简称《十九首》)和六朝诗歌作为唐诗之前使用情况的考察对象,而把宋诗词作为衡量唐诗以后使用情况的主要参照。

明代诗论家陆时雍曾评价《十九首》在诗歌发展史上承前启后的地位说:"《十九首》为《风》之余,诗之母。"(《古诗镜·总论》)至少从句法修辞的发展来看,这一说法是相当中肯的。无论从结构的整饬凝练,还是从节律的铿锵有序,《十九首》的句法形式都有了非常突出的"诗家语"特色。后来成为唐诗及其后诗歌基本句法修辞手法的移位、省略、紧缩句、连贯句等,在《十九首》中已经多有尝试,六朝时则有了进一步的发展。唐诗中不但多用,而且一般在用法上也有新的突破。名词句六朝时开始出现,但在唐诗中才成为一种常用的句法修辞手法。

(一)唐诗对句法移位和省略的继承和发展

句法移位,作为一种修辞方法,《诗经》中已多有此例。如"葛之覃兮,施于中谷"(《周南·葛覃》),孔颖达《毛诗正义》疏曰:"中谷,谷中。倒其言者,古人之语皆然。诗文多此类也。"再如"不我遐弃"是"不遐弃我"的倒置。

《十九首》也多有所见。如"昼短苦夜长"实为"苦昼短夜长","纤纤出素手"乃是"出纤纤素手"移位的结果,"一心抱区区"也是"抱区区一心"的倒装。

值得注意的是,这些都已经跟诗歌的特殊音律节奏有关,移位前后明显是两种不同的句式:散文句式和诗歌句式。

六朝时期,句法移位更加普遍,也日趋成熟。主谓倒置,如"伟哉横海鲸,壮矣垂天翼"(宋·谢世基《连句诗》);述宾倒置,如"若蒙丹丸赠,岂惧六龙奔?"(梁·沈约《酬华阳陶先生诗》);状语后置,如"荆棘被原野,群鸟飞翩翩"(魏·阮籍《咏怀诗》);宾语修饰语提前,如修饰语为复合词的"秀媚开双眼,风流著语声"(晋·刘泓《咏繁华》),修饰语为叠音词的"纤纤运素手,脉脉正蛾眉"(陈·除陵《咏织妇诗》)。

唐诗中的各种句法移位形式,基本上是源于先代,继承前人。不过因为近体诗对格律要求比以前更严格,而且近体诗在唐诗中占据的比重和地位也比六朝时大不相同。所以句法移位用得更多了,形式上也有一定的变化,出现了比较复杂的移位形式。最有唐诗特色的移位形式是两个或多个句法成分同时发生移位的类型,如"城阙辅三秦"是"三秦辅城阙"的主语后移、宾语前置变化而来,而"竹覆经冬雪,庭昏未夕阴"(祖咏《苏氏别业》)是"经冬雪覆竹,未夕阴昏庭"中的多个成分都移动位次的结果。其次,前后句法结构交错移位的现象似乎也是唐诗中才有的,如"故人江楼月,永夜千里心"(郎士元《宿杜判官江楼》)实际上是"千里故人心,江楼永夜月"两句成分错位形成的。古体诗也因为受近体诗格律和移位的影响,用的移位形式较前代更常见、更特殊。如上下句之间的易位,很可能就是唐代古体诗从同时代的近体诗那里学过来的,如"吴歌楚舞欢未毕,青山欲衔半边日"(李白《乌栖曲》)正常的语序应该是前后句倒过来的,充当时间状语的诗句应在前。

后世诗歌中常用的一些不同于散文的省略形式,在《十九首》已见端倪。省略主语已很频繁,一是抒情主人公省略,如"( )与君为新婚,菟丝附女萝",一是承诗题或前文省略,如"(燕赵佳人之美者)被服罗裳衣,当户理清曲";省略关联词语,如"(因)路远(而)莫致之";省略平行语,如"南(有)箕北有斗";省略比况动词,如"与君为新婚,(如)菟丝附女萝";省略宾语,如"仙人王子乔,难可与(之)等期";省略较多成分,如"斗酒相娱乐,聊(以之为)厚不(以之)为薄"。六朝时期随着律诗的兴起,对句法凝练和平仄格式的要求日高,省略的成分和方式又有进一步的增加。如省略谓语动词,"曲终相顾起,日暮(空闻)松柏声"(何逊《铜雀妓》);省略介词,如"孤鸿号(于)外野,翔鸟鸣(于)北林"(阮籍《咏怀》其一）。

不过唐以前诗歌省略虽然用得已经不少,各种成分和方式的省略大体也都有了。但从省略特别是那些离散文较远的省略,在诗歌中出现的频率来看,则跟唐诗还是没法比。近体诗的成熟和占据半壁江山,使得唐诗句法结构单就省略而言,诗化特征也较前突出了许多。以下几种大约都是唐诗新生的省略方式,不算太多,却很独特。省略判断词,如"今日江南老,他时渭北童(当年是渭北之童,今日是江南之老)"(杜甫《社日》);省略存现动词,如"宿昔(有)青云志,蹉跎白发年"(张九龄《照镜见白发》);利用问答结构省略问语或答语,如"借问池台主,多居要路津"(刘禹锡《城东闲游》)明显略去了问语;"问子能来宿"(杜甫《西阁三度期大昌严明府同宿不到》)则略去了答语。这种省略显而易见是为了避免问语或答语的内容重复。虽然比较少,但唐代近体诗新出的这几种省略形式,大多在古体诗里也被借鉴了过来①。有时还使用多个成分的省略:"一曲(弹罢所得)红绡不知数。"(白居易《琵琶行》)

(二)唐诗对其他主要句法修辞的学习和创新

紧缩句在《十九首》里已经用得不少,有表因果的,如"愁多知夜长";表转折的,如"同心而离居,忧伤以终老";表目的的,如"攀条折其荣";表条件的,如"(惟)识曲(方能)听其真";表让步的,如"(纵有)虚名(亦)复何益"。六朝诗歌中又出现了表承接的紧缩句,如"鱼戏新荷动,鸟散余花落"。不过在各自所属时代的诗歌句子类别中,东汉或六朝的紧缩句所占比例都极少。只有唐代近体诗发达以后,这种情况才变得有所不同。尽管唐诗中占主体的还是本位句,但紧缩句的比例无论是在近体诗或是古体诗中都有了大大的提高。而且随着七言诗日益受到重视和普及,三个以上句法结构并置于一句诗中的紧缩句也出现了,如"风急│天高│猿啸哀,渚清│沙白│鸟飞回"(杜甫),还出现了两个以上句法层次的紧缩句,如一层因果、二层并列的"日暖│泥融‖雪半消"(杜牧)。

连贯句在《十九首》中也很常见,有上一句作状语的,如"盈盈一水间,脉脉不得语";有主语、谓语分别处在上下两句中的,如"冉冉孤生竹,结根泰山阿";还有开头的一个词一直管到下一句句末的,如"何不策高足,先据要路津";由四

---

① 参看段曹林:《唐诗句法修辞研究》第三章第一节有关内容,海风出版社,2005。

句诗构成的连贯句也已出现,如"伤彼蕙兰花,含英扬光辉,过时而不采,将随秋草萎"。

六朝诗中又出现了一种新的特殊连贯句:

　　①潜虬媚幽姿,飞鸿响远音;薄霄愧云浮,栖川怍渊沉。

(宋·谢灵运《登池上楼》)

　　②悲歌渡燕水,弭节出阳关;李陵从此去,荆卿不复还。

(北周·庾信《拟咏怀》)

这种连贯句的特点是:前两句叙述两件事,后两句与前两句的叙述相呼应,但呼应的顺序与前两句叙述的顺序恰好相反。例①二、三两句说的是"飞鸿",一、四两句说的是"潜虬"。例②二、三两句讲李陵、苏武事,一、四两句讲荆轲事。

唐诗律诗尾联多用连贯句,古体诗用连贯句的比例又明显高出近体诗,所以,总体上用连贯句的数量也相当可观。相比前代,唐诗对这种句式的贡献主要体现在,创造了一些新的用法。一是同一句法成分位于两句中的连贯句,如"蜀僧抱绿绮,西下峨眉峰"(李白)的谓语是一个连动词组,"此心曾与木兰舟,直到天南潮水头"(贾岛)的谓语是一个状中结构,都是分处两句中。最为奇特的是蒋绍愚举的几个连贯句的例子①,如"未入吴王宫殿时,浣纱古石今犹在"(李白),其实是偏正短语"未入吴王宫殿时浣纱(之)古石"跨行使用。其次是句首由特殊词语引导的连贯句,引导词主要有近体诗中的"谁知""那堪""莫道""请看""闻到""独有""只应"等,古体诗中的"安得""安能""君不见(闻、能)"等,两种诗体都不少见的"可怜""请看"等②。如"安能摧眉折腰事权贵,使我不得开心颜"(李白),"可怜江上月,偏照断根蓬"(李益)。

名词句是名词或名词短语直接充当一个语义句。六朝诗歌中偶然可以见到,如"秋风木叶落""日暮松柏声"(何逊《铜雀妓》)中的"秋风"和"松柏声"。但只能算作偶发现象,唐朝时才受到重用,成为近体诗用于节省文字、突出形象、

---

①　参见蒋绍愚:《唐诗语言研究》,中州古籍出版社,1990,第177~178页。

②　参看段曹林:《唐诗句法修辞研究》第二章第二节有关内容,海风出版社,2005。

模糊语义等的特殊句法修辞方式。大多以对偶形式出现,如"极浦三春草,高楼万里心"(贾至);"三五夜中新月色,二千里外故人心"(白居易)。也有单行的,如"陵阳佳地昔年游,谢朓青山李白楼"(陆龟蒙)。有的是整个诗句,如"枫林社日鼓,茅屋午时鸡"(刘禹锡),有的是诗句的一部分,如"卷帘残月影,高枕远江声"(杜甫)。其中比较惯用的类型有以"时""地""中""日"等表时地或方位的词和以"色""声"结尾的名词句。古体诗较少用名词句,但下面的例子也并非绝无仅有:"花钿委地无人收,翠翘金雀玉搔头"(白居易)。

其他句法修辞手法,如迭映句、顶真句在近体诗中的运用①,应该是唐诗对前代古诗句法格式主动挖掘和学习后才得以推广的。这两种句法形式在古诗中并不鲜见,如《诗经·黍离》的"知我者谓我心忧,不知我者谓我何求",《十九首》的"去者日以疏,来者日以亲";东汉宋子侯的"吾欲竟此曲,此曲愁人肠"。反过来,唐代和后来的古体诗也比前代更加重视它们在表形和谋篇等方面的特殊功用,如白居易的《长恨歌》对这两种句法形式的运用。复合谓语句、互文句、兼语句等②,在以前的诗歌中很少出现③,也是适应近体诗格律和表意需要,由唐代诗人逐渐在诗歌中用开来的。插入句法和词性变异被用于凝聚诗语结构,六朝已偶尔能见到,前者如"下枝低可见,高处远难知"(萧纲),后者如吴均的"深浪暗兼葭"的"暗"形容词活用作动词。唐诗中用得就比较多了,如"白石卧可枕,青萝行可攀"(白居易),"山光悦鸟性,潭影空人心"(常建)。

(三)这些句法修辞手法在宋朝以后的运用情况

唐朝以后对于诗歌句法修辞实际上已经很少能做出新的贡献。宋诗在以散文化句法入诗用来抉剔入微地叙事说理这一方面,是有贡献的。宋词、元曲在写诗时引进口语句法,也是一大进步。不过,如何让诗歌获得"诗家语"特色的那些诗歌句法修辞手法,后代似乎确实没有多少超出唐人而有所创建或发明的地方。诗歌里常见的句法修辞手法,除了多几个虚词或口语句式以外,基本上还是

---

① 参看段曹林:《唐诗句法修辞研究》第二章第一节、第三节、第三章第二节有关内容,海风出版社,2005。

② 参看段曹林:《唐诗句法修辞研究》第二章第三节有关内容,海风出版社,2005。

③ 复合谓语句稍多一些,如何逊《慈姥矶》的"野岸平沙合,连山远雾浮",不过结构一般比较简单;互文句少见,如谢朓诗《直中书省》的"紫殿肃阴阴,彤庭赫弘敞","紫殿"和"彤庭"互文见义;兼语句则未曾发现。

唐诗已经用得很熟练的那些东西。

这里主要以与唐诗时间接近而又独树一帜的宋诗为例,适当结合宋词、元曲的情况,来阐明和验证我们的看法。

宋代诗歌的省略,数量很多,但常见的也就限于省略连词、介词、比况动词、判断动词等等基本类型,省略的方式也仍然是承诗题省、承上下文省和凭借暗含的语意关系省略等,没有发现出乎唐诗之外的形式和方式。如:

千峰月白猿啼(于)树。

（刘筠《偶作》）

野凫眠岸(而)有闲意,老树著花(故)无丑枝。

（梅尧臣《东溪》）

(野色)非烟亦非雾,幂幂映楼台。

（范仲淹《野色》）

影摇千尺(如)龙蛇动。

（石延年《古松》）

有如兔走鹰隼落,(有如)骏马下注千丈坡,(有如)断弦离柱箭脱手,(有如)飞电过隙珠翻荷。

（苏轼《百步洪》）

彭泽(是)千载人,东坡(是)百世士。

（黄庭坚《跋子瞻和陶诗》）

宋诗因格律和表意的缘故,句法移位虽然也不少,但也看不出对唐诗用法有何出新。为适应诗句节奏而移位的,如晏殊的"无可奈何花落去,似曾相识燕归来"实为"花落去无可奈何,燕归来似曾相识"的倒置;为押韵而倒置的,如魏野的"临阶短发梳和月,傍岸衰容洗带冰"原语序为"和月梳""带冰洗";跟节奏和平仄都有关的,如陆游的"塞上长城空自许"是"空自许塞上长城"的移位。倒喻作为一种特殊的句法移位,唐诗已在用,如白居易的"芙蓉如面柳如眉",宋诗中用得更多。如"瘦竹如幽人,幽花如处女"(苏轼《书鄢陵王》);"高崖落缲叶,恍如人世秋"(陈与义《出山道中》)。宋词中也不少,如"桃花应是我心肠,不禁微雨"(王观《临江仙·离怀》);"自在飞花轻似梦,无边丝雨细如愁"(秦观《浣溪沙》)。"词之视诗,句法程度更降,声律愈严,则文律不得不愈宽,此又屈伸倚伏之理。"①如刘过《沁园春》:"拥七州都督,虽然陶侃,机明神鉴,未必能诗"实际上是"陶侃虽然(作)拥(有)七州(之)都督",既有省略又是移位,移位的成分也很多。

唐诗中兴起的名词句在宋诗中得到了较好的继承。由偏正短语构成的,如晏殊的"梨华院落溶溶月,柳絮池塘淡淡风";由并列短语构成的,如黄庭坚的"桃李春风一杯酒,江湖夜雨十年灯";名词句是诗句一部分的,如陆游的"风递钟声云外寺,水摇灯影酒家楼"。元散曲也很重视名词句的使用,著名的例子有马致远的《天净沙·秋思》,再比如白朴《天净沙·春》:"春山暖日秋风,阑干楼阁帘栊,杨柳秋千院中。啼莺舞燕,小桥流水飞红。"

紧缩句在宋诗中也多用,大体秉承了唐诗用紧缩句的特点。一是见于近体诗的中二联,如惠崇诗"河分冈势断,春入烧痕青。望久人收钓,吟余鹤振翎"(《访杨云卿淮上别墅》,颔联、颈联),林逋的"疏影横斜水清浅,暗香浮动月黄昏"(《山园小梅》颔联);一是见于古体诗,如苏轼《寓居定惠院》的"临身雾岸晓光迟,日暖风轻春睡足"。

连贯句用于律诗尾联的做法在宋诗中得以延续,如欧阳修的"须会乘醉携嘉客,踏雪来看群玉峰"(《怀嵩楼新开南轩与郡僚小饮》)。迭映句、顶针句也继续在近体诗里得到了使用,前者如梅尧臣的"情虽不厌住不得"(《东溪》),后者如司马池的"赖是丹青不能画,画成应遣一生愁"(《行色》)此外,宋诗中也同样较多地用到了插入句法、词性变异等近体诗用于浓缩结构的句法修辞手法,前者如"茶烟逢石断,棋响入花深"(《寄题武当郡守吏隐亭》),"芦丛返照新"(《晚晴野望》);后者如"春不能朱镜里颜"(《次韵柳通叟寄王文通》)。

---

① 钱钟书:《管锥编》第一册,中华书局,1979,第150页。

小　结

　　总的说来,唐诗句法修辞手法的运用标志着中国古典诗歌句法修辞的发展已经进入了成熟期和繁荣期,这一点与中国古诗到唐代进入鼎盛期是同步的。"从建安时代到了这个时期,语言的诗化过程经过了约四百年才水到渠成","从《楚辞》开始的全新的语言的诗化,到此才达于成熟的高潮"。① 语言诗化,最重要的一点,就是句法的诗化,诗歌句法修辞区别于散文句法修辞的基本特征,正是诗歌句法结构和句法方式的诗化。如我们已经证明的,唐诗句法修辞的成就和创新很大程度上正是建立在诗歌句法高度诗化的基础之上的。

---

① 　林庚:《唐诗综论》,人民文学出版社,1987,第 91 页、92 页。

第八章　唐诗言语风格的变化和创新

　　风格作为一个通用词是事物各种表现特点的综合,它体现在语言运用中就是修辞研究特别关注的言语风格。"言语风格是语言由于使用中受不同交际环境的影响或制约而形成的一系列言语特点的综合表现"①,它是作家作品整体风格的有机组成部分。古人非常重视语言使用及其风格,判断诗作的最高境界是"意新语工"或"语意两工"(谢榛《四溟诗话》),如果"有意无辞,锦袄子上披蓑衣也"(吴乔《围炉诗话》)。任何诗作内容主旨的表现都离不开修辞,辞采美是风格美的核心和关键。

　　表现风格是言语风格的原型范畴,1932 年,陈望道在《修辞学发凡》中借鉴前人,从四个不同角度把表现风格概括为四组八种典型或极端类型:(1)根据内容和形式的比例,分为简约和繁丰;(2)根据气象刚强和柔和分为刚健和柔婉;(3)根据话里的辞藻的多少,分为平淡和绚烂;(4)由于检点功夫的多少,分为谨严和疏放。② 吴礼权综合已有研究,将表现风格作了以下分类:(1)根据格调气象的健柔,分为"刚健风格"和"柔婉风格";(2)根据叙说语言的繁简,分为"简约风格"和"繁丰风格";(3)根据修辞文本的多少,分为"平淡风格"和"绚烂风格";(4)根据语意表述的显晦,分为"明快风格"和"含蓄风格";(5)根据语言表达的庄谐,分为"庄重风格"和"幽默风格"③。

　　言语风格还可着眼于不同范围和角度,区分民族风格、时代风格、地域风格、文体风格、流派风格、个人风格等常见的具体类型。不同具体类型内部依据其风格要素构成和其他风格手段使用的差异,还可进一步区分更小的类别。其他风

---

① 郑远汉:《言语风格学》(修订版),湖北教育出版社,1998,第 18 页。
② 陈望道:《修辞学发凡》,上海教育出版社,1979,第 205 页。
③ 吴礼权:《现代汉语修辞学》,复旦大学出版社,2006,第 385-386 页。

格类型是言语表现风格的现实化和具体化,很少是标准或纯一的某一类,往往是两种以上表现风格的并存或兼融。

唐诗言语风格具有统一性和多样性。从言语风格角度研究唐诗修辞,主要关注两大问题,一是唐诗言语风格的表现及其形成根源,一是唐诗艺术风格(一般笼统命之为风格或作家作品风格)与修辞(语言运用)的关系。历代对唐诗艺术风格的研究较多,而专从语言运用角度对作为唐诗艺术风格重要组成部分的唐诗言语风格的研究则绝少,虽然艺术风格研究中也包含一定比重的言语风格研究内容,也涉及与语言运用的关系问题,但是很难替代言语风格研究。唐诗言语风格研究整体把握唐诗言语风格的主要类型,具体分析不同言语风格类型对各种言语风格手段运用的特点,联系各类主客观因素深入探寻唐诗言语风格形成的根源,在此基础上进一步揭示唐诗言语风格在所属艺术风格形成中独特的地位和价值。这一研究将视角投入更易观察和把握的语文形式,对于更精准地定位和解析作品的风格,揭示风格建构和创新的规律,有着特殊意义和作用,因而亟待重视和加强。

本章着眼于唐诗整体,仅从诗体风格、时代风格、个人风格等三个方面对唐诗言语风格的表现及其相应的根源做初步观察和探查。

第一节　唐诗诗体言语风格的丰富和创新

唐诗的成就是多方面甚至全方位的,古体诗、近体诗的各种诗歌体裁形式都有佳作传世,在诗体承传和创新中也取得了突出实绩,诗体言语风格呈现出独特性和多样化。

一、诗体言语风格的总体特征

一方面,唐诗众体皆备,各类体裁形式全面开花,硕果累累,言语风格多样。正如胡应麟《诗薮·外编》卷三指出的："甚矣,诗之盛于唐也! 其体则三、四、五言,六、七、杂言,乐府、歌行,近体、绝句,靡弗备矣。"古体的三言诗、四言诗在唐诗中数量质量都不能和五言、七言、杂言相提并论,但也有一定规模,也留下来诸如柳宗元《鼓吹十二首》、韩愈《琴操十首》、李白《雪谗诗赠友人》和《来日大难》等一些好诗。除此之外,五古、七古、乐府、歌行都在继承中有了新发展,绝句在唐代完成律化、五律在唐代定型、七律成于唐代,并在唐代达到巅峰。古体、近体及其下位门类对语音、词汇、语法、语篇、辞格等各类语言风格手段在选取和运用上要求不一、特色独具,在言语风格上各呈异彩,诗体门类及其风格类型的丰富多样,为历代所不及。同为诗歌体裁,都有简约风格,但绝句、律诗、古体程度大致递减;而在明快和含蓄、平淡和绚烂、刚健和柔婉、庄重和幽默等各对风格之间则各有取舍,各有偏向,受制于诗人、诗作、时代等多方面因素,很难简单地以诗体一概而论。

与此同时,受诗体本身进化逻辑和时代生活的影响,各种诗体在不同历史时期发展并不均衡,这又导致诗歌总体言语风格的时代差异性。盛唐以前,律绝逐步完形,五古复兴,歌行演进,古体近体的各类形式比较均衡;安史之乱前后,诗体趋向变新,而重心在古体;大历诗歌的主流是近体,特别是律体;元和诗坛的主导体式是古风,七言长篇尤多;晚唐以后,古风衰退,近体繁盛[①]。

另一方面,唐诗在致力于继承、完善和创新各类诗体体制的同时,格律求变,修辞求新,不断谋求各类诗体言语风格的变革创新和个性化,使之呈现独特风貌。其中包括古体、近体之间的分道和互渗,也包括各自内部小类的诗体革新和发展,以及诗歌对其他文学体裁材料和手法的借鉴和引入等等。

二、诗体言语风格的分体特征

古体诗是旧有诗体,在唐诗体中依然占据重要地位,言语风格上既从总体上有别于汉魏六朝,又在五古和七古两种分体上各具特质。"唐人五古中保留汉魏遗响稍多,而七古则完全出自新意;五古承受散文化的痕迹较深,而七古则更注重诗歌韵律的创新;五古常停留于言志述怀、写景抒情的传统领域,而七古在感事写意、叙议兼施方面走得更远;五古往往采取指陈式的写法和质实的文风,而七古更多章法上的穿插变化,也更考究语言的色彩和修辞的技巧。""但从另

---

① 参见陈伯海:《唐诗学引论》相关论述,东方出版中心,1988,第17–172页。

一方面来看,无论五古还是七古,在唐代又都是朝着内涵充扩、气势畅达、意象多变、摹刻精细的方向演变的,不仅在风骨与兴寄上超过了汉魏六朝,文辞、声律上也有许多新变,而且这种变化萌生于初盛唐之际,进至杜甫与元和诗人达到高潮,晚唐以后转向衰歇,则又是唐人古风的共同归趋。"①这段话告诉我们,唐代古体诗一方面继承汉魏六朝而又全面超越、变革前人,另一方面五古、七古在创作取向及其演进上呈现的差异也是全方位的,因而,唐代古体诗不但在总体上有着独特的风格,在分体五古七古也同样有着各自的风格。言语风格作为运用文辞、声律、技法等所表现的综合特点,是此处"风格"的有机组成部分和题中应有之义,既相对独立,又明显受到主题、内容等其他风格成分的制导和影响。

唐人做古体诗,或是有意区分古体近体,或是不可避免地受到近体影响,都在格律和修辞上对古体诗体式选择和语言运用施加了某种影响,使古体诗由过去的完全自由体变成了处于格律诗与自由体之间的新诗体。"终唐一世,近体诗固为极盛时代,而古体诗之规式,亦各有建树。有五、六、七言及长短句,四句在一韵者;有五、六、七句在二韵、三韵者;有五、七言及长短句用一韵而每句押韵到底者;有用一韵而每句押韵者;又有转二韵、四韵、八韵、九韵、十五韵、十七韵者。"②除了字数、句数、韵式有别于近体诗之外,对仗求拙,力避工稳;平仄格式上尽量用拗句,避免粘对,多用"三字尾"(即句末三个字平仄相同,或第一字和第三字平仄相同),从而形成有别于近体诗的高古风格。

寻幽无前期(平平平),乘兴不觉远(仄仄仄)。苍崖渺难涉(仄平仄),白日忽欲晚(仄仄仄)。未穷三四山(平仄平),已历千万转(平仄仄)。寂寂闻猿愁(平平平),行行见云收(仄平平)。高松来好月(平仄仄),空谷宜清秋(平平平)。溪深古雪在(仄仄仄),石断寒泉流(平平平)。峰峦秀中天(仄平平),登眺不可尽(仄仄仄)。丹丘遥相呼(平平平),顾我忽而咍(仄平仄)。遂造穷谷间(平仄平),始知静者闲(仄仄平)。留欢达永夜(仄仄仄),清晓方言还(平平平)。

(李白《寻高凤石门山中元丹丘》)

---

①　陈伯海:《唐诗学引论》,东方出版中心,1988,第 143-144 页。
②　嵇哲:《中国诗词演进史》,武汉大学出版社,1998,第 134 页。

　　　　谁家起甲第(仄仄仄)，朱门大道边(仄仄平)。丰屋中栉比(平仄仄)，高墙外回环(仄平平)。累累六七堂(仄仄平)，栋宇相连延(平平平)。一堂费百万(仄仄仄)，郁郁起青烟(仄仄平)。洞房温且清(平仄平)，寒暑不能干(仄平平)。高堂虚且迥(平仄仄)，坐卧见南山(仄平平)。绕廊紫藤架(平平仄)，夹砌红药栏(平仄平)。攀枝摘樱桃(仄平平)，带花移牡丹(平仄平)。主人此中坐(平平仄)，十载为大官(仄仄平)。厨有臭败肉(仄仄仄)，库有贯朽钱(仄仄平)。谁能将我语(平平仄)，问尔骨肉间(仄仄平)。岂无穷贱者(平仄仄)，忍不救饥寒(仄平平)。如何奉一身(仄仄仄)，直欲保千年(仄平平)。不见马家宅(仄平仄)，今作奉诚园(仄平平)。

（白居易《秦中吟十首之伤宅》）

　　上举两例，李白一诗在形式上全方位区别于近体诗，显然有意为之：共20句中有15句句末用三字尾；多用二、四字平仄不交替的拗句，避粘对；押仄声韵，韵式也不同于近体；对仗不工整。白居易一诗在注意古化特征的同时，如28句中10句句末用三字尾，用同字对等，也不自觉地受到近体诗影响，有明显的律化倾向：隔句押平声韵，一韵到底；多处用到工对。此外，高适的《燕歌行》，白居易的《长恨歌》《琵琶行》等也都是入律古风的代表作。

　　唐代古体诗还在学习前代的基础上，发展出了两种特有的体制：七言歌行体和新乐府。歌行由古乐府发展而来，以不入乐和不沿袭乐府古题与乐府诗相区别，唐以前之歌行三言、四言、五言、七言、杂言都有，而唐代以七言、杂言诗为主，故又称七言歌行。王世贞《艺苑卮言》指出其特点："七言歌行，靡非乐府，然至唐始畅。其发也，如千钧之弩，一举透革。纵之则文漪落霞，舒卷绚烂。一入促节，则凄风急雨，窈冥变幻。转折顿挫，如天骥下坂，明珠走盘。收之则如橐声一击，万骑忽敛，寂然无声。知歌行有三难，起调一也，转节二也，收结三也。惟收为尤难。如作平调，舒徐绵丽者，结须为雅词，勿使不足，令有一唱三叹意。奔腾汹涌，驱突而来者，须一截便住，勿留有馀。中作奇语，峻夺人魄者，须令上下脉相顾，一起一伏，一顿一挫，有力无迹，方成篇法。"由于这类诗体形式自由，风格流荡，不同时期的大诗人都乐意创作。关于七言歌行言语风格在唐代的发展、流变，胡应麟有过明确的阐述："唐七言歌行，垂拱四子，词极藻艳，然未脱梁陈也。

张、李、沈、宋,稍汰浮华,渐趋平实,唐体肇矣,然未畅也。高、岑、王、李,音节鲜明,情致委折,浓纤修短,得衷合度,畅乎,然而未大也。太白、少陵,大而化矣,能事毕矣。降而钱、刘,神情未远,气骨顿衰。元相、白傅,起而振之,敷演有余,步骤不足。昌黎而下,门户竞开,卢仝之拙朴,马异之庸猥,李贺之幽奇,刘义之狂谲,虽浅深高下,材局悬殊,要皆曲径旁蹊,无取大雅。张籍、王建,稍为真澹,体益卑卑。庭筠之流,更事绮绘,渐入诗余,古意尽矣"。由王杨卢骆的藻艳到张李沈宋的平实,再到高岑王李的畅达,直至太白少陵极尽歌行之能事,而后诸位诗人的另辟蹊径,共同成就了唐代歌行体的辉煌成就和多样化风格。其中尤以李白和杜甫风格迥异的歌行作品最能代表这一诗体不可逾越的历史高度。李诗,如《将进酒》《梦游天姥吟留别》等,章法多变,音律不拘,句法自由,多用夸张,直抒胸臆,风格飘逸豪放。杜诗,如《兵车行》《丽人行》《古柏行》《丹青引》等,则章法严谨,讲究格律,多用客观的描写句、叙述句,而将议论抒情暗含其中,"无一刺讥语,描摹处语语讥刺;无一慨叹声,点逗处声声慨叹"(浦起龙《读杜心解》),风格沉郁顿挫。

　　　　君不见黄河之水天上来,奔流到海不复回。君不见高堂明镜悲白发,朝如青丝暮成雪。人生得意须尽欢,莫使金樽空对月。天生我材必有用,千金散尽还复来。烹羊宰牛且为乐,会须一饮三百杯。岑夫子,丹丘生,将进酒,杯莫停。与君歌一曲,请君为我倾耳听。钟鼓馔玉不足贵,但愿长醉不复醒。古来圣贤皆寂寞,惟有饮者留其名。陈王昔时宴平乐,斗酒十千恣欢谑。主人何为言少钱,径须沽取对君酌。五花马,千金裘,呼儿将出换美酒,与尔同销万古愁。

　　　　　　　　　　　　　　　　　　　　　　　　(李白《将进酒》)

　　这首诗颇能代表李白歌行诗的言语风格。以"君不见"引领的两个长句起兴,语带夸张和反诘口吻,奔放恢宏,"此种格调,太白从心化出"(沈德潜)。紧接一组感叹句、一组祈使句、一组议论句,主观直抒,明快自然。通篇以七言为主,而以三、五、十言句"破"之,参差错综;诗句以散行为主,又以3处整句穿插其中,节奏灵动,收放自如。《唐诗别裁》谓"读李诗者于雄快之中,得其深远宕逸之神,才是谪仙人面目",此篇足以当之。

新乐府为唐世之新歌,杜甫、元结发轫于先,元稹、白居易集大成于后,新乐府遂盛行于世。杜甫的乐府即事名篇,无复依傍,根据内容自拟新题,仅学习民歌"感于哀乐,缘事而发"的精神。白居易在其《新乐府序》中明确了此类诗体的写作目的和语言要求:"篇无定句,句无定字,系于意,不系于文。句首标其目,卒章显其志,诗三百之义也。其辞质而径,欲见之者易谕也;其言直而切,欲闻之者深诫也;其事核而实,使采之者传信也;其体顺而肆,可以播于乐章歌曲也。"新乐府成功之作,浅而不陋,平中见奇,言随意遣,言浅意深,言简意赅,平易浅近的言语风格,对后世影响很大。张籍、王建、李绅、元稹等人都是新乐府运动的著名诗作者,成就最大的当推白居易。

上阳人,上阳人,红颜暗老白发新。绿衣监使守宫门,一闭上阳多少春。玄宗末岁初选入,入时十六今六十。同时采择百余人,零落年深残此身。忆昔吞悲别亲族,扶入车中不教哭;皆云入内便承恩,脸似芙蓉胸似玉。未容君王得见面,已被杨妃遥侧目。妒令潜配上阳宫,一生遂向空房宿。宿空房,秋夜长,夜长无寐天不明。耿耿残灯背壁影,萧萧暗雨打窗声。春日迟,日迟独坐天难暮;宫莺百啭愁厌闻,梁燕双栖老休妒。莺归燕去长悄然,春往秋来不记年。唯向深宫望明月,东西四五百回圆。今日宫中年最老,大家遥赐尚书号。小头鞋履窄衣裳,青黛点眉眉细长;外人不见见应笑,天宝末年时世妆。上阳人,苦最多。少亦苦,老亦苦,少苦老苦两如何?君不见昔时吕向美人赋;又不见今日上阳白发歌!

（白居易《上阳白发人》）

这首诗,借鉴民歌的写法采用"三三七"的句式和"顶针"句法,音韵转换灵活,句式参差错落,语言通俗浅易,熔叙事、抒情、写景、议论于一炉,尾声部分,用感叹的情调和讽谕的语词,表明诗人的一片恻隐胸怀和"救济人病,裨补时阙"的社会理想,体现了诗人"惟歌生民病,愿得天子知"的良苦用心。描述具体,形象鲜明,感染力强,是以宫女为题材的唐代诗歌少有的佳作。

此外,唐代古体诗对其他文学形式和非文学形式的引进,也是诗体风格演变和多样化的重要源泉。肇端于杜甫、得力于韩愈等人的发扬而在中唐渐成气候的"以文为诗"潮流,引入散文句法、章法乃至语汇,使诗体风格为之一变。而初唐四杰的"以赋入诗"对赋体形式的借鉴,晚唐温李诗派"以词为诗"对词境词体的吸收,不同时期诗人对民歌(如吴歌、竹枝词等)的学习模仿等,同样为诗体风格融入了新的质素。以韩愈的《山石》诗为例,看看其"以文为诗"的章法特点。这首诗汲取了散文中有悠久传统的游记文的写法,按照时间和行程的顺序,一线贯穿,叙写从"黄昏到寺""夜深静卧"到"天明独去"的所见、所闻和所感。行文看似松散随意,实则如将精心挑选的画面一一呈现,人、物、情、景融入其中,全用散文的句法、章法,却表现了诗歌的意境,造就了清峻朴茂的风格,真正做到了"以文为诗",不同文体的优长兼容而造就了新的诗体风格。

近体诗区别于古体诗首先是在声律体制的规范上,进而延及语言选择和修辞运用的方方面面。在确立体制规范和走向形式成熟的过程中,同时也在格律形式上追求变化和个性,由此带来了诗体风格的多样化。格律求变和个性化主要体现在字数句数、押韵方式、平仄格式等的求变求异上。(1)字数句数的变化。有的在字数上尝试六言绝句、六言律诗,如王维《田园乐其三》、刘长卿《苕溪酬梁耿别后见寄》等;有的在句数上尝试三韵小律,如韩愈《李员外寄纸笔》、元稹《酬乐天书后三韵》等。(2)押韵方式的变化。有的在不该押韵处押韵,主要表现为句句用韵、奇偶句各用不同韵的双用韵和奇句不入韵但句脚双声相协两种,前者少见,后者如杜甫《江南逢李龟年》;有的中途换韵,主要表现为葫芦韵、辘轳韵、进退韵等①,如杜甫《雨晴》用辘轳韵。(3)平仄格式的变化。字句、韵式、对仗等都符合近体诗格律,只在平仄体式上用到不合平仄谱式和拗救规律的形式,主要有丁卯体、折腰体、顺风体、古律体等②,如李白《登金陵凤凰台》首联颔联平仄重复,被认为顺风体的一种。

近体诗对于其他文学体裁形式也有所鉴戒,并产生了一些成功之作,引发了诗体风格的新生和变异。如晚唐律诗的骈文化,促成了律诗技法的精进和骈律互渗风格的创立:在对仗运用上,跟初盛唐人大抵求其工不同,不但求工而且求化,上下联之间活脱灵动,容量和力度也得以增强;在典故的运用上,学习骈文的典故连用多用,但又避免铺排,创造了一套死典活用、正典反用、实典虚用、分典

---

① 参看朱承平编著:《诗词格律教程》第二章第七节相关内容,暨南大学出版社,1999。
② 参看前著第三章第八节相关内容。

合用的手法①。

第二节　唐诗言语时代风格的统一和变迁

　　与诗体风格的丰富和创新形成呼应,唐诗时代风格也呈现出丰富的变化和多样的统一。对此,高棅在《唐诗品汇·总序》中有过总结:"有唐三百年诗,众体备矣。故有往体、近体、长短篇、五七言律句绝句等制,莫不兴于始,成于中,流于变,而陊之于终。至于声律兴象,文词理致,各有品格高下之不同,略而言之,则有初唐、盛唐、中唐、晚唐之不同。"严羽《沧浪诗话》则概括为"唐初体(唐初犹袭陈、隋之体)、盛唐体(景云以后,开元、天宝诸公之诗)、大历体(大历十才子之诗)、元和体(元、白诸公)、晚唐体"。

　　言语时代风格的形成取决于社会变革、思想渊源、文学传承、诗人才性等的合力作用,其具体表现也是多方面的,有综合的,如多种诗体不同时期集体呈现的风格共性和差异;也有个别的,如同一诗体不同时期各自呈现的风格共性和差异。不同诗体在唐代发展程度不平衡,各自的发展道路和演化轨迹也有别,由此造就了诗体风格的时代差异。陈伯海《唐诗学引论·辨体篇》对唐诗的古风(古体诗)、绝句、律诗及其主要体式的流变从美学角度作了考察和辨析,其中蕴含不少言语风格方面的内容,以此为依凭和线索,我们也试图对唐人不同诗体言语风格的时代流变进行一番追寻和体察。

一、古体诗言语风格的时代流变

　　古体诗产生于唐以前,到唐代发生了新变,内容大幅拓展,形式主要是五言、七言,杂言也以七言为主体。言语风格有延续汉魏含蓄自然作风的,但主流则是

---

① 　参阅陈伯海:《唐诗学引论》91-92 页相关论述,东方出版中心,1988。

受近体诗影响出现律化和反律化两种倾向。五古、七古韵调不同,艺术功能、表现技巧、言语风格的拓展上异轨而同趋,有融通,也有分别。

（一）五言古风的言语时代风格

五古和七古在唐代走的是不同的发展道路。五古从唐初沿袭齐梁藻丽诗风到陈子昂"开古雅之源"、张九龄"创清澹之派",再到盛唐分别延续光大这两派,呈现的是同属质朴,而又偏于明快刚健和偏于含蓄柔婉的两种流派风格兼容并行的总体风格。杜甫扩大了五古的表现功能,使铺陈充畅的唐调风格变得成熟而鲜明,并开创了诗体变革散文化的方向。韩孟诸家推进了这一变革,使变古在中唐达到高峰。晚唐五古衰歇,仅部分诗人专攻五言短古,上承陈子昂、元结和《箧中集》等质直简切的遗风。

陈子昂五古的言语风格,以《感遇诗三十八首》为代表,跟他那首最负盛名的《登幽州台歌》是一致的:不事雕琢,直抒胸臆,"骨气端翔,音情顿挫"（陈子昂《与东方公书》）,换言之,大体上属于平淡、明快、刚健几种表现风格的交融。如《感遇诗》（其三十五）:

> 本为贵公子,平生实爱才。感时思报国,拔剑起蒿莱。西驰丁零塞,北上单于台。登山见千里,怀古心悠哉！谁言未忘祸,磨灭成尘埃?
>
> （陈子昂《感遇诗三十八首》其三十五）

语出自然,言由心生。完全不用修饰美化的词句,先说叙后抒慨,一感叹句,一反诘句,强化"感时思报国,拔剑起蒿莱"之悲壮情怀。这类风格,并非排斥修辞手法的运用,也用比喻、起兴、双关、映衬、对照等修辞手法,但意图和效果更多的是强化诗意和形象表意,而非委婉含蓄,也几乎不用美饰类修辞法。如:

> 兰若生春夏,芊蔚何青青！幽独空林色,朱蕤冒紫茎。迟迟白日晚,袅袅秋风生。岁华尽摇落,芳意竟何成?
>
> （陈子昂《感遇诗三十八首》其二）

整首诗以兰若自比,以叶衬花、以众花衬兰若（映衬）,用复叠加强形象描绘,用前后四句之间的对比突出岁月的无情,寓托对兰若的欣赏和惋惜,最后两句用反问兼用双关点题。全诗借兰若感慨身世之意显而易见。修辞手法的运用,强化而非隐晦了诗歌的主旨。

与之相比,同为《感遇诗》,张九龄的十二首,风格同样也有平淡质朴的特点,但又更倾向于含蓄、柔婉。如"其七":

> 江南有丹橘,经冬犹绿林。岂伊地气暖,自有岁寒心。可以荐嘉客,奈何阻重深! 运命唯所遇,循环不可寻。徒言树桃李,此木岂无阴?
>
> (张九龄《感遇十二首》其七)

这首诗以篇章比喻托物寓意,也用到感叹句、反问句,但只是加强了字面的意思,似乎只是在写丹橘,言外的意思即诗歌的深意真意则留于象外,与个人身世、现实干预等都似乎隔了一层,暗用多个典故,"此中有真意,欲辨已忘言"。将情意寄托于形象中,表达婉转遥深,加上语调更平和,语势更舒缓,张九龄的《感遇诗》风格因而又偏于柔婉一路。再如"其四":

> 孤鸿海上来,池潢不敢顾。侧见双翠鸟,巢在三珠树。矫矫珍木巅,得无金丸惧? 美服患人指,高明逼神恶。今我游冥冥,弋者何所慕!
>
> (张九龄《感遇十二首》其四)

同样托物寓意,以孤鸿自喻,以双翠鸟喻其政敌李林甫、牛仙客,以孤鸿独白的口吻传递哲理和劝诫,也用到对比、反问、感叹、用典、双关等手法。没有咄咄逼人的气势,也不见直白急切的语意,委婉诚恳,温柔敦厚,典型的儒家诗风。

陈子昂、张九龄各自开创的五古风格得以延续到盛唐,并存于世。期间佳作无数,风格大同中各有小异,而李白《古风》、杜甫《出塞》的成就尤高。李杜均属刚健、质朴、明快一路,但比起他人,句式、结构、修辞手法上体现的言语特色,李稍多一些奔放雄豪,如《古风(其十九)》;杜则更谨严多变,如《前出塞九首(其六)》。

五古的散文化诗体变革,代表的是诗体风格在中唐后的主流风格,主要表现于句法、篇法运用的不同于寻常五古,我们在《唐诗语法修辞研究》相关章节已有论析,此不赘述。

晚唐为数不算多的五古作品体现的是质朴、明快、偏于通俗的风格。如于濆《苦辛吟》：

垅上扶犁儿,手种腹长饥。窗下抛梭女,手织身无衣。我愿燕赵姝,化为嫫母姿。一笑不值钱,自然家国肥。

（于濆《苦辛吟》）

全诗用对比,前后半首诗对比,前半首和后半首内部有分别用传统的"推理对比"和"转化对比",形成因果推理的不合理、理想和现实境界的反差,主题鲜明,用词和句式自然,贴近口语。

（二）七言古风的言语时代风格

"唐初七古,节次多而情韵婉,咏叹取之；盛唐七古,节次少而魄力雄,铺陈尚之"（刘熙载《艺概·诗概》）。这是对唐诗七古总体时代风格的概括,如果细论之,则还有入律古风和不入律古风两派不同风格的时代差异。

七古在唐代一开始就走的歌行的路子：乐府民歌与诗体律化倾向相结合。"初唐四杰"引进六朝辞赋的表现手法,排比铺张而宛曲流动,刘希夷、张若虚淘洗铅华,笔触流动细腻；高适、李颀、王维、崔颢诸家在此基础上吸取律体优势,形成典型的盛唐歌行（入律古风）；元、白《长恨歌》《琵琶行》《连昌宫词》等增添错落章法等流动因素,晚唐韦庄《秦妇吟》等也是这一派的嗣响。与此同时,李白、岑参等人,开创了唐人歌行体的变调,杜甫、韩愈更进一步,构成不入律的古风。不入律的古风与有律化倾向的传统歌行体,在中唐以后始终如二水分流,并行不废。除题材内容上有所分别外,这两种七古的所谓"正体"和"变体"主要是在语言运用及其风格上各具倾向和特色。

初唐四杰的七古,首推卢照邻的《长安古意》,其突出的言语风格是绚烂和繁丰（铺陈）,跟六朝相比,"一变而精华浏亮；抑扬起伏,悉谐宫商；开合转换,咸中肯綮"（《诗薮·内编》卷三）。一是在内容充实基础上讲究语词华美、声韵和谐、节奏整齐。配合内容更迭换韵,一般四句八句一换韵,大量穿插句间和句内对偶,多用复叠形式,借助比喻、用典、夸张、对比等辞格描绘,同时,在转意换景处多用顶真句法和分合句法衔接,节奏鲜明灵动,言辞绮丽悦耳。二是主要采用繁丰的赋法,不惜用繁笔极力铺叙长安都市繁华热闹的场景和骄奢淫逸生活的细节,结合纵横对比,以寓托"桑田碧海须臾改"的感慨。初唐七古还有刘希夷的《代悲白头翁》、张若虚的《春江花月夜》等名作,言语风格都与《长安古意》近似。

盛唐七古的典范之作是高适的《燕歌行》,其特点集中了古风铺排转折自如和律体声韵谐和、语句精工的各自长处,因而成为盛唐七古的正格。与初唐相比,风格上主要还属于绚烂、繁丰的融合,其改变基本就在于因大致合律而更具音韵美。

> 汉家烟尘在东北,汉将辞家破残贼。男儿本自重横行,天子非常赐颜色。摐金伐鼓下榆关,旌旆逶迤碣石间。校尉羽书飞瀚海,单于猎火照狼山。山川萧条极边土,胡骑凭陵杂风雨。战士军前半死生,美人帐下犹歌舞!大漠穷秋塞草腓,孤城落日斗兵稀。身当恩遇恒轻敌,力尽关山未解围。铁衣远戍辛勤久,玉箸应啼别离后。少妇城南欲断肠,征人蓟北空回首。边庭飘飖那可度,绝域苍茫更何有!杀气三时作阵云,寒声一夜传刁斗。相看白刃血纷纷,死节从来岂顾勋?君不见沙场征战苦,至今犹忆李将军!

（高适的《燕歌行》）

全诗四句一节,每节一韵,通篇平仄韵互转,各节内部多为先散后骈,字音多合律诗规则:用韵依次为入声"职"部、平声"删"部、上声"麌"部、平声"微"部、上声"有"部、平声"文"部,恰好是平仄相间,抑扬有节。除结尾两句外,押平韵的句子,对偶句自不待言,非对偶句也符合律句的平仄,如"摐金伐鼓下榆关,旌旆逶迤碣石间";押仄韵的句子,对偶的上下句平仄相对也很严整,如"杀气三时作阵云,寒声一夜传刁斗"。

中唐、晚唐对入律古风的发展主要在章法韵调的错落有致方面,使其风格在合律上稍加灵活,而在结构的圆活曲折和气势的婉转壮丽方面得以强化。以白居易的《长恨歌》为例。这是一首长篇叙事诗,充分发挥了歌行体的特点,情感缠绵凄切,语言优美和谐,节奏回环流畅,因而熟诵于"王公、妾妇、牛童、马走之口"（元稹《白氏长庆集序》）。它在写法上将故事情节的叙述、景物人物的描写、细节心理的刻画与情感态度的抒发有机地融为一体，与这一写法相配合，语言运用上有几个突出特点：韵脚和韵式变化上，因应着情感内容的变化发展，以偶句押韵为主、大体四句一换韵、平仄声韵交错，但又不拘，并有奇偶句均不押韵者；句法结构安排上，散句为主，穿插对偶、顶真等整句，对句中句内对、参差对、迭映（同字）对为主，工对、句间对较少；句式选用上，常规句式为主，穿插连贯句、紧缩句、名词句、倒装句等特殊句式；词语锤炼上，为强化声音形象和描绘色彩，多用双声、叠韵、叠音、重叠、迭映形式点缀其间；辞格运用上，比喻、夸张、映衬、对照等辞格融入其中，服务于内容的表现。入律古风的这种种具体表现，在其他篇幅较长的古风中也大体接近。正因为篇幅较长，篇章修辞就更多了讲究，语音修辞（变化用韵为主）、句法修辞在谋篇方面的成功运用也因此成为它们在言语风格上的时代变异成分和风格要素。

　　不入律的古风成于盛唐，延及中晚唐，作为歌行体的变调，除了不入律，还有怎样的一些不同于入律古风的言语风格质素？总的特点是破偶为奇，化整为散，引入散文篇法，风格偏于明快、繁丰。具体还有两类：一是句式参差、转韵的，有绚烂、刚健等倾向。如李白《蜀道难》《远别离》《梦游天姥吟留别》、岑参《走马川行奉送封大夫出师征西》诸作，在七言基础上错杂采用杂言，结合转韵以传达情感起伏和意境变幻。一是句式整齐、几乎不转韵的，多用拗句拗调，有平淡、通俗或拗峭等倾向。如杜甫、韩愈等人的此类诗作，引入散文语汇、句法、章法，音韵体制力避律化，多用三字尾。再以李商隐《韩碑》为例：

　　　　公退斋戒坐小阁，濡染大笔何淋漓。点窜尧典舜典字，涂改清庙生民诗。……汤盘孔鼎有述作，今无其器存其辞。呜呼圣王及圣相，相与煊赫流淳熙。公之斯文不示后，曷与三五相攀追。愿书万本诵万遍，口角流沫右手胝。

　　　　　　　　　　　　　　　　　　　　　　　　　　（李商隐《韩碑》）

　　所引数句都是三字尾，或为三平调，或为三仄声，显然有意为之，声律上与韩愈、杜甫近似，而与唐入律古风相区别。多用为律诗禁忌的"三字尾"，一韵到底，几乎不用对偶，且用到部分散文句式，如"呜呼圣王及圣相，相与煊赫流淳熙""公之斯文不示后,曷与三五相攀追"。因而带有平淡、明快的倾向,更贴近通俗自然的口语风格。

二、近体诗言语风格的时代变迁

近体诗体制更放畅自由,从初唐、盛唐到中唐,主要沿着敷陈充畅的方向发展,言语风格以明快、繁丰、刚健为主,或绚烂或质朴,至元和而极其变,晚唐衰微。律诗受到骈偶和声律的严格限制,文辞讲求精工和变异,更多书卷气息和人工色彩;绝句篇幅更短小、常用作乐词,言语风格讲求真切自然、含蓄有韵味:同为近体诗,都曾顺应唐代社会生活的时代变化而变化,但渊源不同,发展道路和演化轨迹也各不相同。

(一)绝句的言语时代风格

"五言绝句源于汉魏乐府古诗,风格上比较质朴古淡,崇尚自然真趣。七言绝句起自南朝乐府歌行,体貌上更为高华流丽,注重风神摇曳。"①五绝成长在先,盛唐时二者开始并驾齐驱,中期后杜甫和元和诸家对其加以艺术创新,添加叙事和议论成分,引入工笔白描,吸收散文句式和民间口语,采用拗句拗调,运用组诗形式等等,使绝句发生蜕变,到晚唐绝句获得了新的发展,出现了两种鲜明而互补的风格取向:尖新明快的议论体和委婉深曲的抒情体。

初盛唐绝句的言语风格,五绝可以李白、王维、崔国辅为代表,七绝以李白、王昌龄等为代表。五绝不刻意于字句雕琢,讲求整体意境的营造,一般以小见大,言简意丰,用语亲切自然,大体属于简约、平淡、柔婉的言语风格路数。

众鸟高飞尽,孤云独去闲。相看两不厌,只有敬亭山。

(李白《独坐敬亭山》)

没有特别的丽词锦句,都服从于创造整体意境美的需要。前两句写景,众鸟飞、孤云去暗寓彻底"被弃"之情;后两句写情,对山的喜爱衬出对人世的不满,山的"有情"衬出人的"无情";诗人横遭冷遇的处境,孤寂凄凉的心情,全然融入

① 陈伯海:《唐诗学引论》,东方出版中心,1988,第148页。

"独坐"和"相看"所处的特殊场景中。

> 独坐幽篁里,弹琴复长啸。深林人不知,明月来相照。
>
> （王维《竹里馆》）

这首小诗景语、情语甚至都很难区分,更谈不上诗眼或警句,人和物、景和情天然合一,综合起来自有独具魅力的诗情画意。独、幽、深、明几个形容词很寻常,但又体现了特色。自然中见至味,平淡中见高韵,语言朴实,意蕴其中。

> 山中相送罢,日暮掩柴扉。春草明年绿,王孙归不归?
>
> （王维《山中送别》）

看似普通的叙事,平常的询问,却意蕴丰富,耐人咀嚼,暗含了深厚、真挚的离别、牵挂之情。后两句从《楚辞·招隐士》"王孙游兮不归,春草生兮萋萋"句化用而来,问话亲切自然,饱含深意。

> 红豆生南国,春来发几枝? 愿君多采撷,此物最相思。
>
> （王维《相思》）

一个疑问句、一个祈使句,以对话口吻发问、寄语,发问中透露的是对故土对故人的思念,寄语中抒发的是对友谊的珍视,语言朴素而又亲切,明快而又蕴含深情。

> 妾有罗衣裳,秦王在时作。为舞春风多,秋来不堪著。
>
> （崔国辅《怨词二首》其一）

这首诗以自白方式表面写惜衣,实写惜人。借特定之物事或景象表达私密之儿女情,有所寓托而又自然真实,是崔国辅五绝的一般特点。

七绝到盛唐才成熟,风格上也讲究简约,但比五绝更趋刚健,节奏更舒缓,多了些修饰,且出现了分流:李白诗风更接近平淡和明快,流利自然;王昌龄诗风更接近绚烂和委婉，人工色彩更浓。

> 问余何意栖碧山，笑而不答心自闲。桃花流水窅然去，别有天地非
> 人间。
>
> （李白《山中问答》）

全诗虽只四句，但是有问答，有叙述、有描绘、有议论，内容丰富。有表情和景物的实写，也有问而不答心自闲的虚写，虚实相生，情韵幽邃。押平声韵，不拘平仄，质朴自然，舒缓闲淡。

> 奉帚平明金殿开，且将团扇共徘徊。玉颜不及寒鸦色，犹带昭阳日
> 影来。
>
> （王昌龄《长信秋词五首》其三）

短短二十八字，却能把宫女的孤寂生活和幽怨心情写得鲜明突出而又曲折委婉，一是因为截取了典型的生活画面，二是词句的用心设计。前两句捕捉宫女们每天延续的刻板生活方式凸显其内心世界：天亮即起打扫宫殿，偷闲时只能手执团扇，慰解内心的寂寞苦闷。"且"和"共"两个虚词的精心选用，将心理活动刻画得益发精准。后两句是一个奇特的比较，见出诗人选取角度的精妙：宫廷美人竟然不及寒鸦，寒鸦"犹"（强调）带日影，既是实写景色，又以昭阳日影暗喻君恩，语带双关，含意曲折丰富。修辞方面绚烂多彩，带给人多方面的美感：金殿、玉颜、寒鸦、日影等包含色彩的词语相配，点染出诗歌的视觉色彩美；句内和对句节奏点平仄交错，押平声韵，叠韵或双声形式，平明、团扇、徘徊、玉颜的频现，合奏了诗歌的声音形象美。

再来看看唐中期后杜甫与元和诸家对绝句言语风格带来的变化。杜甫对绝句的改造，首先是题材和内容的拓展，突破了盛唐绝句多写个人感兴、多作主观表现的苑围，转向内容多样化和重客观摹写；其次是表现形式的创新，多方借力、大胆突破以适应绝句境界的拓展，使之丰富多样的同时迥然异于以往。这一改造，对绝句言语风格的影响，一是风格趋于多样化、个性化，一是不少作品存在一定的直露、浅白倾向，不够含蓄空灵。

　　正如《石洲诗话》评王建《宫词一百首》那样："其词之妙，则自在委曲深挚中别有顿挫，如仅以就事直写观之，浅矣。"因为一百首宫词几乎都是对宫廷生活照实直录，整诗缺乏盛唐绝句的韵外之致，词少意也浅。下面这首是其中难得的佳作，在众多宫词中也颇具特色："树头树底觅残红，一片西飞一片东。自是桃花贪结子，错教人恨五更风。"先景后情，人在景中，情思婉转，别出新意，在明快中见委曲，于流利中寓顿挫。语言平易，近于口语，前两句用迭映句法，各句节奏点平仄交错有序，读来琅琅上口，颇有民歌风调。

　　杜甫绝句也存在板滞、泥实之作，但更多的作品体现了形式和风格的丰富和变化，《赠花卿》《江南逢李龟年》等少数绝句延续了盛唐委婉风格，更多的作品则"别开异径"，风格独具。如他的《赠花卿》："锦城丝管日纷纷，半入江风半入云。此曲只应天上有，人间能得几回闻。"字面看全是赞美，但后两句语带双关，因而暗含讥刺，意在言外，"似谀似讽，所谓言之者无罪，闻之者足戒也。此等绝句，何减龙标(王昌龄)、供奉(李白)"(杨伦《杜诗镜铨》)。而他的《戏为六绝句》突出的特色是形象说理，概括而具体地用一组小诗讨论唐诗发展的大问题，将庄重和幽默两种相对的言语风格融合一道，有正面的赞美肯定，有反面的批驳讥讽，正反对照，庄谐杂出。再看他的《江畔独步寻花七绝句》(其六)：

　　黄四娘家花满蹊，千朵万朵压枝低。留连戏蝶时时舞，自在娇莺恰恰啼。

(杜甫《江畔独步寻花七绝句》其六)

　　这首诗与前人不同的是写景时以秾丽替代了清丽，以工笔细描取代了写意白描，与之相应，言语风格显然偏于绚烂：花的"满蹊""压枝低"，戏蝶的"留连""时时舞"，娇莺的"自在""恰恰啼"，不但声形态俱美，而且语词的双声、叠音(含象声)、迭映(千朵万朵)形式并现，押韵、对偶、末两句主要用舌齿音，因而第二句虽用拗句，但丝毫不影响整诗和谐悦耳，声情并茂。

　　元和诸家的绝句，光大了杜甫的创新精神，内容广泛，形式多样，言语风格也有诸多集中的或个人化的表现。其中共性风格表现比较集中的，当属刘禹锡、白居易所作《竹枝词》《杨柳枝词》《踏歌词》《浪淘沙》等大量仿民歌体的诗章，多用比兴手法，词句质朴清新，独具民歌的音乐美和情韵美。虽大体属明快、平淡、柔婉风格,却兼有清丽之风,尤其是带上了显著独特的口语体风格。

> 山桃红花满上头,蜀江春水拍山流。花红易衰似郎意,水流无限似
> 侬愁。

(刘禹锡《竹枝词九首》其二)

头二句兴中有比,后两句接着用比喻点明主题,自然明快,音节和谐,语语可歌,"郎""侬"等口语词和朴拙对句法入诗,强化了生活气息和地域色彩,清新独特,声韵俱美。

> 春江月出大堤平,堤上女郎连袂行。唱尽新词欢不见,红霞映树鹧
> 鸪鸣。

(刘禹锡《踏歌词四首》其一)

这首诗用顶真联句,用口语词"欢",都是民歌的语言特色,写景用白描手法突出时空等典型环境因素,衬出人物心情和变化,内容反映民俗,同样有民歌的独特风格特色。

晚唐绝句艺术更为圆熟,较为成功的当推李商隐、杜牧,就言语风格而言,大致有偏明快和偏含蓄的两类,实际构成又有所区分,与前代也有差异,姑且各举两人诗作二例作点比较考察。

> 宣室求贤访逐臣,贾生才调更无伦。可怜夜半虚前席,不问苍生问
> 鬼神。

(李商隐《贾生》)

这首咏史诗表达风格是明快的,但跟一般题旨单纯的明快不同,同时又表达了曲折复杂的深意。一面是"求""访""无伦",正面赞颂、推重汉孝文帝求贤才、访逐臣,称颂贾生的才调无与伦比;一面则是"可怜",对帝王惜才不为国事而只关心鬼神之事感到惋惜,其中暗含讥讽;而更深层的感慨则须与联系作者身世、写作背景,与其他诗作对读互文见义方能得出:自己虽怀贾生之才却不遇难遇,

因为当朝君主甚至还远不如文帝这样的人君，只会崇佛媚道，服药求仙，不顾民生，不任贤才。他的另一首名诗五绝《乐游原》，"夕阳无限好，只是近黄昏"表意上也有类似的特点：明快，而不简单，不直接。《忆梅》诗也类此："定定住天涯，依依向物华。寒梅最堪恨，常作去年花。"

　　　烟笼寒水月笼沙，夜泊秦淮近酒家。商女不知亡国恨，隔江犹唱后庭花。

（杜牧《泊秦淮》）

　　整诗也是明快风格，后两句流传甚广，常被引用以讽刺淡忘家仇国恨只顾及时行乐者。因为这两句卒章显志的话看起来意思最明白不过：不知亡国恨，隔江、犹唱。但其实背后还有间接之意，商女只是侍候他人的歌女，她们唱什么实际是由座中的贵族、官僚、豪绅等一帮听歌者决定的，他们才是真正"不知亡国恨"的人。隔江，江北就是隋朝攻城大军；《后庭花》是曲名，也借代亡国之音。由此，历史和现实自然贯穿，表面婉曲轻利的风调之中，含蕴着辛辣的讽刺、深沉的悲痛、无尽的感慨。

　　　云母屏风烛影深，长河渐落晓星沉。嫦娥应悔偷灵药，碧海青天夜夜心。

（李商隐《嫦娥》）

　　这首诗是含蓄风格的一类代表：双重甚至多重语意相融通，互为表里，曲折达意。题为"嫦娥"，表面是对嫦娥处境和心情进行描状和揣摩，实际上用意在表现处境孤寂的主人公的心理动态。诗中所抒写的孤寂感以及由此引起的"悔偷灵药"式的情绪，融入了诗人独特的现实人生感受，意蕴丰富深刻。

　　　千里莺啼绿映红，水村山郭酒旗风。南朝四百八十寺，多少楼台烟雨中。

（杜牧《江南春》）

这首诗是含蓄的,纯乎写景,但图画中有未尽之图画,有意有情,留待读者去想象,去揣摩。同时,言语风格是绚烂的:色彩是丰富绚烂的:"南朝"赋予画面悠远的历史色彩;"四百八十"座(数量夸张)金碧辉煌、屋宇重重的佛寺,出没掩映于迷蒙的烟雨之中,这就平添了朦胧迷离的梦幻色彩;与"千里莺啼绿映红,水村山郭酒旗风"的明朗绚丽相辉映,"江南春"的画面、色调何其壮丽多姿!其间又留给人多少想象、思索、揣测!

(二)律诗的言语时代风格

五律唐初始有少量完篇,到沈、宋完成体制规范化;七律沈、宋时期始有成篇,盛唐才在体制上达到纯熟。杜甫之前,律诗大体是朝正格走,杜甫"运古于律",纵横开阖,从内容到形式,从字法、句法、篇法到音律、体制,对律诗进行全面革新,锐意探索,造就了律诗的变格。而晚唐三大家则合力将杜律的变新与盛唐以至大历诸家的精工琢炼相结合,在更高层面上完成了唐律的定格。基于此,唐代律诗言语风格的时代变革,也大致可以杜甫为界,分为正格、变格、定格三个阶段加以考察。三"格"的区分更多地着眼于言语风格的不同和流变,很难确立绝对的时间区划,与杜甫同期的其他诗人、之后的刘长卿、"大历十才子"乃至晚唐不少诗人的律诗基本上应归属正格,变格也延及杜甫之后的韩愈、元白、贾岛、刘禹锡、柳宗元等一众诗人及其诗作,甚至也不能简单地把某一个诗人的全部律诗归为某一格。

律诗体制适中,讲究谋篇的"起承转合",讲究对仗,讲究声律,讲究在有限的篇幅中争取更大的艺术空间,诗体的这些特殊要求和取向,决定了律诗相比古体诗、绝句,在炼字、炼句、炼篇、炼意等各个方面几乎都更用心更用力,由此也形成了律诗在言语风格上、总体上更绚烂精工、更庄重典雅的倾向。具体到不同时期、不同诗作,又有各自的一些表现,或典范或有所偏离,或融通或排他,或单一或复合。所谓正格、变格、定格及其具体小类,全是这一总体风格下的各种不同变体而已。

唐律正格主导风格是绚烂含蓄,重意境重婉转,亦重修辞美,用语造句讲究自然清丽、曲折达意。山水田园诗派代表人物王维、孟浩然多用描绘性修辞手段写景,融情于景,借表现自然美寄寓高洁志趣。王维的"大漠孤烟直,长河落日圆"的形容词锤炼、"郡邑浮前浦,波澜动远空"的动词锤炼;"泉声咽危石,日色冷青松""竹喧归浣女,莲动下渔舟"的句法变化;"白云回望合,青霭入看无"的互文、"漠漠水田飞白鹭,阴阴夏木啭黄鹂"的叠音,以及它们对色彩、动态、声音和感觉的传神表现,不但造就了洁雅脱俗的意境美,也传递了声色俱佳、摇曳多姿的辞采美。孟浩然《题义公禅房》通过描写义公禅房的山水环境,以环境的清幽秀美衬托出义公的清德高风,情调古雅,超然物外;《过故人庄》则将绿树、青山、场圃、桑麻、村郭等独具乡野特色的名物和谐地融入诗中,构成了一幅优美宁静的田园风景画,以此寓托淡远清雅、崇尚自然的情怀。

李白也有不少类似修辞特点的作品,如:

> 犬吠水声中,桃花带露浓。树深时见鹿,溪午不闻钟。野竹分青霭,飞泉挂碧峰。无人知所去,愁倚两三松。
>
> （李白《访戴天山道士不遇》）

这首诗除"无人知所去"一句说明不遇的结果,其余各句都在描写,以描写带叙述、带抒情:前两句写入山,"带露浓"暗示时间是在早晨,颔联写路途,时间到了中午,"时见鹿"反衬不见人,"不闻钟"暗示道院无人;颈联写到达道院,寻人不遇因而细品道院环境的清幽雅致,反衬出道士的淡泊与高洁,最后一句描写愁倚的动作和神态,交代诗人怅然若失的心情。全诗几乎完全用描绘性修辞手段,形象鲜明,情意婉约,因而具有绚烂、含蓄,象大于意的特点。

> 昔人已乘黄鹤去,此地空余黄鹤楼。黄鹤一去不复返,白云千载空悠悠。晴川历历汉阳树,芳草萋萋鹦鹉洲。日暮乡关何处是?烟波江上使人愁。
>
> （崔颢《黄鹤楼》）

这首诗一向受到高度赞誉,严羽《沧浪诗话》曾说:"唐人七言律诗,当以崔颢《黄鹤楼》为第一",据说连李白也服膺这一黄鹤楼题诗。那么它到底好在哪里?首先当然是豪迈的气概、悠远的哲思、深挚的情怀,其次则是艺术上的巨大成功。究其声律、章法看,是半律半散,前半首用散调变格,气势宣泄充畅,后半首整饬归正,对仗工整,平仄协调。单就言语风格而言,它比一般的盛唐律诗正格更绚烂,双声、叠韵、叠音、迭映形式和押韵对仗等带来了突出的声韵美、形象美;同时它又有着显著的拗峭美、变异美:首联的五、六字同出"黄鹤";第三句几乎全用仄声;第四句又用"空悠悠"这样的三平调煞尾;亦不顾什么对仗,用的全是古体诗的句法。但它又不同于杜诗的刻意求变,只能算是其势使然,不得不变,收放自如,这从崔颢的其他律诗大都谨守格律也可得到佐证。

同属这一时期的律诗中,也有其他一些风格类型。如祖咏的《望蓟门》刚健而明快:"燕台一去客心惊,笳鼓喧喧汉将营。万里寒光生积雪,三边曙色动危旌。沙场烽火连胡月,海畔云山拥蓟城。少小虽非投笔吏,论功还欲请长缨。"而岑参的《寄左省杜拾遗》整诗对仗工整,色彩绚丽,叙述、描写、抒情、议论相结合,末句寓贬于褒,于明快中暗含曲折:"联步趋丹陛,分曹限紫微。晓随天仗入,暮惹御香归。白发悲花落,青云羡鸟飞。圣朝无阙事,自觉谏书稀。"

"杜诗近体,气局阔大,使事典切,而人所不可及处,尤在错综任意,寓变化于严整之中,斯足凌轹千古。"(《唐诗别裁》)杜甫对律诗的改造,深化律诗的内涵,引进叙事和议论成分,打破情景结合的惯例,引进古诗(乃至古文)的章法,用字造句生新突兀,音律形体拗峭多变,使律诗言语风月天格添加了突出的新质要素:新奇古拙、灵活多姿。

> 不见李生久,佯狂真可哀! 世人皆欲杀,吾意独怜才。敏捷诗千首,飘零酒一杯。匡山读书处,头白好归来。
>
> （杜甫《不见》）

"作诗不过情景二端。如五言律体,前起后结,中四句,二言景,二言情,此通例也。"(胡应麟《诗薮》)杜甫往往打破这种传统写法,"通篇一字不粘带景物,而雄峭沈著,句律天然"(同上)。这首诗第二句抒情,其余句叙述、议论中带抒情或含抒情,全无写景;音律上有所不顾,句式整中有散,对偶不切,语言质朴。因此读来情真意切,感人至深。

> 今夜鄜州月,闺中只独看。遥怜小儿女,未解忆长安。香雾云鬟湿,清辉玉臂寒。何时倚虚幌,双照泪痕干?
>
> （杜甫《月夜》）

本诗的突出特色是用示现辞格,突破格律。首联叙中含情,次联抒情,用连贯句,不对偶,颈联描写,情寓其中,尾联抒情,形象表意。音律、句法整中求变,表达委婉含蓄:以示现手法写妻子"独看"鄜州之月而"忆长安",暗含自己的"独看"长安之月而忆鄜州,寄托离别之伤痛哀愁;寄望"双照",暗含回忆,怀念往日的同看,期待"何时"的相聚。如黄生所说:"五律至此,无忝诗圣矣!"

　　摇落深知宋玉悲,风流儒雅亦吾师。怅望千秋一洒泪,萧条异代不同时。江山故宅空文藻,云雨荒台岂梦思。最是楚宫俱泯灭,舟人指点到今疑。

(杜甫《咏怀古迹五首》其二)

此诗借景生发议论,但不独立写景,而使之融于议论和抒情。这是一首七律,却通体用赋,铸词熔典,精警切实,不为律拘。它谐律从乎气,对仗顺乎势,写近体而有古体风味,典雅绚丽。

　　诸葛大名垂宇宙,宗臣遗像肃清高。三分割据纡筹策,万古云霄一羽毛。伯仲之间见伊吕,指挥若定失萧曹。运移汉祚终难复,志决身歼军务劳。

(杜甫《咏怀古迹五首》其五)

此诗一改律诗情景相生、写景抒情成篇的通例,通篇议论。但不脱离形象凭空发议论,高妙的议论中流露出热情激昂的颂扬叹惋,句句含情,层层推进。风格明快刚健。

杜律并非完全属于变格。其《秋兴八首》以结构紧密的组诗形式,突破律诗的篇幅限制,拓展了内容的厚度和抒情的分量,整体风格绚烂多彩、刚健豪雄,错综抑扬。王嗣奭《杜臆》评论:"秋兴八首,以第一首起兴,而后七首俱发中怀;或承上,或启下,或互相发,或遥相应,总是一篇文字。""八首如正变七音旋相为宫而自成一章,或为割裂,则神态尽失矣。"(《船山遗书·唐诗评选》卷四)组诗形式本身就是一种变化,但如果就单篇而言,似多可归属"正格"。组诗情因景生,寄情于景,时空穿越,虚实相生:从篇法看,多方运用示现和对比,从诗人身在的夔州,联想到长安;由暮年飘零,羁旅江上,面对满目萧条景色而引起国家盛衰及个人身世之感慨;由对长安盛世的追忆而归结到个人现实处境的孤寂、今昔对比的哀愁;从用词、造句看,大量使用华美、庄重、形象色彩丰富、情感色彩多变的语词,精工的对句为主、穿插少量新异的句法形式(名词句、倒装句、拗句等),以强化绘景叙事,衬托暮年多病、身世飘零,关切祖国安危的凄苦、忧伤和寂寞。

晚唐律诗精工至于纯熟精深,注重语言的形象性和含蓄性,代表诗人有李商隐、杜牧、温庭筠等。风格上兼容了杜甫律诗的变新和大历诗人的谨严,摒弃了古诗化、散文化的弊端,造就出代表律诗独特风貌的辞调工丽、体势绵密、含蓄蕴藉等修辞特点。

　　　　苏武魂销汉使前,古祠高树两茫然。云边雁断胡天月,陇上羊归塞草烟。回日楼台非甲帐,去时冠剑是丁年。茂陵不见封侯印,空向秋波哭逝川。

（温庭筠《苏武庙》）

首联由回忆到眼前、颈联由回日到去时,时空跳跃,境界开阔,化板滞为跳脱;避免直叙或空议,均以写景或形象语言出之,情蕴景中,内容深广。与此同时,音律对仗规整,修辞手段丰富(示现、映衬、借代)。言语风格跳脱、形象、典雅。

　　　　江涵秋影雁初飞,与客携壶上翠微。尘世难逢开口笑,菊花须插满头归。但将酩酊酬佳节,不用登临恨落晖。古往今来只如此,牛山何必独沾衣?

（杜牧《九日齐山登高》）

用词书卷文雅,如"涵""秋影"侧面写江水的澄碧;"翠微"借代山,突出山的翠绿;"携""酬""酩酊"益显喝酒文士的高雅情趣。对仗联偶有平仄不合律,颔联用本不相对的人情、物态相对待,颈联虚词相对语意连贯,但气脉贯通,绾合紧密,丝毫不显"古化"。写法上着重于表现主观情怀,但又不显空洞突兀:首联写景点题,后三联以形象的语言发表议论,论中含情,尾联化用典故,收束自然而意余言外。言语风格典雅、主观、形象。

> 露如微霰下前池,风过回塘万竹悲。浮世本来多聚散,红蕖何事亦离披? 悠扬归梦惟灯见,濩落生涯独酒知。岂到白头长只尔,嵩阳松雪有心期。

(李商隐《七月二十九日崇让宅宴作》)

这首诗兼用"比喻""起兴""象征""拟人"等多种修辞手法,委婉地抒发宴饮触发的夫妻分离、仕途失意的幽恨悲情。诗人因情见景,睹物伤情,借景抒情,情景交融:风露塘竹之悲,触动加深了人之悲;红荷的离披,象征着人的别离;悠远归思只有寒夜孤灯相伴,孤独落寞的人生遭际只有杯中浊酒相知;内心期待的似乎是嵩山松雪的冥冥召唤。对仗使用上,颔联人情对物态,"浮世"对"红蕖"、"本来"对"何事",突破常规而又工整自然。言语风格绚烂、主观、婉曲。

> 永巷长年怨绮罗,离情终日思风波。湘江竹上痕无限,岘首碑前洒几多? 人去紫台秋入塞,兵残楚帐夜闻歌。朝来灞水桥边问,未抵青袍送玉珂!

(李商隐《泪》)

这首诗前面六句全用描写,写了六种"泪":首句是失宠之泪,次句是别离之泪,三句是伤逝之泪,四句是怀德之泪,五句是身陷异域之泪,六句是英雄末路之泪。最后才是主旨所在:所有泪都抵不上青袍寒士生不得志每日过着身不由己的生活内心却无比伤痛之泪。以前六种泪映衬最后一种泪,凸显主旨,每一句的语意都藉诗题"泪"方得以完整传达;一个反问,一个感叹,给诗歌添加了波澜。言语风格形象、深婉、绚烂。

晚唐还有另一类风格的律诗,总体看语象大于语意,词句意义明朗而主题含蓄,重感受与情绪的表现,或托物言志,或言近旨远,主旨意图似有若无,难以确定,因而以模糊美、朦胧美见长。这类诗,主要是李商隐的无题诗,以及他那些借用篇首或句中二字做标题的诗,如《锦瑟》《碧城》《流莺》《晚晴》等托物寓意之作。这里仅以两首诗为例来体察一下这类诗的言语风格。

> 凤尾香罗薄几重,碧文圆顶夜深缝。扇裁月魄羞难掩,车走雷声语未通。曾是寂寥金烬暗,断无消息石榴红。斑骓只系垂杨岸,何处西南待好风?

> 重帏深下莫愁堂,卧后清宵细细长。神女生涯原是梦,小姑居处本无郎。风波不信菱枝弱,月露谁教桂叶香?直道相思了无益,未妨惆怅是清狂。

(李商隐《无题二首》)

这两首七律无题,内容都是抒写青年女子爱情失意的幽怨,相思无望的苦闷,又都采取女主人公深夜追忆往事的方式,因此,对女主人公心理独白的描写就构成了诗的主体。为了在短小的体制中表现尽可能丰富的形象和意绪,诗人以意识流为线索,加大了诗句之间的非逻辑性和跳跃性,并且借助比喻、象征、示现等多种手法来加强诗的形象性、暗示性。意脉纵横跳跃、借形象表意(暗示、寓托等),使诗歌主题变得不易捉摸,究竟是否爱情诗,是纯粹的爱情诗,还是别有寄托,向来看法不一。同时,也使诗歌往往具有绚烂含蓄、柔婉细腻、模糊朦胧的言语风格特点,辞象华美,耐人寻味。

第三节　唐诗言语个人风格的独特和多样

唐代是诗歌王国,诗人群星璀璨,作品浩如烟海,才华横溢、个性鲜明的诗人历历在目,美不胜收、风格独特的诗作比比皆是。从言语风格角度对唐诗作出细致精准的描写阐释,牵扯大,把握难,绝非易事。本节拟先对唐诗言语风格的总体面貌做一概观,进而选取主要流派(诗人群体)、重点诗人对其诗作言语风格的共性和个性作一些个案考察,以期为进一步的研究做一定的铺垫和准备。

一、唐诗言语个人风格概观

唐诗风格具有独特性和丰富性,既是客观事实,也为历代诗评家所指出。前人关于唐诗的流派风格、时代风格、个人风格等论评甚多,简约概括,可取处不少,其中大体都包含、关联相应的言语风格。据前人总结和我们观察,受多方因素影响,唐诗在言语风格的浓淡、雅俗、工拙、常变、繁简、刚柔、直曲等倾向上各有所取、表现不一,但也存在相融相通、并存不悖的现象。蠡测管窥,足可见唐代诗人艺术才能之争奇斗艳、各擅所长,言语风格之异彩纷呈、独具貌相。

（一）前人对唐诗个人风格的论评

高棅《唐诗品汇·总序》对唐诗的个人风格有一段总论,颇具启发,迻录以观:"详而分之,贞观、永徽之时,虞、魏诸公,稍离旧习,王、杨、卢、骆,因加美丽,刘希夷有闺帷之作,上官仪有婉媚之体,此初唐之始制也。神龙以还,洎开元初,陈子昂古风雅正,李巨山文章宿老,沈、宋之新声,苏、张之大手笔,此初唐之渐盛也。开元、天宝间,则有李翰林之飘逸,杜工部之沉郁,孟襄阳之清雅,王右丞之精致,储光羲之真率,王昌龄之声俊,高适、岑参之悲壮,李颀、常建之超凡,此盛唐之盛者也。大历、贞元中,则有韦苏州之雅澹,刘随州之闲旷,钱、郎之清赡,皇甫之冲秀,秦公绪之山林,李从一之台阁,此中唐之再盛也。下暨元和之际,则有柳愚溪之超然复古,韩昌黎之博大其词,张、王乐府,得其故实,元、白叙事,务在分明,与夫李贺、卢仝之鬼怪,孟郊、贾岛之饥寒,此晚唐之变也。降而开成以后,则有杜牧之豪纵,温飞卿之绮靡,李义山之隐僻,许用晦之偶对,他若刘沧、马戴、李频、李群玉辈,尚能黾勉气格,将迈时流,此晚唐变态之极,而遗风余韵,犹有存者焉。是皆名家擅场,驰骋当世。或称才子,或推诗豪,或谓五言长城,或为律诗龟鉴,或号诗人冠冕,或尊海内文宗,靡不有精粗、邪正、长短、高下之不同。"

严羽等其他古代文人学士也较多论及唐诗的个人风格特色,指出其不同诗人间的差异性:"陈子昂特以淡古雄健振一代之势"(沈骥《诗体明辨序》);韩愈"奇崛"(袁枚《随园诗话》;李贺"瑰诡"(严羽);杜牧"俊爽"(胡应麟)。"李白不能为杜甫之沉郁,杜甫不能为李白之飘逸"(严羽);"郊寒岛瘦,元轻白俗"(苏轼)。同时,也注意到他们之间的异中之同、隔中之通:"李杜数公,如金鳷掌海,香象渡河"(严羽);"曲江清而淡,浩然清而旷,常建清而僻,王维清而秀,储光羲清而适,韦应物清而润,柳子厚清而峭"(胡应麟《诗薮》)。并且,还注意到了同一诗人因题材、体裁等的差异,风格也会有所区别。如元稹评白居易之作:"讽谕之诗长于激,闲适之诗长于遣,感伤之诗长于切,律诗百言而上长于赡,古诗百言而下长于情。"

(二)唐诗言语个人风格类型举隅

大致说来,常见的言语风格组别和类型,如刚健与柔婉、简约与繁丰、平淡与绚烂、明快与含蓄、庄重与幽默等,每一组乃至相对的每一类,多少不同都可以从唐诗中找出一些有代表性的诗人诗作。与此同时,这些不同组别和类型的风格,即便是相对的类型之间也并非截然排斥的,有可能统一于同一诗人、同一诗作中,并存不悖。着眼于唐诗总体,成对风格中存在明显或压倒性优势的是刚健、简约、庄重,而平淡与绚烂、明快与含蓄大体难分伯仲。

刚健与柔婉。这对言语风格顺应对象内容、思想感情等或刚健或柔婉的不同特点,而在语言形式(如性状雄大、动感强烈等词语)选择和修辞手段(如夸张、排比等)运用上表现出相应取舍,带给人与作品思想内容协调一致的阳刚美或阴柔美。唐诗中,大约受反对齐梁之风,推崇"汉魏风骨"这一时代主导风尚的影响,刚健堪称唐诗总体风格的特质之一,绝大多数诗人诗作风格都有一定的刚健成分。相比之下,言语风格以刚健为主的诗人也明显居多,比较著名的就有李白、韩愈、陈子昂、高适、岑参、王昌龄、王之涣、李益等,以柔婉为主的诗人则很少,初唐的宫体诗人、晚唐的一小部分诗人,好作品较少。

后者毋须举例,前者可以韩愈的《雉带箭》为例:"原头火烧静兀兀,野雉畏鹰出复没。将军欲以巧伏人,盘马弯弓惜不发。地形渐窄观者多,雉惊弓满劲箭加。冲人决起百余尺,红翎白镞随倾斜。将军仰笑军吏贺,五色离披马前堕。"刚健风格可能源于昂扬基调、高大形象、雄豪气势等方面的表现,这首诗则主要源于强烈动态感的表现:(1)动词和动词性短语的选取和配合:"出、没、冲、决起、仰笑、堕"等;(2)散句以时间为序的通首连用;(3)强化动态的修辞手法:映衬(以环境的静衬事件的动、以雉的动态凸显人的动态)、夸张(冲人决起百余尺)。动态感代表了力量、速度、气势等的强大,渲染了场面的紧张刺激,彰显了智勇双全的英雄形象。

简约与繁丰。这对言语风格是说写作者对内容分量及其表现方式加以取舍的基础上对语言从量上加以取舍的结果。诗歌体裁决定了它总体上的简约取向,唐诗注重声律和辞章,讲求炼字炼句和炼意相结合,新创并推广了"截取横断面""蒙太奇""意识流"等诗歌章法,简约因而也成为其总体风格特质之一。繁丰与简约是相对内容需要而言的,唐诗中为数不多的长诗名篇,如杜甫的《自京赴奉先县咏怀五百字》《北征》,白居易的《长恨歌》《琵琶行》,元稹的《连昌宫词》等,可以作为繁丰风格的代表之作。这些诗基本上属于叙事诗,内容详实,结构完整,采取以"赋"为主的表现手法,总体繁丰中依然蕴含着局部简约。其中《长恨歌》和《连昌宫词》题材相同,都写唐玄宗和杨玉环的爱情故事,同样用繁笔,也都写得很成功。

相同题材相近内容的诗歌相比较,可见出在唐诗中繁简可谓各得其宜,各尽其妙。如同样写上阳宫女的悲剧故事,元稹的《行宫》只用了二十个字:"寥落古行宫,宫花寂寞红。白头宫女在,闲坐说玄宗。"二十个字,却以少总多,只将时间、地点、人物乃至动作点到为止,却简括了整整一代历史。其中关键语词"寥落""寂寞""闲坐"等,既是描绘古行宫的今日,也是抒发诗人的时代感受,凄凉的身世,盛衰的感慨、哀怨的情怀,无不包蕴其中。所以宋人洪迈赞叹道:"语少意足,有无穷之味。"(《容斋随笔》)而白居易的《上阳白发人》则用了四十二句312 个字,但同样被誉为以宫女为题材的唐诗中少有的佳作。其关键在于它发挥了篇幅较长的优势,描述更具体鲜活,人物形象更丰满突出,抒情议论更富于感染力。加之学习民歌写法,采用"三三七"句式和顶针句法,音韵转换灵活,句式错落有致,语言通俗浅易,既增强了表现力,又别具风味。一简一繁,繁不觉其长,简不嫌其短。再如同样写人在异乡的急切乡思,众所周知,王维的《杂诗》:"君自故乡来,应知故乡事。来日绮窗前,寒梅著花未?"只写问,不写答,是受初唐诗人王绩《在京思故园见乡人问》的启发。王绩诗中从旧朋孩童、宗族弟侄、旧园新树、茅斋宽窄、柳行疏密一直问到院果林花,用近乎啰嗦的一连串发问来表现对故乡一草一木的关切,动作、神态、心理历历在目,言浅意深。王维此诗却反其道而行之,什么也不问,只问"来日绮窗前,寒梅著花未?"而将更多的关切略去不提,不提却蕴含其中,并且,首先关心寒梅是否开花,还暗含了诗人的雅趣。一个繁丰,一个简约,都是好诗,各有千秋,而后出者稍胜一筹。

平淡与绚烂。这两类风格的区分在于文采的浓淡深浅,也即描绘性、修饰性、带文艺语体色彩的语汇和手法运用方面的多少有无。唐诗是在高举反对齐梁绮靡诗风的大旗中建树自己独特风格的。但主张的是内容的充实、风骨的刚健,唐诗不是一味地强调朴实,不要文采。首先,唐诗注重声律,唐人不但构建了切实可行的声韵体制,用于近体诗中,事实上还造就了古体诗的律化和反律化,及其相应的古体诗声韵体制。注重声律意味着重视诗歌的音响效果、音乐美,而唐诗实际重视的还是外在声韵节奏和内在情感运动的协调一致,从而具有声情并茂、文意兼美。因而,对于字法、句法、篇法适应声律的调整加工也就自然成为唐诗创作的题中应有之义。唐诗在强调风骨的同时并不排斥文采,在讲究声律美的同时也注重声情并茂的和谐美,而二者都是绚烂美。符合逻辑的结果便是,唐诗尤其是近体诗和受近体诗声律影响明显的古体诗,普遍存在绚烂风格的底子,近体诗特别是律诗尤为明显。事实也的确如此。大体上,我们可以认为初唐的四杰、沈、宋、杜审言、张若虚、卢照邻、刘希夷、上官仪、杨师道等诗人,中唐的李贺,晚唐李、杜、温等一干律诗诗人,他们的主导风格之一是绚烂。平淡诗风,一是指朴素务实,诗风淳淡,不刻意于词句雕琢,少用描绘性修辞手法;一是指浅近平易,多用口语或日常语言、通俗形式。前者主要代表诗人有王维、孟浩然、韦应物、柳宗元、刘驾等;后者较为有名的诗人有:唐彦谦、贺知章、顾况、刘禹锡、元白诗人及晚唐继承这一诗风的诗人(罗隐、李绅、皮日休、聂夷中、郑谷等)、王梵志、寒山、拾得等诗僧。

绚烂和平淡这对风格在唐诗中略呈分庭抗礼之势。前边我们多次涉及绚烂风格在律诗和古风中的广为分布和精彩纷呈,这里再补充看看李贺诗歌中绚烂风格的独特表现。李诗与一般诗人最大不同之处在于色彩的运用,"如百家锦纳,五色眩耀,光彩夺目"(陆游语):一、特别讲求浓重色彩词语的选用和组配。《雁门太守行》《罗浮山人与葛篇》《杨生青花紫石砚歌》等最为突出。在《雁门太守行》中,诗人将"黑云""金鳞""燕脂""夜紫""红旗""重霜"六种浓重的色调组合,构成秾艳斑驳的奇特画面,给人强烈的视觉感受。二、赋予诗语以浓烈的主观色彩。诗人往往无视物象、色彩习惯的情感表征和本来面目,任由自己的感觉和情意需求加以改铸,并借助比喻、移就、通感、夸张、摹状等多种修辞手法对幻觉、梦境、想象等加以描绘,赋予象征意义。在他的笔下,红是愁红:"愁红独自垂";绿是寒绿:"寒绿幽风生短丝";花正在死去:"竹黄池冷芙蓉死";美妙的歌声也让人心悸:"花楼玉凤声娇狞";端砚上美丽的青眼会变成苌弘的冷血;

雪白葛纱中听得到毒蛇长叹、石床鬼哭；夏夜的流萤，能幻化出如漆的鬼灯；一阵旋风，让人仿佛感觉到怨鬼的纠缠。平淡风格，也同样在唐诗中分布广泛，但究其风格构成而言，则相对简单，无非是用朴语、避藻饰和用口语、避书面这两端，也有兼容的，"避"是少用和尽量不用。如孟浩然《春晓》："春眠不觉晓，处处闻啼鸟。夜来风雨声，花落知多少。"语言平淡自然，韵味却醇美深厚。苏轼概括孟浩然的诗歌风格是"发纤秾于简古，寄至味于淡泊"，这篇即可作证。而刘采春《啰唝曲》纯用口语，直叙其事，直表其意，直抒其情，在语言上脱口而出，不事雕琢，在手法上纯用白描，全无烘托。如其一："不喜秦淮水，生憎江上船。载儿夫婿去，经岁又经年"。正如沈德潜在《唐诗别裁集》中所评："'不喜'、'生憎'、'经岁'、'经年'，重复可笑，的是儿女子口角。"张籍《牧童词》："远牧牛，绕村四面禾黍稠。陂中饥鸟啄牛背，令我不得戏垅头。入陂草多牛散行，白犊时向芦中鸣。隔堤吹叶应同伴，还鼓长鞭三四声：'牛牛食草莫相触，官家截尔头上角！'"模拟牧童口吻，质朴清新，明白如话，形式是民歌的形式，内容则是对时政的讽刺。

明快与含蓄。明快跟平淡两种风格近而不同，明快是着眼于言语形式与其表达的思想内容之间的关系而言，表达直截了当，语意明白，主题明确，多与平淡风格兼容合作，但不排除绚烂，如李白歌行即多为明快和绚烂的统一体。含蓄则相反，表达曲折婉转，或意在言外，或言少意丰，或曲尽其意，主旨隐晦模糊，不够明确。众所周知，诗歌注重含蓄蕴藉，唐诗尤其如此："盛唐诸人惟在兴趣，羚羊挂角，无迹可求。故其妙处透彻玲珑，不可凑泊，如空中之音，相中之色，水中之月，镜中之象，言有尽而意无穷。"（严羽《沧浪诗话》）与明快相比，含蓄作为中国传统艺术共同的审美取向，确乎在唐诗中更受青睐和认可，偏向含蓄风格的诗人诗作可谓比比皆是。不过，以明快风格为主的诗人虽极少，出名的只有陈子昂、岑参、高适、李颀等可数的几位，但诗作并不少，中晚唐尤多。如李贺的诗风以绚烂为主调，但也不乏明快之作。他的《南园十三首（其五）》"男儿何不带吴钩，收取关山五十州？请君暂上凌烟阁，若个书生万户侯？"这首诗由两个问句组成，一反问，一设问，文中含答，顿挫激越，以此直抒胸臆，家国之痛和身世之悲都淋漓酣畅地得以传递。明快不等于浅露直白，也并不一定意味着内容贫乏或意义单薄。如王维《相思》"红豆生南国，春来发几枝？愿君多采撷，此物最相思"。劝朋友多采撷红豆寄寓珍惜相思之情，暗含自己对朋友的相思和对友情的珍惜，言浅而情深,语近而情遥。

含蓄和明快原本就是相对的,对不同读者的感知而言,也许明快或含蓄的程度不一,甚至反转。在唐诗中二者往往呈现交叉渗透的并存局面,或以含蓄为主兼含明快,或以明快为主兼含含蓄,或半明快半含蓄。总体而言,古体比近体更明快,律诗比绝句更含蓄。盛唐诗作其实大多包含明快的色调,元和体明快中有兴寄讽喻,中晚唐诗含蓄中也多伴有明快。

孟浩然的《望洞庭湖赠张丞相》:"八月湖水平,涵虚混太清。气蒸云梦泽,波撼岳阳城。欲济无舟楫,端居耻圣明。坐观垂钓者,徒有羡鱼情。"前四句描绘洞庭湖浩瀚的万千气象。但描述洞庭湖的万千气象并非诗人的本旨,不愿无所作为,有负圣朝,希望张九龄丞相援引才是此诗主旨所在。但诗人的意图又不愿明白地说出,而是通过"欲济无舟楫"这个比喻和"临渊羡鱼,不如归而结网"这个用典来表述,语义指向明确,几乎谁都能从中猜出本旨。因而与其说是含蓄,毋宁说是明快受了些遮蔽,披了件含蓄的外衣。虽然借景抒情、托物言志、即事写怀,但由于象和意间的关系相对明显、相对直接或相对凝固,导致含蓄的程度较浅,诗语的寓意比较明朗,这类例子在唐诗中占据了相当的比例。

虞世南的《蝉》也是如此。诗人通过对蝉的咏歌"垂緌饮清露,流响出疏桐。居高声自远,非是藉秋风"来表白自己的高洁之志。用的是比兴、象征和双关手法,不过使用的是蝉这一意象(喻体和象征体)的常规寓意,即高洁(古人即认为蝉身处高位吸风饮露,因而高洁,汉代高官戴的帽子也制成蝉翼状,称为蝉翼冠,也是用的这一象征意义),其意自明。这首诗当然应归属含蓄风格,但何尝不可以认为带有很大程度的明朗特点,特别是诗中的"居高声自远"语带双关,更是明确指向自身:身居高位而又目光远大、志向高洁。相比之下,唐诗中另两首咏蝉名作,含蓄程度则更深一些。清施补华《岘佣说诗》云:"三百篇比兴为多,唐人犹得此意。同一咏蝉,虞世南'居高声自远,端不藉秋风',是清华人语;骆宾王'露重飞难进,风多响易沉',是患难人语;李商隐'本以高难饱,徒劳恨费声',是牢骚人语。比兴不同如此。"同是托咏蝉以寄意,由于作者地位、遭际、气质的不同,手法相同,寓意迥异,骆宾王、李商隐用的是非常规寓意,因而更难分辨捕捉。

唐代闺怨诗很多,大抵都受乐府或民歌影响,写得较为明快,但又因为是"闺怨",不便明白点出,有的闺怨诗还另有寄托,因而又兼有含蓄风致。如沈如筠的《闺怨》为思妇代言,书写对征戍在外的亲人的眷恋思念:"雁尽书难寄,愁多梦不成。愿随孤月影,流照伏波营"。即事写情,层层推进,明白如话,尽管用了雁足传书的典故和"伏波营"的借代,语义略显曲折隐晦,但不影响整首诗的明快主调。李端《闺情》"月落星稀天欲明,孤灯未灭梦难成。披衣更向门前望,不忿朝来鹊喜声!"写闺中少妇渴望丈夫归来,一夜未眠盼归未成而迁恨鸣叫的喜鹊。写景、叙事、抒情简洁明快,其中又蕴含着未尽之意,耐人寻味:日复一日的漫长等待,多少类似的喜怒哀愁,重聚也许遥遥无期,也许就在眼前。

庄重与幽默。这两种风格的形成主要源于两种不同的写作心态:严肃不轻佻或轻松带调侃,严肃则用语、写法正式规范,轻松则变通反常。大概因为中国人向来缺乏幽默细胞,唐代诗人也不例外;大概因为中国传统对雅正(典雅庄重)审美风格的一边倒似的推崇和肯定;大概也因为中国历代诗人也包括唐代诗人真正能做到超然物外的人实在太少;大概还因为唐人受儒家思想影响大都关注现实、注重事功,所以唐诗以庄重风格为主,绝少幽默之作,仅在个别篇什中可以探寻出某些轻松的调侃、苦涩的解嘲、巧妙的讽刺,算得上广义的幽默风格成分。

> 我有一方便,价值百匹练。相打长伏弱,至死不入县。
> 他人骑大马,我独跨驴子。回顾担柴汉,心下较些子。
>
> 　　　　　　　　　　　　　　　　　　　　　　(王梵志《诗二首》)

这两首诗,第一首自夸有一处世法宝,那就是与世无争、息事宁人。第二首描画比上不足、比下有余的心安理得和精神胜利。模拟小人物的自白口吻,口语入诗,刻画小人物心理和形象,入木三分,诙谐幽默,调侃的意味很浓。

> 避贤初罢相,乐圣且衔杯。为问门前客,今朝几个来?
>
> 　　　　　　　　　　　　　　　　　　　　　　(李适之《罢相作》)

前两句"避贤"用反语,"乐圣"用双关语("圣"兼指君主和酒),后两句发问,故作轻松。全诗曲折达意,带有强烈的讥刺意蕴。前人有嫌它过显不雅的,也有说它怨意不深的。但杜甫《饮中八仙歌》写到李适之时却特地称引此诗,有

"衔杯乐圣称避贤"句,可算知音。

> 葡萄美酒夜光杯,欲饮琵琶马上催。醉卧沙场君莫笑,古来征战几人回。
>
> (王翰《凉州词》)

清代施补华解读后两句诗:"作悲伤语读便浅,作谐谑语读便妙,在学人领悟。"(《岘佣说诗》)美酒盛宴,酒兴正酣,军士们弹响琵琶催促上马出征,将军想再多喝几杯,半带醉意地为自己找理由:"古来征战几人回",话语中透露更多的是一种豪情,是一种达观。这一场景充满了战前饮宴的幽默情趣。

二、不同诗人言语个人风格的异中有同

唐诗基于诗作题材、诗体类型、诗学主张、美学旨趣等多方面的一致或接近而形成了特定的诗歌流派或诗人群体,主要有盛唐的山水田园诗派和边塞诗派、中唐的新乐府诗派和险怪诗派以及初唐诗人、大历诗人、晚唐诗人等,同一流派或群体主导风格相近,但受诗人才性禀赋、创作实践等不同因素的影响,在风格的实际构成上又存在一定差异。

(一)初唐诗人

初唐主要有两类诗人:反对齐梁的王绩、陈子昂等和继承齐梁的上官仪、虞世南、"初唐四杰"、卢照邻、沈宋、杜审言、张若虚等。

前一类摆脱流俗,诗风平淡明快,王绩以五律《野望》名世,兼有工整美和声律美,融入了绚烂因子;陈子昂以古风见长,兼有刚健之风,但不讲对偶,不事雕琢,《感遇诗三十八首》《登幽州台歌》最能代表他的风格。

后一类诗风绚烂,和前一类诗人区分大致分明。一是"音调婉媚",押韵、复叠、对偶、顶真、平仄等各种语音修辞手段多用;二是"字句秀丽",描绘修饰性的词、句多见。上官仪作为宫廷作家的代表,延续了齐梁诗风,诗作"绮错婉媚",不少诗人效法,形成"上官体"。他的《入朝洛堤步月》仅 20 字,修辞上非常考究:选词精心,对仗、押韵工整,用了 1 次叠字、1 次起兴、2 个比喻、3 个典故,全诗比兴谋篇,即景抒怀。"四子"、沈宋、杜审言等改造了宫体诗,完成了律诗(包

括律绝)的定型,诗歌的内容题材得以拓展,完善了七古,风格也由纤柔卑弱转变为明快清新。总体诗风绚烂,同时又有个性差异:王勃兼刚健;杨炯长于五律,风格兼雄浑;骆宾王兼明快;卢照邻以七古巨制《长安古意》名世,风格铺排华艳,沈、宋、杜审言等音律严整,兼庄重之风;刘希夷、张若虚等其他诗人则多兼柔婉之风。

(二)山水田园诗派

山水田园诗的代表诗人有王维、孟浩然、储光羲、裴迪、祖咏、丘为、綦毋潜、王缙等,以五言古体和五言律绝为主。同属平淡含蓄风格,不同于初唐诗,初唐诗大抵还较多齐梁的浓艳华丽残留,偏于浓妆艳抹,山水田园诗则已经完全转变为绚烂中的清新秀丽一类,不重铺排、修饰,偏于淡妆或清水出芙蓉,但美在其中,味在其中。

王维兼五七言古今体之长,诗中有画,画中有诗,诗情画意融合在诗中,注重诗语的描绘功能,以白描绘美景,景中有人,以淡远闲静为特色。"渡头余落日,墟里上孤烟""行到水穷处,坐看云起时"等都颇能体现其风格。他早期还写过一些边塞题材的诗,如《陇头吟》《老将行》《使至塞上》等,风格较为刚健。

孟浩然长于五言(五古、五绝、五律),但以律绝为主,也长于写景,融情于景,风格接近王维。略有差异的是:王更静,孟更淡;王更顺乎自然,孟更注重格律和字句的锤炼。如《宿桐庐江寄广陵旧游》:"山暝听猿愁,沧江急夜流。风鸣两岸叶,月照一孤舟。建德非吾土,维扬忆旧游。还将两行泪,遥寄海西头。"为押韵有两处倒装,对仗工整,带有更多人为痕迹,这类诗孟比王更多。

储光羲的平淡不同于王孟的是,有意识学习民歌的朴拙语言和写法,如"浊水菱叶肥,清水菱叶鲜"(《采菱词》),贴近口语不避重复;也更能反映田家生活和田舍翁心理,如"不能自力作,黾勉娶邻女。既念生子孙,方思广田圃"(《田家杂兴其一》)。

其余诗人,都与王孟的风格相近。其中祖咏有一首著名的律诗《望蓟门》,写边塞生活,属于刚健风格。

(三)边塞诗派

边塞诗派的代表诗人包括岑参、高适、王昌龄、王之涣、李益等人。以岑、高为代表,以七言古体和七绝为主,言语风格以刚健明快为主。

岑参的边塞诗,最具边塞特色,既写出了边塞风光的壮丽:"北风卷地白草折,胡天八月即飞雪。忽如一夜春风来,千树万树梨花开",又写出了军威的雄壮:"四边伐鼓雪海涌,三军大呼阴山动"。既写出了战场的严酷:"瀚海阑干百丈冰,愁云惨淡万里凝""风头如刀面如割",又写出了将士的豪情:"功名衹向马上取""人生大笑能几回,斗酒相逢须醉倒"。而这些壮美元素的表现借助的是夸张兼比喻的描绘、主观情感的直抒、排比映衬等手法和句式韵脚变换的强化等,呈现出典型的刚健明快风格。

高适的《燕歌行》不但是其"第一大篇",也是边塞诗的杰作,其主导风格也是刚健明快的,但其风格表现手段同中有异:也用夸张和映衬描写战争场面和过程的惨烈,也直抒胸臆;不同的是多用对比,多用整句、偶句、律句。有明比:战士—美人、少妇—征人等,也有暗比:败军之将—李将军、汉—唐等。对比中包含明显的讽刺和同情,以惨景衬悲情,因而更为含蓄;同时更具整齐美、抑扬美。

其他边塞诗人,王昌龄、王之涣以绝句著称,除各有刚健明快的名篇外,如王之涣的《凉州词》、王昌龄的《出塞》等,但也有的诗偏柔婉,如王之涣的《送别》,有些诗则深入浅出,明快中有含蓄蕴藉,如王昌龄的《长信秋词》。王昌龄的边塞诗多带讽刺,如《箜篌引》因为是"非战"主题,风格更柔婉更含蓄。李颀的《古从军行》风格主题近于《箜篌引》,其七言诗差不多均是由几首七绝合成,多用偶句、交错押平仄韵。李颀还擅长写音乐,作品风格绚烂,如《听董大弹胡笳》。

（四）大历诗人

从大历初到贞元中,时局进入苟安阶段,诗歌创作也处在过渡时期。"大历诗人"是指经历了战乱,大多数死于大历中或大历后的诗人。[①] 这些诗人的作品可分为三类:元结、顾况诗作为代表的民生诗;韦应物诗作为代表的山水诗;以刘长卿和大历十才子诗作为代表的"小诗"(五七言律绝)。虽然合称大历诗人,实际上各有特点和风格。

民生诗反映民生疾苦,沿袭乐府旧题或学习民歌,诗风平淡,词句浅近通俗,直白写事直接抒怀。不同之处在于,元结诗总体庄重,追求"雅正",如《舂陵行》:"朝餐是草根,暮食仍木皮。出言气欲绝,意速行步迟。追呼尚不忍,况乃

---

① 参阅苏雪林:《唐诗概论》,辽宁教育出版社,1997。

鞭扑之!"顾况有些诗还带了几分幽默滑稽,如《杜秀才画立走水牛歌》:"江村小儿好夸聘,脚踏牛头上牛领,浅草平田擦过时,大虫著钝几落井。杜生知我恋沧州,画作一障张床头,八十老婆拍手笑,妒他织女嫁牵牛。"

山水诗延续了盛唐平淡含蓄的风格,韦应物的五古"高雅闲淡,自成一家之体"(白居易《与元九书》),如他的《滁州西涧》:"独怜幽草涧边生,上有黄鹂深树鸣。春潮带雨晚来急,野渡无人舟自横"。独立看只是一幅山野幽景图,有声有色,以动衬静,画面清新脱俗。"独怜"涧边幽草,又表露出归隐避世的恬淡胸襟,所处环境的描写似乎还暗寓着面对政治弊败却无所作为的无奈。

大历"小诗"主导诗风是对王、孟山水田园诗平淡淡雅、含蓄柔婉的延续,但在形式上更讲求精美,对词句琢炼、对仗工稳、音律和谐尤其用心;李益、卢纶等少数诗人的边塞诗则继承了边塞诗派的刚健明快,但气度、骨力与盛唐已不能相比。

> 苍苍竹林寺,杳杳钟声晚。荷笠带夕阳,青山独归远。
>
> (刘长卿《送灵澈上人》)

这首诗写得很有意境,两句写景,两句叙事,不写情而情蕴其中。苍苍、杳杳一对叠音词的运用增添了音韵的和谐,"晚""远"言少意丰,诗歌简约精练,朴素秀美,因而成为中唐山水诗的名篇。

> 善鼓云和瑟,常闻帝子灵。冯夷空自舞,楚客不堪听。苦调凄金石,清音入杳冥。苍梧来怨慕,白芷动芳馨。流水传湘浦,悲风过洞庭。曲终人不见,江上数峰青。
>
> (钱起《省试湘灵鼓瑟》)

这首试帖诗极力赞誉湘灵鼓瑟声音优美,感天动地。首联点题,两句间倒置;中四韵八句连续用夸张、拟人手法侧面写瑟音的凄美、悲伤、哀怨,以至宇宙天地、万物苍生皆为之感染动情;尾联以景写情,耐人寻味,含蓄达意。中四联全用工整的对仗,声韵和谐,形容词和修饰语增强了描绘性,可谓声情并茂。

> 回乐峰前沙似雪,受降城外月如霜。不知何处吹芦管,一夜征人尽望乡。
>
> （李益《夜上受降城闻笛》）

沙似雪、月如霜,不仅茫无际涯,而且给人寒冷、凄清、寂寥的感觉。"一夜征人尽望乡",是夸张的,但又是真实的情感表现,把"望"写成集体性的整齐划一的动作,赋予了很强的动感和象征意味,可与"碛里征人三十万,一时回首月中看"参看。诗歌是刚健明快的,但已不同于盛唐,少了些豪情,多了些伤感,话语中似乎还多出了没能表出的寓意。明人胡震亨概括李益边塞诗的基本情调是"悲壮婉转",能"令人凄断"。卢纶的边塞诗则保留了更多的盛唐气象,多表现雄壮豪放的英雄气概,以其《塞下曲》六首为代表。

（五）新乐府诗派

新乐府诗派倡导平易流畅务实的诗风,以元稹、白居易为代表,另有张籍、王建、李绅等不少追随者,前面提及的大历诗人元结、顾况等题材内容、艺术风格都与这一诗派相近。

白居易的为诗主张直接影响了这一诗派的写作:"非求宫律高,不务文字奇;惟歌生民病,愿得天子知"（《寄唐生》）,"为诗意如何? 六义互铺陈,风雅比兴外,未尝著空文"（《读张籍古乐府》）。他的讽喻诗是对这一主张的最好诠释和身体力行:口语化,即事抒情,比兴寄意,通俗易懂,反映现实问题,深入浅出,入木三分。"惟意所之,辩才无碍,且其笔快如并剪,锐如昆刀"无不达之隐,无稍晦之词。工夫又锻炼至洁,看是平易,其实精纯,刘梦得所谓郢人斤斫无斧痕,仙人衣裳弃刀尺者也"（《瓯北诗话》）。

> 牛吒吒,田确确。旱块敲牛蹄趵趵,种得官仓珠颗谷。六十年来兵蔟蔟,月月食粮车辘辘。一日官军收海服,驱牛驾车食牛肉。归来收得牛两角,重铸锄犁作斤劚。姑舂妇担去输官,输官不足归卖屋。愿官早胜仇早覆! 农死有儿牛有犊,誓不遣官军粮不足!
>
> （元稹《田家词》）

这首古题乐府诗和新乐府风格接近：起兴谋篇，描叙写实，抒情直接，语言通俗。元稹另有大量遣怀诗，追忆亡妻，风格浅白平易，以小事见大爱，以真情至意感人，被誉为古今悼亡诗中的绝唱。

> 苦哉生长当驿边，官家使我牵驿船。辛苦日多乐日少，水宿沙行如海鸟。逆风上水万斛重，前驿迢迢后森森。半夜缘堤雪和雨，受他驱遣还复去。夜寒衣湿披短蓑，臆穿足裂忍痛何！到明辛苦无处说，齐声腾踏牵船歌。一间茅屋何所值，父母之乡去不得。我愿此水作平田，长使水夫不怨天。

（王建《水夫谣》）

本篇通过一个纤夫的内心独白，写水上服役不堪忍受的辛苦和痛苦。由嗟叹到哀怨，到愤恨，又到无可奈何，写得细致而有层次。配合水夫思想感情的变化，多次变换韵脚。语言吸取民歌通俗流利的特点，又经由加工而变得凝练。

（六）险怪诗派

险怪诗派以好奇尚险为特征，主要是相对于诗歌惯常语言和手法而言的，以散文和赋的字法句法篇法写诗，芜杂枝蔓而不剪裁，铺陈排比而不加节制，以冷僻字眼、不雅词语入诗，表现丑恶、怪异。以韩愈为领袖，李贺成就最高，孟郊、贾岛其次，卢仝、马异、刘叉、皇甫湜等皆其流。这一诗派的言语风格颇为复杂，似可解析为三种风格的合体：与庄重相对的幽默（滑稽）、与明快相对的含蓄（晦涩）、与简约相对的繁丰（铺陈），姑且命之为险怪风格。

这一诗派内部风格其实也有不一样，除险怪外，韩愈诗的主导风格还有刚健，李贺的主导风格还有绚烂，"郊寒岛瘦"也有不同于他人险怪之表现。

> 淮水出桐柏，山东驰遥遥千里不能休。淝水出其侧，不能千里百里入淮流。寿州属县有安丰，唐贞元时县人董生召南隐居行义于其中。刺史不能荐，天子不闻名声，爵禄不及门；门外惟有吏，日来征租更索钱。嗟哉董生，朝出耕，夜归读古人书，尽日不得息，或山而樵，或水而渔；入厨具甘旨，上堂问起居。父母不戚戚，妻子不咨咨。嗟哉董生孝

且慈,人不识,惟有天翁知。生祥下瑞无时期,家有狗乳出求食,鸡来哺其儿。啄啄庭中拾虫蚁,哺之不食鸣声悲。彷徨踯躅久不去,以翼来覆待狗归。谁将与俦,时之人。夫妻相虐,兄弟为雠。食君之禄,而令父母愁。亦独何心,嗟哉董生无与俦。

（韩愈《嗟哉董生行》）

这首诗很能反映韩诗有意变诗歌句法为散文句法的特点:长短句、整散句杂乱出现;也不依循诗歌五言上二下三、七言上四下三的音节结构;句尾多平声和平声连用,很少用仄声。《谢自然诗》《寄卢仝》等诗也类似。《南山诗》有意铺陈排比,几乎就是一篇每句五言的赋,还用上许多不常见的字。《陆浑山火》或者多个名词一句,或者多个动词连成句,多用生僻字,也是赋的风格。另有故作嘲讽和幽默的一面,如《落齿》不惜花费大量笔墨写一件细小俗事,以文为戏,自嘲自解,妙语解颐,语言诙谐,颇有寓意。

韩诗有很明显的刚健倾向,这主要源于其旷达豪迈的气魄,长诗不乏磅礴气势,短诗如《雉带箭》《调张籍》《左迁至蓝关示侄孙湘》等也不缺英雄情怀;韩诗也有绚烂的一面,如《答张十一》《听颖师弹琴》;也有平淡的一面,如《青青水中蒲三首》;也有含蓄蕴藉之作,如《春雪》《晚春》等。风格的险怪特质和多面构成,足以见出诗人的大胆创新精神和杰出的诗思文才。

李贺继承了楚辞九歌的传统,并受李白浪漫主义精神的直接启发,又受韩愈"陈言务去"精神的影响,在诗歌的语言、意境上都不蹈袭前人,由此形成了险怪兼绚烂的风格。他的险怪不同于韩愈,主要不在于以散文或赋入诗,而在于语词和描绘的险怪,其根源则在于其想象上天入地,超凡脱俗,神仙鬼怪、荒野幻境无不入诗,因而被后人誉为"诗鬼"。如他的《苏小小墓》:"幽兰露,如啼眼。无物结同心,烟花不堪剪。草如茵,松如盖,风为裳,水为珮。油壁车,夕相待。冷翠烛,劳光彩。西陵下,风吹雨。"李贺诗还有突出的绚烂风格,浓艳色彩的描绘和主观色彩的表现,字斟句酌的苦吟,多病善感的忧思,兼融六朝的秾丽、李白的飘逸、韩愈的险怪、孟郊的刻削,共同造就了独此一个的天才。

"郊寒岛瘦",是指孟郊诗中多表现穷愁贫病的字眼,"其诗题用'怨''苦'

'伤''愁''忧''病''感''楚''叹''饥''恨''恼''贫''吊'字者占大半"①,其名句"冷露滴梦破,峭风梳骨寒"也是其风格的一个标志;贾岛冥搜苦索的做诗态度、"喜为穷苦之句"都与孟郊一样,"寒""瘦"的特点其实是共有的,但贾诗雕琢更甚,甚至不成句,诗意更浅更枯槁,诗中常出现有名句但未必成名篇的现象。卢仝的《月蚀诗》也是险怪诗派的风格:近三百句的长诗,极力铺叙描摹月蚀的过程,以及基于此的议论、讽刺。大量散文化句式入诗,借助怪词僻句、比喻、夸张、示现、摹状等修辞技法试图构筑形式、内容超常的虚幻荒诞世界。大体而言,最能体现这一流派诗风的往往是标新立异太过以至多少有损自然和流畅的那些作品,如韩孟《城南联句》和《斗鸡联句》、贾岛《暮过山村》、卢仝《月蚀诗》、刘叉《冰柱》《雪车》等,不过这一派诗人一般也都有一些简约明快、雅洁浅近、自然流畅之作,如孟郊《游子吟》《登科后》,贾岛《剑客》《寻隐者不遇》等等皆如此。

（七）晚唐诗歌

晚唐诗歌风格实际上比较杂,大致包括三种主导风格:

一是绚烂的,以李商隐、杜牧、温庭筠最出名,段成式、李群玉、韩偓、吴融、唐彦谦、赵嘏、韦庄、郑谷等。李商隐在整个晚唐艺术成就都是最高的。他擅长用精美华丽的意象,多用用典、象征等含蓄曲折的表达方式,回环往复的情感结构,表达内心深处的情绪与感受。如他的七律《锦瑟》,中间四句每句用一个典故,用清词丽句绘制成一幅幅包含象征意义的唯美画面,反复传达的则是迷惘、悲哀、伤感、虚幻一类情绪体验,全诗也笼罩在了一种谜一般的神秘氛围中。就近体诗而论,李、杜、温总体上都属于绚烂含蓄的风格,三人的艳情诗都兼有柔婉之风。但李最含蓄,近于晦涩朦胧;杜则略近庄重刚健,如"一骑红尘妃子笑,无人知是荔枝来";温的不少诗则近于明快平易,如"团圆莫作波中月,洁白莫为枝上雪。月随波动碎潾潾,雪似梅花不堪折"（《相和歌辞·三洲歌》）。段成式、李群玉意蕴隐藏较深,诗风跟李商隐接近;韩偓、吴融、唐彦谦类似温庭筠,偏明快;赵嘏则近杜牧,有刚健豪迈的气度;韦庄、郑谷绚烂不足,更清丽含蓄。

二是平淡的,继承新乐府诗派,有皮日休、陆龟蒙、杜荀鹤、罗隐、聂夷中、罗虬、许浑、罗邺、秦韬玉、李山甫、胡曾、司空曙、方干、司空图等。大都以浅俗近于

---

① 陆侃如、冯沅君:《中国诗史》,百花文艺出版社,1999,第404页。

口语的语言写感讽时事之作,风格浅近平实,如:

> 夫因兵死守蓬茅,麻苎衣衫鬓发焦。桑柘废来犹纳税,田园荒后尚徵苗。时挑野菜和根煮,旋斫生柴带叶烧。任是深山更深处,也应无计避征徭。

(杜荀鹤《山中寡妇》)

其中,皮日休、陆龟蒙在学白居易的同时还学习杜甫、韩愈等以散文句法入诗、以汉赋章法字法写诗,如《太湖石》《石板》《战秋辞》等既繁丰铺陈,又刚健恢宏,生僻词语多用也不同于新乐府诗风。此外,罗虬还兼绚烂、李山甫兼刚健、方干和司空图均兼含蓄。

三是险怪的,基本是学贾岛的炼词琢句,有李洞、周贺、喻凫、曹松、崔涂、马戴、唐求、张祜、方干等。诗中每每有警句,如"二三更后雨,四十字边秋"(李洞)、"地蒸川有毒,天暖树无秋"(喻凫)、"鸟下山含暝,蝉鸣露滴空"(马戴)等。这一类风格的诗人或诗作风格和影响都不算突出。

三、同一诗人作品言语风格的同中有异

李白、杜甫是公认的大家,都是流传诗作较多、才气横溢兼擅数体的诗人,言语风格因而也呈现出独特性和多样性。一方面,他们的才性和风格是独一无二的,"子美不能为太白之飘逸,太白不能为子美之沉郁。太白《梦游天姥吟》《远别离》,子美不能道;子美《北征》《兵车行》《垂老别》等,太白不能作"(宋·严羽《沧浪诗话·诗评》)。另一方面,他们的才性和风格又往往具有兼容并包的多面性,不同诗体、不同题材、不同时期每每呈现不一样的风貌和特点。

1. 李白:刚健自然为主调

李白被公认为中国文学史上继屈原后又一伟大的浪漫主义诗人、盛唐诗歌的标志性人物,他的诗融庄子的飘逸、屈原的瑰丽、自身的放浪和盛唐的豪迈于一身,将中国的浪漫主义诗歌传统推向了新的高峰。

飘逸奔放是前人对其主导性艺术风格的概括,着眼点主要在内容,是指诗歌的抒情主人公形象和情感表现出来的特点。性格豪放、才思飘逸、放任个性,是

李白其人的本色，也是其诗风形成的主因，基本贯穿了他的古体和近体，贯穿了四言、五言、七言、杂言等各类诗作。除此之外，还有清新自然、含蓄深挚、韵味悠长等艺术特征，因诗体、题材、内容等不同而与其他诗风特征构成不同组合。"李太白诗，不专是豪放，亦有雍容和缓底，如首篇'大雅久不作'，多少和缓。"（朱熹《晦庵诗说》）"他的诗不惟集汉魏乐府之大成功，而且也集开、天浪漫文学的大成。"①与之相应相联，其言语风格既有稳定统一性，也有复杂多样性：以诗体论，刚健差不多是各类诗体兼备的，堪称李白诗歌的基调或底色，在此基础上，绝句、律诗偏含蓄偏平淡，古体偏明快，其中长篇者偏绚烂，短篇者偏平淡，其他风格元素偶尔也参杂其中，可以一言以蔽之：顺其自然。以题材和内容论，题材多样，风格也多样，内容不同，风格也有异，与他人同类题材内容诗歌相比，有共性，也有独特性，但几乎也离不开刚健自然两大基本风格质素。"刚健"在李白诗中，主要表现为物象的雄奇、个性的张扬、情感的奔放、气势的充沛或思维的天马行空等，借助夸张、排比、示现、映衬、拟人一类修辞手法得以表出和强化。"自然"作为一种风格类型在此被拈出，是与强调或注重人为加工的"雕琢"相对的，是着眼于语言使用态度上的区分。

　　李白集中留下近千首诗，其中律诗加起来不到百首，其余都是古体、绝句，按数量和质量排序，依次为乐府、歌行、五古、五绝、七绝、五律、七律。李白做诗，顺乎自然，放任个性，重视修辞而又不刻意修辞，不拘格律但也不避律化，不事雕绘但也不拒辞采，继承前代，学习民歌，而又顺应表达需要变化革新，因而独具言语风格。

　　其近体诗，不拘格律，不雕琢字句，不以锤炼凝重见长，而以"清水出芙蓉"的自然美为主要特色，言语风格平淡含蓄。清代赵翼所论极是："盖才气豪迈，全以神运，自不屑束缚于格律对偶，与雕绘者争长。然有对仗处仍自工丽，且工丽中别有一种英爽之气，溢出行墨之外。"（《瓯北诗话》）他似乎不愿多做形式束缚严格的律诗，七律排律绝少，五律稍多，写律诗而不肯受格律拘牵，"律而近古"，才高气逸而调雄意古，知法守度而又游刃有余，偏向于朴素蕴藉的表现风格。如《夜泊牛渚怀古》通篇不用对，但押韵平仄大体合律；《赠钱征君少阳》，颔联不对，首联却对；《送友人》，前三联均用对，个别词语小类不对，全诗在平仄上

---

① 苏雪林：《唐诗概论》，辽宁教育出版社，1997，第50页。

也存在不合律的现象;《登金陵凤凰台》首联"凤凰台上凤凰游,凤去台空江自流"十四字中连用了三个"凤"字,不避重复且不嫌重复。其绝句,几乎都只是在平仄押韵上接受近体"律"的制约,而不用对仗联,如《客中作》《望天门山》《早发白帝城》《望庐山瀑布》等等。律诗和绝句虽然形式上不尽合律,但在表现手法上则近律、合律:情景交融,寓情于景,几乎不直抒胸臆;白描为主,少用或不用渲染夸张,言语风格偏于含蓄、平淡,刚健的风格也时有所见。

其古体诗有时却不避律化,如《沙丘城下寄杜甫》为五古,全诗八句,隔句押平声韵,中间四句对仗但不工整,部分词语的对仗以及整个的格式,都中律;这种散中有对、古中有律的章法和句式,既流畅又工整,表声、传情效果俱佳。当然,《古风》五十九首是最能代表他的五古风格的:有意识地继承《风》《雅》的传统,注重比兴,崇尚风骨;语词、表现手法都比较浅白、直露,不用曲折隐约的比喻、典故;"绮丽不足珍",所以也不刻意地雕词琢句。以《古风》"其二十四"为例,这是一首讥讽时事的诗,诗的前八句用包含夸张的直接叙述和描写,刻画宦官、鸡童的奢华煊赫和飞扬跋扈,表现佞幸小人的胡作非为;后两句借许由的典故,抒发感慨,直刺上层统治者的荒淫腐败。诗歌意旨明朗,感情雅正,言语风格平淡、明快、庄重。

其乐府诗量多质优,沿袭旧题,但又在内容和形式上大胆创新和发展,自出机杼,言语风格呈现多样化。《战城南》作为叙事诗却带有浓厚的抒情性,由过去的一段增加到三段,叙描结合,每段末尾均以两句感叹语作结,即事抒情,"一唱三叹",节奏鲜明;基本用整齐的对偶和准对偶,长短句式配合内容错落分布,凝练精工而又气势奔放,风格明快刚健。《蜀道难》过去简短单薄,李白将其大幅扩充,渲染铺陈,并突破了梁陈时代一韵到底的程式,多次换韵。杂用三、四、五、六、七、八、九言、十一言,散句为主,穿插少量整句,描写为主,抒情统贯,反复咏叹,多用映衬、夸张、示现、用典以强化写景抒情,赋予浓郁的主观色彩,给人鲜明深刻的印象,风格刚健绚烂。《梁甫吟》七言为主,穿插1个十言、2个三言、4个五言;陈述为主,穿插2个设问,3个感叹,2个"君不见"引起的长句,用以提挈和点睛;用典、示现贯穿通篇,节奏跌宕起伏,平仄韵灵活变幻,充分表现了诗人复杂而强烈的思想感情,风格绚烂明快。《玉阶怨》写宫怨而诗中不着一个怨字,纯乎写景而又情蕴景中,以景衬情,字少情多,风格含蓄柔婉。《妾薄命》"依题立义",自然天成,用夸张描写和前后映衬突出阿娇命运的改变,借2个比喻形象说理,用语朴实,表意明快。《古朗月行》没有沿袭旧的内容,写观月过程及心理变化,有感而发,以"蟾蜍蚀圆影,大明夜已残"影射朝政的昏暗,以后羿射日表达英雄救世的希望,以示现手法写亦幻亦真的月景,以设问传达内心的矛盾和痛苦,以儿童口吻写儿童眼中之月,行文流畅自然,风格含蓄平淡。

　　题材广泛,内容丰富,即便题材相同,表现的实际内容和具体写法往往又有其独特之处,这些也带来了李白诗歌风格的多样和独特。他的山水田园诗和边塞诗被认为是兼王、岑两派之长,风格上则既同又异。边塞诗总体风格刚健平淡明快,与盛唐岑参等人接近,但因为体裁选择上不局限在绝句和古体,形式上又添加了某些别样的韵调。如《塞下曲六首(其一)》,以律诗别调写边塞题材,突破律诗结构常式,前四句起,颔联不对,五六句承,末二句转合,比一般边塞诗多了一点工致;《战城南》则用乐府形式加以改造写战争,借以讽喻现实,多了一点民歌色彩。山水田园诗也有平淡含蓄的风格,但还有刚健、绚烂、明快等其他特色。由于更多地表现自然景物的壮丽神秘的一面,"飞流直下三千尺,疑是银河落九天""燕山雪花大如席"一类夸张、示现、比喻等手法较多出现在他的诗中;由于更多地凸显我与物的并存或主观色彩的附着,诗中可以找到更多的"我"(如"清溪清我心""太白与我语""我宿五松下"),更多的直抒感受,如"噫吁嚱,危乎高哉!蜀道之难难于上青天!""西岳峥嵘何壮哉!"更多的拟人,如"雁引愁心去,山衔好月来""两岸青山相对出,孤帆一片日边来"。除了写山水田园和边塞战争,游侠、游仙、饮酒、送别、怀古等也是李白诗歌的重要题材。他写游侠,多表现人物豪放不羁,如"杀人如剪草""笑尽一杯酒""千里不留行""三杯吐然诺,五岳倒为轻"等。写饮酒,多表现寄情于酒,借醉酒发豪言,"与尔同销万古愁""但得酒中趣""对酒不肯饮,含情欲谁待"。写送别,多表现真挚而豁达的感情,多表现浪漫的诗情画意,如"浮云游子意,落日故人情""飞蓬各自远,且尽手中杯""故人西辞黄鹤楼,烟花三月下扬州"。写怀古,多借古人古事寄寓个人情怀,从诗题"怀子房""悲祢衡""谢公亭"等也可见出端倪。这些题材所表现的内容表现了盛唐的社会现实和精神风采,更反映了诗人独特的思想情感和人生经历,带有较鲜明的主观色彩和个性特点,诗歌言语因而大体都有偏于刚健雄奇、明快平淡的风格。正如他自评的"兴酣落笔摇五岳,诗成啸傲凌沧州",也如杜甫称赞他的"笔落惊风雨,诗成泣鬼神"。同时因诗体和表现方法的某些差异,也有偏含蓄的,如《月中览古》《谢公亭》等;也有偏绚烂的,如《将进酒》《梦游天姥吟留别》《鸣皋歌送岑征君》《宣州谢朓楼饯别校书叔云》等。

清丽质朴的平淡风格,与刚健一样是其诗风格重要的组成部分,这主要得力于他对汉魏以来民歌的语言和手法的自觉学习和借鉴。

> 人道横江好,侬道横江恶。猛风吹倒天门山,白浪高于瓦官阁。
>
> （李白《横江词六首》其一）

这首诗,无论在语言运用和艺术构思上都深受南朝乐府吴声歌曲的影响。"侬"为方言词,吴人自称。"人道""侬道",纯用口语,生活气息浓烈。前两句一抑一扬,感情真率,语言对称,富有民间文学本色。"吹倒山",是民歌惯用的夸张手法。

2. 杜甫:凝炼含蓄为主调

历来认为,沉郁顿挫是杜诗的主导性艺术风格。"沉郁"主要是指情感厚重博大深沉,"顿挫"则指情感的表现含蓄曲折起伏。此外,还有浪漫、放旷、幽默等其他一些次要风格特征。何汶《竹庄诗话》卷五录王安石的评价说:"李白歌诗豪放飘逸,人固莫及,然其格止于此而已,不知变也。至于甫则悲欢、穷泰、发敛、抑扬、疾徐、纵横,无施不可,故其诗有平淡简易者,有绮丽精确者,有严重威武若三军之帅者,有奋迅驰骤若泛驾之马者,有淡泊闲静若山谷隐士者,有风流蕴藉若贵介公子者。盖其诗绪密而思深,观者苟不能臻其阃奥,未易识其妙处。"前文我们已经看到,李白的诗歌也并非只有"豪放飘逸",没有其他的风格和变化,不过确如王荆公所言的是,杜甫诗歌包容的题材内容和思想情感更为丰富复杂,诗歌形式和语言表现也更多变。此外,杜诗更多地入世,以"穷年忧黎元,叹息肠内热"的写实精神努力关注着社会现实和民生疾苦,不像李白那样超脱和理想化。与李白诗歌天然涌发、奔放飘逸相比较,杜诗则是千锤百炼、苦心经营,"语不惊人誓不休"。

杜诗以凝炼和含蓄为言语风格的主调,实际构成虽不尽相同,但他的大多数诗歌,包括近体诗和古体诗,这两种风格主调都大体存在。"凝炼"是简约的一种,是言简而意丰、言简而意赅,是"以少少许胜多多许",因而是简约中更高级的表现形态,而非言简意少或者单纯形式上的简省。"含蓄"则是言近旨远、言浅意深、曲折达意,与凝炼并非天生一对,言语实践中,含蓄可能与繁丰结合,凝炼也可能与明快结合。但二者又往往相统一、相一致,从而达到一种较高的艺术境界。

杜诗的凝炼和含蓄,大多数时候是密不可分的统一体,相辅相成、相得益彰。这种言语风格组合体的形成,来自于多方面的用心:材料的选取剪裁、内容的取舍配置是基础和前提,词句的锤炼、篇章的谋划、手法的运用等则是主要的途径和手段。

诗歌都要求凝炼,都讲究含蓄,杜诗则尤为重视,表现也格外突出。从篇章整体来看,诗歌实现凝炼和含蓄的目标和要求,主要借助写景、叙事等形象手段完成抒情、说理等抽象表达。手法和途径很多,有借景抒情、托物言志、形象说理、即事抒怀、以小见大、言此意彼等等,不一而足。从整体层面,将诗歌中的景和情、事和理、形象和抽象、具体和概括连接和结合在一起,形成对立统一体,则多借助比喻、映衬、婉转、象征等修辞手法。杜诗在这一层面修辞运用的成功,基本确立了其诗风的凝炼含蓄取向。用比喻的,如《孤雁》,以念群的孤雁比喻流落他乡思念亲友的诗人自己;有时兼用比喻和起兴,如《白帝》,前四句用比兴,写自然暗寓社会,后四句用赋,直写社会,全篇比中有兴,以自然喻社会,突出社会动乱和民生凋敝。用映衬的,有正衬(旁衬),如《春夜喜雨》,以雨景映衬喜雨的愉悦心情,寄托对好雨品格的赞美;更多反衬,如《绝句漫兴九首(其一)》,以乐景衬哀情,春色、花开、莺语原本都是美好可爱的,但正当客愁,一切都变得无赖、造次、丁宁,由此越发突出了诗人的烦恼忧愁。用婉转的,如《蜀相》,写拜谒武侯祠而追思蜀相生平事迹,高山仰止,怀古念人,抚古思今,暗寓对当世良相之才的深切期盼之情。用象征的,如《八阵图》以散而复聚、“江流石不转”的八阵图遗迹象征诸葛亮杰出的军事才能及其对蜀汉政权和统一大业的忠贞不渝、矢志不移。

进一步促成和强化杜诗含蓄凝炼风格的,是诗歌内部词句层面修辞手段的成功运用,比较重要的有对偶(尤其是反对、借对)、设问、互文、省略、比拟(主要是拟人)、比喻(比兴)、用典、双关、映衬、反语、借代、转类等诸多修辞格和名词句、紧缩句等特殊句法形式。

对偶是一种整齐凝炼的结构,对偶(准对偶)的一联实际表意一般要超出不成对的两句,正对语义扩充,反对最为凝练含蓄,流水对兼具流畅性,句内对对中有对。杜诗多用对仗、对偶、准对偶,对偶句法所占比例高,且形式多样。律诗除中二联用对外,还扩展到三联用对,如《后游》《宿府》,甚至全篇用对,如《宿江边阁》《登高》;绝句也几乎都是律绝,全对或半对;古体诗中也常以对偶(几乎为宽对)穿插于散句之中。如《登高》一诗被胡应麟誉为古今七言律诗之冠,其中很重要的一个因素,就是其用对的成功,八句皆对,"一篇之中,句句皆律,一句之中,字字皆律"(胡应麟《诗薮》)。首联、尾联还包含句内自对,对得密集工整而又自然流利,"通首作对,对而不嫌其笨者,三、四'无边落木'二句,有疏宕之气,五、六'万里悲秋'二句,有顿挫之神耳"(施补华《岘佣说诗》)。用对带来了节奏之美,更带来了旷远的境界、宏阔的气势、丰富的诗意、复杂的情感,锻造了凝炼含蓄之风格美。

省略是凝炼含蓄的基本手段。杜诗中有问答省略法,颇具特色也颇为重要。一是依托问答只出现问省略答。如《新安吏》:"中男绝短小,何以守王城?"只有问却没有答,反而包含了多方面的言外信息:答案不言自明,也许吏被问得张口结舌,但更大的可能是吏对诗人产生了厌烦,不愿再做理睬;固执追问本身,已足可见出诗人对人民的同情和迂执的性格。《奉济驿重送严公四韵》:"几时杯重把?昨夜月同行。"何时能重逢?是问自己,也是问友人,然而社会动荡,生死未卜,能否再会谁能回答得了?与其说是问,毋宁说是希望,但希望又那么难以捉摸,处境又那么的悲苦无依,一个普通的问句,凝聚了诗人非常复杂的思想感情。类似的例子还有不少,如《送路六侍御入朝》:"更为后会知何地?忽漫相逢是别筵"!《将赴荆南寄别李剑州》:"戎马相逢更何日?春风回首仲宣楼。"或反之,只出现答而省略问话。如《石壕吏》:"三男邺城戍。一男附书至,二男新战死。存者且偷生,死者长已矣!室中更无人,惟有乳下孙。有孙母未去,出入无完裙。老妪力虽衰,请从吏夜归。急应河阳役,犹得备晨炊。"

设问不是省略,却有省言之功,兼收蕴藉之效。杜诗中常用设问,引人注意,发人深省,将难以言表的深沉情感和复杂心理蕴含其中,每每成为一首诗中的点睛之笔。如《野老》:"片云何意傍琴台?"这句话兼用比喻,实际是在反问:自己何曾有意留滞蜀中呢?一个问句,情寓景中,寄寓了战乱未平,兵戈阻绝,自己无奈流寓剑外、报国无门的痛苦和迷惘的复杂感情。《江村》:"但有故人供禄米,微躯此外更何求?"这幅尾联表面上是喜幸之词,而骨子里则包藏着不少悲苦之情,耐人寻味:"但有"就不能保证必有,"更何求"正说明已有所求。《宿府》:

"中天月色好谁看?"月色虽好,无人赏看,为何? 独宿幕府,长夜难寐,思念亲友,寄人篱下难得心安的苦况和心境,可谓尽在其中矣。

互文既可节省文字,有时又有含蓄效果。杜诗中有一些著名的互文,用得很成功。"风含翠篠娟娟净,雨裛红蕖冉冉香。"(《狂夫》)两句分咏风雨,上句风中有雨,这从"净"字可以体味(雨后翠篠如洗,方"净");下句雨中有风,这从"香"字可以会心(没有微风,是嗅不到细香的)。"思家步月清宵立,忆弟看云白日眠。"(《恨别》)月夜,思不能寐,忽步忽立;白昼,卧看行云,倦极而眠。诗人这种坐卧不宁的举动,正委婉曲折地表现了怀念亲人的无限情思,突出了题意的"恨别"。"大城铁不如,小城万丈余。"(《潼关吏》)放眼四望,沿着起伏的山势而筑的大小城墙,既高峻又牢固,显示出一种威武的雄姿。一开篇杜甫就用简括的诗笔写出唐军加紧修筑潼关所给予他的总印象。"花径不曾缘客扫,蓬门今始为君开。"(《客至》)两句内容,相互补足,前后映衬,含蓄传达了深厚的情韵:客不常来,暗寓主人不轻易延客意;今日"君"来,主人热情迎候表明对客人的重视;客不常来君今来,也表明"君"对主人的特殊情谊非寻常人可比。

拟人把物人格化,融情于物,托物言情,也是杜诗中的一种比较重要的含蓄手法。如《发潭州》:"岸花飞送客,樯燕语留人。"岸上花飞,樯桅燕鸣,在诗人眼里,都成了包含脉脉人情的言行。景有情反衬出人无情,以此表现世情的淡薄和诗人辗转流徙的寂寥凄楚之感。《燕子来舟中作》:"旧入故园尝识主,如今社日远看人。"以燕子的视角委婉地表现自己的惨状和变化:曾是旧日相识的小燕子,如今竟也远远地看着我,一定是在疑惑,为什么主人变得这么衰弱苍老? 为什么依然孤苦无依地在舟中漂泊?《后游》:"江山如有待,花柳自无私。"江山、花柳似乎都对诗人有所期待、无私奉献,其实是因为诗人自己对此地山水草木的依恋和喜爱,烘托出"客愁全为减,舍此复何之?"正如清人薛雪说"花柳自无私","下一'自'字,便觉其寄身离乱感时伤事之情,掬出纸上"(《一瓢诗话》)。

双关一语多义,言此意彼,自有含蓄之用。杜诗中也时有所见。如《将赴成都草堂途中有作先寄严郑公五首(其四)》:"新松恨不高千尺,恶竹应须斩万竿!"杨伦在《杜诗镜铨》旁注中说:此二句"兼寓扶善疾恶意",意指希望匡时济世之才得以重用,而各种丑恶势力得以铲除。《江汉》:"江汉思归客,乾坤一腐儒。片云天共远,永夜月同孤。落日心犹壮,秋风病欲苏。古来存老马,不必取长途。"全诗凝炼含蓄,基于以下风格手段的共同作用:首联两个均为名词句,颔联写景与写情交融;颈联"落日"借喻暮年,同时假字面义与秋风构成借义对;"老马"系用典,"古来存老马,不必取长途"则是双关用法。

两种以上的上述风格手段综合运用于同一首诗中,共同造就凝炼含蓄的风格主调,在大多数杜诗中屡见不鲜,反复得以效验。

> 他乡复行役,驻马别孤坟。近泪无干土,低空有断云。对棋陪谢傅,把剑觅徐君。唯见林花落,莺啼送客闻。
>
> (杜甫《别房太尉墓》)

诗人抒情和写景相互映衬,表达深沉而含蓄:"近泪无干土"用夸张突出感情之悲伤深厚,"低空有断云"以哀景衬哀情;接下来的颈联化用两个典故以谢安赞房琯、以徐君写情谊;尾联拟人,暗寓墓主对吊客的哀怜和不舍。

> 茂陵多病后,尚爱卓文君。酒肆人间世,琴台日暮云。野花留宝靥,蔓草见罗裙。归凤求凰意,寥寥不复闻。
>
> (杜甫《琴台》)

这首诗颇为凝炼含蓄,主要源于多种具有凝炼含蓄作用的词句形式和修辞手法的配合使用:"茂陵"一词两用,既交代地名又借代司马相如;颔联用两个名词句构成反对,选取"酒肆""琴台"这两个有代表性的事物俗、雅相对,信息丰富,"日暮云"化用典故,暗寓空见琴台不见文君之意;颈联对仗,既写眼前实景,又用示现手法,时空穿越,描绘想象之幻景,在写实的同时平添了几分浪漫气息;尾联用典,化用相如的《琴歌》所含之意点题:琴声今不可闻,知音后世难觅。

上述论述,举例和分析基本上都是围绕近体诗,但凝炼含蓄的诗风主导倾向同样存在于古体诗中。不过,古体诗在风格表现手段的运用上有其自身的特点:描写借助细节精雕以突出特征,叙述借助详略剪裁以突出重点,议论抒情则寓于形象中。大体如陆时雍《诗镜总论》所言:"善道景者,绝去形容,略加点缀","善言情者,吞吐深浅,欲露还藏"。因为篇幅一般较长,凝炼的获取主要靠两点:一是在结构上衔接紧密、逻辑明晰,二是在语词上删繁就简、以少胜多;因为以赋为主,含蓄的取得更多的是依靠在叙述和描写中蕴含抒情和议论,同时叙述和描写注意选取典型对象,以个别反映一般,再就是充分利用好有限的比、兴及其他修辞手法。如《哀江头》以"哀"为中心,结构上通过"忆昔""今何在"的交代划分三个内容和情感段落:眼前:旧地重游,触景生情而生哀;回忆:昔日的乐景益发衬出今日的哀情;现实:长安沦陷,君主避乱,"黄昏胡骑尘满城",哀痛达到极点。其中蕴含了今昔对比、哀乐映衬、情景相生。通篇几乎只写景叙事,不明言"哀",但处处围绕着"哀",写出了哀情的一步步加深,也暗示了哀乐间的因果关系,最后一句"欲往城南望城北"更是表明自己伤痛迷乱复杂的情感已经能够达到了顶点。正是借助结构处理和情景关系处理的成功,全诗结构紧凑,内容集中,情景融合,感情深沉蕴藉,具有鲜明的凝炼含蓄风格。再如著名的"三吏""三别"都采取了通过个别表现一般,借助有代表性的人和事反映现实,寄寓真切的体验和深沉的感慨。

　　凝炼含蓄之外,杜诗还有一些不据主流甚至有点另类的其他风格成分存在,在某些诗中并且有可能是主导风格类型。

　　绚烂与平淡。这对风格在杜诗中的分布大体是分别对应的,近体诗偏绚烂,古体诗偏平淡,这大概跟诗人强烈的诗体差异意识和主观上的努力区分有关。严格说来,所有杜诗都注意修辞,只是注意的程度不等和实际的表现有别而已,因此说偏绚烂或偏平淡更准确。以《江畔独步寻花七绝句(其六)》为例:"黄四娘家花满蹊,千朵万朵压枝低。留连戏蝶时时舞,自在娇莺恰恰啼。"短短的二十八字,却融入了丰富的修辞方法,用于调音、饰词、炼句、谋篇等各个方面。前两句用夸张,"花满蹊、千朵万朵压枝低"极写花开盛况;三四句用对偶,双声相对、叠音相对,"时时舞"摹形、"恰恰啼"摹声,"戏""娇"分别修饰蝶和莺,除"舞""莺"二字外,均为舌齿音,造成一种喁喁私语、轻柔和缓的听觉和心理感受。整首诗押平声韵,加上复辞、叠字、双声、韵母相近等,声音上具有突出的回环美;描绘上有声有形、有情有态、有静有动,具有鲜明的形象美、生动美。说它是绚烂的,应该毫不为过。偏平淡的,我们可以《羌村三首》为例。这三首诗纯用白描,语言平易,不用特别的修饰或变形,仅选取生活场景和人物心理加以真实再现,偶用景物起兴或映衬,写得栩栩如生,真切自然,颇具平淡之风。他如《赠卫八处士》、"三吏""三别"、《北征》《自京赴奉先县咏怀五百字》等,都明显趋向平淡古奥的诗风。古体也有偏绚烂的,如《洗兵马》;近体也有偏平淡的,如《江村》,不能一概而论。

刚健。更多的时候,刚健是潜存于杜诗的骨子里,作为浩然之气、铮铮铁骨一类"风骨"支撑、构建起其诗崇高博大的精神世界,没有成为外显的言语风格特征。但也不时会偶露峥嵘,在写景或抒情中得见真颜。谢榛《四溟诗话》曾评价杜诗"情融乎内而深且长,景耀乎外而远且大",前一句是说抒情含蓄深沉,后一句是说写景鲜明宏大,前者反映杜诗的含蓄,后者表明其刚健。试看一些写景的例子:"星垂平野阔,月涌大江流""吴楚东南坼,乾坤日夜浮""窗含西岭千秋雪,门泊东吴万里船""锦江春色来天地,玉垒浮云变古今""无边落木萧萧下,不尽长江滚滚来。万里悲秋常作客,万里百年多病独登台",众多景物的雄浑阔大,源自观景者视野和胸襟的开阔博大,寄寓或映衬的是诗人对天地山川的无限热爱和忧国忧民的深切悲慨。杜诗的刚健也体现在情感的表现上:"忧端齐终南,澒洞不可掇。""白鸥没浩荡,万里谁能驯!""安得壮士挽天河,尽洗甲兵长不用!""安得广厦千万间,大庇天下寒士俱欢颜,风雨不动安如山!呜呼!何时眼前突兀见此屋,吾庐独破受冻死亦足!"杜诗直抒胸臆并不多,但这些经过叙事、写景层层铺垫,从千回百转中激发出来的抒情,宛若暮鼓晨钟、奇峰突起,将诗人高洁的情操、宽广的胸怀、刚强的性格,表现得声壮气雄,振聋发聩,令人身心震撼,高山仰止。

幽默。杜诗以雅正庄重为主调,但确实也存在诙谐幽默的一面,对杜诗或唐诗而言都殊为难得。或以整诗的面目或以局部的表现存在。如《饮中八仙歌》整首诗情调幽默谐谑,夸张、比喻、映衬加上漫画式的描写,人物形象鲜活生动,旋律轻快,色调明丽,堪称唐诗中难得的典型幽默诗。《舟前小鹅儿》:"鹅儿黄似酒,对酒爱黄鹅。引颈嗔船逼,无行乱眼多。翅开遭宿雨,力小困沧波。客散层城暮,狐狸奈若何?"俗语入诗,描摹小鹅拙态,如童谣,如童话,寓童趣。《戏为六绝句》亦庄亦谐,以轻松笔调论严肃话题,是庄重和幽默相容并存的风格。《江村》以朴质语言写轻松生活和闲适心情,不避重复字,对仗句自对而又互对,颇有情趣,也大体可归入幽默一路。此外,《题张氏隐居二首(其二)》"杜酒偏劳劝,张梨不外求"用典如直说,自然巧妙而又趣味横生。

明快。这应该是杜诗较为稀有的风格质素。《闻官军收河南河北》算是特例之一,整诗属明快型风格,也有幽默因子融于其间,如"却看妻子愁何在,漫卷诗书喜欲狂"。《佳人》的特殊之处在于,明快和含蓄并存其间:诗的一半,叙写家人身世命运,采取第一人称,率直明快;另一半,赞颂佳人的高洁品格,采取第三人称,笔调婉转含蓄。就古体和近体而言,虽然都以含蓄为主导,但总体而言,古体诗离明快更近些。

小　结

宋代学者吴子良曾在《水心文章之妙》中评论道:"四时异景,万卉殊态,乃见化工之妙。肥瘠各称,妍淡曲尽,乃见画工之妙。水心为诸人墓志,廊庙者赫奕,州县者艰勤,经行者粹醇,辞华者秀颖,驰骋者奇崛,隐遁者幽深,抑郁者悲怆,随其资质,与之形貌,可以见文章之妙。"唐诗言语风格的独特性和多样性,正是顺应了时代、诗体、内容表达的不同需要,发挥了个人才性体验的优长,由此而造就了唐诗整体的深厚而久远的独特魅力。也正因此,严羽在《沧浪诗话·诗评》中专门指出:"玉川之怪,长吉之瑰诡,天地间自欠此体不得。"天地间又何尝只是少不得这两位个性风格突出的诗人及其诗作,唐诗中具有鲜明个性风格的诗人诗作比比皆是,在我们看来是"一个也不能少"。因为风格独具,大多数唐诗都给读者给后人带来了不同程度的心灵陶冶和美感享受,又何尝止于严羽特别提及的高岑、孟郊之诗作:"高岑之诗悲壮,读之使人感慨;孟郊之诗刻苦,读之使人不欢。"(《沧浪诗话·诗评》)关于唐诗的言语风格演变,其间可以挖掘、深味的东西极其丰富,不但需要宏阔的视野和准确的概括,更离不开深入的解剖和精细的分析,本章的讨论只是在目前尚待努力开垦的这块研究领地的一次试耕。

结　语

　　以上我们对唐诗修辞演变的分阶段考察和分专题探讨,大体呈现了唐诗修辞史的基本面貌及其主要影响因子。唐诗修辞史的研究表明,唐诗修辞的历时演变通过其审美功能在不同阶段、不同类别、不同诗人的诗作中的实现得以体现,社会生活变化、诗体要求、诗歌主张、诗人才性、审美追求等则是其发生演变的主要动因。我们对该课题的研究取得了较大进展,也存在一定不足,有待完善和深化。

一、唐诗修辞演变的概貌

　　初唐近百年,是唐诗推陈出新、整体建构的起步阶段和关键时期。题材、内容不断拓展,风格、面貌开始转变,近体和歌行的格律、体制得以确立。诗歌修辞方面,继承了前代丰富的理论和实践成果,并将其用于摆脱旧的过于偏重形式的诗风,推进新时代的诗歌建设和发展,所取得的进展和成就是多方位的,尤为显著的是在语音修辞、句法修辞、篇章修辞等几个方面,诗体修辞、风格修辞等也有所进展。

　　盛唐七绝从修辞角度而言,诗人们的作品各具特色,而又带有突出的共性:即通过修辞手法的运用创造情景交融的意境,将形象美和情意美、绘画美和音乐美、含蓄美和简约美有机融合起来;篇章结构上以前后映衬或先铺垫后发抒的"二部式"为主;表现方法上多用捕捉特征简笔勾勒、不事雕琢的白描。由此,也经由各自的创作实践,共同铸就了七绝修辞的"盛唐气象"和卓绝贡献。

　　杜甫七绝的变化和创新主要体现在:一是言语风格或绚烂或平淡,或明快或含蓄,或庄重或幽默,不拘一格;二是"以律为绝",多用工对,不避或有意用拗句,不能"被诸管弦",但在语音修辞上另有讲究,多用工对结,也不同于初唐多用流水对结;三是章法丰富多变:突破情景、事意分立的绝句惯常结构,表面纯为议论、写景、叙事等也自成篇章;有独立成章但更多七绝"组诗";重文体归宿,轻内容惯例。

盛唐五律从体制上更多地沿袭了初唐,但在内容、写法和风格上则大为拓展、丰富,极尽变化之能事。从过渡期张九龄等人刚健、含蓄风格的形成和对兴象、境界的营构,到王孟、李白等挹古入律,融合古体和近体而成就盛唐五律的经典风格,再到杜甫对题材、风格和审美规范的全面突破,盛唐五律修辞也在手法运用上不断融通,在表达功能上极力拓展,做出了突出的成就和贡献。

盛唐七律彻底摆脱应制,回归真正的抒情功能,题材和风格也变得多元,追求"风骨""兴象""神韵",在修辞上讲究意余言外、刚健自然,词法、句法、章法上顺应内容以常事、常情、常境为主的特点,更多地运用消极修辞手法,较少出现言语的变异形式。名家名篇众多。杜甫更是自觉地打破审美定势,创新语言运用,以情意驱遣物事、景象,将抒情笔法、叙述和白描手法的运用以及风格的丰富多变,推进到了极高的境地,影响深远。

中唐时期在整个唐代诗歌史上,革新精神最为突出、流派和个人言语风格最为鲜明、修辞创新最为突出的阶段。前期的两个诗派,"大历十才子"以五律为主,"元结诗派"专崇五古,各自的偏向和局限预示了后期的新变。"诗到元和体变新",革新主要朝着两个方向发展:"元白诗派"尚实、尚俗,用浅显简括的语言写民间疾苦;"韩孟诗派"尚怪奇、重主观,力求在审美情趣、主观表现、散文入诗等方面追新逐变。除了这两大流派,活跃于中唐诗坛的其他诗人,往往都有独特成就和各自的艺术风格。不同流派和风格的诗人,在各自的创作中自觉或不自觉地践行着一定的修辞理论或主张,扩充和发掘了更多诗歌修辞手法及其审美功能,造就了言语风格丰富多彩的修辞表现。

晚唐诗的突出特点是萧瑟悲凉的情韵和新警奇巧的修辞。怀古咏史诗、艳情诗、写实诗和闲适诗的创作成为主流,七言律、绝的创作占据主导地位。诗人们对修辞的运用和新变普遍较为用力,在近体诗修辞心理表现功能、审美价值、审美境界的发掘开拓方面成就尤为突出,言语风格以绚烂、谨严、含蓄为主导。李商隐作为这一时期的标志性人物,用典频密深僻、用词造句精工、诗意委婉曲折、风格柔婉绚烂,其政治讽刺诗和爱情诗均取得了超越前人的成就。

唐诗中比喻的使用情况,首先是比喻量大频高,使用的总量和频率均位居唐诗常用辞格的前列;其次,样式齐备,形式丰富,分布广泛,功能凸显;再次,重视比喻运用的变革和创新,成就斐然,贡献卓著,表现为:喻词添加、分化、借用和用法的趋近;喻词的交错对举、组配使用;比喻的暗用;喻体的精耕细作;比喻和对照、夸张、起兴、对偶、顶真、用典、双关、设问、比拟等其他辞格的合用。

唐诗中的句法修辞手法丰富多彩,有不少是唐诗的独创,也有不少是唐诗对前代的继承和发扬。对偶句法、虚词多用、评议句入诗、句法变奏、省略、错位、名词句等,是唐诗中具有鲜明特色和影响的句法修辞手法。唐诗句法修辞的成就和创新很大程度上建立在诗歌句法高度诗化的基础之上。唐诗句法修辞实践,对后代尤其是宋代的诗歌创作产生了诸多重要影响,在中国诗歌句法修辞史上承前启后、功绩卓著。

唐诗的言语风格,表现出风格特征和风格要素的丰富多样性。不同诗体在唐代发展程度不平衡,各自的发展道路和演化轨迹也有别,由此造就了诗体风格的时代差异。言语时代风格的形成取决于社会变革、思想渊源、文学传承、诗人才性等的合力作用,其具体表现也是多方面的,有综合的,如多种诗体不同时期集体呈现的风格共性和差异;也有个别的,如同一诗体不同时期各自呈现的风格共性和差异。受多方因素影响,唐诗在流派、个人言语风格的浓淡、雅俗、工拙、常变、繁简、刚柔、直曲等倾向上各有所取、表现不一,同时又存在相融相通、并存不悖的现象。蠡测管窥,足可见唐代诗人艺术才能之争奇斗艳、各擅所长,言语风格之异彩纷呈、独具貌相。

二、唐诗修辞演变的动因

诗歌修辞的运用直接反映的是题材体裁、内容主旨、情境因素、审美表现等的制约和影响,就其演变而言,则主要源自以下几个主客观因素的驱动和影响。

1. 诗体创新和审美追求的驱动

初唐,不但是五律、七律诗体的定型期,也是歌行的创立期。初唐四杰"对于五言律诗格律的建设和七言歌行的提高,有很大贡献"。[①] 沈佺期、宋之问因其在五言、七言律诗建设方面的重要影响而号称"沈宋"。沈尤长七言,宋则偏重五言,其五言排律被胡应麟《诗薮》评为"初唐之冠"。新诗体的创造和成长,

---

① 马茂元选注:《唐诗选》,上海古籍出版社,2017,第11页。

对修辞提出了新要求：音韵平仄协调、章句整齐定型、对仗工稳灵活，语言流利宛转；旧诗体的继承和创新，修辞方面也同样有所回应和体现。初唐"古""今"体的分工完成，古典诗歌丰富多样的形式趋于全面定型，"实词章改革之大机，气运推迁之一会"（胡应麟《诗薮》），因而在语音修辞、句法修辞、篇章修辞、诗体修辞、风格修辞等方面都出现了新的变化。

近体诗区别于古体诗首先是在声律体制的规范上，进而延及语言选择和修辞运用的方方面面。在确立体制规范和走向形式成熟的过程中，同时也在格律形式上追求变化和个性，由此带来了诗体风格的多样化。近体诗与古体诗分庭抗礼的地位确立之后，古体诗的律化和反律化倾向，格律诗的古体化倾向，又促使原诗体在诗体修辞和言语风格上的新变。

对于其他文学体裁形式的借鉴，也引发了诗体修辞和言语风格的新变。如中唐白居易等人接受传奇、变文的影响，在长诗中叙述故事，融入为人喜闻乐见的俗文学的修辞特色；韩愈等人的"以文为诗"，促成了散文句法、篇法等入诗；晚唐律诗的骈文化，促成了律诗技法的精进和骈律互渗风格的创立。

唐诗的不同历史时期、同一时期的不同诗派和不同诗人、同一诗人的不同作品，在审美追求上有共性也有差异。初唐总体偏重典雅绚烂的形式美，王绩诗歌的清新自然、陈子昂诗歌的平淡质实、"四杰"等的刚健昂扬、《春江花月夜》的兴象玲珑、王梵志诗歌的通俗幽默等则初步呈现了唐诗审美形式的多元取向。盛唐的主导审美倾向是两类：山水田园诗为代表的平淡优雅美；边塞诗为代表的刚健雄壮美。具体到诗人诗作，则或含蓄或明快，或绚烂或平淡，或庄重或幽默，或谨严或自然，丰富多彩，不一而足。中唐两大诗派都具有鲜明的革新精神，"韩孟诗派"追求新奇美、变异美，"元白诗派"讲求明快美、通俗美，除此之外，李贺的绚烂、李益韩愈的刚健、刘禹锡的清新、柳宗元的悲壮等等，共同造就了这一时期诗歌审美取向的多样风格和鲜明个性。晚唐诗歌审美的主导倾向是绚烂、谨严，质实、含蓄、朦胧、幽默、柔婉等也构成了其较为重要的取向。

同样描写音乐，白居易《琵琶行》更多地直接描摹声音带给人的真切细腻的感觉，李贺《李凭箜篌引》侧重描摹声音引起的幻觉，韩愈《听颖师弹琴》突出表现声音引发的联想和产生的影响，体现的是客观写实和主观写意的不同审美倾向。

2. 社会文化历史条件及其变化的影响

唐诗修辞的成就和变迁,离不开唐诗繁荣和发展的社会历史条件。"唐诗之所以能诗体大备,俱臻完美,其实是社会文化积累和发展的一种必然:首先是上至最高统治者下到三教九流的普通民众广泛的重视和参与;其次是'诗赋取士'的科举制度从根本上调动了读书人对诗歌音律和语言的精益求精;再次是唐代社会的繁华和强大造就了诗人们敢于博采旁收不同诗体不同文体的博大胸怀。"① 唐诗繁荣和发展,除了这三个总体方面的原因外,各个时期还有各自的特殊原因,如初唐诗风的转变源于国家统一后诗人视野的开阔和题材的扩大,盛唐诗歌的繁荣离不开前期百余年间国家社会的安定强盛和昂扬进取;中唐诗歌的再一次繁荣,离不开当时强烈的社会变革、渴望中兴的精神风貌;晚唐诗歌的回光返照,则与中兴梦灭、家国衰敝的现实以及由此造成的士人的复杂心理有关。

此外,音乐习尚的影响促成了诗体的革新:传统的雅乐、清乐到隋唐时走向式微,燕乐盛行,音乐改变,古乐府不再能入乐,五七言格律诗代之而兴。儒教及道教、佛教在不同时期的流行,及其对人们生活和思想的广泛影响,也为诗歌创作注入了大量的活力。

3. 诗歌主张、诗人才性的影响

诗歌主张对诗歌修辞和风格具有较为直接的影响,四个时期都有所表现。

初唐陈子昂在《与东方左史虬修竹篇序》中反对绮靡诗风,提出了"兴寄""风骨"的主张,并在创作中努力去践行,其《感遇诗三十八首》集中反映了他的"兴寄说",而其《登幽州台歌》《燕昭王》等诗则奏响了盛唐"风骨"的序曲。

盛唐唐玄宗在文学上反对浮华:"礼乐沿今古,文章革旧新"(《送张说上集贤学士诗》),张说、张九龄两任宰相积极响应、荐引和力行,不但奠定了盛唐诗歌的兴盛局面,而且赋予建安风骨以新的时代内涵,确立了声律风骨兼备的盛唐典型风格以及相应的言语风格取向,并在此后得到不断革新和深化。

中唐元结编《箧中集》,并提出了功利主义的兴寄说,主张诗要有所寄托、有所劝讽,有益于政教。并在其《春陵行》《贼退示官吏》《系乐府十二首》等诗中加以实践,开元白诗派写实倾向的先河。白居易主张"文章合为时而著,歌诗合为

---

① 宗廷虎、陈光磊主编《中国修辞史·第三编》,吉林教育出版社,2007,第635页。

事而作"(《与元九书》),提出诗歌的标准是"其辞质而径,欲见之者易谕也;其言直而切,欲闻之者深诫也;其事核而实,使采之者传信也;其体顺而肆,可以播于乐章歌曲也。"(《新乐府诗序》),倡导新乐府运动,推动了"元白诗派"的写实、尚俗诗风的形成;韩愈论诗,力主"不平则鸣""务去陈言"、以雄奇光怪为美,奠定了尚怪奇、重主观的"韩孟诗派"的理论基础和变革凭依。

晚唐杜牧主张"以意为主,气为辅,以辞彩章句为之兵卫"(《答庄充书》),坚持"苦心为诗,本求高绝,不务奇丽,不涉习俗。不今不古,处于中间"(《献诗启》),使得他能在元白、韩孟之间选择第三条道路,创造了自己独特的风格,从而独立于晚唐诗坛。

诗人才性影响方面,盛唐的王维对绘画的深刻理解、对禅意的领悟引入,帮助他在诗歌中对画意和禅趣的修辞表现,善于借助词语修辞寥寥数笔即呈现出景物的特色和画面的美感,赋予平常景物以特殊的韵味。李白的自信豪侠的气质、奔放率直的性格、理想主义的精神面貌,与盛唐的时代精神相契合,加之其丰富奇特的想象力和超乎寻常的文学天赋,成就了其作为盛唐诗歌艺术风貌代言人的角色。杜甫的伟大,源于其深厚的家学渊源、忧国忧民的深沉忧思、精细独到的观察能力、"语不惊人死不休"的诗艺追求等。诸如此类,诗人在思想性格、才学禀赋、身世处境等方面因素,造就其诗歌创作成就和艺术特色的,可谓比比皆是:白居易以儒家为主导兼容佛道的思想、超凡的诗才和革新精神,韩愈的雄才博学和自视甚高、散文大师的身份,孟郊、贾岛诗歌创作在炼意、炼词上的"苦吟"精神,李贺、柳宗元、刘禹锡等人的身世和追求,李商隐"集众长以为己长"的独创精神,等等。

三、唐诗修辞史研究的进展和不足

我们对本课题的研究历经七年多的艰辛努力,取得了较大的进展,基本完成了预定的研究目标,因受制于主客观多重因素,仍然存在一些不足。

1. 已经取得的进展

首先,在唐诗修辞史料选取、分析方面的进展。

在根据历史时期、诗体类别、流派归属、审美取向等选取各个方面的代表性唐诗作品时,我们主要借鉴、参照了《唐诗鉴赏辞典》(新一版)对唐诗作品的收录情况,同时依据我们对《全唐诗》(中华书局 1999 年版)调研的实际,予以必要的增补和调整。在对所选取的诗作进行解读、分析时,依然以这部凝聚了当代众多唐诗研究大家和专家智慧和心血的鉴赏辞典为重要参考对象,同时广泛借鉴古今各类唐诗注释、分析、评论类成果。

参照但不盲从,诗无达诂,并不意味着诗歌词义、句义和修辞用法的解释可以随意。对于诗中有歧解或疑义的词语,我们秉持谨慎态度,查阅相关工具书,审慎地结合上下文和语言文化史实际加以分析、研判,进而在认同、修正甚至推倒重建的基础上,确定作品的主题、内容,从而开启我们对每一首唐诗的修辞批评。

以韩愈的《晚春》为例,古今关于此诗的旨意在理解上分歧较大,分析也各执一词。我们参照各家说法最终立足文本本身做出了自己的判断,从修辞角度的分析反过来也较为有力地支撑、诠释了我的看法。兹引述如下。

> 草树知春不久归,百般红紫斗芳菲。杨花榆荚无才思,惟解漫天作
> 雪飞。
>
> (韩愈《晚春》)

这首诗写晚春时节万紫千红的繁盛景象,慧眼独具地对“无才思”的“杨花榆荚”予以高度的肯定和褒扬。修辞上主要用拟人、借代、反语和映衬,赋予普通的物理以人情和哲思,言语风格含蓄。

首二句总说,“草树”概括所有草本和木本植物,“知”“斗”是拟人的用法,赋予草树以人的知性、情感、动作,“百般”以实代虚用借代,“红紫”借代花,这两句意指各种各样的花都在春天即将过去的最后时节,竞相展示自己的芳香和美艳。

后两句专写,“无才思”应该理解为用反语,只是在世俗人眼里的看法,因为杨花榆荚的色彩、香味相比那些大红大紫、色彩鲜艳、芳香浓郁的花来说的确很寻常,显得没有过人之“才思”。但在诗人笔下,能够“漫天作雪飞”,不但要有洁白的色彩、充足的数量,更要有不畏人言的胆识和敢于牺牲的奉献精神,而这些岂是那些拥有所谓“才思”的名花珍卉、奇花异草可以相比、相“斗”的吗?“惟解”强调的是专注于认定的事情、努力的目标,并不意味着只知道、只懂得的愚痴。因而,后两句其实是用貌似揶揄调侃的语气,表现对“杨花榆荚”充分的肯定和赞赏。

前两句写百花争奇斗艳,实际上是为后两句写杨花榆荚做铺垫和映衬的,诗

人借此所寄寓的既是一种不同寻常的审美观,美不仅是表露在外的所谓"才思",更是蕴藏于内的可贵品质;更是一种超越世俗的人生观,主张人皆有才,各尽所能,各为所用。

其次,在对唐诗修辞现象演变所做分析、梳理、总结方面的进展。

唐诗修辞史研究,只能建立在对唐诗修辞行为、修辞实践的结果即唐诗作品的分析、梳理、总结的基础之上,在此之前,尚未有研究者对这项工作做过系统的纵向考察。

初唐时期是唐诗修辞承前启后的起步阶段,较多地继承了魏晋南北朝时代的修辞成果,并顺应新诗体和新诗风建设的需要,着手进行全方位的推陈出新。我们从特定修辞手法运用的角度,分别梳理了语音修辞手法、句法修辞手法、篇章修辞手法和对偶等修辞格在初唐诗歌中的丰富和创新,并概述了这一时期在诗体修辞、言语风格修辞等方面所取得的新进展和新启示。

盛唐是唐诗主要体裁的成熟期,以题材区分的山水田园诗和边塞诗在审美风格上也分别代表了盛唐诗的"兴象"之美和"风骨"之美。在这一部分我们尝试以诗体为脉络,兼顾两大题材类别,分别从七绝修辞、歌行修辞、五律修辞、七律修辞四个方面对重点诗人诗作进行了考察。

中唐是唐诗的全面革新期,两大诗派各自秉持不同的诗歌革新主张,并努力践行,造就了盛唐之后的另一座唐诗高峰。该部分我们采取以"韩孟"和"元白"两大诗歌流派为纲,兼顾前后期的其他诗人诗作,努力呈现诗歌流派内外言语风格的共性和个性。

晚唐时期诗人对诗歌修辞审美有着自觉的追求,除了对形式美的共同追求外,写实、咏史怀古、写景(闲适)、抒情等几种主要题材类的创作分别表现出通俗美、含蓄美和滑稽美、优美、朦胧美等不同的审美取向。因此该部分我们试图从按题材区分的几类诗出发分别探求修辞运用对相应审美功能实现的贡献,李商隐作为唐诗最重要的诗人具有多元成就,同时也是朦胧美的主要代表,因而将他单列出来考察。

表面看,每一个阶段考察的角度不统一,会影响到调研线索的连贯。而事实上这应该是我们综合考量多种考察视角和结构方式之后,相对而言更具针对性的同时又能多角度多方面兼顾的一种方案。

再次,对重点修辞手法、言语风格演变进行了专项研究。

除对初、盛、中、晚四个时期的唐诗修辞实践做较为细致深入的调研外，我们又单列了一章，对唐诗中的比喻运用的特点和变化、唐诗重点句法修辞手法（对偶、省略、倒装、变奏句法、散文句法入诗、名词句等）的运用情况和历史传承进行了考察。单列一章，对唐诗言语风格的演变及其根源做了梳理，主要涵盖诗体言语风格、时代言语风格、个人言语风格等的实际表现和主要变化。

2. 尚存在的不足

本课题研究虽然取得了较大进展，但作为一项涉及学科和专业面较广、对研究者综合素养和学识要求很高、需要投入大量时间和精力的课题，受限于本人和课题组的学识、时间精力投入以及其他主客观因素，研究中还存在着以下一些不足。

首先，对唐诗作品考察的范围和深度还存在一定的局限。这主要表现在：初唐陈子昂的五言诗和其他时期的某些重要诗作也存在一定的遗漏；所选取作为考察对象的诗作，除了立足文本内部考察外，诗作的外部背景考察、作品间的横向比较和纵向分析等，还做得不够。

其次，修辞手法和言语风格演变的专项调研还有待进一步扩展和精细化。修辞手法和言语风格演变的专项调研与作品修辞现象的全面分析、梳理、总结是互补互衬的关系，有助于完整地把握修辞演变的线索和整体面貌。目前修辞手法仅列入了比喻和句法修辞手法（对偶、省略、倒装、顶真、复辞等辞格和其他重点句法修辞手法均有所涉及）两个专项，列入研究计划的映衬、比拟、借代、夸张等重点辞格的专项研究未能落实。言语风格演变主要调研了诗体风格、时代风格和个人风格，对流派风格未做专项调研，对已做考察的言语风格，也还存在有待深入、细化的研究空间。引入量化统计和概率分析的方法，可以让修辞手法的分布分析和言语风格的特征和要素分析做得更精确细致，限于客观条件这项列入原计划的研究方法也未能得到有效利用。

此外，对作品的解读和分析、对诗人和唐代社会文化生活的认识等方面，也不可避免地存在一定的偏差和局限，这些也多少给本课题的研究造成了一定的负面影响。

从事任何一项工作，甘苦自知，学术研究也如此。现在，本课题研究暂告一个段落，期待未来能够将这一课题的研究继续完善深化，也期待对唐诗修辞感兴趣的同道加入进来，把这项工作做得更好。

参考文献

一、文学、美学、诗学研究类

蒋孔阳、朱立元主编《西方美学通史》(七卷本),上海文艺出版社,1999 年。

金元浦:《接受反应文论》,山东教育出版社,1998 年。

[古希腊]亚里士多德:《诗学》,商务印书馆,1996 年。

陈本益:《汉语诗歌的节奏》,台湾文津出版社,1994 年。

[苏]巴赫金:《文艺学中的形式方法》,邓勇、陈松岩译,中国文联出版公司,1992 年。

赵毅衡:《文学符号学》,中国文联出版公司,1990 年。

陈植锷:《诗歌意象论》,中国社会科学出版社,1990 年。

钱钟书:《管锥编》,中华书局,1986 年。

叶朗:《中国美学史大纲》,上海人民出版社,1985 年。

钱钟书:《谈艺录》,中华书局,1984 年。

叶嘉莹:《迦陵论诗丛稿》,中华书局,1984 年。

歌德等著:《文学风格论》,上海译文出版社,1982 年。

[德]黑格尔:《美学》,朱光潜译,人民文学出版社,1958 年。

陆侃如、冯沅君:《中国诗史》,百花文艺出版社,1999 年。

汪涌豪、骆玉明主编《中国诗学》(四卷本),东方出版中心,1999 年。

朱承平编著《诗词格律教程》,暨南大学出版社,1999 年。

嵇哲:《中国诗词演进史》,武汉大学出版社,1998 年。

朱光潜:《诗论》,安徽教育出版社,1997 年。

叶维廉:《中国诗学》,三联书店,1992 年。

简明勇:《律诗研究》,台湾文史哲出版社,1990 年

［日］古田敬一：《中国文学的对句艺术》，李淼译，吉林文史出版社，1989 年。

袁行霈：《中国诗歌艺术研究》，北京大学出版社，1987 年。

颜景农：《近体诗特殊语式》，江苏教育出版社，1987 年。

［清］何文焕辑：《历代诗话》（全二册），中华书局，2004 年。

王运熙、周锋：《文心雕龙译注》，上海古籍出版社，1998 年。

吴文治主编《宋诗话全编》，江苏古籍出版社，1998 年。

吴文治主编《明诗话全编》，江苏古籍出版社，1997 年。

［明］许学夷：《诗源辩体》，人民文学出版社，1987 年。

丁福保辑：《历代诗话续编》，中华书局，1983 年。

郭绍虞编：《清诗话续编》，上海古籍出版社，1983 年。

王利器：《文镜秘府论校注》，中国社会科学出版社，1983 年。

［明］胡应麟：《诗薮》，上海古籍出版社，1979 年。

丁福保辑：《清诗话》，上海古籍出版社，1963 年。

二、修辞学、语言学研究类

宗廷虎、陈光磊主编《中国辞格审美史》，吉林教育出版社，2019 年。

宗廷虎、陈光磊主编《中国修辞史》，吉林教育出版社，2007 年。

陈望道：《陈望道学术著作五种》，复旦大学出版社，2005 年。

陈光磊：《修辞论稿》，北京语言文化大学出版社，2001 年。

谭学纯、朱玲：《广义修辞学》，安徽教育出版社，2001 年。

黎运汉：《汉语风格学》，广东教育出版社，2000 年。

冯广艺：《汉语修辞论》，华中师范大学出版社，2000 年。

葛兆光：《汉字的魔方》，辽宁教育出版社，1999 年。

郑子瑜、宗廷虎主编《中国修辞学通史》，吉林教育出版社，1998 年。

郑远汉：《言语风格学》（修订版），湖北教育出版社，1998 年。

沈谦：《语言修辞艺术》，中国友谊出版公司，1998 年。

刘焕辉：《修辞学纲要》（修订本），百花洲文艺出版社，1997 年。

王希杰：《修辞学通论》，南京大学出版社，1996 年。

谭永祥：《修辞新格》（增订本），暨南大学出版社，1996 年。

古远清、孙光萱：《诗歌修辞学》，湖北教育出版社，1995 年。

周生亚:《古代诗歌修辞》,语文出版社,1995 年。

吴礼权:《中国修辞哲学史》,台湾商务印书馆,1995 年。

黄庆萱:《修辞学》(增订本),台湾三民书局,1994 年

张炼强:《修辞理据探索》,首都师范大学出版社,1994 年。

张弓:《现代汉语修辞学》,河北教育出版社,2014 年。

白春仁:《文学修辞学》,吉林教育出版社,1993 年。

郑颐寿主编《文艺修辞学》,福建教育出版社,1993 年。

蒋有经:《模糊修辞浅说》,光明日报出版社,1991 年版。

易蒲、李金苓:《汉语修辞学史纲》,吉林教育出版社,1989 年。

宗廷虎、邓明以、李熙宗等:《修辞新论》,上海教育出版社,1988 年。

张志公:《修辞概要》,上海教育出版社,1982 年。

[苏]科任娜:《俄语功能修辞学》,白春仁等译,外语教学与研究出版社,1982 年。

三、唐诗选、注、鉴、评类

《全唐诗》(增订本),中华书局,1999 年。

马茂元选注:《唐诗选》,上海古籍出版社,2017 年。

[清]沈德潜选注:《唐诗别裁集》(上下册),上海古籍出版社,2013 年。

[清]黄生等撰:《唐诗评三种》(上下册),黄山书社,2014 年。

陈伯海主编《唐诗汇评》,浙江教育出版社,1995 年。

俞平伯等著:《唐诗鉴赏辞典》(新一版),上海辞书出版社,2013 年。

刘学锴撰:《唐诗选注评鉴》(上下卷),中州古籍出版社,2013 年。

段曹林:《唐诗语法修辞研究》,中国社会科学出版社,2021 年。

罗宗强:《唐诗小史》,中华书局,2019 年。

孟二冬:《中唐诗歌之开拓与新变》,中华书局,2019 年。

钱志熙:《唐诗近体源流》,北京大学出版社,2015 年。

宇文所安:《初唐诗》,贾晋华译,生活·读书·新知三联书店,2014 年。

段曹林:《唐诗修辞论》,中国社会科学出版社,2014 年。

余恕诚:《唐诗风貌(修订本)》,中华书局,2010 年。

段曹林:《唐诗句法修辞研究》,海风出版社,2005 年。

杨义:《李杜诗学》,北京出版社,2001 年。

吴相洲:《唐代诗歌与歌诗》,北京大学出版社,2000 年。

葛晓音:《诗国高潮与盛唐文化》,北京大学出版社,1998 年。

苏雪林:《唐诗概论》,辽宁教育出版社,1997 年。

侯孝琼:《少陵律法通论》,中州古籍出版社,1996 年。

张伯伟编:《全唐五代诗格校考》,陕西人民教育出版社,1996 年。

程湘清主编:《隋唐五代语言研究》,山东教育出版社,1990 年。

刘明华:《杜诗修辞艺术》,中州古籍出版社,1991 年。

蒋绍愚:《唐诗语言研究》,中州古籍出版社,1990 年。

高友工、梅祖麟:《唐诗的魅力》,上海古籍出版社,1989 年。

陈伯海:《唐诗学引论》,东方出版中心,1988 年。

林庚:《唐诗综论》,人民文学出版社,1987 年。

施蛰存:《唐诗百话》,上海古籍出版社,1987 年。

陈寅恪编著:《金明馆丛稿初编》,上海古籍出版社,1980 年。

马德富:《杜诗名词缩略语研究》,《四川大学学报》,2000 年第 4 期。

邝健行:《初唐五言律体律调完成过程之观察》,《唐代文学研究》第三辑,广西师范大学出版社,1992 年。

王运熙:《讽喻诗和新题乐府的关系和区别》,《复旦学报》,1991 年第 6 期。

夏晓虹:《杜甫律诗语序研究》,《文学遗产》,1987 年第 2 期。

吴庚舜:《略论唐代乐府诗》,《文学遗产》,1982 年第 3 期。

辛晓娟:《杜甫七言歌行艺术研究》,北京大学博士学位论文,2012 年。

史上玉:《初唐诗歌对偶研究》,华东师范大学硕士学位论文,2018 年。

冯佳宁:《唐绝句章法艺术研究》,南京师范大学硕士学位论文,2018 年。

朱雯雯:《唐诗空白结构的修辞研究》,复旦大学硕士学位论文,2011 年。

后 记

　　书稿正式交付出版社,意味着对唐诗修辞的研究又将暂告一个段落。从句法修辞到整体修辞再到修辞史,我专注唐诗修辞的课题研究历经了由专题到全面,由共时到历时的循序渐进和重心转移,其间有满足,也有遗憾。回首前路,从初涉该领域的研究至今,不知不觉已经走过了20多个春秋。个中的酸甜苦辣,只有自己体味最深最切,不用说,这是一桩苦差事,但也乐在其中。一分耕耘一分收获,自从选择了内心的目标和方向,也就义无反顾,风雨兼程地走下来了。

　　一路走来,能够交上一份份差强人意的答卷,要感谢的师友、亲人实在太多太多。此时此刻,最想表达的首先是一份对已故著名语言学家、学问人品俱佳的武汉大学卢烈红教授的缅怀之情。正是有了卢老师的接纳,我才有幸在他的指导下继续从事唐诗修辞课题的博士后研究工作;正是有了卢老师的包容,我才能够历经波折最终达成预期的博士后研究目标;正是有了他的关爱和扶持,我曾经所在的湖北师范大学文学院以及中文学科,才实现了从人才培养到平台建设一次又一次关键性的突破;也正是有了他的鼓励和支持,我个人才得以保有初心,走出人生的低谷和困境,先后申报成功了两项国家社科基金年度课题,并不断取得新的进步和成就。令人痛心的是,就在2023年1月13日晚,农历新年即将到来的前一周,我生命和事业中永远的贵人卢烈红老师却未能摆脱病魔,永远地离开了我们,甚至连最后送他一程的愿望也难以实现!痛哉惜哉,何等可亲可近、重情重义的一位学界精英、师者楷模,正当盛年!噩耗传出时,我和许多师友一样难以相信,难以接受!如今,学生我这本同样也凝聚了卢老师期望和帮助的新作终于要面世了,可是我最敬爱的卢老师却再也看不到了!

　　我还要特别感谢、致敬我的恩师宗廷虎先生,自从1999年幸运地考入复旦与宗先生结下师生缘,就一直得到宗老师和师母李金苓老师在学习、生活、工作中的肯定、支持、关爱和指导。没有他们润物细无声的言传身教,没有他们十年磨一剑的耳提面命,也就不可能有我今天这份差强人意的成绩单。宗李这对学界著名的修辞学伉俪都已年过九十高龄,至今问学不倦,笔耕不辍,统领着一批同道和弟子,筚路蓝缕,先后在中国修辞学史、中国修辞史、中国辞格审美史等研究领域,取得了为学界所公认和景仰的一项又一项开创性成果。去年年底,我请宗先生为我的新著作序时,他正忙着准备团队课题验收的一大堆材料,但他还是答应了下来,并利用过年的时间仔细看完书稿,非常用心地写了一篇长序,给予中肯的评价和热情的鼓励,并提出了殷切的希望,令我感动不已。宗李二位恩师对事业的奉献、对人生的达观、对学术的敬畏热爱、对后辈的奖掖提携,是我终生学习、效仿的榜样。

本著的顺利出版,受益于国家社科基金对我所承担的"唐诗修辞史研究"课题研究的资助。一直以来,汉语修辞研究申报国家社科基金课题获批的几率似乎都相当低,本人有幸,先后获批过两项,成为小概率事件的中奖者。我把它看作是对本人和广大汉语修辞研究领域坚守者、后来者的肯定和激励。在我看来,汉语修辞研究的重要性、必要性、紧迫性毋庸置疑,因此,一如既往地期盼同行、同道能越来越多地分享到国家和社会发展带给科学研究的红利,以此推动修辞学学科建设和学术研究的不断前行和良性发展。

本著的顺利出版,还受惠于本人所在的海南师范大学中国语言文学学科对学术研究的大力支持。由于位居西部地区,这些年来该学科的经费可以用非常寒碜来形容,感谢学科带头人和团队的远见卓识,坚持将有限的经费优先投入到支持科研成果的出版和发表中,从而让该学科在面临诸多困难和不利因素的情况下,依然顽强地站立着,健康地成长着。同时我也热切地期望,海南自贸港建设的利好环境和美好愿景,将带给海南本土文教、科研、民生更多更好的发展机遇。

本著的撰写历时七年多,对众多前贤的研究成果多有学习借鉴,限于篇幅,引文、注释和参考文献所列,只是其中有限的一部分。课题研究过程中,同行、师友、亲人或贡献宝贵意见,或提供积极助力,尤其是在课题申请结项时,五位评审专家高度负责,给出了非常中肯而专业的意见和建议,我在书稿修改中都已尽力吸取,做了尽可能的改进完善工作。对上述为本著问世作出贡献、提供帮助的所有人,在此一并表达敬意和谢意!

最后,我还要对重庆大学出版社和责任编辑表达由衷的谢意,感谢你们将本书列入出版计划,并为本书出版做了大量专业、细致的幕后工作!